Le parfum du thé glacé

DÉJÀ PARUS DU MÊME AUTEUR

DANS LA SÉRIE HAPPINESS KEY

La saison des fleurs sauvages
La maison des secrets

DANS LA SÉRIE LA VALLÉE DE LA SHENANDOAH

Le temps des promessess
Le chemin de l'espoir
La vallée des secrets
L'écho du passé
Le temps d'un été

DANS LA SÉRIE IRLANDAISE

Le refuge irlandais
Promesse d'Irlande

DANS LA SÉRIE LOUISIANE

Secrets de Louisiane
Retour à Grand-Isle

Autres publications

L'héritage des Robeson
Du côté de Georgetown
L'écho de la rivière

EMILIE RICHARDS

Le parfum du thé glacé

Roman

MOSAÏC

Collection :
MOSAÏC

Titre original :
SUNSET BRIDGE

Traduction de l'américain par KARINE XARAGAI

Photo de couverture
Femmes : © OJO IMAGES/GRAPHICOBSESSION
Réalisation graphique couverture : Dpcom.fr

83-85 boulevard Vincent-Auriol, 75646 PARIS CEDEX 13.
Service Lectrices — Tél. : 01 45 82 47 47
www.harlequin.fr

ISBN 978-2-2802-6367-2

1

Le jeudi après-midi, premier jour de leur escapade amoureuse dans les Everglades, Tracy coinça sa pagaie dans une racine de palétuvier, passa par-dessus bord et tomba dans une eau aux relents d'œuf pourri, tandis que Marsh restait bien au sec dans le canoë.

Au soir de ce même jeudi, elle découvrit que leur campement pour la nuit était un *chickee,* sorte de plate-forme de bois élevée au-dessus d'un canal qui s'était transformé en banc de boue, et que s'il n'avait pas l'eau courante il était en revanche équipé d'un W-C portable et de deux enfants geignards. Leur mère, qui leur faisait l'école à la maison, leur expliqua qu'il s'agissait d'une classe verte. Ses rejetons passeraient donc la nuit en déambulations diverses afin de consigner leurs observations dans leur journal de bord.

Mais, comparée au fait de dormir sur un matelas pneumatique dégonflé, la présence des gamins n'était au fond qu'un détail.

Au soir du vendredi, Tracy en était arrivée à la conclusion que Marsh et elle n'étaient pas faits pour vivre ensemble.

— Epargne-moi ton exposé sur les culicoïdes et les aoûtats, je t'en prie ! Je n'ai que faire d'un cours de biologie !

Perchée sur un tronc d'arbre abattu, les jambes de son jean retroussées au-dessus des genoux, elle se vaporisait les mollets de répulsif à insectes. Elle avait les chevilles en feu, les bras douloureux d'avoir pagayé des heures durant à travers un dédale de criques bordées de palétuviers, et la fumée du feu de bois qui crépitait lui causait des élancements dans le crâne.

— O.K., pas de cours, mais un bon conseil, si tu permets : à moins que tu ne veuilles aussi attraper des culicoïdes à des endroits que je suis seul à voir, tu ferais mieux d'aller t'asseoir là-bas…

Marsh lui désigna l'une des deux glacières en plastique posées près du feu de camp, dont la fumée était épaissie par une brassée de bois flotté incrusté de sel.

— Les culicoïdes pullulent dans le bois mort.

Tracy bondit sur ses pieds qu'elle avait nus, pour avoir découvert le matin même — dans la douleur — qu'un scorpion s'était niché au fond de son chausson en Néoprène. Son gros orteil avait depuis doublé de volume.

Marsh soupira.

— Nous sommes censés prendre du bon temps, Tracy… C'est pour ça que je suis ici avec *toi* et non pas avec toute la bande de Wild Florida. C'est pour ça que tu es *ici* avec moi et non pas à Happiness Key, en train de retaper un pavillon pour la fille de Wanda. Qu'est-ce qu'il y a ? Il se passe quelque chose que j'ignore ? Depuis le début du week-end, tu es plus tendue qu'une corde de banjo. La moindre bricole te rend hystérique.

— *La moindre bricole ?*

Elle pointa un index accusateur sur ses jambes constellées de points écarlates.

— « Bricole », ça veut dire atrocité dans ton patois local ?

Marsh s'accroupit pour l'examiner et fit courir un doigt le long de son tibia avant de lever les yeux avec un sourire.

— On va t'enduire les jambes de vaseline. Ça te soulagera et moi, j'en profiterai pour m'offrir quelques sensations.

— Sans doute les seules de cette excursion !

Marsh parut chercher la réplique adéquate. Son accoutrement reflétait davantage le Floridien de souche aux origines fièrement revendiquées que l'avocat à la ténacité de pit-bull, président d'une des associations de défense de l'environnement les plus actives de Floride. Il portait ses cheveux blond foncé en catogan et sa mâchoire s'ombrait d'une barbe de trois jours. Son T-shirt d'un vert délavé était déchiré sous le bras. Son jean coupé n'était pas des plus nets et il évoluait pieds nus, très à l'aise. De fait, il incarnait à lui seul Wild Florida dont la victoire face au projet d'implantation d'un centre commercial dans le marais était à l'origine de cette excursion festive. Ici, Marsh Egan était dans son élément.

Elle, non.

— C'est toi qui as voulu venir, lui rappela-t-il.

Il se releva d'un bond, sans l'aide de ses mains.

— Je t'avais prévenue que ça serait rude…

Tracy prit sur elle pour ne pas se répandre en reproches injustes. Quand Marsh, profitant du fait que Bay, son fils de dix ans, passait le week-end chez sa mère, en Californie, lui avait proposé cette virée, elle avait accepté, parfaitement consciente que leur expédition n'aurait rien d'un séjour tout confort dans un Four Seasons. Certains autres membres de Wild Florida effectuaient au même moment une version nettement plus éreintante de l'excursion, projet auquel Marsh avait renoncé en faveur d'un circuit plus court avec elle.

Apparemment, c'était encore trop pour elle. En dépit de l'année entière qui s'était écoulée depuis son installation en Floride, elle était incapable de s'adapter à cet environnement. Pourtant, la jet-setteuse gâtée qui avait quitté la Californie en avait fait du chemin ! Mais la Wilderness Waterway demeurait un poil au-dessus de ses capacités, de toute évidence, à moins que le problème ne provînt d'ailleurs, de sa vie en général, ce gigantesque sac de nœuds si douloureusement inextricable.

Les larmes lui montèrent aux yeux, phénomène tellement inhabituel qu'elle le mit sur le compte de la fumée. Elle avait bien des défauts, mais pas celui de se mettre à pleurnicher pour un rien. Elle n'avait pas versé une larme le jour où son mari, CJ Craimer, lui avait annoncé qu'elle pouvait faire une croix sur sa vie de privilégiée maintenant qu'elle était sur le point de devenir la femme d'un criminel. Leur divorce, ensuite, ne lui avait pas non plus tiré un seul pleur.

Marsh la considérait avec perplexité, comme si la Tracy

Deloche qu'il avait devant lui était une inconnue et non la femme qu'il aimait.

— Ecoute, Marsh...

Elle renifla, furieuse de cette sensiblerie qui l'affaiblissait.

— Je fais de mon mieux, O.K. ? C'est vrai, tu m'avais prévenue, mais j'ai cru que ça irait. Accorde-moi juste quelques instants de découragement.

Il haussa un sourcil.

— Je vais aller pêcher. Un supplément de bois ne nous serait pas inutile.

Ce que Tracy traduisit mentalement par : « Va chercher des branches de palétuvier et de platane d'Occident pour alimenter le feu et profite de cet intermède pour te ressaisir, merci ! »

Sa contrariété redoubla : il était plus que temps de faire le point ! Personnellement, elle n'avait qu'un souhait : se glisser sous la tente et rabattre le sac de couchage sur sa tête, sauf qu'il faisait bien trop chaud pour cela. Ils auraient pu attendre l'hiver, comme tout le monde, pour leur petite virée dans la Wilderness Waterway. Mais non, ils y étaient venus alors que l'air était encore lourd et les insectes déchaînés au lieu d'être simplement omniprésents, comme le reste de l'année.

— J'ai prévu un bon petit dîner, ajouta Marsh, comme pris d'un élan de pitié envers elle.

Sans doute faisait-il des efforts, supposa Tracy. La veille au soir, ils avaient avalé des sandwichs et partagé une pomme — autant dire qu'il y aurait une certaine mesquinerie à lui faire remarquer qu'un carré d'agneau voire une crème brûlée ne suffiraient pas à lui remonter le moral, à plus forte raison les escalopes de poulet qui marinaient dans un sac en plastique. Elle avait inspecté le contenu de la glacière la veille, avant même qu'ils aient mis le canoë à l'eau.

La veille... cette époque lointaine où elle était encore jeune, pleine d'ardeur et impatiente d'aller camper avec son amant.

Elle ravala sa rancœur.

— Tu ne trouves pas ça bizarre ? lui demanda-t-elle. A nous voir ensemble, on pourrait nous prendre pour deux potes en train de boire une bière après avoir passé l'après-midi à décrasser des bougies d'allumage. Depuis quand n'avons-nous pas fait de sortie qui exige une tenue de soirée ?

— Je ne suis pas franchement à mon avantage en chemise à jabot, tu le sais…

Il se pencha pour l'embrasser.

— Ne t'éloigne pas trop du camp. Ces nuages noirs annoncent tout sauf un crépuscule précoce mais, avec de la chance, ils ne feront que passer. Ramasse une bonne brassée de bois, d'accord ? Si on peut maintenir un bon feu, ça tiendra les insectes éloignés.

— Les insectes…

Tracy secoua la tête avec tant de vigueur que sa queue-de-cheval vint fouetter sa joue.

— Comme si je n'en avais pas suffisamment à la maison !

Elle se mit en marche vers la plage et contourna l'extrémité du minuscule îlot où ils avaient établi leur nouveau campement. Sans doute devait-elle se réjouir que le choix de Marsh se soit porté sur une plage cette fois-ci, et non sur une plate-forme érigée en pleine mangrove ou un habitat typique des Indiens calusa. Là, au moins, les feux de camp étaient autorisés et un WC portable se dressait sur la plage, en contrebas, alors que bien des sites se bornaient à fournir de simples instructions concernant la gestion des déchets et des eaux usées. Et tout ce luxe, rien que pour ses beaux yeux ! Non, vraiment, quelle débauche d'égards…

Elle résolut de ne pas revenir à la tente avant d'avoir retrouvé le moral. Certes, elle pouvait toujours faire valoir cet argument pour gâcher la soirée, mais cette perspective ne lui procurait aucun plaisir. Elle s'était embarquée dans cette expédition pour jouir enfin d'une certaine intimité avec Marsh. Bay lui inspirait une affection sincère, mais quand ils se retrouvaient tous les trois Marsh et elle s'appliquaient à entretenir devant l'enfant l'illusion d'une simple amitié alors que leur liaison durait depuis maintenant deux mois. Et rares étaient déjà les moments qu'elle pouvait passer en tête à tête avec son père !

Vu qu'elle était toujours nu-pieds, elle décida de rester près du rivage. Le soleil déclinait et le ciel se zébrait de pourpre et d'ambre. Malgré la progression des nuages noirs, un calme relatif régnait encore sur le golfe du Mexique. En temps normal, elle adorait passer des soirées sur la plage et elle était tout à fait capable de tolérer un peu d'inconfort en contrepartie. Mais dès l'instant où elle avait aidé Marsh à mettre le canoë à l'eau, près d'Everglades City, elle s'était retrouvée avec le moral dans les chaussettes et les nerfs en pelote.

Si encore il n'y avait eu que cela… Mais depuis des semaines tout un tas de problèmes s'agglutinaient ! Elle se sentait fatiguée, d'une humeur massacrante, incapable du moindre effort de concentration. Wanda Gray, qui occupait l'un des cinq pavillons de Happiness Key, le lotissement décrépi dont Tracy était propriétaire, l'avait mise en garde contre un éventuel début de ménopause, bien que Tracy n'eût que trente-cinq ans. De fait, son cycle était de plus en plus irrégulier, épisodique même, et pourtant, lors de son dernier bilan, son médecin s'était contenté de lui prescrire l'arrêt momentané de la pilule, mettant ses petits soucis de santé sur le compte de son état général. Trente-cinq ans, c'était jeune pour la ménopause, quoique certains cas aient déjà été recensés. Elle avait un nouveau rendez-vous chez le médecin bientôt, mais n'était pas pressée de connaître son diagnostic.

La maternité n'avait jamais exercé de réel attrait sur elle et, du reste, elle n'était pas certaine d'avoir grand-chose à offrir à un enfant. Néanmoins, il lui paraissait injuste que ce choix lui soit ôté par une horloge biologique qui débloquait tous azimuts. Sueurs nocturnes, pilosité faciale, libido aux abonnés absents… merci bien ! Elle commençait tout juste à s'habituer à son revers de fortune !

Lorsqu'elle avait appelé sa mère, histoire de s'informer d'éventuels antécédents familiaux, Denise Deloche n'était sortie de la totale indifférence maternelle dont elle était coutumière que pour s'écrier non sans satisfaction qu'elle comprendrait peut-être enfin l'effet que cela faisait d'être à la fois une vieille peau *et* sur la paille. Elle n'avait toujours pas digéré le fait que l'ex-mari de sa fille ait entraîné toute la famille dans sa ruine. Que Tracy ait elle-même tout perdu dans l'affaire, c'était pour Denise de l'ordre du détail.

Enfin, elle avait *presque* tout perdu. Happiness Key lui était resté sur les bras. Ce qui, en soi, constituait un autre genre de problème.

Un quart d'heure plus tard, elle était de retour à la tente, traînant des branchages derrière elle. Des nuages teintés d'anthracite occultaient maintenant le ciel avec une telle uniformité que le soleil semblait avoir sombré purement et simplement derrière l'horizon. Et le feu allumé par Marsh se mourait.

Elle l'aperçut à dix mètres environ du rivage, immergé jusqu'aux hanches, tout au plaisir de lancer sa ligne dans une eau de plus en plus agitée.

Elle était crasseuse. Bien sûr, elle pouvait aller faire trempette, pour éliminer le plus gros de la boue et de la sueur qui lui collait à la peau, mais Marsh n'apprécierait certainement pas qu'elle anéantisse tous ses espoirs en effrayant les poissons. Elle décida donc de remplir un récipient pour se laver à l'ancienne, prélevant pour ce faire une petite quantité d'eau sur leur réserve limitée. Marsh lui avait affirmé qu'il en avait emporté suffisamment pour la toilette, la cuisine et pour boire.

Ce type avait un cœur d'or, vraiment…

Elle dénicha un essuie-mains et un saladier en métal dans le matériel entassé près du rabat de la tente, et récupéra un savon dans son petit nécessaire de voyage, l'unique bagage qu'elle avait été autorisée à charger dans le canoë plein à craquer. Ce sac contenait quelques vêtements et affaires de toilette, mais elle avait réussi à camoufler du chocolat et des barres énergétiques à l'intérieur de son sac de couchage. Juste au cas où Marsh se perdrait dans le dédale de pistes qui sillonnaient la mangrove et où leurs trois jours d'excursion se muent en stage de survie en milieu hostile.

Une fois lavée, elle décida de changer de T-shirt. Un T-shirt propre ne pouvait bien sûr pas être considéré comme une tenue de soirée, mais elle devait au moins ça à Marsh. De l'eau, du savon et une nouvelle couche de répulsif à insectes. Voilà ce qui lui rendrait peut-être un peu de son humanité.

Elle s'accroupit devant la tente, ouvrit le rabat en grand et se pencha à l'intérieur. Une boule de poils se jeta alors sur elle dans un sifflement de colère.

Quand Marsh revint du rivage, les hurlements de Tracy s'étaient réduits à de simples geignements.

— Tu te sens comment ? lui demanda Marsh, une heure plus tard, après l'avoir laissée se calmer près du feu, abîmée dans la contemplation des flammes.

— Bien. Simplement, je ne m'attendais pas à ce qu'un raton laveur me passe sur le corps en s'enfuyant de sous la tente.

— Voilà pourquoi il ne faut pas laisser de nourriture à l'intérieur. Les ratons laveurs s'emparent de tout, ils vont même jusqu'à ronger les bidons d'eau. C'est pour ça que j'ai suspendu le nôtre à cet arbre, tout à l'heure…

Il inclina la tête en direction d'un point situé juste au-dessus de leur tente.

— On ne doit pas les encourager. Ils dérobent les œufs dans les nids et d'une manière générale font des ravages chez les oiseaux.

Tracy fronça les sourcils, espérant que le message ne serait pas trop subtil pour Marsh. Encore une minute de ce petit sermon et elle l'expédiait *ad patres* ! Ou alors elle rentrait à la nage à Everglades City, au mépris des requins et des alligators !

— Mais je suppose que le moment est mal choisi pour te faire la leçon…

Message reçu. C'était déjà cela…

Il eut un petit sourire.

— Tu as besoin qu'on te remonte le moral ?

— Je n'ai rien d'une diva poids plume, Marsh. Je te rappelle que je suis animatrice en chef au complexe de loisirs. Je ne passe pas mes journées assise derrière un bureau. En juin, j'ai emmené les jeunes du centre aéré faire du camping. Je sais allumer un feu, monter une tente, et même faire chanter *Kumbaya* à tout un chœur enthousiaste, si j'y suis obligée.

— J'aimerais bien voir ça !

Elle le fusilla du regard.

— Peut-être pas, finalement. Bon, d'accord... J'avoue que ce circuit est un peu plus éprouvant que ce que je t'avais laissé entendre.

— A ce propos...

Mais Marsh la coupa, s'empressant d'ajouter :

— Je voulais simplement t'avoir à moi seul, Trace.

Elle soupira, vaincue. Comment continuer à lui en vouloir ? Depuis peu, il s'était mis à l'appeler « Trace », une façon pour lui de l'accueillir au sein de sa petite famille par le biais d'un de ces adorables diminutifs géographiques qu'il affectionnait. Le terme de « trace », lui avait-il expliqué, désignait un chemin traversant un territoire inconnu, appellation que Tracy trouvait tout à fait appropriée à sa personne.

— Mais moi aussi, je voulais t'avoir à moi seule, Marsh ! Simplement, en ce moment, mes facultés d'adaptation sont loin d'être à leur meilleur niveau.

— Je vais t'apporter du vin. Et j'ai une petite surprise pour aller avec !

Tracy retint à grand-peine un soupir de désespoir. La seule idée de boire un verre de vin la rebutait ; sa rencontre avec le raton laveur lui avait retourné l'estomac. Néanmoins, elle fit bonne figure pour le pauvre Marsh qui, dans l'attente de ce moment, avait réussi à caser une bouteille de vin dans le canoë surchargé. Elle l'avait déjà suffisamment déçu depuis le début de leur excursion.

— Formidable ! se força-t-elle à dire. Tu veux un coup de main ?

— Non. Merci... Laisse-moi juste m'occuper de toi.

Tracy lui sourit avec gratitude et se détendit un peu. Les nuages n'avaient pas encore donné de pluie et il restait assez de ciel visible pour profiter des quelques étoiles décidées à briller. Enfin, cerise sur le gâteau, une forte brise soufflait du golfe.

Du coup, entre le vent et le feu de camp, un fort pourcentage de moustiques avait filé à la recherche d'une proie plus facile.

Marsh revint avec un verre qu'elle enserra des deux mains ; il repartit immédiatement pour réapparaître au bout d'une minute, muni d'une assiette en plastique qu'il lui tendit. De prime abord, dans la lueur vacillante du feu, elle ne distingua pas ce qu'il lui proposait. Puis elle comprit et son estomac dégringola en chute libre au fond de ses orteils.

— Des huîtres… Waouh… Des huîtres *vivantes*… présentées dans leur moitié de coquille…

Elle désigna le bord de l'eau du menton.

— Tu les as trouvées là ?

— Non, bien qu'on soit en train de créer des récifs à huîtres non loin d'ici, mais…

Il s'interrompit, peut-être conscient qu'un énième cours sur l'environnement ne serait pas le bienvenu.

— Celles-ci viennent du Panhandle de Floride, livrées par avion à ce petit magasin d'alimentation générale devant lequel nous avons garé le pick-up.

— Ah… Et tu les as achetées sans que je m'en aperçoive ?

— Tu étais allée dire adieu à tes derniers sanitaires civilisés.

Tracy avait épuisé son stock de babillage pathétique. Le moment de vérité était arrivé. Elle lui sourit faiblement, espérant ainsi atténuer la déception qu'elle allait lui infliger.

— Marsh… Je ne mange pas d'huîtres crues… Fumées, oui. Frites ou grillées, sans problème. Mais les huîtres comme ça… je n'ai jamais pu en avaler une seule…

— Tu rigoles ?

— Euh… non.

— Et depuis le temps que nous sommes ensemble tu m'avais caché ça ?

— Pourquoi, c'est un motif de rupture de contrat ?

— Un contrat, quel contrat ? On a passé un contrat ?

Il plaisantait, mais la question atteignit Tracy en plein cœur. Ils n'avaient jamais encore discuté de leur relation ni de ce qu'ils éprouvaient l'un pour l'autre. Elle avait essayé. Mais Marsh, franc et direct sur beaucoup de choses, se barricadait à double tour dès qu'on abordait le domaine des sentiments.

— Tu en avais commandé un jour, au restaurant, lui rappela-t-elle. Mais apparemment tu ne t'es même pas aperçu que je prenais autre chose.

— Gagné !

— Tu comprends alors ?

— Je comprends que personne ne t'a jamais appris à déguster une huître crue. Et cette lacune va très vite être réparée… Tu es un bec fin, Tracy, tu aimes tout. Tu aimeras ça aussi.

Il s'était mis en quatre pour lui faire une surprise. Pour acheter les huîtres, les glisser subrepticement à bord, sans doute aussi pour les ouvrir, un peu plus tôt, pendant qu'elle se remettait des émotions que lui avait causées le raton laveur. Ces huîtres étaient un cadeau, et il était fier de lui.

Elle battit des paupières dans sa direction et tenta le coup :

— Je parie qu'elles seraient succulentes, grillées au feu de bois…

Peine perdue, Marsh ne tomba pas dans le panneau.

— Sacrilège ! Il n'y a rien de tel qu'une huître *crue.*

— Tu as sans doute raison…

— Tu manges bien des escargots.

Il était clair que, pour lui, la question était d'importance.

— Oui, mais pas crus…

Malgré sa mauvaise humeur et le vague malaise qui la chamboulait, elle ne voulait pas lui gâcher son plaisir.

— Je vais te dire… Je vais en goûter une. Pour te montrer que je suis une fille de bonne volonté et que j'apprécie tes efforts.

— Super !

Il repartit en direction de la tente.

Tracy, qui avait espéré que cette concession — qui lui coûtait déjà beaucoup — suffirait à contenter Marsh, comprit qu'il n'en serait rien.

Il revint avec une petite bouteille de Tabasco et un sachet de crackers.

— Il y a deux méthodes pour les déguster… Dans la première,

tu portes la coquille à ta bouche et tu aspires l'huître d'un coup. Ensuite, il y a ceux qui mâchent et ceux qui ne mâchent pas. Personnellement, je trouve absurde d'avaler tout rond, on ne sent pas le goût.

Tracy ne prit pas la peine de lui expliquer que, pour sa part, elle allait être de ceux qui avalent tout rond.

— Et l'autre méthode ? s'enquit-elle, pleine d'espoir.

Il existait peut-être un mode de dégustation dans lequel on jetait l'huître par-dessus son épaule pour se porter bonheur ?

— Tu verses quelques gouttes de Tabasco sur l'huître. Ensuite, tu la mets sur un cracker et tu grignotes le tout. A toi de voir.

— Je crois que je vais l'avaler d'un coup…

Elle le gratifia d'un sourire radieux, comme si elle escomptait bien se régaler. Après tout, puisqu'elle était obligée d'en passer par là, autant en tirer un bénéfice maximum.

— Bravo, ma grande !

Tracy souriait toujours quand il lui présenta l'assiette afin qu'elle puisse en choisir une. Elle chercha le spécimen le plus à même de descendre tout seul, mais à la seule vue de ces bestioles, elle sentait son gosier prêt à décréter la fermeture définitive.

Elle saisit cependant celle qui lui parut être la plus petite.

— Tiens-la comme ceci…, lui conseilla Marsh, joignant le geste à la parole. Et maintenant tu la portes à ta bouche et tu l'aspires d'un coup.

Tracy se remémora soudain l'affreux liquide rose qu'on l'avait forcée à ingurgiter pour lui soigner une otite, quand elle était petite. La femme de chambre s'était assise sur ses pieds et lui avait emprisonné les mains, pendant que sa mère lui avait introduit de force la cuillère dans la bouche et versait le liquide directement dans son gosier. Elle se souvenait d'avoir eu un haut-le-cœur et d'avoir vomi…

— Allez, c'est parti ! lança-t-elle d'un ton enjoué, inclinant la coquille.

Une chose froide et visqueuse franchit ses lèvres et glissa sur sa langue. Elle sentit son estomac lui remonter d'un coup dans la gorge.

Elle allait étouffer. Elle allait *crever.*

Par bonheur, elle prit conscience que l'huître s'était finalement insinuée quelque part entre ses cordes vocales et ses entrailles, et qu'elle-même respirait encore.

Elle rouvrit les yeux et passa la langue sur ses lèvres. Le goût n'était pas sans lui rappeler les appâts en voie de putréfaction que Randall, son épicier, tenait en rayon.

— Alors ? demanda Marsh.

Tracy hocha lentement la tête, pour se laisser le temps de trouver une formule plus édulcorée que celle qui lui était immédiatement venue à l'esprit.

— J'en pense que… que ce n'est pas mon truc…

De nouveau, elle hocha la tête, avec plus de vigueur cette fois.

— Oh ! Tu apprendras à les aimer, tu verras ! La prochaine fois, on essaiera avec une petite goutte de Tabasco.

Elle leva la main.

— Non, tout de suite.

— Tout de suite ?

— Maintenant, s'il te plaît.

Marsh lui tendit la bouteille. Tracy se versa une bonne dose de Tabasco dans le creux de la main et entreprit de la lécher consciencieusement.

— C'est la première fois que je vois quelqu'un faire ça, constata Marsh.

Le feu du piment passa somme toute assez vite, même s'il semblait avoir emporté une partie de sa langue au passage.

— Je voulais vivre l'expérience dans sa totalité.

Elle avait du mal à articuler.

— Je vais mettre le reste de tes huîtres à griller au bord du feu, proposa Marsh.

— Bonne idée.

— Tu as du cran, ma grande.

Il se pencha pour déposer un baiser sur son front.

Tracy, qui ne voulait pas de vin au départ, le dégusta à petites gorgées, histoire d'empêcher sa langue de doubler de volume et d'éliminer les derniers vestiges gluants de l'huître. Son estomac s'était lancé dans un numéro de triples sauts périlleux, et elle luttait pour ne pas faire revenir l'huître sur le devant de la scène, respirant profondément, déglutissant avec peine.

Marsh, lui, fredonnait en s'affairant. De toute évidence, ses talents de cuisinier s'appliquaient aussi au barbecue. Il installa une grille au-dessus des braises de charbon de bois, l'étayant au moyen de trois bûches bien calées dans le sable. Puis il fit griller les escalopes de poulet, coupa l'aubergine et la courgette en tranches et enterra sous les cendres les patates douces précuites, le tout sans cesser de siffloter.

S'il se rendit compte de la faible contribution de Tracy à la confection du repas, il fit preuve de compréhension en s'abstenant de commentaire.

Après avoir avalé un peu de nourriture cuite, Tracy se sentit mieux. L'air s'était considérablement rafraîchi et l'épisode de l'huître avait été relégué aux oubliettes. Lorsqu'ils eurent tout rangé, Marsh, jaugeant que son humeur s'était sensiblement améliorée, lui proposa une promenade.

— Mais pas trop longue, précisa-t-il. Il va pleuvoir.

— Tu te trompes peut-être…, dit-elle, jetant un coup d'œil inquiet vers la tente.

— Ne t'en fais pas, j'ai pris mes précautions. Nous resterons au sec quoi qu'il arrive. Tapis de sol, tranchée… La totale !

Il la prit par la main.

— En plus, j'aime assez l'idée de faire des câlins en écoutant la pluie tambouriner sur le toit. Nous pourrions réunir nos sacs de couchage en un seul pour cette nuit. Qu'en dis-tu ?

— Que tu es romantique en diable.

— Uniquement avec toi.

Ils flânèrent main dans la main le long du rivage. Un peu plus tôt, ils avaient aperçu d'autres embarcations, mais personne ne campait sur l'îlot, ce soir-là. A mi-horizon, Tracy crut distinguer les lumières d'un bateau et elle envia les marins confortablement installés dans leurs couchettes. Epuisement ? Anxiété ? Hormones ? Tout semblait s'être ligué contre elle à la façon de sables mouvants prêts à l'aspirer tout au fond.

— Tu veux me dire ce qui te tracasse ? demanda soudain Marsh. Il se passe quelque chose, je le vois bien…

Tracy n'avait aucune envie de discuter avec lui du possible début de sa ménopause. Tout comme elle redoutait de s'enquérir des sentiments qu'il nourrissait à son égard et de l'avenir qu'il entrevoyait pour leur relation. Cette attitude requérait d'elle patience et courage, deux vertus qui, ce week-end, semblaient lui faire cruellement défaut.

Mais, comme elle ne voulait pas avoir l'air de le rabrouer, elle décida d'aborder le troisième tracas qui la rongeait.

— J'ai appris une mauvaise nouvelle avant de partir…

Marsh pila net et se tourna vers elle d'un air de reproche.

— Et tu ne m'as rien dit !

— C'est qu'il n'y avait pas grand-chose à dire. Il semble que le système d'alimentation en eau et la fosse septique de Happiness Key doivent être remplacés dans un futur proche. Et vu tous les amendements législatifs qui ont eu lieu depuis leur installation, sans parler des considérations écologiques, le coût total des travaux promet d'être astronomique.

Marsh siffla doucement entre ses dents.

— Je savais bien qu'on s'acheminait vers vous, mais pas si vite.

— Tu le savais ?

— Nous avions examiné la propriété de fond en comble avant de donner notre accord pour la servitude environnementale.

« Nous », c'était Wild Florida, qui avait persuadé Tracy de signer l'acte de servitude environnementale sur sa propriété, en échange de déductions d'impôts et autres avantages fiscaux. En retour, Wild Florida avait reçu l'assurance que cette parcelle serait protégée du bétonnage intensif.

Happiness Key ne représentait certes qu'un terrain de vingt-cinq acres qui abritait une petite communauté de cinq pavillons délabrés, mais c'était un emplacement stratégique entouré d'autres parcelles protégées. C'était dans ce contexte que Tracy avait fait la connaissance de Marsh.

— Je ne sais pas comment je vais faire pour payer ces travaux, à moins d'emprunter. Et qui sait si les banques m'accorderont un prêt ?

Marsh n'eut pas l'ombre d'une hésitation.

— Je peux t'aider, Trace…

Elle s'attendait à une proposition de ce genre de sa part, mais sa résolution était prise. Elle avait passé les premières décennies de sa vie à laisser les autres s'occuper d'elle, mais ce n'était pas ainsi qu'elle envisageait de passer le reste de son existence.

Elle lui pressa affectueusement les doigts.

— Merci, Marsh, mais c'est mon problème.

Elle débattit intérieurement. Devait-elle lui parler du reste ? Elle décida que oui.

— L'entrepreneur qui a effectué le devis m'a proposé de me débarrasser du lotissement.

— Il est au courant pour la servitude ?

— Bien sûr ! Selon les documents, il a le droit de bâtir sur les fondations des anciens pavillons et de rénover ceux qui sont encore debout. CJ avait même établi des plans, tu te souviens ? D'après lui, les gens seraient prêts à payer une fortune pour y vivre, et ce malgré la modeste superficie des lots.

Marsh resta silencieux. Tracy savait à quoi il pensait. Au moment d'établir l'acte de servitude, Wild Florida s'était montrée généreuse dans ses conditions et, à cet instant, Marsh devait s'en mordre les doigts. Il ne refusait pas qu'on fasse quoi que ce soit sur la propriété, à part peut-être qu'on la renvoie au temps où rien ne s'y dressait à part les arbres et la flore locale.

— Je comprends ce que tu éprouves, dit-elle. D'ailleurs, ça me pose des problèmes à moi aussi. Qu'est-ce que je dirais aux autres, si jamais je décidais de vendre ?

Les autres étaient ses locataires, trois femmes dont elle était devenue très proche depuis son installation en Floride. Comment leur annoncer qu'elle les mettait à la porte afin d'éviter la souscription d'un emprunt ?

Marsh hocha la tête.

— C'est donc ça qui te rend si…

— Je ne veux pas en parler pour le moment, d'accord ?

— D'accord, Trace... Nous en discuterons plus en détail une autre fois. Pour l'instant, tu es trop crevée. Allons nous coucher. La journée a été longue et tu dors debout.

Tracy se laissa volontiers ramener jusqu'au campement et s'en félicita lorsque la pluie se mit à tomber. Elle se brossa rapidement les dents avec la ration d'eau que Marsh lui avait octroyée, puis s'aspergea un peu le visage, s'interdisant toutes ablutions plus extensives.

Une fois sous la tente, elle s'aperçut que Marsh avait profité de son absence pour réunir leurs deux sacs de couchage en un seul.

— Tu te crois très astucieux, pas vrai ? lui dit-elle lorsqu'il revint, quelques minutes plus tard. Tu comptes peut-être sur une bonne fortune, ce soir ?

— Pas du tout. J'ai simplement pensé que tu apprécierais sans doute un bon massage de dos et un corps bien chaud blotti contre le tien.

Tracy fut émue par sa sollicitude. De nouveau, ses yeux s'emplirent de larmes. Cette fichue sensiblerie et cette impression de vulnérabilité !

Elle s'éclaircit la voix.

— Si la tente est inondée, je dormirai sur toi.

— Je laisserai le rabat relevé alors, au cas où.

Mais, son attitude démentant ses propos, il le ferma, bloqua la tige de la fermeture Eclair. Le rabat fermé, il faisait très noir sous la tente et, comme il s'agissait d'un modèle spécial routard, l'espace était si confiné qu'en une seconde Marsh fut près d'elle. Ses bras se glissèrent autour de sa taille et il l'attira tout contre lui.

— Demain, on reprendra toutes ces discussions plus calmement, lui promit-il avec douceur. Je n'avais aucune intention de te mettre sur les rotules. Tu as de telles qualités sportives que j'ai pensé que l'aventure te plairait autant qu'à moi. Cela dit, tu n'es pas obligée d'aimer. Sache cependant que j'apprécie beaucoup que tu aies essayé.

Elle se tourna vers lui et caressa sa joue mal rasée. Il sentait le savon et le dentifrice.

— C'est magnifique, Marsh... Je le pense vraiment. Je t'assure. Simplement, en ce moment, je ne sais pas ce que j'ai, mais je suis... comment dire... à cran.

— Je connais ça. Avec mon ex-femme, j'y ai eu droit une fois par mois tout le temps qu'a duré notre mariage.

Tracy rit faiblement, espérant qu'il avait raison.

— C'est peut-être ça, en effet.

— Je peux faire quelque chose pour te soulager ?

Elle trouva ses lèvres dans le noir et l'embrassa.

— Contente-toi d'oublier que je suis tombée à l'eau, que je me suis plainte des culicoïdes et des aoûtats, et que j'ai écrasé un scorpion...

— Avec moi, tes secrets sont en sécurité.

— Et moi, je suis en sécurité avec toi ?

— La question ne se pose même pas.

Il resserra son étreinte.

— Et maintenant dodo, d'accord ? Et arrête de gigoter comme ça, sinon, je ne réponds plus de la suite.

— Et si on faisait une expérience ?

— Trace, tu te rends compte de ce que tu fais ?

— Il nous reste encore quelques heures avant la fin de la journée. Concluons-la sur une note plus agréable...

— Ma foi, si ça te fait plaisir, je peux bien faire ça pour toi...

Il l'embrassa, manqua sa bouche, trouva son menton, puis descendit plus bas.

— On peut toujours... compter sur toi... pour faire ce qu'il faut, pas vrai, Marsh ?

Cette fois, il trouva ses lèvres et, durant un long moment, toute parole fut inutile. Evidemment, tout cela n'était pas prévu et Tracy n'avait pas pris la peine de mettre son diaphragme, mais Marsh, toujours optimiste, avait paré au côté contraceptif. Blottie dans ses bras, Tracy oublia tout pour un moment et se laissa emporter vers un lieu où les interrogations n'étaient plus de mise, au son de la pluie qui tambourinait de plus en plus fort sur la toile de la tente.

Après, il la serra contre lui et appuya sa tête contre ses cheveux.

— Je ne sais pas ce que j'ai préféré. Ça, ou avoir réussi à te repêcher ce matin sans retourner le canoë.

Tracy s'efforça d'en rire, elle *voulait* en rire, mais la tente s'était soudain mise à tournoyer sous ses yeux. Or, si l'on considérait qu'ils venaient de prendre du bon temps, cette sensation ne pouvait en aucun cas être mise sur le compte de la passion contenue. Elle tenta de s'asseoir, mais elle était complètement désorientée.

— Marsh…

Elle se dépêcha de se dégager du sac de couchage et de ses bras.

— Qu'est-ce qui se passe ? Tu as besoin d'aller aux toilettes ?

Il y avait une très forte probabilité que son problème ne puisse attendre qu'elle atteigne le WC portable. Elle se mit à ramper en toute hâte vers le rabat de la tente — du moins l'espérait-elle.

— Trace ?

Marsh se dressa sur son séant.

— Trace, ça ne va pas ?

Elle ne pouvait pas parler. Elle tâtonna frénétiquement le long du rabat, pour trouver la fermeture Eclair. Elle désespérait d'y arriver quand sa main rencontra la tige d'acier qu'elle réussit à remonter de quelques centimètres, assez pour que l'air pénètre sous la tente en même temps que quelques gouttes d'une pluie glacée. Elle sortit et se mit debout. Puis, pliée en deux, elle marcha d'un pas chancelant jusqu'au rivage, se tenant le ventre à deux mains.

Elle atteignit l'eau juste à temps.

Encore secouée de spasmes, elle cherchait à retrouver sa respiration quand Marsh la rejoignit.

— Tiens…

Il lui tendit une serviette, attention relativement superflue, car la pluie tombait à un rythme régulier et elle était déjà trempée.

— Je suis… désolée, hoqueta-t-elle.

— Tu crois que ce sont les huîtres ?

Il semblait sceptique.

— Celle que j'ai mangée crue avait un goût… horrible. Elle n'était peut-être pas fraîche.

— Personnellement, je me sens très bien…

— Tu as peut-être mangé toutes celles qui étaient bonnes.

Elle enfouit malgré tout son visage dans la serviette.

— A moins que j'aie chopé un virus. Il y a une espèce de gastro qui traîne au centre de loisirs, en ce moment. Les gosses sont malades par flopées. Je…

De nouveau, elle enfouit son visage dans la serviette. Voilà qu'à présent elle grelottait, après avoir passé la journée à transpirer sous l'effet de la chaleur.

— Tu veux rester encore un peu dehors ?

Elle avait du mal à aligner deux bribes de pensée cohérente. Les nausées étaient passées, mais il ne s'agissait peut-être que d'un répit de courte durée.

— Retourne à la tente. Je te rejoins dans une minute. Je vais bien, je t'assure… Je veux juste rester un peu seule, histoire de m'assurer que c'est bien fini.

Marsh hésita, mais elle le renvoya d'une pichenette sur l'épaule.

— Vas-y, s'il te plaît…

Il secoua la tête, déconcerté, et la laissa seule. Tracy attendit que l'obscurité l'ait englouti, puis elle enfouit son visage dans la serviette et se pencha en avant, sous le coup de l'illumination qui venait de la frapper.

Nul virus de gastro ne rôdait autour du centre de loisirs, et quand bien même ça aurait été le cas elle ne l'aurait pas attrapé. Et, si le retour d'âge n'était pas à l'ordre du jour, elle était sans l'ombre d'un doute à un tournant radical de sa vie.

Ses hormones lui faisaient des misères, il n'y avait à ce sujet aucun doute possible, mais le problème ne provenait pas de leur raréfaction. En fait, si son interprétation était correcte, elle souffrait plutôt d'une surabondance d'hormones. A présent, tous les indices s'imbriquaient les uns aux autres, lui révélant enfin une vérité si absurde qu'il n'était pas surprenant qu'elle lui ait échappé jusque-là.

Si elle n'avait pas été empoisonnée par les huîtres, crues ou grillées au barbecue, avec ou sans Tabasco, elle avait en revanche un point commun avec ces bivalves. Elle aussi portait en son sein quelque chose d'infiniment précieux, un trésor inestimable.

Pas une perle, non, mais un enfant.

Elle était quasiment certaine d'être enceinte.

2

— La dernière fois que j'ai décoré un endroit pour Maggie, c'est le jour où elle est passée de son lit de bébé à un vrai lit, dans sa nouvelle chambre de grande fille. J'avais repeint toute la pièce en rose. Attention, hein ! Pas de ce rose beigeasse genre vilain coup de soleil, non… Un véritable rose. Couleur des fleurs préférées de ma mère. Tout était rose : les murs, le couvre-lit, les rideaux. Il y avait même une carpette rose. Et tu sais ce qu'elle m'a dit, cette chipie ?

Wanda Gray interrompit son récit pour regarder Janya Kapur, armée d'un rouleau, qui badigeonnait d'ivoire le mur le plus large du pavillon où Maggie allait emménager l'après-midi même.

Janya, qui savait reconnaître une perche quand on lui en tendait une, demanda alors :

— Non, qu'est-ce qu'elle t'a dit ?

— Qu'elle voulait dormir avec papa et maman, parce que sa chambre ressemblait à un cône à la fraise et que ça lui faisait bobo au ventre !

— La vérité sort de la bouche des enfants.

— Et elle le pensait en plus ! Nous, on voulait lui faire plaisir, mais Maggie a toujours su exactement ce qu'elle voulait. Et une fois qu'elle avait décidé un truc… y avait pas moyen de la faire changer d'avis !

Wanda secoua la tête.

Avant de se remettre à l'œuvre, Janya tapota gentiment l'épaule de son amie, un sourire amusé aux lèvres.

— Et, bien sûr, c'est la seule de la famille à se comporter de la sorte…

— Quoi ? C'est moi dont tu parles ? Ça n'a rien à voir ! Maggie et moi, on a autant de points communs qu'un chêne et un palmier. Résultat, j'ai dû refaire sa chambre, alors que j'en étais à huit mois de grossesse pour Junior, aussi énorme que la baraque des Statler, celle dans la piscine de laquelle tu es tombée…

— La courtoisie voudrait que tu n'évoques pas cet incident malheureux…

Wanda ne manquait jamais une occasion d'asticoter sa jeune amie.

— Je te revois encore, trempée comme une soupe, dans ton joli truc indien qui te collait à la peau, et ces deux types qui te fixaient comme une déesse aquatique sortie des flots !

Janya était dotée d'une longue chevelure noire et d'un corps qui ne laissait jamais les hommes indifférents, même lorsqu'il ne leur était pas révélé avec autant de précision.

— Evidemment, poursuivit Wanda, vu que tu t'es flanquée à l'eau pour me tirer du pétrin, je veux bien jouer les amnésiques. Enfin, tout ça pour dire que moi, qui étais aussi grosse que la baraque des Statler voire même plus grosse, il a fallu que je me retape la peinture de cette magnifique chambre que j'avais déjà toute décorée et que je repeigne les murs en vert pâle. C'est Maggie qui avait choisi la couleur toute seule, une gosse de pas même trois ans, tu te rends compte ! Personnellement, je trouvais que ça donnait à la pièce un air de laitue iceberg, mais elle, ça lui plaisait.

— Et cette couleur, tu crois qu'elle lui plaira ? C'est une teinte très douce, comme la lumière du matin.

— Si ça ne lui plaît pas, eh bien, elle n'aura qu'à peindre ses murs elle-même !

— Elle va apporter quelques affaires pour personnaliser sa maison ?

Wanda ignorait ce que Maggie avait emporté dans ses bagages. Elle n'arrivait toujours pas à croire que sa fille ait décidé de venir vivre à Happiness Key. Maggie, femme flic au chômage et depuis peu célibataire. Maggie, qui jusque-là n'avait jamais très bien su où elle allait ni quel chemin emprunter pour s'y rendre.

— Ça m'étonnerait qu'elle ait pris grand-chose avec elle le jour où elle a plaqué son job et Felo.

— Felo ? C'est américain comme prénom ?

— C'est espagnol. Le diminutif de Rafael… Rafael Estrada, un immigré de la troisième génération. Sa famille est originaire de Cuba. Ses grands-parents maternels et paternels sont arrivés aux Etats-Unis tout de suite après la révolution — la leur, pas la nôtre… Ils étaient tous des dentistes et compagnie, mais ici, ils ne pouvaient pas exercer à cause des différences de lois et tout le toutim. Imagine un peu, tu es un ponte dans ton pays et, du jour au lendemain, tu te retrouves balayeur ou laveur de carreaux, avec un statut d'immigré en plus. Je comprends que le changement n'a pas dû être facile à vivre pour eux. La grand-mère de Rafael a dû loger chez une tante à son arrivée ici, parce que ses parents à elle n'ont jamais pu s'enfuir. C'est triste comme histoire, non ?

— Très triste, en effet. Et ce Felo, alors ? Il a eu des ennuis ? C'est pour ça que Maggie l'a quitté ?

Wanda ne savait que répondre. Elle avait toujours bien aimé Felo. Ce qui ne voulait pas dire qu'elle n'avait pas été surprise le jour où Maggie avait choisi quelqu'un d'une autre culture que la leur ! Et puis voilà qu'ensuite ils s'étaient mis en ménage dans une maison de Little Havana, ce qui, aux yeux de Wanda, était aussi étrange que de partir vivre en Argentine ou au Pérou, mais moins quand même que de s'installer à Cuba, vu que les habitants de Little Havana n'étaient pas franchement des fans de Castro. Quoi qu'il en soit, Maggie avait été heureuse dans ce bungalow bien ordonné, agrémenté d'un hamac surplombant le bassin décoratif de la taille d'un timbre-poste que Felo avait creusé lui-même. Leurs voisins étaient d'origines diverses. Certains venaient de Cuba, évidemment, mais d'autres étaient d'Haïti ou du Nicaragua, à moins que ce ne soit du Salvador ou d'ailleurs… Wanda se mélangeait toujours les pédales dans tous ces pays d'Amérique latine. Maggie parlait couramment l'espagnol et papotait avec tous les habitants du quartier, quand elle ne les arrêtait pas, entre parenthèses... Bref, elle s'était bien intégrée.

— Je ne sais pas si on peut dire à proprement parler que Felo a eu des ennuis... Il est flic, comme l'était Maggie. Avec la beauté du diable et son magnétisme par-dessus le marché, tu vois ce que je veux dire ? Il attire les femmes comme les fleurs d'oranger attirent les abeilles ! D'après Maggie, même les vieilles dames de leur quartier flirtaient avec lui.

— Je connais ce genre d'homme...

Wanda haussa les épaules.

— Enfin... Moi, je l'aime bien, Felo, et Ken aussi l'aime bien.

Ken, son mari, également officier de police, possédait selon sa femme un flair infaillible pour juger les gens.

— Je crois que Felo aime badiner avec les femmes, tout en sachant garder juste assez de distance pour leur faire comprendre qu'il n'est pas libre.

Janya donna un dernier coup de rouleau sur le mur, recula d'un pas pour juger de l'effet, et fit remarquer doucement :

— Maintenant, il l'est...

— Je ne sais pas ce qui a foiré au juste... Tout ce que je sais, c'est que Maggie a quitté la police, puis qu'elle l'a quitté lui. Ensuite, elle est partie camper pendant six semaines. La moitié du temps, on ne savait pas où elle était. Et puis, la dernière fois qu'on s'est parlé au téléphone, je lui ai dit à quel point j'en avais marre de ces employées qui paradent dans ma boutique alors qu'elles ne sont même pas fichues de faire la différence entre beurre et saindoux, et c'est là qu'elle m'a dit qu'elle viendrait m'aider quelque temps.

— C'est une bonne chose qu'elle vienne habiter ici. Tu dois être contente...

Wanda aurait voulu répondre que oui. Mais la vérité, c'est qu'elle ignorait si cette arrivée était une bonne chose ou non. Maggie et elle étaient si différentes... Elle, elle ne savait jamais trop quoi lui dire et Maggie avait beau garder ses opinions pour elle-même, il était évident que la plupart du temps elle n'approuvait pas sa mère.

— D'après toi, qu'est-ce qu'il manque encore à faire ici ? demanda-t-elle à Janya. Dommage que Tracy n'ait pas jugé bon de rester dans le coin, histoire de nous donner une ou deux idées.

— Il n'y avait aucune raison pour que Tracy ne parte pas camper, et je peux être là pour accueillir Maggie, si tu veux. Ça te ferait plaisir ?

Wanda comprit qu'elle n'avait pas réussi à berner son amie. *Amie* était le mot juste, quoique Janya fût plus jeune que sa propre fille. Toutes les habitantes de Happiness Key étaient amies, même si, au départ, leurs rapports avaient été orageux.

— Ça ne serait pas plus mal, concéda-t-elle. Comme ça, je pourrais te présenter…

— La cuisine est propre et il y a tellement de provisions dans le réfrigérateur qu'elle n'aura pas à faire les courses avant un mois. Tu as accroché le nouveau rideau de douche ?

Wanda acquiesça d'un hochement de tête.

— Et j'ai fait le lit de Lizzie. Sauf que ça n'est plus celui de Lizzie. Je n'arrive pas à me faire à l'idée que Dana et elle sont parties pour de bon !

Dana Turner, dernière locataire en date du pavillon avec sa fille Lizzie, était devenue un membre à part entière de la petite communauté de Happiness Key jusqu'à son départ abrupt et unanimement déploré. Elle avait aussi été la seule employée que Wanda avait réussi à embaucher aux *Merveilleuses Tartes de Wanda*, son snack/pâtisserie, et dont elle s'était montrée entièrement satisfaite. De temps à autre, elles recevaient une carte postale, mais jusqu'ici aucune d'entre elles n'avait su avec exactitude où Dana et Lizzie s'en étaient allées. Pas plus du reste qu'on ne savait où était parti Pete, l'homme qui avait disparu en même temps qu'elles.

— Les nouvelles housses et leurs coussins donnent un côté gai et chaleureux. Maggie va se plaire ici.

Wanda redressa la carpette qu'elle avait achetée pour la disposer devant le sofa.

— Je me suis toujours mieux entendue avec Junior. Il me ressemble davantage. Maggie, elle, ressemble à Ken. Elle ne supporte pas qu'on la prenne pour une idiote, ah non ! C'est à cause de ça qu'elle n'est plus inspecteur.

— Elle a eu des ennuis ?

— Tout le monde en aurait eu, à sa place. Elle avait été nommée au sein d'une brigade anticriminelle où elle s'occupait surtout de trafic de drogue. Pendant presque un an, elle a bossé sur un gros dossier. Elle enquêtait sur un dealer, un type à la tête de tout un réseau d'autres dealers, un peu comme un P.-D.G., si on peut dire, ou un pivot central. Avec son coéquipier, ils ont réuni assez de preuves contre ce type pour l'envoyer moisir en taule jusqu'à la fin de ses jours. Sauf que le procureur, un certain Paul Smythe, a refusé de le poursuivre en justice. Il s'est contenté de leur dire : « Non, ce que vous m'apportez là ne vaut pas tripette. Alors, mettez-vous sur une autre affaire, parce que pour celle-ci ça s'arrête là. »

— Un an ?

Bien que résidant depuis peu aux Etats-Unis, Janya semblait toutefois saisir les propos de Wanda à leur juste mesure.

— Oui, un an ! Et ils étaient tous les deux furax, je peux te le dire ! Mais leurs supérieurs leur ont dit de laisser tomber. Felo aussi a dit à Maggie de laisser tomber, et tu sais quoi ? Ce dealer… il est d'origine cubaine, comme Felo. Pire même, le meilleur ami de Felo, un type très haut placé qui bosse dans une de ces grosses entreprises sucrières, le connaît très bien ; il lui arrive même de faire la fête avec lui.

— Maggie les croyait de mèche ?

— Sûrement. Sinon, pourquoi elle l'aurait plaqué comme ça ? Le jour où Felo lui a dit de lâcher l'enquête, elle s'est rendue à une conférence de presse que donnait Paul Smythe, elle a sorti son insigne, posé son arme et, devant tous les journalistes, elle a annoncé qu'elle démissionnait de la police parce que les vrais criminels étaient en col blanc et donnaient des conférences de presse, et que pour sa part elle refusait de tremper dans ce genre de combine. De là, elle est rentrée chez elle et elle a fait sa valise.

Janya resta un long moment sans parler.

— Elle ne retournera jamais avec lui, dit-elle enfin. C'est une blessure dont elle ne guérira pas.

— Peut-être que si, peut-être que non. Felo me téléphone, tu sais. Il appelle pour savoir où elle est. Je lui ai dit que ça ne le mènerait nulle part, mais il continue quand même. Il m'a encore téléphoné il y a trois jours, alors qu'il sait que je déteste jouer les intermédiaires.

Janya s'essuya les mains à un chiffon humide, puis elle enlaça Wanda.

— Nous allons faire une dernière fois le tour du pavillon, histoire de vérifier qu'il n'y manque rien, proposa-t-elle. Sois sûre que ta fille se sentira la bienvenue ici. Nous allons toutes lui faire bon accueil.

— Je sais que je peux compter sur toi, Janya. Et d'ailleurs, je risque d'avoir bien besoin de tes conseils, vu que tu es plus proche en âge de Maggie.

— Tracy et moi, nous ferons notre maximum. Et Alice pourra toujours lui servir de grand-mère, si nécessaire.

Wanda ne savait trop quels seraient les besoins de sa fille, mais quels qu'ils soient elle était certaine d'une chose : Maggie avait choisi le lieu adéquat pour se ressourcer.

— Ça va, ça va, Rumba… Je sais que tu ne t'es pas plu chez Mme Sanchez…

En dépit de cette amende honorable, la chatte continua à pousser des miaulements outragés à l'intérieur du panier de transport posé sur le siège passager.

— Elle te donnait pourtant du poulet cru deux fois par semaine. Mais tu as la mémoire courte, pas vrai ?

Rumba, le pelage lisse et blanc, les yeux couleur lentille d'eau, la fixait avec rancune, bien que ses miaulements aient baissé d'un ton.

Maggie n'avait jamais eu l'intention de la confier à une inconnue. Six semaines plus tôt, quand elle avait fait ses valises et chargé le coffre de sa voiture, elle avait envisagé de la laisser à Felo, afin que la chatte continue à vivre dans son environnement familier, le temps qu'elle-même trouve un point de chute. Mais c'était courir le risque que Felo, à qui Rumba vouait une véritable adoration, refuse de la lui rendre. Aussi avait-elle préféré la confier finalement à la mère d'une amie qui aimait les chats, mais aussi les voyages. Mme Sanchez avait accueilli avec joie cette compagnie temporaire.

Rumba était sans conteste *sa* chatte. Un an avant de se mettre en ménage avec Felo, elle l'avait trouvée, pathétique boule de poils salis, dans la carcasse calcinée d'une maison qui abritait un trafic de drogue. Elle l'avait recueillie et remise sur pied grâce à un compte-gouttes et des soins constants. Toutefois, durant les quatre années qu'avait duré son concubinage, Rumba avait étendu à Felo son affection féline. Maggie comptait d'ailleurs accorder un droit de visite à ce dernier, dès qu'ils seraient de nouveau capables de se parler en termes civilisés. Il lui paraissait cruel d'ôter Rumba à Felo de la même façon qu'elle-même était sortie de sa vie.

— Tu vas adorer vivre près d'une plage, reprit Maggie, qui pour autant n'envisageait pas de laisser Rumba sortir de la maison pour aller chasser les mouettes. Et puis ma mère t'inventera sûrement une tarte, quelque chose au thon et aux œufs durs. Elle trouvera une recette du tonnerre, tu verras !

L'ébauche d'un sourire flotta sur ses lèvres. Wanda était une adepte de la thérapie par les tartes. Son enfance avait été ponctuée de tartes élaborées pour répondre à chaque catastrophe. Tarte aux fraises, le jour où Maggie était revenue de l'école avec une cheville foulée. Tarte au chocolat meringuée, le jour où Junior avait été renvoyé à la maison parce qu'il avait des poux — mais seulement après un féroce lavage de tête et une coupe en brosse. Dans les années qui avaient suivi cet épisode, chaque fois que son cuir chevelu l'avait démangée, Maggie avait vécu dans la terreur que sa propre chevelure auburn ne soit sans délai réduite à sa plus simple expression.

— Les tartes au citron vert étaient réservées aux grandes

occasions, précisa-t-elle à voix haute, car Rumba s'était remise à protester. Noix de pécan/patate douce ou bien noix/pépites de chocolat pour les départs en vacances. Une tarte au citron de la texture d'un nuage, si légère qu'il fallait la lester de rondelles de citron confit… Le *Délice au citron*… Il reste encore ma tarte préférée.

Maggie prit soudain conscience de l'absurdité de la situation. En être réduite à parler pâtisserie avec une chatte ! Jamais elle n'aurait imaginé que sa mère posséderait un jour son propre commerce. Et encore moins qu'elle deviendrait son employée.

— Tu as déjà rencontré ma mère. L'évidence que nous étions de la même famille ne t'a peut-être pas frappée, mais c'est pourtant le cas. Elle a un fichu caractère et, crois-moi, il nous en faudra aussi une sacrée dose pour nous en accommoder ! Elle a un chien, un lévrier qui s'appelle Chase. Elle l'a sauvé de la même façon que je t'ai sauvée, toi. Vous pourrez peut-être faire ami-ami, tous les deux. Et puis tu aimes déjà mon père. Tu es montée sur ses genoux la dernière fois qu'il est venu nous voir. Ça nous a d'ailleurs surpris, Felo et moi…

Elle pouvait évoquer sans problème son prénom mentalement, mais le prononcer à voix haute, c'était plus dur. Beaucoup plus dur.

Elle changea de sujet.

— J'ignore combien de temps nous resterons là-bas. Maman a besoin d'une employée et Dieu sait qu'il faut une sacrée dose d'inconscience pour vouloir travailler avec elle ! Enfin… Nous nous poserons à Happiness Key le temps de stabiliser la situation, et ensuite je chercherai un endroit qui me corresponde mieux.

L'ennui, c'est qu'elle ne parvenait pas du tout à se représenter le lieu en question, ce qui expliquait qu'elle se soit proposée pour seconder sa mère quelque temps.

Elle avait toujours voulu être flic. Dès qu'elle avait compris ce que faisait son père pour subvenir aux besoins de sa petite famille, elle avait voulu suivre ses traces. Sa mère avait tenté de l'en dissuader, convaincue qu'un flic dans la famille suffisait largement mais, bien que comprenant ses craintes, Maggie avait passé outre.

A l'université de Miami, elle avait entrepris une double spécialisation en psychologie et criminologie, sachant que les deux lui seraient fort utiles pour intégrer la police. Elle avait également pratiqué la natation de haut niveau, afin de garder la forme. Elle avait discuté avec des amis de son père, cherché des boulots d'été, noué des contacts…

Une fois son diplôme en poche, elle était allée frapper tout droit à l'école de police ; ensuite, parmi les maigres choix qui s'offraient à elle du fait du gel des embauches, elle avait débuté dans le centre de la Floride, au sein d'une brigade réputée pour sa misogynie à l'égard des recrues féminines. Sa famille et ses professeurs l'avaient mise en garde, mais elle avait fait sienne la devise « tout ce qui ne me tue pas me rend plus fort » et triomphé de deux pénibles années de discrimination et de harcèlement. De cette expérience, elle avait retiré de fortes aptitudes à la survie, une solide aversion pour la camaraderie masculine, une foi inébranlable en son propre jugement et une réputation totalement justifiée de solitaire.

En proie au mal du pays, elle n'avait eu de cesse de demander son affectation aux Services de Police de la Ville de Miami, afin de ne plus vivre dans l'ombre de son père au sein de la police du comté de Miami-Dade. Et, lorsqu'une place s'était enfin libérée, elle n'avait plus jamais regardé en arrière.

— Je ne sais ni où nous irons ni ce que nous ferons après. Peut-être irons-nous dans un Etat où l'on voit passer le cycle entier des saisons. La neige te plairait, j'en suis sûre. Je pourrais te laisser dans une congère et ne te revoir qu'au printemps. Je trouverai peut-être un job dans la sécurité. Ou peut-être comme détective privé. Je prendrai des maris infidèles en filature, armée d'un appareil photo…

En être réduite à envisager une carrière de pseudo-flic raté ! Cette seule perspective lui souleva le cœur. La chatte se mit en boule et ferma les yeux tandis que le moral de Maggie s'effritait davantage.

Comment en était-elle arrivée là ? Trois mois plus tôt, elle se trouvait comblée par la vie. Et voilà qu'à présent elle retournait vivre au bercail, la queue entre les jambes. Non qu'elle eût jamais considéré Palmetto Grove ou le lotissement de Happiness Key comme son foyer. Mais c'était là qu'habitaient ses parents désormais. Sa mère, qui y avait tissé un solide réseau relationnel, menait une vie heureuse entre ses amies et son nouveau travail. Quant à son père, il appréciait d'avoir intégré une brigade plus réduite où il faisait figure de gloire locale.

Elle, elle serait simplement hors de son élément, dépossédée de tout ce qui faisait son équilibre.

Plus de boulot, plus de métier…

Plus d'amour.

Elle atteignit Palmetto Grove sans s'en rendre compte ou presque. Passé le panneau d'entrée de la ville, l'environnement lui devint plus familier. Elle était déjà venue y passer un week-end à Pâques. Ses parents avaient réservé une suite spacieuse dans un hôtel en bordure du golfe où toute la famille s'était retrouvée. Junior, sa femme et leurs deux enfants, Felo et elle. Avec Junior, elle avait franchi le pont pour aller voir les nouveaux quartiers de leurs parents. La maison était rudimentaire et décrépite, mais les problèmes qui avaient miné leur couple durant leur dernière année à Miami semblaient s'être envolés comme par magie.

Cela faisait au moins une bonne raison de se réjouir qu'ils soient venus vivre ici, estimait Maggie.

Mais le dépaysement lui serait-il aussi bénéfique ?

Palmetto Grove en soi n'avait rien de bien extraordinaire, hormis le fait que la ville semblait épargnée par les fléaux qui touchaient les autres agglomérations de la côte est de la Floride. Le paysage lui était familier, tout comme les sons et l'air marin, et pourtant les regrets l'assaillirent. Elle se languissait déjà de Miami, de son agitation, de son énergie, et plus particulièrement de son quartier de Little Havana avec ses vieux messieurs qui jouaient aux dominos sous les palmiers, son parfum de café et de cigares, sa musique latine qui rythmait le quotidien.

Elle patienta à un feu rouge, puis à un autre, avant de pouvoir jouir d'une vue dégagée du pont qui la conduirait à l'îlot. Elle dépassa un panneau annonçant la construction d'un nouveau pont en décembre, notification suivie de la liste des officiels de la région qui s'en étaient approprié tout le mérite. Le bruit des travaux s'entendrait-il de sa nouvelle maison ?

Une fois sur l'île, elle prit son temps. La première zone qu'elle traversa lui parut plus cossue que sur le continent, mais les paroles de sa mère lui revinrent à la mémoire : au-delà du premier groupe de riches demeures, la plus grande partie de l'île était à l'abri de la promotion immobilière. Pour Maggie, adepte du sauvage et du naturel, cela représentait un avantage certain. Contrairement à ce qui s'était passé sur les autres îles de la côte du golfe, personne n'était venu dépouiller l'îlot de sa flore locale pour y bâtir des hôtels et des tours d'appartements de luxe et y faire pousser des plantes exotiques, gourmandes en eau et avides d'engrais.

— On y est presque, dit-elle à la chatte endormie, d'une voix pourtant dénuée d'enthousiasme.

Elle avait trente ans. Quand elle s'était installée à Miami, elle avait atteint le grade d'inspecteur en un temps record. Son dossier comportait diverses recommandations. Et voilà qu'elle retournait vivre chez papa-maman, le temps de recoller les morceaux de sa vie brisée.

Il lui était encore possible de faire demi-tour. Elle n'avait pas parlé directement à Felo depuis qu'elle était partie, mais dans un moment de faiblesse elle avait écouté l'un de ses messages. Il voulait qu'elle revienne. Il était en colère, certes, mais il lui demandait de rentrer à la maison. Evidemment, on ne lui aurait pas restitué son poste, mais Miami était une grande ville et elle ne manquerait pas d'avoir d'autres opportunités professionnelles.

L'espace de quelques secondes, elle leva le pied de l'accélérateur. Puis, se ressaisissant, elle serra très fort le volant jusqu'à ce qu'apparaisse le premier pavillon délabré de Happiness Key. Elle stoppa sa voiture au bout de l'alignement des petites maisons en parpaings, toutes identiques.

Wanda était assise sur un banc de bois, dans l'ombre de la

maison. Son chignon de boucles cuivrées brillait de laque au sommet de son crâne. Ses lunettes à monture noire étaient légèrement relevées sur les côtés, comme le sourire du chat du Cheshire, dans *Alice au pays des merveilles*. Elle portait un chemisier vert anis sur un corsaire violet en élasthanne, association qui, par un phénomène étrange, ne jurait pas sur elle. A ses côtés se trouvait une splendide jeune femme à la peau et aux cheveux sombres. Lors de son bref passage à Happiness Key, Maggie n'avait rencontré aucune des voisines de sa mère, toutes absentes ce jour-là, mais d'après ce qu'elle lui avait raconté il devait s'agir de Janya.

Wanda avait vingt-trois ans quand elle était née, mais elle était déjà plus que prête à endosser son rôle maternel. Elle avait toujours fait office de mère dans son quartier. Pour tous les enfants de sa rue, elle était celle qui gardait toujours en réserve une boîte de cookies faits maison, qui branchait l'asperseur pour jouer à chat les soirs de canicule, qui ne râlait jamais quand les maillots de bain laissaient des auréoles humides sur les sofas fleuris.

Selon les circonstances, elle s'était battue pour ses enfants ou les avait laissés se confronter à leurs erreurs, toujours dans leur intérêt. Elle avait le verbe haut, des opinions bien arrêtées, ne s'embarrassait pas de sensibilité excessive et faisait montre d'une loyauté farouche envers les gens qu'elle aimait. Toutes les deux, cependant, n'avaient jamais su trouver la bonne longueur d'onde qui leur aurait permis d'établir une véritable complicité.

A présent, en la voyant assise sur ce banc, prête à reprendre une place importante dans sa vie, Maggie s'interrogeait sur la série de décisions qui l'avait conduite jusqu'ici.

Il était trop tard pour repartir. Pour le meilleur ou pour le pire, sa mère et elle avaient besoin l'une de l'autre. Elle avait besoin d'un refuge où panser ses plaies. Wanda avait besoin qu'on l'aide à faire face à son commerce en pleine expansion. C'était l'occasion de rendre quelque chose à la femme qui l'avait élevée, éduquée et soutenue.

Elle ouvrit la portière côté passager. Rumba se réveilla et

commença à se lécher une patte tandis que Maggie s'extrayait du véhicule. Elle comptait que sa mère se précipiterait pour l'aider à décharger le coffre, mais Wanda ne fit même pas mine de bouger.

Maggie leva la main en guise de salut. Wanda lui répondit de même.

L'espace de quelques secondes, elles se dévisagèrent fixement. Fait rare, Maggie savait exactement ce qui se passait dans la tête de sa mère à cet instant.

Comme elle, Wanda était inquiète. Elles redoutaient toutes deux que, dans cette proximité géographique décidée si soudainement, la distance entre elles n'éclate paradoxalement au grand jour, que l'harmonie et la complicité instaurées en surface ne révèlent leur nature factice.

La vie de Maggie avait été complètement chamboulée, tous ses accomplissements s'étaient évanouis en un clin d'œil, mais s'il avait encore fallu lui prouver qu'elle était au bord du gouffre, c'était maintenant chose faite.

Elle ne distinguait pas les yeux de sa mère, mais elle savait ce que contenait son regard. La crainte de ne pas être à la hauteur. Et aussi l'amour infini, douloureux, d'une mère pour sa fille.

Elle leva la main plus haut.

— Hé, maman, tu veux bien venir chercher Rumba ? Elle a besoin qu'on lui remette la tête à l'endroit.

Wanda se mit debout.

— Personne n'est mieux équipé que moi pour le faire !

Maggie parvint enfin à sourire, et Wanda aussi.

3

— J'ai fait quelque chose qui ne va pas te plaire…

Janya leva les yeux et considéra calmement son mari par-dessus les reliefs de leur déjeuner tardif. Rishi n'était peut-être pas beau, mais le fait qu'il se soit rasé la moustache, combiné à une coupe de cheveux plus seyante, faisait merveille sur sa physionomie. A moins qu'elle ne soit finalement tombée amoureuse de l'inconnu qu'elle avait épousé…

Les repas étaient souvent leur seule occasion de se parler. Ils n'avaient pas le bonheur d'avoir des enfants, mais leurs vies respectives étaient bien remplies, y compris le week-end. Le matin même, Janya était partie tôt de la maison pour aller aider Wanda dans ses travaux de peinture, puis Rishi était allé se faire couper les cheveux. Ils s'étaient retrouvés ensemble à la maison seulement au moment du déjeuner.

— Ah bon ? dit-elle avec un sourire d'encouragement, dans l'espoir d'en savoir plus.

— J'ai invité des gens à venir à la maison cet après-midi.

— Aujourd'hui ?

Rishi acquiesça, l'air penaud.

— Ils ne vont pas tarder. Je t'ai déjà parlé de Harit, mon coiffeur, et de sa femme, Kanira ? Eh bien, je les ai invités chez nous tout à l'heure. Les mots sont sortis de ma bouche sans que je m'en aperçoive !

— Et il ne t'est pas venu à l'idée de me passer un coup de téléphone pour me prévenir ?

— Je pensais rentrer plus tôt ; j'aurais eu le temps de t'en parler. Et puis je me suis souvenu d'une course à faire et j'ai oublié de t'appeler.

Il marqua une pause, la fourchette en l'air.

— Je suis désolé, Janya…

Rishi était un concepteur de logiciels informatiques brillant que beaucoup considéraient même comme un génie. C'était aussi un excellent homme d'affaires et un mari aimant. En revanche, si dans son travail il se montrait capable de mémoriser la plus infime particularité technique, au quotidien, il faisait preuve d'une complète inattention aux détails pratiques.

— Ça fait longtemps que tu souhaites les inviter…, dit-elle simplement.

Rishi avait fait la connaissance de Harit dans la boutique où ce dernier était employé à temps partiel. Sa femme et lui étaient eux aussi natifs d'Inde, quoique originaires de Calcutta, à l'est du pays. Mais, à Palmetto Grove où les Indiens étaient rares, on s'attachait plus au pays qu'à la région d'origine. Rishi s'était réjoui de trouver un ami avec lequel il avait tant de choses en commun.

— Je souhaiterais mieux les connaître, reprit-il, visiblement soulagé par l'accueil que Janya avait fait à son annonce. Et si j'en crois Harit, Kanira serait ravie de te rencontrer. Ils ne resteront pas dîner car leurs enfants sont encore petits et ils doivent les coucher de bonne heure. Mais je me suis dit que les petits pourront passer un bon moment à gambader et s'amuser sur la plage…

— Ils ont des enfants ?

— Deux, oui. Un garçon et une fille.

La voix de Rishi se voila.

En dépit de l'intervention chirurgicale qu'il avait subie, opération qui aurait pu augmenter ses chances de devenir père, leur espoir d'avoir un enfant ne s'était pas concrétisé jusqu'ici. Janya avait beau lui répéter que ce n'était pas une question de faute et qu'ils trouveraient une solution ensemble avec l'aide du médecin, Rishi continuait à se sentir coupable.

Janya se félicita d'avoir fait le ménage en grand la veille.

Lorsqu'ils avaient emménagé dans ce pavillon, un peu plus d'un an auparavant, ses activités étaient excessivement réduites, elle ne faisait pas grand-chose en dehors des tâches domestiques. Mais tout cela avait bien changé. Elle était devenue une femme active qui consacrait plusieurs jours de sa semaine à la réalisation de fresques murales pour des particuliers, notamment pour des chambres d'enfant, où ses animaux de la forêt et ses scènes sous-marines faisaient merveille. La semaine précédente encore, elle avait passé quatre longues journées à décorer le vestibule d'une maison située dans un fastueux parc résidentiel sécurisé. Les propriétaires lui avaient demandé d'illustrer la légende du tsarévitch Ivan et de l'Oiseau de feu. Elle avait reçu pour ce travail une somme si exorbitante qu'elle s'attendait encore à ce qu'on vienne lui réclamer le trop-perçu.

— Je me réjouis de les recevoir chez nous, dit-elle à Rishi.

Il lui prit la main par-dessus la table.

— Tu es très bonne envers moi, Janya…

— Je ferai de la citronnade et du thé. Toi, tu iras acheter des beignets et des biscuits chez Randall.

— Je suis bien content que tu ne sois pas fâchée.

Rishi se leva et se mit à débarrasser la table.

— Je donnerai un coup de balai dans le patio en rentrant de l'épicerie, ajouta-t-il.

Janya songea, comme cela lui arrivait souvent ces derniers temps, qu'elle avait finalement fait un bon mariage.

Harit et Kanira arrivèrent une heure plus tard. Janya regarda la petite famille s'extraire d'une berline bas de gamme qui lui rappela celle que Rishi lui avait achetée l'année précédente, juste après l'obtention de son permis de conduire. Sauf que cette voiture-là était vieille, beaucoup plus vieille que la sienne.

Rishi et elle sortirent pour accueillir leurs invités. Harit était plus petit que Rishi et plus mince, avec des cheveux noirs et raides partagés par une raie au milieu et ramenés derrière les oreilles. Avec son T-shirt noir, il faisait penser à un de ces pirates tout droit sortis des romans dont raffolait Wanda. Kanira ne devait pas mesurer plus d'un mètre cinquante, et ses cheveux étaient presque aussi courts que ceux de son mari. Ils dépassaient tout juste de ses longs pendants d'oreilles. Elle portait une robe rouge foncé qui traînait presque par terre. Son visage était fermé. On aurait pu même qualifier de buté l'air qu'elle arborait.

Les enfants étaient encore plus petits que Janya ne l'avait imaginé. Kanira portait la cadette dans ses bras, une toute petite fille vêtue d'une robe blanche à volants et couronnée d'un duvet de cheveux sombres que la brise faisait onduler comme les aigrettes d'une tête de pissenlit. Un garçonnet d'environ quatre ans trottinait aux côtés de son père, auquel il ressemblait beaucoup.

Rishi s'avança.

— Harit, Kanira, soyez les bienvenus !

Harit et Rishi se serrèrent longuement la main en échangeant quelques civilités. D'un hochement de la tête, Kanira adressa un bonjour muet à Rishi tout en rajustant la robe de la fillette. Elle ne semblait guère ravie de se trouver là, contrairement à ce que Rishi lui avait affirmé un peu plus tôt. Peut-être même regrettait-elle d'avoir quitté sa maison. Elle avait l'air d'avoir chaud et Janya lui trouva la mine fatiguée. Elle descendit du perron et avança vers elle.

Kanira la gratifia d'un faible sourire. Harit se montra plus enthousiaste et la remercia pour son invitation. Il lui présenta ensuite les enfants.

— Mon fils, Vijay…

Kanira intervint aussitôt.

— Mais nous l'appelons Jay, parce qu'il est *américain*.

Harit ne releva pas la remarque de son épouse.

— Et voici ma fille Lily…

— Ça ne doit pas être facile de faire voyager des petits enfants, même sur un court trajet, dit Janya d'un ton aimable. Venez à l'intérieur, il y fait frais. Je vous apporte quelque chose à boire…

— J'ai demandé cent fois à Harit de faire réparer la clim de la voiture, mais il ne m'écoute jamais !

Une tension certaine était manifeste au sein du couple, que Janya tenta de désamorcer en leur faisant signe d'entrer dans la maison. Si Harit avait entendu, il ne paraissait pas s'en soucier outre mesure.

— Veux-tu que je porte le bébé ? proposa-t-elle à Kanira.

— Elle n'aime pas les inconnus, répondit la jeune femme, choisissant d'ignorer le fait que Lily tendait la main vers le collier en or de Janya, tout en se tortillant pour pouvoir l'approcher.

— Installons-nous dedans un moment. Nous irons voir la plage une fois que vous vous serez reposés.

— Je l'ai pourtant dit à Harit. Les enfants sont trop petits pour profiter de la plage ! Mais comment pourrait-il savoir ce qui est bon pour eux ? Il passe son temps cloîtré tout seul, à écrire ses livres !

Kanira suivit Janya à l'intérieur, tandis que Harit demeurait en arrière pour terminer sa conversation avec Rishi. Ou peut-être pour éviter sa femme. Vijay resta avec son père.

Dans le salon, Janya installa Kanira et le bébé sur le sofa.

— Des livres ? Harit est écrivain ? C'est un véritable don de savoir écrire.

— Peut-être, mais je peux te dire que *lui*, ce n'est vraiment pas un cadeau ! Il pourrait faire des tas de choses pour nous assurer un meilleur train de vie, mais non, il ne pense qu'à écrire des romans !

— Il ne travaille pas chez un coiffeur pour hommes ?

— L'après-midi, si. Mais le matin et le soir il trouve un endroit tranquille hors de la maison pour écrire. Son travail de coiffeur et la petite bourse littéraire qui lui a été octroyée rapportent assez d'argent pour subvenir à nos besoins, mais guère plus. On ne peut se permettre aucune fantaisie.

Janya ne savait pas quoi dire. Elle ne connaissait pas Kanira depuis plus de quelques minutes et celle-ci lui faisait déjà des confidences qu'elle ne tenait pas à entendre.

Elle lui proposa de la citronnade, mais Kanira refusa.

— Je suis trop contrariée pour boire ou manger. Je dépéris.

Elle se mit à tripoter la robe de la petite fille qui commença à geindre.

Janya s'accroupit devant la fillette et, sans demander la permission, la prit dans ses bras. L'air ensommeillé, Lily se blottit contre elle et se mit à jouer avec la chaîne qu'elle portait à son cou.

— Rishi est très heureux d'avoir trouvé une famille indienne à fréquenter.

— Rishi a sa propre entreprise ?

— Oui. Il conçoit et conditionne des logiciels pour les ordinateurs.

— Ah, voilà un métier dont on peut être fier ! Et il gagne bien sa vie ?

— Assez bien, oui. Ça ira mieux avec le temps.

— Vous n'avez pas d'enfants ?

— Pas encore.

— Eh bien, moi, je me mords les doigts d'en avoir eu !

Cette fois, Janya resta interdite.

Mais Kanira ne parut pas s'en apercevoir et poursuivait déjà :

— J'espérais que la venue des enfants réussirait à le détourner de ses ridicules ambitions littéraires et qu'il commencerait à subvenir plus sérieusement à nos besoins. Il a fait ses études à Princeton en qualité de boursier. Princeton, tu te rends compte ? Pour un garçon de son village et de sa caste, c'était inespéré ! Il aurait pu continuer, devenir médecin, ingénieur, n'importe quoi. Au lieu de ça, il a décidé d'écrire. Je pensais qu'avoir des enfants lui donnerait le sens des responsabilités, mais rien ne saurait y parvenir, je l'ai bien compris… J'aurais dû m'en rendre compte avant de l'épouser, mais j'étais aveuglée par l'amour.

— Ce n'est pas un mariage arrangé ? C'est toi qui as choisi ton époux ?

Kanira fit la grimace, comme si ce constat ne faisait qu'aggraver les choses.

— Quelle idiote, hein ?

Quand Marsh arrêta le pick-up devant le petit pavillon, Tracy se pencha pour l'embrasser sur la joue.

— Tu es vraiment sûre que tu ne veux pas que j'entre,

histoire de m'assurer que tu as assez de bouillon de volaille pour ce soir, Trace ?

— Non, ce n'est pas la peine. Le temps d'attraper mon sac à dos et je file à l'intérieur. Je me sens beaucoup mieux, aujourd'hui, ne t'inquiète pas… J'ignore ce que j'ai eu la nuit dernière, mais en tout cas, c'est en train de me quitter.

Et si son diagnostic s'avérait le bon, la « chose » trouverait définitivement le chemin de la sortie dans un peu moins de neuf mois maintenant.

Marsh parut soulagé de ne pas avoir à jouer les infirmières.

— N'en fais pas trop, tout de même. Et appelle le médecin si tu ne te sens pas mieux d'ici lundi. C'est promis ?

— Promis… Je suis vraiment navrée que nous ayons dû écourter notre excursion, Marsh !

Dans la catégorie « mensonges », pensa-t-elle pour se déculpabiliser, celui-ci était ridiculement insignifiant par rapport à la colossale dissimulation d'une éventuelle grossesse. Mais elle était moins sûre de son diagnostic que du sentiment véritable que lui inspirait son retour à la maison prématuré. Elle s'était levée barbouillée et son petit déjeuner — flocons d'avoine instantanés additionnés de lait en poudre — n'avait rien fait pour améliorer la stabilité de son estomac. Mais au fil de la journée, le malaise s'était considérablement atténué, au point qu'elle s'était mise à douter de ses conclusions de la nuit. Elle éprouvait beaucoup des symptômes dont se plaignaient les femmes enceintes, et après ? Il pouvait s'agir de tout autre chose.

Peut-être souffrait-elle d'une pathologie beaucoup plus facile à gérer, une maladie potentiellement fatale, par exemple.

— Tu m'appelles si tu as besoin d'aide ? insista Marsh.

— Ecoute, je suis entourée de femmes qui se précipiteront à mon chevet pour me tenir la main s'il y a quoi que ce soit. Toi, par contre, appelle-moi avant d'aller te coucher, je te chanterai une berceuse…

— Je le ferai si tu me jures de t'abstenir de chanter.

— Espèce de lâche !

Elle lui sourit, descendit du pick-up et alla récupérer son sac à dos à l'arrière du véhicule. Elle recula de quelques pas, lui fit au revoir de la main et il démarra.

Quand elle fut certaine qu'il était bien parti, elle abandonna son masque de gaieté, fourragea à l'intérieur de son sac à la recherche de ses clés et monta dans sa BMW.

Quelques minutes plus tard, elle arrivait chez Randall, le seul commerce de la baie de Palmetto Grove. Elle s'était astreinte à rouler lentement pour ne pas risquer de rattraper et dépasser le pick-up de Marsh, mais une fois en vue du magasin, elle s'engagea si vite sur le parking que ses roues dérapèrent sur le gravier.

Randall's n'était pas un drugstore à proprement parler. Le bâtiment de bois, dont la véranda abritait un antique congélateur Coca-Cola, était plutôt un croisement étrange entre une épicerie fine et une boutique à appâts, où les gésiers de poulet côtoyaient les meilleurs steaks Angus, où les leurres à poisson faisaient de l'œil aux cafetières à piston et aux paniers vapeur en bambou. Dans le désordre chaotique de ces rayons pleins à craquer, elle arriverait bien à dénicher un test de grossesse, quand même ? Elle n'avait pas la patience d'aller jusqu'à la ville.

Une fois à l'intérieur, elle commença par balayer les allées du regard, histoire de s'assurer qu'aucune de ses connaissances ne se trouvait dans les parages. Satisfaite de son inspection, elle se mit en quête du rayon pharmacie, où elle farfouilla dix minutes au moins parmi les boîtes poussiéreuses, sans résultat. Elle finit par coincer un vendeur, adolescent attardé aux allures d'échalas dont le menton s'ornait d'un bouc et l'oreille d'une petite créole dorée.

— J'ai besoin d'un test de grossesse pour une amie.

Elle n'aurait su dire ce qu'il lui avait pris de mentir — après tout elle était bien certaine que le vendeur se moquait éperdument de savoir qui était enceinte ou non —, mais le bobard glissa avec fluidité de ses lèvres, comme enrobé d'huile d'olive extra-vierge.

— Je n'en vois pas, ajouta-t-elle.

— Je vais voir si je peux vous en trouver un…

Il s'éloigna d'un pas si lent qu'elle crut d'abord qu'il faisait du surplace.

Elle regarda alentour, ne sachant que faire pour se donner une contenance. En désespoir de cause, elle décida d'aller se poster devant le présentoir de magazines. Elle feuilletait le tout dernier numéro de *People*, reconnaissant des visages qu'elle avait croisés dans les soirées qu'elle fréquentait à l'époque où elle était encore mariée à CJ, lorsqu'une voix familière la héla :

— Tracy !

Elle en laissa choir son magazine de surprise, mais le temps de le ramasser, elle s'était déjà ressaisie. Olivia Symington la rejoignit alors d'un pas sautillant, et Tracy la gratifia d'un sourire lumineux, feignant un ravissement à sa vue, alors que pour une fois il n'en était rien.

— Tiens, qui voilà !

— On est venues acheter des glaces. Mon équipe de foot a gagné.

— Félicitations !

Elles se tapèrent dans les mains. Tracy nourrissait une tendresse toute particulière pour la fillette. C'était une jolie gamine au teint clair, aux cheveux bruns et aux yeux d'un bleu étonnant, qui promettait de devenir une beauté à l'âge adulte. Tracy vit bientôt Alice, sa voisine, s'avancer derrière sa petite-fille. Alice avait la garde d'Olivia, l'enfant de sa défunte fille, pendant que le père de la petite, Lee, purgeait une peine de prison. Lorsqu'il en aurait terminé — *à condition* qu'il en ait terminé un jour —, Olivia serait majeure, au grand soulagement des habitantes de Happiness Key.

— Il paraît que l'équipe de ta petite-fille fait des exploits ? demanda Tracy à Alice, quand la vieille dame les eut rejointes.

Elle avait l'air fatiguée. Proche des quatre-vingts ans, elle avait déjà eu une attaque et malgré tout l'amour qu'elle portait à sa petite-fille, élever une préadolescente à l'emploi du temps surchargé n'était pas une occupation de tout repos pour elle.

— Elle a été formidable, acquiesça Alice en posant la main sur l'épaule d'Olivia.

Geste d'affection ou besoin de soutien, Tracy n'aurait su le dire et, pour l'heure, c'était le cadet de ses soucis. Elle balaya le magasin du regard, mal à l'aise, à la recherche du jeune employé qui risquait à tout moment de débarquer de sa démarche traînante pour brandir devant le petit groupe un kit de test de grossesse ou pour annoncer à Tracy en des termes incertains qu'ils n'en avaient pas ni en rayon ni en réserve. Elle ne tenait vraiment pas à expliquer sa situation à Alice, encore moins en présence d'Olivia.

— Bon, dit-elle d'un ton enjoué, je ne vais pas vous retarder plus longtemps, si vous comptez vous régaler de glaces !

— Veux-tu un cône ? proposa Alice. On te l'offre.

Tracy sentit son estomac se retourner à la simple idée d'ingurgiter de la crème glacée, preuve s'il lui en fallait encore une de ce qu'un test de grossesse ne manquerait pas de confirmer.

— Non, merci. Je continue à surveiller ma ligne, tu sais, et qui plus est je n'ai pas encore dîné. Allez, à bientôt ! On vient bien toujours chez toi, jeudi soir ?

Alice parut marquer une certaine surprise mais se reprit rapidement. Avait-elle oublié la date ou la pensée du travail qu'allait entraîner ce repas lui était-elle un rappel désagréable ?

— Inutile de te mettre en quatre pour nous, Alice… Randall's fait d'excellents poulets rôtis. Wanda apportera une de ses merveilleuses tartes et nous persuaderons Janya de confectionner un accompagnement à base de riz. Quant à moi, je fournirai le vin.

— Ce sera parfait, ma chère.

Alice afficha un sourire courageux. Olivia étreignit spontanément Tracy, puis la grand-mère et la petite-fille traversèrent le magasin pour se rendre au rayon des crèmes glacées.

Juste à temps.

— C'est ça que vous cherchez ? s'enquit une voix derrière elle.

Faisant demi-tour, Tracy se retrouva nez à nez avec le jeune vendeur qui lui tendait une boîte légèrement abîmée sur laquelle figurait un bébé rose et gras flanqué de son père et de sa mère.

— Mais d'où vous sortez, vous ?

Le jeune sembla considérer la question avec sérieux, alors

Tracy enchaîna rapidement, de crainte qu'il n'entame son récit par le moment de sa propre conception.

— Merci beaucoup. Je vous sais gré de m'avoir trouvé ce que je cherchais, dit-elle en lui arrachant la boîte des mains.

Le regard vide, le jeune homme la gratifia d'un hochement de tête et s'éloigna de sa démarche toujours aussi nonchalante. Le temps de s'assurer qu'Alice et Olivia étaient bien reparties, Tracy flâna quelques minutes encore dans les rayons, prête à fourrer précipitamment le kit derrière les comprimés contre le rhume ou les conserves de petits pois.

Dès qu'elle les vit sortir du magasin, elle fonça vers la caisse avant de tomber sur une autre de ses connaissances et de recommencer son petit jeu de cache-cache.

Le trajet de retour lui laissa le loisir de spéculer sur les sentiments qu'elle éprouverait tout à l'heure, dans sa salle de bains, lorsqu'elle contemplerait la baguette du test, quoiqu'elle n'eût guère pensé à autre chose depuis la nuit précédente, quand la réalité s'était brutalement imposée à elle.

Marsh et elle n'étaient « en couple » que depuis deux mois à peine. Et encore, elle se demandait si le terme de couple était parfaitement approprié, car la voie n'était pas aussi simple ni évidente pour eux. Ils n'étaient pas des adolescents s'engageant fougueusement dans leur première histoire d'amour, ils avaient tous deux un passé, s'étaient tous deux frottés à la vie conjugale ; ça laissait des traces.

Bien sûr, du jour où ils avaient couché ensemble, cédant enfin à une évidente attirance, ils étaient devenus inséparables. Quand Marsh se mettait aux fourneaux, elle allait dîner chez lui. Quand Bay et lui se languissaient de la plage, ils venaient à Happiness Key passer la journée avec elle. La classe de Bay présentait-elle un spectacle ? Elle était dans le public. Elle accompagnait également Marsh aux rencontres parents/professeurs et lorsqu'un événement d'importance se déroulait au complexe de loisirs, le père et le fils venaient lui apporter leur soutien. Elle avait même participé à un piquet de grève avec

Wild Florida à l'époque où l'on parlait encore d'implanter un centre commercial dans le marais.

Elle, Tracy Deloche, faire le piquet de grève ! *Elle* pour qui « protester » consistait à s'indigner contre son spa préféré lorsque celui-ci cessait la commercialisation d'une teinte de vernis à ongles ! Que lui fallait-il de plus pour parler de couple ?

En d'autres termes, leur liaison avait gagné en profondeur. Peut-être finirait-elle par admettre qu'elle était plus heureuse avec Marsh que seule. Peut-être lui-même admettrait-il qu'il avait besoin d'elle, voire qu'il l'aimait. Mais ils n'en étaient pas encore là. Rescapés l'un comme l'autre d'un naufrage conjugal, ils commençaient à peine à sortir la tête hors de l'eau. Il leur restait encore à gagner le rivage pour y établir un terrain d'entente solide malgré toutes leurs différences. Leur histoire avait un équilibre encore fragile, que le cataclysme d'une grossesse imprévue et prématurée risquait de détruire, engloutissant définitivement leur amour.

Sans compter qu'elle avait toujours refusé d'avoir des enfants, de la même manière qu'elle déclinait un second martini lorsqu'elle devait prendre le volant…

Elle constata avec soulagement qu'elle était arrivée. Elle s'engagea dans l'allée sur les chapeaux de roues, pila devant son pavillon, descendit de voiture et s'empara du sachet en papier de Randall's, sans même prendre la peine de sortir son sac à dos du véhicule.

Pas plus qu'elle ne prit la peine, une fois à l'intérieur, de revenir sur ses pas en entendant que la porte ne s'était pas refermée correctement derrière elle. Le temps de traverser le séjour, elle avait déjà déboutonné son jean, ouvert le kit, extrait son contenu et jeté l'emballage dans la poubelle qui se trouvait à l'entrée de la cuisine.

Une fois dans la salle de bains, elle se planta devant le lavabo, fit couler l'eau jusqu'à ce qu'elle soit assez chaude pour se laver les mains, puis elle déplia le mode d'emploi et le lut attentivement. Enfin, elle sortit la baguette du test et le contempla longuement. Quelles étaient ses attentes, exactement ? Est-ce qu'elle devait espérer ne *pas* être enceinte ? Que sa vie ne soit pas sur le point de prendre un tournant irréversible ? Ou bien le contraire ?

Sincèrement, elle n'en avait aucune idée.

Se rappelant alors que le résultat serait le même quels que soient ses sentiments à ce sujet, et que toute délibération existentielle serait vaine, elle se percha sur le siège des toilettes et se conforma aux instructions.

Cela fait, elle agita la baguette en l'air tout en tirant un morceau de papier hygiénique. Puis elle rajusta son pantalon et en remonta la fermeture Eclair.

Elle n'osait pas regarder la baguette. C'était loin d'être le dernier cri en matière de test de grossesse. D'après le mode d'emploi, on avait la certitude du résultat au bout de cinq minutes, mais tout aussi bien, elle pouvait avoir la réponse en quarante secondes.

— Un crocodile, deux crocodiles…

— Hé, Tracy, tu es là ? On a vu ta voiture et la porte d'entrée était ouverte. Tu vas bien ?

Tracy ferma les yeux.

Wanda… Wanda et une autre personne, constitutive de ce mystérieux « on ». Elle envisagea une seconde d'ignorer cette visite intempestive, mais se dit qu'il serait bien dans le caractère de son amie de se précipiter dans la salle de bains pour s'assurer que tout allait bien.

— Une petite minute ! cria-t-elle.

Elle ouvrit le premier tiroir près du lavabo et y dégagea un petit espace afin de dissimuler le test et son mode d'emploi.

Tout en se lavant les mains, l'idée lui vint de prendre son temps, histoire de jeter un rapide coup d'œil à la baguette dans la minute suivante, idée aussitôt écartée. Wanda était parfaitement capable de tambouriner à la porte, si jamais elle s'éternisait.

Après s'être rapidement essuyé les mains à une serviette, elle traversa le vestibule où elle découvrit que Janya était le second élément du « on ».

— Tu devais être drôlement pressée pour laisser ta porte

ouverte comme ça, lança Wanda. Tu n'étais pas censée faire du camping avec ton homme ? Vous ne deviez pas passer encore deux nuits en amoureux dans les Everglades, en compagnie des moustiques et des alligators ?

— J'en avais tellement marre de ces WC portables que je me suis retenue tout ce temps pour aller aux toilettes, aussi à peine rentrée je peux te dire que je m'y suis précipitée !

— Ah oui ? Pourtant, je t'ai vue repartir tout de suite après que le pick-up de Marsh t'a déposée.

— Wanda ! On ne peut donc pas avoir un semblant de vie privée ici ? protesta Tracy.

— Il s'est passé quelque chose là-bas ? continua Wanda, impitoyable, en la dévisageant. Tu as une tête de déterrée, comme si une saleté t'avait méchamment…

Janya l'interrompit, seule parade véritablement efficace pour empêcher Wanda de se lancer *à fond*.

— Nous étions inquiètes, c'est tout, vu que nous ne t'attendions pas si tôt. Et puis comme la porte était ouverte…

— Merci de vous inquiéter de moi, mais il n'y a aucun problème… Vraiment…

Elle n'en était pas si sûre, en réalité, mais le diagnostic définitif se trouvait encore hors de portée, dans un tiroir de la salle de bains.

— L'excursion s'est avérée beaucoup plus éprouvante que ce que j'imaginais, et nous avons déclaré forfait plus tôt que prévu, voilà tout.

— Vous ne vous êtes quand même pas engueulés, Marsh et toi ?

— Mais non, Wanda ! J'avais simplement besoin de passer une bonne nuit de sommeil dans un lit confortable. Dans mon lit *à moi*.

Elle souligna ces derniers mots d'un hochement de tête appuyé, dans l'espoir que Wanda n'aille pas s'imaginer autre chose.

— Je suis sur les genoux ! dit-elle encore, espérant que les deux femmes comprendraient le message.

Elles étaient adorables, la chaude amitié qui les liait réconfortante, mais parfois un peu lourde…

— Bon, si tu affirmes que ça va… Je passais juste pour te dire que Maggie est bien arrivée et que son installation s'est déroulée sans problème. Je lui ai dit que tu passerais la voir à ton retour. Mais ce n'est pas pressé.

Janya s'avança alors et Tracy vit qu'elle tenait à la main un sac en plastique.

— Au cas où tu n'aurais rien acheté pour ce soir…

Tracy jeta un coup d'œil à l'intérieur du sac où la jeune femme avait emballé dans une boîte en plastique les restes du dîner qu'elle avait sans doute servi à son mari. Puis, sans réfléchir, elle souleva le coin du couvercle pour humer le contenu. Elle raffolait de la cuisine indienne, d'ordinaire, et tout particulièrement des plats aux senteurs aromatiques que mitonnait Janya. Mais à peine la boîte entrouverte, son estomac se révulsa.

Elle se sentit blêmir. Fourrant brutalement le sac dans les mains de Janya, elle fila dans la salle de bains.

Lorsqu'elle put enfin se remettre debout, Janya était près d'elle, munie d'un gant de toilette humide.

Tracy prit le gant et coula un regard en direction de Wanda qui se tenait en retrait, appuyée contre le montant de la porte, l'emballage du kit à la main.

— Tu avais vraiment besoin de ça ? Parce que j'aurais pu te dire ce qui n'allait pas chez toi…

Tracy avait envie de protester contre cet envahissement de sa vie privée, mais elle était trop faible.

— Et alors, insista Wanda, ça dit quoi ?

— Je n'ai pas encore eu le temps de regarder, figure-toi ! Je faisais la conversation à mes voisines !

— Eh bien, vas-y maintenant… Regarde ! Juste histoire de confirmer ce qu'on sait déjà.

Tracy obéit machinalement. Elle ouvrit le tiroir et contempla la baguette du test. Dans la petite fenêtre étaient apparues deux barres là où deux mois plus tôt, avant le début de sa liaison avec Marsh, il n'y en aurait eu qu'une.

— Mince…

Elle leva les yeux et vit l'expression troublée de Janya.

— Pardon, Janya, dit-elle. C'est toi qui aurais dû vivre ce moment…

Janya lui posa la main sur l'épaule.

— Tu ne me dépossèdes de rien. Personne n'a jamais décrété qu'il ne devait y avoir de naissance que chez les Kapur, à Happiness Key…

— Je sais, mais je me retrouve enceinte sans même l'avoir voulu…

Ses yeux s'emplirent de larmes qu'elle refoula d'un battement de paupières. Fichue sensiblerie ! Mais au moins, maintenant, elle en connaissait la cause…

— Ma foi, tu dois bien avoir fait quelque chose pour que ça t'arrive ! rétorqua Wanda. Tu veux que je te fasse un dessin ?

Tracy inspira profondément.

— Non… En revanche, je vais vous demander une faveur. A toutes les deux. Promettez-moi de ne rien dire à personne. Je ne veux pas que ça s'ébruite. Pour le moment, ça doit rester un secret entre nous, d'accord ?

— Et Marsh ? demanda Janya. Tu vas forcément le lui dire, n'est-ce pas ?

— Marsh Egan est bien la dernière personne à qui je compte l'annoncer pour l'instant ! Je veux d'abord réfléchir à tout ça posément…

— Es-tu en train de nous dire que tu ne veux pas mettre le père de l'enfant au courant ? s'écria Wanda. Ou que tu ignores qui il est ?

— Wanda ! Ça ne nous regarde pas, voyons !

Janya avait l'air outrée.

Tracy leva la main.

— Stop, arrêtez, toutes les deux ! Je n'ai pas le moindre doute sur l'identité du père.

— Ma foi, ton vaurien d'ex-mari a dormi un bon bout de temps chez toi…

De fait, CJ, libéré de prison en raison d'un vice de procédure, avait temporairement trouvé refuge chez Tracy durant l'été.

— CJ couchait sur le sofa. Pas avec moi, crut bon de lui rappeler Tracy. Cet enfant est bien celui de Marsh, à moins qu'il ne s'agisse d'un cas d'immaculée conception, mais je doute fort d'être la candidate idéale à ce genre d'honneur.

— Alors pourquoi tu ne le lui dis pas ? Il a le droit de savoir, non ?

Tracy se contenta de secouer la tête. La liste de ses raisons était trop longue, trop compliquée et trop dérangeante.

— Ecoute, Wanda, j'ai appris que j'étais enceinte il y a… un peu plus d'une minute… et j'ai besoin de temps pour digérer l'information. Alors, lâche-moi un peu, tu veux bien ! Conduis-toi en véritable amie et pour une fois mets-la en veilleuse !

Wanda se mordit la lèvre. Elle n'en avait pas terminé avec le sujet, il aurait fallu être aveugle pour ne pas le voir. Mais elle se borna à un bref hochement de tête.

— En tout cas, si tu as besoin d'en parler à quelqu'un d'expérience, passe me voir, d'accord ?

— Ne t'inquiète pas, je sais où te trouver.

Janya tira Wanda par le bras, pour essayer de l'entraîner vers la porte, mais cette dernière fit mine de ne pas comprendre. Elle dévisagea longuement Tracy, puis elle s'avança vers elle et la serra dans ses bras avec tant de force qu'elle lui fit perdre l'équilibre. Elle s'éclipsa ensuite sans un mot, Janya sur ses talons.

Quand enfin la porte se referma derrière elles, Tracy se laissa tomber sur son canapé avec un gros soupir. Fallait-il en rire ou en pleurer ? Ne le sachant pas, elle resta là, l'esprit agité à la pensée des changements qu'allait connaître sa vie.

4

— Ça va, mon chou ? Tu t'en sors ?

— Oui ! Ça me rappelle le bon vieux temps.

La voix de Maggie lui parvint depuis l'arrière-boutique des *Merveilleuses Tartes de Wanda.*

— Si tu as besoin de quelque chose, tu me le dis…

Wanda laissa passer quelques secondes, puis comprit que leur conversation n'irait pas plus loin. Elle poussa un soupir.

A l'arrière du magasin, Maggie s'activait à pétrir des fonds de tarte. Wanda, résistant à l'envie de la traiter différemment de Dana, la seule employée digne de ce nom qu'elle ait jamais eue, avait mis sa fille au travail immédiatement. Maggie avait passé son enfance à faire des tartes, aussi Wanda s'était-elle bornée à lui montrer rapidement le fonctionnement de la cuisine et, après lui avoir confié la liste des recettes à réaliser — assortie de quelques conseils pour les produire à grande échelle —, elle l'avait laissée se débrouiller toute seule.

Elle trouvait Maggie particulièrement mignonne ce jour-là, bien qu'elle fût dans le beurre et la farine jusqu'aux coudes depuis deux heures. Elle avait rassemblé ses cheveux mi-longs en une natte serrée, ramenée sur la nuque au moyen d'épingles, à la manière dont elle se coiffait quand elle portait l'uniforme. Ce qui lui allait bien. Une coiffure sobre mais féminine, grâce aux quelques mèches folles qui avaient échappé aux épingles et à deux minuscules créoles en or. Son jean et son T-shirt vert bouteille étaient dissimulés sous l'un des tabliers à rayures au logo du magasin dont Wanda avait fait l'acquisition.

Sans son nez — un peu trop fin — et son visage un peu trop allongé et trop sombre, Maggie aurait été une véritable beauté. Elle avait des yeux brun doré à la Bette Davis — paupière lourde et regard sensuel — et des cheveux de la même nuance que ceux de Maureen O'Hara dans *La Fiancée de papa*. Elle avait hérité ces deux attributs de sa grand-mère maternelle qui avait été, au temps de sa gloire, une vénus irlando-écossaise. Wanda avait hérité de sa mère une couleur de cheveux moins flamboyante, mais suffisamment rousse pour qu'elle ait su avec certitude que le bébé qu'on lui avait mis dans les bras à la maternité trente ans plus tôt était bien le sien.

Ces dernières vingt-quatre heures, malgré une curiosité pressante, elle avait fait chou blanc avec sa fille et sa propriétaire. A ses questions concernant Felo, Maggie avait répondu qu'il n'y avait pas grand-chose à ajouter, vu que Wanda connaissait déjà toute l'histoire. Elle n'avait jamais été du genre à s'épancher, mais après ces deux années de harcèlement sous les ordres d'un shérif à la moralité douteuse, elle était devenue encore plus avare de confidences. Quant à Tracy, elle lui avait esquissé sa situation dans les grandes lignes, mais ni l'une ni l'autre des jeunes femmes n'était d'humeur à se livrer davantage.

Bref, Wanda se sentait comme une petite fille, le nez collé à la vitrine d'une confiserie.

Habitée par un singulier sentiment de solitude, elle s'affairait à disposer des bouquets d'œillets rouges sur les tables quand le carillon tinta pour signaler l'entrée d'un client. Elle leva les yeux et sourit, bien qu'elle n'eût pas le cœur à cela.

— Ah ! J'aime les hommes qui ont envie de s'offrir une part de tarte à cette heure de la matinée ! s'écria-t-elle.

L'inconnu était en surpoids sans être obèse, comme quelqu'un qui aime manger et qui se laisse un peu trop souvent aller à la gourmandise. Il avait le teint vermeil, des cheveux blonds et un front qui commençait à se dégarnir. A vue de nez, Wanda estima qu'il approchait de la quarantaine.

— Je cherche Wanda Gray. Se pourrait-il que je l'aie trouvée ?

Wanda dressa l'oreille. Les gens devinaient toujours qu'elle était la fameuse Wanda de l'enseigne, mais ils se souciaient rarement de son nom de famille.

Elle lui jeta subitement un coup d'œil méfiant.

— Vous n'êtes pas des impôts, au moins ?

L'homme s'approcha et lui tendit la main.

— Non, pas du tout... Je m'appelle Phillip Callander et j'ai une bonne nouvelle pour vous.

Avait-elle participé à quelque concours, dernièrement ? Elle avait toujours rêvé d'ouvrir sa porte et de trouver sur son palier une dizaine de personnes les bras chargés de roses rouges et de ballons de baudruche, venues lui annoncer qu'elle avait gagné un voyage à Las Vegas ou un chalet dans les montagnes.

— Si c'est une bonne nouvelle, ça me va, fit-elle en serrant la main qu'il lui tendait.

— Alors que dites-vous de celle-ci ? Vous vous souvenez du *Gaylord's* ?

Les yeux de Wanda se réduisirent à de simples fentes. Le *Gaylord's* n'était pas particulièrement associé, dans sa mémoire, à de bons souvenirs. En quoi pouvait-il alors être associé à une bonne nouvelle ? Avant de se lancer dans le commerce des tartes, elle était employée comme serveuse au *Dancing Shrimp*, véritable institution locale dont tout le monde appréciait l'ambiance typique et les menus de fruits de mer. Mais en dépit de sa popularité auprès des clients, elle avait été licenciée lors du rachat du restaurant par un jeune couple de Manhattan qui en avait fait un bar à tapas rebaptisé le *Gaylord's*.

D'un autre côté, ce licenciement lui avait fourni la motivation requise pour monter sa propre affaire, laquelle était plutôt florissante.

— Le *Gaylord's*, oui, je connais... Vous y avez chopé une intoxication alimentaire ? Ça serait une sacrée bonne nouvelle, pour le coup ! Enfin, pas pour vous...

L'homme se mit à rire. Il avait un rire profond et mélodieux qui ne tarda pas à radoucir l'humeur de Wanda.

— *Jamais* je n'ai mangé là-bas ! s'écria-t-il en plissant le visage dans une grimace horrifiée. La nourriture qu'ils essayaient de refiler aux gens était tout bonnement *immonde.*

— « Essayaient » ? Au passé ?

— Vous connaissez la durée de vie de la plupart des nouveaux restaurants ? Il s'en ferme de dix à quinze pour cent chaque année, et nombreux sont ceux à n'avoir été en activité que trois ans, voire moins.

Wanda espérait que ces statistiques ne concernaient pas les commerces spécialisés dans la vente de tartes.

— Et vous dites qu'il a fermé ?

— Il y a six semaines, oui... Les propriétaires ont mis la clé sous la porte. Du jour au lendemain. Non contents d'ignorer les rudiments de la gestion commerciale, ils n'ont même pas été capables d'engager un chef digne de ce nom. Mais il y a pire...

Wanda, penchée en avant, s'efforçait de ne pas roucouler d'aise.

— Ah oui ?

— Ils ne connaissaient même pas les goûts des gens *d'ici* !

Il marqua une pause.

— Mais moi, je les connais ! Et c'est pour ça que je vais recréer le *Dancing Shrimp.*

A présent, Wanda roucoulait sans retenue.

— Nous sommes en pleins travaux, reprit Phillip Callander avec un large sourire. Les anciens propriétaires avaient collé du lambris partout, tout repeint en noir et installé des fenêtres si étroites que la lumière n'arrivait même pas à entrer. Ils étaient au bord de l'eau et ils avaient occulté toute la vue !

— Ils se sont aussi débarrassés de toutes leurs bonnes serveuses, mais passons... Donc, vous recréez l'endroit comme il était à l'origine ?

— A peu de choses près, oui. Ce sera un tantinet plus chic, mais dans une ambiance décontractée, comme avant. Je remettrai la plupart des spécialités à la carte tout en ajoutant d'autres plats un peu plus recherchés. Ce qui est sûr en tout cas, c'est que je garderai les fameuses galettes de maïs aux crevettes et que je ne les servirai pas accompagnées de sauce hoisin !

Décidément, songea Wanda, ce Phillip Callander avait tout

pour plaire. Le *Dancing Shrimp* essuierait peut-être quelques revers, mais il redeviendrait la bonne vieille gargote d'antan.

— Et non content d'en être le nouveau propriétaire j'en suis également le chef. C'est d'ailleurs la raison qui m'amène ici…

Wanda l'arrêta tout de suite d'un geste de la main.

— Désolée, mais j'ai ma propre affaire, désormais. Pas question que je redevienne serveuse. Par contre, si vous voulez que je vous aide à reconstituer les menus, je peux y réfléchir.

— Non, non, les menus, les recettes, je les ai. Le premier propriétaire s'est fait une joie de me les donner. Non, ce qu'il me faut, vous seule êtes en mesure de me le fournir…

Charmée, Wanda retint son souffle, attendant la suite.

— Des tartes, dit-il en savourant le mot. Les tartes du *Dancing Shrimp*. Des tartes personnalisées que nous serions les seuls à servir. Des tartes que *vous* auriez créées spécialement pour nous. Qu'est-ce que vous en dites ?

— Moi ?

— Qui d'autre ? Voilà quinze jours que je teste toutes vos recettes en douce. Vos tartes sont les meilleures que j'aie jamais mangées. Or les tartes se marient avec mes menus comme le poisson avec les frites, le citron avec le thé sucré ! Sauf que, voyez-vous, je n'aime pas faire de la pâtisserie, et puis dans ce domaine je ne vous arrive pas à la cheville. Alors pourquoi embaucher un chef pâtissier alors que je peux vous acheter des tartes ? Par ordre de virement. Nous passerons même les chercher tous les matins, pour vous économiser les frais de transport.

— Ben ça alors, c'est la meilleure de l'année !

— Et vous savez quoi ? Je veux un menu gai, vivant, avec des anecdotes, pas uniquement des descriptions. Il y aura donc un passage sur vous, expliquant comment, de serveuse au *Dancing Shrimp*, vous êtes devenue une pâtissière réputée. Qu'est-ce que vous en dites ?

Rien. Pour une fois, Wanda en restait coite. C'était mieux que les roses rouges et les ballons de baudruche, voire aussi bien qu'un chalet à la montagne. C'était l'assurance d'une commande régulière, une commande sur laquelle elle pourrait compter chaque jour sans exception. Et la publicité que ça allait lui faire ! Une publicité du tonnerre !

— Que du bien, voilà ce que j'en dis ! finit-elle par répondre. Combien de recettes différentes il vous faudrait et quelle quantité de tartes par jour ?

— Apportez-moi déjà quelques idées et nous discuterons ensuite ensemble des détails. Il me faudra quelque chose de scandaleusement chocolaté, ça c'est sûr ! Et aussi quelque chose aux agrumes, mais pas notre bonne vieille tarte au citron vert. C'est un classique en Floride, tout le monde la connaît.

Les pensées se bousculaient déjà dans l'esprit de Wanda.

— On commencerait quand ?

— J'espère ouvrir au plus tôt dans six mois. Au plus tard dans huit…

— Ah, pas avant ? C'est dommage…

— Ne m'en parlez pas !

Mais il continuait à sourire.

— Ce n'est pas la seule bonne nouvelle… J'ai une autre proposition pour vous, une proposition qu'à mon avis vous ne refuserez pas non plus.

Wanda éprouva soudain le désir étrange de tirer l'une des chaises à elle pour s'y laisser choir. Les bonnes nouvelles, c'était épuisant !

— Quoi ? Vous voulez que je fasse des tartes pour le gouverneur ?

Le sourire de Phillip Callander s'élargit encore.

— Il faut viser plus haut, Wanda, beaucoup plus haut ! Sinon à quoi bon rêver ?

Maggie aimait bien sa nouvelle maison. Le pavillon était bâti en parpaings, petit et plutôt banal, comme tous ceux du petit lotissement, mais propre, quoique verdi de la sempiternelle moisissure floridienne. Il y avait même une chambre à donner, derrière la salle de bains, si jamais quelqu'un venait lui rendre visite. Non qu'elle eût communiqué sa nouvelle adresse à ses amis. Elle ne doutait pas que Felo finirait par la retrouver, mais elle se réjouissait de retarder l'inéluctable.

La cuisine était bien équipée. Elle pouvait y préparer pratiquement tout ce qu'elle voulait, même si, pour elle seule, elle ne cuisinait la plupart du temps que des choses toutes simples, quand encore elle cuisinait. Question gastronomie, c'était Felo le chef, champion des spécialités cubaines telles que le porc farci ou le riz au poulet, un plat qui n'avait rien à voir avec sa version américaine, plus anémique. Ses haricots noirs embaumaient l'ail, le porc et le chili en poudre, et il servait son picadillo sur un riz assez moelleux pour en bourrer un oreiller. Quand elle-même ne confectionnait pas une tarte, Felo avait l'habitude de conclure le repas par un flan au rhum et à la noix de coco, un dessert assez sensuel pour faire chavirer toutes les femmes.

Et elles étaient sans doute nombreuses à avoir succombé !

Mais elle ne voulait pas penser à Felo.

Elle avait passé toute la journée debout et elle se sentait fatiguée. Elle avait mis beaucoup d'énergie à étaler la pâte, à trancher et concasser des fruits, à nettoyer interminablement la cuisine. Sa mère s'était chargée du service, de la vente et de la causette avec les clients, mais Maggie savait qu'elle ne tarderait pas à être également promue à ce genre d'activités.

Tout cela continuait de lui paraître incroyable.

Mais à ça non plus elle ne voulait y penser.

Un léger coup frappé à la porte lui évita de verser dans une introspection inopportune. Elle s'attendait à voir débarquer sa mère, chargée des invendus de la journée, mais la jeune femme brune aux cheveux mi-longs et au sourire de star qui se tenait sur le seuil était quelqu'un de son âge. Dans la lumière du crépuscule, les yeux de l'inconnue brillaient d'un éclat gris et, pour quelqu'un qui vivait en bord de mer, son teint était pâle. Cette femme, estima Maggie, savait prendre soin de sa peau et devait fréquemment s'enduire d'écran solaire.

— Tracy Deloche, se présenta l'inconnue en lui tendant un panier.

Mais avant même qu'elle ait parlé, Maggie avait deviné à

qui elle avait affaire. Elle accepta le panier et s'effaça pour la laisser entrer.

— Ce sont quelques petites provisions, histoire de te dépanner le temps que tu sois bien installée. On va se tutoyer, n'est-ce pas ? On se tutoie toutes, ici… Je t'ai mis des mélanges pour gâteaux, des soupes instantanées, rien qui ne demande plus de cinq minutes de préparation.

— Je vois que tu me connais bien. Maman t'a abreuvée de renseignements à mon sujet, je parie.

— Non, mais mon petit doigt me dit que tu as dû mener une vie bien remplie qui ne t'a pas vraiment préparée à te mettre tranquillement aux fourneaux à la fin d'une journée de travail.

Maggie la remercia d'un sourire.

— C'est très gentil à toi. J'aimerais si possible continuer à croiser de loin les fast-foods.

— Ne m'en parle pas ! J'ai passé l'été à perdre les kilos que j'avais accumulés en me nourrissant de hamburgers ! Bien sûr, maintenant, tout ça n'a plus beaucoup d'importance…

Ces derniers mots furent une énigme pour Maggie qui fixa sa visiteuse d'un air perplexe.

— Pardon ? fit-elle.

— Rien, répondit Tracy en haussant les épaules. Je marmonnais à part moi.

— Il ne me reste plus qu'à deviner, alors. Tu viens de rompre avec quelqu'un alors que c'était pour lui que tu voulais arborer une ligne parfaite ?

— Pas tout à fait…

Tracy promena son regard sur la décoration du salon.

— J'aime beaucoup ces nouvelles housses. C'est ta mère qui a dû les acheter. Le sofa est confortable mais il était assez râpé. Autant dire que c'est une amélioration considérable. Ça ne correspond pourtant pas vraiment aux goûts de Wanda.

— Pas assez vif, tu veux dire ?

Maggie examina le tissu aux sobres rayures beiges et blanches qui recouvrait sofa et fauteuil. Les coussins étaient fleuris, mais leur imprimé n'était pas aussi tape-à-l'œil que ceux qu'achetait sa mère pour sa maison.

— J'aime bien les couleurs que ta mère a choisies pour sa déco intérieure, dit Tracy. Ses murs mauve orchidée me font toujours sursauter mais je commence à m'y sentir à l'aise.

— Maman dit toujours que la vie est courte et la peinture bon marché.

— J'ai du mal à imaginer ce que ça a dû être de grandir auprès de Wanda…

Maggie accueillit la remarque sans s'offenser, car enfin *qui* pouvait se représenter une telle chose ?

— Ça devait être drôlement marrant, hasarda Tracy.

Et Maggie songea alors avec étonnement qu'elle allait bien s'entendre avec sa nouvelle propriétaire.

— Laisse-moi poser ça dans la cuisine, lui dit-elle en désignant le panier d'un hochement de tête. Tu veux boire un verre ?

Tracy la suivit et se posta dans l'embrasure.

— Est-ce que je veux boire un verre ? La question ne se pose même pas. Mais vais-je en boire un ? Non, de l'eau, ça ira.

Maggie se retourna.

— Pas d'alcool ce soir ? Ou bien pas d'alcool du tout ?

Elle avait eu son compte de flics alcooliques et n'y allait pas par quatre chemins pour poser la question. Les alcooliques en voie de guérison n'étaient d'habitude que trop heureux de pouvoir révéler leur secret et de ne plus avoir à décliner les invitations par crainte de rechuter.

— Plus d'alcool pendant neuf mois…

Sur le point d'ouvrir le placard pour sortir un verre, Maggie s'interrompit, le bras en l'air.

— Oh…

— C'est encore un secret, en principe, mais comme ta mère est au courant tu aurais fini par l'apprendre.

— Voilà qui explique qu'un régime t'apparaisse futile.

— Disons que ça n'était pas au programme pour tout de suite…

Tracy tapota son ventre plat.

— Ça n'était pas au programme du tout, même.

Elle leva les yeux.

— Je te choque ?

— Moi ? Non. Ça ne m'intéressait pas non plus. Mon...

Maggie écarta les mains d'un geste interrogateur.

— Comment appelle-t-on l'homme de sa vie ? Si je dis mon partenaire, je désigne en fait l'inspecteur avec qui je faisais équipe. Mon concubin ? Trop lourd. Mon amant ? Trop informatif. Mon copain ? Trop adolescent.

— Que dirais-tu de « mon mec ? » C'est plus passe-partout.

— Mon *ancien* mec, alors... Felo voulait des enfants. Moi, je n'étais pas prête.

— Les bébés n'ont jamais été une priorité dans ma vie et du diable si je sais comment on s'en occupe ! En outre, mon ex-mari aurait fait un père épouvantable. Quant au mec avec qui je suis en ce moment, il a déjà un enfant et ignore qu'il est sur le point d'en avoir un autre.

— Tu viens de l'apprendre ?

— Ça date d'hier. J'ai encore du mal à me rendre compte.

A cet instant, Rumba sortit comme une flèche de la chambre pour aller se percher à sa place favorite, sur le dossier du sofa.

— Je te présente Rumba. Maman t'a bien précisé qu'elle viendrait avec moi ?

— Pas de problème. J'avais moi-même pensé à prendre un chat, sauf que je n'ai jamais aimé être coincée par quoi que ce soit. Je n'ai même pas de plantes d'intérieur. J'ai bien essayé d'en garder quelques-unes, mais j'ai dû les rendre à Janya. J'oubliais de les arroser. Ici, c'est elle, la spécialiste du jardinage. C'est aussi elle qui voulait un enfant. Et regarde qui est enceinte !

Maggie remplit deux verres d'eau et de glaçons et en tendit un à Tracy.

— Tu veux qu'on aille s'asseoir dehors ? La soirée semble assez fraîche.

— Tu ne dois pas défaire tes bagages ?

— J'ai fini. Je n'ai pas emporté grand-chose, tu sais... Juste ce qui rentrait dans la voiture et mon matériel de camping.

Elles s'installèrent à l'extérieur, sur le banc près de l'entrée. Elles se connaissaient à peine, mais Maggie se sentait bien en sa compagnie ; elle avait l'étrange impression qu'elles étaient amies de longue date.

— Ton matériel de camping ? Je reviens juste d'une excursion dans les Everglades...

— Le mois prochain aurait été plus sympa.

— Sans façon ! Et toi, où étais-tu ? Ta mère ne me l'a pas dit.

— Je faisais de la randonnée dans le Blue Ridge. Du sud de la Géorgie jusqu'à la Virginie. Partout où il y avait un lac pour nager et un ciel rempli d'étoiles.

— Ça t'a fait du bien ?

— Pas autant que je l'espérais.

Tracy but une gorgée d'eau et toutes deux portèrent leur regard en direction du golfe, trop distant pour être visible. Pourtant, Maggie percevait le bruit des vagues dans le lointain et l'air salin qui remuait les palmes lui évoquait des souvenirs familiers.

— Ta mère s'inquiète pour toi, dit tout à coup Tracy. Je suis vaguement au courant de ce qui s'est passé...

— Tu sais donc que j'ai démissionné du seul job que j'aie jamais voulu exercer et que j'ai quitté le seul homme que j'aie jamais aimé...

— On ne se remet pas si vite d'une telle épreuve.

— Tu parles en connaissance de cause, on dirait.

— J'ai été mariée à un homme très riche. Il faut dire qu'on m'avait spécialement formée pour mettre le grappin sur ce genre de proie. Je me suis même persuadée que je l'aimais. Et puis un jour nous avons tout perdu. Toute notre fortune. Tous nos amis. Notre dignité. Mon ex était un escroc de la pire espèce.

— C'est-à-dire ?

— De l'espèce qui peut mettre de l'eau boueuse en bouteille et te vendre ça pour un scotch de cinquante ans d'âge. Et le pire, c'est que tu jurerais qu'il s'agit du meilleur scotch que tu aies jamais bu.

— Il a compris ce qui lui arrivait ?

— Il a passé quelque temps en prison. Un vice de procédure

lui a permis d'en sortir ; il est venu séjourner chez moi en attendant son nouveau procès et depuis…

Elle jeta un regard à Maggie.

— Il a plus ou moins disparu.

— Plus ou moins ?

— D'après moi, il doit vivre quelque part au sud de la frontière, dans un endroit qui n'a pas passé d'accord d'extradition avec les Etats-Unis et où on trouve de la main-d'œuvre bon marché, de telle sorte qu'il ne soit pas obligé de préparer lui-même ses cocktails ni de repasser ses pantalons. C'est exactement le projet qu'il avait la dernière fois que je l'ai vu, en tout cas. Une fois de plus, il a dû retomber sur ses pieds. Il y a des gens comme ça…

— C'est vrai, comme le type sur lequel j'enquêtais à Miami et qui ne passera jamais en jugement.

— Ta mère m'a parlé de cette histoire. Tu as travaillé pendant presque un an sur une affaire, tu as réuni des tonnes d'infos et le procureur a refusé de l'inculper, c'est ça ?

— Oui. Paul Smythe, le représentant de l'Etat, est aussi tortueux qu'une piste dans la mangrove. Et personne n'a levé le petit doigt.

— Et toi, tu ignorais ce dans quoi tu t'engageais ?

Au départ que savait-elle, exactement ? se demanda Maggie, qui était pourtant revenue en pensée sur cette affaire des dizaines et des dizaines de fois. Et surtout, qu'avait-elle continué à croire en dépit de cela ? Que si elle suivait le règlement à la lettre, personne ne pourrait contester son dossier ? Qu'en travaillant d'arrache-pied, elle pourrait triompher de la corruption qui régnait dans les plus hautes sphères de l'Etat ? Que si elle croyait aux miracles, quelqu'un agiterait une baguette magique ?

— Si quelqu'un aurait dû le savoir, c'est bien moi, pourtant…

— Pourquoi ?

— Mes premières années dans la police auraient dû me servir d'avertissement.

— J'ai entendu dire qu'aujourd'hui encore, c'est dur pour une femme.

— Dur ? Laisse-moi t'expliquer… Il y a d'abord eu un harcèlement subtil. Pour mon premier jour dans la police, quelqu'un a fouillé dans mon casier et j'ai trouvé sur mon bureau un petit message formé avec mes propres tampons périodiques. « DEGAGE. » Charmant, non ?

— C'est du niveau des gamins avec qui je travaille.

— Sauf que ce n'étaient pas des gamins. Ce genre de petites blagues ne m'aurait pas dérangée, même si c'était sans arrêt. Je croyais au début qu'ils me mettaient à l'épreuve, histoire de voir si j'avais la larme facile ou le sens de l'humour. Mais c'est allé ensuite au-delà de ça…

Elle s'interrompit, ne sachant pas si elle avait envie de continuer.

— Ça ne leur suffisait pas ?

L'intérêt de Tracy semblait sincère.

Maggie se demanda pourquoi elle racontait à une parfaite inconnue une histoire qu'elle n'avait jamais avouée à ses propres parents. Mais la réponse était simple. Son père aurait fait jouer toutes ses relations, il serait allé voir tous les officiels qu'il avait côtoyés au cours de sa longue carrière dans la police, afin d'obtenir réparation pour sa fille. Or elle refusait de passer pour une fille à papa. Et puis la fureur de son père aurait fait le jeu des autres. Elle n'avait jamais rien dit à Felo non plus, pour la même raison, mais Tracy venait de lui confier ses propres vicissitudes et quelque chose lui disait que cette femme, mieux que quiconque, était en mesure de la comprendre.

— Ces petites attaques, c'était une sorte d'avertissement. Mais je n'ai pas décelé la menace.

Rien qu'en y repensant, Maggie sentit sa gorge se nouer.

— J'ai débuté dans les relations publiques, le genre de job qui convient à une femme, selon eux. Mais à la fin de ma deuxième année, vu que j'étais cantonnée à un boulot de gratte-papier, j'ai commencé à parler d'aller en justice. Ce service avait déjà connu quelques problèmes, aussi, plutôt que de risquer une nouvelle enquête administrative, ils m'ont collée dans une voiture avec un autre flic, un des rares types à ne m'avoir jamais embêtée, et ils m'ont envoyée en patrouille afin que j'apprenne les ficelles du métier.

» Les deux premiers soirs se sont déroulés sans problèmes, il ne s'est pas passé grand-chose. Mon coéquipier était muet comme une carpe, mais je m'imaginais que nos rapports s'amélioreraient dès qu'il verrait que je faisais bien mon boulot. On a reçu un appel, un cas de violences conjugales dans un immeuble de logements sociaux où ce genre de chose se produisait fréquemment. Trop de gens sans espoir entassés ensemble, trop de colère. C'était un immeuble d'un étage, deux appartements au premier, deux au rez-de-chaussée, chacun avec une courette. Nous nous sommes rendus ensemble à l'appartement en question. Personne n'a entendu quand nous avons frappé à la porte, tant il y avait de bruit et de cris à l'intérieur. Mon coéquipier m'a dit qu'il allait contourner l'appartement par l'arrière afin de s'assurer que personne ne pouvait s'enfuir par la courette. Moi, j'étais censée rester devant la porte et continuer à tambouriner jusqu'à ce que quelqu'un réponde.

— Et quelqu'un a répondu ?

— Oui, un grand balèze, dans les 110, 115 kilos. Armé d'une batte de base-ball. Et qui a commencé à me menacer et à me crier après. Mon coéquipier ne revenait pas, alors que je savais pertinemment qu'il entendait. Ce dingue aurait pu me tuer ! Quelque chose l'avait mis hors de lui, il était fou de rage. Il est venu vers moi en titubant. Je me suis échappée. Pas le temps de dégainer mon arme. De toute façon, je n'aurais pas pu l'arrêter. Je ne serais jamais parvenue à le maîtriser, même si j'avais pu lui mettre la main au collet. A deux, on aurait pu le mettre hors d'état de nuire, mais pas moi toute seule…

Comme chaque fois qu'elle revivait ce moment dans ses cauchemars hélas trop fréquents, Maggie se rappelait la terreur qu'elle avait éprouvée. Elle s'était vue morte, pour la simple raison qu'elle était une femme essayant de faire son trou dans un service qui ne voulait pas d'elle.

— C'est épouvantable comme histoire !

Tracy semblait outrée.

— Je n'arrive pas à croire que ce genre de chose ait encore cours de nos jours !

— Eh bien si, crois-le.

— Que s'est-il passé ensuite ?

— Un miracle, un vrai miracle. Le voisin du type est sorti dans la cour et l'a ceinturé. Je ne sais pas ce qui se serait passé sinon. Le type a lâché sa batte et j'ai réussi à le menotter. Puis, quand tout a été fini, mon coéquipier a tranquillement fait le tour du bâtiment. Je revois encore son sourire. Dans la voiture, il m'a demandé si j'avais apprécié mon premier contact avec le terrain. Puis il m'a dit que j'avais intérêt à m'y faire parce que ça n'était que le début, et qu'il était inutile de pleurnicher, parce que personne ne croirait jamais ma version. Bien entendu, il avait raison. De ce soir-là jusqu'à mon affectation à Miami, personne n'a jamais pris ma défense. J'étais seule, pire que seule, même, parce que ceux qui étaient censés me soutenir cherchaient en fait à me détruire.

— Ça s'est mieux passé, à Miami ?

— Je le pensais, du moins jusqu'à ces derniers temps.

— Mais tu es quand même restée dans la police… Pourquoi ?

— Même après tout ça, je restais convaincue que j'étais meilleure que ces salauds. Que tous ces salauds. En fin de compte, même s'ils ne sont peut-être pas *meilleurs* que moi, ils sont plus forts et ils ont de meilleures relations. Quand l'enquête dont t'a parlé ma mère a été ajournée, j'étais persuadée qu'on allait me sortir de la brigade anticriminelle pour m'affecter à un service vraiment crucial, les relations publiques, par exemple, une fois de plus. Je ne tenais pas à renouveler l'expérience.

— C'est vraiment trop nul.

— Tu l'as dit.

— Finalement, Maggie… Toi et moi, on ne sait pas trop ce que l'avenir nous réserve, mais j'ai l'impression qu'on a pas mal de choses en commun…

Tracy leva son verre d'eau, comme pour porter un toast.

Maggie l'imita et elles firent tinter leurs verres.

Si Maggie n'était plus sûre de grand-chose en ce qui concernait son avenir immédiat, elle venait au moins d'acquérir une certitude : celle d'avoir trouvé une amie.

5

Par tradition, les habitantes de Happiness Key se retrouvaient le jeudi soir pour le dîner chez l'une ou chez l'autre selon un principe de roulement, de manière à ce qu'aucune ne soit mise à contribution plus qu'une autre. Quand elle disposait de mérou frais, Wanda le faisait griller avant de l'enduire généreusement de sauce au beurre/citron vert, sans oublier de servir des légumes en quantité à l'intention de Janya, qui était végétarienne. Les soirs où Janya recevait, elle recréait pour ses amies les succulentes recettes de Bombay, sa ville natale, et personne n'aurait songé alors à déplorer l'absence de viande dans son repas. Quand son tour venait, Tracy se fournissait en salades composées et petits pains frais chez le traiteur. Alice, pour sa part, était la reine des petits plats mijotés.

Ce soir-là, elle avait préparé ses fameux macaronis aux quatre fromages, abondamment agrémentés d'oignons, de tomates et de champignons. Hormis le dessert, que Wanda s'était chargée d'apporter, elle avait décliné toute proposition d'aide.

Le dîner avait débuté par un toast porté à Maggie, à qui toutes avaient souhaité la bienvenue à leur réunion hebdomadaire. Tracy attendit qu'Alice les eût rejointes pour se servir d'une salade composée fort élaborée, présentée dans un saladier de verre taillé, tout en se demandant ce qu'elle pourrait lui dire pour la convaincre de ne pas se donner autant de mal la prochaine fois : Alice avait dû mettre des heures à la préparer ! Elle n'avait d'ailleurs jamais autant accusé son âge que ce soir. Elle paraissait épuisée.

Tracy passa ensuite le saladier à Maggie, sa voisine de table. Celle-ci avait laissé ses cheveux libres et portait un simple chemisier d'une nuance or pâle, sur un jean délavé. Elle n'avait vraiment rien de sa mère, à part un soupçon de ressemblance dans certaines expressions de la bouche et, incontestablement, son menton buté.

— Alice, tu t'es donné un mal de chien, ce soir ! Tout a l'air exquis !

— J'aime bien cuisiner…

Alice s'interrompit, comme cela lui arrivait parfois, le temps que les mots se forment dans son esprit.

— … pour vous toutes.

Son élocution hésitante était une séquelle de l'attaque qui l'avait frappée quelques années plus tôt. Au fil des mois, ces sortes de blancs s'étaient considérablement réduites, si bien qu'aujourd'hui ils tenaient plus d'une espèce de pause ou de respiration dans son discours. Tracy redoutait toutefois de voir ce symptôme empirer si jamais Alice continuait à se surmener.

— Et si tu nous racontais ta semaine ? suggéra-t-elle. Après tout, tu es notre hôtesse, c'est à toi de commencer.

De l'autre côté de la table, Wanda s'était généreusement servie de compote de pommes. Le saladier arriva à hauteur d'Alice qui en prit un peu avant de reprendre la parole, comme si sa fatigue l'empêchait de faire deux choses à la fois.

— Olivia… a un emploi du temps surchargé, mes journées sont… bien remplies.

— Je me souviens de Maggie à son âge, renchérit Wanda. J'ai vu le moment où j'allais me reconvertir en chauffeur de maître avec casquette noire et tout le tralala. Puis Junior s'est mis au foot et pendant trois ans j'ai quasiment vécu dans la voiture, au rythme des matchs.

— Bay croule sous les activités, lui aussi, dit Tracy. Ces allers-retours deux fois par jour doivent t'épuiser, Alice…

— On se débrouille. Et puis, c'est bon pour… Olivia.

Certes, et Tracy en était bien consciente. La fillette, qui passait la soirée chez une amie, avait vécu de nombreux deuils, mais une fois le pire surmonté elle avait trouvé les ressources nécessaires pour aller de l'avant. L'été précédent, elle avait été élue camarade la plus sympathique du centre aéré et elle était vice-représentante des élèves de sa classe.

— Ça doit être plus dur à gérer pour toi, maintenant qu'elle est au collège, non ?

Alice acquiesça de la tête.

— Et puis elle a intégré un groupe de jeunes… de la paroisse. Alors, maintenant, tous les dimanches soir…

Elle ne prit pas la peine d'achever sa phrase.

— Nous pouvons te donner un coup de main, si tu veux, proposa Wanda. Olivia peut venir au magasin après ses cours — il y a un arrêt de bus au bout de la rue. Elle ferait ses devoirs à l'une des tables et, à la fin de la journée, je la ramènerais ici, ou bien Maggie.

— Et puis il y a aussi la solution du centre aéré, suggéra Tracy. Elle pourrait participer aux activités périscolaires.

— Elle aime bien travailler avec moi sur les fresques, dit à son tour Janya. Moi aussi, je peux t'aider…

Tracy s'attendait à un refus en bloc d'Alice : Olivia était son unique famille à présent et elles étaient particulièrement proches l'une de l'autre. Mais Alice hocha la tête, comme si elle envisageait très sérieusement d'y réfléchir.

— En tout cas…, enchaîna Wanda voyant que rien ne venait, n'hésite pas à demander, et si jamais ça tombe mal, on te le dira franchement.

— Voilà qui est réglé, conclut Tracy en guettant l'expression de la vieille dame. Autre chose, Alice ? Comment ça se passe à ton club de bridge ?

— Je…

Elle n'acheva pas, mais secoua la tête. Le message était clair. Elle avait laissé tomber le bridge, tout le monde comprenait pourquoi.

Elles allaient devoir garder un œil sur sa situation, songea Tracy. Son affection pour Olivia et Alice était sincère et elle savait qu'il ne fallait jamais laisser un problème s'enraciner sur le long terme.

Toujours dans son rôle officieux d'animatrice de groupe, elle se tourna vers Janya.

— Et de ton côté, quoi de neuf ?

— Pas grand-chose. Samedi dernier, Rishi a invité des amis indiens à venir chez nous. La femme, Kanira, est si malheureuse qu'elle communique son mal-être à tout son entourage. J'aimerais bien lui venir en aide, mais je ne sais vraiment pas comment m'y prendre. Rishi pense que nous devons nous contenter d'être présents en cas de besoin.

— Qu'est-ce qui la rend si malheureuse ? demanda Wanda. C'est encore un de ces mariages arrangés ? Je ne comprends vraiment pas cette façon de faire, mais d'un autre côté je ne comprends pas non plus pourquoi les mariages normaux ne marchent pas mieux ! C'est peut-être parce que nous ne sommes pas faites pour passer notre vie entière auprès du même homme.

— Les mariages « normaux » échouent parce que l'amour n'est pas le seul ingrédient de réussite d'une union, répliqua Janya. La culture et les liens familiaux jouent également un rôle très important.

— Ta famille à toi est très loin, lui fit remarquer Wanda. Pourtant, Rishi et toi vous entendez à merveille.

Janya sourit.

— Je me dis parfois que c'est justement la raison de notre entente.

— Tes nouveaux amis… ont des enfants ? lui demanda Alice.

— Oui, deux, des amours. J'espère pour eux que leurs parents apprendront à vivre ensemble dans le bonheur.

— Ou qu'ils divorceront, rétorqua Wanda. Parfois, ça vaut mieux pour tout le monde. C'est mieux que de passer son temps à se disputer.

— Ce genre de discours ne te ressemble pas, maman, dit Maggie. Depuis quand fais-tu partie des femmes libérées ? Toi qui étais une adepte inconditionnelle du « jusqu'à ce que la mort nous sépare » ! La première fois que j'ai fréquenté un garçon sérieusement, tu m'as fait tout un sermon sur la fidélité et le soutien dont je devais faire preuve envers mon homme. J'avais douze ans.

— Elle exagère, confia Wanda aux autres femmes. Ne faites pas attention à ce qu'elle raconte.

— J'exagère à peine.

De toute évidence, Maggie se sentait à l'aise au sein du groupe.

— Bon, et à part ça ? demanda Tracy à Janya.

— J'ai deux fresques programmées pour le mois prochain. Autant dire que je ne vais pas chômer.

Elle marqua une pause.

— Ce qui n'est pas plus mal, vu qu'aucun enfant ne vient illuminer notre foyer. Du moins pour l'instant…

Toutes émirent des murmures de compassion.

Bien que sans réelle expérience du théâtre, Tracy savait néanmoins repérer le moment où placer sa réplique.

— Alice, tu es la seule ici à ne pas connaître mon actualité… C'est *mon* foyer qui va être illuminé. J'attends un bébé… Marsh ne le sait pas encore et je refuse qu'on l'en informe pour le moment. Alors, s'il te plaît, garde le secret. Et pas un mot à Olivia, d'accord ?

Alice semblait abasourdie par la nouvelle.

— Tu attends… un enfant ?

— J'en ai les symptômes, le résultat positif au test de grossesse, bref, la totale.

— Et tu comptes t'en… ?

Tracy secoua la tête.

— Et dire que nous avons toujours pris nos précautions ! J'ai toujours fait attention… sauf une fois. La première fois que nous… enfin, bref… C'était le soir de l'anniversaire de Bay. Jusque-là, nous avions gardé nos distances. J'étais passée chez Marsh pour y déposer un cadeau et Bay a voulu que je reste. Après, on s'est appliqués à rattraper le temps perdu. Je n'avais pas mon contraceptif avec moi, et nous nous sommes pour ainsi dire rués au lit — ou plutôt jetés par terre — sans réfléchir à quoi que ce soit. Ça a été la seule fois. Qui aurait pensé qu'une fois suffirait ?

— N'importe quelle gamine ayant suivi des cours d'éducation sexuelle à l'école, répliqua Maggie.

— Génial ! Je vois que nous avons récupéré une autre Madame Je-sais-tout.

Tracy goûta les macaronis et attendit de voir la réaction de son estomac. Il ne protesta pas. Elle prit une autre bouchée.

— Tu dois avoir une bonne raison pour cacher la situation à Marsh, dit Wanda. J'aimerais bien la connaître.

Tracy se dépêcha d'enfourner trois bouchées supplémentaires, non pour éviter de répondre mais parce qu'elle voulait profiter de ce répit inespéré. Toute sa grossesse allait-elle se dérouler ainsi ? A manger lors des courtes trêves que lui octroierait son estomac et à fuir toute nourriture et toute allusion la concernant les vingt-trois heures et demie restantes ?

Wanda insista.

— T'empiffrer ne te mènera nulle part, Tracy ! Crache le morceau une bonne fois pour toutes, et je ne parle pas des macaronis d'Alice.

— C'est compliqué, et puis ces pâtes sont la première chose que je réussis à avaler depuis midi sans que mon estomac ne se mette en révolution.

— Alors parle la bouche pleine !

— Ne te laisse pas rudoyer par maman, lui conseilla Maggie. Si tu la laisses commencer…

— Tu crois peut-être qu'elles ne le savent pas ? Voilà plus d'un an maintenant qu'on est voisines. Et elles sont toujours là, non ?

Puis, se tournant vers Tracy, Wanda poursuivit :

— Tu n'es pas certaine de vouloir mener cette grossesse à terme ? C'est pour ça que tu ne veux pas que Marsh l'apprenne ?

En fait, l'idée d'interrompre sa grossesse ne lui était même pas venue à l'esprit. La loi autorisait une femme enceinte d'un enfant non désiré à recourir à certaines solutions, elle ne l'ignorait pas. Pourtant, elle avait le sentiment que ces options existaient pour des situations bien différentes de la sienne.

— Je suis contente que les femmes aient le choix, dit-elle, mais je ne pense pas que ce choix-là sera le mien. Et quand bien même, jamais je n'exclurais Marsh d'une telle décision.

Wanda ne parut pas surprise outre mesure.

— C'est bien ce que je pensais. Je voulais juste en avoir confirmation.

— C'est plutôt que Marsh et moi n'en sommes qu'aux tout débuts de notre relation…

Tracy promena son regard autour de la table.

— Nous avons enfin éliminé toutes les scories qui polluaient notre relation, et nous commençons tout juste à apprendre à nous connaître. Comment savoir ce qu'il éprouve vraiment pour moi ? Quels que soient ses sentiments, ils seront désormais mêlés à cet enfant et je ne saurai jamais si nous étions oui ou non au bord d'une grande histoire d'amour, vous comprenez ? A partir de maintenant, tout va tourner autour de l'enfant : allons-nous vivre ensemble dans son intérêt, sinon, qui va en avoir la garde, sous quelles conditions… Il ne s'agira plus de *nous deux*, mais de *nous trois*. Il ne m'a même encore jamais dit qu'il m'aimait ! Et si je le lui demandais je m'exposerais probablement à obtenir un long silence, car je ne pense pas que Marsh soit sûr de ses sentiments envers moi.

Cette dernière remarque fit s'abattre une chape de perplexité sur le petit groupe.

— Certains hommes ne savent pas s'y prendre pour avouer une chose aussi intime, hasarda alors Janya.

— Marsh a l'expérience d'un mariage raté. Ça l'a peut-être dégoûté du mot « amour », continua Wanda. La première fois qu'il l'a dit, les choses ont tourné en eau de boudin. Alors maintenant, il se peut qu'il ait peur de vous porter la poisse en le disant de nouveau.

— A moins qu'il ne soit pas si amoureux que ça, reprit Tracy. Ça arrive.

— Tu passes tes journées avec lui et même certaines nuits, tu dois bien savoir à quoi t'en tenir !

Wanda remplit l'assiette de Tracy d'une autre portion de macaronis au fromage.

— Un homme ne passe pas autant de temps avec une femme s'il n'est pas amoureux !

— Peut-être, mais j'ai besoin de temps pour réfléchir au calme, sans que l'enfant n'influence toutes mes décisions. J'ai besoin d'évaluer la situation avant de pouvoir annoncer à Marsh qu'il va de nouveau être père. Ensuite, je pourrai lui parler, j'aurai peut-être même une idée de la manière de m'y prendre. Marsh a déjà un enfant. Qu'est-ce qui me dit qu'il en veut un autre ?

— Tu pourrais le lui annoncer ce soir et voir la tête qu'il fait, suggéra Wanda.

— Tracy doit agir… à sa guise, déclara Alice. S'il lui faut du temps, elle doit le prendre.

— Alice a raison, renchérit Maggie. Je sais bien que je suis nouvelle parmi vous, mais je sors d'une rupture et je regrette de ne pas avoir pris le temps d'étudier ce qui se passait autour de moi avant que tout ne s'écroule dans mon couple. C'est ce que Tracy tente de faire. Elle veut examiner la situation, sans se laisser distraire par l'enfant.

— Un enfant n'a rien d'une distraction ! lança Wanda à sa fille. C'est un être humain avec des besoins et des sentiments. Il y en a même qui viennent au monde avec des coliques. J'en connais…

Mais Maggie ne releva pas le sarcasme.

— Quand Tracy en sera à considérer les besoins et les sentiments de son enfant, il y aura belle lurette que sa fenêtre d'observation sera passée.

— S'agit-il d'un test ? demanda Janya. Et si oui, quand sauras-tu les résultats de Marsh ? Quand décideras-tu de lui attribuer la moyenne ou une note éliminatoire ?

Comme Tracy ne répondait pas, elle poursuivit :

— Marsh n'est peut-être pas le seul à douter de ses sentiments… Peut-être que tu te poses des questions toi aussi, Tracy ?

Le silence se fit dans l'assemblée. Wanda repoussa sa chaise.

— Laissons la mère célibataire s'empiffrer de macaronis. J'ai une grande nouvelle à vous annoncer, moi aussi !

Tracy accueillit avec gratitude la diversion. Aussi pugnace fût-elle, Wanda ne poussait jamais personne à bout.

Enfin si, mais rarement.

— Je vais devenir fournisseuse officielle d'un restaurant ! Bye-bye, le *Gaylord's*, revoilà le *Dancing Shrimp*, sauf que ce seront *mes* tartes qui figureront à la carte des desserts !

Elle leur expliqua alors les circonstances qui avaient amené cette commande de gâteaux et toutes applaudirent.

— Du coup, je vous ai apporté une nouvelle création pour que vous la goûtiez. *Aube aux agrumes*, c'est le nom que je lui ai donné. Mais ce n'est pas tout ! Durant le temps de rénovation du restaurant, Phillip Callander va se lancer dans une petite activité de traiteur. Et devinez pour qui ? Pour Derek Forbes et son équipe de production hollywoodienne ! Pendant le tournage des scènes en extérieur, ici, à Palmetto Grove, ils seront logés dans la grande baraque des Statler, vous savez, celle où Janya s'est flanquée à l'eau... Et devinez qui va confectionner des tartes pour tous les acteurs et les techniciens ?

Elle pointa un pouce sur son ample poitrine.

— Bibi !

Maggie fut la première à partir sous prétexte qu'il lui fallait une bonne nuit de sommeil avant de retourner travailler à la pâtisserie. Wanda la suivit de près ; enfin, Janya poussa Tracy vers la porte, arguant qu'elle était parfaitement capable d'aider Alice à finir de ranger la cuisine.

A l'approche de son pavillon, Tracy s'avisa de son état de fatigue avancé lorsqu'elle manqua se retrouver sur le capot du pick-up de Marsh avant de comprendre ce qu'indiquait la présence de ce véhicule.

Comme l'aurait formulé Alice, elle avait la visite d'un monsieur.

Assis sur le perron, Marsh contemplait les étoiles. Sa figure hâlée était comme polie par le clair de lune qui faisait aussi ressortir les reflets dorés de ses cheveux. Tracy pensa alors à tout ce qu'elle avait raconté à ses amies et à ce sentiment d'insécurité qu'elle ne leur avait pas complètement avoué.

— J'étais censée être au courant de ta visite ? lui demanda-t-elle.

— Tu n'arrêtes pas d'esquiver mes appels. J'ai pensé qu'il valait mieux que je sache pourquoi.

Le cœur de Tracy s'emballa, mais elle parvint à lui sourire.

— Je n'esquive rien du tout. Je t'ai laissé un message. Tu ne l'as pas eu ?

Le moment où elle lui avait laissé le message en question avait été calculé pour coïncider avec l'heure où il emmenait Bay à l'école, et elle avait en outre pris soin de l'appeler sur son fixe et non sur son téléphone portable. Stratagème un tantinet cousu de fil blanc peut-être, mais c'était tout ce qu'elle avait trouvé pour gagner du temps.

— Si, je l'ai eu. C'était il y a quoi… deux jours ?

Elle le rejoignit sur les marches et s'assit contre lui, la tête appuyée sur son épaule.

— Deux jours… déjà ? Décidément, je ne vois pas le temps passer…

— Tu vas me dire ce qu'il y a, Trace ? Tu m'en veux encore pour cette excursion dans les Everglades ? Tu te ronges les sangs à cause des travaux que tu dois entreprendre sur le lotissement ? Tu réfléchis à tout l'argent et à la tranquillité d'esprit que pourrait t'apporter la vente de ce terrain ?

— Je suis assez préoccupée, oui, et puis je ne me sens pas moi-même à cent pour cent, en ce moment.

— Tu as vu un médecin ?

Tracy sentit son cœur s'affoler de nouveau.

— Inutile, répondit-elle avec sincérité. Je sais ce qui cloche, et ce n'est pas le genre de bobo qu'on peut guérir en collant dessus un pansement. Qui plus est, je viens de faire un bon petit gueuleton chez Alice avec les autres et je me retrouve assise sur mon perron, à papoter avec toi au lieu de me lamenter sur des huîtres pas fraîches.

— Je me suis fait du souci, Trace…

Elle se tourna un peu vers lui afin de voir son visage.

— C'est gentil, Marsh, mais il ne faut pas, je t'assure…

Elle espérait davantage qu'un peu de souci de sa part, un serment d'amour éternel qui allégerait certaines de ses angoisses d'avenir, mais Marsh se contenta d'effleurer ses lèvres d'un baiser.

— Alors, quoi de neuf, à part ton petit dîner entre voisines ?

— Rien du côté du lotissement, si c'est à ça que tu penses. Et, côté centre de loisirs, juste la folie habituelle. Oh ! Et figure-toi qu'une équipe de tournage va débarquer en ville et que Wanda va sans doute les ravitailler en tartes. Tu as déjà entendu parler de Derek Forbes ?

Marsh haussa les sourcils et prit un air inspiré.

— Crénom, ma bonne dame, ça serait-y pas une vedette du parlant ?

Elle lui donna un coup de coude.

— Eh bien, il se trouve que j'ai déjà rencontré ce type. La dernière fois que je l'ai vu en action, c'était à une soirée. Il faisait chanter le thème principal de la B.O. de son dernier blockbuster à un groupe d'invités. C'est lui qui interprétait les couplets, debout sur un piano à queue…

Elle ne se rappelait rien d'autre. Ni le lieu où s'était tenue cette soirée, ni le nom des gens qui recevaient. La raison de sa présence, en revanche, était plus simple à reconstituer. CJ avait sans nul doute promis à leur hôte — un de plus ! — de l'enrichir au-delà de ses rêves les plus fous, et le malheureux pigeon l'avait cru.

— Ah, fit Marsh, dans ton ancienne vie de luxe, tu veux dire ? Celle avec laquelle je ne peux pas rivaliser ?

Tracy ne releva pas la pique et préféra poursuivre.

— Nous nous sommes retrouvés au moins cinq ou six fois sur la même liste d'invités. Il a une énergie hors du commun et un redoutable sens de l'humour. Dans une industrie où les gens font des caprices pour la simple raison que tout leur est permis, et qu'ils s'imaginent surtout que tout leur est dû,

Forbes fait vraiment figure d'exception. Il est sympathique et d'humeur égale.

— Et comment se fait-il que Wanda en soit arrivée à devenir son fournisseur officiel, comme on dit ?

— Il s'avère que Derek Forbes est un grand amateur de tartes et que tout le monde cherche à le rendre heureux. Il va tourner ici, sur ce pont, *notre* pont, tu te rends compte ? Et comme il est connu pour effectuer ses cascades lui-même, quand les studios se sont mis à hurler à propos des assurances et du risque financier, il a monté sa propre société de production. Il doit avoir la soixantaine aujourd'hui, mais rien ne l'arrête. Une de mes amies qui bosse dans le showbiz est d'avis qu'une dernière explosion aura sa peau et qu'il exultera de partir dans un grand « boum ! ». Tout ça pour dire que Wanda est aux cent coups ; elle se casse la tête pour élaborer des recettes à la hauteur de la réputation du bonhomme.

— Ma foi, ce type a peut-être une personnalité hors du commun mais, de son côté, Wanda ne manque pas de répondant. Si ces deux-là se retrouvent un jour dans la même pièce, ça va faire des étincelles.

— Le temps de navette entre l'îlot et le continent va être rallongé de beaucoup. Te voilà prévenu.

— J'ai déjà entendu parler de ce tournage, en fait… Par le frère d'un de mes amis de fac de droit… Tu vois le pont qui est en train de se construire à côté de l'ancien ? Eh bien, il se trouve que c'est ce gars qui a remporté l'appel d'offres. Wild Florida a surveillé l'affaire de très près, histoire de s'assurer que l'entreprise de construction retenue était bien sensibilisée à la protection de l'environnement.

— Et c'est le cas ?

— Personnellement, j'aurais plutôt opté pour un système de ferry, mais oui, Cardrake Brothers est réputé dans le monde entier pour son attitude écologique. Le projet qu'ils ont soumis est remarquable. Mieux encore, ce sont eux qui ont effectué les réparations sur l'ancien pont et qui les ont menées à bien pour un prix inférieur à celui du devis initial. Cet exploit a suffi à convaincre tout le monde qu'ils étaient les seuls à pouvoir construire le nouveau.

On avait parlé d'instaurer un péage pour emprunter le nouveau pont, et à la pensée d'avoir à sortir de l'argent tous les jours pour pouvoir aller travailler sur le continent, Tracy avait été anéantie. Avec tous les soucis financiers qui étaient les siens, ce projet lui avait fait l'effet du clap de fin de sa vie à Happiness Key. Par chance, la municipalité était parvenue à couvrir la plus grande partie des frais grâce à un financement au niveau fédéral et le projet du péage avait été abandonné.

— Si Derek Forbes n'a pas changé, dit-elle, attends-toi à le voir suspendu au-dessus de l'eau ou zigzaguant entre les voitures. D'après Wanda, le film va s'appeler *Le Pont du crépuscule*.

— Décidément, tu connais le gratin de toute la planète !

— Tu trouves ?

Elle glissa son bras sous celui de Marsh.

— C'est aussi mon avis.

— Officiellement, le pont a été baptisé du nom de l'espèce de mégalo qui était maire à l'époque de sa construction, mais dans les faits les habitants du coin l'ont toujours appelé le pont du crépuscule, ou du moins l'appelaient-ils ainsi dans mon enfance.

Marsh attira Tracy contre lui.

— Je ne t'y ai jamais emmenée te balader au soleil couchant ?

— Tu as sans doute cru l'avoir fait. Mais tu as peut-être confondu avec une autre de tes conquêtes…

— Nous devrions aller nous y promener avant l'arrivée de l'équipe de tournage. Pourquoi ne viendrais-tu pas à la maison demain soir ? Je te concocterai un bon petit repas et ensuite, nous emprunterons l'allée réservée aux piétons, et une fois au milieu de la baie nous regarderons le soleil se coucher.

— Très romantique…

Elle retira son bras de sous le sien et s'esquiva avant d'être tentée d'accepter. Elle ne voulait pas manger avec Marsh, pas avant que ses nausées non pas matinales mais non-stop ne soient sous contrôle. Or, pour l'instant, son estomac pouvait la trahir à tout moment.

— Mais je ne peux pas, acheva-t-elle, avant qu'il interprète son silence comme une acceptation tacite. Avec les rapports mensuels à finir pour la semaine prochaine au centre, je suis débordée. Alors, à côté du boulot, j'essaie de ralentir le rythme tant que je ne suis pas totalement rétablie. Je crois qu'on ferait mieux de remettre la balade à une autre fois, Marsh, le temps que je sois revenue au maximum de ma forme.

— Je te mijoterais une rascasse rouge à la créole d'enfer et toi, les pieds sur la table, tu oublierais le pont et les rapports mensuels…

Les macaronis d'Alice commençaient à se tortiller dans son ventre. Elle imagina les pâtes en forme de coude escaladant les parois de son estomac tels des serpents. Brusquement, elle se sentit glacée et ses mains devinrent moites.

— Une autre fois, répéta-t-elle en se levant.

— Tu n'es pas d'humeur très sociable, dis-moi…

Tristement, Tracy fit non de la tête. Du moins espérait-elle avoir l'air triste de ne pas pouvoir se montrer de meilleure compagnie et non pressée de se débarrasser de lui.

— Tout le monde dit que cette gastro dure entre dix et quinze jours. J'espère vraiment que tu vas y échapper.

— Tu es sûre qu'il s'agit bien d'une gastro ?

Tracy se figea, puis se força à sourire d'un air détaché.

— Huîtres ou virus, quelle importance ? J'ai simplement besoin de plus de repos que d'habitude. Tu comprends ?

Marsh ne répondit pas immédiatement. Il se leva et, posant les mains sur ses épaules, il scruta son visage dans la pénombre.

— Je ferais mieux d'y aller, alors, dit-il enfin. Nous irons voir le pont plus tard.

— Embrasse Bay pour moi.

Elle se pencha pour déposer un baiser sur sa joue, puis se recula.

— Je t'appelle dès que je suis rétablie.

— C'est ça.

Il hocha la tête, leva la main en signe d'au revoir, tourna les talons et regagna son pick-up.

Tracy n'attendit même pas que sa voiture ait disparu au bout de la route. Elle ouvrit sa porte d'entrée, la referma bruyamment derrière elle et fonça dans la salle de bains.

6

Wanda n'était pas totalement satisfaite de son *Aube aux agrumes*. Elle aurait aimé obtenir une tarte à la fois étagée et aérienne, une tarte qui ressemble au soleil levant sur une plage sablonneuse de biscuit à la farine complète, et dont la teinte et la légèreté s'intensifieraient graduellement. S'inspirant au départ de la tequila sunrise, elle avait essayé pour la couche du bas du sirop de grenadine surmonté de jus d'airelle, mais jusqu'ici ses diverses tentatives pour produire un dessert assez original pour figurer sur la carte de Phillip Callander avaient échoué.

— Toutes mes tartes doivent être bonnes, expliqua-t-elle à Janya, mais celle-ci doit être *inoubliable* pour qu'après en avoir mangé une part au *Dancing Shrimp* les gens se précipitent chez moi pour en acheter une entière. Cette tarte doit être ma *carte de visite* !

Janya était venue l'assister en cuisine mais s'abstenait de goûter, l'expérience culinaire du jour comprenant parmi ses ingrédients de la gélatine, un aliment que son régime végétarien proscrivait absolument. Elle s'affairait à écraser les biscuits à la farine complète dans un moule à tarte pendant que Wanda ajoutait à sa mousseline quelques gouttes de ceci et de cela afin d'obtenir le dégradé chromatique voulu.

— C'est dimanche, aujourd'hui, lui fit remarquer Janya, jour de repos pour vous, les chrétiens. Tu devrais souffler un peu… Songe que tu fais des tartes toute la semaine et que demain, jour de fermeture hebdomadaire de ton magasin, tu y seras quand même, en train de préparer les tartes pour mardi.

Wanda regarda au-dehors par l'étroite fenêtre rouillée qui donnait sur des broussailles. Perché sur une branche, un merle chantait à tue-tête.

— *Les Merveilleuses Tartes de Wanda*, c'est mon boulot. Mais créer une nouvelle recette dans ma propre cuisine — même si en l'occurrence, il ne s'agit que d'un minable ersatz de cuisine —, ça relève de la magie, purement et simplement. Tu saisis la différence ?

— Oui, c'est un peu comme lorsque je réalise une fresque. Je pars d'un mur nu, parfois même laid et, petit à petit, il se couvre de couleurs et de formes qui font de lui une tout autre chose.

— C'est sans doute aussi l'impression qu'éprouve Alice après avoir fini un châle ou une écharpe au crochet, ou encore la nappe qu'elle a donnée à Olivia.

Le regard de Wanda se détacha de la fenêtre pour venir se poser sur ses murs d'un étonnant vert d'eau où se découpait la silhouette de son amie, vêtue d'un vaporeux chemisier blanc.

— J'imagine que, maintenant, elle va se lancer dans la fabrication d'un truc au crochet pour Tracy. Enfin, pour le bébé, je veux dire.

— Oui. Elle m'a déjà montré la laine. Elle la gardait en réserve pour une grande occasion.

Janya marqua une pause, puis ajouta :

— Elle m'a aussi confié qu'elle en avait mis suffisamment de côté pour le jour où j'aurai un enfant…

Wanda accueillit cette annonce avec perplexité. Il lui arrivait souvent de trop parler, elle en avait conscience, même si le plus souvent, les mots semblaient malgré tout sortir tout seuls de sa bouche et le moment était vraiment mal choisi pour songer à autre chose qu'à la tarte en cours de création. Elle sentit cependant que Janya attendait d'elle un commentaire.

— C'est bizarre, la façon dont tournent les choses, commença-t-elle alors avec toute la diplomatie dont elle était capable. Tracy tombe enceinte alors qu'elle ne voulait pas d'enfant. Ensuite, il y a ces amis à vous, malheureux en ménage alors qu'ils ont deux gosses adorables… Eh bien, tu sais quoi ? Mon petit doigt me dit que les choses vont finir par s'arranger pour Rishi et toi. Tu verras que, bientôt, Alice va devoir te confectionner un truc au crochet à toi aussi.

— Oui, d'autant que nous n'avons pas encore fait le tour des traitements capables d'augmenter la fertilité.

Elle leva les yeux et fixa Wanda, comme si les choses dépendaient de son bon vouloir.

— Et puis nous sommes jeunes, nous avons tout le temps...

— Je vais te dire une bonne chose, Janya... Cette leçon de patience te sera fort utile quand la cigogne prendra un abonnement chez vous. Parce que de la patience, tu en auras besoin — à vie ! Crois-moi, il t'en faudra des litres... Même quand tes enfants seront devenus adultes.

— Il te faut de la patience avec Maggie ?

— Surtout avec Maggie ! Tu vois bien comment elle est ? Elle garde tout à l'intérieur ! Tu m'as déjà vue faire ça, moi ?

Janya sourit et demanda :

— Elle se plaît à Happiness Key ? Elle t'en a parlé ?

— Maggie est aussi heureuse ici qu'ailleurs, à mon avis, du moins autant qu'elle puisse l'être en ayant quitté son domicile. Cette porte-là, elle l'a claquée en partant et elle en a jeté la clé. Elle est peut-être même plus heureuse ici qu'à... disons... Hoboken ou Boise, mais pas aussi heureuse que je le voudrais. On souffre toujours de voir ses enfants malheureux mais, hélas, on n'y peut pas grand-chose !

— Que peut-on faire pour l'aider ?

— Lui montrer simplement que tu aimerais être son amie quand tu la sentiras prête à baisser la garde. Mais ça risque d'être coton à savoir, Maggie n'est pas vraiment du genre transparent...

— Tracy m'a dit qu'entre Maggie et elle, le courant était passé tout de suite.

Wanda leva les yeux.

— Ah bon ? Première nouvelle !

— Elles ont toutes les deux des problèmes avec l'homme de leur vie, en ce moment, ça les rapproche peut-être.

— Personnellement, je ne dirais pas que Felo fait encore partie de la vie de Maggie. Oh ! Il ne va pas tarder à la débusquer, ça, j'en suis sûre, mais ce jour-là, ils se diront leurs quatre vérités et, pour le coup, ça mettra un terme définitif à leur histoire.

— Est-ce que ça ne vaut pas mieux de renoncer une fois pour toutes à un rêve afin de pouvoir lui en substituer un autre ?

Wanda ne répondit pas. En exaltant les vertus du renoncement, Janya songeait-elle à la situation de Maggie ou à son propre désir inassouvi de maternité ? Elle fut soulagée d'entendre qu'on frappait à la porte. Elle laissa passer quelques secondes, le temps qu'une de ses voisines entre sans plus de cérémonie, mais comme on toquait avec insistance, elle s'essuya les mains à son tablier et se fraya un passage hors de l'étroite cuisine.

— Je vais voir qui c'est, ensuite on versera cette nouvelle garniture sur ce fond de pâte qui t'a coûté tant d'efforts...

Elle lança ces derniers mots par-dessus son épaule. La maison étant petite, il ne lui fallut que quelques secondes pour la traverser d'un bout à l'autre.

Elle ouvrit en grand et se retrouva nez à nez avec un visage connu : Felo Estrada, qui n'avait pas franchement l'air ravi d'être là.

Quand Maggie énumérait les avantages qu'il y avait à vivre sur l'îlot ainsi qu'à travailler au magasin de sa mère, le fait d'avoir un emploi du temps *normal* se classait en tête de sa liste par ailleurs remarquablement courte. Il est rare en effet qu'on ait des horaires fixes dans la police : les plannings sont variables et les urgences priment sur tout le reste. Mais à présent, nantie comme elle l'était d'un dimanche et d'un lundi de repos, elle pouvait faire des projets personnels, sans crainte d'un contretemps. Sauf que les projets attrayants, du moins pour quelqu'un comme elle, ne se bousculaient plus, désormais. Patchwork, tricot, jardinage... Aucune de ces activités n'était inscrite à son répertoire.

Elle aimait vivre au grand air et plus encore nager et faire du kayak ; mais son kayak était resté à Miami et en louer un, même pour une journée, représentait un coût prohibitif. En ce dimanche, elle avait suivi le sentier de randonnée qui traversait un marais situé à une heure de route de Happiness Key. Cette marche avait occupé une bonne partie de sa matinée, mais maintenant qu'elle avait pris une douche et récupéré de ses efforts, elle voyait s'étendre à l'infini devant elle l'après-midi du dimanche suivi de la journée du lundi. Tracy l'avait invitée à visiter le complexe de loisirs où elle travaillait, et Maggie envisageait donc d'aller voir les bassins de natation le lendemain — cela l'occuperait un moment — mais il lui restait encore de longues heures d'oisiveté et de solitude et cette perspective lui minait le moral.

Par chance, en rentrant chez elle, elle avait trouvé un message de sa mère : Janya et elle travaillaient à la réalisation de tartes expérimentales et elle était cordialement invitée à venir tester le résultat de leurs efforts.

Maggie consulta sa montre et fit le calcul. Mieux valait ne pas trop tarder à y aller, si elle voulait s'esquiver avant le dîner ; elle ne tenait pas à manger chez ses parents. En partant sur-le-champ, la séance de dégustation occuperait une partie de son après-midi ; ensuite, elle pourrait passer la soirée en ville, s'acheter un sandwich et aller faire un tour sur la plage. Observer les gens était chez elle une sorte de hobby, quoique de son point de vue de flic/ex-flic ce passe-temps revînt souvent à deviner le genre de crimes que risquaient de commettre ou d'avoir commis les personnes qui passaient devant elle. Elle espérait qu'elle finirait un jour par se défaire de cette manie !

Sur le chemin de retour de sa promenade, elle avait acheté un filet de trois avocats à la peau luisante, tout frais récoltés du verger, à l'étal d'un maraîcher de bord de route. Elle en mit deux dans un panier, leur adjoignit plusieurs tomates bien mûres provenant du même étal, et partit chez ses parents. Dehors, l'impitoyable soleil de l'après-midi sécha instantanément ses cheveux encore humides. Même protégés par une couche d'écran solaire, ses bras picotaient sous l'ardeur des rayons.

Elle ouvrit la porte moustiquaire du pavillon de ses parents, puis, sans prendre la peine de frapper, poussa la porte d'entrée et passa la tête à l'intérieur.

— Maman ? appela-t-elle.

Ses yeux ne mirent que quelques secondes à s'accoutumer à la luminosité plus faible qui régnait dans la maison, mais durant ce bref laps de temps, une silhouette pénétra dans son champ de vision, une silhouette qui n'était pas celle de sa mère.

Elle fit un pas en arrière, réaction non pas de fuite, mais de surprise. Puis elle dévisagea l'homme qui avait bien trop longtemps partagé sa vie.

Sa mère émergea de la cuisine, le visage empreint d'une expression suffisamment éloquente pour que Maggie la traduise aussitôt mentalement. *Je n'ai pas pu t'avertir, désolée… Et je n'ai pas réussi non plus à me débarrasser de lui.*

— Felo vient d'arriver. J'étais en train de lui proposer du thé glacé. Tu en veux, toi aussi ?

Maggie secoua la tête.

— Sans façon, merci.

Felo était grand et svelte, impression qu'accentuait sa tenue — short kaki et chemise de soie imprimée de perroquets et de palmiers. Elle se souvenait du jour où il avait rapporté cette chemise d'une virée dans un supermarché discount. Elle l'avait traité de fou même si force lui avait été de reconnaître que la chemise était du plus bel effet sur sa peau mate. Il était passé récemment chez le coiffeur et ses cheveux noirs arboraient leur coupe habituelle : bien courts sur les côtés et juste assez longs sur le crâne pour leur permettre un léger mouvement. Ses yeux noisette étaient frangés d'un épais rideau de cils foncés et lorsqu'il souriait — ce qui, de toute évidence, n'était pas au programme dans l'immédiat — ses lèvres révélaient des dents d'une blancheur surnaturelle.

« Charmant », c'était le mot qui lui était venu à l'esprit le jour où elle avait fait sa connaissance. Aujourd'hui encore, des années plus tard, c'était toujours celui qui convenait le mieux pour le décrire. Car le pouvoir de séduction de Felo tenait plus à son charme qu'à sa beauté : c'était une redoutable combinaison de traits belliqueux et d'une réelle chaleur humaine qui abolissait tout ce qu'il y avait de commun en lui et ajoutait à un charisme qui ne manquait jamais d'opérer sur quasiment tout le monde.

Sauf sur elle. Plus sur elle, plus exactement…

— Je n'ai pas vu ta voiture, dit-elle.

— Si je l'avais garée à un endroit où tu aurais pu la voir, tu m'aurais refait le coup de la fille de l'air !

La voix de Felo comptait aussi parmi ses atouts, à la fois gutturale et mélodieuse, suggérant un certain don pour le chant, alors qu'en réalité il était incapable de restituer un air sans le massacrer. Encore aujourd'hui, elle sentait cette voix la faire frissonner comme aux premiers temps de leur rencontre, comme si chacune de ces syllabes pourtant ordinaires n'était prononcée que dans le seul but de séduire. Felo parlait couramment l'espagnol de Cuba, mais, lorsque les circonstances exigeaient qu'il s'exprime en anglais, nulle trace d'accent ne venait troubler son idiome typiquement floridien.

— Evidemment, répliqua-t-elle d'un ton léger. Tu es rusé, rusé comme un flic.

Wanda s'avança.

— Avec Janya, on essaie une nouvelle recette de tarte. Et si vous restiez un peu, histoire de la goûter et de nous donner votre avis ?

— Merci, maman, mais je m'en vais.

Elle lui tendit le petit panier en paille.

— Tiens, je les ai achetés aujourd'hui. Je n'ai pas pu résister.

Wanda lui prit le panier des mains.

— Tu es vraiment sûre que tu ne veux pas rester ici un moment, avec *nous*.

Maggie esquissa un petit sourire et secoua légèrement la tête.

— Non, Felo ne connaît pas ma maison et Rumba sera contente de le revoir. Nous allons vous laisser à vos expériences. Garde-moi une part pour plus tard, d'accord ?

Wanda tourna vers Felo un visage inquiet.

— Pas de blague, hein ? Tu vois ce que je veux dire ?

Maggie faillit éclater de rire. Dans cette confrontation entre flics, c'était sa mère la plus à craindre !

— Jamais je ne lèverais la main sur votre fille, Wanda, vous le savez bien.

— Non, je ne sais plus rien du tout ! En tout cas, quand vous en serez à régler vos comptes, souvenez-vous que vous vous êtes aimés.

— Allons-y, dit Maggie à Felo. Avant qu'elle ne te tombe dessus avec son rouleau à pâtisserie.

— Ça m'a fait plaisir de vous revoir, Wanda. Le bonjour à Ken…

Maggie ne traîna pas. Elle prit la direction de son pavillon, sachant que Felo ne tarderait pas à la rattraper. Ses jambes étaient plus longues que les siennes et il pratiquait la course de fond depuis l'époque du lycée. Il lui arrivait fréquemment de courir douze kilomètres le samedi matin, puis de rentrer préparer un brunch à l'intention de ses amis. Comme sa foulée décontractée distançait rapidement la sienne — plus déterminée mais plus courte —, elle avait très vite renoncé à courir avec lui et s'était remise sérieusement à la natation, lassée de le regarder trottiner sur place tandis qu'elle s'efforçait de rester à sa hauteur.

Effectivement, il eut tôt fait de la rattraper sans pour autant lui adresser la parole. Il se contenta de marcher à ses côtés, calquant son pas sur le sien. Du jour où elle s'était installée à Happiness Key, elle avait su que ce moment finirait par arriver. Felo était trop fin limier pour ne pas la retrouver. Le plus surprenant, c'était qu'il ait attendu si longtemps. Elle n'ignorait pas non plus que ce jour-là donnerait lieu à une confrontation éprouvante qui le serait d'autant plus longtemps qu'elle continuerait à l'éviter. D'ailleurs, son souffle saccadé et le léger tremblement de ses mains soulignaient qu'elle n'avait que trop attendu.

Elle précéda Felo dans l'allée menant à son pavillon, inséra la clé dans la serrure et pénétra la première dans la maison.

— Rumba doit déjà savoir que tu es ici…

Un bruit sourd en provenance du fauteuil préféré de la chatte vint confirmer ses dires et une forme blanche bondit sur Felo.

Il souleva Rumba et la brandit à bout de bras devant lui. Un doux torrent d'espagnol s'ensuivit, accompagné par un ronron félin qui parvint jusqu'à Maggie.

— Tu lui as manqué, constata-t-elle. Si toutefois les chats sont capables de se languir de quelqu'un.

— Ils le sont, et leur chagrin est réel.

Felo serra la chatte contre sa poitrine.

— Elle a maigri.

— Elle a cessé de s'alimenter quelque temps, quand je l'ai laissée à…

Elle s'interrompit net.

— Tu ne l'as pas gardée avec toi ?

Maggie ne voyait pas l'intérêt de lui faire des cachotteries.

— Je suis partie camper plusieurs semaines ; un chat n'est pas le compagnon idéal sous une tente. On s'est bien occupé d'elle, fais-moi confiance, mais elle n'a pas apprécié qu'on chamboule son train-train quotidien.

— Non, ce n'était pas son train-train qui lui manquait. C'était toi. Et moi. Rumba n'est pas un objet inanimé !

— Si c'était le cas, je n'aurais pas à changer sa litière !

— Tu as toujours refusé d'admettre que tu aimes cette chatte. Certaines choses ne changent pas.

— D'autres si.

Elle le regarda droit dans les yeux.

— Tu n'as pas pris de thé glacé chez ma mère. Tu en veux ?

— Tu n'as pas quelque chose de plus fort ?

— De la bière ?

Il acquiesça d'un hochement de tête. Maggie passa dans la cuisine d'un pas nonchalant, faussement calme, et fourragea dans le réfrigérateur. Elle buvait rarement de la bière, mais elle en avait acheté « pour en avoir sous la main », s'était-elle dit. A présent, elle se demandait bien pourquoi. En avait-elle acheté pour Felo, sachant qu'un jour ou l'autre il débarquerait chez elle ? Faisait-elle toujours des provisions à l'intention de l'homme qu'elle avait quitté ? Et, si oui, qu'est-ce que cette attitude révélait sur son état d'esprit ?

— Je n'ai pas de Hatuey, s'excusa-t-elle, citant la marque préférée de Felo, mais je peux te proposer de la Corona à la place.

— Parfait.

Il parlait depuis l'encadrement de la porte ; blottie dans ses bras, Rumba continuait à ronronner bruyamment.

Maggie prit son temps pour décapsuler la bouteille, attraper un verre dans le placard, verser la bière avec précaution afin que la mousse ne déborde pas. Elle n'alla pas jusqu'à y ajouter une rondelle de citron vert, cela ressemblait trop aux attentions que l'on réserve à un amant.

— Tu as déjeuné ?

Felo coinça la chatte sous son bras et saisit le verre qu'elle lui tendait.

— Je ne suis pas venu ici pour me faire chouchouter, Mags.

Elle haussa les épaules.

— Comment est-ce que tu m'as retrouvée ? A moins que tu ne sois venu chez mes parents dans l'espoir que ma mère cracherait le morceau ?

— Ta mère n'a pas vendu la mèche.

— Tu savais donc où j'étais ?

— Oui, grâce à toi.

Elle croisa les bras sur sa poitrine, puis, comprenant brusquement le sens de sa réponse, les laissa retomber le long de son corps.

— Qu'est-ce que tu racontes ?

— Tu te rappelles cette balise GPS que je t'avais donnée ? Eh bien, ce matin, j'ai reçu un mail m'indiquant ta localisation précise sur Google Maps.

Elle le dévisagea fixement.

— Mais je n'ai pas…

Puis elle se souvint.

Deux ans plus tôt, à l'occasion de son anniversaire, Felo lui avait offert un modèle spécial de GPS pour qu'elle l'emporte en randonnée ou lors de ses sorties en kayak. En bon flic qui se respecte, il était persuadé que les ennuis ne rôdaient jamais bien loin, et ce petit concentré de haute technologie, capable par satellite d'indiquer précisément sa localisation partout dans le monde, le rassurait. Maggie avait accepté le cadeau de mauvaise grâce, voyant dans ce gadget la preuve que Felo doutait de sa capacité à prendre soin d'elle-même. Comme la plupart des policiers hommes de sa connaissance, il la considérait plus faible et plus vulnérable que lui.

Plus faible, et dépourvue de la maîtrise et du savoir d'un homme…

Non content d'aider les secours en cas d'urgence, ce GPS lui permettait en outre d'envoyer un signal de détresse à un contact — contact qui n'était autre que Felo, bien entendu. L'engin fonctionnait là où un téléphone portable ne captait pas de réseau et il était doté d'une batterie longue durée, d'autant plus performante que Maggie s'en servait rarement.

Elle l'avait cependant allumé la veille, en le retrouvant au fond de la poche du pantalon cargo qu'elle avait pris pour aller camper. Elle l'avait fait pour tester rapidement son fonctionnement et avait à l'évidence appuyé sur le mauvais bouton.

— Ma foi, ironisa-t-elle, j'espère qu'on ne m'assignera pas au programme de protection des témoins !

— Ça paraît peu probable désormais, tu ne crois pas ?

Elle accusa le coup sans broncher.

— Oui, sans doute. Les services de police ne se bousculent pas à ma porte pour me proposer du boulot, ces jours-ci !

— Je te rappelle que c'est toi qui t'es mise dans cette situation…

Maggie sentit non sans un certain plaisir la moutarde lui monter au nez, chassant du coup l'extrême nervosité qu'elle avait éprouvée à revoir Felo.

— Peut-être, mais laisse-moi te dire une bonne chose : d'un point de vue moral, quelqu'un se devait de dénoncer les agissements en cours. Certains flics refusent de fermer les yeux sur la corruption, figure-toi !

Felo but une longue rasade de bière avant de répondre.

— Tu es partie sans me laisser un mot, sans même me dire où tu allais, après toutes ces années passées ensemble ! Je n'avais aucun moyen de te joindre afin de tirer cette histoire au clair.

— J'ai eu connaissance de tous les messages que tu as laissés à mes parents. Le fait que je ne t'aie pas appelé aurait dû te mettre la puce à l'oreille.

— Tu sais ce que ça m'a surtout fait comprendre, Mags ? Que tu n'as pas changé, que tu es toujours la Maggie Gray que je connais. Tu considères que tu es seule à détenir la notion de ce qui est juste, et tu ne vois pas de raison de partager ce savoir avec nous autres, pauvres mortels. Tu démissionnes de ton job dans un acte de panache plein de suffisance, tandis que nous autres, nous qui restons solidement à notre poste afin d'essayer de changer le système de l'intérieur, tu ne nous accordes même pas une petite conversation !

— Une petite conversation ? Tu as discuté de la situation en long et en large, Felo, mais pas avec moi. Avec ton meilleur ami. Alvaro et toi, vous aviez des tas de choses à vous raconter, pas vrai ? Il avait des tas de bonnes raisons pour t'inciter à rester en dehors de ce panier de crabes et me laisser en baver toute seule !

— Alvaro ?

Felo ne haussait jamais le ton lorsqu'il était en colère. Elevé au sein d'une famille où l'on parlait fort, il avait appris que le meilleur moyen de se faire entendre était de parler si doucement que les autres devaient se taire pour écouter.

— Oui, Alvaro… En général, une relation se compose de deux personnes. Or dans la nôtre, il y en avait trois, peut-être même plus. Alvaro était l'une de ces personnes. Tu vois qui je veux dire ? Ton meilleur ami, celui qui est assuré de devenir l'un des hommes les plus riches de Miami s'il continue dans la voie qu'il s'est choisie.

— Alvaro n'a rien à voir là-dedans.

— Ah non ? Je t'ai pourtant entendu en parler avec lui au téléphone. Et plus d'une fois.

— Alvaro est mon ami d'enfance, doublé d'un ancien flic. Nous étions coéquipiers avant qu'il ne quitte la police, et je parle avec lui de tout un tas de choses.

— C'est aussi un ami de Paul Smythe et de Jorge Famosa !

Famosa était le baron de la drogue contre lequel Maggie

avait si diligemment réuni tout un assortiment de preuves. Jorge, Alvaro et Felo avaient grandi dans le même quartier, et tandis que Jorge avait choisi la voie de la criminalité, Alvaro et Felo avaient intégré l'école de police et servi ensemble dans la même brigade, unis par un lien que seuls peuvent forger entre eux les hommes exerçant un tel métier. Unis d'une façon qui laissait peu de place aux femmes avec qui ils travaillaient ou à celles qu'ils aimaient.

Pour autant qu'elle sût, Felo n'avait pas entretenu de rapports avec Jorge au-delà de l'adolescence ; en revanche, il n'était pas rare qu'Alvaro et Jorge soient invités aux mêmes soirées ; ils avaient une foule d'amis communs. Au cours de l'enquête, le nom d'Alvaro avait surgi plus d'une fois — si souvent, en fait, qu'elle avait songé à se dessaisir du dossier. Mais Felo n'avait jamais prêté l'oreille à ces soupçons.

Il ne prit pas la défense de son ancien coéquipier, pas plus qu'il ne tenta de se justifier. Il posa son verre de bière à moitié vide sur le plan de travail et se tourna vers elle.

— *Peut-être même plus ?*

Maggie secoua la tête en signe d'incompréhension.

Alors Felo reprit :

— Tu as dit que notre relation se composait de trois personnes, « peut-être même plus ». Qu'est-ce que tu entends par là ?

Elle hésita à lui répondre, ennuyée que cette phrase lui ait échappé. Pourtant, n'était-ce pas aussi un de leurs problèmes ? Ce fameux charme qui l'avait attirée n'avait pas manqué d'attirer d'autres femmes. Et Felo aimait les femmes. Surtout celles qui avaient besoin de lui, contrairement à elle.

— Tous ces soirs où tu rentrais tard... Tu t'imagines peut-être que je ne m'en apercevais pas ? Tu crois que je ne voyais pas ta complicité avec les femmes de la police et du quartier ? Tu as débouché combien d'éviers chez nos voisines ? Décoincé combien de fenêtres ? Combien de fois t'es-tu attardé avec une collègue au poste, simplement pour rendre service ? Combien de verres as-tu bus, avec combien de femmes ?

Un muscle de sa mâchoire se crispa et son expression se

durcit, mais il ne répondit pas tout de suite. Il considérait tout bonnement sa question, à la façon dont il aurait considéré un reptile menaçant dans le marais.

— Depuis combien de temps durent ces soupçons ? lui demanda-t-il enfin. Depuis combien de temps me reprochais-tu en silence de t'être infidèle ?

— C'est difficile à dire.

— Et qu'est-ce qui provoque aujourd'hui chez toi une telle explosion de colère ?

Il était vain de continuer à se taire. Ils ne formaient plus un couple, alors elle n'avait plus rien à perdre.

— Le jour où on m'a ordonné de laisser tomber l'enquête sur Famosa, je suis allée au poste pour te voir. J'avais besoin de te parler, d'avoir ton avis. Quelqu'un m'a dit que tu étais dans la salle d'interrogatoire au fond du couloir, alors je suis allée te trouver, sauf que la porte était fermée. J'ai regardé à travers la vitre pour voir avec qui tu étais, au cas où j'aurais interrompu quelque chose d'important. Je t'ai vu assis avec Sal Freepoint, en train de lui tapoter la main, vos deux têtes rapprochées comme celles de deux tourtereaux.

Felo hocha brièvement la tête, mais ne dit rien, attendant la suite.

— J'avais déjà des soupçons sur vous deux. C'était toujours à toi qu'elle demandait conseil, toi qu'elle prenait à part pour te faire je ne sais quelles confidences… Je me suis exhortée à ne pas former de jugements hâtifs à partir de ce que je voyais, pensant que tu m'expliquerais quand nous en discuterions le soir, à la maison. Mais tu n'as jamais fait allusion à elle, jamais pris la peine de m'expliquer quoi que ce soit…

— Encore aurait-il fallu que j'en aie l'occasion ! Nous nous sommes disputés à propos de ta décision de quitter la police. Nous nous sommes disputés à propos de ce que tu devais faire au sujet de Smythe et Famosa. A quel moment aurais-je pu te dire que Sal venait d'apprendre que son copain allait être envoyé en Irak ? Ce même copain qui, je te le rappelle, fait partie d'une unité de déminage et qui, de ce fait, est nettement plus exposé que la moyenne au risque d'avoir la tête arrachée en mission !

— Ne me fais pas passer pour une mégère, Felo ! Quand nous avons déclaré forfait…

— Quand *tu* as déclaré forfait ! Ne sous-entends pas que j'ai pris part à ta décision !

— Très bien, quand *j'ai* déclaré forfait, c'est à peine si tu passais à la maison. Combien de temps t'a-t-il fallu pour te rendre compte que j'étais partie ? On ne se voyait plus ! Tu essaies vraiment de me dire que tu étais fidèle ?

— Je n'essaie pas de te dire quoi que ce soit.

Elle haussa les épaules.

— Mais pour ta gouverne, sache que je l'étais. Je t'ai toujours été fidèle. Et je continue à l'être, je me demande bien pourquoi d'ailleurs ! Et si j'étais moins souvent présent, c'est que *toi*, tu n'étais jamais là, Mags. Physiquement, si… Tu rentrais parfois à la maison. Mais ta tête et ton cœur étaient obnubilés par le dossier Famosa. Tu ne vivais plus que pour ça. Moi, je voulais une femme qui souhaite équilibrer sa vie professionnelle en fondant un véritable foyer, je voulais une épouse, des enfants ! Et chaque fois que je te regardais, que je lisais en toi, je voyais cette femme-là s'éloigner de plus en plus.

— J'étais flic ! Tu sais ce que ça signifie. Du moins, tu sais ce que ça signifie pour un *homme*.

— Non, je sais ce que ça signifie pour *moi*. Pour toi, je n'en sais rien. Tout apparemment, mais au bout du compte, rien. Parce que tu as tout plaqué. Et tu sais pourquoi ? Parce que tu n'accordes aucune valeur aux conseils d'autrui. Tu ne fais confiance à personne, si ce n'est à toi-même.

— Je ne fais pas du lèche-bottes, si c'est ce que tu veux dire ! Et sûrement pas à des gens qui devraient passer le reste de leur vie en taule !

— Mags, tu n'écoutes pas et tu ne poses pas de questions. Tu crois dur comme fer que tous les flics mâles de la planète, moi y compris, n'attendent que l'occasion de te piétiner. Mais il t'aurait suffi de me demander ce qui se passait et d'écouter ce que j'avais à te répondre. Tu aurais pu me demander si je couchais avec Sal ou avec qui je passais ces soirées durant lesquelles tu ruminais tes soupçons. Mais ça, ça te dépasse ! Comme de me prévenir que tu partais ! Comme de me dire où tu allais !

— Puisque tu insistes, je vais te dire quelque chose, Felo : je veux que tu t'en ailles. Tout de suite…

— Tu sais quoi ? Je ne te crois pas. Mais je vais m'en aller quand même. Parce que je n'ai pas envie de rester ici.

Il posa Rumba par terre avec précaution et la chatte, consciente de l'électricité ambiante, s'enfuit vers la chambre de Maggie.

— Que veux-tu que je fasse du reste de tes affaires ?

— Je passerai les chercher. Tu n'as qu'à m'indiquer un moment où tu ne seras pas à la maison.

— Je vérifierai sur mon emploi du temps. Et toi, de ton côté, essaie d'ouvrir mon prochain mail pour une fois. Je te tiens au courant.

Il tourna les talons et traversa la maison en sens inverse. Maggie entendit la porte claquer. Ce bruit continua de résonner dans sa tête bien après le départ de Felo et la tint éveillée une grande partie de la nuit.

7

Janya se réjouissait que Rishi ait trouvé un ami en Harit Dutta. Ses propres amies de Happiness Key tenaient un rôle si important dans sa vie qu'elle souhaitait de tout cœur qu'il en soit de même pour lui. Elle ne regrettait qu'une chose : que Kanira soit comprise dans le lot. La jeune femme ne lui était pas à proprement parler antipathique, mais ses jérémiades incessantes et ses confidences intempestives la mettaient mal à l'aise.

— Tu n'as pas envie de sortir, je le vois bien, avait constaté Rishi un lundi soir, alors qu'ils se préparaient à aller pique-niquer chez les Dutta.

Janya avait accueilli cette invitation avec un certain étonnement, Kanira n'ayant pas fait mystère de la grande difficulté du couple à joindre les deux bouts.

— L'amitié, ça compte, répondit-elle avec prudence. Et puis nos amis tireront peut-être profit de notre compagnie.

Rishi, occupé à lacer ses chaussures, ne leva pas la tête.

— Ils ne sont pas heureux en ménage…

Si elle avait été là, Tracy aurait répliqué « Non, sans blague ? » à une telle affirmation. A cette pensée, Janya eut envie de sourire, malgré la gravité du sujet.

— Ce n'est pas facile de vivre aussi loin de son pays et sans famille proche quand les enfants sont petits et qu'ils demandent autant de soins et d'attention.

Ses chaussures lacées, Rishi se releva.

— « Comme on fait son lit, on se couche », dit le proverbe, c'est aussi valable pour elle, j'imagine.

Janya se fit la réflexion que Kanira s'était couchée au moins deux fois de trop dans le lit en question. Elle avait conçu ses enfants — si elle en croyait ce qu'elle lui avait confié, le jour de leur rencontre — dans le seul but de faire renoncer son mari à ses ambitions d'écrivain. Janya trouvait ce genre de manipulation indigne mais n'en avait pas parlé à Rishi.

— Je ne devrais pas porter de jugement, dit-elle encore, mais ces enfants sont une réalité, au même titre que leur mariage.

— Harit se sent piégé… Je le sais, bien qu'il ne m'ait rien dit de tel. Comment expliquer que les choses puissent aussi mal tourner entre deux personnes qui s'aimaient au départ et ont choisi de vivre ensemble ?

Rishi et elle discutaient de nombreux sujets, mais il était rare qu'ils abordent celui de l'amour.

— Les mariages arrangés sont peut-être préférables, finalement, hasarda-t-elle. Si la famille de Kanira avait pu la convaincre d'épouser un parti plus en rapport avec ses aspirations matérielles, peut-être serait-elle plus heureuse aujourd'hui. Elle aussi se retrouve prise au piège. Elle ne peut pas abandonner Harit ni les enfants.

— Certaines femmes ne se gênent pas pour le faire…

— Pas celles du genre de Kanira. Elle ne pourrait plus jamais affronter sa famille et ses amis. Et cela compromettrait définitivement ses possibilités de retour au pays.

— Il y aurait beaucoup à dire sur le mariage, mais une chose est sûre : ce n'est jamais simple, indépendamment des circonstances dans lesquelles l'union a été conclue. Mais peut-être est-il plus triste de constater son échec quand il s'agit d'un mariage d'amour… Perdre est plus douloureux que de ne jamais avoir possédé.

Janya n'aurait jamais cru que Rishi ait réfléchi si sérieusement à quelque chose qui n'avait pas trait à l'informatique. Elle savait qu'il abritait des profondeurs cachées, mais lorsqu'elle y était confrontée elle ne manquait jamais d'être déconcertée, comme si, au bout de plus de deux ans de mariage, elle vivait encore avec un parfait inconnu.

— Les démêlés sentimentaux de Harit et Kanira m'importent moins que le sort de leurs enfants, reprit-elle. Grandir est déjà suffisamment compliqué en soi, alors grandir dans un foyer où règne la discorde…

Rishi hocha la tête, comme pour appuyer son affirmation.

— Les enfants sont affectés par tout ce qui se passe autour d'eux… Et ils sentent s'ils sont désirés ou non.

Il était bien placé pour le savoir, lui qui avait connu les deux situations, celle de fils adoré puis celle d'un orphelin encombrant pour son oncle et sa tante qui l'avaient recueilli. Ses paroles venaient du cœur et sa voix laissait transparaître une certaine tristesse.

— Les enfants conçus pour de mauvaises raisons ont du mal à trouver leur place. Nous pouvons peut-être essayer de venir en aide à ces deux petits ?

— Quelles sont les bonnes raisons pour avoir des enfants ? lui demanda Rishi.

Elle le regarda, surprise.

— Les enfants apportent la joie dans un foyer…, répondit-elle du ton de l'évidence.

— Ils sont souvent malades, ils crient et pleurnichent. Ils donnent beaucoup de travail et coûtent beaucoup d'argent. D'ailleurs, il y en a déjà trop dans le monde. Pourquoi tient-on tant à en avoir ?

Janya se toucha le front.

— Pour transmettre notre amour à la génération suivante.

Elle se toucha le cœur.

— Parce que l'amour n'est pas qu'une fatalité en devenir. C'est ce qui nous permet d'aller de l'avant.

— Mais pour créer de l'amour il faut déjà qu'il y ait de l'amour, Janya…

Cette constatation la renvoya au couple que formaient Harit et Kanira : manifestement, ils étaient revenus au point de départ de leur discussion.

— J'aimerais leur venir en aide, Rishi. Trouvons un moyen

d'alléger leur fardeau afin qu'ils puissent subvenir mieux aux besoins de ces enfants.

Durant le trajet jusqu'à l'ancien motel où les Dutta occupaient un appartement, ils bavardèrent de tout autre chose. A leur arrivée, l'état de délabrement du bâtiment leur sauta aux yeux ; la façade était écaillée et les rampes rouillées. Une piscine verdie par les algues occupait le centre du complexe résidentiel dont le périmètre réduit était délimité par les rangées d'appartements serrés les uns contre les autres. Son portail était grand ouvert et Janya ne put se défendre d'un sentiment d'inquiétude. Restait à espérer que Kanira surveillait bien les allées et venues de ses enfants…

Vijay leur ouvrit la porte mais ne pipa mot en les voyant. Derrière lui, Janya aperçut Kanira en minijupe et T-shirt, en train d'enfiler une robe excessivement chichiteuse à Lily qui protestait en gigotant. Le séjour était petit et jonché de jouets. Harit vint les saluer et leur proposa aussitôt d'aller voir le parc où ils allaient pique-niquer, comme s'il était impatient de prendre l'air et de jouir du calme de l'extérieur.

— Janya va rester ici pour me donner un coup de main, dit Kanira. Emmène donc Rishi et les enfants. Je ne peux pas les surveiller toute seule et m'occuper en même temps du repas ! Quant à toi, Jay, dit-elle en pointant le doigt sur son fils, tu dois participer. Les corvées ne sont pas réservées aux femmes, quoique puissent en penser certains, ici. Ne pars pas les mains vides.

Le petit garçon ne parut pas autrement surpris du ton de réprimande employé par sa mère, signe qu'il en avait l'habitude. Il ressemblait tant à son père : se pouvait-il que Kanira soulage sa colère contre Harit en grondant leur fils ? Janya sentit son cœur se serrer à la pensée du genre de vie que devait mener le petit garçon.

Obéissant aux ordres, les hommes se chargèrent donc de Lily et de toutes les victuailles qu'ils pouvaient porter. Vijay serrait contre sa poitrine étroite les assiettes en carton et les couverts en plastique. Il marchait comme un vieillard, voûté et sans allégresse. Lui arrivait-il parfois de courir ou de jouer ? De crier ?

De rire ? Janya n'arrivait pas à imaginer Kanira emmenant ses petits au parc pour les laisser se comporter comme des enfants.

— J'aurais préféré vous inviter au restaurant, dit Kanira après le départ de la petite troupe. C'est ce que j'avais suggéré à Harit, mais nous n'en avons pas les moyens. Autant dire que le repas sera très simple. Je n'ai pas le temps de préparer des plats comme le faisaient nos domestiques à Calcutta. Je ne m'étais jamais rendu compte de la rude besogne qui était la leur jusqu'à mon arrivée ici.

— Ainsi donc, tu es une citadine ? Tu ne viens pas d'un village ?

— Moi ? Non ! Harit, lui, vient d'un village. Et d'un village pauvre, qui plus est. Non, ma famille à moi est riche, aux antipodes de la sienne… Il y a encore une génération, nous ne nous serions jamais rencontrés. Mais Harit était un étudiant doué, il a bénéficié de bourses scolaires et d'opportunités bien au-dessus de sa caste. Nous nous sommes connus par l'intermédiaire d'amis communs. Ma famille a été horrifiée quand elle a su ; elle m'a ordonné de rompre tout contact avec lui. Au lieu de quoi, je l'ai épousé.

Elle détourna le regard, comme si elle voyait se dérouler la triste scène sous ses yeux.

Janya, qui n'ignorait pas les conséquences d'une telle alliance, espérait qu'elle se trompait.

— Tes parents ont appris à l'accepter, depuis ?

— Pour nos deux familles, nous sommes morts. De mon côté parce que Harit n'était pas assez bien pour moi et du sien parce que ma famille a refusé de me fournir une dot, et qu'elle les a insultés à plusieurs reprises. Harit était supposé subvenir aux besoins de ses parents, chose dont il est bien incapable, vu qu'il peut à peine subvenir aux nôtres ! Nos parents n'ont pas reconnu nos enfants et ils ne le feront jamais.

— Avec le temps, peut-être…

— Nous leur avons plusieurs fois envoyé des photos de Jay et Lily, mais les lettres nous sont revenues dans les enveloppes non décachetées. Ils refusent également de répondre à nos coups de téléphone. Tu vois, il n'y a aucun espoir…

— Tu te retrouves bien seule…

Malgré son antipathie croissante pour la jeune femme, Janya ne pouvait s'empêcher d'éprouver une bouffée de compassion envers elle. A une certaine époque, elle aussi avait déçu ses parents, mais durant l'année précédente leurs rapports s'étaient améliorés. A présent, sa mère parlait même de venir lui rendre visite en Floride.

— Oh ! Ne t'en fais pas ! Je suis forte, et puis j'ai des ressources…

Elle eut un petit sourire triomphant.

— Il se pourrait que ma vie change très bientôt, et en mieux.

Ce sourire à la limite de l'arrogance mit tous les sens de Janya en alerte, mais pas assez cependant pour lui intimer le silence.

— Je me doute que ta vie n'est pas simple, Kanira, mais tu possèdes beaucoup de choses que d'autres femmes pourraient t'envier. Un mari séduisant et talentueux qui essaie de publier un grand roman. Deux beaux enfants. La perspective d'une nouvelle vie en Floride.

Kanira eut un reniflement de dérision.

— En Inde, on apprend aux femmes à se contenter de si peu…

Janya s'abstint de lui faire remarquer qu'elle était bien plus favorisée que la plupart des femmes de leur pays d'origine. Sa grand-mère paternelle lui répétait souvent ces paroles, pour la consoler de ses chagrins de petite fille :

Si tu te crois libre, tu es libre. Si tu te crois prisonnière, tu es prisonnière. En vérité, petite, on est toujours ce qu'on pense être, c'est pourquoi tu ne dois penser qu'au meilleur.

Et, si l'on se fiait au raisonnement de sa grand-mère, il était à craindre que Kanira soit malheureuse jusqu'à la fin de ses jours.

La nature avait doté Tracy d'une solide constitution et d'une énergie inépuisable. Elle n'avait jamais été gravement malade et n'avait jamais eu de mal à se lever le matin, à moins qu'elle n'ait trop bu la veille. Mais ce genre d'excès appartenait désormais à une époque révolue : son âge avancé lui fermait les portes des soirées étudiantes et ses revenus avaient chuté bien en dessous du seuil requis pour qu'elle fût encore conviée à la foire d'empoigne de la jet-set. Au demeurant, ce constat ne l'attristait pas outre mesure, ni dans un sens ni dans l'autre.

Hélas, depuis le début de sa grossesse, se tirer du lit et arriver à l'heure au complexe de loisirs lui était devenu aussi pénible que de se rendre au bureau de poste afin d'expédier le règlement de ses taxes foncières. Dans les deux cas, elle était plutôt tentée de se mettre la tête sous l'oreiller et de fuir dans le sommeil, histoire d'oblitérer momentanément la réalité du monde.

Ce mardi-là, elle se traîna donc au centre avec autant d'enthousiasme que le lundi. Elle avait consulté la veille son agenda avant d'aller se coucher et avait calculé qu'en travaillant dix heures dans la journée elle parviendrait peut-être à boucler tout ce qui devait être fait. Dans le cas contraire, le mercredi promettait d'être pire encore.

En attendant de voir son médecin, elle avait déniché sur internet la liste des choses à faire et ne pas faire en période de grossesse. On y apprenait que chaque bouchée de nourriture, chaque goutte de liquide susceptible d'être ingérée faisait courir un risque mortel à un fœtus en pleine croissance. Faisant appel à son bon sens, elle avait considérablement réduit cette liste, mais évitait le thé et le café qu'elle remplaçait par de l'eau et des jus de fruits. Elle prenait aussi les vitamines prénatales que lui avait prescrites l'infirmière quand elle lui avait expliqué ses raisons pour avancer la date de son bilan de santé annuel.

Arrivée au complexe de loisirs, elle avala un de ces comprimés avec un verre d'eau pris à la fontaine installée non loin de la cafetière qui accueillait chaleureusement les visiteurs. Son seul regret était de ne pouvoir le faire suivre d'une dose de carburant à indice d'octane élevé, contre-indiqué dans son état.

Gladys Woodley, l'hôtesse d'accueil du centre et l'épouse de Woody, son directeur, déboucha côté « café » du hall d'entrée et s'immobilisa en la voyant.

— Ça va ? lui demanda-t-elle avec un air si effaré que Tracy baissa les yeux afin de s'assurer qu'elle avait bien enfilé les différents éléments qui composent habituellement une tenue normale. Non contente de chambouler son estomac, la grossesse semblait également parasiter sa mémoire à court terme et elle n'aurait pas été autrement surprise d'avoir omis de passer un jean et de s'être présentée au centre en pantalon de pyjama. Mais, pour autant qu'elle puisse en juger, tout était correct.

— Oui, pourquoi ?

— Je vous trouve un peu pâle, ces jours-ci. Vous n'avez pas trop perdu de poids, après la fin du concours ?

Durant l'été, le centre avait organisé un concours d'amincissement destiné à collecter des fonds, concours grâce auquel Gladys et Woody avaient perdu un total ahurissant de vingt kilos. Tracy, pour sa part, s'était contentée de se débarrasser des cinq qui l'encombraient. Par malheur, elle était maintenant lancée à fond dans son régime pour femme enceinte qui continuait de la faire maigrir.

— Gastro, dit-elle en plaquant sur ses lèvres un sourire radieux. Le meilleur régime amaigrissant que je connaisse !

Gladys la jaugea entre ses paupières à demi fermées. Elle arborait une toute nouvelle coiffure, un carré lisse et plongeant au niveau de la mâchoire qui, allié à sa perte de poids, la rajeunissait de dix ans.

— Vous êtes enceinte ?

Son premier réflexe fut de mentir. Mais Gladys était l'âme du complexe de loisirs et très à cheval sur les principes. Son mensonge lui serait revenu façon boomerang dans la figure quand elle serait passée — inévitablement — de son jean slim aux robes de maternité.

— Oui, mais je ne veux pas que ça s'ébruite, dit-elle à voix basse. Marsh n'est pas encore au courant, vu ?

— Comment ça, il n'est pas au courant ?

— J'ai besoin de réfléchir, c'est tout. Mais rassurez-vous, je n'ai aucune intention de démissionner. Au contraire, mon travail va m'être d'autant plus indispensable.

— Il y a de l'eau dans le gaz entre Marsh et vous ?

— Non, pas du tout.

Gladys laissa passer un silence, puis elle demanda :

— Bon, alors comment puis-je vous aider ?

— Faites preuve d'indulgence à mon égard, c'est tout. Le temps que je dépasse le stade des nausées. Je n'ai pas ma vivacité habituelle.

— Vous avez des congés en retard. Pourquoi ne pas en prendre quelques-uns et vous octroyer un peu de repos supplémentaire ?

— Non, je préfère les garder pour prolonger mon congé maternité. C'est à ce moment-là que j'en aurai le plus besoin.

— Marsh adore les enfants. Vous l'avez vu se comporter avec Bay...

Un changement de sujet s'imposait d'urgence, mais le temps qu'il lui en vienne un à l'esprit Gladys enchaînait :

— Il nous manque un atelier pour le module « Artisanat créatif de Noël ». La dame qui s'était engagée à fabriquer des anges en papier mâché déménage en Caroline du Sud et le programme des activités est sur le point d'être imprimé. Vous auriez une idée de remplacement pour cet atelier ?

Tracy se sentait redevable à Gladys d'avoir accueilli l'annonce de sa grossesse avec un minimum d'angoisse et de conseils, alors elle fit un effort pour lui suggérer une idée, en dépit des émanations hormonales qui lui embrumaient le cerveau.

— Vous vous rappelez ma voisine, Alice, qui avait enseigné le crochet aux enfants du centre aéré, avant que son gendre ne s'en mêle ? Eh bien, maintenant que ce bon vieux Lee a disparu de la circulation, je parie qu'elle pourrait se charger d'un atelier de confection de flocons de neige. Elle en réalise de toutes sortes au crochet, et de toutes tailles, qu'elle accroche ensuite à ses fenêtres et sur son arbre de Noël.

Tracy considéra son idée plus longuement : oui, c'était la solution idéale.

— Tous ces trajets pour conduire sa petite-fille au collège et au centre l'épuisent. Nous pourrions peut-être programmer l'atelier de telle sorte qu'elle puisse venir la chercher après l'école.

Ça lui épargnerait deux voyages. Peut-être même plus tôt, afin qu'Olivia puisse profiter de la piscine ou même s'intégrer à l'équipe de jeu de palet. Elle a besoin de distractions.

— Parfait. Vous lui poserez la question ?

— Je m'en occupe tout de suite.

Gladys pivota comme pour s'en aller, puis se ravisa.

— Vous allez lui en parler, n'est-ce pas ?

Il fallut quelques secondes à Tracy pour comprendre que Gladys ne parlait plus d'Alice mais de Marsh.

— Marsh l'apprendra en temps voulu. J'ai juste besoin de me remettre un peu les idées en place…

Mais le moment était rien moins que propice quand, en fin d'après-midi, elle tomba sur Marsh et Bay dans le hall d'entrée. Marsh était en pleine conversation avec un homme blond qu'elle ne connaissait pas. L'inconnu semblait avoir quelques années de moins que lui, quelques centimètres de plus, de larges épaules et une barbe de trois jours dix fois plus sombre que ses cheveux hirsutes. Elle s'approcha prudemment, pas vraiment d'humeur à s'engager dans un autre subterfuge, mais elle parvint tout de même à afficher un sourire à l'adresse de Marsh avant de gratifier son fils d'un autre nettement plus sincère.

— Salut, bonhomme, dit-elle en se penchant pour recevoir l'inévitable embrassade du petit garçon.

Du haut de ses dix ans, Bay commençait à ressembler de plus en plus à son père. Il avait les cheveux châtain clair de Marsh et son intelligence. L'année précédente, ce jeune homme lui avait donné du fil à retordre au centre aéré, mais depuis qu'ils étaient parvenus à résoudre le gros de leurs divergences, ils partageaient un lien privilégié.

Elle se demanda si l'enfant qu'elle portait lui ressemblerait.

— Faut que j'aille à l'entraînement !

Bay agita son sac de l'équipe de natation.

— Aujourd'hui, on va plonger. Beaucoup.

— N'oublie pas de remonter à la surface, dit-elle en lui ébouriffant les cheveux, ou du moins nettoie le carrelage de la piscine tant que tu es au fond !

Elle le regarda traverser le hall, le temps de se ressaisir, et se tourna vers Marsh.

— Qu'est-ce qui t'amène ici ?

Elle se pencha et déposa un baiser sur sa joue.

De toute évidence, Marsh ne se rendait pas au tribunal et il n'en sortait pas non plus ; il était vêtu de manière encore plus décontractée que lorsqu'il siégeait dans ses bureaux de Wild Florida. C'est alors qu'elle remarqua la raquette qu'il tenait sur le côté. L'autre homme en avait une, lui aussi.

— Le squash, dit-elle, répondant à sa propre question. Je suis censée savoir que tu pratiques ce sport ?

— Non, pas vraiment… Je n'y joue pas très souvent. Tracy, je te présente Blake Armstrong, le frère d'un de mes anciens camarades de la fac de droit.

— Le constructeur de ponts ?

Elle lui tendit la main.

— Tracy Deloche. Bienvenue au complexe de loisirs.

— Tracy en est l'animatrice en chef, précisa Marsh. Elle s'occupe de Bay et avec elle il marche droit.

Tracy attendit qu'il se lance dans de plus amples explications, qu'il exprime une quelconque revendication sur sa personne, et ce d'autant plus que Blake lui serrait la main en la couvant d'un regard appréciateur, mais Marsh ne jugea pas utile de préciser son statut au-delà « d'animatrice en chef ».

— Disons que j'essaie de le canaliser, dit-elle alors, mais il faudrait une armée pour mater ce gamin !

— En fait, elle l'aime bien…

Marsh la dévisagea, puis se tourna vers Blake qui tenait toujours la main de Tracy dans la sienne, paraissant seulement comprendre.

— Et moi aussi elle m'aime bien, se hâta-t-il d'ajouter avec un clin d'œil.

Tracy éprouva la même impression que le soir où CJ l'avait demandée en mariage. Elle se sentit scintiller de l'intérieur, l'esprit rempli de visions d'une longue vie de bonheur conjugal.

— Quoique, un peu moins, ces derniers temps…

Blake lâcha la main de Tracy.

— Dommage pour toi, dit-il à Marsh.

— C'est ta faute, aussi. Toi et tes fichues huîtres…

— Tracy est un peu patraque en ce moment et elle m'accuse d'en être responsable. Si elle était dans son état normal, elle te mettrait une raclée au squash. C'est une grande sportive.

Tracy n'était qu'un tantinet radoucie.

— Combien de temps comptez-vous rester en ville, Blake ?

— Mes collègues et moi allons nous installer dans une maison située sur la presqu'île, non loin de chez Marsh. Elle nous servira de quartier général et deux d'entre nous logeront également à l'étage, le temps que les travaux du pont soient suffisamment avancés pour que notre présence sur le chantier ne soit plus requise au quotidien.

— Je vis là-bas, moi aussi. A l'autre bout de l'îlot. Vous y serez bien, vous verrez…

Elle allait enchaîner sur autre chose, lorsqu'elle vit approcher une silhouette familière.

— Hé, Maggie !

Elle fit signe à la jeune femme d'approcher. Maggie portait un carton à tarte et Tracy se demanda si Wanda l'avait chargée d'apporter quelques échantillons de ses œuvres au personnel du centre de loisirs, comme elle le faisait parfois lorsqu'elle souhaitait recueillir leur avis. Elle constata avec plaisir que Maggie semblait tout à fait dans son assiette. Elle avait appris que Felo l'avait retrouvée et elle avait longuement hésité sur l'attitude à adopter : aller la voir ou la laisser seule le temps qu'elle se ressaisisse.

En temps normal, la vue d'un carton à tarte en provenance du magasin de Wanda provoquait chez elle une bouffée d'enthousiasme mais, aujourd'hui, le cœur n'y était pas. En fait, le concept de tarte luttait dans son esprit avec la réalité des deux toasts beurrés et du pot de yaourt qu'elle avait réussi à avaler au petit déjeuner. Elle détourna rapidement le regard.

Dire qu'elle ne pouvait même plus se régaler des tartes de

Wanda ! Restait à espérer qu'elle n'en tiendrait pas rigueur à son enfant, une fois que celui-ci serait né.

Maggie s'arrêta à leur hauteur.

— Maman souhaite recueillir quelques opinions. J'imagine que ce n'est pas la première fois ?

— Que nous apportes-tu là ?

— Un *Fondant au chocolat.*

L'estomac de Tracy se contracta immédiatement.

— Et une *Mandarine divine.* Aucune des deux recettes ne convainc maman à cent pour cent, mais elle veut des retours.

— Marsh, je te présente Maggie Gray, la fille de Ken et Wanda.

— Je suis un grand fan de votre mère, déclara Marsh en serrant la main de Maggie qui avait transféré son carton dans l'autre.

— Moi aussi. On ne peut pas ne pas aimer ma mère.

— Pourquoi ? s'enquit Blake en lui tendant la main à son tour.

Il semblait porter autant d'intérêt à Maggie qu'à Tracy quelques instants plus tôt, avant que Marsh n'ait fini par mettre les choses au clair.

Maggie le détailla à son tour d'un regard visiblement appréciateur.

— A Doral, quand j'étais petite, il y avait un fan-club de Wanda Gray dans notre rue. Ma mère engraissait tous les gosses du quartier. Aujourd'hui, ils doivent certainement la maudire chaque fois qu'ils montent sur leur pèse-personne, mais à l'époque quiconque était en quête de consolation savait trouver le chemin de la maison pour quémander une part de tarte.

— Vous avez grandi à Miami ? lui demanda Blake.

— Affirmatif. Vous devez connaître la ville…

— Affirmatif !

Il sourit plus largement.

— J'ai grandi là-bas, moi aussi.

Maggie et Blake se mirent alors à échanger des souvenirs d'enfance, et Tracy songea que Maggie avait peut-être trouvé en Blake un homme susceptible de lui faire oublier Felo. Marsh glissa sa main sous son bras et l'entraîna à l'écart pour jouir d'un peu d'intimité.

— Tu te sens mieux ?

— Indiscutablement. Mais je ne suis toujours pas revenue au sommet de ma forme.

— Tu vas te décider à consulter un médecin ou bien est-ce qu'il faut que je t'y traîne par la peau du cou ?

— Pas la peine, j'ai pris rendez-vous…

Mais pas chez le genre de médecin auquel il pensait…

— C'est l'époque où je fais mon bilan de santé annuel, de toute façon.

— Tu veux que je passe te voir, ce soir ? J'ai du bouillon de volaille au freezer.

Tracy considéra sa proposition. Le bouillon la tentait assez, la visite de Marsh pas du tout. Il lui arrivait encore trop souvent de foncer en urgence aux toilettes et Marsh était tout sauf un imbécile.

— Ecoute, je préfère qu'on remette ça à une autre fois. J'ai une journée de dix heures devant moi. A tous les coups, je vais tomber au lit en rentrant.

— Ça peut s'arranger…

C'était le moment d'exercer ses talents de séductrice, d'allécher Marsh tout en le laissant sur sa faim. La Tracy d'avant aurait eu à sa disposition tout un éventail de répliques spirituelles. Hélas, pas celle dont l'estomac, bien que temporairement calme, avait été tourmenté par la vision du *Fondant au chocolat*…

Tout ce qu'elle trouva à dire fut :

— Pas ce soir, d'accord ?

— D'accord.

Elle lui effleura le bras.

— Organisons-nous plutôt quelque chose la semaine prochaine.

— Nous ne sommes que mardi, Trace.

Il avait raison. Pourquoi avait-elle alors l'impression que la semaine était déjà largement avancée ?

— Ce week-end ?

— Mazette, ton empressement me fait chaud au cœur !

— Sois gentil, Marsh, ne me bouscule pas… Je me souviens d'une période pas si lointaine où tu étais tellement débordé que tu es resté plusieurs jours d'affilée sans m'appeler. Ça fait aussi partie du quotidien d'une liaison, non ?

— Parce que nous avons une liaison ?

Tracy était au bord des larmes. Incroyable comme elle avait tendance à pleurer pour un rien, ces temps-ci ! Elle déglutit, espérant que Marsh n'avait rien remarqué.

— Pas forcément, si ce n'est pas ce que tu souhaites, répondit-elle d'un ton aussi égal que possible.

— Tu n'y es pas, Trace… Ce que je veux dire, c'est que si on ne se voit pas davantage, je vais finir par ne plus me souvenir de toi.

— Vraiment ?

— Ecoute… A force de traquer les sous-entendus dans chacune de nos phrases, j'en ai oublié le sujet de notre conversation.

Elle soupira.

— On essayait de décider d'un moment pour se voir. Que dirais-tu de vendredi soir ?

— Vendredi soir, j'ai une conférence.

— Tu aurais pu me le dire plus tôt !

— Je serai de retour samedi après-midi. Je t'appellerai en rentrant, et nous verrons dans quel état tu seras alors.

Il tendit la main vers son visage, entortilla une mèche de ses cheveux autour de son doigt et tira gentiment dessus.

— Ça marche ?

Tracy hocha la tête. Samedi, oui, ça irait, du moins l'espérait-elle. Cela lui laissait quatre jours pour retrouver forme humaine. Qui sait, elle allait peut-être établir un nouveau record ?

Maggie et Blake étaient toujours en pleine discussion, et Maggie avait toujours à la main les échantillons de tarte, ce qui fournit à Tracy une bonne raison de s'éloigner.

— Je vais te montrer le salon du personnel, lui proposa-t-elle.

Après avoir pris rapidement congé, les deux hommes se dirigèrent vers les courts de squash. Maggie les suivit un moment du regard.

— Il a l'air sympa, dit-elle.

— Lequel ? Marsh ou Blake ?

— Les deux.

— Blake avait l'air de vouloir te dévorer toute crue. Il faut t'attendre à déclencher de nombreuses réactions de la sorte, par ici.

Maggie lui sourit.

— Ça ne me ferait pas de mal de me distraire un peu…

Tracy regardait s'éloigner Marsh.

— En tout cas, si ce genre de distraction t'aide à te sortir ton bonhomme de la tête, fais-le-moi savoir sans faute !

8

— Voilà ! déclara Wanda le vendredi matin, désignant à sa fille les tartes posées devant elle sur le plan de travail. J'en ai trois à proposer à Phillip. Le personnel du complexe de loisirs représente un groupe de testeurs aussi valable que n'importe quel panel de consommateurs. Pas besoin de faire appel à je ne sais quel chargé de marketing branché.

Maggie ne savait pas ce qui l'impressionnait le plus. Qu'après des heures de travail acharné sa mère ait enfin produit trois nouvelles tartes qui trouvaient grâce à ses yeux ou qu'elle connaisse l'expression « panel de consommateurs ». Quoi qu'il en soit, le passage de Miami à la presqu'île de Palmetto Grove avait été pour elle une expérience enrichissante à tous les niveaux.

— Je suis contente que tu aies éliminé *Mandarine divine*, lui confia-t-elle.

— C'est le hic avec les idées. Toutes ne sont pas bonnes à garder et on doit faire un tri dans le tas, mais en regard du temps passé, c'est le plus dur. Enfin, le *Fondant au chocolat* est assez réussi pour être mis en rayon au magasin, c'est déjà ça, même s'il ne mérite pas de figurer à la carte du *Shrimp*.

— Qu'est-ce que tu en sais ? Il plaira peut-être à Phillip. Sa composition est tellement riche qu'il pourrait le vendre en parts plus petites, ça lui rapporterait davantage.

— On va déjà voir s'il aime les autres. Je regrette simplement de ne pas avoir trouvé de meilleur nom pour celle-ci...

La dernière tarte de la rangée était une imposante pâtisserie truffée de noisettes, de pépites de chocolat et de noix de coco râpée.

— *Tarte sept étages*, ça ne m'emballe pas vraiment.

Maggie calcula que les trois nouvelles créations de sa mère devaient à elles seules totaliser l'équivalent d'une semaine en apport calorique. A travailler au magasin, elle risquait d'être tentée de goûter à tout et d'accumuler les kilos… Au moins, sur la suggestion de Tracy, s'était-elle inscrite au complexe de loisirs, ce qui lui laissait le recours de passer toutes ses soirées à faire de l'exercice. En plus d'être bénéfique à sa santé, nager et faire un peu de musculation lui donnait un endroit où aller et représentait un bon dérivatif à sa solitude.

La porte s'ouvrit et elle leva les yeux, s'attendant à voir entrer Phillip Callander. Mais ce fut Blake Armstrong qui franchit le seuil. Venait-il commander une tarte ou l'inviter à sortir avec lui ? La seconde option aurait au moins le mérite de la changer de ses longueurs de bassin !

Il se dirigea droit sur elle, court-circuitant Wanda.

— Salut ! Il règne dans cette boutique une odeur paradisiaque. Serais-je mort sans le savoir ? Mmm… quelles tartes divines ! Voilà un paradis comme je les aime.

— Pétard ! Je l'ai, mon nom !

Wanda se tapa dans les mains, la faisant sursauter.

— *Tarte divine* ! Qui est ce monsieur ?

Maggie fit les présentations et Blake serra la main de Wanda.

— Si je devais en choisir une, je crois que mon choix se porterait sur celle-là.

— Impossible. Il s'agit d'un prototype, mais nous en avons plein d'autres qui peuvent vous intéresser. Ma fille va vous faire faire le tour du magasin, moi j'ai des choses qui m'attendent à l'arrière. Ravie d'avoir fait votre connaissance.

Maggie était pleinement consciente que la manœuvre était destinée à leur ménager une certaine intimité, mais pour une fois elle trouva que sa mère avait joué assez finement.

— Voici la liste de nos tartes…, dit-elle en désignant du menton le tableau noir fixé au mur derrière elle.

— *Vous*, indiquez-moi celle qui a votre préférence… Nous emménageons aujourd'hui, et ça se fête, il me semble.

— La tarte meringuée au citron vert est notre pâtisserie la plus demandée. La version du jour est confectionnée à base de pâte sablée.

— Ça m'a l'air délicieux. Je vais en prendre une.

Maggie sortit une tarte au citron de la vitrine réfrigérée et l'emballa dans un carton. Puis, saisissant la carte de crédit que Blake lui tendait, elle encaissa son achat.

— Vous avez l'air changé. J'aime beaucoup votre nouvelle coupe.

— Vous voulez dire que je suis mieux quand je me pomponne, c'est ça ?

Elle ferma le carton à l'aide d'un morceau de ruban adhésif afin de lui assurer un transport sans problèmes.

— Incontestablement !

Il s'était rasé de près et ses boucles étaient désormais disciplinées par une coupe plus masculine.

Il avait un beau sourire. Ni séduisant ni aguicheur comme celui de Felo, mais ouvert et amical, et qui ne la laissait pas indifférente, s'aperçut-elle avec surprise.

Il glissa un regard à sa main gauche.

— Je ne vois pas d'alliance à votre doigt…

— Il n'y a pas de raison pour que j'en porte une.

— J'empiète sur le territoire de quelqu'un si je vous invite à une soirée demain ?

Maggie n'avait rien d'une fêtarde. Elle appréciait les dîners intimes entre amis, les pique-niques sans façon dans le jardin et les barbecues. Mais une soirée… S'habiller, *se pomponner*, comme disait Blake. Si sa mémoire était bonne, elle possédait bien une petite robe noire idéale pour cela, mais qui devait être restée suspendue à un cintre, dans une penderie de Little Havana.

— Rien d'habillé, précisa-t-il, comprenant sans doute à l'expression de son visage la raison de son hésitation. C'est une soirée toute simple, histoire de démarrer du bon pied à Palmetto Grove…

Maggie se sentit alors hocher la tête avant même que son esprit n'ait clairement formulé une décision.

— Vous voulez que j'apporte quelque chose ?

— Non, tout est prévu… Je passerai vous chercher à 18 heures, si ça vous convient.

Elle lui tendit la tarte et lui indiqua son adresse à Happiness Key.

En sortant du magasin, il croisa sur le seuil Phillip Callander, accompagné d'un homme aussi épais qu'un bretzel et dont il avait également la teinte. Elle appela sa mère.

Wanda l'agrippa par le bras avant qu'elle pût s'éclipser en cuisine.

— Reste, murmura-t-elle.

Maggie réprima un sourire. Sa mère si sans-gêne, si rentre-dedans d'ordinaire, avait manifestement besoin de soutien…

Arrivé au comptoir, Phillip saisit la main de Wanda et la tint serrée entre les siennes.

— Ma chère Wanda, permettez-moi de vous présenter Larry Bly. Larry est le producteur exécutif du *Pont du crépuscule,* il est ici pour définir les conditions du tournage. Je lui ai parlé de vous et il tenait à vous rencontrer en personne.

Larry s'empara de l'autre main de Wanda.

— Le succès de notre entreprise repose sur vos épaules, chère madame. Vos tartes feront notre triomphe ou notre ruine !

L'espace d'un instant, Wanda eut l'air d'un alligator tentant de traverser la Tamiami Trail à une heure de grande affluence : désorienté et prêt à esquiver le moindre objet en mouvement. Puis elle secoua la tête, comme pour décrocher les toiles d'araignées qui lui obscurcissaient l'esprit.

— Vous vous fichez de moi, hein ?

— Mon job consiste à garantir le bonheur de Deke, vous comprenez, or rien ne le comble davantage qu'une tarte. Et Phillip m'a dit qu'il raffolait des vôtres.

— Deke ?

— C'est ainsi que l'appellent ses amis.

— Ma foi, je ne peux rien vous garantir, pas vrai ? Si cet

homme est vraiment un fin connaisseur de tartes, il a sans doute des idées bien arrêtées sur ce qu'il aime et ce qu'il n'aime pas.

Phillip balaya l'objection d'un geste de la main.

— Ne vous tracassez pas, Wanda. Il passera en personne vous voir au magasin, goûtera à tout et fera son choix…

Maggie se félicitait d'être restée. Il fallait bien un témoin pour raconter une histoire pareille à leur prochaine réunion du jeudi soir — de la bouche de Wanda, leurs amies croiraient à une fable.

Pour l'heure, cette dernière se taisait, ce qui en disait long sur son état émotionnel. Elle posa sur le comptoir ses trois nouvelles créations — les trois tartes élaborées à l'intention du *Dancing Shrimp* — et sortit des assiettes, des fourchettes ainsi que sa plus belle pelle à tarte. Puis elle entreprit de servir à chacun des deux hommes une fine part de la première, la fameuse *Aube aux agrumes,* sur laquelle elle s'était escrimée tout le week-end.

— Goûtez-moi ça et faites-vous une idée…

Mais déjà elle s'affairait à découper le *Dulce dansant*, sorte de déclinaison du *Dulce de leche*, une gourmandise latino-américaine qui, ironie de la vie, lui avait été présentée par Felo.

A la troisième tarte, tout récemment rebaptisée *Tarte divine*, les deux hommes semblaient avoir atteint le septième ciel.

— Dire que je pensais demander au restaurant préféré de Deke de lui faire parvenir des tartes depuis L.A. ! s'exclama Larry. Mais tout cela est remarquable ! Il va vous A-DO-RER, Wanda ! Vous viendrez confectionner vos tartes là où il loge actuellement, les jours où il recevra ? Je vous en prie, dites-moi qu'il est possible de vous acheter !

— Ma foi, je ne connais guère de femme qu'on ne puisse acheter, le tout c'est de fixer le prix assez haut, répliqua Wanda avec un clin d'œil.

— Deke adore tripatouiller dans la farine. Le seul fait de vous regarder faire suffira à le rendre heureux. Et son bonheur, c'est tout ce qui nous importe. Je vais dégager un poste rien que pour vous dans mon budget — un gros poste. Vous ne le regretterez pas, je vous assure…

— Pour ma part, je suis ravi à l'idée d'avoir ces tartes-là à ma carte, renchérit Phillip, balayant d'un geste large les pâtisseries disposées sur le comptoir. Entre nous, vous allez faire le succès du *Dancing Shrimp*, Wanda !

Après le départ des deux hommes, Wanda se tourna vers Maggie.

— Tu es témoin ?

— Tout à fait !

— Je ne suis pas en train de rêver ?

— Non, maman, la rassura Maggie en allant la serrer dans ses bras, tout ça est bien réel…

Le vendredi, Tracy avait pour habitude de rester au centre jusqu'à ce que l'entraîneur de l'équipe de natation lui ait signalé la fin de la séance et que le dernier des enfants inscrits aux activités périscolaires ait été récupéré par ses parents. Mais à 15 heures elle comprit qu'il était temps de raccrocher ses baskets et de se traîner cahin-caha jusque chez elle. Les employés ne manquaient pas pour assurer la permanence de fin de journée et veiller à ce que tout se déroule dans les règles. De toute façon, elle était trop épuisée pour affronter davantage de paperasse.

Elle avait vu l'obstétricienne dans la matinée et, bien qu'aucune mauvaise surprise n'ait résulté de cette première consultation — elle allait bien, les nausées étaient normales, l'enfant naîtrait début mai —, cette expérience l'avait vidée de toute son énergie.

Elle avait entendu battre le cœur du bébé, ce à quoi elle ne s'attendait pas, bien qu'elle sût que c'était possible, même à ce stade précoce de la grossesse. Le *poum-poum-poum* était parfaitement audible et elle l'avait écouté seule, avec son médecin pour toute compagnie. Ses amies auraient été ravies de venir avec elle, mais elle ne se sentait pas en droit de leur demander une telle faveur. Si quelqu'un aurait dû être auprès d'elle, c'était Marsh. Et cette évidence constituait à elle seule la part la plus éprouvante de sa journée : le fait de savoir qu'elle avait délibérément privé Marsh de ce moment-là par sa persistance à lui dissimuler sa grossesse.

Elle rassembla ses affaires et prit congé de Gladys qui la félicita de se ménager pour une fois. Puis elle se traîna jusqu'à la BMW limite vintage que les agents du FBI n'avaient pas jugé bon de lui confisquer, le jour où ils avaient saisi tous les biens que CJ et elle possédaient en Californie. Elle alluma l'autoradio pour ne pas s'assoupir au volant.

Une fois sur l'îlot, elle ralentit. Elle dépassa les fondations de ce qui avait été jadis le bureau de Happiness Haven, le camp de vacances qui devait être bâti à l'origine. Ses propriétaires avaient nourri de grands projets immobiliers dont aucun ne s'était concrétisé. La plupart des pavillons étaient déjà détruits quand CJ avait racheté le terrain pour y construire un complexe résidentiel haut de gamme avec marina, rebaptisé dans un élan d'optimisme Happiness Key. Le panneau commandé par CJ marquait encore l'entrée de la propriété, mais il gisait sur le sol, son inscription tournée vers le ciel bleu de Floride.

La servitude environnementale négociée avec Wild Florida tolérait le maintien du lotissement, mais tout juste. L'entrepreneur intéressé par le rachat de la parcelle l'avait encore appelée le matin même à son bureau pour augmenter son offre de plusieurs milliers de dollars. Elle n'avait ni accepté ni refusé, consciente qu'il était des plus imprudents, pour une femme à la fois barbouillée et affamée, de prendre la moindre décision.

Tracy s'avisa qu'elle se garait devant la maison de Janya avant de comprendre la raison de son initiative. Elle ne comptait pas attrister une fois de plus son amie en lui racontant sa consultation chez le médecin, si bien qu'elle resta quelques secondes dans sa voiture, le temps de se demander ce qu'elle faisait là. Mais la réponse n'était pas bien compliquée. Parler avec Janya, c'était comme s'asseoir auprès d'un torrent d'eau fraîche. Elle avait beau être la plus jeune habitante du lotissement, elle n'en possédait pas moins une perspicacité bien supérieure à son âge.

Comme elle descendait de voiture, Tracy aperçut Olivia qui remontait la route dans sa direction. A sa vue, elle se sentit aussitôt rassérénée. Voir grandir la petite-fille d'Alice était un privilège dont elle n'aurait jamais pensé jouir en s'installant en Floride.

— Salut, Olivia ! dit-elle lorsque la fillette arriva à sa hauteur. Comment ça se passe en classe ?

— Ça va, j'aime bien ce qu'on fait.

Olivia portait un blouson en jean, une jupe à volants rose et des baskets montantes assorties, sans lacets. Deux couettes lui encadraient le visage. Avant la rentrée scolaire, Tracy l'avait emmenée faire quelques emplettes en ville, puis elles étaient allées voir le dernier film d'Harry Potter au cinéma. Olivia lui avait raconté dans tous les détails les précédents opus, et Tracy s'était rendue à la bibliothèque pour dévorer tous les tomes de la série puisque, de toute évidence, le personnage faisait un tabac chez la jeune génération et qu'il lui fallait absolument en savoir plus. Pour en parler avec les gamins du centre aéré, bien entendu. Uniquement pour cela…

— Tu es superbe, dit-elle en pointant l'index sur les chaussures de la fillette. J'adore tes baskets.

Olivia, qui était à l'âge où trouver le look adéquat représente une gageure, lui sourit avec reconnaissance.

— Tracy… Je… je me demandais si…

Tracy l'encouragea d'un sourire.

— Le collège organise un match de softball mères/filles dans quinze jours. Et, euh… je me demandais si tu voudrais bien être ma…

— Ta mère ?

— Tout le monde saurait que tu n'es pas vraiment ma mère, bien sûr. Mais tu pourrais être une amie adulte…

Tracy devinait son dilemme. Alice était une grand-mère bien trop âgée pour accomplir ce genre d'exploit. Elle s'était plutôt bien remise de son attaque, mais faire le tour du terrain en courant n'était plus dans ses cordes. Pas plus que lancer la balle ou jouer troisième base. Tracy doutait même qu'elle soit capable de manier une batte.

Pourtant, à cette occasion, Olivia avait besoin de quelqu'un de jeune pour lui permettre de participer au tournoi et cette situation ne manquerait pas de se reproduire dans l'avenir. Pour l'heure, elle lui demandait de remplacer sa maman disparue, très certainement assassinée par son propre père.

La gorge de Tracy se serra. Elle s'imagina faire le tour des bases avec son estomac nauséeux… N'empêche, elle ne pouvait pas refuser.

— Je suis la diva des terrains de softball, dit-elle en manière d'acceptation. Préparez-vous, les filles, vos mères vont vous mettre la raclée du siècle !

Le visage d'Olivia s'illumina comme si elle avait avalé le soleil.

— Génial !

— Alice est au courant de ta démarche ?

La fillette se rembrunit.

— Je ne lui ai pas encore parlé du match.

— Elle va vouloir y assister.

— Pas forcément. Elle… elle s'en veut de ne pas pouvoir tout faire, tu comprends ? Mais elle en fait déjà beaucoup. Trop, je trouve. Je… je ne voudrais pas la déprimer davantage. Je me disais que peut-être…

Elle n'avait pas l'intention d'en parler à sa grand-mère, Tracy l'entendait dans sa voix. Olivia était une enfant fine et pleine de sollicitude, qui culpabilisait d'en exiger d'elle déjà autant.

— Ta grand-mère t'adore, Olivia. Et je suis persuadée qu'elle ne verra aucune objection à ce que ce soit moi qui aille sur le terrain. Elle sera même ravie que tu m'aies demandé ce service. Tu veux que je me charge de lui en parler ?

— Non, je le ferai.

Elles discutèrent de la date du match et Tracy lui promit de noter le jour dans son agenda. Puis Olivia l'embrassa spontanément et repartit vers chez elle.

Tracy trouva Janya en bain de soleil à fleurs roses, assise sur les marches de son perron.

— Tu rentres bien tôt de ton travail, aujourd'hui !

— Ne m'en parle pas, je craque. J'allais faire une petite sieste quand l'envie m'a prise de passer te voir.

— Ce qu'il te faut, c'est un bon thé. Entre, j'en prendrai une tasse avec toi.

— Je ne bois plus de thé pour le moment. Ni de café. Ni d'alcool.

— De l'eau fraîche alors. Avec un soupçon de compassion en prime.

Tracy la suivit à l'intérieur. Le pavillon foisonnait de plantes vertes et de fresques murales. Un Taj Mahal à la manière impressionniste couvrait tout un mur de l'entrée et, la dernière fois que Tracy était entrée dans la chambre de la jeune femme, les tigres d'une scène de jungle, saisis en plein mouvement, lui avaient quasiment sauté à la gorge. Contrairement à certains propriétaires, elle se félicitait du goût de sa locataire pour la peinture : Janya en effet ne lui demanderait jamais de financer le rafraîchissement de ses murs…

Le temps qu'elle aille chercher des glaçons, Tracy lui relata sa rencontre avec Olivia.

— Ça ne m'étonne pas qu'elle se soit adressée à toi. La seule chose qui me surprend, c'est qu'elle n'en ait pas encore parlé à sa grand-mère, déclara Janya.

Tracy s'adossa au mur pour ne pas gêner ses mouvements.

— A mon avis, elle a peur de l'épuiser. Alice est une grand-mère merveilleuse. Personne ne ferait mieux qu'elle à sa place, mais il n'en reste pas moins qu'elle n'est pas de la génération des mères des autres enfants. Elle n'ira jamais se percher en haut d'une échelle pour décorer la salle de gym à l'occasion du bal de fin d'année, pas plus qu'elle n'organisera d'anniversaire garçons et filles pour Olivia l'année prochaine. Et je ne la vois pas non plus accompagner les sorties scolaires. Elle est peut-être folle de cette petite, mais ses réserves d'énergie s'amenuisent. Prendre ainsi en charge complète l'éducation d'un enfant, c'est trop pour elle…

— C'est pourquoi je suis bien contente qu'Olivia ait fait appel à toi.

Tracy espérait qu'un match de softball et une virée shopping constitueraient une aide suffisante. Elle prit son verre d'eau glacée et suivit Janya dans le séjour. Elle allait s'installer sur le canapé quand on frappa à la porte.

Janya alla répondre tandis que Tracy s'installait confortablement, le dos bien calé par des coussins. A en croire Google — sa principale source de renseignements concernant la grossesse —, le mal de dos comptait parmi les effets secondaires les plus désagréables de son état. Autant donc s'y préparer. Elle ferma les yeux.

Janya parlait à quelqu'un sur le perron et la conversation durait maintenant depuis plusieurs minutes. Puis la porte s'ouvrit plus largement et Janya fit entrer un séduisant Indien. Elle avait l'air ennuyée. L'homme portait une toute petite fille dans ses bras et tenait un garçonnet par la main.

— Tracy, voici notre ami Harit Dutta et ses enfants, Vijay et Lily…

Tracy salua le nouveau venu et sourit aux enfants — des enfants incroyablement petits qui avaient l'air tout sauf heureux. Le bébé sanglotait et le petit garçon semblait retenir ses larmes à grand-peine.

— Harit a besoin que je garde ses enfants quelques heures, lui expliqua Janya avec un sourire.

Mais c'était un sourire forcé ; elle avait l'air véritablement contrariée.

Harit caressa les cheveux de sa fille puis, sans un autre regard, tendit le bébé à Janya. Lily n'apprécia pas d'être confiée à une inconnue. Elle se tourna vers son père, les bras tendus vers lui dans un geste pathétique, et ses pleurs redoublèrent.

Harit s'accroupit ensuite près de son fils et lui parla à voix basse. Le petit garçon jeta les bras autour du cou de son père, mais celui-ci les dénoua et écarta doucement de lui l'enfant.

— Merci, dit-il à Janya en se relevant. Grâce à toi, mon après-midi sera moins problématique.

— Ne t'en fais pas, je vais bien m'occuper d'eux…

— Je vais chercher leurs affaires dans la voiture. Je t'appelle en début de soirée pour te dire à quel moment je passerai les chercher demain…

Il marqua une pause.

— Ou après-demain, au pire.

Tracy, déjà surprise par la façon dont le père gérait la séparation avec ses enfants, le fut davantage en entendant ces derniers mots. Il était visiblement troublé et elle se demanda ce que cette organisation d'urgence cachait.

— Il vaudrait peut-être mieux que tu laisses leurs affaires sous la véranda, suggéra Janya. Nous irons les chercher tout à l'heure. D'ailleurs, tu pourrais peut-être leur dire au revoir maintenant ?

Harit acquiesça, ébouriffa les cheveux de son fils comme si ce geste n'avait été dicté que par la suggestion de Janya, et fila sans demander son reste.

De plus en plus intriguée, Tracy fixa son amie d'un regard rempli de questions. Janya haussa les épaules. Lily hurlait à présent avec toute la force du désespoir et le petit Vijay s'accrochait en vain à la poignée de la porte pour tenter de rattraper son père.

Tracy bondit sur ses pieds et prit Lily des bras de Janya. Puis, désignant Vijay de la tête :

— Toi qui le connais, va lui parler…

Ses paroles furent ponctuées par un bruit sourd, comme si quelque chose avait atterri sur les marches du perron. Tandis que Janya prenait doucement Vijay par le bras pour l'éloigner de la porte, Tracy entendit encore démarrer un moteur de voiture.

Lily se tortillait dans ses bras avec une vigueur que Tracy n'avait testée jusqu'ici qu'au centre, un jour où elle avait voulu séparer des gamins de neuf ans entassés les uns sur les autres, rendus furieux par l'intervention malvenue d'un arbitre.

— Ça ne peut pas durer comme ça, décréta-t-elle avec fermeté. Allons nettoyer cette petite frimousse pleine de larmes.

Elle emmena Lily qui se débattait contre elle dans la salle de bains et passa un gant imbibé d'eau fraîche sur son nez et ses yeux dégoulinants. Ce bébé devait être une jolie petite fille aux traits délicats et aux cheveux qui lui feraient un jour une parure aussi belle et épaisse que celle de Janya, mais pour le moment son visage ressemblait à celui d'un gnome, tout plissé de colère.

— Tu vois ce petit bébé dans le miroir ? lui demanda Tracy.

Elle se pencha vers le miroir puis recula.

— Hop, bébé est parti ! Où est passé bébé ?

Elle recommença son manège. Lily hurlait toujours.

— Je ne vois pas bébé, continua cependant Tracy avec calme. Où peut-il bien être ?

Lily prit une profonde inspiration en vue de son prochain hurlement, mais aucun son ne sortit de sa bouche.

Encouragée, Tracy fit une troisième tentative.

— Bébé est parti ! Il est parti, bébé… Il est où ?

Elle se pencha afin que Lily entrevoie son visage dans le miroir avant de l'éloigner de nouveau.

— Oh ! Je l'ai vu !

Elle fit tressauter la petite dans ses bras.

— Et toi, tu l'as vu, le bébé, Lily ?

Lily poussa un cri, pathétique, mais à un volume déjà moindre. Tracy rinça le gant de toilette et le lui passa une fois encore sur le front et les joues. Elle continua à jouer à cache-cache avec le miroir jusqu'à ce que les pleurs de Lily se soient réduits à un faible gémissement.

— Qu'il est mignon, ce bébé…

Lily posa alors la tête sur son épaule et Tracy eut l'impression d'avoir été frappée par la foudre. Elle resta un instant immobile, comme paralysée — goûtant cette sensation nouvelle, totalement exquise, totalement inattendue, totalement… maternelle… Elle cala à regret la fillette sur sa hanche et retourna dans le séjour.

— Lily a soif. Tu peux me dire ce qu'elle boit d'habitude, Vijay ?

Le petit garçon, pelotonné sur les genoux de Janya, sanglotait sans bruit.

— Du lait.

— Et toi, Vijay ? Tu bois du lait, aussi ?

— Non !

— Eh bien, moi non plus ! Jamais de lait. Moi, je bois du jus de punaise.

Vijay leva sur elle des yeux écarquillés de stupeur.

— Mais puisque Janya n'en a pas on va se rabattre sur le lait, d'accord ?

Vijay renifla bruyamment et fit oui de la tête.

Il descendit des genoux de la jeune femme et courut à la fenêtre, où il resta planté, sans un mot, en constatant que son père était bel et bien parti. Tracy espérait qu'il ne monterait pas la garde tout l'après-midi.

Une demi-heure plus tard, les deux enfants dormaient sur le sofa, épuisés de chagrin. Janya avait entouré Lily d'oreillers pour l'empêcher de tomber et Vijay était calé entre le dossier et l'un des coussins.

— Que se passe-t-il au juste ? demanda alors Tracy à voix basse.

— Kanira a disparu sans laisser un mot, chuchota Janya. Harit est venu voir si je savais où elle était.

— Et alors ?

— Et alors je n'en sais rien. Je n'ai pas eu de nouvelles d'elle depuis la dernière fois que nous avons mangé ensemble, lundi dernier.

— Et il s'est pointé chez toi comme une fleur, pour que tu gardes les enfants ?

— Il comptait partir avec eux à la recherche de Kanira, en fait… C'est pour ça que les affaires des petits étaient déjà prêtes. Mais si tu veux mon avis il espérait quand même un peu que je lui propose de m'occuper d'eux.

Les affaires des enfants étaient entassées dans des taies d'oreiller qu'elles étaient allées récupérer sur le perron. Quelques jouets. Des vêtements. Des couches pour Lily. Très peu, réunies à la hâte, mais en nombre suffisant, estimèrent-elles, vu que Janya avait un lave-linge et que Harit avait promis de revenir très vite. Il avait donné à Janya quelques rapides explications sur le rythme des enfants et leur alimentation, mais très peu.

— A-t-il la moindre idée de l'endroit où la chercher ?

Vijay gémit dans son sommeil et elles se turent le temps qu'il se calme.

Janya secoua la tête.

— Non, mais il m'a demandé si… il m'a demandé si Kanira m'avait parlé de quelque chose…

Elle semblait mal à l'aise.

— A propos de quoi ?

— A propos d'un autre homme.

— D'un autre homme ? Il croit qu'elle s'est enfuie avec quelqu'un ?

L'expression de Janya était assez éloquente.

— Mais, à toi, elle t'en a parlé ?

— Elle m'a juste dit que…

Janya détourna le regard, comprenant mieux maintenant.

— Elle m'a dit qu'elle ne manquait pas de ressources et que bientôt sa vie allait changer en beaucoup mieux.

— Tu crois qu'elle faisait allusion à un homme ?

— Sur le moment, je n'ai pas relevé. J'ai cru qu'elle disait ça comme ça ou peut-être qu'elle faisait allusion à un nouveau travail qu'Harit pourrait trouver… Elle n'a aucune famille vers laquelle se tourner, ici. Elle n'a pas terminé ses études en Inde et même si c'était le cas, il lui faudrait davantage de qualifications pour obtenir un travail. Elle n'était pas heureuse avec Harit. Et elle n'était pas non plus heureuse d'avoir ses enfants.

— Elle a peut-être pris un peu de recul pour réfléchir à sa situation ?

— Il y a un centre commercial non loin de chez eux. Ce matin, Kanira a laissé les enfants à Harit de bonne heure, avant qu'il ne parte pour son travail, en lui disant qu'elle allait revenir.

— Il a appelé la police ?

— Non, il craint que la police ne lui soit pas d'un très grand secours en raison de ses origines indiennes. Il espère que Kanira va l'appeler. Il se dit peut-être que c'est sa manière à elle d'attirer son attention et de lui signifier à quel point elle se sent malheureuse.

Janya secoua la tête d'un mouvement brusque.

— Comme si tout le monde ne le savait pas déjà ! Elle n'en fait pas mystère !

Tracy comprenait mieux maintenant pourquoi Janya avait

accepté de garder les enfants. Ils étaient trop petits pour être mêlés directement à ce drame, et si Harit retrouvait sa femme, la scène de ménage qui s'ensuivrait suffirait à leur donner des cauchemars pendant longtemps. En fait, Janya espérait les épargner un peu.

— Mais il va revenir, n'est-ce pas ?

Janya eut un petit sursaut, devant la perspective que la question de Tracy suscitait.

— Bien sûr ! C'est son devoir ! Pour lui, nous sommes des inconnus et ses enfants sont sa chair et son sang. Il ne désirait peut-être pas en avoir, contrairement à Rishi, mais je pense malgré tout qu'il les aime. Et Kanira aussi, à sa façon. Sauf que…

— Sauf que les dieux se sont sacrément trompés en filant des gamins à ces deux-là ! acheva Tracy.

— Ce ne serait pas la première fois…

Tracy songea alors qu'elle-même se retrouvait enceinte par sa propre négligence et que la conversation s'orientait vers ce sujet délicat. Mais avant qu'elle ait pu dire quoi que ce soit Janya lui sourit gentiment, comme si elle lisait dans ses pensées.

— Pas dans ton cas, Tracy. Les dieux ne se sont pas trompés. Tu as été formidable avec Lily. Et tu prétends ne rien connaître aux bébés ? Tu as pris la situation en main comme si tu avais fait ça toute ta vie !

Sur le moment, Tracy avait été trop prise par l'urgence de la situation pour s'inquiéter de ce qu'elle faisait. Lily hurlait comme une sirène d'usine et elle avait fait quelques tentatives au hasard, dans le but de la calmer. Mais tout lui était venu naturellement, c'était un fait. Elle avait observé, essayé ceci et cela, vu ce que ça donnait et recommencé. Se pouvait-il que s'occuper d'un bébé soit aussi simple que cela ?

— J'ai eu de la chance, voilà tout…

Il y avait néanmoins de quoi s'interroger. Déjà l'année précédente elle s'était rendu compte avec surprise qu'elle savait s'y prendre avec les enfants du centre aéré. Elle avait jusque-là attribué cette réussite à ce qu'elle appelait son « désintérêt bienveillant ». Une fois inscrits au centre, les enfants ne tardaient pas à comprendre que Tracy se moquait bien des raisons de leur inconduite et que leur sort la laissait relativement indifférente. C'est pourquoi ils filaient droit ; ils n'avaient aucun intérêt à agir autrement.

Mais elle se trompait peut-être. Il se pouvait qu'elle ait un don inné avec les enfants. Elle aurait certes besoin d'un cours ou deux sur le change et l'allaitement, voire sur la façon de survivre à un accouchement — chose qui lui paraissait physiquement impossible —, mais au final elle n'allait peut-être pas s'avérer aussi dépourvue de savoir-faire que prévu.

— Ça va me faire bizarre d'avoir des enfants dans la maison, dit Janya. Il faut que je prévienne Rishi. Je vais profiter de ce qu'ils dorment pour l'appeler. Tu veux bien les surveiller quelques instants ?

Tracy opina. D'instinct, elle pressentait que, pour une mère, regarder ses enfants dormir devait être l'aspect le plus agréable du maternage. Aussi ne voyait-elle aucune raison de ne pas prendre un peu d'avance et de se priver de cette innocente récompense.

9

Lorsque Marsh dînait chez elle, Tracy n'avait pas pour habitude de mettre les petits plats dans les grands. Marsh ne s'en offusquait pas, il connaissait son histoire. Avant de s'installer en Floride, la préparation de ses repas était l'affaire de ses employés de maison ou des chefs des grands restaurants qu'elle fréquentait. Depuis son revers de fortune, elle avait survécu à coup de barres chocolatées et de plats préparés achetés au rayon traiteur du supermarché. Forte cependant des quelques rudiments de cuisine acquis lors d'un atelier pratique au complexe de loisirs, elle s'était mise peu à peu à confectionner des repas plus équilibrés. En même temps, pour quelle raison serait-elle devenue un cordon-bleu étant donné que Marsh adorait se mettre aux fourneaux et qu'il y faisait merveille ? Il n'en demeurait pas moins qu'elle était désormais en mesure de préparer des salades, des légumes sautés et du poisson grillé. Elle avait même perfectionné plusieurs plats intéressants, juste histoire de se prouver qu'elle en était capable.

Mais aucun de ces plats ne figurait au menu de ce samedi soir.

Respirant par la bouche afin d'éviter de sentir les odeurs de cuisine, elle s'écarta de la cuisinière pour considérer le repas préparé à l'intention de Marsh et de Bay. Le père et le fils allaient arriver d'une minute à l'autre.

Purée de pommes de terre ? O.K. Escalopes de poulet grillées, relevées de sel et d'une infime pincée de poivre ? O.K. Salade de laitue iceberg, céleri et concombre, agrémentée de l'assaisonnement le plus insipide du commerce ? O.K. Tartines de pain italien beurrées ? O.K. Restait à espérer que l'ajout d'une branche de persil vert vif empêcherait ses invités de s'apercevoir que les différents mets se fondaient littéralement dans les assiettes en porcelaine d'un blanc brillant qui lui avaient paru relativement chics le jour où elle les avait achetées en solde chez Target. Mais au moins, elle avait préparé un repas susceptible d'être toléré par son estomac capricieux, ce qui en soi constituait déjà un petit miracle.

Quand Marsh l'avait appelée dans l'après-midi, comme ils en étaient convenus, pour la convier à venir dîner chez lui, dans la fermette de style cracker qui abritait sa famille depuis des générations, elle avait décliné l'invitation — et pour cause ! Il n'aurait pas manqué de lui concocter un bon petit plat pimenté aux senteurs aromatiques qu'elle aurait été bien obligée de goûter — même du bout des dents — s'exposant par là même aux redoutables réactions dont elle était maintenant coutumière. Elle avait donc invité les Egan chez elle, sous prétexte de vouloir se coucher tôt, affirmant à un Marsh sceptique qu'elle avait promis à Alice de l'accompagner le lendemain au premier service religieux de la matinée. C'était la seule excuse qui lui était venue à l'esprit et comme elle s'était sentie coupable de s'être servie de Dieu pour ses propres desseins, elle était du coup passée chez Alice pour voir si elle ne pourrait pas bel et bien l'accompagner, en fin de compte. Nul doute que, après tant de demi-vérités, passer une heure à l'église était plus qu'indiqué dans son cas.

Elle éteignit le gaz et fila dans la salle de bains pour vérifier l'ordonnance de sa coiffure. Comme tenue, elle avait opté pour un chemisier rose fuchsia dans l'espoir que la couleur se réfléchirait sur ses joues pâles, bien que pour l'heure son stratagème restât sans effet. Toujours dans l'idée de se donner bonne mine, elle avait prévu de s'octroyer une séance de maquillage extensive, mais sa sieste s'étant prolongée, le visage qui la fixait dans le miroir arborait en tout et pour tout un minimum de mascara et une couche de gloss symbolique. Sur son teint blême, une touche de couleur plus vive lui aurait tout bonnement donné l'air d'un vampire. Elle avait laissé ses cheveux libres, comptant que leur mouvement contribuerait à camoufler sa pâleur.

Elle répéta mentalement le petit laïus qu'elle avait préparé à l'intention de Marsh, s'efforçant de coller autant que possible à la vérité. « Elle se sentait nettement mieux. » « Le médecin lui avait dit que tout allait bien. » Jusque-là, pas de mensonge. « Elle était censée se ménager et poursuivre une alimentation légère le temps que son transit intestinal revienne à la normale. » Pas de mensonge là non plus. « Elle regrettait de s'être montrée aussi hargneuse, mais elle n'avait pas l'habitude d'être malade et son travail au centre pompait toute l'énergie qu'elle aurait dû consacrer à sa convalescence. »

Elle se sentit soudain épuisée et découragée, et envisagea brièvement d'appeler Marsh pour lui dire qu'en fin de compte, elle n'était pas vraiment d'attaque pour ce dîner. Mais elle se ravisa très vite : plus elle le tiendrait à distance, plus il se poserait de questions. Et la révélation finale n'en serait que plus dévastatrice.

Elle remplissait les verres à eau de glaçons quand le bruit familier du pick-up se fit entendre. Les verres à vin étaient disposés sur la table, ainsi qu'une bouteille de vin blanc fraîchement débouchée dont elle avait versé un peu du contenu dans l'évier, emplissant son propre verre d'eau additionnée d'un peu de citron pour en troubler l'aspect. Par ce stratagème, elle comptait faire croire à Marsh qu'elle s'était déjà servie en l'attendant. Elle craignait d'éveiller ses soupçons en refusant un vrai verre de vin.

La porte d'entrée s'ouvrit et un coup d'œil suffit à Tracy pour comprendre que Marsh était seul.

— Où est Bay ?

— On lui a fait une meilleure proposition à la toute dernière minute. Adam l'a invité au cinéma.

— Oh… c'est super !

Elle plaqua un sourire mécanique sur son visage blafard, se sentant obligée d'ajouter :

— Pour lui comme pour nous d'ailleurs. Cela dit, j'aurais

bien aimé qu'il soit avec nous ce soir. Ces temps-ci, je ne l'ai vu qu'en coup de vent...

— Je reconnais que j'aurais dû te prévenir, mais l'invitation est arrivée vraiment au dernier moment et je me suis tellement dépêché de le préparer que ça m'est sorti de la tête.

— Aucune importance. Il s'agit d'un dîner tout ce qu'il y a de plus simple.

— Un restaurant thaï s'est ouvert près du magasin de Wanda. Si j'avais su, je t'y aurais emmenée...

— Une autre fois, quand nous pourrons veiller plus tard. Laisse-moi te servir un verre de vin. J'ai déjà commencé à le goûter.

Il la suivit dans la cuisine.

— Cette couleur te va très bien, tu sais. Je trouve qu'elle t'avive le teint.

De son côté, il avait opté pour une chemise qu'elle appréciait tout particulièrement. Pour commencer, elle était vierge de tout slogan. Ce qui, en soi, était déjà un bon point. Ensuite, ce subtil imprimé de feuillage faisait ressortir la nuance dorée de ses cheveux et de ses yeux. Son jean n'était pas troué aux genoux et il avait ciré ses mocassins qu'il portait sans chaussettes. C'était Marsh, version classique.

Marsh, espérant transformer l'essai...

Son cœur se serra à l'idée qu'il lui faudrait probablement le décevoir, plus tard dans la soirée, mais ses nausées et son envie de faire pipi toutes les trois minutes s'accompagnaient d'une chute vertigineuse de sa libido et il lui répugnait de repousser Marsh tout autant que de faire semblant. Elle n'avait jamais eu à simuler quoi que ce soit avec lui. Ni le désir, ni l'enthousiasme, ni l'orgasme. Mais ce soir, ce serait carrément le grand chelem.

Pourquoi les femmes souhaitaient-elles avoir des enfants, déjà ?

Elle se remémora alors le petit battement de cœur rapide entendu la veille et, de façon absurde, ses yeux s'emplirent de larmes.

— Ça va ? s'inquiéta Marsh.

— C'est le poulet, expliqua-t-elle en s'éventant le visage. Un truc dans l'assaisonnement des escalopes qui me fait pleurer. Je dois faire une allergie.

Elle fonça s'enfermer dans la salle de bains, renifla un bon coup, s'essuya soigneusement les yeux, passa une fois de plus par la case pipi et se lava les mains.

A son retour, elle attrapa son verre et but une longue rasade, se rappelant à mi-chemin son subterfuge.

— Tu crois que c'est prudent de siffler du vin comme ça avec un estomac vide ? lui fit-il remarquer. Un estomac à peine remis ?

— D'après le médecin, le vin blanc possède des vertus thérapeutiques. Ça remet le cœur en place.

Et vlan ! Deux mensonges coup sur coup. Non contente d'aller au premier office du matin, sans doute lui faudrait-il également se rendre à celui du soir…

— Tu as donc *enfin* vu un toubib ?

— Oui. Et tout va bien. Elle m'a fait faire quelques analyses et m'a confirmé que ce genre de choses passe tout seul. Simplement, je dois écouter mon estomac et ne manger que ce qui me fait envie le temps que mon appétit revienne.

— Et ce soir, visiblement, c'est le vin blanc qui a la cote. D'ailleurs, il se pourrait que nous soyons obligés de mettre des lunettes de soleil sous peine d'être éblouis par la blancheur du repas.

— Oui, je sais. A première vue, ça fait un peu…

Elle s'efforça de trouver la formulation adéquate.

— Monochromatique.

— Ah ça, on peut dire que c'est un repas très… zen.

— C'était exactement l'effet recherché.

Il passa derrière elle et l'enlaça.

— C'est très gentil de ta part de nous concocter un petit repas feng shui alors que tu es encore mal en point.

Elle se laissa aller contre lui.

— Oui, c'est tout moi, ça. Bonne comme le pain.

— Qui est également blanc…

— Tu as été très patient avec moi, Marsh. J'apprécie, tu sais.

Il la serra fort contre lui, geste de tendresse qui ne manqua pas de déclencher chez elle une réaction en chaîne. L'espace d'une seconde, elle crut qu'elle allait devoir filer ventre à terre aux toilettes. Mais non. Elle se dégagea de son étreinte, en quête d'une contenance et d'un peu d'air.

— Il faut que je fasse réchauffer le poulet...

— J'étais en train d'y penser, justement ! Nous ne pouvons décemment pas déguster ces escalopes tièdes. De quoi ça aurait l'air ?

Tracy avait trop envie de vomir pour répliquer avec humour. Elle se borna à rallumer le gaz et à prendre de profondes inspirations par la bouche.

— Je vais en profiter pour mettre la purée au micro-ondes.

Quelques minutes plus tard, elle apportait leurs assiettes à table, celle de Marsh pleine de poulet et de purée, la sienne à peine garnie. Mais même ce peu ne lui inspirait aucun appétit. Par bonheur, ce qu'elle laisserait dans son assiette, habilement chipoté, se fondrait dans le décor.

La discussion courut sur ce qui occupait la majeure partie de leurs emplois du temps respectifs : Marsh lui parla de Bay et de son travail et, de son côté, Tracy l'entretint des derniers événements qui avaient agité le centre aéré.

— A quel condiment es-tu allergique exactement, Trace ? demanda soudain Marsh, l'interrompant au beau milieu de ses considérations sur les ateliers de Noël. Au sel ou au poivre ?

— Ce n'est pas très gentil comme remarque !

— Ce repas est d'une simplicité très étudiée. C'est peut-être justement à ça que tu es allergique ?

— Pas du tout. Je suis une adepte des saveurs brutes, des goûts intacts, dénués de toutes fioritures. Pense que ce poulet est mort pour nous !

— C'est un tout nouveau concept, dis-moi... Il faudra que tu m'en apprennes plus...

Elle jugea préférable de passer sous silence le fait que ce régime ne datait pas d'hier et qu'il permettait depuis des siècles aux femmes enceintes de surmonter leur premier trimestre de grossesse.

Marsh l'aida ensuite à débarrasser la table et elle fut touchée de voir qu'il avait réussi à terminer son assiette, en dépit de la catastrophe que ses efforts culinaires avaient été. Même selon ses propres normes faussées par son état, le repas avait été horrible de bout en bout ! Le poulet trop cuit. La purée farineuse. La laitue ramollie et son assaisonnement insipide.

— Et maintenant… Thé ? Café ? lui demanda-t-elle d'un ton enjoué. J'ai du thé blanc, si ça te dit. Avec du lait.

Il l'attira contre lui.

— Tu es une fille courageuse, Trace. Pardon… C'est moi qui t'ai obligée à te lancer dans tout ça. Mais tu me manquais, tu comprends ? Et puis je commençais à me demander si quelque chose ne clochait pas entre nous…

Il laissa passer quelques secondes, pour lui permettre de saisir la perche tendue.

Silence…

— Mais j'aurais dû te laisser jusqu'à ce que tu sois complètement remise.

Elle l'enlaça et nicha sa tête au creux de son épaule.

— Je suis contente que tu sois là.

— Il vaudrait quand même mieux que je parte.

Le voyant si repentant, Tracy se demanda si le moment n'était pas venu de lui avouer la raison de toute sa petite comédie. Elle ne comptait pas continuer à lui cacher la vérité bien longtemps, de toute façon, elle attendait juste qu'ils sachent où ils en étaient de leurs sentiments sans que les responsabilités liées à la venue de cet enfant n'interfèrent. Sauf que l'enfant était bel et bien entre eux, juste au milieu de leur étreinte ! Et elle était la seule à le savoir, la seule à avoir entendu palpiter son cœur gros comme une tête d'épingle.

— Pas encore, dit-elle en l'embrassant.

Peut-être essayait-elle ainsi de compenser sa supercherie, mais quand il la serra tout contre lui, elle l'embrassa avec une passion redoublée.

Ils abandonnèrent à leur sort les assiettes et les restes du repas et se déshabillèrent sur le chemin de la chambre. La chemise de

Marsh atterrit dans l'entrée, son jean près du lit. Les vêtements de Tracy un peu partout et ses dessous en dentelle finirent accrochés à une poignée de porte. Elle avait changé les draps et mis son plus joli string, au cas où. Dans deux mois, les strings auraient perdu tout leur pouvoir de séduction sur elle, aussi jugeait-elle approprié d'en porter tant que sa silhouette le lui permettait.

Ils s'abattirent sur le lit et Tracy se persuada qu'elle allait bien, qu'elle se sentait en pleine forme, mieux que cela même, et que c'était exactement ainsi qu'elle avait envie de finir la soirée. Elle ne protesta pas quand Marsh nicha sa tête entre ses seins, bien qu'ils fussent étrangement tendus et douloureusement sensibles. Pourtant, elle ne pouvait s'en plaindre, ce symptôme la trahirait de façon définitive. Elle gémit, mais pas de plaisir. Le repas sans saveur lui avait évité les nausées mais, à présent, c'était tout le reste de son corps qui semblait se détraquer. Ses seins ne supportaient pas d'être frôlés, elle avait des brûlures d'estomac et, pire que tout, un désir irrépressible de fermer les yeux et de se laisser aller au sommeil.

Elle lutta contre le tout, réagissant aux caresses de Marsh comme il escomptait qu'elle le fasse. Elle s'en tirait tout à fait honorablement lorsqu'il s'interrompit et se pencha sur le rebord du lit pour tâtonner à la recherche de son jean.

— Qu'est-ce que tu fais ?

— J'imagine que tu n'as pas pris tes précautions pour ce soir ? Vu ton état, ce n'est pas tout à fait la conclusion qui s'imposait pour la soirée.

L'espace d'une seconde, Tracy resta perplexe. De quelles précautions parlait-il ? C'est alors qu'elle comprit : il faisait allusion à son diaphragme. Et présentement, il fouillait les poches de son jean en quête d'un préservatif.

Elle faillit fondre en larmes, puis fut saisie d'une absurde envie de rire. Ce fut plus fort qu'elle, elle se mit à pouffer. Marsh la regarda et sourit.

— J'aime les femmes qui ont le sens de l'humour. Mais je ne vois pas ce qu'il y a de drôle dans le fait de prendre ses précautions…

— Rien, mentit-elle. Je suis simplement contente que tu sois là avec moi, ce soir.

Son fou rire mourut sur ses lèvres. Elle avait de nouveau envie de pleurer. Personne ne lui avait jamais dit que la grossesse menait directement à la démence, mais elle en était la preuve vivante.

— Moi aussi, dit-il.

Tracy l'accueillit de nouveau avec fougue et l'enlaça de toutes ses forces. Pauvre Marsh, elle ne cessait de lui mentir... Pourtant, au moment ultime, elle constata avec joie qu'en dépit de tout sa réaction à ses caresses n'avait rien de simulé.

Blake était venu la chercher au volant d'une coûteuse voiture hybride de couleur cuivre, un modèle à la fois écologique et magnifiquement profilé. Maggie en aimait le doux ronron qui évoquait celui d'un énorme chat fauve. Blake portait un blouson de cuir sombre sur un fin pull en cachemire et des santiags dépassaient de son jean délavé par l'âge. L'ayant pris au mot, elle s'était habillée très simplement : pantalon foncé, chemisier de soie verte, étole d'un vert plus soutenu et chaîne en or rehaussée d'un unique diamant, cadeau de ses parents à l'occasion de sa remise de diplôme universitaire. Elle s'apprêtait à passer une ravissante paire d'escarpins en daim lorsqu'elle s'était rappelé que c'était Felo qui les lui avait offerts, aussi s'était-elle rabattue sur des chaussures plus ordinaires à semelles plates.

La vaste demeure que louait l'entreprise Cardrake Brothers pour ses employés était une bâtisse de bois gris de style contemporain. A l'unique étage, la suite de Blake donnait sur une véranda qui lui permettait d'apercevoir au loin le golfe et, à l'ouest, les vestiges d'un camp de pêcheurs complètement délabré. Cette partie de l'île était faiblement peuplée, ce qui en faisait le lieu idéal pour donner une soirée, et Blake lui avait confié que l'agence immobilière avait été ravie d'y attirer des professionnels pour un séjour à long terme.

A leur arrivée, il se fit un devoir de la présenter à presque tous les invités, y compris à un échantillon des officiels de la ville et du comté. Blake avait été franc avec elle ; il s'agissait d'une soirée en petit comité. Petit comité, certes, mais entièrement peuplé d'inconnus, et de ce fait plus éprouvante que les fiestas que Felo et elle organisaient dans leur jardin, lui aux fourneaux, réalisant avec bonne humeur de savoureuses spécialités cubaines, elle au bar, remplissant les verres de bière et de vin premier cru.

Alors qu'il devait s'entretenir avec les traiteurs, Blake la confia à Ned, l'un des associés avec lesquels il partageait la maison. Plus âgé que lui, Ned était un grand échalas peu à l'aise en société, mais qui prit sur lui pour la présenter à quelques invités supplémentaires avant de trouver un prétexte pour la laisser en plan.

Ravie de sa solitude retrouvée, Maggie déambula un moment en lisière des groupes de conversation, se délectant de l'admirable buffet d'amuse-bouches gastronomiques et d'un champagne dont le prix devait excéder le montant des mensualités de l'emprunt que Felo et elle avaient souscrit pour acheter leur maison. La demeure était meublée avec parcimonie mais bon goût et Maggie se trouva tout particulièrement attirée par une série de tirages professionnels ornant un mur, et qui pour la plupart représentaient un pont se découpant sur un paysage extraordinaire.

Même dans l'actuel contexte de récession, l'endroit devait encore valoir une fortune. Felo et elle avaient acheté leur maison à deux, ils y avaient effectué des travaux, mais avec l'effondrement du marché de l'immobilier il était à craindre que, lorsqu'ils s'attelleraient à régler définitivement les questions d'argent, leur petit bungalow de Little Havana ne vaille guère plus que le reliquat de leur emprunt, et ce dans le meilleur des cas. Elle avait décidé qu'elle lui laisserait la maison sans faire d'histoires. Au moins sortirait-il quelque chose de positif de ce climat financier tendu.

Au bout de deux heures, Blake la rejoignit. Il la trouva installée sur une chaise longue, en train de déguster une verrine de mousse au chocolat. Le pont était éclairé par des torches en bambou et des lumières tamisées, et Maggie s'était réjouie de dénicher un siège parmi les ombres.

— Ça va ? lui demanda-t-il.

— Pas vraiment, non. Entre mon job à la pâtisserie et votre mousse au chocolat, je suis condamnée à passer mes soirées en salle de sport à soulever de la fonte.

Il s'installa sur un tabouret à côté d'elle et lui sourit d'un air engageant.

— J'ai l'impression que vous n'êtes pas une fêtarde…

Maggie ne lui avait pas confié grand-chose d'elle. Elle évitait de crier sur les toits qu'elle avait appartenu à la police. Les gens se faisaient toujours de drôles d'idées lorsqu'ils l'apprenaient, comme s'ils redoutaient qu'elle ne les coince en flagrant délit d'un crime quelconque. Elle préférait mentionner toutes les activités qu'elle avait exercées dans sa vie, y compris dans la formation et les relations publiques. Car elle avait œuvré dans les deux domaines : elle avait participé au programme DARE dans le cadre de campagnes de prévention contre la drogue au sein des écoles, et elle avait été agent de liaison durant ses deux années passées au bureau du shérif. Des activités importantes, certes, mais qui, dans ce service de machos, ne requéraient qu'une seule qualification : une paire de seins.

— Oui, on peut dire ça… Mais ça ne signifie pas que je sois mal à l'aise dans les soirées. J'aime observer les gens et j'aime aussi leur parler, une fois que j'ai fait leur connaissance.

— Et que voyez-vous ici, quand vous regardez autour de vous ?

Elle sourit.

— Pourquoi me demandez-vous ça ?

— Simple curiosité. Comment vous apparaissent tous ces gens ?

Elle prit son temps pour y réfléchir, car la question était intéressante.

— Excessivement ambitieux, dit-elle enfin. Des individus en pleine ascension sociale. Polis, mais uniquement occupés, quand ils nouent des contacts, à situer leur interlocuteur sur une échelle dont la signification leur est propre. Vos associés, eux, en sont encore à prendre la température du coin. Quant aux représentants de la ville et du comté, ils s'efforcent de faire la part entre l'obséquiosité qu'on leur témoigne et l'amitié sincère. Ils ont investi un paquet d'argent dans Cardrake, aussi vous observent-ils avec attention.

— Nous ne faisons pas que travailler, nous savons aussi nous amuser ! Nous avons deux bateaux que nous prenons pour aller pêcher. Mon équipe revient à peine d'une virée à Las Vegas. La camaraderie masculine, quoi...

Effectivement, Maggie avait déjà remarqué qu'aucune femme ne figurait au sein de l'équipe travaillant à la construction du pont — une omission intéressante. Elle se demanda si le bon vieux réseau qu'elle avait combattu avec tant de force au bureau du shérif opérait également chez Cardrake et s'il s'avérait tout aussi potentiellement mortel pour les femmes.

— C'est le jeu qui vous attire à Vegas ?

— Plutôt l'ambiance survoltée et le spectacle, mais j'avoue que j'aime bien me faire nettoyer de temps en temps.

— Je parie que, là-bas, vous avez passé votre temps à envoyer des SMS à vos contacts, histoire de rester informé des derniers développements du projet.

— Votre expérience dans les relations publiques pointe le bout de son nez... Vous allez rechercher un job dans ce domaine ?

— Pour l'instant, je suis affectée au lancement commercial du snack/pâtisserie de ma mère. Après avoir enduré un défilé d'employées plus incompétentes les unes que les autres, elle a besoin de souffler un peu.

— Vous aussi, on dirait...

Elle inclina la tête sur le côté.

— Vous trouvez ?

— Je soupçonne une rupture. Ou peut-être un job qui a mal tourné, si mal que vous l'avez quitté, furieuse et meurtrie.

Il avait fait mouche sur tous les tableaux !

— Un peu des deux, avoua-t-elle.

— Laissez-moi vous dire que ce type est un bel imbécile, qui que ce soit !

— Ne croyez pas ça. C'est moi qui suis partie, c'est donc moi, l'imbécile.

Elle regretta aussitôt ses paroles.

— Vous vous sentez bête ?

— Non. Furieuse et meurtrie, comme vous l'avez très bien supposé.

— Et il est encore trop tôt pour sortir avec quelqu'un d'autre ?

Elle sourit. Blake lui était sympathique. Il était décontracté, du moins en surface, et plus attentif que la plupart des hommes qu'elle avait fréquentés avant Felo. Le type idéal d'après rupture. Peu exigeant — du moins jusqu'ici — et assez brillant pour qu'elle n'ait pas à lui tenir la main, alors qu'elle-même cherchait sa voie.

— C'est à vous de me le dire, répondit-elle. Pour l'instant, je ne cherche rien d'autre que du provisoire. Si vous désirez plus, je crains de ne pas être la bonne personne. Sinon, je veux bien qu'on continue à se voir…

— Le chantier qui m'attend s'annonce difficile et il va requérir de ma part un travail acharné. Je n'ai pas besoin d'autres complications en ce moment. Alors, vous voyez, nous sommes peut-être faits pour nous entendre.

Maggie était sceptique. Le cas échéant, elle aurait éprouvé pour lui autre chose que ce vague titillement d'intérêt, mais elle acquiesça d'un hochement de tête.

— Vous ne devriez pas retourner avec vos invités ?

— Les gens commencent à partir. Nous avons prévu d'aller à un club, à Naples, avec mes associés, histoire de prolonger la fête. Vous venez avec nous ?

— Non, merci. J'ai promis d'évaluer l'équipe adulte de natation du centre de loisirs, demain matin. J'ai fait de la compétition quand j'étais à l'université. L'apogée de ma carrière avant un lent déclin ! Tout ça pour dire que je préfère me coucher de bonne heure.

— Vous nagez ? Ça alors ! Je faisais partie de l'équipe de mon lycée. On pourrait peut-être s'entraîner ensemble ?

Elle tenta de l'imaginer affublé d'un maillot Speedo et de lunettes de natation, mais dut y renoncer.

— Je vous tiens au courant, promit-elle.

— Laissez-moi encore prendre congé de deux ou trois personnes et je vous raccompagne chez vous…

Maggie se retrouva donc dans la voiture de Blake filant vers la presqu'île, impatiente de passer une tenue plus décontractée avant de s'installer sur le sofa pour zapper devant la télé. Ces temps-ci, sa durée de concentration n'excédait guère les trois minutes, performance largement suffisante pour la plupart des émissions.

— Vous avez de la visite, on dirait, fit observer Blake en s'engageant dans l'allée.

En effet, et cette fois, Felo avait garé sa voiture pile devant le pavillon. Il l'attendait, assis sous la véranda, Rumba pelotonnée sur ses genoux. Elle se souvenait pourtant d'avoir fermé à clé avant de partir, mais on apprenait rapidement, dans la police, que les cartes de crédit ne servaient pas uniquement à payer son chariot de supermarché.

— Un ancien ami, dit-elle, tandis que Blake stoppait derrière le véhicule de Felo.

— L'ancien ami en question ?

— J'en ai bien peur.

— Vous voulez que je le fasse décamper ?

Elle se mit à rire.

— Vous vous retrouveriez menotté en un clin d'œil. Il est flic !

— Flic ?

Il semblait surpris.

— Et un bon, de surcroît, mais… assez vif. Je vous suggère de me déposer là et de repartir.

Mais Blake ne redémarrait pas.

— Pas question que je m'en aille d'ici s'il doit y avoir du grabuge.

Maggie fut étonnée par sa réaction, un peu émue aussi. Après tout, il ne savait rien d'elle.

Elle effleura son bras pour le rassurer.

— Je vous promets qu'il n'y en aura pas. Felo n'a rien d'un psychopathe en uniforme. Jamais il ne lèverait la main sur une femme, sauf si elle était armée d'un pistolet.

— Si vous en êtes certaine…

— Tout à fait.

Elle se pencha vers lui et l'embrassa sur la joue.

— Merci de m'avoir invitée. Je me suis bien amusée.

— Non, c'est faux.

— Si, si, je vous assure ! Le buffet était excellent, les gens intéressants. Il faudra recommencer, un de ces jours…

Blake acquiesça dans un simulacre de salut militaire.

Maggie descendit de voiture et regarda Blake s'éloigner sur la route avant de se diriger vers la véranda.

— Tu as pénétré chez moi par effraction, reprocha-t-elle à Felo en guise de salutation.

— Aussi, pourquoi ne t'équipes-tu pas de serrures moins faciles à forcer ? Celles-ci n'ont pas résisté une minute.

Il se leva, la chatte dans les bras. Sa guayabera noire était largement ouverte sur sa poitrine et, en dépit de la légère fraîcheur du soir, il portait un short.

— Dès qu'elle m'a entendu, Rumba s'est mise à gratter à la porte. Je ne voulais pas que tu perdes ta caution.

— Je n'ai versé aucune caution. Tu as fouillé toute la baraque, c'est ça ?

— J'ai entrouvert la porte de vingt centimètres et j'ai pris Rumba dans mes bras. Pourquoi ? Qu'est-ce que j'aurais trouvé si j'avais fouillé ?

— Des restes de tarte dans le frigo. Un tout nouveau programme télé.

— Sans blague ? Et dire que je suis resté dehors !

Ils se faisaient face, maintenant, et malgré tous ses efforts Maggie n'arrivait pas à se sentir indignée. Felo disait probablement la vérité. Il savait qu'elle ne l'avait pas quitté pour un autre homme et il n'y avait donc rien à chercher à ce propos dans le pavillon, aucune preuve à recueillir.

— C'était qui, ce type ?

— Ça ne te regarde pas.

Il hocha la tête.

— Dis-le-moi quand même.

Maggie hésita, mais, après tout, qu'y avait-il là aussi à cacher ?

— Il s'appelle Blake Armstrong. Il est ingénieur et son entreprise va construire le nouveau pont qui doit nous relier à Palmetto Grove.

— Ravi de l'apprendre. L'actuel a émis des craquements inquiétants quand je l'ai franchi en voiture. Et il a oscillé.

— Tu plaisantes ?

Il haussa les épaules.

— Ma foi, si la municipalité affirme qu'il est temps de le remplacer, c'est qu'il aurait déjà dû l'être il y a dix ans. C'est comme ça que ça se passe.

— Tu comptes me harceler, Felo ?

Il caressa la chatte d'un air pensif.

— Rien d'aussi grave.

— Qu'est-ce que tu fais ici, alors ?

— Je t'ai rapporté tes affaires. Enfin, ce qui tenait dans ma voiture…

L'espace d'une seconde, Maggie en oublia de respirer. Il avait viré ses affaires ! Sans plus d'émoi que cela apparemment ! Alors qu'elle tentait de s'endurcir suffisamment pour le faire, alors qu'elle attendait le moment propice…

— Tu t'es donné beaucoup de mal, il ne fallait pas…, dit-elle, sans trahir son bouleversement intérieur.

— Je suis en congé pour quelques jours. En rentrant, je m'arrêterai au camp d'Alvaro. J'ai juste fait un petit détour pour te voir.

Alvaro possédait un camp de chasse dans le parc national de Big Cypress, à la sortie de la Loop Road, à mi-chemin environ de Miami et de Palmetto Grove. Maggie évitait ce coin comme la peste, de même qu'elle évitait tout contact avec Alvaro Hernandez. C'était pourtant le genre d'endroit qui lui aurait plu. Simple, presque primitif, cerné par une nature calme et intacte. Felo s'y rendait souvent lorsqu'il éprouvait le besoin d'être seul ou tout simplement d'être dehors, sans autre motivation que celle de profiter du soleil et de l'air pur.

— Il y a certains meubles que j'aimerais récupérer, dit-elle d'un ton un peu plus agressif qu'elle ne l'aurait voulu.

— Du calme, Mags ! J'ai juste pris l'essentiel… Des trucs qui te seront peut-être utiles ici. Il reste encore beaucoup de choses à la maison. Et tu es libre d'emporter tout ce que tu veux. Simplement…

— Simplement quoi ?

— Simplement, il n'y a pas le feu.

Il posa doucement la main sur sa joue et, comme elle ne se dérobait pas, il se mit à la caresser du pouce.

— Je t'aime toujours, dit-il. Ça ne me passe pas. Mais c'est peut-être la solution pour le moment… Toi ici, et moi là-bas. Il nous faut un peu de temps pour analyser ce qui a foiré. Tu trouveras peut-être les mots pour mieux exprimer tes besoins. Et de mon côté je chercherai aussi.

— Tu n'as jamais eu de mal à me dire quels étaient *tes* besoins. Ni d'ailleurs à me dicter ce que *je* devais faire !

Une lueur furtive traversa le regard de Felo, mais il laissa passer quelques secondes avant de répondre.

— Alors j'apprendrai à te demander quels ils sont.

— Felo…

— Quoi, Mags ? Tu veux que je m'en aille pour ne plus jamais revenir ? Tu peux me dire ça en me regardant dans les yeux ? « Felo, rentre chez toi et sors définitivement de ma vie. » Parce que, si c'est vraiment ce que tu veux, il va falloir que tu me le dises à voix haute.

Elle n'essaya même pas. Elle savait qu'il lui faudrait beaucoup plus de temps pour prononcer ces mots, si jamais elle devait les prononcer un jour.

— Tu ne peux pas me le dire, n'est-ce pas ?

Elle demeurait immobile et silencieuse.

— Tu veux m'aider à décharger la voiture ?

— Laisse-moi d'abord transporter Rumba dans l'autre chambre.

Elle ouvrit la porte et ramena la chatte à l'intérieur. Lorsqu'elle revint sous la véranda, Felo était déjà en train de sortir un carton du coffre. Elle s'écarta pour le laisser passer. A eux deux, ils vidèrent la voiture en cinq minutes.

— Bon, maintenant, je vais y aller, dit-il en se redressant après avoir posé le dernier carton sur le sol du séjour. Ah, juste une dernière chose ! J'ai failli oublier…

Elle s'attendait à ce qu'il lui rapporte un objet qui lui rappellerait douloureusement leur intimité passée, mais il partit vers sa voiture et en revint chargé de la petite glacière qu'elle avait remarquée en arrivant, posée sur le siège avant. Elle s'était dit qu'il devait s'agir de provisions qu'il emportait au camp, mais il la lui tendit et en souleva le couvercle. De divins effluves en émanèrent.

— Certains hommes offrent des diamants, d'autres des BMW. Moi, j'offre des *maduros*, des *moros y cristianos* et du *lechon asado*.

Des bananes plantains, du riz blanc aux haricots noirs et du cochon de lait à la bigarade.

— Tu as acheté ça chez Corrado ?

— J'étais sûr que tu te languirais de Corrado !

— Felo…

Elle ne savait que dire. Corrado était une modeste gargote située non loin de chez eux, dont l'adresse était farouchement gardée secrète par les habitants du quartier. Corrado, le propriétaire, avait déjà plus de clients qu'il ne pouvait en recevoir dans son petit local. Maggie éprouvait une véritable passion pour cet endroit, depuis ses tables au linoléum écaillé jusqu'à ses dollars et ses cartes de visite punaisés sur le mur derrière le bar. Elle s'empara de la glacière, plongea le nez à l'intérieur et huma son contenu avec délice.

— Prends le temps qu'il te faut, Mags, et quand tu te sentiras prête, je recommencerai à te mitonner de bons petits plats…

Elle releva la tête.

— Je ne sais pas quand je serai prête, Felo, ni si je le serai un jour. J'en ai peut-être assez que des hommes me dictent ce que je dois faire. J'ai peut-être besoin d'une retraite sentimentale, d'une retraite à vie, qui sait ?

— Tu sais à quoi je me raccroche ? Au fait que tu m'aimes, toi aussi. Nous nous sommes un peu perdus de vue, c'est vrai, et je n'ai pas encore très bien compris pourquoi. Mais nous allons nous retrouver.

Il se pencha vers elle et l'embrassa. Pas aussi nonchalamment qu'elle avait embrassé Blake tout à l'heure dans la voiture, mais avec précaution, comme s'il savait qu'en agissant avec trop de précipitation, il risquait de la perdre à jamais.

— Quand tu te sentiras prête, répéta-t-il gravement.

Puis il s'en alla.

Depuis la chambre d'amis, Rumba poussait des miaulements désespérés. Restée seule dans le séjour où flottaient encore des odeurs d'ail et de cumin, Maggie se demanda alors, elle aussi, comment ils en étaient arrivés là.

10

« La vie est une corne d'abondance, se disait Wanda, que l'enchaînement des récents événements laissait encore toute bouleversée, sauf que la plupart du temps les bonnes choses vous passent sous le nez avant que vous ayez eu le bon sens de les attraper au vol. »

Or cette bonne fortune lui était tombée quasiment toute rôtie dans le bec, sans qu'elle ait eu à lever le petit doigt, et elle pouvait désormais mourir sans regret. Elle avait épousé un homme bon, élevé deux enfants passables et réalisé l'objectif final de son existence terrestre. Elle avait confectionné des tartes suffisamment bonnes pour s'attirer les éloges d'une star de cinéma et figurer à la carte d'un bon restaurant.

Debout dans la cuisine des *Merveilleuses Tartes de Wanda*, une main plaquée sur son ample poitrine, elle se réjouissait de constater que son cœur ne s'était pas arrêté de battre, signe qu'elle pourrait donc vivre à fond l'expérience d'une fortune et d'une célébrité accrues. Et cette pensée lui était exquise.

— Ça va ? lui demanda soudain Maggie.

Elle s'était éclipsée quelques minutes, le temps de regarnir le rayon de tartes dévalisé à l'occasion du repas de l'église pentecôtiste, ces dames patronnesses étant manifestement trop débordées pour apporter leur contribution personnelle au buffet.

Wanda laissa retomber sa main le long de son corps.

— T'en as vendu combien ?

— Cinq. A croire qu'il n'y aura que des tartes à manger à ce buffet !

— Ça et des poulets rôtis Winn-Dixie. Et à tous les coups, des salades de pommes de terre et de macaronis en provenance directe du rayon traiteur de Publix.

— Je ne me suis jamais rendu compte de la chance que j'avais d'avoir une mère qui n'achetait jamais aucun plat préparé !

— C'est peut-être pour ça que Felo t'a plu. Celui-là, on peut dire qu'il se débrouille aux fourneaux !

— Il m'a apporté des portions de plats de notre restaurant préféré, samedi.

Wanda leva sur sa fille des yeux interloqués. Est-ce qu'elle avait bien entendu ? Est-ce que c'était bien *une confidence* que cette dernière était en train de lui faire ?

— Tu veux dire que Felo est revenu ? demanda-t-elle avec prudence, de crainte que ne se tarisse aussitôt cette veine soudaine d'intimité.

— Oui, pour m'apporter mes affaires. Il allait passer quelques jours au camp d'Alvaro. Happiness Key est quasiment sur sa route.

— Tu veux dire qu'il a viré tes affaires de la maison ?

— Je dirais plutôt qu'il m'a aidée à les récupérer. Bon, je remplace les tartes que j'ai vendues par les mêmes ou j'en mets d'une autre sorte ?

Voilà, les confidences étaient terminées…

Maggie mit la tête dans le réfrigérateur, puis se tourna vers sa mère.

— Nous sommes déjà à court de tartes au citron vert meringuées. Tu veux qu'on en refasse d'autres ?

Le plus difficile, dans la gestion d'une pâtisserie, c'est de savoir chaque jour ce qui va se vendre et ce qui va rester en rayon. Une tarte invendue, c'était de l'argent perdu. Certaines des spécialités de Wanda pouvaient se conserver plus d'une journée, mais la plupart, non. Elles ne pouvaient pas non plus être congelées sans que leur qualité n'en soit altérée. Depuis que Wanda avait ouvert son commerce, les sans-abri du coin avaient largement bénéficié de ses erreurs de calcul — certains commençaient même à avoir des exigences.

— Remplaçons-les plutôt par des *Délices au citron.*

— D'accord, mais il n'en reste plus qu'un dans le frigo et un autre en vitrine…

— Bon, je vais faire deux tartes au citron vert de plus. Si personne ne les achète, elles feront toujours plaisir aux sans-abri du centre d'accueil, ce sont leurs préférées.

— Tu sais qu'ils t'appellent la Reine Wanda ? Et quand je leur ai appris que j'étais ta fille, ils m'ont rebaptisée Princesse Margaret !

— Ils manquent de tout, mais pas du sens de l'humour !

Le carillon de l'entrée tinta et Maggie repartit dans le magasin, une tarte dans chaque main, tandis que Wanda rassemblait les ingrédients dont elle allait avoir besoin.

Au bout de quelques instants, Maggie revint.

— C'est quelqu'un qui veut absolument te parler.

— Qui ça ?

— Le petit ami de Tracy.

Wanda réagit au quart de tour.

— Je ferais mieux d'aller voir. Wild Florida veut peut-être organiser une soirée tartes ?

Eventualité peu probable, songea-t-elle tout aussitôt. Marsh Egan occupait un poste trop important au sein de l'association pour venir lui-même choisir des tartes au magasin. Alors pourquoi était-il là ?

— Tu veux que je commence à presser les citrons ?

— Fais donc ça, oui…

Wanda sortit de la cuisine en époussetant son tablier du revers de la main. Installé à l'une des tables, un couple terminait une part de la tarte aux pommes qu'à contrecœur Wanda intégrait de temps à autre au menu. Une tarte délicieuse, là-dessus aucun doute, mais qui restait un classique somme toute très ordinaire, même en y ajoutant sa touche secrète, une petite dose de whisky. A une autre table, près de la porte, un homme chuchotait dans son téléphone. Il attendait que ses amis le rejoignent et lui avait déjà fait mettre de côté la part de tarte aux noix qu'il se réservait. Visiblement, il commençait à s'impatienter.

Marsh se tenait devant le comptoir en costume-cravate, le genre de tenue qu'il ne portait jamais quand il venait à Happiness Key et dans laquelle il semblait déguisé. Elle l'aimait bien. Il faisait du bien à Tracy et, à une ou deux reprises, il l'avait tirée du pétrin en lui prouvant qu'elle était différente de la personne qu'elle croyait être.

Evidemment, la politique qu'il menait au sein de l'association était tout bonnement scandaleuse. Elle n'avait rien contre l'écologie, mais Wild Florida n'était peut-être pas non plus obligée de stopper toute promotion immobilière sur chaque chemin de campagne et chaque parcelle de marécage ! Néanmoins, elle se félicitait qu'il ait convaincu Tracy de ne pas laisser leur petit paradis être transformé en résidence de luxe pour millionnaires. Certes, les pavillons ne valaient pas mieux que des cabanes de plage, mais le terrain… Le terrain était un site d'exception. Un petit paradis, oui, qu'elle n'aimerait quitter maintenant pour rien au monde…

— Et si je prenais un café ? dit Marsh.

— Du café, j'ai ça…

— Mais vous avez aussi des clients, Wanda, et j'ai besoin de vous parler.

Ma foi, elle pouvait bien s'absenter une minute du magasin, puisque c'était elle, la patronne. Personne n'allait chronométrer ses allées et venues, ni la réprimander ensuite !

— Mon café est meilleur que partout ailleurs. On va s'en emporter chacun une tasse et aller la boire dans le parc.

— Je le prendrai noir, merci.

Elle prévint Maggie qu'elle s'absentait, remplit deux gobelets jetables sur lesquels figurait l'inscription « Les Merveilleuses Tartes de Wanda » au-dessus d'une part de tarte — logo conçu par Janya —, leur adjoignit un couvercle et un manchon et alla rejoindre Marsh.

Le parc se situait à une rue du magasin. Marsh et Wanda commencèrent à flâner dans les allées, en bavardant de choses et d'autres, puis s'installèrent sur un banc libre près du terrain de basket. Désert à cette heure, l'endroit serait assiégé par les jeunes dès la fin des cours.

— Tracy est enceinte, n'est-ce pas ? demanda Marsh à Wanda dès qu'ils se furent assis, à la façon dont il se serait enquis des ventes comparées entre les tartes à la patate douce et les tartes aux noix de pécan pour le mois en cours.

La question était aussi directe qu'inattendue et Wanda s'étrangla sur sa gorgée de café.

Marsh lui tapota gentiment le dos et attendit la fin de sa fausse route.

Comme toutes ses voisines, Wanda avait promis à Tracy de garder le secret sur sa grossesse, mais manifestement celui-ci était éventé. Elle ne voyait d'ailleurs pas comment elle aurait pu nier la vérité encore longtemps : c'était le genre de secret qui finissait assez rapidement par se voir comme le nez au milieu de la figure…

Pourtant, elle décida d'éluder la question.

— C'est pas mes oignons, Marsh…

— Peut-être, mais ce sont les miens, il me semble. Je n'ai pas le droit de savoir ?

— Pourquoi vous ne lui posez pas directement la question, alors ?

Marsh resta silencieux quelques instants.

— Je vais vous dire pourquoi, répondit-il du ton qu'il aurait pris pour expliquer la loi à un promoteur pris en flagrant délit de destruction de lits d'algues. Tracy ne veut pas que je le sache, sinon elle me l'aurait déjà dit. Alors j'aimerais bien comprendre la raison qui la pousse à se taire. Et qui pourrait mieux me l'exposer que vous ?

— Si vous vous interrogez pour savoir si l'enfant est de vous, pas la peine de vous tracasser ! La question ne se pose même pas. Tracy et cette ordure de CJ n'ont plus jamais couché ensemble après leur divorce. Même que c'était loin d'être à l'ordre du jour !

— Merci, mais je n'étais pas inquiet.

— Tant mieux. J'aime qu'un homme ait confiance en sa femme.

— Autrement dit, elle est bien enceinte ?

Wanda se rendit compte, un peu tard, qu'elle venait plus ou moins de le lui certifier.

— Ecoutez, Marsh, cette discussion me met vraiment mal à l'aise...

— Wanda, certaines choses se situent hors de votre zone de confort sans pour autant être négatives. Je pourrais lui extorquer la vérité, nous pourrions avoir une dispute monumentale, je pourrais lui dire des horreurs par ignorance de la situation... Mais, au bout du compte, quels bénéfices en retireraient Tracy et l'enfant ?

— Je vois que vous n'êtes pas avocat pour rien !

Marsh but une gorgée de café et lui laissa le temps de réfléchir.

— Comment vous avez deviné ? lui demanda-t-elle au bout de quelques secondes.

— J'avais quelques soupçons... et puis samedi soir, elle m'a invité à dîner. Jamais je n'ai vu de repas plus adapté à une femme dans son premier trimestre de grossesse. Mais le véritable déclic s'est produit quand...

Il cessa de regarder droit devant lui pour la dévisager.

— Elle faisait semblant de boire du vin blanc quand elle a foncé d'urgence dans la salle de bains. Alors, j'ai bu une gorgée de son verre, histoire d'en avoir le cœur net. C'était de l'eau additionnée de jus de citron. A partir de là, tout est devenu clair : sa mystérieuse gastro... tout. J'ai attendu toute la soirée qu'elle m'annonce la nouvelle, j'ai même abordé le sujet par le biais de la contraception, mais en vain.

— Elle compte vous le dire, vous savez.

— Oui, mais à quel moment ? Quand le gamin aura besoin que je finance ses études universitaires ?

Wanda pointa son index sur lui.

— Tout ça, c'est votre faute.

— Oui... Je me doute du jour où cet enfant a été conçu, et en effet c'est ma faute. La sienne aussi, mais, ce soir-là, ni elle ni moi n'avions les idées claires.

Wanda se boucha les oreilles.

— Je ne veux plus rien entendre, Marsh !

Elle ne voyait aucun inconvénient à parler de sexe, mais pas quand il s'agissait de ses bonnes amies.

Marsh ébaucha un sourire.

— Wanda, vous n'ignorez sans doute pas comment ça se passe. Vous avez eu des enfants, vous aussi.

— Pourquoi c'est moi que vous êtes venu voir ?

— Parce que vous êtes incapable de garder un secret !

Wanda secoua la tête tristement : un peu dur à entendre, mais elle devait reconnaître que c'était la vérité.

— Pourquoi ne me dit-elle rien ? reprit Marsh, butant toujours sur la même question. Est-ce qu'elle réfléchit encore à ce qu'elle va faire ?

Wanda hésita longuement à répondre, avant d'estimer finalement que l'ignorance pouvait être source de déductions aussi erronées que douloureuses. Mieux valait couper court à toute spéculation.

— Tracy compte bien garder l'enfant, si c'est ce qui vous tracasse. Il n'a jamais été question d'autre chose dans son esprit.

Oh ! et puis c'était trop bête à la fin, ces deux-là qui se posaient les mauvaises questions ! décida-t-elle.

Alors elle se jeta à l'eau.

— Je vais vous expliquer toute l'affaire… Entre Tracy et vous, c'est une drôle d'histoire, pas vrai ? Ne dites pas le contraire. D'ennemis vous êtes devenus amis ; dans la foulée, vos ex respectifs sont venus semer la pagaille sur l'île et vous ne vous êtes plus adressé la parole pendant tout l'été. Là-dessus, bingo ! Vous couchez ensemble et Tracy se retrouve enceinte. Vous commenciez à peine à vous connaître, à former un couple, avec toute la prudence et les hésitations qui vont avec, et boum ! Voilà qu'elle se retrouve avec un polichinelle dans le tiroir ! Mettez-vous un peu à sa place… Vous vous sautez à la gorge, la minute d'après vous couchez ensemble, et maintenant vous foncez tête baissée vers les couches et les petites roues de vélo !

— Tracy connaît mes sentiments vis-à-vis de mon fils.

Qu'est-ce qui peut l'amener à penser que je ne serais pas à même d'aimer un autre enfant ?

Décidément, songea Wanda, les hommes intelligents sont parfois d'une bêtise ahurissante.

— Parce que vous croyez que c'est *ça* qui l'inquiète ? Que vous puissiez ou non aimer un autre enfant ? Enfin, qu'est-ce que je viens de vous dire ? Son souci c'est l'amour que vous avez ou n'avez pas pour *elle* ! Vous lui avez déjà dit que vous l'aimiez ? Est-ce que vous avez seulement réfléchi à vos sentiments ?

— Quoi ? C'est ça, le problème ?

Manifestement, c'était à ses yeux un point trop mineur pour pouvoir être pris sérieusement en considération.

— Ce n'est pas rien, Marshall Egan ! Toute femme dotée d'un peu de jugeote qui souhaite faire sa vie avec un homme veut savoir où elle met les pieds avant d'avoir un enfant de lui ! Et, si vous voulez mon avis, personne n'a jamais suffisamment aimé Tracy Deloche. Pas ses parents en tout cas, et sûrement pas son vaurien d'ex-mari. Il lui a fallu le soutien de ses voisines pour commencer à comprendre qu'elle était aimable — au premier sens du terme — et voilà maintenant qu'elle se retrouve enceinte d'un homme qui ne lui a jamais dit les mots qu'elle a besoin d'entendre !

— J'ignore ce que j'aurais pu faire de plus pour lui prouver que je tiens à elle !

— Ah, oui ? Parce que, d'après vous, exiger de Tracy qu'elle fasse toujours vos quatre volontés et jamais ce qui lui plaît à *elle*, c'est une bonne manière de lui manifester votre amour ?

— Il semble que j'aie loupé quelques passionnantes conversations entre vous, Wanda…

Mais Wanda refusa de mordre à l'hameçon.

— Tracy ne se plaint jamais, si c'est ce que vous sous-entendez. Mais moi, je lis entre les lignes, et je vois bien qu'il n'y en a que pour vous et jamais pour elle ! Comme s'il vous fallait la preuve qu'elle fera une épouse idéale pour le grand manitou de Wild Florida. Comme si le camping dans les Everglades était une sorte de rituel initiatique ! A quand remonte la dernière fois que vous l'avez invitée quelque part où *elle* avait envie d'aller ? Dans un bon restaurant ? Au théâtre ? Peut-être dans un grand hôtel pour y passer le week-end ?

Marsh garda le silence.

— Réfléchissez-y…

— Et c'est à cause de ça qu'elle ne m'a rien dit ? Parce que nous n'avons pas fait de câlins au Ritz le mois dernier ?

— Ecoutez, Marsh, on n'est pas au tribunal ici, et je ne suis pas votre adversaire.

Il soupira.

— Alors aidez-moi à comprendre, vous voulez bien ?

— Franchement, c'est vraiment pas sorcier ! Tracy veut s'assurer que vous êtes ensemble par amour pour *elle*, pas que vous resterez ensemble à cause de l'enfant. Vous avez un fils, Marsh : vous savez donc que les premières années ne sont pas tellement propices à la romance. Si vous laissez un bébé s'immiscer entre vous, il plombera votre relation, aussi sûr que je vous le dis. Vous devez être forts, vous devez être unis et surtout vous devez être *sûrs de vous…*

— Si je comprends bien, Tracy n'est pas sûre d'elle ? C'est pour ça qu'elle ne dit rien ?

— Et vous, vous l'êtes ?

Marsh ne répondit pas. En même temps, Wanda comprenait bien qu'elle n'était pas la destinataire de ce genre d'aveu.

— Bon, alors, qu'est-ce que je dois faire ? lui demanda-t-il en voyant qu'elle jetait un coup d'œil à sa montre.

— Faites l'analyse de tout ce que je vous ai dit. Je vous ai expliqué les attentes et les interrogations de Tracy. Maintenant, vous devez trouver le moyen d'apaiser ses doutes. Ou pas. La balle est dans votre camp et je ne peux pas décider à votre place. En revanche, si je peux vous donner un petit conseil…

Elle attendit qu'il hoche la tête en signe d'assentiment.

— Regardez bien quand vous vous baladez dans la rue avec elle. Vous ne manquerez pas de remarquer toutes les têtes qui se retournent sur son passage. Les têtes d'hommes, j'entends… Si Tracy reste avec vous, ce n'est pas par défaut, Marsh, c'est pour une bonne raison. Parce que les candidats ne manquent pas. Vous comprenez ce que je vous dis ?

— Oui. Si Tracy était un poisson, je serais stupide de m'assurer que l'hameçon est bien monté.

— Vos métaphores sont un peu trop Wild Florida à mon goût, mais il y a de ça…

Elle se leva.

— Il faut que j'y aille maintenant… Vous, restez encore un moment ici et réfléchissez. Mais je vous préviens, si jamais vous parlez à qui que ce soit de notre petite conversation, je vous jure que je créerai une nouvelle tarte en votre honneur : la *Spéciale verre pilé*.

— Décidément, Wanda, vous n'y allez pas avec le dos de la cuillère !

— Moi ? Jamais.

— Et dire que je vous demande conseil au sujet de ma vie sentimentale ! Je n'arrive pas à le croire.

— Eh bien, croyez-le. Et ne prenez pas mon conseil à la légère : ne laissez pas filer Tracy. C'est le genre de femme qu'on épouse.

Alice avait accepté de s'occuper de l'atelier d'artisanat de Noël. Aussi, le mardi, se rendit-elle à 16 heures au complexe de loisirs en compagnie d'Olivia afin de s'acquitter de la paperasse et de voir le local dans lequel elle allait œuvrer. Tous les cours de travaux d'aiguilles s'y déroulaient et les adeptes du patchwork s'y réunissaient également chaque semaine. Des fauteuils confortables, disposés autour d'une grande table basse, conféraient à la pièce une ambiance douillette et chaleureuse. Et à moins que l'atelier de crochet ne déclenche une ruée d'inscriptions, la pièce ferait parfaitement l'affaire pour un effectif de quelques personnes. Alice ne pouvait qu'approuver le choix de Tracy.

— Voici ton contrat, lui dit cette dernière, lorsqu'elles furent de retour à l'accueil.

Gladys était momentanément absente de son poste et Olivia, descendue aux bassins, regardait s'entraîner l'équipe de natation.

Alice apposa une dernière signature et Tracy lui confia le double du document.

— Pas de questions ?

— Il se peut que j'arrive en avance, certains jours…

— Je l'espère bien ! A ce propos, tant que tu es là, pourquoi n'irions-nous pas te présenter à la fine équipe des joueurs de palet ? Sortons par le côté piscine, ainsi tu pourras récupérer Olivia au retour.

Tracy calqua sa foulée sur celle d'Alice, plus lente, et elles entreprirent de descendre l'escalier menant aux bassins. Son bureau occupait un immense espace surnommé « salon de détente », mais elles ne firent que le traverser pour rejoindre les terrains de palet dernier cri qui se trouvaient situés juste devant. Tracy fit coulisser la baie vitrée et les deux femmes sortirent. Comme bien souvent en octobre en Floride, la journée était encore très chaude. Le soleil se déplaçait vers l'horizon, mais la chaleur persisterait jusque tard dans la soirée.

— Notre équipe de jeu de palet préfère occuper les terrains en fin d'après-midi et début de soirée, lui expliqua Tracy, histoire d'éviter les températures trop élevées. Ils s'entraînent énormément. Ce sont des champions.

— J'ai moi-même pratiqué ce jeu, à une époque. Mais c'était il y a bien longtemps…

— Tu verras, ils adorent les nouveaux venus quels qu'ils soient, mais ils s'assureront d'abord que tu maîtrises parfaitement le jeu avant de te laisser intégrer la compétition !

Tracy baissa la voix.

— Je ne sais pas si tu te souviens mais… J'ai eu, hum… quelques petits ennuis…

Du pouce et de l'index, elle signifia à Alice l'écart dérisoire représentant la mesure de leurs différends.

— Avec le bureau du jeu de palet, le comité qui organise le programme de la saison. Ce sont ses membres qui gèrent le fonctionnement de l'équipe. Nos rapports se sont nettement améliorés depuis, mais peut-être pourrais-tu leur glisser un petit mot en ma faveur. J'ai beau faire tous les efforts du monde, je n'arrête pas de froisser leur susceptibilité.

— Toi, Tracy ? Je n'en crois rien.

— Oh si, pourtant…

Le soleil tapait dur et, bien qu'elle se soit sentie à peu près bien toute la matinée, Tracy eut soudain l'impression que son apport d'oxygène avait été diminué de moitié. Elle inspira profondément en espérant que son malaise passerait inaperçu.

— Ma foi, il fait un temps… radieux, aujourd'hui, dit-elle d'un ton qui se voulait enjoué.

— Quand j'étais enceinte de ma Karen…

Alice marqua une pause et agrippa Tracy par le bras pour la forcer à ralentir.

— Je ne pouvais pas aller au soleil. Et il m'a fallu attendre très longtemps avant de pouvoir y retourner. La chaleur me rendait… malade.

Tracy se livra à un rapide calcul mental. Les souvenirs d'Alice devaient remonter à plus de quarante ans, ce qui ne l'empêchait pas de les garder encore intacts à l'esprit. Ce devait être ça, la grossesse. Un événement bouleversant qu'on garde gravé à la mémoire jusqu'à la mort. Elle avait cru pouvoir le repousser en lisière de sa conscience, mais l'enfant avait une manière bien à lui de s'affirmer et de veiller à ce qu'on ne puisse oublier sa présence. Et ce n'était sans doute que le début… Une fois né, nul doute qu'il allait carrément prendre le contrôle de son existence !

Arrivées au bord du terrain bétonné, elles s'arrêtèrent pour regarder les quatre hommes en train de s'entraîner. Tracy attendit qu'ils aient chacun achevé leur tour avant de s'avancer, Alice sur ses talons.

— Roger, vous avez un petit instant à m'accorder ?

Roger Goldsworthy se retourna d'un air exaspéré, comme pour s'exclamer « Encore vous ! ». En son for intérieur, Tracy continuait de l'appeler M. Moustache, et ce depuis le jour où, ayant fait sa connaissance dans un parc de la ville, elle n'avait retenu de lui que sa moustache aussi fine qu'un trait de crayon, sans voir l'intelligence qui faisait briller ses yeux. A l'époque, elle n'avait pas encore compris qu'elle allait devoir composer avec Roger qui, de la place prépondérante qu'il occupait au centre de loisirs, la gardait à l'œil afin de s'assurer qu'elle filait droit. Il posa son regard sur Alice puis hocha la tête.

Tracy fit les présentations. Alice lui tendit la main ; ils se saluèrent fort civilement et Roger ébaucha même un sourire. Tracy n'en était pas autrement surprise. Roger appartenait à une époque où l'on inculquait encore les bonnes manières à la maison. Ici, au centre, elle se trouvait sans cesse forcée de combler cette lacune auprès de la nouvelle génération, quoique Roger n'eût pas manqué de s'esclaffer à l'idée qu'elle puisse s'ériger en exemple de courtoisie.

— Alice est ma voisine, lui expliqua-t-elle. Elle va s'occuper d'un atelier de Noël. Je voudrais l'inciter à fréquenter un peu le complexe afin qu'elle puisse profiter de certaines de nos activités. A mon avis, le jeu de palet serait susceptible de l'intéresser…

— Nous manquons toujours de bons joueurs, répondit affablement Roger.

— Dans ce cas, seriez-vous assez aimable pour la présenter aux autres ?

Tracy se tourna vers Alice.

— Je peux revenir te chercher dans un petit moment, si tu veux ?

— Ce sera parfait, ma chère. Tu voudras bien indiquer à Olivia l'endroit où je me trouve ?

Libérée de l'obligation de rester au soleil, Tracy s'en alla chercher la fillette qui l'attendait dans le salon de détente. Quelle ne fut pas sa surprise quand elle découvrit qu'Olivia n'y était pas seule : Janya et les deux petits Dutta lui tenaient compagnie.

Dans la journée du samedi, elle était passée chez les Kapur pour voir comment tout ce petit monde s'en sortait : la maison était silencieuse et les enfants, épuisés, faisaient la sieste. Rishi revenait tout juste d'une opération éclair de ravitaillement en lait, et Janya s'attendait à ce que le père des enfants vienne les récupérer d'un moment à l'autre.

Le dimanche avait été orageux, et Tracy s'était servie du prétexte du mauvais temps pour se reposer et faire du ménage. Elle était même allée jusqu'à se cuisiner de la soupe de légumes pour les soirs où elle rentrait du centre trop lasse pour se préparer un repas équilibré. Ensuite, anéantie par cet effort, elle avait passé la fin de l'après-midi et la soirée à dormir.

La veille, en passant devant chez Janya, elle avait noté que sa voiture n'était pas dans l'allée et en avait déduit que la jeune femme rattrapait le temps perdu, maintenant que les enfants avaient été rendus à leurs parents.

De toute évidence, elle s'était trompée.

— Janya ?

Tracy baissa les yeux sur Vijay. Le petit garçon faisait rouler un ballon vers Olivia qui le lui renvoyait de la même manière, assise en tailleur par terre pour être à son niveau. Quant à Lily, les paupières lourdes de sommeil, elle était blottie dans les bras de Janya.

— Je pensais que les enfants étaient retournés chez leurs parents…

Janya l'entraîna de quelques pas, loin du garçonnet, et murmura :

— Rishi est allé prendre des nouvelles de Harit chez le coiffeur où il travaille. Il nous a déposés ici en passant, afin que les enfants puissent se divertir un petit moment au terrain de jeux, mais il fait trop chaud dehors.

— Ce qui veut dire que vous ne l'avez pas revu depuis qu'il a déposé les enfants chez vous ?

— Ni revu, ni eu au téléphone…

— Aïe…

— Nous nous sommes arrêtés chez les Dutta en venant ici. Il n'y avait personne, mais la gérante nous a laissés entrer afin que nous puissions prendre un surcroît de vêtements pour les enfants. Elle les a reconnus et a cru l'histoire que nous lui avons racontée.

— C'est-à-dire ?

— Ma foi, la vérité, plus ou moins… Je lui ai expliqué que

nous gardions les enfants et qu'il me fallait emporter quelques bricoles supplémentaires qui me faciliteraient le quotidien en attendant le retour de leurs parents. Bien sûr, je ne lui ai pas dit que les Dutta s'étaient volatilisés et que nous voulions vérifier s'il y avait dans leur appartement un indice susceptible de nous renseigner sur leur disparition.

— Alors c'est ça ? Ils ont disparu ? Tous les deux ?

— Je ne vois pas d'autre mot pour décrire la situation. Harit nous a confié ses enfants pour partir à la recherche de sa femme. On ne les a pas revus depuis.

— Qu'est-ce que vous allez faire ?

Janya caressait les cheveux de Lily d'un air absent. La petite fille dormait maintenant à poings fermés.

— Harit n'a peut-être pas pensé à prendre avec lui notre numéro de téléphone..., hasarda-t-elle.

— Ton numéro figure dans l'annuaire, Janya ! Et Harit peut aussi te joindre en appelant les renseignements !

— A moins qu'il ne soit quelque part où il n'y a pas le téléphone.

— En Floride ?

— A mon avis, il y a de fortes chances pour que Kanira et lui soient en train de régler leurs comptes. Dans ce cas, ne sachant quoi nous dire, il garde le silence. A moins qu'il ne l'ait pas encore retrouvée et qu'il évite de nous joindre de crainte que nous insistions pour qu'il revienne.

— Parce que tu insisterais ?

Janya haussa les épaules.

— Ce sont de gentils enfants, qui ne nous donnent aucun mal. Non, c'est plutôt l'inquiétude qui nous mine...

— Tu n'es pas vraiment convaincue par les hypothèses que tu viens d'énumérer, n'est-ce pas ?

— Il existe plusieurs explications possibles. Mais oui, je crains que la véritable réponse soit bien pire que toutes ces explications.

— Qu'est-ce que tu vas faire ?

— Je n'en sais encore rien.

Janya baissa encore la voix.

— Nous hésitons à prévenir la police, de peur que les services sociaux n'emmènent les enfants et qu'ensuite Harit et Kanira aient du mal à récupérer leur garde.

Tracy imaginait très bien ce qui risquait de se produire. Une fois la machine judiciaire lancée, il pouvait se passer des mois avant que les parents puissent récupérer leurs enfants. Mais après tout Harit et Kanira étaient-ils dignes de les reprendre avec eux après un comportement pareil ?

— Et Ken ? Il pourrait peut-être s'assurer que les choses vont aussi bien que possible… Ce serait une solution intermédiaire. Wanda est au courant de la situation ?

— Elle ignore que nous sommes sans nouvelles de Harit. Elle sait seulement que nous gardons les enfants quelque temps.

Janya serra la petite Lily contre sa poitrine.

— Au début ils ont beaucoup pleuré, mais à présent ils sont plus calmes. Ils se sont habitués à nous. Mais que se passera-t-il, si on les confie de nouveau à des inconnus ?

— Je n'en sais rien mais vous ne pouvez pas attendre les bras croisés jusqu'à la fin des temps, Janya !

— Je sais, c'est pourquoi Rishi et moi nous sommes fixé une date limite : si dans trois jours nous sommes toujours sans nouvelles de Harit ou de Kanira, nous signalerons leur disparition. Nous nous adresserons à Ken, si nécessaire.

— Comment Rishi réagit-il à la situation ?

— Il est très gentil avec les enfants, très gentil avec moi, mais il se fait du souci. Evidemment…

Janya baissa les yeux sur le bébé endormi et se remit à lui caresser les cheveux.

— Leur présence chez nous est une bonne chose… mais une bonne chose pour de mauvaises raisons. Et c'est ce qui nous inquiète.

— Donc, Rishi est dans le salon de coiffure en ce moment ?

— Sous prétexte de voir Harit, il espère glaner quelques renseignements. Nous n'avons rien trouvé d'intéressant dans l'appartement, du moins rien sous l'œil de la gérante. Et j'ai bien peur que Rishi ne fasse également chou blanc dans le salon.

— Tu veux que je vienne vous aider, ce soir ?

Janya tourna vers elle un visage empreint de tristesse.

— La seule chose qui pourrait nous aider, c'est qu'on retrouve leurs parents. Si tu as la moindre idée de l'endroit où ils pourraient être, fais-moi signe.

11

Depuis qu'elle vivait à Happiness Key, Tracy n'avait plus autant d'occasions de s'habiller pour sortir que dans son ancienne vie. Aussi estima-t-elle, lorsque Marsh lui proposa le vendredi de tester un nouveau restaurant qui déchaînait l'enthousiasme au sein de ses employés, que cet événement méritait qu'elle arbore un jean propre et le nouveau tunisien à smocks dont elle avait fait l'acquisition au supermarché discount. Sa coupe longue et ample dissimulerait le fait qu'elle n'arrivait déjà plus à boutonner entièrement son pantalon. Elle se félicitait d'avoir fait l'amour dans le noir, la semaine précédente. Marsh l'avait vue prendre du poids, en perdre, mais enceinte, c'était une autre histoire.

Ce n'est que lorsqu'elle s'ouvrit de son projet de soirée à Gladys, alors qu'elle s'apprêtait à quitter le centre, qu'elle découvrit que le *Baithouse Bistro* n'avait rien des sempiternelles gargotes à fruits de mer où l'emmenait ordinairement Marsh.

— Le *Baithouse Bistro* ? s'écria Gladys, s'éventant le visage d'une main. Mazette ! Ce cher Marsh aurait-il fait un héritage ?

Tracy était en train de considérer ses ongles d'un œil indécis, se demandant s'il était bien utile d'en retoucher le vernis, puisque une fois de plus elle n'allait pas manquer de décortiquer des crabes ou des crevettes grillés que son estomac ne serait probablement pas d'humeur à digérer.

— Comment ça ?

— C'est le genre d'établissement qui nécessite de mettre de l'argent de côté pendant des mois ne serait-ce que pour en franchir le seuil.

— Quoi, le *Baithouse* ?

— Il est installé dans un bâtiment historique, vous savez. Au départ, c'était un magasin d'articles de pêche qui proposait également, jusque dans les années 1980, des bateaux à la location. L'endroit a été rénové l'été dernier et depuis il abrite le meilleur restaurant de la région à cent kilomètres à la ronde. Il est situé au bord de l'eau, à environ vingt minutes de Palmetto Grove. Personnellement, j'essaie de convaincre Woody de m'y emmener dîner pour notre anniversaire de mariage.

Tracy composa nerveusement le numéro de Marsh tout en se dirigeant vers sa voiture.

— Dis-moi, tu m'as bien parlé du *Baithouse Bistro* ? lui demanda-t-elle tout de go.

— C'est ça, oui.

— Tu te rends bien compte qu'il va sûrement falloir que tu mettes une cravate ?

— Je dois bien en avoir une qui traîne quelque part, je suis avocat…

— Je ne pense pas que ce restaurant ait un menu enfant.

— Pas de problème : j'ai engagé une baby-sitter pour Bay.

En un éclair, ce mot sema la panique dans l'esprit de Tracy. Une baby-sitter ! Cette solution au parentage vingt-quatre heures sur vingt-quatre, onéreuse et rarement intégrée au budget… Dans toutes ses projections d'avenir, elle n'avait pas encore pensé aux baby-sitters.

L'espace d'un instant, elle fut incapable de se souvenir de la raison qui l'avait poussée à appeler Marsh. L'espace d'un instant, elle craignit que toute cette histoire de maternité ne s'avère au-delà de ses compétences, en dehors de son répertoire émotionnel, trop difficile à analyser.

— Trace, tu es toujours là ?

Persuadée que ses genoux s'entrechoquaient, elle baissa les yeux pour en avoir le cœur net.

— Tu comptes me demander en mariage, Marsh ? Enfin, je veux dire que c'est le genre d'endroit que choisissent les hommes pour faire leur demande, en général. Tu as sans doute proposé le mariage à Sylvia dans un restaurant similaire.

— J'ai fait ma demande à Sylvia dans le métro, entre Columbus Circle et le Rockefeller Center. Ce sont les avantages fiscaux qui nous ont décidés à sauter le pas.

— Autrement dit, je ne risque rien ? Il n'y a pas de métro en Floride, si l'on excepte le monorail de Disney World.

— Trace, je me suis simplement dit que tu méritais de passer une soirée dans un endroit un peu plus chic que d'habitude. Il m'arrive parfois d'oublier d'où tu viens, ou du moins j'essaie de l'oublier. J'ai du mal à rivaliser, tu comprends ?

La panique reflua, remplacée par une agréable vague de bien-être.

— Tu n'as pas à rivaliser, Marsh. Aucune personne de mon passé ne boxe dans ta catégorie.

Elle referma son portable d'un geste sec, trottina jusqu'à sa BMW et rentra à Happiness Key en un temps record.

Quand Marsh arriva, elle avait revêtu une robe Tory Burch en voile transparent imprimé de fleurs, vestige de sa garde-robe californienne. La robe flottait avec une ampleur bienvenue sur sa poitrine en pleine expansion et son ventre légèrement arrondi. Elle avait réussi tant bien que mal à trouver l'énergie de se laver les cheveux, de se les sécher et d'enrouler les quelques mèches folles qu'elle n'attachait pas avec le reste sur les bigoudis chauffants. Elle était même parvenue à se composer un vrai maquillage et à enfiler des escarpins Miu Miu qui la mettraient au même niveau que Marsh. Par précaution, elle emportait aussi le ravissant châle au crochet réalisé par Alice, au cas où la soirée serait fraîche.

— Tu es magnifique, Trace !

Lui-même portait une veste de sport dont elle ignorait l'existence ainsi qu'une cravate signée d'un créateur. Bon, d'accord, la cravate représentait une scène de marécage et, de toute évidence, ne provenait ni de Londres ni de Milan. Mais le nœud était impeccablement fait et c'était une scène de marécage où ne figurait *qu'un seul* alligator.

— Toi aussi, tu es superbe. J'adore cette cravate. Elle fait très Floride…

Elle l'embrassa. Marsh la serra contre lui et, durant quelques secondes, ils restèrent enlacés dans l'embrasure de la porte, tandis qu'entre eux se nichait leur enfant impromptu.

D'habitude, Marsh venait la chercher avec son pick-up — il était rare que leurs sorties les emmènent bien loin — mais ce soir, il avait opté pour son véhicule hybride.

Pendant le trajet, ils bavardèrent des événements de la semaine, chacun informant l'autre de ses activités. Tracy lui avoua qu'elle réfléchissait toujours à la proposition d'achat que lui avait faite le promoteur, quoique sans grand enthousiasme. Marsh, pour sa part, lui parla de la toute dernière collecte de fonds que comptait organiser Wild Florida.

Juste avant le pont, elle eut la surprise de le voir quitter la route pour s'engager sur un parking, devant la rampe de mise à l'eau. Il coupa le moteur, et avant qu'elle ait pu s'enquérir de ses intentions, fit le tour de la voiture et vint lui ouvrir la portière.

— Maintenant que je te tiens, je veux en profiter au maximum !

— Je pensais que tu l'avais déjà fait la dernière fois qu'on s'est vus…

— Je ne te parle pas de sexe, mais de romance, Tracy…

Il l'aida à descendre de voiture, geste démodé qui en soi était déjà romantique.

— Le soleil va se coucher dans quelques minutes.

Elle se fit la réflexion qu'elle était un peu trop habillée pour l'endroit : la plupart des hommes qu'ils croisèrent sur le parking — des pêcheurs de coquillages et de crevettes rentrés pour la nuit — étaient en short, et quand ils portaient un T-shirt, celui-ci arborait une publicité pour une marque de bière ou un slogan grivois. Malgré tout, elle se garda d'émettre une quelconque objection. C'était une initiative pleine de sollicitude de la part de Marsh. Et la sollicitude avait toujours du bon.

Ils se dirigèrent main dans la main vers l'allée réservée aux piétons, du côté est de la travée.

— Mon père avait l'habitude de m'amener ici quand j'étais

gosse, commença Marsh. A l'entendre, le pont du crépuscule était le meilleur endroit au monde pour regarder le soleil se coucher. Assez excessif comme opinion, étant donné qu'il doit y avoir des milliers de meilleurs endroits sur la terre, mais ça ne l'était pas pour lui. Il avait fait le Viêtnam, et une fois rentré au pays, il n'a plus jamais quitté ce petit coin de Floride. Il avait eu sa dose de dépaysement.

Tracy savait que les deux parents de Marsh étaient décédés dans les années qui avaient suivi l'obtention de son diplôme d'avocat. Marsh avait essayé de vivre ailleurs — à Manhattan, plus précisément — mais aujourd'hui, lui non plus ne voyait pas de raison valable pour quitter cette Floride si chère à son cœur.

— J'aime l'odeur qui règne ici. L'air du golfe, le soufre des mangroves, le soleil qui tape sur le bois de construction incrusté de sel.

— Et le poisson. Le poisson mort…

— Oui, ça aussi. Même ça, Trace…

Une légère brise soulevait la robe de Tracy et la lui enroulait autour des jambes. Elle se dégagea et, après avoir rajusté sa tenue, se pencha par-dessus le garde-fou. Ils n'étaient pas seuls sur le pont. D'autres personnes étaient elles aussi venues voir le soleil se coucher.

— Il me plaît de vivre dans un lieu où l'aube et le coucher de soleil sont des rituels, dit Tracy. En Californie, la plupart du temps, je ne me rendais même pas compte de ce qui se passait autour de moi. Soit je restais à la maison, soit je me dépêchais de rentrer pour arriver avant la nuit.

— Le soleil se lève et se couche partout dans le monde.

— Oui, mais dans ma vie d'avant, j'avais du mal à voir ce que j'avais sous les yeux.

Ils se turent. Le soleil brillait comme une boule de feu au-dessus de l'eau qu'il parait de nuances infinies de rose et d'orangé. Des nuages se mouvaient lentement dans le ciel qui virait petit à petit au gris laiteux. Bientôt, le soleil sombra derrière l'horizon et disparut.

Tracy était navrée de la fin du spectacle.

— C'est toujours un peu triste…

— Ne t'en fais pas, la consola Marsh. Le bruit court qu'il y en aura un autre demain !

— Est-ce que ton ami Blake a prévu une allée pour les piétons sur le nouveau pont ? Parce que, sinon, nous serons nombreux à être malheureux.

— Il y a pensé… J'ai vu les plans. Le nouveau pont sera simple, profilé, sûr *et* aménagé pour les piétons.

Restait à espérer, songea Tracy, que Marsh et elle n'attendraient pas l'achèvement de sa construction pour profiter de nouveau d'un spectacle de coucher du soleil.

De retour dans la voiture, elle ferma les yeux. Bercée par le ronron du moteur, elle s'endormit presque immédiatement. Elle se réveilla en sursaut quand Marsh arrêta la voiture, affreusement gênée.

— La semaine a été longue, dit-il pour tout commentaire. Et puis j'aime te regarder dormir…

— Je suis sûre que je bavais !

— Ça tombe bien, j'ai un faible pour les femmes qui bavent.

Mais avait-il aussi un faible pour les femmes enceintes ? Réagirait-il de manière aussi décontractée lorsqu'elle aurait besoin d'un massage de dos, de cornichons à minuit ou d'un partenaire pour l'accompagner aux cours de préparation à l'accouchement, quand elle apprendrait à faire le petit chien, à souffler et à se couvrir de ridicule ?

Et l'accouchement ? Marsh était un gars de la campagne, là-dessus aucun doute, et des naissances il en avait vu, mais quelle serait sa réaction lorsque son rejeton naîtrait sans plumes ni écailles, simplement humain ? Connaissant son ex-femme, il paraissait évident qu'il n'avait pas été convié à assister à la naissance de Bay. Sylvia, ténor du barreau, avait probablement demandé une péridurale afin de pouvoir continuer à plancher tranquillement sur sa dernière affaire en cours.

— On devrait entrer, je pense…

Marsh lui effleura la joue, la ramenant de l'endroit où son esprit s'était égaré.

— J'ai fait jouer davantage de relations qu'il n'y a de crevettes dans le golfe pour obtenir cette réservation.

Tracy avait dîné des centaines de fois au *Baithouse Bistro* — seuls changeaient le nom du restaurant, celui de la ville et de l'homme qui l'accompagnait. Le tarif des menus avec plat principal équivalait au prix d'une semaine de courses au supermarché et les nappes étaient si pesamment amidonnées que, si elle les avait présentées au vent, elle se serait envolée avec, comme emportée par une voile. Les serveurs en veste gris perle et chemise à plastron plissé… La porcelaine et le cristal de la même finesse que ceux qu'elle possédait dans son ancienne vie… Elle les connaissait par cœur.

Elle laissa Marsh lui présenter un siège, geste inhabituel en soi, et attendit avec angoisse qu'on leur apporte les menus. Son appétit était un peu revenu, son estomac commençait à se montrer plus coopératif si bien qu'elle avait réussi durant la semaine à avaler et à *garder* trois petites collations par jour. Pour autant, elle n'en avait pas encore fini avec les nausées et avait déjà repéré les toilettes pour dames situées à l'autre bout de la salle.

— C'est ravissant, dit-elle à Marsh, après que le serveur leur eut présenté la liste des vins en l'agrémentant de quelques suggestions.

Il avait ensuite proposé de leur envoyer le sommelier pour davantage de conseils, mais Marsh l'avait congédié avec tact, et la carte des vins était restée devant lui, fermée.

— On m'a dit qu'ils veillaient à respecter la Liste des fruits de mer protégés de Floride. Tu peux donc choisir tout ce qui te fait envie sans te sentir coupable.

Tracy eut un petit sourire.

— Et dire que je m'inquiétais…

— Pas à moi, Trace… Je t'ai vue survoler sans t'arrêter la légine australe et la baudroie. Tu es plus respectueuse de l'environnement que tu ne le prétends.

Il lui prit la main et lui serra les doigts avec tendresse.

— Si nous commandons une bouteille en comptant que je la finirai, je vais trop boire et c'est moi qui conduis...

Cette entrée en matière soulagea grandement Tracy qui n'avait pas encore trouvé de prétexte satisfaisant pour décliner le vin.

— Je vais donc me contenter d'un verre de ce chardonnay de Nouvelle-Zélande dont le serveur nous a parlé. Ça te dit ?

Tracy acquiesça et Marsh fit signe au garçon auquel il commanda deux verres et, après un bref conciliabule, un plat de fruits de mer à la vapeur accompagnés d'une sauce beurre/citron toute simple pour commencer le repas. Le vin arriva comme ils choisissaient leur plat principal. Ils trinquèrent. Tracy but une petite gorgée de son chardonnay, puis le reposa pour s'emparer de son verre à eau.

— Au bureau, on m'a dit le plus grand bien de leur mahi grillé. Tout à fait succulent et préparé très simplement.

Tracy leva les yeux, surprise. Marsh était incapable de faire griller quoi que ce soit sans y adjoindre la moitié des herbes et condiments de sa cuisine largement approvisionnée en aromates divers.

— Ça m'a l'air délicieux.

— Autre chose te dirait ?

Ils examinèrent de nouveau le menu, comparant les plats, et Tracy parvint à se détendre un peu : elle avait bon espoir que le reste de leur commande passe victorieusement le test du goût très personnel de bébé. Marsh ne lui avait pas demandé des nouvelles de son « virus », mais sa sélection de plats avait été, au vu de ses goûts, simple, fade et ordinaire. Elle sentit revenir l'onde de chaleur qui l'avait envahie au téléphone. D'abord, il la conviait au spectacle romantique d'un coucher de soleil et, maintenant, il se souciait de son confort. Que demander de plus à un homme ?

Des tas d'autres choses, en fait, mais la prévenance dont il faisait preuve à son égard caracolait en tête de liste.

— Il faut que nous fassions ça plus souvent, dit-il.

— Ce n'est pourtant pas ton genre d'endroit favori...

Elle jouait avec son verre de vin comme si elle portait à son contenu un intérêt considérable.

— Avec toi, je me sens bien presque partout.

— Pourquoi ce restaurant en particulier, ce soir ?

— Parce que tu es une brave fille, Trace. Et que j'en ai largement profité.

Tracy était suspendue à ses lèvres.

— Vraiment ?

— Vraiment... L'été a été rude pour chacun de nous, mais tu as tenu bon, alors que je ne t'ai pas été d'un très grand soutien. Je t'apprécie, et je tenais à ce que tu le saches.

Il *l'appréciait* ? Génial. Mais pas aussi génial que... d'être aimée, par exemple. Elle se força à garder le sourire et hocha la tête avec l'air d'approuver son raisonnement, alors qu'en fait elle s'imaginait dans dix-huit ans, quand son enfant serait en âge de passer le bac. Est-ce que Marsh lui tiendrait encore ce genre de discours ? *Désolé, Trace, tout n'a pas toujours été facile durant l'enfance du petit et je ne t'ai pas été d'un très grand soutien, mais je suis content que tu aies tenu bon. Oh ! Et au fait, je t'apprécie, tu sais ?*

— Ma foi, tu dois m'apprécier énormément pour m'emmener dans un endroit tel que celui-ci pour me le dire, répliqua-t-elle quand il fut clair que Marsh en resterait là.

Les fruits de mer à la vapeur arrivèrent et Tracy s'affaira à faire voyager la nourriture dans son assiette afin de donner le change. Elle trempa ses coquillages dans la sauce, les grignota du bout des dents, et constata avec soulagement que bébé était finalement assez fan de fruits de mer. D'un point de vue technique, « bébé » était un terme impropre. La créature qui poussait à l'intérieur de son ventre n'était encore qu'un embryon, récemment promu au grade de fœtus, à en croire le guide de la grossesse que sa camarade de cité universitaire, Sherrie, lui avait envoyé dès qu'elle avait appris l'état intéressant dans lequel elle se trouvait. Vu que Sherrie habitait en Arizona et qu'elle n'avait jamais rencontré Marsh, il était fort improbable qu'elle vendît la mèche.

Tracy regrettait de ne pouvoir rire avec lui du ridicule de toute cette nomenclature scientifique, mais cela restait pour le moment de l'ordre du tabou, comme presque tout ce qui comptait à ses yeux — l'enfant, son propre avenir, la question de savoir si leur vie à tous deux se ferait auprès d'un Marsh éternellement reconnaissant.

— Qu'est-ce qui se passe exactement chez Janya et Rishi ? demanda-t-il après que le serveur eut débarrassé la table des coquilles vides et des saucières.

La date butoir que les Kapur s'étaient fixée pour informer Ken de la disparition du couple arrivait à échéance le lendemain, aussi Tracy estima-t-elle qu'elle pouvait en parler sans risquer de faire du tort à ses amis. Ils avaient mené une enquête aussi approfondie que possible compte tenu des moyens dont ils disposaient, mais en vain : Harit et Kanira avaient disparu sans laisser de traces. A présent, il leur fallait signaler cette disparition aux autorités qui décideraient du sort des enfants. Tracy estimait pour sa part qu'il était plus que temps d'avertir la police, faute de quoi ils pourraient se retrouver happés dans un imbroglio judiciaire, en dépit de leur bonne volonté et de leur désir de préserver les enfants.

Elle décrivit donc la situation à Marsh, ne s'interrompant qu'à l'arrivée de leurs salades respectives. La sienne était ridiculement simple, un cœur de laitue iceberg accompagné d'une onctueuse vinaigrette aux herbes. Elle en prit une bouchée, puis une autre. La vinaigrette semblait avoir été composée à partir des ingrédients les plus exquis de la planète. Tracy se jeta alors sur le contenu de son assiette comme si elle n'avait rien mangé depuis des semaines, ce qui était plus ou moins proche de la vérité.

— Ça t'a plu, on dirait ? constata Marsh quand elle eut terminé.

Avec beaucoup de sang-froid, elle avait réussi à ne pas lécher les dernières gouttes de vinaigrette.

— C'était très bon.

— C'est ce que je vois. Mais tu n'as pas fini ton histoire. Pourquoi ne m'en as-tu pas parlé avant ?

— Janya et Rishi ne voulaient pas mêler trop vite la police à tout ça de peur que les enfants ne soient pris en charge par les services sociaux et que leurs parents aient du mal ensuite à en retrouver la garde. Ils espéraient que les Dutta reviendraient d'eux-mêmes.

— Parce que je suis la police, moi ?

— Non, mais tu es avocat.

— Et depuis quand mon combat en faveur des tortues américaines et des grues du Canada fait-il de moi un type aussi effrayant ?

— Considère-toi comme faisant partie des rares initiés, Marsh. Toute cette histoire est restée secrète jusqu'à maintenant. Je ne t'en parle aujourd'hui que parce que les Kapur se sont fixé une date butoir et que ce jour tombe demain. Ils iront voir Ken dans la matinée et le laisseront décider de la suite à donner à cette affaire. Mais si tu veux mon avis, ça ne va pas être facile. Janya et Rishi se sont déjà attachés aux enfants : ils ne voudront pas les confier à des inconnus.

— La situation se présente mal, c'est certain. Dans ce déluge d'hormones maternelles, toutes sortes de choses peuvent survenir. Des secrets, des mensonges, des décisions fâcheuses…

Il haussa un sourcil désabusé.

Tracy saisit la balle au bond :

— C'est pourquoi je trouve bizarre que les Dutta aient abandonné leurs enfants purement et simplement. Car je ne crois pas que l'on puisse interpréter autrement leur attitude. Janya décrit Kanira comme une femme débordée et amère, loin d'être une mère exemplaire, mais ces enfants sont tout ce qu'elle a, et les petits étaient soignés, propres, nourris correctement. Ils avaient des jouets, des vêtements… Tout ce qu'il leur fallait.

— Est-ce que c'est suffisant pour faire une bonne mère ?

— Je n'ai jamais dit que Kanira était une *bonne* mère. Une

mère passable et, si l'on en croit Janya, il est tout à fait impensable qu'elle les ait abandonnés sans une explication.

— Il y a donc une différence entre une bonne mère et une mère passable ?

— Parce que tu ne la vois pas ?

Elle s'abstint d'ajouter qu'il était bien placé pour faire la distinction entre les deux, lui dont l'ex-épouse n'était au mieux qu'une mère passable, toujours dépourvue à ce jour de véritable intérêt pour son fils. Depuis son récent week-end en Californie, Bay n'avait pas manifesté beaucoup d'enthousiasme à l'idée de repartir chez elle. La Californie était sympa, avait-il confié à Tracy au centre de loisirs, et il avait bien aimé le zoo de San Diego. Pour le reste, il avait gardé ses impressions pour lui, y compris en ce qui concernait sa mère. Mais, à la fin de la conversation, il s'était serré contre elle de toutes ses forces.

— Si, répliqua Marsh, et je dirais que la différence s'établit en fonction du désir de la femme d'avoir un enfant et des raisons qui l'amènent à faire ce choix.

— On pourrait affirmer la même chose pour un homme. Bien qu'ils soient nombreux à ne pas assumer leurs responsabilités !

Leur plat principal arriva à la grande satisfaction de Tracy qui vit là l'occasion de changer de sujet. Elle était repue, gavée de laitue iceberg, ce qui ne l'empêcha pas de chipoter jusqu'à ce que la moitié de son poisson et le riz pilaf qui l'accompagnait aient disparu. Marsh, qui avait terminé, lui suggéra d'emporter les restes pour son repas du lendemain, proposition qu'elle accepta avec joie. Demain était un autre jour et d'ici là, elle aurait peut-être retrouvé entièrement son appétit.

— Vous n'avez pas aimé le vin ? s'inquiéta le serveur venu débarrasser la table.

A part une toute petite gorgée quand on leur avait apporté les verres, Tracy n'avait pas touché à son chardonnay.

— Un peu trop sec pour moi. Et un goût de chêne un peu trop prononcé.

Le serveur eut l'air surpris mais ne discuta pas.

— Puis-je vous apporter autre chose à la place, avec les compliments de la maison ?

Tracy feignit de consulter sa montre.

— Merci, mais si je bois du vin à cette heure-ci, je risque de m'assoupir. Ça ira très bien comme ça…

On leur proposa la carte des desserts mais tous deux déclinèrent.

Voilà, le repas touchait à sa fin. Tracy ne s'était pas vraiment attendue à une demande en mariage — du reste elle n'aurait su quoi répondre si Marsh la lui avait faite — mais, bien qu'agréable, la soirée lui avait paru marquée par une singulière absence d'intimité.

Marsh l'appréciait, c'était clair désormais. Il aimait faire l'amour avec elle. Mais cela, c'était déjà clair avant. Et contrairement à toutes les mises en garde qu'on lui avait métaphoriquement assenées dans sa jeunesse — *qui voudrait acheter une vache quand il peut avoir son lait gratuitement ?* — cet homme ne l'avait pas abandonnée quand ils avaient couché ensemble au terme de l'été. Autrement dit, il aimait aussi sa compagnie. Elle comptait pour lui, indéniablement. Mais dans quelle mesure, elle l'ignorait. Or c'était précisément cela qu'elle aurait aimé savoir.

Au moment où elle s'attendait à voir Marsh se lever de son siège pour quitter le restaurant, il lui prit les mains par-dessus la table.

— Agréable soirée, Trace, pas vrai ? Il faudra que nous recommencions.

— Ce n'est pourtant pas ta tasse de thé…

— Quand je suis avec toi, l'endroit m'importe peu. Ici, au beau milieu d'un marais ou chez moi, en train de fabriquer des bombes à eau pour des gosses de dix ans, c'est pareil. Tu le sais, j'espère ?

Elle songea alors à toutes les déclarations que lui avaient faites ses autres soupirants, à tous les compliments dont CJ l'avait gratifiée avec prodigalité lorsqu'il souhaitait obtenir quelque chose en retour. Et elle compara les paroles de Marsh avec celles de tous ces types dont elle ne se rappelait même pas le nom.

Jamais elle n'oublierait le nom de Marsh. Jamais elle ne

l'oublierait, lui. Si seulement elle savait quelle attitude adopter envers lui... Par chance, il ignorait encore qu'elle était enceinte, ce qui lui laissait quelques semaines pour tâter le terrain sans que l'annonce de l'arrivée d'un bébé ne vienne fausser le jeu.

Elle lui pressa les doigts.

— Parle pour toi, fils de Mère nature. Pour moi, cette soirée était cent coudées au-dessus de n'importe quel marécage ! Et maintenant rentrons chez moi et faisons un test.

— Qu'est-ce que tu racontes ?

— Allons mesurer ton degré de satisfaction dans ce lieu également très confortable que représente mon moelleux lit à deux places...

Ils étaient pratiquement arrivés, quand Tracy s'avisa que la voiture de police qu'elle apercevait n'était pas le véhicule de Ken, garé pour la nuit devant le pavillon des Gray. Il s'agissait d'une autre voiture dont les gyrophares jetaient des éclairs bleutés, stationnée devant le pavillon des Kapur.

Elle n'eut pas besoin de dire à Marsh de s'arrêter. Le temps qu'elle prenne conscience de la situation, il s'était déjà garé et avait coupé le moteur.

— Allons voir ce qui se passe...

Elle descendit de voiture et remonta l'allée menant à la porte d'entrée de ses voisins. Planté dans l'un des pots en terre cuite de Janya, un jasmin répandait son parfum capiteux tandis que la radio de la police déversait à plein volume des conversations émaillées de codes incompréhensibles. Il n'y avait personne à l'intérieur du véhicule et Tracy fut soulagée de voir qu'aucune de ses connaissances n'était assise, menottes aux poignets. Après tout, il s'en était passé bien d'autres à Happiness Key...

La porte d'entrée était entrouverte ; de la lumière filtrait de l'intérieur du pavillon. Sur le seuil, un agent de police en tenue prenait des notes sur un calepin.

Tracy s'avança :

— Excusez-moi. Je suis la propriétaire de ce lotissement. Il y a un problème ?

— Rien qui vous concerne, madame.

— Ces gens sont mes amis et…

Ken apparut, un Ken en jean et polo, mais même en tenue décontractée, il continuait à ressembler à un flic, avec ses cheveux poivre et sel coupés ras et ses yeux auxquels rien n'échappait, profondément enfoncés dans son visage empreint de gravité. Quand il souriait, il avait un charme incontestable mais, pour l'heure, il ne souriait pas. Juste derrière lui, Tracy crut distinguer l'ombre de Janya projetée sur le sol.

— Ken !

Elle lui fit signe dans l'espoir qu'il viendrait à la porte.

Il hocha la tête en direction de l'agent de police qui s'écarta de l'embrasure et s'avança vers elle.

— Tu étais au courant ?

Tracy ne répondit pas directement. Elle-même avait eu à subir les foudres de la police californienne à l'époque où son ex-mari avait été arrêté dans le cadre de ses malversations financières, et il avait beau s'agir de Ken, le mari de Wanda et son ami, elle n'était pas assez naïve pour vendre la mèche.

— Au courant de quoi ? dit-elle pour gagner du temps.

Elle sentit le bras de Marsh s'enrouler autour de sa taille et ses doigts s'enfoncer entre ses côtes en guise d'avertissement.

— Que les parents des gosses que gardent les Kapur ont disparu ?

— Pourquoi, c'est grave ?

Les doigts de Marsh s'enfoncèrent encore plus profondément dans sa chair.

— Tracy…

Au ton de Ken, elle comprit qu'il n'était pas d'humeur à se laisser amadouer, encore moins berner.

Elle céda donc à la pression des deux hommes.

— Je savais que les parents ne se sont pas manifestés aussi tôt que prévu, et que Rishi et Janya ont essayé de les retrouver. Ils étaient sûrs que les Dutta finiraient par revenir. C'est le cas ?

Ken semblait indécis quant à ce qu'il était en droit ou non de lui révéler.

— Ils ne reviendront pas, dit-il finalement. Pas dans cette vie, en tout cas. La police de Miami les a retrouvés morts dans une chambre d'hôtel, en fin d'après-midi. Au vu de la scène de crime, il s'agirait d'un meurtre suivi d'un suicide.

12

Après une nuit d'un sommeil agité — car qui aurait pu fermer l'œil après l'épouvantable histoire que lui avait racontée Ken ? — Wanda s'était rendue dans son magasin aux aurores, décidée à préparer puis à faire porter quelques douceurs chez Janya et Rishi à l'intention des petits Dutta, avant de s'attaquer à la confection des tartes pour la journée. Elle avait déjà terminé une fournée de cookies à la farine d'avoine et aux pépites de chocolat, et préparé deux litres d'ambroisie aux agrumes, généreusement saupoudrée de noix de coco. Janya était friande d'ambroisie, et c'était une chose que Wanda, carnivore bon teint, estimait pouvoir faire pour ses amis végétariens qui devaient certainement être dans tous leurs états.

— C'est vraiment l'histoire la plus affreuse que j'aie jamais entendue ! confia-t-elle à Maggie qui venait d'arriver au magasin et n'était au courant de rien. Ton père m'a dit qu'on les avait retrouvés dans une chambre de motel, une espèce de boui-boui, et que le mari tenait encore le pistolet à la main. Une scène horrible... Les corps étaient là depuis plusieurs jours et certains indices ont été détruits, si tu vois ce que je veux dire.

— Très bien, hélas !

Maggie fit la grimace.

— Mais je ne comprends pas pourquoi Janya et Rishi ont attendu si longtemps pour signaler le fait qu'ils n'avaient plus aucun signe des parents.

Wanda, elle, comprenait. Les Kapur étaient les gens les plus braves de la terre, et même sans avoir eu l'occasion d'en parler avec Janya, elle devinait que son amie avait voulu protéger parents et enfants du long bras de la justice. Ils avaient sans doute nourri l'espoir que les Dutta régleraient leurs comptes entre eux et qu'ensuite ils reviendraient récupérer les enfants, ou du moins que l'un des deux reviendrait.

— D'après ton père, Janya et Rishi ont essayé de mener eux aussi leur petite enquête, mais sans succès. Ils s'étaient donné la date d'aujourd'hui comme limite pour venir lui raconter toute l'histoire et envisager la suite.

Les Kapur seraient confrontés dans le courant de la matinée à un entretien avec les Services de protection de l'enfance, entretien dont Ken avait été incapable de prédire l'issue. Il était tout à fait possible que la personne en charge du dossier décide de placer les petits dans une famille d'accueil habilitée par les services sociaux, à condition qu'il s'en trouve une de disponible. Ken avait alors affirmé qu'il se portait garant du couple si jamais on voulait bien leur confier Lily et Vijay, le temps que l'on retrouve la trace des grands-parents, ce qui lui avait valu la gratitude de Janya et Rishi.

— Ils vont vouloir garder ces gosses le plus longtemps possible, tu comprends, continua Wanda. Les petits se sont habitués à eux, maintenant. Bien sûr, la maison n'est pas bien grande, mais elle a une chambre d'amis. J'ignore ce qu'en dira l'assistante sociale…

— Tu sais, maman, les bonnes familles d'accueil ne se trouvent pas sous le sabot d'un cheval. Qui plus est, il y a la question de la culture. Les Kapur sont bien plus à même que nombre d'autres personnes de comprendre les us et coutumes dans lesquels les petits ont pu être élevés et, en outre, c'est à eux que le père en avait confié la garde. Ces éléments donneront peut-être du poids à leur requête.

— D'après toi, les Kapur auraient donc leur chance ?

— Ce n'est pas à exclure. Ils ont la nationalité américaine ?

— Rishi, oui, et Janya l'obtiendra dès qu'elle aura bouclé tout le parcours administratif.

Wanda espérait de tout cœur que ses voisins seraient autorisés à garder les enfants. Le risque, bien sûr, c'était qu'au fil des jours, Janya et Rishi deviennent de plus en plus attachés à eux. Comment aurait-il pu en être autrement, d'ailleurs ? Les petits étaient mignons, intelligents, et le garçon en particulier témoignait d'une maturité bien supérieure à son âge. Le jour où Lily et Vijay seraient confiés à leurs grands-parents, les Kapur seraient anéantis.

— Ce que je ne m'explique pas, reprit Maggie, c'est que la police ait pu retrouver la trace des enfants chez Rishi et Janya. Qui a indiqué aux flics l'endroit où ils étaient, puisque tu dis que les Kapur n'avaient prévu de parler à papa qu'aujourd'hui ?

— Personne. Les flics ont appelé tous les gens inscrits dans le répertoire du téléphone portable de Harit. Rishi y figurait et il leur a tout de suite dit que les gosses étaient chez lui ; il leur a également expliqué dans quelles circonstances le père les lui avait confiés. Des agents de Palmetto Grove ont été dépêchés à Happiness Key et c'est comme ça que ton père a découvert ce qui se passait.

— Un meurtre suivi d'un suicide, c'est bien ça ?

— La police pense que Kanira a peut-être quitté son mari pour un autre homme. Harit aurait réussi à retrouver sa trace et il serait allé là-bas pour tenter de la raisonner. Avec un revolver.

— Est-ce qu'il y avait un homme avec elle ?

— Non, pas que je sache.

— Et où est-ce que ça s'est passé, tu le sais ?

— Dans une espèce de gourbi, un motel miteux sur Biscayne Boulevard. Juste après Little Haïti.

Elle leva les yeux sur sa fille et la vit froncer les sourcils.

— Quoi ?

— Rien.

— « Rien », ça a toujours été ta réponse à tout ! Depuis le jour où tu as réussi à articuler tes deux premières syllabes !

Maggie se mordillait les lèvres, signe qu'elle réfléchissait, ou qu'elle se retenait de lancer une réplique cinglante à sa mère.

— C'est mon secteur, finit-elle par répondre. Enfin, mon ancien secteur…

Wanda comprit sur-le-champ : Maggie enrageait de ne pas pouvoir s'occuper de l'enquête. Elle se languissait de son ancienne vie. Le besoin de s'en mêler, de découvrir les circonstances exactes du drame la taraudait.

— Je n'avais pas l'intention de faire ça, dit-elle encore.

— Quoi ?

Wanda ne comprenait pas.

— De t'exclure…

Il lui fallut quelques secondes pour se rendre compte que Maggie lui parlait de leur relation. De ses sentiments. Du passé.

— C'est sûrement nécessaire pour toi, hasarda-t-elle avec prudence, après s'être ressaisie. Je peux être assez envahissante, c'est dans mon caractère.

— Et moi, je peux être assez distante. Tu es sûre qu'on t'a donné le bon bébé à la maternité ?

Wanda s'abstint de l'enlacer et de la serrer à l'étouffer comme elle en brûlait d'envie. Elle se contenta de hocher la tête.

— Je me fiche pas mal qu'on m'ait donné le bon ou pas. J'ai eu le bébé que je voulais, n'oublie jamais ça.

Janya n'avait pas réussi à fermer l'œil après le départ de la police. Elle avait essayé, pourtant, dans l'intérêt des enfants. Le lendemain plus que jamais, ils auraient besoin de sa patience et de son soutien. Mais au lieu de dormir, elle était restée dans son lit à se demander en boucle comment Rishi et elle allaient expliquer à Vijay la mort de ses parents. La petite Lily ne comprendrait pas, mais Vijay, en dépit de son jeune âge, semblait capter tant de choses ! Le premier jour de son arrivée à Happiness Key, il n'avait pas dit trois mots. Mais, dans les jours qui avaient suivi, il s'était fréquemment enquis de ses parents. Il lui avait même confié que sa mère était souvent fâchée contre lui et qu'elle était peut-être partie parce qu'il avait taquiné Lily.

A partir de quel âge les enfants appréhendaient-ils la notion de mort ? Vijay avait-il déjà perdu un animal familier ? Tué une mouche ou une fourmi, regardé l'insecte agoniser jusqu'à ce qu'il ne bouge plus ? Comprenait-il que quand quelqu'un meurt, il ne revient jamais ? Rishi et elle avaient très peu de temps pour en discuter et trouver ensemble une approche adaptée. Les Services de protection de l'enfance passaient les voir dans la matinée, peut-être pour emmener les enfants dans un foyer d'accueil. La terrible nouvelle serait-elle mieux comprise et acceptée venant d'un inconnu ? Au moins la réponse à cette question était-elle facile. Bien sûr que non. Vijay offrait une attitude bien trop réservée pour un enfant de quatre ans, mais au fil des quelques jours qu'il avait passés auprès d'eux, il s'était détendu. Mieux valait qu'il apprenne la mauvaise nouvelle de la bouche d'une personne qui lui portait de l'affection.

Mais comment lui expliquer ensuite qu'il ne pourrait peut-être pas rester dans cette minuscule maison avec des gens qui, eux au moins, ne lui étaient pas inconnus ?

A 6 heures, elle se leva, plus épuisée par ses efforts pour trouver le sommeil que par sa nuit d'insomnie. Sa solitude fut de courte durée. Alors qu'elle battait des œufs pour confectionner une des omelettes que Rishi et les enfants appréciaient, elle sentit une présence dans son dos et se retourna. Vijay se tenait derrière elle, les cheveux en bataille et les yeux collés de sommeil. Il avait la mine sombre, comme d'habitude, et ne sourit pas en réponse à son bonjour.

— C'est aujourd'hui qu'il revient, mon papa ?

— Non, répondit-elle ainsi qu'elle l'avait décidé.

Elle laisserait le petit garçon prendre les rênes de cette conversation et ne répondrait qu'aux questions qu'il lui poserait. Du moins au début.

— Quand est-ce qu'il va revenir ?

Janya s'accroupit devant lui pour être à sa hauteur.

— Je suis vraiment désolée, Vijay, mais ton papa et ta maman ne vont pas revenir.

L'enfant se mordit la lèvre, comme s'il hésitait quant au sens à donner à cette phrase.

— Plus jamais ?

Elle fit non de la tête.

— Non. Plus jamais.

— Pourquoi ?

Janya regretta que Rishi ne soit pas encore debout pour la seconder, mais pour Vijay la réponse serait la même, quelle que soit la personne qui la formulerait.

— Nous l'avons appris hier soir. Ils voulaient venir vous chercher, Lily et toi, c'était prévu. Ils vous aimaient énormément, mais il s'est produit un accident et ils sont morts.

— Morts ?

Elle se tut dans l'espoir que l'enfant s'exprimerait davantage, mais il retourna dans la minuscule chambre qu'il partageait avec Lily.

— C'est pas vrai ! cria-t-il en refermant la porte derrière lui.

Janya sentit les larmes rouler le long de ses joues et les essuya du revers de la main. En se relevant, elle vit Rishi posté dans l'encadrement de la porte.

— J'ai tout entendu, dit-il.

— Il ne me croit pas.

— Peut-être que si, mais il va lui falloir du temps. Il est trop jeune pour comprendre.

— Parce que tu comprends, toi ? Pas moi !

Rishi l'enlaça et la garda serrée contre lui.

Une heure plus tard, ils prirent tous ensemble le petit déjeuner dans le silence. Vijay ne parla pas de ses parents et quand on lui posait une question, il se bornait à faire oui ou non de la tête. Un peu plus tard, le téléphone sonna et Rishi alla répondre dans la chambre. A son retour, il prit Janya à part pour lui annoncer que les Services de protection de l'enfance étaient en route. D'un commun accord, ils décidèrent de ne pas expliquer à l'avance la visite à Vijay, étant donné que rien n'était encore gagné. Ils décidèrent également de ne pas rassembler le peu d'affaires que possédaient les enfants.

— Il est hors de question que je leur facilite la tâche, déclara Janya. Et je ne leur donnerai pas non plus l'impression d'être impatiente qu'on me débarrasse des petits. Tout ça n'est pas bon pour eux, Rishi, ils ont déjà enduré trop de drames.

— Nous n'aurons pas notre mot à dire aujourd'hui, j'en ai bien peur, mais j'irai consulter un avocat si jamais on nous retire les enfants.

— Tu ferais ça ?

— Harit était mon ami et personne d'autre dans ce pays ne peut se targuer d'avoir entretenu un lien plus fort avec lui. Il nous a confié Vijay et Lily. Il voulait que nous prenions soin d'eux. Nous devons honorer son souhait, le temps qu'un parent prenne des dispositions pour les accueillir.

— Kanira m'a dit que leurs deux familles avaient coupé les ponts avec eux, et qu'elles n'ont jamais voulu connaître les enfants. Leurs parents ne répondaient ni à leurs lettres ni à leurs coups de téléphone.

— Je sais, et la famille de Harit est pauvre, ses parents vivent dans un village isolé, souvent frappé par les inondations et qui se transforme parfois en ville fantôme, comme disent les gens d'ici. Il sera peut-être difficile du coup de localiser les grands-parents.

— Si on nous autorise à garder les petits jusqu'à ce que leur famille puisse être jointe, il se pourrait que leur séjour chez nous s'éternise.

— Tu y verrais un inconvénient ?

Elle secoua la tête.

— Et toi ?

Rishi esquissa un sourire.

— Non.

Son sourire s'évanouit aussitôt.

— Mais ce n'est pas ainsi que je voulais fonder un foyer…

Il entraîna Janya à l'écart, pour s'assurer que leurs voix ne portaient pas jusque dans le séjour où Vijay, le visage fermé, faisait maintenant rouler des petites voitures entre des blocs de bois de récupération. Lily jouait à renverser les blocs au passage des voitures.

— J'ai tourné et retourné la situation dans ma tête, Janya. J'ai passé la nuit à réfléchir. Et je ne crois pas que Harit ait tué Kanira. En fait, je suis même certain qu'il ne l'a pas fait.

— Comment peux-tu en être aussi sûr ? Tu n'étais pas là quand ça s'est passé !

— Harit n'est — *n'était* — pas un homme violent. C'était un disciple de Gandhi. Quant à son roman, j'en ai lu les premiers chapitres. C'est brillant. Harit était…

Rishi déglutit, comme s'il ravalait ses larmes.

— Il avait un talent remarquable et ce roman aurait marqué son temps. L'intrigue se déroule à l'époque où Gandhi conduisait l'Inde vers sa liberté ; le livre retrace le parcours d'un jeune homme sceptique sur la voie de la non-violence. Harit m'avait confié qu'il n'avait aucun mal à l'écrire car ce cheminement avait aussi été le sien. Avant de venir ici, il était organisateur au sein d'une communauté qui se consacre à la recherche de solutions pacifiques et il n'avait que mépris pour la façon dont les Américains règlent bien souvent leurs problèmes, une arme à la main. Jamais il n'aurait acheté de pistolet.

— Il en tenait un, pourtant, quand la police les a trouvés… Tu sais, Rishi, les gens peuvent considérablement changer sous l'influence de la colère.

— Pas Harit. Il n'aurait pas renoncé à tous ses idéaux, abandonné ses enfants qu'il aimait. Il ne se serait pas procuré un pistolet, n'aurait pas traqué sa femme pour l'abattre dans un lit inconnu avant de retourner l'arme contre lui.

Janya avait elle aussi des doutes. Kanira avait émis des remarques qui pouvaient être interprétées comme l'aveu d'une liaison extraconjugale. Mais qu'avait-elle dit exactement ? Que bientôt sa vie changerait en mieux. Cela pouvait quasiment tout dire et son contraire… Un emploi auquel elle aurait présenté sa candidature en secret afin que sa famille cesse de tirer le diable par la queue ? Une opportunité de reprendre ses études qui aurait débouché sur l'apprentissage d'un métier ? Voire, peut-être, l'espoir qu'un ami ou un parent éloigné puisse l'héberger et aplanir les difficultés relationnelles avec sa propre famille dans le cas où elle aurait quitté Harit pour retourner en Inde avec Vijay et Lily ?

— J'ai du mal à croire que Kanira, en dépit de tous ses

défauts, ait pu abandonner ses enfants pour un homme, déclara-t-elle. De toute manière, il est fort improbable qu'elle ait pu se fier à un homme dans l'espoir qu'il lui procure une meilleure existence, pas après que Harit eut échoué à lui donner la vie dont elle rêvait.

— La police semble certaine de savoir ce qui s'est passé.

— La police peut se tromper, ici comme en Inde.

Le moteur d'une voiture se fit alors entendre devant la maison. Les membres lourds, l'estomac en révolution, Janya alla ouvrir. Ce n'est qu'en tendant la main vers la poignée de la porte qu'elle prit réellement conscience du désir fou qu'elle avait de garder les petits Dutta. Cette révélation l'effraya autant que la pensée de se les voir retirer par l'Etat de Floride.

Maggie ne savait trop pourquoi elle avait accepté de sortir de nouveau avec Blake Armstrong. Il était arrivé aux *Merveilleuses Tartes de Wanda* presque au moment de l'ouverture et l'avait invitée à dîner pour le soir même. Dans un endroit décontracté, avait-il promis, car après une longue journée au magasin, il se doutait bien que l'idée de s'habiller et de veiller tard n'était guère alléchante pour elle.

Peut-être était-ce pour cela qu'elle avait accepté. Parce que Blake paraissait être un homme attentionné, se souciant de ses désirs et s'y adaptant. Il avait repéré un petit italien familial où, à l'en croire, elle pourrait déguster les meilleurs calamars de la ville. Elle avait accepté.

Cette invitation cassait sa routine un peu tristounette et lui évitait de rester en tête en tête avec elle-même. La soirée était le pire moment de ses journées. Elle n'aimait pas la télévision, avait perdu l'habitude de lire et, la plupart du temps, elle était trop fatiguée après son travail au magasin pour avoir envie de tester une activité nouvelle. Une soirée tranquille en compagnie d'un homme séduisant lui procurerait un certain répit. Elle avait déjà prévenu Blake qu'elle ne recherchait pas l'amour. Elle ne se sentait pas non plus prête à prendre un nouvel amant et l'aurait-elle été qu'il n'aurait pas fait l'affaire, en dépit de toute sa séduction et sa gentillesse : elle n'avait pas ressenti en face de lui cette décharge électrique essentielle à la naissance de toute relation amoureuse.

L'homme qui lui titillait les terminaisons nerveuses se trouvait à Miami, entouré de femmes qui ne demandaient qu'à apaiser son ego meurtri.

Elle leva les yeux vers la pendule accrochée au-dessus du comptoir et Wanda lui demanda aussitôt :

— Tu veux rentrer un peu plus tôt chez toi pour avoir le temps de te préparer ?

La pendule, en forme de tarte aux fruits aux bords froncés, était un apport récent à la déco du magasin. La distance entre l'aiguille des heures et celle des minutes — respectivement représentées par un couteau et une fourchette — était toujours dans l'ombre, comme si cette portion de temps avait déjà été mangée.

— Pas la peine, répondit-elle. Je prendrai simplement une douche et j'enfilerai mon plus beau jean…

— De mon temps, à moins d'être une espèce de hippie, une fille s'habillait un peu quand un homme l'invitait à sortir.

— O.K., je mettrai une ceinture, alors… Ça te va comme ça ?

Wanda secoua la tête, mais ne put réprimer un sourire.

— C'est pour ça que les enfants quittent le nid. Pour épargner ce genre de conversation à tout le monde.

— Sauf que, de toute évidence, ça te manque…

Maggie retourna dans la cuisine pour terminer six tartes patate douce/noix de pécan destinées à un thé entre dames en fin d'après-midi. Elle comptait les livrer, rentrer chez elle se changer et retrouver Blake au restaurant pour un dîner de bonne heure.

Elle réglait le minuteur du four quand sa mère l'appela depuis le magasin.

— Janya est là ; elle veut te parler !

Maggie revint dans la partie magasin et salua la jeune femme en lui exprimant toute sa sympathie.

Janya la remercia d'un hochement de tête.

— Il est au moins sorti une bonne chose de cette tragédie, leur annonça alors la jeune femme. Nous sommes autorisés à garder les enfants chez nous le temps que leur famille en Inde prenne des dispositions pour les accueillir. Ken a parlé à l'assistante sociale et a convaincu les services de l'enfance que c'est ce qu'auraient souhaité les Dutta. Suite à leur visite ce matin, notre demande a été acceptée. Nous allons suivre un cours de parentage qui doit débuter sous peu mais d'ici là, l'assistante sociale en charge du dossier viendra de temps en temps s'assurer que les enfants se portent bien.

— Ma foi, je suis bien contente ! déclara Wanda. Les petits seront bien mieux avec vous qu'avec des inconnus. Mais sois prudente, Janya ! Fais attention à ne pas trop t'attacher à eux. Ils finiront par partir pour l'Inde, tu ne dois pas l'oublier.

Maggie constata avec surprise que Janya ne paraissait pas contrariée par le petit sermon de Wanda, comme elle-même n'aurait pas manqué de l'être. Au contraire. Elle prenait même le conseil au sérieux. Maggie prit soudain conscience du respect que la jeune femme portait à sa mère, et elle en éprouva une ridicule bouffée de fierté.

— Je pense malgré tout qu'il vaut mieux pour les enfants que je ne cherche pas trop à me protéger, objecta Janya. Ils ont besoin de savoir que quelqu'un les aime maintenant que leurs parents ne sont plus là.

Wanda ne discuta pas — visiblement, le respect était réciproque.

— Vijay est au courant ?

Janya haussa les épaules avec grâce.

— Je le lui ai dit, mais il y a une différence entre ce qu'il sait et ce qu'il comprend. L'assistante sociale, Mlle Crede, m'a promis de prendre rendez-vous pour lui chez une psychologue spécialiste de l'enfance. Ça l'aidera peut-être.

Maggie se réjouissait que Janya la tienne au courant des derniers développements de l'affaire en même temps que sa mère. Toutefois, elle ne pouvait se défendre d'un certain étonnement à voir que la jeune femme s'attachait ainsi à l'inclure dans sa vie.

— Je ne suis pas seulement venue vous donner des nouvelles, je viens également solliciter ton aide, Maggie... Rishi et moi pensons que la police de Miami commet une grave erreur. Nous ne connaissions pas très bien les Dutta, mais nous sommes tous deux certains que Harit n'aurait jamais pu assassiner Kanira.

Maggie écouta Janya lui exposer les raisons qui les avaient conduits à cette conclusion. Ses années d'expérience dans la police lui avaient appris que le meurtre est une chose difficile à accepter pour l'entourage du meurtrier. Il arrivait que certaines personnes tout à fait calmes et équilibrées s'emparent d'une arme et s'en servent sous le coup d'une soudaine colère. Rien dans leur parcours n'indiquait qu'elles aient pu ne serait-ce qu'envisager un tel acte. Et pourtant... Elle-même se rappelait avoir enquêté sur un cas bouleversant : une mère dévouée avait tué son fils handicapé dans son sommeil avant de retourner le pistolet contre elle. Le garçon incarnait de façon emblématique le combat contre le mal dont il souffrait et à partir de son cas, sa mère avait réussi à lever un demi-million de dollars de fonds pour la recherche. Personne n'arrivait à croire qu'elle ait pu l'assassiner ; mais il n'y avait aucune autre explication possible. L'état de son enfant déclinait sans qu'il y ait d'espoir de stopper le processus. Dans son esprit, abréger la vie de son fils avant que ses souffrances n'empirent représentait un ultime acte d'amour maternel.

— J'ai appelé ton père, dit encore Janya. Il m'a dit que des policiers de Miami enquêtaient sur les deux décès, mais d'après lui, leur opinion est faite. Je suis persuadée qu'il y a une autre explication, mais j'ai peur qu'ils classent le dossier avant de la trouver.

— Ce sont de bons policiers, essaya de la rassurer Maggie. Ils ne se précipiteront pas sur la solution de facilité. S'ils optent pour un cas de drame conjugal, c'est qu'ils auront toutes les preuves pour étayer cette conclusion. Ils traiteront ces décès avec sérieux et respect.

— C'était ton commissariat ?

Maggie acquiesça d'un signe de tête.

— Tu as gardé des contacts là-bas ? Je sais que c'est beaucoup te demander, mais pourrais-tu te renseigner un peu ? Pourrais-tu leur dire que nous aimerions leur parler ? Que nous connaissions les Dutta et que nous sommes certains que Harit n'aurait jamais touché à une arme ?

Maggie débattit intérieurement. Janya lui était sympathique et elle savait que Rishi et elle s'engageaient dans un parcours difficile. S'occuper de très jeunes enfants devenus récemment orphelins sous la surveillance d'une assistante sociale, suivre des cours pour être habilités à être parents d'accueil, patienter dans l'attente de savoir qui obtiendrait la garde définitive des enfants, puis devoir peut-être les envoyer dans un pays lointain — même si la situation des deux familles en Inde était rien moins qu'idéale —, tout cela n'avait rien d'une sinécure. En comparaison, demander à de vieux amis de se renseigner sur le déroulement de l'enquête en cours paraissait tout à fait à sa portée. Certains d'eux la tenaient à distance, inquiets que le fait de continuer à la fréquenter puisse nuire à leur propre situation professionnelle.

Mais pas Felo.

— Laisse-moi le temps d'y réfléchir. Je ne sais pas trop ce que je peux faire, mais je peux toujours essayer…

— C'est tout ce que je te demande, répondit Janya d'un ton grave. Cela soulagera mon mari de savoir que quelqu'un prend notre avis en considération.

Wanda donna à Janya l'ambroisie et les cookies et Maggie les laissa quelques minutes pour aller vérifier la cuisson des tartes. Lorsqu'elle revint dans le magasin, Janya était partie.

— C'est vrai que tu vas suivre l'enquête ? lui demanda sa mère.

— Je pense que oui.

— Et c'est à Felo que tu vas demander les infos ?

— Je pense que oui.

— Ma foi, ça s'annonce intéressant…

Maggie attendit la suite — inévitable, selon elle. Mais sa mère se contenta de hocher la tête, preuve qu'elle ne la connaissait pas aussi bien qu'elle le croyait ou bien que Wanda avait changé.

Après cet échange énigmatique, elles reprirent leur travail en silence. Maggie nettoya la cuisine le temps que les tartes finissent de cuire, puis elle les sortit du four. Pendant qu'elles refroidissaient, elle passa une commande pour le lendemain auprès d'un fournisseur. Il était presque 16 heures lorsqu'elle quitta le magasin pour faire une livraison, puis elle franchit le pont, rentra chez elle, prit une douche et se changea.

Elle renonça finalement au jean. Comme il faisait chaud, elle opta à la place pour un pantacourt couleur bronze avec un revers au bas et un haut chocolat qui lui dénudait à peine assez de ventre pour mériter son qualificatif de « court ». Elle rassembla ses cheveux en queue-de-cheval et orna ses oreilles de créoles en or. Elle ne comptait pas faire davantage d'efforts de toilette.

Blake l'attendait déjà lorsqu'elle arriva au restaurant. Comme il le lui avait annoncé, l'endroit était une gargote, mais de bonne réputation apparemment : les gens s'y pressaient pour manger, toutes les tables étaient occupées. Dean Martin — un des chanteurs préférés de sa mère — susurrait *That's amore* par le truchement des enceintes installées aux quatre coins du local et des relents d'ail flottaient dans l'air à la manière d'une présence fantomatique.

Blake l'embrassa sur la joue et tira un siège à elle. Elle nota au passage qu'il avait adopté le même code vestimentaire décontracté qu'elle : jean et simple veste de sport.

— C'est encore mieux que ce que vous m'aviez promis, dit-elle.

— Nous avons même une tache en forme de l'Etat du Texas sur la nappe ! Une tache très ancienne, qui plus est.

— Mais elle a été lavée entre-temps.

— Plus d'un million de fois, dirais-je. J'ai commandé une fiasque de chianti, mais ne vous croyez pas obligée de le boire. L'autre option, c'est du chardonnay. Tout ici est censé plaire au plus grand nombre.

— Les décisions les plus simples sont souvent les meilleures. Elles évitent les pertes de temps.

— Vous êtes toujours partante pour les calamars ? Je peux

les commander pendant que vous consulterez le menu. A moins que vous ne préfériez que je vous récite la carte par cœur ? J'en ai pour moins de deux secondes. Spaghettis aux moules, aux palourdes ou à la sauce alfredo. Les boulettes de viande ou les chipolatas sont en supplément, tout comme les champignons. Idem pour les rigatonis. Les lasagnes sont servies avec ou sans bœuf haché. Idem pour les cannellonis. Les salades sont vertes et vous avez le choix entre une vinaigrette à la crème ou une vinaigrette italienne classique.

— J'en ai la tête qui tourne ! Vous, qu'est-ce que vous prenez ?

La serveuse, une jeune femme brune aux gestes vifs, juchée sur des talons vertigineux, arriva avec le chianti et deux verres. Blake commanda des calamars et du pain à l'ail, et comme Maggie n'avait pas d'envie particulière, ils choisirent des cannellonis sans viande et une salade accompagnée d'une vinaigrette classique.

— Mais après les calamars, précisa Blake à la serveuse.

Celle-ci le gratifia d'un sourire éblouissant, ce dont Blake devait avoir l'habitude de la part de jolies femmes inconnues. Exactement comme Felo.

Blake servit le vin et ils trinquèrent, puis la conversation roula sur tout et rien jusqu'à l'arrivée des calamars, présentés sur une grande assiette et servis avec une sauce marinière et une sauce à l'aïoli. A la première bouchée, Maggie fut conquise. A la seconde, elle se surprit à penser que Felo adorerait ce petit restaurant sans prétention.

— Je suppose que tout s'est bien passé avec votre ex-petit ami, quand je vous ai laissée devant chez vous, l'autre soir ? demanda Blake. Vous êtes en un seul morceau. Vous n'avez pas l'air d'avoir souffert.

— Je devrais ?

— Je ne sais pas. Les flics ont la réputation d'être aussi capables de troubler la paix que de la faire régner.

— Les flics sont comme tout le monde, sauf qu'ils sont soumis à davantage de tentations.

— Vous ne pensez pas que cette profession attire plus qu'une autre des psychopathes en herbe qui, sous couvert de l'uniforme, voient peut-être là l'occasion d'assouvir leurs fantasmes violents ?

— Non, quoiqu'il y ait des exceptions.

— J'imagine que vous en connaissez beaucoup. Des flics, je veux dire.

— Qu'est-ce qui vous fait supposer ça ?

Il lui passa la sauce marinière afin qu'elle n'ait pas à tendre la main par-dessus son assiette.

— Ma foi, si c'était sérieux avec le flic qui poireautait sur votre perron l'autre soir, j'imagine que vous devez connaître ses amis…

Maggie hésita, puis se dit que le moment était venu de mettre cartes sur table. Se taire plus longtemps pourrait donner à Blake l'impression qu'elle cachait quelque chose de honteux.

— Il n'était pas le seul flic à la maison. J'étais moi-même inspecteur de police.

— Vous m'en direz tant…

— Mon père est flic, lui aussi. C'est une véritable épidémie, vous voyez…

— Qu'est-ce qui s'est passé pour que vous ne le soyez plus ? Le ras-le-bol de la routine ? Du danger ? De la paperasse ?

— La paperasse m'a toujours ennuyée, c'est un fait, mais ce n'est pas la raison. J'en ai eu assez de bosser comme une dingue, de bien faire mon boulot, tout ça pour qu'un procureur pourri refuse sans raison valable les preuves que je lui apportais dans le cadre d'une affaire importante. J'ai donné ma démission au beau milieu d'une conférence de presse. J'ai rendu mon arme et mon insigne, et abandonné tout espoir de jamais retravailler dans ce commissariat — ni dans un autre, probablement.

— C'est donc à cause de cette démission que vous êtes ici ?

— Oui, et aussi pour essayer d'empêcher ma mère de se tuer à la tâche avant ses soixante ans. D'ici que je m'en aille, elle aura dégoté une employée fiable et développé une clientèle solide. Du moins je l'espère. Elle pourra alors se concentrer sur l'aspect fabrication de son activité, ce qu'elle préfère…

— Passer du stress de la vie de flic à la vente de tartes... ça ne doit pas être évident.

— Une grande partie de mon travail de policier était ennuyeuse. C'est pareil dans tous les métiers, j'imagine.

— Pour ma part, j'adore le mien, dans tous ses domaines.

Maggie le considéra attentivement. La première fois qu'elle l'avait vu, au centre de loisirs, elle lui avait trouvé un air de surfeur californien. Ce soir, il ressemblait davantage au diplômé de l'Ivy League qu'il était sans doute. Ses traits étaient presque classiques, bien que son nez fût légèrement retroussé. Il avait des yeux bleu pâle, un tantinet trop rapprochés et frangés de cils sombres. L'un dans l'autre, l'effet était attendrissant, comme si quelqu'un, là-haut, avait tenté d'adoucir l'excès de perfection de son visage.

— Que préférez-vous dans votre métier ? lui demanda-t-elle.

— Superviser un projet du début jusqu'à la fin — cet instant magique où tout s'assemble avec succès.

— Et ça vous est souvent arrivé ? Vous n'avez pas l'air très âgé.

— Mon équipe se compose de la fine fleur de Cardrake. Au départ, il s'agissait d'une entreprise assez conventionnelle qui construisait des routes, toutes sortes de ponts et s'occupait de viabiliser des sites. Ce qu'elle fait toujours. C'est l'une des plus grandes entreprises de la côte Est dans le domaine du bâtiment public. Quand on leur a reproché leur manque de conscience écologique, ses dirigeants ont cherché des jeunes talents dotés d'un bagage environnemental et, depuis, rien n'a plus jamais été pareil.

— Et vous faites partie de ces jeunes talents, je suppose ?

— J'étais diplômé en génie civil et en ingénierie de l'environnement ; en prime, j'avais autant d'expérience qu'il était possible d'en avoir à mon âge. Mais ce pont reliant Palmetto Grove Key au continent représente le premier projet dont je suis entièrement responsable. Bien entendu, je prends constamment conseil auprès de spécialistes et j'envoie des rapports à toute une armée de personnes, mais ça reste mon bébé.

Dans le domaine des ponts, celui-ci devait compter parmi

les plus petits construits par Cardrake, mais si tout se passait bien ce projet serait le clou du CV de Blake qui, à partir de là, serait rapidement promu à de plus hautes sphères.

— Ils doivent penser beaucoup de bien de votre travail pour vous confier ce genre de responsabilités.

— Je… nous avons fait nos preuves en réparant le pont actuel à un coût inférieur à celui du devis proposé. Nous y sommes parvenus en associant les nouvelles technologies au bon sens à l'ancienne, mais la décision finale est revenue aux responsables financiers. Tout le monde aime faire des économies. La municipalité était si enthousiaste qu'elle a choisi Cardrake pour la construction du nouveau pont ; quant aux dirigeants de l'entreprise, ils étaient tellement contents de nous qu'ils nous ont demandé de concevoir l'ouvrage et de le construire.

— C'est agréable de voir quelqu'un d'aussi passionné par son travail.

— Ce n'est pas le cas chez les flics ?

— Si, à leur manière.

Ils attendirent que la serveuse ait emporté le plat de calamars, qui s'était vidé comme par magie, et apporté leur salade, pour reprendre leur conversation.

— Qu'est-ce qui vous plaisait dans le métier de flic ? Qu'est-ce qui vous a fait tenir jusqu'à ce que vous finissiez par jeter l'éponge ?

— Sans vouloir donner dans la langue de bois, j'aimais aider les gens. Directement, lorsque c'était possible. Mais la plupart du temps en mettant les méchants hors circuit pendant quelque temps, ce qui permet à la population de vivre plus tranquille.

— Est-ce que vous pensez toujours comme un flic ?

Maggie songea au couple indien qui avait trouvé la mort à Miami, dans ce motel sordide, et à sa curiosité face au scénario que Janya et sa mère lui avaient décrit. C'était une réponse…

— Il me semble, oui, dit-elle.

Et elle se retrouva à lui parler de l'affaire.

— Il y a eu un drame conjugal la semaine dernière à Miami

— un meurtre suivi d'un suicide. Certains éléments ne collent pas et une amie du couple m'a demandé de mener ma petite enquête.

— En quoi ça l'intéresse ?

— Les gens en question vivaient à Palmetto Grove. Et leur amie est en fait ma voisine. Elle gardait leurs enfants…

Blake l'écouta relater le peu qu'elle savait de l'affaire. Il ponctuait son récit de hochements de tête attristés. Ses yeux bleus exprimaient de la compassion et Maggie se demanda s'il était du genre à regarder des films à l'eau de rose et à verser une larme quand la scène l'exigeait.

— C'est une histoire épouvantable, conclut-il lorsqu'elle eut fini. Que vont devenir ces enfants ?

Elle lui expliqua l'accord passé avec les services sociaux, ce qui parut le soulager.

— Au moins quelqu'un s'occupe d'eux. Et vous, donc, quelle va être votre prochaine démarche ?

— Il me reste des amis dans la police. Je vais aller à la pêche aux informations.

— Autrement dit, vous pensez que les soupçons de vos voisins sont plus ou moins fondés ?

— Pour être franche, c'est peu probable. Il arrive qu'on fasse des erreurs mais en général, les enquêtes sont menées de façon minutieuse, et cette affaire m'a tout l'air d'être bouclée. On croit souvent connaître quelqu'un mais à l'arrivée, il s'avère que la personne en question est complètement différente de l'opinion qu'on en avait.

Blake hocha la tête d'un air solennel.

— C'est vrai…

Leurs assiettes arrivèrent, remplies à ras bord de cannellonis.

— Mais oublions ces meurtres. Parlons plutôt de votre incroyable capacité à dénicher de fantastiques restaurants…

Blake sourit et prit sa main dans la sienne.

— Je dois dire qu'on ne s'ennuie pas en votre compagnie, Maggie. Et vous pouvez parler de tout ce que vous voulez. C'était une conversation passionnante, bien plus intéressante que de savoir où vous achetez vos vêtements ou le titre du dernier film que vous avez vu. Vous me tiendrez au courant, pour l'enquête ?

— Oups… j'avais oublié à quel point ça pouvait être rasoir de sortir avec un homme. Vous êtes toujours aussi pénible ?

— Pire encore. Mais pas ce soir.

Blake relâcha sa main, et Maggie prit conscience qu'elle était heureuse d'être là avec lui, parmi les rires et les bavardages d'inconnus penchés sur des assiettes de moules marinières et buvant des bouteilles de vin bon marché. Le passé ? Mieux valait l'oublier. L'avenir ? Un énorme point d'interrogation. Mais finalement tout cela importait peu : pour l'heure, le présent lui convenait à merveille.

13

Le jour du vingt et unième anniversaire de Maggie, Wanda s'était promis de ne plus intervenir dans la vie de sa fille. Plus facile à dire qu'à faire cependant, et elle y travaillait encore dix ans après, comme à l'une de ces élégantes nappes qu'Alice mettait une éternité à réaliser au crochet.

Comme par exemple en ce mardi, premier jour de leur semaine au magasin, alors que Maggie passait un coup de fil à son ex. Son téléphone portable lui faisait des misères — une histoire de batterie qui ne tenait pas la charge — et, comme elle ne s'était pas donné la peine de demander l'installation d'une ligne fixe à Happiness Key, elle téléphonait donc à Felo depuis la cuisine des *Merveilleuses Tartes de Wanda*, pour lui demander de se renseigner au sujet du meurtre des Dutta.

C'était en tout cas la déduction à laquelle Wanda était arrivée en tendant l'oreille prudemment. Très prudemment.

Cinq minutes s'écoulèrent et Maggie passa dans le magasin où Wanda terminait les derniers agencements en vitrine avant l'ouverture et l'accueil des premiers clients.

— Je n'ai pas pu m'empêcher d'entendre…

— Ça ne m'étonne pas. Tu étais postée dans l'encadrement de la porte !

— Pas du tout ! se défendit Wanda. Pas si près, en tout cas, et puis le local est petit, ne l'oublie pas.

— Alors pour ta gouverne, et pour que tu ne combles pas les trous de la conversation avec des renseignements erronés…

— Pour *ta* gouverne, je te rappelle, moi, que j'ai passé des dizaines d'années sur mes pattes à servir des crevettes et des beignets de maïs pour pouvoir t'envoyer à la fac, histoire que tu en rapportes des mots comme « erroné »...

— J'ai fait tout ce que je pouvais d'ici pour en apprendre plus sur la mort des Dutta, poursuivit Maggie, ignorant cette allusion destinée à la faire culpabiliser, bien qu'elle ne comprît pas les intentions de sa mère sur ce point, mais je n'ai rien découvert de bien utile. Et, comme je ne voyais pas d'autre moyen de glaner des infos plus consistantes, j'ai demandé à Felo de me donner un coup de main. Il est au courant de l'affaire. C'était dans tous les journaux locaux et Felo est toujours à la Criminelle.

— Il n'est pas sur le coup ?

— Non, c'est un flic d'un secteur plus proche du motel qui a été chargé de l'enquête, chose que je savais déjà. Mais Felo m'a promis qu'il irait fouiner.

Elle marqua une pause et poursuivit :

— Moyennant une petite compensation...

Wanda se hérissa aussitôt.

— Mais pour qui il se prend, ce type ? Tu lui demandes un service, il te le rend, point ! C'est quoi, son problème ? Il est trop furax contre toi pour te filer un coup de main, c'est ça ?

— Il veut me préparer un petit déjeuner ce week-end.

— Ça, c'est ce que j'appelle une compensation..., concéda Wanda.

Un homme qui savait cuisiner et qui aimait ça, par-dessus le marché... Pour sûr, ce n'était pas quelqu'un qu'on laissait partir de gaieté de cœur.

— Dire que quand ton père fait frire un œuf, on pourrait s'en servir de palet de hockey ! soupira-t-elle. Felo veut cuisiner pour toi, alors ?

— Il sera là dimanche matin.

Wanda perçut une certaine ambivalence dans l'intonation de sa fille.

— Tu le regrettes ?

Maggie haussa les épaules.

— Durant toute notre conversation, je me suis demandé

si je l'avais appelé pour venir en aide à Janya et Rishi ou s'il s'agissait simplement d'un prétexte pour lui parler. C'est dur, comme situation… Nous avons vécu longtemps ensemble. Il était tout pour moi.

Wanda n'en croyait pas ses oreilles. C'était bien sa Maggie qui parlait ? Sa Maggie qui n'avait pas versé une larme à la mort de sa grand-mère adorée, sauf dans l'intimité de sa chambre ? Elle n'avait que dix ans à l'époque, mais elle avait déjà décidé que les émotions étaient une affaire privée — si tant est qu'on en admît l'existence.

— Je sais que c'est dur, ma chérie. Ton père et moi, on est passés par une période difficile quand il a tué ce dealer, dans le commissariat où il travaillait avant. Il ne parlait plus, ne s'intéressait plus à rien, et surtout pas à moi. On s'en est finalement sortis, mais comment on a réussi à redresser la barre, ça, je serais bien embêtée pour te le dire.

— Je ne sais pas si c'est encore possible pour Felo et moi, de redresser la barre.

— Ma foi, le temps que tu trouves la réponse, tu pourras toujours te régaler de ses bons petits plats dimanche prochain.

Maggie esquissa un sourire.

— Ce n'est pas mal comme conseil.

— Tu ne pensais pas que je pouvais être aussi avisée, pas vrai ?

— Parce que tu t'imagines que je vais te répondre ?

Maggie s'éclipsa de nouveau dans la cuisine et Wanda, un sourire aux lèvres, termina de disposer ses tartes et de rédiger la sélection du jour sur le tableau noir.

Le magasin n'était ouvert que depuis un quart d'heure quand les premiers clients franchirent le seuil. En les reconnaissant, Wanda resta paralysée sur place l'espace de quelques secondes. Puis elle crut qu'elle allait s'évanouir, comme les frêles héroïnes de ses chers romans de pirates.

Elle n'avait rien d'une frêle héroïne, pourtant, mais l'un des hommes qui venaient d'entrer, en revanche, avait incontestablement joué le capitaine des pirates Pierce Arrowhart, héros du film *Sous un ciel d'azur*, un navet d'une telle nullité qu'il était sorti directement en DVD, mais quelle importance ? Elle l'avait acheté en trois exemplaires, de peur d'user le disque et de ne plus jamais pouvoir le remplacer.

— Derek Forbes ! souffla-t-elle, surprise qu'un son puisse encore sortir de sa gorge.

— Vous devez être Wanda ?

L'acteur s'avança vers elle, la main tendue, tandis que Larry Bly pointait son nez en lame de couteau vers le plafond, comme pour capturer les effluves des tartes en train de cuire à l'arrière. Wanda tendit une main tremblante.

— Derek Forbes, répéta-t-elle sans qu'aucune autre phrase ne lui vienne à l'esprit.

— Ne vous inquiétez pas, j'ai l'habitude, lui répondit-il avec un sourire remarquable.

Il était un peu plus âgé qu'elle ; son front commençait à se dégarnir et quelques fils d'argent parsemaient ses cheveux, nota Wanda, sans qu'il cherchât à dissimuler ni l'un ni l'autre. Sa peau, tannée comme s'il avait passé toute sa vie au soleil, faisait admirablement ressortir ses yeux d'un vert profond, des yeux qu'on avait si souvent comparés à des émeraudes que les voir en vrai aurait dû la décevoir. Mais non. Chez lui, tout n'était qu'angles, méplats accusés et muscles toniques. Et même s'il était un peu plus petit qu'il semblait l'être à l'écran, il la dominait quand même d'une demi-tête.

— Excusez-moi, finit-elle par dire, songeant soudain à sa propre apparence. Si j'avais su que vous viendriez aujourd'hui, j'aurais prévu une petite préparation. Un ravalement de façade. Une manucure…

Elle s'éventa de la main.

Derek se mit à rire.

— Je vous trouve très bien comme ça ! Une bonne pâtissière est toujours séduisante aux yeux d'un homme.

— Je suis donc à égalité avec Liz, Demi ou Meryl ?

Il la gratifia d'un clin d'œil égrillard.

— Je pourrais vous en raconter de belles sur ces trois-là…

Wanda aurait bien voulu se pincer, mais elle n'était pas certaine d'avoir retrouvé une coordination suffisante pour ce faire.

— Nous venons de mettre les tartes du jour en vitrine. Je suis sûre que vous aimeriez en goûter quelques échantillons.

— Comme d'autres rêvent d'une bière fraîche et d'une femme consentante…

— La première, je peux vous la servir illico, quant à la seconde, c'est quand vous voulez.

Quand Derek Forbes souriait, ses yeux se plissaient de pattes-d'oie. Son regard semblait tout à fait sincère, comme s'il s'amusait franchement.

— Je parie que vous êtes mariée à un type bien. Vous le méritez.

— Bien vu dans les deux cas.

Il s'avança pour étudier le tableau noir accroché au-dessus du comptoir.

— C'est la sélection du jour ?

— Les tartes déjà prêtes, oui… Dès que mon fournisseur m'aura livré un supplément de noix de coco, nous y ajouterons la *Pina colada* et la *Surprise d'Elvis* si besoin, en cas de forte affluence dans la matinée.

— La *Surprise d'Elvis* ?

— Eclats de nougatine à la cacahuète, banane et pépites de chocolat. En hommage au sandwich préféré du King. C'est l'une de mes spécialités.

— Vous m'en feriez une, un de ces jours ?

— Plutôt deux fois qu'une !

Ayant recouvré l'usage de ses jambes et de son franc-parler, Wanda passa derrière le comptoir, sortit les tartes destinées à être vendues à la part et entreprit d'en couper de petits morceaux. Elle en choisit trois : une tarte moka/noix de pécan, une mousseline citron/myrtille — la nouveauté du jour — et un crumble aux framboises. Toutes étaient des créations plus ou moins récentes, produits de son éternelle quête de LA tarte parfaite, et sans être le Saint-Graal de la pâtisserie, elles étaient, selon ses critères exigeants, honorables.

— Vous voulez un café pour aller avec ? demanda-t-elle en s'adressant aux deux hommes, bien que Larry n'eût pas encore ouvert la bouche. Du lait ? Un soda ? Quoique, personnellement, j'évite d'associer des goûts qui rivalisent avec mes tartes.

— Non, non, de la tarte, c'est tout, répondit Derek en s'asseyant au comptoir sur le premier tabouret rouge de la rangée. Avec un verre d'eau peut-être ?

Larry opina du chef.

Une fois les deux hommes servis, Wanda passa un instant dans la cuisine et agrippa sa fille par l'épaule. Le mixeur était en marche : Maggie confectionnait de la crème fouettée.

— Tu sais qui est dans le magasin ?

— Je m'en doute.

— Viens tout de suite avec moi ! J'ai besoin que tu me rattrapes au vol si jamais je tombe dans les pommes !

— Maman, je ne peux pas laisser ma crème fouettée en plan !

— Toi alors, t'es vraiment un cas !

Wanda s'empara de deux verres parmi ceux qu'elle réservait aux dégustations privées et les remplit de glaçons, puis d'eau minérale. Elle repartit dans le magasin et posa les verres devant les deux hommes.

— Nous sommes au septième ciel…, annonça Derek. Je n'ai jamais rien mangé d'aussi bon que cette tarte au citron !

— Vrai ? Je suis contente qu'elle vous plaise. C'est ma toute nouvelle recette et j'avais des doutes au sujet des myrtilles.

— Vous avez essayé de faire la même avec des framboises ?

Rien n'est plus facile que de parler pâtisserie et échanger des recettes. En temps de guerre, il faudrait pouvoir servir des tartes aux belligérants après avoir réussi à les faire asseoir à la table des négociations. Le monde ne s'en porterait que mieux.

Lancée sur sa marotte, Wanda s'enthousiasmait peu à peu.

— Ce qui m'intéresse, dans les myrtilles, c'est le contraste entre leur douceur et l'acidité du citron. Vous savez, il faut qu'elles aient atteint un degré parfait de maturité — moelleuses mais pas en bouillie. Je testerai les baies qui conviennent le mieux en fonction de ce que je trouverai sur le marché. De toute façon, je procède toujours comme ça : je n'utilise que des fruits d'une fraîcheur irréprochable.

De toute évidence, son visiteur était passionné par le sujet. A sa place, la plupart des hommes l'auraient écoutée le regard vide et le front plissé. Mais pas Derek Forbes. Son amour pour les tartes égalait le sien.

Au bout de dix minutes de conversation, ils avaient à peine effleuré ce vaste thème et elle leur avait servi d'autres échantillons de ce qu'elle avait à proposer ce jour-là. Larry Bly semblait un peu barbouillé, mais Derek Forbes était dans son élément. Il mangeait lentement, dégustant la moindre miette.

— Accepteriez-vous de venir chez moi ? lui demanda-t-il, quand la plupart des hommes auraient gémi devant un tel excédent de calories. J'aimerais vous voir en action.

C'était le genre d'envie que toute femme rêvait d'inspirer, mais Wanda savait que Derek faisait allusion à ses tartes et cela suffisait à son bonheur.

— Quand vous voudrez. Vous êtes logés chez les Statler à ce qu'il paraît ? Je connais la cuisine, j'y suis déjà allée et je donnerais volontiers mon appendice ou un de mes orteils pour y retourner.

— Marché conclu, alors !

Il se leva en prenant appui sur le comptoir.

— Wanda, ça fait bien longtemps que je n'ai pas passé une matinée aussi agréable que celle-ci. Ces tartes vont m'occuper l'esprit toute la journée… D'ailleurs, nous allons vous en prendre quatre sur-le-champ.

Wanda les leur emballa dans des boîtes en carton qu'elle confia à Larry Bly. Tandis que celui-ci fouillait sa poche à la recherche de son portefeuille, Derek Forbes fit le tour du comptoir pour lui donner l'accolade.

— Et n'oubliez pas, hein ? Nous avons rendez-vous, tous les deux.

Il l'embrassa sur la joue, puis les deux hommes s'en allèrent.

— Ai-je bien entendu ? lança Maggie depuis le seuil de la

cuisine. Un rendez-vous avec le séduisant Derek ? Qu'est-ce que tu vas raconter à papa ?

Wanda se laissa choir sur la chaise la plus proche.

— Appelle-le donc et dis-lui qu'il va pouvoir enfin mettre en pratique ses cours de secourisme !

Quand Tracy avait accepté de servir de mère à Olivia lors du traditionnel match de softball mères/filles du collège, elle s'était inquiétée de l'état dans lequel elle serait. Toutefois, le jour venu, ce n'était plus de l'inquiétude mais de la résignation. Ses nausées commençaient à s'estomper, mais au profit d'une espèce de léthargie. Avant d'être enceinte, elle avait pour habitude de ne pas quitter le centre avant qu'ait été sifflée la fin du tout dernier match. De même, elle attendait pour rentrer chez elle que le dernier membre de la dernière équipe de natation ait été récupéré par ses parents, grelottant et la pulpe des doigts flétrie. A présent, dès 16 heures, elle se sentait épuisée, incapable de tenir debout ou de penser correctement.

— Je pourrais prendre ta place, lui proposa Janya. Je me débrouille au cricket et Rishi m'a expliqué le base-ball. Je sais reconnaître un essai…

— Merci, mais ça ne suffira pas, Janya.

Tracy laçait ses baskets les plus solides. Elle possédait des chaussures à crampons, mais les porter n'aurait pas été fair-play vis-à-vis des autres mères qui étaient sans doute incapables d'attraper la balle, même avec des gants à radar intégré. Enfin, elle avait le handicap d'être enceinte, cela rétablirait l'équilibre.

Elle se redressa et s'étira, les mains nouées sur la tête.

— De plus, tu as suffisamment à faire de ton côté. Je préfère me faire botter les fesses sur le terrain que de torcher celles de quelqu'un d'autre dans les gradins.

— Tu te débrouilles de mieux en mieux pour changer Lily.

Elle veillait à passer chez Janya aussi souvent que possible, faisait sauter Lily sur ses genoux, apportait de menus présents aux petits ainsi qu'à leur nouvelle maman rongée d'inquiétude.

Et surtout, elle offrait à Janya une oreille compatissante ; la jeune femme en avait bien besoin !

L'idée ne l'avait jamais frappée jusque-là mais elles avaient toutes deux plus de choses en commun que d'habitude. Elle maternait Olivia tandis que Janya s'occupait de Vijay et de Lily. Toutes deux payaient de leur personne pour élever les enfants des autres. Tracy renchérit intérieurement : elle payait même de sa personne en jouant au softball. Au moins pouvait-elle se targuer d'avoir la mentalité d'une professionnelle des loisirs…

— Tu ne crains pas que ce soit dangereux de courir et de lancer la balle, dans ton état ? s'inquiéta Janya.

— J'ai posé la question à mon obstétricienne. D'après elle, je peux tout faire à condition de ne pas me surmener.

Tracy se mit debout et tenta de mobiliser toute son énergie. Rishi avait emmené les enfants au bac à sable. En dépit du tourbillon d'agitation et de tristesse qui frappait leur foyer, les Kapur n'avaient pas voulu manquer l'occasion d'applaudir Olivia. Ils espéraient aussi qu'assister au match remonterait le moral de Vijay qui s'exprimait encore moins qu'avant et dont la première consultation chez la psychologue pour enfants s'était conclue sur une énorme colère.

En sortant chercher Rishi et les enfants pour se rendre au collège, elles passèrent devant le bureau de Tracy qui s'ornait d'un bouquet de roses et de petits iris violets.

— Ces fleurs sont ravissantes ! s'extasia Janya.

— Marsh…

— Le Marsh qui n'est ni romantique ni amoureux de toi ?

— Je n'ai jamais dit ça.

— Pas en ces termes, peut-être.

— Il s'est montré…

Tracy chercha la formulation adéquate.

— Attentionné. Gentil.

— Est-ce que ça t'aide ?

Peut-être, songea Tracy. Depuis le soir où il l'avait emmenée au *Baithouse Bistro*, Marsh ne lui avait plus suggéré aucun plan « marshien ». Plus de séance d'observation ornithologique, plus de randonnée, plus de camping ni de canoë. Ils ne s'étaient même pas enchaînés à un arbre en signe de protestation quelconque. Bien sûr, cela ne remontait qu'à un peu plus d'une semaine, mais c'était un signe encourageant. En même temps, elle regrettait vaguement qu'aucune activité un tant soit peu aventureuse ne figurât à leur programme dans un futur proche, et elle espérait qu'aucune femme musculeuse, coiffée comme un hérisson, nantie de vingt-deux anneaux à chaque oreille et de tablettes de chocolat en guise d'abdos n'allait attirer Marsh dans les marécages sous prétexte de lui faire voir des alligators albinos ou des tantales d'Amérique à double bec.

— Il a l'air de bien m'aimer… Cet après-midi, il vient avec Bay me voir jouer et ensuite, il nous concoctera un petit dîner chez lui. Simplement, je préférerais qu'il m'ait juré un amour éternel, offert un énorme solitaire et demandée en mariage à genoux.

— Tu l'épouserais ?

— Possible.

— Même sans le diamant ?

— Tu le connais bien, n'est-ce pas ? Il est vrai qu'avec lui, nous nous marierions sans doute pieds nus sur une plage après avoir tissé nous-mêmes nos alliances en feuilles de palmier nain, tandis qu'un chaman psalmodierait des slogans écologiques en swahili ou en sanskrit !

— J'ai étudié le sanskrit à l'école. Je dois me tenir prête ?

— Non, mais je compte sur toi pour nous dessiner au henné des motifs tarabiscotés sur tout le corps, autre symbole de notre union.

— Qu'est-ce que tu attends pour lui parler de l'enfant ?

— Dès que je ne pourrai plus boutonner le tout dernier pantalon que je me suis acheté, je ferai irruption au siège de Wild Florida et je balancerai à tous les employés que leur patron m'a séduite et abandonnée, enceinte et condamnée à porter du 42.

Une fois dehors, elles récupérèrent Rishi et les enfants, puis tous s'entassèrent dans la camionnette que Rishi avait empruntée à son entreprise, et ils parcoururent les deux kilomètres qui les séparaient du collège.

Comme ils se dirigeaient à pied vers le terrain de softball où un groupe de mères s'échauffait, Olivia vint à leur rencontre. Plusieurs filles se mirent à l'écart et se serrèrent entre elles en gloussant. L'une d'elles interpella Olivia qui feignit de ne pas l'entendre.

— Je suis super-contente que tu sois venue, Tracy !

Elle serra Tracy dans ses bras, puis Janya, ignorant toujours ses amies qui continuaient de la regarder.

— C'est trop cool !

— Ta grand-mère est déjà là ? Janya et sa petite bande peuvent aller lui tenir compagnie dans les gradins.

Olivia hésita une seconde de trop.

— Non.

Tracy comprit immédiatement ce que cela signifiait.

— Janya, va devant et installe-toi avec les petits. Fais signe à Marsh quand il arrivera. On se retrouve après le match…

— Tu n'as pas parlé du match à Alice, n'est-ce pas ? demanda-t-elle à la fillette quand Janya eut embarqué tout son petit monde.

Olivia prit un air coupable et hocha la tête.

— C'est juste que je ne voulais pas qu'elle culpabilise. A tous les coups, elle se serait fait des reproches, tu comprends ? Elle était invitée à un tournoi de Scrabble avec des amies, alors je lui ai dit que j'irais faire mes devoirs chez Jessie après les cours et que sa mère me reconduirait à la maison après dîner.

— Olivia, il y a au moins deux mensonges là-dedans !

— Pas tout à fait. J'irai vraiment chez Jessie après le match, et sa mère m'a dit qu'elle me ramènerait à la maison. J'ai juste pas parlé du match à Nana et je ne lui ai pas dit que tu me servais de mère remplaçante.

— Ma foi, si je joue le rôle de ta mère cet après-midi, il est de mon devoir de te rappeler que ce n'est pas bien d'inventer des histoires, même avec les meilleures intentions du monde.

— C'est pas des histoires, Tracy, et j'ai vraiment une bonne raison.

— Je comprends, Olivia. Mais le fait de ne pas être totalement sincère nous met toutes les deux dans une situation délicate. Imagine que par mégarde je fasse allusion au match devant Alice ?

— Tu es trop maligne pour ça…

Une fillette recommença à l'appeler — sans doute la Jessie en question. Olivia lui fit signe de la main.

— Faut que j'y aille. On va vous mettre une dérouillée !

Inquiète, Tracy la regarda partir en courant vers les autres filles. En surface, Olivia semblait pleine de sollicitude pour Alice, soucieuse de lui épargner de la tristesse, ce qui n'empêchait pas qu'elle fût probablement aussi un tantinet malhonnête. Quelle part exacte de sa décision était-elle liée à l'emploi du temps d'Alice ? Dans quelle mesure n'était-elle pas plutôt influencée par son envie d'avoir une mère jeune, comme toutes ses copines ?

Désemparée, Tracy traversa le terrain pour rejoindre le groupe de mamans occupées à se faire des passes. Elle n'était pas bien loin lorsqu'une balle siffla contre sa tête avant qu'elle ait eu le temps de se baisser pour l'éviter. Elle l'entendit claquer sur le cuir d'un gant, puis la balle repartit dans la direction inverse, la manquant de nouveau de peu.

— Alors quoi, je suis invisible ? cria-t-elle.

La dernière mère à avoir lancé, une femme de forte carrure aux cheveux blond-roux et aux cuisses larges comme des troncs d'arbre, lui jeta un regard fuyant.

— J'avais la situation bien en main.

Elle leva son gant et la balle vint de nouveau s'écraser dedans.

— Tu as déjà joué au softball ?

A quel point pouvait-elle se confier à ces femmes, se demanda Tracy. Seraient-elles intimidées par ses références ? Après tout, elle était animatrice en chef du complexe de loisirs, titulaire du diplôme en rapport et dotée de l'expérience requise à ce poste. Elle était de plus douée d'aptitudes athlétiques et avait toujours excellé dans tous les sports qu'elle avait pratiqués.

Contrairement à ces femmes, elle ne passait pas ses journées à organiser du covoiturage d'enfants, à confectionner des gâteaux pour la kermesse et à accompagner les sorties pédagogiques.

— Un peu, dit-elle modestement.

— Nous sommes relativement fortes, reprit la femme blonde. Nous jouons ensemble depuis des années. Ce match est une tradition. C'est qui ta fille ? Elle est nouvelle ?

— Olivia Symington.

— Tu pourrais peut-être jouer milieu de terrain… Glenda Spitz est joueuse de champ gauche. Si jamais tu rates la balle, elle saura l'attraper.

Tracy commençait à bouillir d'agacement.

— Je pensais que vous auriez peut-être besoin d'une lanceuse.

La femme se mit à rire.

— La lanceuse, c'est moi !

— Et tu comptes monopoliser ce poste pendant tout le match ?

La femme la considéra d'un air mauvais.

— Oui, à moins que quelqu'un veuille me remplacer. Mais cette personne-là a intérêt à savoir ce qu'elle fait.

Tracy leva la main, tout en enfilant son gant sur l'autre.

— Faisons un essai…

— Je ne voudrais pas te paraître inamicale, mais nous n'avons pas le temps de t'entraîner.

— Lance-moi la balle. Allez, exécution !

Elle s'avisa qu'elle avait parlé de la manière dont elle s'adressait à un gamin de sixième au centre aéré, mais à bien y réfléchir, y avait-il une grande différence ? Les attitudes machistes se retrouvent chez tout le monde, indépendamment du sexe, de l'âge et de la taille.

La femme haussa les épaules, regarda sa copine avec un large sourire, puis recula pour frapper la balle en direction de Tracy. Tracy ne se sentait plus du tout nauséeuse. Pas même fatiguée. L'énervement lui avait redonné du tonus. Quand la balle lui arriva dessus en sifflant, elle attendit la dernière seconde pour lever le gant. Puis elle se jeta dessus, l'attrapa avec aisance, pivota sur elle-même et la lança à l'autre femme qui faillit la manquer à cause de l'effet rotatif que Tracy lui avait imprimé.

— J'ai remarqué que tu décollais les deux pieds du sol au moment où tu frappes ta balle, fit-elle sur le ton de la conversation mondaine. Pour ton info, c'est interdit par le règlement. Tu dois garder au moins un orteil de ton pied pivot en contact avec le sol, sinon tu peux écoper d'une pénalité. Mais je peux corriger ton geste, si tu veux.

— C'est comment déjà ton nom ? demanda la femme.

— Tracy Deloche. Je suis animatrice en chef au complexe de loisirs.

La femme la fixa quelques secondes, puis son visage s'illumina d'un grand sourire.

— N'infligeons pas un score trop humiliant aux filles, d'accord ?

— Elles sont loin d'être mauvaises ! J'en ai moi-même entraîné certaines.

— Peut-être, mais est-ce que tu sais faire les cookies aux pépites de chocolat ?

— Non, sauf si on me colle un fusil sur la tempe.

La femme hocha la tête juste avant de frapper une nouvelle balle.

— Je crois qu'on va bien s'entendre toutes les deux…

Cette histoire de maternité s'annonçait peut-être plus agréable que prévu… La révélation était de taille et Tracy avait encore du mal à s'y faire mais, pour commencer, elle avait découvert qu'elle savait s'y prendre avec les bébés. Chaque fois qu'elle passait chez Janya, Lily battait des mains à sa vue et se mettait à crier « Tey-tey-tey » à tue-tête, ce qui pouvait signifier n'importe quoi mais qui ravissait Tracy. En fait, elle avait l'instinct maternel sans le savoir. Elle savait consoler la petite, l'amuser et même changer sa couche avec efficacité. Et maintenant, voilà que cette petite réunion sportive entre mères lui convenait fort bien. Il s'était avéré que l'équipe comprenait un certain nombre de sportives, quelques spécialistes des cookies maison mais aussi des bénévoles de l'école du dimanche. Tracy ne doutait plus de se faire des amies sur le terrain ; elle envisageait même de mettre sur pied un championnat de softball avec service de garderie.

Enfin, il y avait Olivia, folle de joie de l'avoir fait passer pour sa mère.

— Merci, maman ! lui avait-elle lancé après le match en la serrant très fort dans ses bras, et ce malgré la défaite de son équipe.

Visiblement, elle avait pardonné à Tracy de lui avoir infligé un retrait sur trois prises alors que c'était son tour de frapper. Mais, ayant ensuite joué un coup qui avait permis au batteur d'atteindre la troisième base, Olivia était au final très satisfaite de son match.

— Tu sembles heureuse, constata Marsh, sortant de la cuisine, les bras chargés d'un assortiment de bruschettas, quand elle arriva chez lui.

L'estomac de Tracy ne se décrocha pas à la seconde et les bruschettas avaient l'air délicieuses…

— J'étais en train de penser à Olivia…

Elle se retourna pour s'assurer que Bay n'était pas à portée de voix. Marsh lut dans ses pensées :

— Il est au téléphone, en haut.

— Elle m'a appelée maman. En plaisantant, bien sûr, mais ça m'a fait frissonner.

— Pourquoi, parce que tu ne souhaites pas en être une ?

Elle faillit éclater de rire.

— Non, je pensais plutôt au fait qu'elle a besoin d'une mère et que je lui ai servi de substitut. Elle adore aussi Janya, mais à mon avis, elle la considère plus comme une grande sœur. Moi, je suis dans l'âge de jouer le rôle. Je l'aurais eue à, voyons… vingt-trois ans… Ça n'aurait rien d'extraordinaire. Et je t'assure que je ne détonnais pas parmi les autres mères qui jouaient sur le terrain !

— Tu crois qu'elle te redemandera ce genre de service ?

Tracy en était persuadée. Elle avait observé Olivia tout l'après-midi : la petite rayonnait. Il n'y avait pas d'autre mot.

— Elle était drôlement contente de voir que tu étais venu, toi aussi. Qui sait ? Il lui arrivera peut-être aussi d'avoir besoin d'un substitut de père, de temps en temps. Tu serais partant ?

Marsh posa le plat de bruschettas devant elle.

— Je me doute que, après avoir passé l'après-midi à courir autour du terrain, tu préfères boire de l'eau glacée.

— Ce sera parfait, merci.

Il repartit en cuisine et revint avec une carafe et deux grands verres remplis de glaçons et de rondelles de citron.

— J'aime beaucoup Olivia, dit-il, et il se trouve que j'ai toujours voulu avoir une fille. Elle pourrait peut-être faire office de substitut pour moi ?

Tracy faillit lui avouer qu'il y avait cinquante pour cent de chances pour qu'elle porte la fille dont il avait tant rêvé. Mais elle n'était pas encore prête ; elle arrivait encore à boutonner quelques boutons de son pantalon.

Marsh lui tendit son verre.

— J'ai entendu dire beaucoup de bien de la pièce qui se joue en ce moment à l'auditorium municipal…

Là-dessus, il se mit à lui raconter l'intrigue, une histoire de famille dysfonctionnelle. Tracy s'efforçait à grand-peine de ne pas grimacer. Elle avait grandi dans la sienne propre, tout aussi dysfonctionnelle, et cela lui suffisait amplement : elle se passait fort bien d'une reprise de l'œuvre au théâtre.

— Intéressant, lâcha-t-elle cependant lorsqu'il eut fini.

— Je me suis dit que tu aimerais peut-être aller la voir. Je peux me procurer des billets…

Décidément, Marsh se mettait en quatre pour lui plaire ! Ne sachant quoi lui répondre, elle éluda par une question :

— J'ignorais que tu avais un tel goût pour le théâtre. Tu es fan d'art dramatique ?

— D'habitude non.

— Mais tu es attiré par cette pièce de toute évidence… Ces gens qui se déchirent sur scène, c'est vraiment ton truc ?

— D'habitude, non.

— Tu fais ça juste pour moi ?

Elle en roucoulait presque.

— Tu t'es dit que j'aimerais aller au théâtre, c'est ça ?

— Ça m'a traversé l'esprit, en effet.

— Ecoute, Marsh… J'adore le cinéma — après tout, regarde où j'ai grandi. Mais je ne suis pas une grande fan de théâtre, à moins que la pièce ne soit d'un registre plutôt léger. Cet aveu renforce-t-il ma réputation d'écervelée ?

— Non, il renforce mon désir de continuer à te voir.

« Continuer à te voir », la formulation était inattendue dans la bouche de Marsh qui n'y allait pas par quatre chemins d'habitude — déformation professionnelle —, mais c'était après tout une description comme une autre de leur relation. Eût-il ajouté « et de te passer la bague au doigt » que son bonheur aurait été complet.

— Bon, qu'est-ce que tu aimerais faire, alors ? lui demanda-t-il comme elle continuait à se taire. Ça te dirait qu'on planifie quelque chose pour vendredi soir ?

Elle était chiffonnée depuis quelques minutes, mais n'arrivait pas à nommer le malaise. Elle continua à garder le silence, titillant cette impression floue comme un chat joue avec la souris qu'il a acculée dans un coin. A ce moment-là, Bay descendit l'escalier en braillant, manifestant l'énergie intrépide qui était la sienne dans toutes ses activités. Il avait des problèmes de discipline, ses compétences sociales laissant encore à désirer, mais il était en progrès.

— Je peux aller au ciné avec Adam, vendredi soir, papa ? Tu pourras nous emmener ? Il pourra rester dormir à la maison ?

— J'ai bien peur que nous devions faire une croix sur notre petite soirée, Trace…, soupira Marsh.

Tracy s'efforçait toujours d'analyser ce qui la tracassait. Elle hocha distraitement la tête.

— Je viendrai ici, à moins que Bay ne souhaite pas ma présence parmi vous.

— Tu joueras à Guitar Hero avec nous ?

— Je te mettrai une déculottée, gamin !

Pendant qu'ils mangeaient leurs bruschettas, Bay accapara la conversation, leur racontant sa sortie pédagogique dans un centre de réhabilitation de la faune de Floride, puis ils allèrent tous trois s'installer dans la cuisine afin de déguster le succulent repas préparé par Marsh. Il avait fait griller du loup de mer pané avec des herbes, du citron et de l'ail, et le leur servit avec des pâtes nappées d'une sauce à la crème allégée, accompagnées d'un méli-mélo de légumes grillés.

Tracy se servit une portion raisonnable de tout.

— Il n'y a pas de vin ? s'enquit-elle, quand Marsh se pencha pour remplir son verre d'eau.

Elle n'en aurait pas bu, bien entendu, ayant projeté cette fois de plaider la déshydratation, mais l'occasion ne s'était pas encore présentée. Marsh, qui buvait toujours un verre de bière ou de vin au repas, semblait avoir décidé lui aussi de se mettre à l'eau pour la soirée.

Il hésita un instant. Juste un instant, mais, de même que dans l'après-midi elle avait correctement interprété l'hésitation d'Olivia comme une preuve de mauvaise conscience, elle devina que celle de Marsh trahissait un subterfuge : il était en train d'élaborer un prétexte.

— J'ai oublié de déboucher une bouteille. Qu'est-ce que tu aimerais boire ? Pour ma part, je n'en prendrai pas. La semaine a été rude…

Alors, elle sut.

Elle reposa sa fourchette.

— Marsh, je peux te parler un instant dans le séjour ?

Il eut l'air surpris.

— Ton poisson va refroidir.

Elle se leva et sortit de la cuisine, ne lui laissant d'autre choix que celui de la suivre.

Lorsqu'il l'eut rejointe, elle se rapprocha de lui le plus possible afin que Bay ne puisse pas entendre leur conversation.

— Tu sais !

Marsh feignit l'innocence.

— Je sais quoi ?

— Tu sais ! Qui te l'a dit ?

Comme il ne répondait pas, elle l'empoigna par sa chemise.

— C'est Wanda qui te l'a dit ?

Il cessa alors de jouer celui qui ne comprenait pas.

— Disons plutôt que je lui ai extorqué la vérité. J'ai déjà vécu aux côtés d'une femme enceinte, je te rappelle. Et je ne suis pas complètement idiot, même s'il a fallu quelque temps pour que le déclic se fasse. Il faut dire aussi qu'il ne m'était jamais venu à l'esprit que tu puisses me cacher une grossesse, le cas échant…

Elle le repoussa violemment.

— C'est pour ça que tu es si gentil avec moi ? C'était pour ça, la soirée au *Baithouse Bistro* ? Les fleurs ? Ta présence au match de softball ? Et ta proposition que je choisisse notre sortie de ce week-end ? Tu cherchais à m'amadouer pour que je crache le morceau !

— C'est aller un peu loin dans la simplification, Trace… Mais reprenons depuis le début… Ne parlons pas du monstre que je suis, celui qui se met en quatre pour te rendre heureuse. Parlons plutôt de la raison pour laquelle tu ne m'as rien dit.

Ils s'exprimaient à un niveau de décibels à peine supérieur à celui du murmure, mais Tracy ne voulait pas que Bay puisse saisir un mot de leur conversation. Aussi baissa-t-elle encore d'un ton.

— Parce que nous n'avions pas prévu d'avoir un enfant, que nous ne sommes pas mariés et que, pour autant que je sache, rien ne me dit que je ne suis pas pour toi qu'une passade. Cet enfant, lui, n'a rien d'une passade. Il est bien réel, et je veux être sûre de lui donner le meilleur départ dans la vie.

— En le privant de son père ?

Il lui jeta un regard noir.

— Quand comptais-tu me le dire ? Combien de temps pensais-tu encore pouvoir me cacher une telle chose ?

— J'attendais d'être prête, voilà !

— Ne t'imagine pas que je vais te laisser continuer à m'exclure de la vie de mon enfant. C'est mon bébé à moi aussi.

— O.K., c'est très clair, mais je te préviens, Marsh, si tu deviens trop possessif, je vendrai Happiness Key et je n'hésiterai pas une seconde à aller en justice !

Il parut choqué.

— Mais qu'est-ce que tu racontes ?

— Je veux garder cet enfant. Il n'était pas prévu au programme, mais je le veux. Je vais être une bonne mère pour lui, contrairement à certaine femme à laquelle tu as été marié. Tu peux jouer un rôle dans ma grossesse, O.K., mais ne va surtout pas croire que tu auras le moindre contrôle sur ce que je fais ni sur ma façon de le faire.

— Tu ne m'as toujours pas donné de raison valable pour m'avoir caché la vérité, Trace. Tu vas garder cet enfant, bon… Ce n'est donc pas parce que tu étais dans les affres de l'indécision… Wanda m'a dit que tu avais besoin d'être rassurée. Ce n'est que ça ?

Elle le fixa, incrédule. Une femme qui veut s'assurer de l'amour que lui porte le père de son enfant, pour lui, ce n'était donc « que ça » ? Une attitude inconséquente, hors de propos, digne de la petite écervelée qu'elle était. Ou encore digne d'une de ces lubies de femme enceinte débile et mal dans sa peau qui a besoin qu'on lui tienne sa petite main délicate… Lui, en revanche, ferait son devoir et serait un bon père. Il lui avait même déjà prouvé qu'à la rigueur, il pouvait envisager de prendre ses besoins en considération, en la choyant un peu. Vraiment, que demander de plus à un homme dont on va avoir un enfant ?

— Je rentre, dit-elle sèchement en cherchant des yeux son sac à main.

Elle en aperçut l'anse pointer derrière une ottomane et alla le récupérer.

— Ne fais pas ça, Trace. Terminons notre repas. Je coucherai Bay ensuite et nous pourrons discuter plus tranquillement de tout ça. Pour l'instant, nous sommes pris dans une tempête hormonale, mais nous devons faire preuve de bon sens.

Une tempête hormonale, maintenant ? Tracy fut traversée par l'envie de le gifler. Pour le coup, les hormones y étaient peut-être pour quelque chose…

— Tu aurais dû me dire que tu savais, lui reprocha-t-elle, au lieu de faire semblant d'avoir envie de me plaire !

— Et toi, tu aurais dû me dire que tu étais enceinte, point final !

Tracy secoua la tête, et se dirigea vers la porte tout en cherchant ses clés. Marsh la suivit dehors.

— Tracy, on ne peut pas en rester là. Il faut qu'on parle, lui dit-il tandis qu'elle ouvrait la portière de sa voiture. Tu t'en rends compte, n'est-ce pas ?

— J'ai besoin d'être seule quelque temps.

— Trace…

Il l'attrapa par le bras.

— Ça devrait être un moment heureux ! Moi aussi, je veux cet enfant, et si tu en doutes tu as tort. Tu sais à quel point j'aime mon fils. Eh bien, j'aimerai cet enfant tout autant.

Elle tenta d'inspirer profondément, de prendre les sentiments de Marsh en considération, de dépasser sa colère et son sentiment d'insécurité, mais ne parvint qu'à répéter :

— J'ai besoin d'être seule quelque temps.

Il n'insista pas, lui lâcha le bras et s'écarta de la voiture.

— Alors appelle-moi quand tu seras prête. Mais appelle-moi, d'accord ? S'il te plaît…

Elle se glissa sur le siège et inséra la clé dans le contact.

— Si tu m'appelles le premier et que tu commences à me harceler, je ne réponds plus de rien, Marsh. Je ne tolérerai pas qu'on me bouscule, ni qu'on m'inflige un nouveau sermon sur mes hormones ou mon manque de jugeote. Vu ?

Elle n'attendit pas d'avoir confirmation de sa part. Elle fit claquer sa portière, manœuvra et s'en alla sur les chapeaux de roues.

14

Le dimanche matin, Maggie se leva de bonne heure pour faire le ménage, tâche qu'elle expédiait toujours très rapidement compte tenu des dimensions réduites du pavillon. Elle se débarrassa de ses corvées sur un rythme latino diffusé par une de ses stations de radio préférées de Miami. Elle arrivait à la capter assez souvent — mais pas toujours — à condition de ne pas s'agacer des parasites qui en brouillaient de temps en temps la réception.

Le ménage accompli, elle prit une douche et se lava les cheveux qu'elle laissa sécher à l'air libre. Sitôt qu'elle se surprit à spéculer sur la tenue qu'elle allait mettre pour recevoir Felo, elle décida de s'habiller à la décrochez-moi-ça. Le principe en était simple : tendre la main dans la penderie et en sortir les premiers vêtements qui venaient. Elle ne voulait pas faire des effets de toilette, ou du moins ne voulait-elle pas que Felo s'imagine qu'elle s'était mise en frais pour lui, mais elle ne tenait pas non plus à le faire fuir, pas avant qu'il ne lui ait confié ce qu'il avait réussi à découvrir au sujet des Dutta. Par chance, elle ne fut pas obligée d'associer son corsaire fuchsia avec son chemisier rouge tomate. Un pantacourt beige et un sweat en coton turquoise sortirent vainqueurs de sa loterie vestimentaire.

En fond sonore, le bulletin d'informations locales de Miami rendait compte de la grande affaire du jour, l'acquisition de plusieurs gros ranchs de bétail par l'entreprise Peerless Sugar.

Maggie éteignit la radio d'un geste sec, regrettant d'avoir cédé aux sirènes de sa station préférée juste avant l'arrivée de

Felo. Ce n'était pas la meilleure façon de démarrer leur matinée ensemble.

Entre Felo, Peerless et elle, c'était une vieille histoire. Peerless Sugar était l'une des plus grandes sociétés sucrières de Floride, fondée aux Etats-Unis par un certain Fernando Echemendia, un immigré cubain chassé de son pays par la révolution. Au fil des générations, Peerless s'était transmise de père en fils jusqu'à son actuel P.-D.G, Miguel Echemendia, qui l'avait hissée au rang de fleuron industriel. En plus de vastes plantations de canne à sucre, la société possédait des hectares de vergers d'agrumes et bien d'autres terrains encore, un patrimoine foncier qui faisait d'elle un employeur de poids pour la région. Prudente, la classe politique de Floride se montrait aux petits soins pour cet acteur économique de premier plan.

Alvaro Hernandez en était le vice-président.

A l'instar de ceux de Felo, les débuts d'Alvaro dans la vie n'avaient pas été faciles, mais, alors que Felo avait choisi d'échapper à un milieu déshérité en collectionnant les bonnes notes et les bourses universitaires, Alvaro, de deux ans son aîné, avait pris un raccourci : il s'était présenté directement à l'école de police après l'obtention de son bac et durant sa formation avait travaillé au noir comme agent de sécurité dans les clubs du coin. Résultat : quand Felo, frais émoulu de la fac, avait intégré la police, Alvaro, déjà bien établi, avait été en mesure de faire jouer ses relations pour obtenir que son ami d'enfance devienne son coéquipier.

Mais la chance avait particulièrement souri à Alvaro le soir où Miguel Echemendia avait été agressé par un concurrent en affaires à l'intérieur du night-club de Miami Beach où Alvaro assurait la sécurité. Ce dernier avait intercepté et désarmé l'agresseur avant que les gardes du corps d'Echemendia aient eu le temps de lever le nez de leur assiette. Désireux de lui prouver sa reconnaissance, Echemendia l'avait alors engagé comme chef du service sécurité de Peerless, et à partir de là Alvaro n'avait eu de cesse de gravir un à un tous les échelons de la société. A ce jour, il siégeait quasiment au sommet.

Maggie ne nourrissait pas d'animosité particulière à l'encontre des puissants, mais Alvaro lui posait un problème. Il possédait sur Felo une emprise qu'elle n'arrivait ni à comprendre ni à supporter.

Tout, lui semblait-il aujourd'hui, se liguait contre elle pour lui rappeler les ennuis qui avaient miné son couple. Et pourtant c'était elle qui avait permis à Felo de revenir dans sa vie, en sollicitant son aide.

Quand il l'appela à 9 heures et demie pour lui signaler qu'il franchissait le pont, elle mit la cafetière en marche. Felo avait une préférence pour le café cubain, un espresso doux et épais qu'il confectionnait au moyen d'une cafetière italienne traditionnelle. Il devait en avoir déjà bu deux tasses — sa ration du matin — avant de se mettre en route, et vu qu'elle n'avait jamais réussi à se faire à ce breuvage, il ne devait pas l'avoir inclus au menu de son petit déjeuner.

Comme elle n'avait cessé de le faire depuis leur dernière conversation, elle se demanda à quoi rimait cette visite. Felo aurait tout aussi bien pu lui communiquer les informations par téléphone. Il devait y avoir autre chose, une découverte du côté de la police de Miami, peut-être, qu'il préférait lui apprendre de vive voix. Quoi qu'il en soit, elle attendait son arrivée avec autant de crainte que d'impatience.

Quand il frappa, elle était en train de disposer les assiettes et les mugs sur la table. Elle lui cria d'entrer mais ne se précipita pas pour l'accueillir. Il la trouva dans la cuisine, ce qui n'avait rien d'un exploit de fin limier, vu que la surface du pavillon était inférieure à cinquante-cinq mètres carrés.

— Salut, Mags ! fit-il nonchalamment depuis l'encadrement de la porte, comme s'ils ne s'étaient jamais séparés. Ce n'est pas moi qui t'ai offert ce pull ?

Maggie se rendit compte — trop tard — qu'il avait raison. Se distinguant par ce trait de ses congénères, elle n'éprouvait guère d'attirance pour le shopping alors que Felo, au contraire, adorait lui acheter des vêtements. Il se fournissait principalement chez Victoria's Secret, son terrain de chasse favori, mais lâché dans n'importe quel magasin, il avait le chic pour dénicher le vêtement qui serait le plus seyant sur elle.

— Si, en effet, répondit-elle sans se tourner vers lui, comme si son arrivée ne l'affectait en rien. Tu t'es toujours beaucoup intéressé à la mode féminine.

Sous-entendu : ce goût pour les tendances vestimentaires n'était peut-être qu'un corollaire de l'intérêt qu'il portait aux femmes tout court.

— Ma mère et moi, on allait souvent faire les boutiques quand j'étais petit. Chaque fois que mon père se mettait à boire, on se rendait au centre commercial ; ça nous servait de prétexte pour fuir la maison. Nous n'achetions jamais rien — nous n'avions pas un sou —, mais je me disais que dès que j'en aurais les moyens, je lui achèterais toutes ces choses qui lui faisaient envie. Sauf que, quand j'ai été en mesure de le faire, elle était déjà morte.

La conclusion logique de cette déclaration plana un instant entre eux : il avait compensé en gâtant Maggie à la place de sa mère disparue.

Elle se tourna enfin vers lui. Il tenait dans ses bras une Rumba qui ronronnait bruyamment, au comble du bonheur.

— Tu ne m'avais jamais raconté ça.

— Ce n'est pas un très bon souvenir.

Il était tout à fait comme d'habitude. Vibrant. Séduisant. Très mâle. Mais ce matin s'ajoutait dans son regard un soupçon de tristesse.

— Tu as fait bonne route ? lui demanda-t-elle, émue par sa révélation mais s'efforçant de faire barrage à toute autre confidence.

— C'était mieux que de rouler à l'heure de pointe, oui.

— Le café est prêt. Je l'ai fait fort, à défaut d'autre chose.

— Tu as faim ?

Si elle avait faim ! Une faim de loup, d'autant plus qu'elle n'avait pas voulu gâcher un si bel appétit : les petits déjeuners de Felo étaient toujours extraordinaires.

— J'ai hâte de me mettre à table, tu veux dire ! Je sais que je ne vais pas être déçue.

— J'ai apporté quelques gâteaux. De chez JoJo. Sers le café pendant que j'installe le tout.

Entre eux, pas de « s'il te plaît » ni de « merci ». C'était une forme d'intimité que d'accomplir de petites choses sans faire de chichis. Dans le cas d'une requête inhabituelle, bien sûr, il en allait différemment, mais ce matin, tout naturellement, les vieilles habitudes avaient repris le dessus.

Elle s'exécuta et lui mit du sucre dans sa tasse. Rumba se frottait aux chevilles de Felo qui entreprit de fouiller dans les placards. Il trouva une assiette sur laquelle il disposa les gâteaux en provenance de leur pâtisserie préférée. JoJo, le vieil homme qui tenait la boutique depuis presque quarante ans, était un artisan hors pair ; tous ses gâteaux étaient des réussites. Rien que d'y penser, Maggie en avait l'eau à la bouche.

— Tu veux que je m'y mette ? lui demanda Felo. Je vais grignoter tout en cuisinant. J'ai apporté des fruits aussi ; tu peux les couper si ça t'intéresse.

La cuisine était petite et peinait à contenir plus d'un cuisinier, mais ensemble ils avaient œuvré dans des endroits plus exigus encore. Leur premier appartement, guère plus qu'un studio, était équipé d'un vieux lit escamotable aux ressorts grinçants qui, une fois déplié, occupait quasiment toute la surface au sol. Pourtant, quand ils l'ouvraient le soir — ou à n'importe quelle heure de la journée — ils se moquaient pas mal de son encombrement. Leur monde se réduisait alors à ce matelas en 140, à leurs mains, leur bouche, leur peau à peau sensuel.

Elle ne pouvait pas lui refuser un coup de main, même si pour cela elle devait le frôler, s'apercevoir en se retournant de sa présence à quelques centimètres d'elle à peine, sentir la tiédeur de son souffle contre sa joue quand il lui parlait.

— Bonne idée, dit-elle. Je m'y mets tout de suite. Qu'est-ce que tu fais ?

— Du *pisto manchego*, si ça te dit, bien sûr…

— Tu sais bien que oui !

— Je voulais le préparer hier soir. J'avais déjà coupé tous les légumes, mais au moment où j'allumais le gaz, j'ai reçu un appel…

— Le boulot ?

— Quoi d'autre ?

Réponse toute simple mais qui revêtait pour elle une signification toute particulière. Felo voyait-il une autre femme ? A moins qu'il ne *continuât* à la voir… Etait-ce sa maîtresse qui l'avait appelé, regrettant qu'au lieu d'être avec elle il soit chez lui, en train de couper des légumes en dés à l'intention de son ex-compagne ?

Au contraire, avait-elle vu à tort de l'infidélité dans l'attitude charmeuse qui était celle de Felo avec tout le monde ? Lui avait-elle attribué une liaison imaginaire alors qu'il ne faisait que prêter une oreille compatissante à une collègue dont le compagnon, *effectivement*, partait pour une mission dangereuse ? Est-ce qu'elle avait pris à tort pour du désintérêt croissant la simple manifestation de regret de Felo face à son refus de se marier et d'avoir des enfants ? Quoi qu'il en soit, elle avait du mal à prendre sa réponse pour argent comptant.

— Je m'étonne que tu aies pu venir ce matin…

Quand il enquêtait sur un meurtre, il travaillait sans relâche pendant les premières quarante-huit heures et tout déplacement hors de la ville aurait été impensable.

— Il s'agissait d'une mort accidentelle, en fait : des tas de témoins et aucune interrogation en suspens. On a fini aux alentours de minuit ; Gary te passe le bonjour, au fait…

Gary était son coéquipier, un homme proche de la retraite pour lequel Maggie avait toujours éprouvé beaucoup de sympathie. Quelques mois avant qu'elle ne démissionne, il l'avait prise à part, dans un bar sportif où de nombreux flics venaient boire un coup après le travail, et lui avait donné cet étrange conseil : « Arrête de tapiner en lisière de son cœur, plonge directement dans la chair. » Une image pour parler de sa relation avec Felo qu'elle avait alors trouvée sinistre et qu'elle avait mise sur le compte d'une bière de trop à la fin d'une harassante journée d'investigations.

L'oignon que Felo faisait revenir dans de l'huile d'olive répandait une odeur agréable dans la cuisine ; il y ajouta de l'ail, ce qui intensifia les effluves. Ayant trouvé des papayes et des mangues dans un sac, elle entreprit de les peler, puis de les couper en tranches. Felo s'était toujours chargé des fruits ; il avait un don inné pour deviner leur parfait degré de maturité. Maggie, pour sa part, était loin de connaître la même réussite dans ce domaine, malgré tous ses efforts.

Il posa sa spatule et, s'emparant d'un pastelito — un petit gâteau fourré en pâte feuilletée —, il en rompit un morceau qu'il lui tendit.

— Ouvre la bouche…

Il ne rimait à rien de protester contre ce geste de complicité, car, de toute façon, Felo parviendrait à ses fins. Elle mastiqua le petit bout de pastelito en l'appréciant à sa juste valeur.

— Ananas.

— Gagné ! Mais je pense qu'il y a aussi de la goyave. D'après JoJo, tu mérites ce qu'il y a de meilleur.

— Tu as dit à tout le monde que tu venais me voir ici ?

— Non, pas à Alvaro.

A peine eut-il prononcé ce nom qu'il comprit son erreur.

— Pourquoi ça ? lui demanda-t-elle. Tu penses qu'il aurait désapprouvé ?

— Non, pas du tout. Il t'aime bien, même si ça n'est pas réciproque. Je ne lui ai pas parlé de ma venue ici parce que je ne veux pas qu'il s'immisce entre nous.

— *Nous ?*

Elle se retint de lui rappeler que ce « nous » n'existait plus.

— Mais oui, Mags. *Nous.* Toi et moi. Après toutes ces années vécues ensemble, je pense que ce mot garde un certain sens.

— Alvaro s'est toujours immiscé entre nous, Felo. Il a toujours gravité à la périphérie de notre vie.

— Alvaro est mon ami. Si j'ai survécu à mon enfance dans la rue, c'est parce qu'il était là pour me protéger et me guider.

Ce n'est pas une personne facile, je te l'accorde, et ces derniers temps, il a la réputation qu'il mérite. Mais il ne la mérite que parce qu'il l'a soigneusement cultivée, afin que personne ne se risque à lui faire des coups fourrés. S'il était à moitié aussi cruel et dangereux que tu le crois, il aurait tous les flics du pays à ses trousses. Or il marche tranquillement dans la rue comme tout citoyen honnête.

Pour Maggie, cette conversation était inespérée ; cette amitié qu'elle trouvait pour sa part trop envahissante avait en grande partie influencé sa décision de le quitter. Le terrain était glissant, mais elle ne put s'empêcher de saisir l'occasion.

— Et depuis quand marcher dans la rue est-il signe qu'on est blanc comme neige ? Alvaro a des amis partout, et la plupart lui sont redevables. Ne me dis pas que tous les sales types sont en prison. Nous savons tous les deux qu'en général ceux qui ont le bras long sont gras, libres et prospères !

— Alvaro est vice-président de Peerless Sugar, Maggie, ce n'est pas un petit chef de gang miteux !

Elle se rebiffa :

— Il a commencé par faire tout le sale boulot pour Miguel Echemendia, Felo ! Tu crois peut-être qu'en tant que garde du corps, il a pu garder les mains propres ? Tu crois peut-être qu'il est resté du bon côté de la loi durant toutes ces années où il a gravi les échelons de l'entreprise jusqu'à en devenir le numéro 2 ? Et maintenant qu'il en est le P.-D.G. *de facto*, Echemendia ayant l'esprit trop confus pour beurrer ses propres tartines, il a encore plus de raisons de transgresser les règles !

— Parce que tu penses que, dans ce pays, il se trouve un seul homme d'affaires de l'envergure d'Alvaro qui soit arrivé à ce niveau en suivant le code à la lettre ?

Maggie était loin d'être naïve. Elle savait que, sur ce point, Felo avait raison, mais il faisait encore trop preuve d'angélisme en ce qui concernait son ami. Quoi qu'il en soit, un fait était indiscutable, le seul réellement important, celui qui avait sonné le glas de leur histoire d'amour :

— Alvaro était derrière ta décision de ne pas me soutenir quand je me suis attaquée à Paul Smythe. Tu ne l'as jamais nié.

— Non, puisque tu n'as jamais voulu écouter ce que j'avais à te dire.

— Alvaro voulait que je la ferme, que je laisse le procureur le plus pourri de toute l'histoire de Miami continuer ses sales magouilles en toute impunité ! Et il avait des tas de bonnes raisons pour ça. Famosa est son ami d'enfance — le tien aussi, d'ailleurs. Et Smythe est un grand ami du patron de Peerless. Ton copain s'est servi de toi pour veiller à ce que tout se déroule selon sa volonté, bien qu'il ait lui-même été flic dans une autre vie. Et tu l'as laissé faire ! Tu t'es rallié à lui, *contre moi* !

— Personne ne se sert de moi. Ni mes amis ni toi. La situation n'a jamais été aussi simple que tu voulais le croire, Mags. Elle était compliquée et elle l'est toujours. Seulement, tu n'es pas douée pour les complications, ni pour écouter ce qu'on te dit. Ni pour faire confiance.

La critique, sans être nouvelle, la piqua au vif.

— Je suis d'accord avec toi sur ce dernier point, la confiance a toujours été le maillon faible entre nous.

« Nous. » Voilà que ce mot réapparaissait...

Felo posa son couteau de cuisine et, dans un mouvement fluide, la fit pivoter pour l'obliger à lui faire face.

— Ne parlons plus d'Alvaro, il ne compte pas. Parlons plutôt de *nous*. Je t'aimais à l'époque et je t'aime toujours. Mais au final je ne recevais rien en retour : tu étais obnubilée par ton enquête sur Famosa, puis par ta soif de revanche contre Smythe. Tu as fait de tout ça une affaire personnelle. Tu essayais de prouver quelque chose. Quand je te parlais de notre avenir, tu avais toujours l'esprit ailleurs. Alors j'ai trouvé d'autres personnes à qui parler, et si je rentrais tard, c'était parce qu'il n'y avait rien pour me retenir à la maison. Oui, je sais, c'était puéril et stupide comme réaction, mais combien de temps t'a-t-il fallu pour t'apercevoir que les choses avaient changé entre nous ?

— Cette discussion ne nous mène nulle part.

Il laissa retomber ses mains le long de son corps dans un geste de lassitude.

— Comme chaque fois…

Maggie était déchirée intérieurement. Une partie d'elle-même voulait lui demander de partir, pour en finir une bonne fois avec cette colère, ces récriminations, ces discussions qui tournaient en rond, tandis qu'une autre, la partie qui ne se laisserait pas réduire aisément au silence, savait que le départ de Felo ne réglerait pas la question, de même que le fait qu'elle ait quitté leur petite maison de Little Havana n'avait pas servi à grand-chose à part créer un vide qui ne cessait de s'accroître au fil des jours.

Il avait fait un pas vers elle. Il avait tenté, du moins un peu, de lui expliquer ce qu'il avait ressenti. Et pour que la situation de conflit dans laquelle ils étaient encore cesse, pour qu'ils puissent se séparer en bons termes ou éventuellement se remettre ensemble, elle devait à son tour lui donner quelque chose, même si parler de ses sentiments était pour elle difficile et peu naturel.

— Je suis désolée, Felo…

Elle se mordit la lèvre, comme si elle s'imprégnait du goût de ces mots si peu familiers.

— Je… Je vivais dans l'obsession. Cette enquête était importante pour moi. Elle devait couronner toutes ces années où j'ai dû me battre à chaque seconde pour m'élever dans la hiérarchie. Tu n'imagines pas ce qu'elle représentait pour moi… C'est tellement rare qu'on confie une enquête de cette envergure à une femme ! D'ailleurs, Smythe a peut-être insisté pour qu'on me mette sur le coup, justement parce qu'il était persuadé que je ne ferais pas du bon travail.

— C'est faux, Mags. Tu as mérité cette affaire !

Cela lui fit du bien qu'il le dise, mais en même temps il n'avait jamais vécu au quotidien la politique de discrimination qui régnait dans la police et il ne pouvait pas vraiment se rendre compte des enjeux que cette enquête représentait pour elle.

— Faire tomber Famosa était vital pour moi, et travailler sur cette enquête m'empêchait de…

Elle s'interrompit.

— De t'engager plus loin avec moi ?

— Peut-être. Je ne suis pas femme à rester à la maison, à avoir des enfants, à faire le ménage, tu le sais… Je ne voulais rien de plus que ce que nous avions déjà. Pour moi, nous étions heureux ainsi et toi, tu me poussais vers une impasse.

— Tu n'as jamais rêvé d'une vie plus pleine ?

— Je me disais que nous trouverions la solution le moment venu, sauf que chaque fois que nous tentions d'aborder le sujet, nous finissions par ne plus nous adresser la parole.

Elle s'attendait de sa part à une réaction de colère, mais il l'enlaça.

Elle n'était pas naïve au point de tomber dans le piège. Le contact de son corps était si familier, si attirant, qu'il aurait été facile de s'y laisser aller… Sa chaleur, l'odeur de sa peau l'emplissaient tout entière, s'immisçaient par tous ses pores, glissaient le long de ses terminaisons nerveuses. Elle tenta de se libérer de son étreinte, mais seulement en esprit. Son corps, comme aimanté au sien, s'y refusait absolument.

— J'ignore comment nous avons réussi à vivre en parfaite harmonie, murmura-t-il contre ses cheveux. Quand je te parle, tu perçois des sous-entendus qui n'existent pas. Tu refoules tout et mes craintes parlent pour toi.

Elle leva les yeux, sachant ce qui ne manquerait pas de se produire. Il lui donna un baiser — un baiser languide et familier qui lui rappela tout son bonheur enfui. Néanmoins, elle restait sur ses gardes, consciente du danger qu'il y aurait à succomber à la tentation. Elle ne voulait pas l'encourager. Ses sentiments vis-à-vis de lui étaient toujours aussi confus ; elle ignorait si elle pouvait croire à sa parole et à son amour. Pourtant, elle ne parvenait pas à s'arracher à son étreinte. Felo était comme une drogue dans son métabolisme, pas de celles qui déforment la réalité, non, une drogue qui la rendait vivante, qui faisait bouillonner son corps d'énergie et d'émotions.

— Je ne suis pas venu pour te séduire, dit-il.

Sur ce point-là non plus, elle n'était pas sûre de le croire.

— Je ne suis pas persuadée que j'aurais succombé, murmura-t-elle contre ses lèvres, bien que ce fût sans doute un mensonge.

Il considéra sa réponse comme un assentiment ; du reste, c'en était un. Il l'attira de nouveau à lui, ses doigts s'aventurèrent sous son sweat, caressèrent son dos et dégrafèrent son soutien-gorge avec l'aisance que confère une longue pratique. Tandis qu'il soulevait son vêtement et le lui remontait sur les épaules, elle se demanda si « oui » était encore une autre façon d'éviter de parler de leurs différences. S'ils finissaient par s'expliquer, Felo la quitterait-il pour ne plus jamais revenir ?

— Qu'est-ce qu'il y a ? fit-il en s'écartant légèrement d'elle.

— Rien.

— Si, il s'est passé quelque chose. Tu t'es crispée. Tu veux que j'arrête ?

Elle termina d'ôter son sweat et le laissa choir par terre.

— Si c'était le cas, tu le saurais sans aucun doute possible...

— Je n'en suis pas sûr.

Elle sourit tristement, puis parcourut du doigt la fine courbe de ses lèvres.

— Arrêtons de parler, tu veux bien ?

— Alors laisse-moi aller éteindre la cuisinière...

Elle se mit sur la pointe des pieds pour l'embrasser là où elle l'avait caressé et son soutien-gorge glissa de ses bras pour aller rejoindre le sweat qui gisait par terre.

— Mais je t'en prie...

Quand Maggie sortit de la douche, des odeurs tout à fait remarquables provenaient de la cuisine. Le modeste pavillon de plage n'avait sans doute jamais connu de toute son existence quelque chose d'aussi fantastique que le *pisto manchego* de Felo. A elle seule, l'odeur du chorizo continuerait d'imprégner la maison pendant des jours, tel un rappel de cette matinée.

L'agréable meurtrissure qu'elle éprouvait aux endroits sensibles et le chatouillis de ses terminaisons nerveuses ne manqueraient pas de la lui rappeler également. Elle se sécha les épaules et les seins en souriant, mais le temps qu'elle se rhabille, sa joie s'était évanouie.

Cela ne lui ressemblait pas d'agir ainsi sur un coup de tête. Pourtant, de crainte de voir se refroidir la fièvre qui leur incendiait les veines, elle avait interrompu leur conversation, repoussé les avertissements que son cerveau tentait vainement de lui envoyer. Ils s'étaient retrouvés comme avant, comme si une force extérieure plutôt que leur propre volonté les avait tenus éloignés l'un de l'autre durant ces derniers mois, ce qui n'empêchait pas qu'elle avait fermé les yeux sur la vérité : elle avait quitté Felo et la situation n'avait pas véritablement évolué entre eux depuis qu'elle était partie. Elle n'avait que sa parole pour se persuader qu'il ne lui avait pas été infidèle. Et elle persistait à ne pas le croire lorsqu'il affirmait qu'il n'avait en aucun cas suivi les conseils d'Alvaro. C'était donc pour des raisons qui n'appartenaient qu'à lui qu'il avait refusé de la soutenir dans ses efforts pour démasquer Paul Smythe. Mais elle ne les connaissait toujours pas.

Quand elle le rejoignit, la table était mise. Il lui sourit d'un air prudent comme si lui aussi savait que rien n'était résolu entre eux.

— Ce n'était pas une bonne idée, dit-elle en se glissant sur son siège.

— Ça ne nous engage en rien, Mags... Le sexe n'a jamais été source de problèmes entre nous, tu le sais bien. Et tant que nous restons incapables d'aborder les sujets qui fâchent, quel intérêt y a-t-il à discuter ?

— Je ne reviendrai pas à la maison, Felo.

— Je ne te l'ai pas demandé.

— Pourquoi est-ce qu'on se fait du mal ?

— Parce que ça vaut mieux que de se dire adieu.

C'était la réponse qu'elle ne voulait pas entendre, et pourtant la seule qui fût vraie. Elle était incapable de dire oui, incapable de dire non, et ce genre d'indécision était un phénomène inconnu pour elle. Elle avait quitté Felo, croyant que leur amour était mort. Cependant, durant ces semaines de solitude dans le

Blue Ridge, la véritable profondeur de ses sentiments pour lui était devenue évidente. Et bien qu'elle revînt rarement sur ses choix, elle n'avait éprouvé ni la certitude ni le soulagement qui accompagnent d'ordinaire la prise de décision. Au contraire, son trouble et ses doutes s'en étaient trouvés accrus.

— Nous sommes qui nous sommes, dit-elle. Et ni toi ni moi ne sommes susceptibles de changer.

— Nous sommes surtout affamés. Et je dis qu'il est temps de prendre des mesures !

En quelques secondes, la petite table fut couverte de nourriture : le *pisto manchego*, couronné de ses œufs nichés au cœur de savoureux légumes garnis de crevettes et de chorizo, d'autres pâtisseries de chez JoJo, une salade de dés d'avocat et d'oignon rouge, ainsi que les fruits que Maggie avait coupés en tranches.

Comme si, par un accord tacite, ils admettaient avoir suffisamment sondé les profondeurs complexes de leur relation pour la matinée, leur conversation se cantonna à leurs amis et aux changements survenus dans le quartier. Quand Maggie eut l'estomac assez plein pour tenir une semaine, elle repoussa sa chaise et alla chercher du café supplémentaire pour lui remplir sa tasse.

— Bon, tu me dis ce que tu as découvert à propos des Dutta, maintenant ?

— Je pensais attendre d'être chez tes amis, mais si tu tiens à avoir la primeur des infos…

Elle secoua la tête.

— Non. Rien ne presse. On leur a confié la garde provisoire des petits.

— Comment vont ces gosses ?

De la part de Felo, ce n'était pas une question de pure forme. Il travaillait en partenariat avec un groupe paroissial qui confectionnait des ours en peluche pour les enfants en difficulté. Il avait même convaincu certains de ses collègues de leur apporter personnellement les nounours en guise de consolation lorsqu'un des parents devait quitter le domicile familial ou lorsque les enfants eux-mêmes étaient retirés de leur foyer. Et à Noël, personne ne mettait plus de zèle que lui à solliciter des dons de vêtements et de jouets pour les enfants dans le besoin — son enfance difficile l'avait sensibilisé à ce genre de situation.

— Le garçon est devenu quasiment mutique quand Janya lui a annoncé que ses parents étaient morts. Quant à la petite fille, elle s'est plutôt bien adaptée — c'est encore un bébé —, mais les hommes lui font peur.

— Son père était violent ?

— D'après Rishi, c'était au contraire un pacifiste convaincu. Non, je pense plutôt que Lily ne le voyait pas beaucoup, c'est pourquoi elle n'est pas habituée à une présence masculine. Entre son boulot et son roman qu'il écrivait en dehors de la maison, paraît-il, Harit n'était pas souvent avec sa fille…

— J'ai été surpris que tu fasses appel à moi. Après tout, tu avais d'autres contacts…

Sur le point de répliquer qu'elle avait fait le tour de tout le monde, Maggie se retint : ce n'était pas la stricte vérité. D'autres de ses anciens collègues auraient pu lui fournir les renseignements dont elle avait besoin, mais appeler Felo avait été pour elle une manière de tâter le terrain.

— C'est toi le meilleur, répondit-elle.

Du reste, elle le pensait vraiment.

— Bon, si on allait chez tes amis maintenant, histoire d'en apprendre un peu plus ? De mon côté, je vous donnerai les rares infos que j'ai pu glaner.

Il se leva et commença à débarrasser la table. Au passage, il se pencha et déposa un baiser sur son crâne.

— Ne passe pas les prochaines semaines à regretter ce qui s'est passé, d'accord ? Laisser venir… Nous allons envisager la suite du parcours étape par étape.

— Dans quelle direction ?

Il lui ébouriffa les cheveux.

— Commençons d'abord par porter ces assiettes jusqu'à l'évier.

Avant de partir, Maggie téléphona à Janya pour la prévenir de leur arrivée. La jeune femme leur ouvrit la porte avant qu'ils aient frappé, la petite Lily calée sur une hanche. La fillette portait un T-shirt rose vif et une couche. A les voir ainsi, la menotte de Lily tirant rythmiquement sur une mèche de cheveux de Janya comme sur un carillon miniature, on les aurait crues mère et fille.

Janya tendit la main à Felo, tandis que Maggie faisait les présentations. Elle savait par Wanda qu'en Inde, les femmes serrent rarement la main à un inconnu, mais ce geste parut venir spontanément à Janya.

— Nous vous remercions d'être venu, Felo. Cela vous fait une longue route et je sais que votre temps est précieux.

— Pas du tout, je suis ravi de pouvoir vous apporter un peu d'aide.

Ils la suivirent à l'intérieur, où elle leur présenta Rishi qui tentait à force de cajoleries de faire manger des tranches de melon à Vijay. Le petit garçon ne leva pas les yeux sur eux ; il avait l'air morose. Apparemment, il n'avait pas touché au melon.

— Lily a besoin de faire sa sieste, dit Janya. Je la couche et je reviens…

— Vijay, demanda Rishi, tu veux regarder la télé dans notre chambre ?

L'enfant opina, la mine sombre. Les Kapur quittèrent tous deux la pièce, tandis que Maggie et Felo se mettaient à l'aise dans le minuscule séjour.

— Ce pavillon est bien petit pour quatre personnes, fit remarquer Felo.

— Si les enfants étaient plus grands, oui, j'imagine que ce serait très difficile au quotidien.

— Ils comptent chercher une maison plus grande ?

— Je ne crois pas. Pour l'instant, ils ignorent encore si les petits vont rester chez eux. Du jour au lendemain, ils peuvent être expédiés en Inde, alors déménager maintenant ne rimerait à rien.

— Ces enfants n'ont jamais eu aucun contact avec leur famille là-bas ?

— Aucun. Tu imagines le choc que ça va leur faire ?

— C'est comme si on m'envoyait à Cuba pour y vivre jusqu'à la fin de mes jours.

Janya revint en fermant derrière elle la porte de la chambre des enfants — une pièce à peine plus grande qu'un dressing. Quelques instants après, Rishi sortit d'une autre chambre et tira la porte lui aussi, mais sans la fermer complètement. Maggie entendit des voix haut perchées provenant d'une émission de télévision.

— Vijay a des troubles du sommeil, leur expliqua Janya. Dans la journée, il est fatigué, mais il refuse de faire la sieste.

— Il fait des cauchemars, dit Felo.

Ce n'était pas une question.

— Si c'est le cas, il n'en parle pas.

— C'est dommage, ça le soulagerait.

Janya et Rishi s'installèrent dans des fauteuils et Rishi prit l'initiative de la conversation.

— Nous vous remercions d'avoir pris le temps de nous aider.

Felo balaya la remarque du revers de la main.

— Ça me fait plaisir. Ecoutez… Vu que nous disposons de peu de temps avant que les enfants ne réclament de nouveau votre attention, je vais vous résumer rapidement ce que j'ai pu apprendre.

Maggie admirait la façon dont il avait déjà réussi à mettre les Kapur à l'aise. Elle se carra sur son siège et l'écouta relater les faits.

— Le jour où M. Dutta vous a laissé les enfants, Mme Dutta a été vue entrant avec un inconnu dans la chambre du motel où elle est morte. L'homme avait effectué la réservation un peu plus tôt dans la journée, mais les coordonnées qu'il a fournies — son nom et son adresse — ne correspondent à rien. Nous savons qu'il ne s'agissait pas de M. Dutta. Plusieurs personnes, y compris le réceptionniste, ont vu cet homme quand il a pris la chambre et toutes affirment que ce n'était pas votre ami, quoiqu'il présente quelques similitudes physiques avec lui : cheveux noirs, teint olivâtre, taille moyenne. Ni l'homme ni Mme Dutta n'ont été revus après cela. Mais en fin d'après-midi quelqu'un a aperçu M. Dutta frappant à la porte de la chambre. Il a été identifié avec certitude.

— Autrement dit, résuma Rishi, Kanira est entrée dans cette chambre, mais personne ne l'a vue en ressortir ?

Felo acquiesça d'un hochement de la tête.

— A un moment donné, la pancarte « Ne pas déranger » a été accrochée à la poignée de la porte. La chambre avait été payée pour une semaine — en liquide. Elle se situe tout au bout d'une passerelle entre un terrain vague envahi par la végétation, longé par Biscayne Boulevard, et une chambre complètement délabrée, promise à de prétendus travaux de rénovation, ce qui fait que personne n'y loge. Des vagabonds y squattent assez régulièrement. C'est le genre de motel où le personnel évite de faire du zèle superflu. La femme de ménage a profité de la pancarte « Ne pas déranger » pour s'offrir probablement quelques pauses supplémentaires au lieu d'aller frapper à la porte pour y passer l'aspirateur ou y refaire le lit.

— Seigneur…

Maggie secoua la tête : elle imaginait la scène lorsque la police était arrivée.

— A la fin de la semaine, le gérant du motel a demandé à la femme de ménage si les clients étaient partis et quand il a découvert l'embrouille, il a décidé d'aller vérifier lui-même. Il a ouvert la porte avec son passe et il les a trouvés…

— Ils ne méritaient pas ça, murmura Janya.

Maggie regrettait de ne pas être assise plus près d'elle pour lui tapoter la main, mais Rishi le fit à sa place.

— Les officiers de la Criminelle sont arrivés rapidement sur les lieux, poursuivit Felo, et l'endroit a été passé au peigne fin par la police scientifique. Ils ont fouillé toutes les chambres, quadrillé le secteur et interrogé tous les employés. Aucun fait majeur n'est venu réfuter la théorie selon laquelle M. Dutta a retrouvé sa femme qui se cachait de lui et l'a tuée avant de se donner la mort.

— Aucun fait *majeur* ? répéta Maggie, consciente que ce terme était le plus important prononcé par Felo depuis le début de son récit.

— Qu'est-ce que ça signifie ? demanda Rishi. Certains petits détails ne collaient pas ?

— Oui, et plus d'un… L'autre homme, pour commencer. Où se trouvait-il au moment des deux décès ? S'il était sorti acheter de quoi manger ou pour n'importe quelle autre raison, pourquoi n'a-t-il pas signalé la présence des deux corps à son retour ?

— Kanira et lui se sont peut-être disputés avant le drame, objecta Maggie, et l'homme aurait pu partir pour de bon. A moins qu'il ne soit effectivement revenu au motel, qu'il ait vu ce qui s'était passé et qu'il ait eu peur d'être impliqué dans une affaire de meurtre.

— C'est possible. En tout cas, c'est la thèse retenue par l'officier chargé de l'enquête. Mais il y a autre chose : le revolver que Dutta avait à la main quand on l'a trouvé… Un Smith & Wesson calibre 38. Une arme déclarée et dérobée il y a deux mois à Hialeah. Son propriétaire a signalé le vol à l'époque. Il se peut que ce revolver ait atterri à Palmetto Grove et que Dutta se soit débrouillé pour mettre la main dessus, mais il semble plus probable que l'arme n'ait jamais quitté Miami-Dade et que Dutta se la soit procurée non loin de l'endroit où elle a été volée.

— Impossible ! déclara Rishi avec conviction.

— Peu probable, en effet, reprit Felo. D'ailleurs, la police n'a rien trouvé qui puisse relier Dutta à quelqu'un de Miami. Pour autant qu'on sache, il n'avait jamais mis les pieds dans cette ville et il n'y avait pas d'amis. Alors, comment un homme tel que lui aurait-il su où acheter une arme dans la rue sans y laisser la vie ?

— Justement, il y a laissé la vie ! intervint Maggie.

— Oui, mais pas au cours d'une transaction illégale. Et n'oublions pas que ce jour-là, il a été vu le soir en train de frapper à la porte de la chambre, ainsi que plus tôt dans l'après-midi, quand il est venu vous confier ses enfants, Janya… Autrement dit, il disposait de très peu de temps pour se procurer une arme, avant de se rendre au motel.

— Ça reste malgré tout possible, répliqua Maggie, se faisant l'avocat du diable. Un client du salon de coiffure la lui a peut-être vendue ? Harit craignait peut-être pour la sécurité de sa famille ?

— Jamais de la vie ! protesta Rishi. Harit était un pacifiste. Il détestait les armes. Jamais il n'en aurait possédé une, et pour rien au monde il ne s'en serait servi ! Il avait la violence en horreur. En horreur, vous m'entendez ?

Janya posa sa main sur celle de son mari dans un geste d'apaisement.

— Laisse Felo continuer, Rishi…

— Il y a deux autres incohérences. Petites, mais réelles. Tout d'abord, Mme Dutta présentait des meurtrissures aux poignets ainsi qu'une égratignure sur la joue. Evidemment, vous n'ignorez pas que les corps ont été découverts au bout de presque une semaine…

Maggie secoua la tête dans l'espoir que Felo n'entrerait pas dans les détails, ce que bien entendu il s'abstint de faire. Il se contenta de laisser ses paroles planer quelques secondes avant de poursuivre.

— Même si c'est difficile à affirmer, on suppose qu'il s'agit de blessures défensives. Toutefois, s'il y a eu lutte, il n'existe aucune preuve que Harit y ait pris part. Bien sûr, il se peut que l'égratignure et les ecchymoses soient antérieures à la mort de Mme Dutta, d'un jour ou deux peut-être. Pour l'instant, c'est impossible à déterminer. Néanmoins, elle avait deux enfants, c'était une femme active, aux journées bien remplies… L'hypothèse n'a donc rien de farfelu.

— Quoi d'autre ? s'enquit Janya.

— On a découvert deux fibres microscopiques dans la bouche de M. Dutta.

— Il aurait été bâillonné ?

— Il ne l'était pas en tout cas quand la police l'a trouvé. Et quand je dis microscopiques, n'oubliez pas que le corps séjournait là depuis plusieurs jours, que le ménage n'avait pas été fait dans la chambre et que la tête de M. Dutta reposait sur le sol.

— C'est tout ? demanda Rishi en jetant un regard à sa femme.

Janya semblait toute pâle sous la chaleur de son teint cuivré.

— Ce qui me gêne, c'est que Mme Dutta a été retrouvée allongée sur le lit dans une position confortable, comme si elle n'avait pas cherché à fuir son meurtrier.

Maggie intervint :

— Pourtant, elle aurait tenté de s'échapper si elle avait vu Harit armé d'un revolver. Quelqu'un aurait-il pu la mettre dans cette position après le meurtre ?

— La police scientifique n'a rien trouvé de concluant, mais c'est possible.

— Elle aurait pu être piégée. On lui aurait dit de ne pas bouger, et elle aurait obéi, convaincue que c'était le seul moyen pour elle d'en sortir vivante.

— Tout cela est très dur à entendre..., dit Janya, la voix rauque de larmes.

Felo se pencha en avant et lui prit la main avec naturel, comme s'ils se connaissaient depuis toujours.

— J'ai terminé. Mais à présent, c'est votre tour. Que pouvez-vous me dire qui puisse donner un sens à tout ça ?

— Ils n'étaient pas heureux ensemble, commença Janya. Kanira reprochait à Harit de ne pas chercher un travail mieux rémunéré, mais elle m'avait aussi affirmé que quelque chose allait améliorer sa vie, sans préciser quoi.

— Harit était mon ami, dit Rishi. Et il savait que sa femme n'était pas heureuse.

— Je ne vois pas comment ça aurait pu lui échapper, renchérit Janya.

Rishi hocha la tête avec gravité.

— Son livre comptait énormément pour lui, mais il envisageait de le mettre de côté pour quelque temps. Il savait Kanira à bout de patience et pire, il se rendait compte que son exaspération était néfaste pour leurs enfants. Alors, il s'était mis à couper les cheveux l'après-midi, sur son temps d'écriture. Plus ou moins en cachette, puisqu'il coiffait ses clients à domicile — en leur prenant un prix plus élevé, bien sûr. Il savait que son patron ne verrait pas ses pratiques d'un bon œil, mais il était aux abois.

— Donc, ces derniers temps, l'argent s'était mis à rentrer davantage ?

— D'après Harit, ses clients étaient généreux sur les pourboires et le résultat commençait à se faire sentir sur ses finances. Il espérait acheter une voiture plus récente ou du moins faire réparer la leur.

— En bref, leur situation s'était arrangée ?

— Disons qu'il essayait d'améliorer le quotidien.

— Kanira était de nature impatiente, continua Janya, et elle avait la critique facile. Cependant, quand j'étais avec elle, elle s'occupait de ses enfants, peut-être pas avec autant d'amour que nous l'aurions souhaité, mais avec sérieux. Elle ne les aurait jamais abandonnés, j'en ai la certitude. Si elle avait voulu quitter Harit, elle les aurait emmenés avec elle.

— Elle aurait peut-être envoyé quelqu'un les chercher, une fois installée avec l'autre homme ? hasarda Maggie.

— Non, je ne pense pas. Elle aurait craint que Harit ne la laisse pas les emmener.

Après une brève hésitation, Janya poursuivit :

— Et puis je crois qu'elle savait, aussi triste que cela puisse paraître, que si Harit rencontrait le succès avec son livre, son mariage lui rapporterait quelque chose.

Ses yeux s'emplirent de larmes qu'elle refoula d'un battement de paupières, le regard rivé au sol.

— Elle ne me l'a jamais dit expressément, mais il se peut qu'elle l'ait pensé. En tout cas, je sais qu'elle n'aurait jamais abandonné ses enfants, pour tout un tas de raisons.

Elle releva la tête.

— Une dernière chose. Où Kanira aurait-elle rencontré l'homme avec qui elle se serait enfuie ? Elle avait toujours les petits avec elle. Et de même que moi, jamais elle n'aurait adressé la parole à un inconnu dans un parc ou un supermarché, et encore moins avec ses enfants à ses côtés. C'est tout bonnement inconcevable.

— Que peut-on faire ? demanda Rishi.

Maggie se tourna vers Felo et s'aperçut qu'il était en train de la regarder.

— Je ne sais pas quoi vous dire, fit-il en se mettant debout. Mais je peux vous affirmer une chose : je ne vais pas lâcher l'affaire. Pas encore. Je vais tâcher d'en savoir plus.

Tout le monde se leva à sa suite et les Kapur les raccompagnèrent jusqu'au perron.

— Tu comptes vraiment persévérer ? demanda Maggie lorsqu'ils furent seuls. Même si tu te mets à dos le policier chargé de l'enquête ?

— Je sais comment faire bouger les choses sans me le mettre à dos.

— Contrairement à moi.

— Disons que la diplomatie n'est pas ton fort. Et toi ? Tu vas voir ce que tu peux faire d'ici ?

— Disons que je vais tâcher de ne pas susciter d'hostilité à mon égard.

— Bien. On peut bosser ensemble sur cette affaire, alors, chacun de son côté.

Une fois arrivée devant la voiture de Felo, Maggie s'appuya contre la portière, les bras croisés sur la poitrine dans une attitude qui se voulait claire : leur matinée à deux était terminée et il était temps pour lui de rentrer à Miami, même s'il lui restait encore quelques affaires à récupérer à l'intérieur.

— Ton côté serviable m'étonne, lui dit-elle. Tu n'as pourtant rien à gagner ou à perdre dans cette affaire, que les Dutta aient été piégés dans un triangle amoureux fatal ou dans quelque chose de plus insidieux.

— Je suis toujours serviable.

— A ce point-là ?

— C'est le genre de truc qui te passe au-dessus de la tête, Mags. Toi, tu ne veux aider personne.

Il se dirigea vers la maison pour aller récupérer les quelques affaires qu'il ne comptait pas laisser derrière lui. Maggie aurait donné n'importe quoi pour lui décocher une repartie cinglante, mais qu'aurait-elle pu répliquer face à la vérité qu'il venait de lui assener ?

15

Tracy, désormais enceinte de quatorze semaines, avait du mal à croire que l'enfant qu'elle portait pesait à peine trente grammes. Elle se sentait comme un éléphant. Bon, d'accord, la minceur avait toujours été un facteur déterminant dans l'image qu'elle s'était forgée d'elle-même et sa vie avait très longtemps été axée sur les cellules adipeuses, leur nombre, leurs lieux d'incrustation et les divers moyens d'en venir à bout. Au début de l'été, horrifiée de voir qu'elle avait pris une taille de vêtement, elle avait participé à un atelier d'amaigrissement au complexe de loisirs afin de retrouver le corps mince et tonique dont elle avait toujours été si fière.

Et tout ça pour quoi ?

Son appétit était revenu et elle mangeait maintenant tout ce qui se trouvait à sa portée, sans vraiment se soucier des kilos. Après tout, elle avait retrouvé la forme, se sentait pleine de force et d'énergie, et la vérité ne tarderait pas à éclater au grand jour.

Sa garde-robe privilégiait désormais les pantalons fermés par un lien de serrage à la taille ainsi que les hauts retombant amplement sur ses hanches. Elle s'était acheté des soutiens-gorge plus larges et s'émerveillait de la façon dont elle les remplissait. Elle était enceinte ! Alors qu'elle fasse un 36 ou qu'elle se dandine béatement en tenue XXL dans le rayon maternité, quelle importance ? Un bébé grandissait dans son ventre et elle, Tracy Deloche, le nourrissait à chaque bouchée qu'elle avalait.

— Et tu arrives à me sortir un bobard pareil sans rigoler ? lui demanda Wanda en attrapant dans la vitrine une cinquième tarte à la mousseline de framboise destinée au complexe de loisirs. Tu as besoin de ces tartes pour ton bébé, comme d'autres ont des envies de… d'épinards ou de foie de veau ?

— Non, je n'en ai pas *besoin* à proprement parler. Mais tu n'imagines pas à quel point c'est agréable de pouvoir de nouveau penser à la nourriture sans que mon estomac ne se lance dans un parcours de montagnes russes !

— Tu me jures que tu ne vas pas engloutir ces cinq tartes à toi toute seule ?

— Mais non, je ne vais pas manger ces cinq tartes à moi toute seule ! répliqua-t-elle, renvoyant ses propres paroles à Wanda puisque, d'un point de vue technique, elles reflétaient la vérité.

Quatre des tartes étaient bien destinées au repas du personnel du centre qui fêtait le départ à la retraite d'un des employés du service d'entretien, mais elle comptait se délecter toute seule de la cinquième au cours du week-end à venir.

— Et si jamais je me pointe chez toi… disons… demain soir, je ne trouverai aucun reste de tarte dans ton frigo ?

— Ecoute, au cas où tu te méprendrais sur le sens de ma visite ici, permets-moi de te dire que c'est une sorte de main tendue, un avis de pardon général, envers la femme qui m'a trahie en disant à Marsh Egan que j'étais enceinte de lui.

Wanda balaya cette explication du revers de la main.

— Ça, tu me l'as déjà pardonné il y a quinze jours. En plus, c'était ta faute, tu n'aurais jamais dû tenter de cacher ton état à Marsh. Tu as même du bol qu'il n'ait pas pigé plus tôt, avant que tu aies fait ton test de grossesse !

— Si tu le dis.

— Tu lui as parlé dernièrement ?

Tracy ne répondit pas. Marsh lui avait demandé de l'appeler quand elle serait prête, mais deux semaines et demie s'étaient écoulées et elle n'avait toujours pas décroché le téléphone. Elle l'avait salué de la main au complexe de loisirs, un jour où il était venu chercher Bay après une séance d'entraînement de l'équipe de natation, mais avant qu'il ait pu couvrir la distance qui les séparait, elle s'était dirigée vers les toilettes pour dames.

Même lui n'aurait pas osé l'aborder dans ces lieux. Et quand enfin elle avait estimé que la voie devait être redevenue libre, il avait effectivement disparu.

Ce qui n'avait pas manqué de lui causer une certaine déception. Mais il paraît que les femmes enceintes, en plus de dévorer des mousselines à la framboise, ne se montrent pas toujours cohérentes !

— J'imagine que ça veut dire non, conclut Wanda de son silence. Quand est-ce que tu comptes l'appeler ? Quand votre gamin aura besoin de se faire redresser les dents ?

— Ah non, ce jour-là, c'est mon père que j'appellerai. L'orthodontiste des stars, tu te rappelles ? Peut-être même qu'il me fera une ristourne. C'est son unique petit-enfant, après tout. Cela dit, depuis mon divorce, Dr Papa ne m'a gratifiée en tout et pour tout que d'une carte de vœux gravée de sa signature et ornée de la photo d'un Père Noël affublé d'un appareil dentaire en guise de bonnet.

— Ouais, j'imagine que tu ne comptes pas retourner au sein de ta famille pour avoir ton enfant…

A cette suggestion, Tracy faillit frissonner. Sa mère avait été effarée d'apprendre qu'elle allait être grand-mère. Quant à son père, il avait bien été obligé de la rappeler en trouvant sur son répondeur le message dans lequel elle lui annonçait la nouvelle, mais ça n'était pas allé plus loin. Elle avait toujours su qu'elle était seule au monde avec son enfant, mais à présent, elle en avait la confirmation définitive.

Bien sûr, il y avait Marsh…

— Tu ne pourras pas fuir tout le monde jusqu'à la fin de ta grossesse, Tracy ! Si tu veux mon avis, ce n'est pas juste de ta part.

— Eh bien, garde ton avis pour toi ! Et maintenant, parlons plutôt de toi. Raconte-moi *tout.* Qui sait, je pourrai peut-être trouver quelque chose à critiquer avec le même enthousiasme ?

— Désolée de te décevoir, mais je n'ai rien à dire.

— Pas de star de ciné dans les parages ?

— Silence radio total.

Wanda termina de nouer la ficelle qui entourait le dernier carton à tarte.

— J'ai beau me dire que ça n'a rien à voir avec les tartes que j'ai livrées à Derek Forbes, je me pose quand même des questions...

— Il a adoré tes tartes, Wanda ! Il te l'a dit lui-même pendant qu'il les goûtait. Mais tu dois comprendre qu'à ce stade du tournage, tout le monde se disperse pour s'occuper de ceci ou de cela. Il n'est sans doute même plus à Palmetto Grove.

— Ah non ? Pourtant, Ken m'a dit qu'il y avait une fête ce soir, chez les Statler. Même qu'ils ont réquisitionné des patrouilles de police rien que pour eux, histoire d'empêcher la plèbe de s'immiscer dans leur raout, alors que la baraque se trouve dans un parc résidentiel sécurisé.

— Tu t'es renseignée auprès de Phillip Callander ?

— Pfff... Il bat la campagne à la recherche de fournisseurs de fruits de mer pour le nouveau *Dancing Shrimp*. Il doit avoir délégué son activité de traiteur à quelqu'un d'autre...

— Eh bien, Forbes ne sait pas ce qu'il perd ! Quoi qu'il y ait au buffet de ce soir, ça ne sera jamais aussi bon que tes tartes.

Le carillon de l'entrée tinta. Tracy se tourna vers la porte et vit Marsh s'avancer vers elle. Elle ne broncha pas, ne s'enfuit pas, bien que des deux options, la dernière eût sa préférence. Toutefois, son estomac se mit à tanguer. Une confrontation pointait à l'horizon et, en l'absence de toute possibilité d'échappatoire, il ne lui restait qu'à foncer droit devant.

— Tu as une soudaine envie de tarte ? lui demanda-t-elle d'un ton aussi détendu que possible.

— Par solidarité, maintenant que j'ai dépassé le stade des nausées matinales...

— Ma foi, vas-y... Ne te gêne pas...

Elle souleva la pile de cartons à tarte et s'orienta de façon à pouvoir le contourner.

— Tu les mettras sur le compte du complexe de loisirs, dit-elle à Wanda qui partait répondre au téléphone.

— Je te les ferai gratis à la condition que vous restiez là tous les deux, le temps que je revienne. Ça me permettra d'assister à votre dispute.

— Désolée, mais…

Tracy gratifia Marsh d'un hochement de tête en guise d'au revoir et se dirigea vers la porte.

Il lui emboîta le pas aussitôt.

— Quel genre de gentleman serais-je, si je ne t'aidais pas à porter tout ça ?

— Le genre qui lit dans mes pensées.

— Tu préfères trébucher, te casser la figure sur le trottoir et finir couverte de mousse à la framboise ?

— Ça ne me paraît pas un sort bien terrible comparé à l'autre solution.

Mais elle s'arrêta, résignée, et se laissa délester de trois cartons.

Marsh lui tint la porte du magasin pour qu'elle puisse passer la première.

— Ma voiture est juste au bout de la rue, dit-elle.

— Je sais, je suis garé derrière toi…

Il était donc venu pour en découdre ? Après tout, elle ne pouvait pas lui en tenir rigueur. S'il n'avait tenu qu'à elle, le chant de criquet que Marsh lui avait attribué exclusivement sur son iPhone n'aurait plus jamais retenti.

Ils marchèrent en silence. Ce n'est que lorsque les tartes furent correctement calées sur la banquette arrière de sa voiture que Marsh passa à l'attaque.

— Je pensais que tu allais m'appeler, Trace…

— Ce n'est pas tout à fait ce qui était convenu. Tu m'as dit que tu attendrais que je t'appelle. Mais de mon côté, je ne t'ai jamais dit que j'allais le faire.

— Ah bon ?

— Pas du tout. Je pense plutôt que ça t'arrangeait de le croire parce que ça correspondait à ce que tu voulais.

— J'ai peut-être cru que tu m'appellerais une fois calmée, afin de mettre les choses au point. Ça se fait entre grandes personnes.

Tracy voulut répliquer mais il l'en empêcha en levant la main tel un agent de la circulation.

— Je suis désolé, Trace. Désolé de ne pas avoir cru que tu m'avouerais tout en temps voulu et désolé d'être allé pêcher la vérité par mes propres moyens. Désolé aussi de ne pas t'avoir dit que j'étais au courant de ton état mais, pour le reste, j'ai compris que Wanda avait raison. Je voulais juste te faire plaisir, te proposer autre chose que te traîner dans les marécages...

— Au moins quand tu me traînais dans les marécages, tes intentions étaient-elles sincères ! En revanche, qu'est-ce qui n'était pas calculé dans ce programme inédit et comment suis-je censée le savoir ?

— Je n'ai pas fait une seule chose à contrecœur. Avec toi, je suis bien partout, je te l'ai dit. Et je ne m'étais pas rendu compte que nous ne pratiquions que les loisirs que j'aimais.

— Je ne dis pas que les activités d'extérieur me déplaisent, simplement j'apprécie que s'y mêlent un peu de diversité et de glamour.

— Maintenant, je le sais...

Tracy sentit son dos se détendre, vertèbre après vertèbre. Cette discussion, elle l'avait redoutée pour l'avoir cent fois vécue en pensée. Dans son scénario, la fin était immuable : Marsh lui disait ses regrets qu'ils soient tous les deux embarqués sur cette galère, mais qu'il comptait ramer dans sa direction à lui, merci, et que, si elle ne voulait pas se retrouver à nager toute seule, elle ferait mieux de monter à bord sans délai.

— De toute façon, ça n'a aucun rapport, reprit-elle, dans un effort pour retrouver un peu de sa saine indignation. Tu n'as pas été franc avec moi.

— Parce que toi, tu as été franche ? Si tel avait été le cas, tu n'aurais pas prétendu avoir une gastro pendant des semaines, tu m'aurais simplement annoncé que le test était positif.

Il avait raison. Elle n'avait rien à répondre à cela.

— Trace, c'est quoi le vrai problème ? Nous voulons tous les deux cet enfant. Nous avons assez de choses en commun pour avoir une vie bien remplie. Nous nous entendons très bien au lit. Tu aimes mon fils, bien qu'il soit loin d'être le gosse le plus aimable du coin. Je fais bien la cuisine et tu adores manger. Je ne gagne pas des fortunes, mais je m'en sors assez bien pour nous assurer un train de vie très confortable. Je suis un père passable et tu seras une mère formidable. Alors, où est le problème ?

Elle disséqua mentalement ses paroles, à la recherche d'autre chose de plus que la simple énumération de leurs vertus et intérêts communs. Mais elle avait beau chercher, elle n'y trouva aucune trace d'émotion.

Elle décida malgré tout de sonder ses intentions, espérant avoir fait fausse route depuis le début.

— Et donc, tout ça pour me dire quoi ? Où cela nous mène-t-il, Marsh ?

— Laisse-moi te masser le dos quand le bébé sera de mauvais poil et te vernir les ongles des pieds quand tu ne pourras plus te pencher pour les atteindre...

— Je peux payer des gens pour ça. Il existe des professionnels qui s'en chargeront même mieux que toi.

Elle attendit la suite.

— Viens habiter chez moi — chez nous. Laisse-moi m'occuper de toi et prendre part à cette aventure.

Tracy ne ressentit aucune tristesse à ces mots, ses attentes n'étaient guère élevées. Mais si ses attentes étaient modestes, ses espérances, elles, étaient apparemment un tantinet trop élevées. Parce que, finalement, que lui proposait-il ? D'emménager chez lui de façon à ce qu'il puisse jouir du spectacle à une distance qui n'ébranle pas son confort émotionnel.

— Je peux prendre soin de moi toute seule. Je pense d'ailleurs l'avoir prouvé. J'ai quelques ennuis financiers, certes, mais je trouverai un moyen de m'en sortir. Au pire, je vendrai Happiness Key. Physiquement, je suis en pleine forme et je suis assurée de retrouver mon job au retour de mon congé maternité. Gladys parle d'instaurer une vraie crèche maintenant que les travaux de rénovation du local garderie sont terminés. Le bébé pourra ainsi passer la journée au centre avec moi. Et puis, comme tu le sais, j'ai des voisines formidables...

— Et moi là-dedans ?

— Dès qu'il sera sevré...

— *Il ?* Tu sais déjà que c'est un garçon ?

— Non, c'est encore trop tôt. Je le saurai à la prochaine échographie, si je décide que je veux connaître son sexe. C'est moi qui pense que c'est un garçon.

— Tu parlais de sevrage ?

— Oui, je vais l'allaiter. C'est mieux pour lui. Mais dès qu'il sera passé au biberon ou à l'alimentation solide, tu pourras l'avoir sur des périodes plus longues. Je ne le tiendrai pas éloigné de toi. Nous pourrons même mettre en place un système de garde partagée, si tu le souhaites.

— Tu as visiblement beaucoup réfléchi à tout ça...

— Et pourquoi pas ? La surprise a été de taille pour moi, et pour toi aussi. Mais toutes mes *hormones tempétueuses* n'empêchent pas mon cerveau de traiter les informations, Marsh. Ni toi ni moi n'avons voulu cette situation, mais pour autant nous avons la possibilité de la transformer en une expérience positive. Les choses sont différentes à présent, eh bien, nous devons nous en accommoder !

Marsh sembla un instant perplexe, puis cette expression s'évanouit de son visage qui ne refléta plus aucun sentiment.

— Donc, si j'ai bien compris, ma proposition a été rejetée ?

— Quelle proposition au juste ? Celle concernant mes ongles de pieds ? Ou le massage de dos ?

— Celle de venir vivre chez moi.

L'espace d'une brève hésitation, Tracy tenta de se représenter l'avenir. Vivre avec Marsh, le voir matin et soir. L'aider à élever son fils, puis *leur* fils — ou leur fille. Avoir l'air d'une famille. Se comporter comme une famille.

Sans jamais en être vraiment une.

Ils s'étaient rencontrés dans leur dérive respective, suite à un naufrage conjugal, et pour rien au monde elle n'aurait voulu renouveler l'expérience. Du reste, Marsh ne lui en proposait pas tant. Emménager chez lui. Faire semblant d'être ensemble. Donner le change dans l'intérêt des enfants.

— Non, sans façon. Je vis très bien où je suis, mais je te promets de ne plus t'exclure de ma grossesse. C'est ton enfant à toi aussi, là-dessus tu as entièrement raison. Tu es en droit d'être tenu au courant et de participer.

— D'être tenu au courant et de participer ?

Il hocha la tête, comme si ces mots lui étaient inconnus.

— Ecoute, pourquoi ne m'accompagnerais-tu pas à la prochaine échographie ? Mon prochain rendez-vous est dans trois semaines. Je te communiquerai la date et l'heure par texto.

Il resta silencieux si longtemps qu'elle crut l'avoir offensé par sa proposition, mais au bout du compte il opina.

— J'aimerais bien, oui…

— Super. Et maintenant, je dois repartir au centre avant que les tartes ne se mettent à fondre. Alors on est d'accord ? Ça marche ?

— Comme sur des roulettes.

Elle aurait voulu le secouer comme un prunier, mais elle se contenta de lui adresser un sourire lumineux.

— Je te ferai signe si jamais quoi que ce soit d'excitant se produit entre-temps.

— C'est ça.

Il était toujours planté sur le trottoir quand elle s'éloigna en voiture. Son sourire envolé, son appétit aussi, elle se demanda s'il se réjouissait en son for intérieur d'avoir esquivé le boulet : « Viens donc t'installer chez moi… » Peut-être envisageait-il tout simplement la corvée suivante sur sa liste du jour, maintenant qu'il avait biffé l'entrée « parler de l'enfant à Tracy » ? Dans un cas comme dans l'autre, elle espérait que cela lui occasionnait de sérieuses brûlures d'estomac.

Jamais Wanda n'aurait laissé Maggie toute seule pour finir les tartes et s'occuper des clients cet après-midi-là, s'il s'était agi de répondre à la demande d'un simple quidam. Mais l'homme qui sollicitait son aide était le tout nouveau majordome de la propriété Statler et il l'appelait au nom de Derek Forbes. Dans un état de grande panique, il lui avait appris qu'il avait bien failli perdre sa place, quand l'acteur s'était rendu compte que les fameuses tartes de Wanda ne figuraient pas au menu de la soirée.

Wanda avait alors gracieusement proposé de lui faire livrer celles qu'elle avait en magasin, mais Zippy — un surnom sans doute, car quelle mère saine d'esprit aurait prénommé son fils ainsi ? — l'avait suppliée de se rendre en personne à la somptueuse demeure des Statler pour y confectionner les pâtisseries sur place. M. Forbes avait insisté sur l'immense plaisir que sa présence lui procurerait. Il avait même précisé qu'il pourrait lui prêter main-forte en cuisine.

Un tel enthousiasme vis-à-vis de ses tartes et de la part de Derek Forbes en personne encore, ça ne se snobait pas ! Surtout lorsque la proposition s'accompagnait de la perspective de pâtisser dans cette cuisine de rêve où, au mois de mai précédent, elle avait livré des tartes pour une réception en se jurant bien qu'une fois montée au paradis, elle disposerait d'une installation identique. Bon sang, elle aurait fait des tartes sur le pont d'un rafiot naviguant à la frontière délimitant les territoires de barons de la drogue rivaux, pourvu que Derek Forbes vînt la seconder !

La maison Statler se dressait dans le parc résidentiel sécurisé le plus sélect de Palmetto Grove. Au portail, Wanda déclina son identité au vigile qui lui fit signe d'entrer immédiatement, sans même consulter son porte-bloc. De l'extérieur, la résidence, située en bord de mer et bâtie dans le style méditerranéen, ne trahissait aucun signe de sa déchéance, contrairement sans doute à son ancien propriétaire, Edward Statler. L'une des nombreuses banques qu'il avait tenté d'escroquer s'était empressée de saisir sa demeure avec délectation. Pour autant qu'elle sût, la banque en question rentabilisait la maison au maximum en la louant à une clientèle haut de gamme pendant que ses conseillers en prêt immobilier sillonnaient la Floride à la recherche de quelqu'un d'assez fortuné pour s'en porter acquéreur. Démarche assez logique, vu que la bâtisse haute d'un étage s'étendait sur un terrain gigantesque et qu'elle paraissait aussi vaste que la plupart des motels, en sacrément plus luxueux par-dessus le marché !

Au volant de sa berline japonaise de six ans d'âge, Wanda

imaginait ce que devait être la vie dans un endroit pareil. Rentrer chez soi après un exténuant après-midi passé en manucures, massages et martinis… Un sac rempli de vêtements Lilly Pulitzer posé sur le siège passager… Mais non, à quoi pensait-elle ? Le magasin lui livrerait ses emplettes à domicile, bien évidemment ! Peut-être un petit écrin bleu de chez Tiffany & Company… Quelque chose qui tiendrait dans son sac Gucci grand modèle, comme celui que Halle Berry avait sur une photo. Peut-être même plus grand.

Ou alors, elle pourrait se contenter d'être elle-même, cette bonne vieille Wanda, trottinant dans sa propre maison pour confectionner quelques tartes à l'intention de sa star de ciné préférée…

Dans sa béatitude, son visage se fendit d'un sourire si large que l'air climatisé vint lui titiller jusqu'aux dents du fond.

Elle descendit de voiture et traversa la cour en marbre, portant sur chaque épaule un sac en toile lessivé à grande eau que Ken avait rapporté d'un séminaire de médecine légale. Zippy avait beau lui avoir promis qu'elle disposerait sur place de tout le matériel nécessaire, elle s'était méfiée et avait emporté sa feuille à pâtisser préférée, ses protège-bords et son découpe tarte à double face, sans oublier son tout nouveau rouleau chicos en silicone. Par superstition, elle continuait à privilégier l'usage de son bon vieux rouleau de bois d'érable qui depuis le temps avait fait ses preuves, pourtant celui en silicone n'était pas mal non plus. Mais le rouleau de bois d'érable était un cadeau de sa mère et elle l'emportait toujours partout, au cas où.

La porte s'ouvrit avant qu'elle n'ait atteint le seuil et un petit homme chauve affublé d'énormes lunettes rouges et d'une cravate nouée lâchement sur son T-shirt blanc se précipita sur elle pour la serrer dans ses bras.

— Ah, vous voilà !

— Zippy, je présume ? dit-elle en gigotant pour se libérer de son étreinte.

— Tout juste, Zippy, c'est moi, acquiesça-t-il en la lâchant. Permettez-moi de vous débarrasser de vos sacs ! De vous servir un verre ! De me mettre à genoux pour baiser vos ravissants ongles de pieds…

— Inutile, répliqua Wanda, omettant volontairement de lui signaler qu'il prendrait son pied dans la figure si jamais il osait s'y aventurer. Vous avez tous les ingrédients que je vous ai demandés ?

— Le double ! Le triple ! J'ai acheté tout ce qui dans le magasin me semblait pouvoir entrer dans la confection d'une tarte !

— Ma foi, ça doit valoir le coup d'œil. Et les merles, vous vous les êtes aussi procurés ?

Zippy pouffa de plaisir.

— Ah, Wanda ! Je vous aime déjà. Laissez-moi vous montrer la cuisine…

— Pas la peine, j'y suis déjà venue, je connais le chemin. J'avais fait quelques tartes pour une réception ici, au printemps dernier.

— Oh ! Les petits veinards !

Il en gazouillait.

— Votre patron est là ?

Zippy se dirigea vers la cuisine. De toute évidence, les Statler avaient changé de quartier, mais leurs gros meubles de bois foncé ainsi que leurs élégants tapis d'Orient avaient refusé de les accompagner. La maison était telle que dans ses souvenirs.

— Non, pas encore, mais il va arriver, répondit Zippy. Et il sera de bien meilleure humeur s'il vous trouve ici. Il était très fâché contre moi, vous savez. Mais comment aurais-je pu deviner que cet homme était complètement accro aux tartes en général et aux vôtres en particulier ? Enfin, j'ai fait faire des cupcakes à un chef pâtissier, toutes sortes de cupcakes. Les gens ne mangent plus que ça en ce moment…

Il parut s'apercevoir de sa bévue.

— A l'exception de vos merveilleuses tartes, enchaîna-t-il alors dans un hoquet. Et bien sûr, pour cette soirée, nous voulons ce qui se fait de mieux ! Tout le gratin de la Floride sera là. Mais en même temps rien de démesuré, non, non… Juste le dessus du panier, la fine fleur de…

— O.K., j'ai pigé. Dix tartes, ça ira ?

— Oui, ce sera parfait, de toute façon il est trop tard pour annuler les cupcakes. Nous les mettrons sur le devant, les parts magnifiquement présentées sur des assiettes. La liste des invités se monte à soixante-quinze personnes et vous connaissez les femmes… Elles resteront à saliver bêtement devant les desserts, mais elles n'en prendront pas en public.

Une femme qui avait peur d'être surprise en train de manger une tarte, songea Wanda, était une femme nécessitant une transplantation du cerveau !

Elle avait beau avoir déjà travaillé dans cette cuisine, y pénétrer de nouveau lui coupa le souffle. Elle ne l'avait pas enjolivée dans ses souvenirs. Les murs étaient tapissés d'électroménager en inox et de placards faits de bois foncé. Long comme un canoë, un îlot central en granit, constellé de taches de soleil, divisait l'espace en deux. Au-dessus, une fenêtre de toit fournissait une source de lumière naturelle, doucement filtrée par les étagères de verre qui, à l'époque où la maison était constamment habitée, supportaient des herbes aromatiques en pots. A présent, elles étincelaient de propreté, mais elles étaient vides.

— Sympa, hein ? lança Zippy en observant sa réaction. Le nec plus ultra, mais je ne pense pas qu'on s'en serve beaucoup. Ça vous semble juste, à vous ?

— La vie est pleine d'injustices de ce genre. Je parie qu'ils ne se trempent pas non plus dans la piscine.

— En tout cas, Derek s'y baigne, lui. Apportez votre maillot ce soir. Il est bien décidé à mettre tout le monde à l'eau.

Wanda fit volte-face.

— Pourquoi mon maillot ?

— Comment, je ne vous l'ai pas dit ? se récria Zippy, l'air stupéfait.

Il se donna une gifle théâtrale.

— Wanda, dites-moi que je vous l'ai dit ! Derek insiste pour que vous soyez présente à sa soirée. Il *insiste* ! Oh ! Par pitié, dites-moi que je vous l'ai dit !

Elle se contenta de le regarder fixement.

— Moi ?

— J'étais tellement chamboulé à cause de cette histoire de tartes… J'étais tellement inquiet que vous refusiez !

Il semblait sur le point d'éclater en sanglots.

— Je n'arrive pas à croire que j'ai oublié de vous transmettre son invitation ! Je vous en prie, dites-moi que vous viendrez ! Amenez un ami, un amant, un mari, n'importe qui, mais venez !

— Moi ? ne put-elle que répéter, sidérée.

— Et qui d'autre ?

La question ne venait pas de Zippy. La voix était plus basse, plus chaude, moins affectée ; Derek Forbes se tenait dans l'embrasure de la porte.

— Ainsi, Zippo a réussi à vous faire venir ? Il sait se montrer très persuasif… quand il y pense.

Il jeta un regard dénué de rancœur au majordome.

— Il est très émotif, pas vrai, Zippy ?

— Ecoutez, elle est là et elle viendra ce soir, n'est-ce pas, Wanda ?

Zippy la fixait avec intensité, la mine implorante.

— Pour sûr que je viendrai ! Je ne manquerai ça pour rien au monde.

Derek s'avança et l'embrassa sur la joue. Puis il posa les mains sur ses épaules.

— Vous êtes vraiment un trésor de femme. Et maintenant, mettons-nous à faire ces tartes !

— Quand vous dites « nous », vous voulez dire vous et moi ?

— Pourquoi croyez-vous que je vous ai fait venir ici ? J'ai besoin de leçons. J'ai besoin de votre enseignement. J'ai besoin de vous, Wanda Gray.

— Vous comptez mettre de la farine sur cette chemise ?

— Vous voulez que je l'enlève ?

L'espace d'un instant, Wanda se retrouva privée de l'usage de ses membres et de sa langue.

Forbes se mit à rire.

— Zippo, trouve-moi un tablier !

— Bonne idée ! dit Wanda. Et lavez-vous bien les mains,

surtout. Nous allons faire de la confection de tartes une forme d'art, monsieur Forbes, et ce dans cette cuisine paradisiaque !

— Deke. Tous les gens que j'aime m'appellent Deke…

Elle sourit et sentit de nouveau l'air frais lui titiller les dents du fond.

— Ça marche… Deke.

16

Comme on frappait à la porte, Janya abrégea sa conversation téléphonique et raccrocha. Derrière elle, depuis la chambre des enfants, lui parvenait le bruit sourd d'une balle de tennis lancée contre un mur de façon régulière. Ce bruit, continu depuis une demi-heure, commençait à devenir difficilement supportable, aussi espérait-elle que l'arrivée de ses visiteuses convaincrait Vijay de passer à une autre activité. Aucune suggestion de jeu n'avait trouvé grâce à ses yeux jusqu'à présent et Janya pressentait une énième crise de rage si jamais elle avait le malheur de lui enlever sa balle. Les colères de Vijay devenant fréquentes et de plus en plus difficiles à gérer, il arrivait à la jeune femme d'opter pour la voie de la lâcheté, comme ce jour-là. Installée dans un coin du séjour, à la petite table de jeu que lui avait achetée Rishi, Lily s'amusait avec un bol en plastique rempli de fruits coupés en dés, apparemment indifférente au bruit que produisait son frère.

Aussitôt qu'elle ouvrit la porte, Wanda et Tracy se précipitèrent à l'intérieur. Tracy était encore en bermuda et corsage ample, mais Wanda portait un corsaire noir et un chemisier de lin assorti.

— Elle est dans tous ses états ! annonça Tracy.

Janya était au courant de la raison de cette arrivée quelque peu intempestive. Wanda lui avait téléphoné quelques minutes plus tôt, lui expliquant qu'elle était invitée à la piscine-party de Derek Forbes et que, comme Ken travaillait tard ce soir-là, Tracy avait été réquisitionnée pour l'accompagner. Quant à Janya, son avis était requis pour une question de tenue.

— Depuis quand ai-je été bombardée coach vestimentaire ? demanda-t-elle.

— Je dirais plutôt *arbitre des élégances*, rectifia Wanda. J'ai besoin de quelqu'un qui puisse expliquer à Mme Deloche qu'elle ne peut pas bousiller mon image et me transformer en quelqu'un d'autre !

— Personne ne veut te transformer en quelqu'un d'autre, protesta Tracy. Nous allons simplement te coiffer et te maquiller. Ta tenue fait beaucoup d'effet et j'ai quelques bijoux qui pourront la relever encore. Janya aussi pourra te prêter certains des siens. Et peut-être une de ses ravissantes étoles ? J'ai le souvenir d'un voile turquoise et argent…

— Quand je t'ai proposé de m'accompagner à cette soirée, je n'imaginais pas que tu allais en faire toute une histoire !

Janya connaissait suffisamment bien Wanda pour savoir que cette scène de prétendue exaspération faisait partie de son numéro. En réalité, elle était ravie que Tracy et elle l'aident à se pomponner.

— Nous allons t'installer à la table et travailler un peu sur tes cheveux, proposa Tracy.

— Dire que ma coiffeuse est en vacances ! Comment a-t-elle pu me faire un coup pareil ?

Puis Wanda tendit l'oreille et fronça les sourcils.

— Qu'est-ce que c'est que ce boucan ? Tu as un pivert en cage ou quoi ?

— C'est Vijay…

— Il est où ?

Du menton, Janya lui indiqua la chambre.

Wanda fourragea alors à l'intérieur de son sac en tissu à pois grand comme le Nebraska, en sortit un carnet à spirale et trois stylos de couleur différente, puis, sans un mot, entra d'un pas décidé dans la chambre. Janya la regardait faire depuis le seuil.

— Salut, Vijay ! Ecoute, tu vas arrêter illico de faire ce bruit, d'accord ?

Vijay leva sur elle un regard méfiant.

— J'ai du boulot pour toi… J'ai besoin d'un livre à lire pour ce soir et je n'ai pas le temps d'aller en acheter un à la librairie. Alors, je veux que tu m'en écrives un. C'est toi qui choisis l'histoire. Arrange-toi juste pour que ça soit intéressant. Et, si tu ne sais pas écrire, tu n'as qu'à me faire quelques dessins. Pigé ?

Elle ramassa la balle de tennis et sortit de la chambre.

— Et maintenant au travail ! lança-t-elle à ses deux amies.

Mais Janya ne bougea pas. Elle attendit quelques instants pour voir quelle serait la réaction de Vijay. Le petit garçon se jeta face contre terre et Janya, résignée, se prépara à une nouvelle colère. Mais il resta allongé par terre, inerte, et au bout d'un moment elle le laissa avec l'espoir qu'il se reposerait un peu avant sa prochaine crise de rage.

— Ça ne s'arrange pas, on dirait ? demanda Tracy à voix basse.

Elle tentait de faire manger un dé de melon à Lily qu'elle portait calée sur sa hanche.

Janya secoua la tête.

— D'après sa thérapeute, il va falloir beaucoup de temps. Mais nous avons tellement de mal à le traîner jusqu'à son cabinet que je doute que nous rendions service à quiconque en persévérant.

Tracy tendit un grain de raisin à Lily.

— Tu as du nouveau ?

Janya baissa la voix afin que Vijay ne puisse pas saisir ses paroles.

— L'assistante sociale vient de m'appeler. Les services sociaux ont localisé un couple de grands-parents.

— Et ?

— Elle a refusé de m'en dire plus à part le fait qu'ils continuent à rechercher les autres grands-parents.

— Tu as vu un avocat ?

— Rishi en a engagé un. L'assistante sociale pense qu'au vu de notre dossier, nous avons de bonnes chances de les garder. Rishi est citoyen américain et je serai bientôt naturalisée moi aussi. Les enfants sont nés ici et, d'après ce que m'avait dit Kanira, les grands-parents ont toujours refusé de les connaître, mais…

— Mais ça n'est pas gagné d'avance, résuma Tracy, lisant correctement entre les lignes.

— Disons que ça ne s'annonce pas simple.
— Et c'est tout ce qu'elle t'a dit ? s'enquit à son tour Wanda.
— Je lui ai demandé si je pouvais aller à l'appartement des Dutta pour récupérer le reste des jouets et des vêtements des petits. D'après elle, ça pourrait s'organiser puisque la police en a terminé là-bas. Le loyer est payé pour encore un mois. Je pense que les enfants seront plus à l'aise ici s'ils ont toutes leurs affaires.
— Emmène Maggie avec toi si tu y vas, suggéra Wanda. Elle voudra sûrement voir l'appartement.
Tracy confia Lily à Janya et se dirigea vers la table.
— Bon, et maintenant, Wanda, voyons ce que nous pouvons faire pour te transformer en sirène hollywoodienne…
A partir de ce moment, Wanda se répandit en lamentations que Tracy ignora, tandis que Janya jouait les médiatrices. Leur numéro était tellement bien rodé — elles avaient eu des mois pour s'entraîner — que leur jeu n'avait plus rien d'un rôle de composition. Au bout de quarante minutes — soixante à peine avant le début de la soirée — Tracy se recula pour juger de l'effet.
— Pas question que je laisse mes cheveux libres ! décréta alors Wanda d'un ton sans appel. Ça me donne l'air aussi décati qu'une vieille Studebaker.
— C'est quoi une Studebaker ? demanda Tracy.
— Je n'ai rien d'autre à ajouter.
— Ecoute, j'ai passé les trois quarts de ma vie à apprendre l'art de me faire belle afin de mettre le grappin sur un homme. Alors regarde-toi d'abord dans le miroir de la salle de bains, s'il te plaît, avant de montrer à Vijay ce que c'est qu'une vraie crise de rage.
Ce que voulut bien consentir à faire Wanda… Janya et Tracy se dévisagèrent en attendant le glapissement d'indignation qui ne manquerait pas de fuser de la salle de bains. Tracy avait attaché de façon assez lâche une partie de la chevelure de Wanda tout en laissant libres les cheveux à l'arrière de sa tête, et bouclé au fer à friser quelques mèches folles autour de son visage. C'était elle également qui avait composé son maquillage. Exit le dégradé de fard à paupières cher à Wanda, remplacé par deux nuances d'un

gris très doux, un trait de crayon d'un brun chaud soulignant le regard. Enfin, pour les lèvres, elle avait choisi une couleur pêche et appliqué un blush assorti.

Wanda sortit de la salle de bains l'air apparemment satisfaite.

— Ma foi, c'est vrai que ça me change…

— Du tout au tout, acquiesça Janya. C'est ce qu'il faut pour une soirée.

Tracy hocha la tête.

— Tu n'as pas lâché un chapelet de jurons, c'est donc que ça te plaît… Tant mieux !

— Je suis une dame, voyons…

— Et fort jolie, de surcroît. Tu mérites des diamants aux oreilles ! Nous allons retourner chez moi, comme ça, tu pourras piocher dans ma boîte à bijoux. Les fédéraux m'ont laissé quelques belles pièces, heureusement. Je mettrai ceux que tu ne voudras pas.

— Je vais te chercher une étole…

Janya revint munie de celle dont Tracy gardait le souvenir, et d'une autre, noire avec un filigrane doré et une longue frange de perles dorées également.

— Tu crois vraiment que je réussirai à enlever ce machin ? s'inquiéta Wanda en s'enveloppant le poignet de l'étoffe arachnéenne. Tu as le type exotique, pas moi.

— En Inde, c'est toi qui serais exotique. Tu n'as qu'à imaginer que tu es en Inde, ce soir.

Wanda lui donna une rapide accolade.

— Allez, je file me ridiculiser… Viens, madame Deloche. Au point où on en est, autant voir ces diams dont tu m'as parlé.

Dix minutes après leur départ, un sourire flottait encore sur les lèvres de Janya. Vijay sortit de sa chambre. Il dut contourner sa sœur qui, allongée sur le dos, jouait avec une poupée de chiffon. Il serrait dans sa main le carnet de Wanda qu'elle avait oublié de reprendre en partant.

Janya s'accroupit devant lui pour se mettre à son niveau, technique que lui avait recommandée la thérapeute pour tenter de le faire sortir de sa coquille. Elle s'était faite à ses conversations unilatérales avec le petit garçon qui, le plus clair du temps, restait silencieux, sauf quand il se mettait à hurler.

— Wanda est rentrée chez elle. Tu lui as écrit un livre ? Nous pouvons le lui apporter à sa maison, si tu veux.

A sa grande surprise, Vijay lui tendit le carnet. Elle le prit en hochant la tête avec sérieux. Puis elle le feuilleta et découvrit six pages recouvertes de griffonnages enfantins où l'on distinguait également des lettres parfaitement formées.

— Dis donc, tu sais drôlement bien écrire !

De nouveau, elle hocha la tête.

— C'est Wanda qui va être contente.

— Je veux écrire un vrai livre !

Stupéfaite d'entendre une phrase entière sortir de sa bouche, Janya en resta une seconde interdite.

— Vraiment ? dit-elle après s'être ressaisie. Tu as besoin de davantage de papier ?

Vijay secoua la tête avec colère.

— Tu as besoin d'un peu d'aide ?

Il opina si violemment qu'elle craignit qu'il ne tombe à la renverse.

— Je peux t'aider, si tu veux. Ça ne m'étonne pas que tu veuilles écrire : ton père était lui-même un merveilleux écrivain.

— Maintenant !

— Pas de problème…

Elle s'assit en tailleur à côté de Lily.

— Qu'est-ce que je dois faire ?

— Tu écris. C'est moi qui raconte.

— Bien. Nous pouvons commencer, alors.

Elle prit une nouvelle page dans le carnet et attendit.

Le petit garçon resta longtemps silencieux et Janya se demandait s'il n'avait pas changé d'avis.

Puis :

— Il était une fois des méchants parents qui étaient partis en abandonnant leurs enfants…, commença-t-il.

Les yeux brouillés de larmes, Janya nota soigneusement les mots de l'histoire.

***

Il y avait eu un temps où les soirées semblables à celle donnée chez les Statler faisaient partie du cours normal de la vie de Tracy. Elle savait alors comment s'habiller, adapter sa conversation, quelle quantité d'alcool elle pouvait absorber et combien de miettes de nourriture elle pouvait chipoter. Ce soir-là, cependant, ces deux dernières règles n'étaient pas de mise : elle se contentait d'eau pétillante et mangeait tout ce qui passait à sa portée. Le buffet était exquis — notamment grâce aux tartes de Wanda — et boire de l'eau lui permettait de se rafraîchir puisqu'elle ne comptait pas entrer dans la piscine panoramique vaste comme un petit étang, où certains invités s'amusaient déjà à grand renfort d'éclaboussures.

Derek Forbes l'avait accueillie avec chaleur et s'était mis à rire lorsqu'elle lui avait rappelé cette fameuse soirée en Californie. Puis il avait entraîné Wanda pour la présenter à tous ses amis et, durant presque deux heures, Tracy en avait profité pour déambuler, bavarder et grignoter.

Elle s'était ensuite mise un peu à l'écart dans l'ombre de la maison et admirait les guirlandes de lumières clignotantes qui ornaient les massifs d'arbustes et les palmiers. La musique du quartette de jazz lui parvenait juste assez fort depuis le patio. Elle commençait à se sentir fatiguée et se doutait que Wanda devait l'être bien plus encore.

Une voix masculine s'éleva tout à coup dans son dos.

— Je pensais bien vous avoir reconnue !

Elle se retourna. C'était Blake Armstrong.

— Vous êtes l'amie de Marsh.

Maggie lui avait parlé de leurs deux rendez-vous, aussi en savait-elle sans doute plus sur lui que l'inverse. Il était peu probable que Marsh se soit confié à lui à propos de leur relation. Elle plaqua un sourire sur ses lèvres, reconnaissante qu'il se soit souvenu de leur brève rencontre.

— En effet, Marsh est un ami, répondit-elle, tout en se

demandant si ce terme était toujours d'actualité. Mais dites-moi, Blake… quel changement dans votre allure !

Il parut surpris.

— Ah oui ?

— Vous étiez plutôt hirsute la dernière fois que je vous ai vu. Les cheveux longs… Une barbe bien partie pour être fournie…

Il avait les cheveux bouclés, le genre de cheveux que les hommes préfèrent couper ras par facilité d'entretien. Il arborait cependant une fort jolie coupe, très stylée, dont Tracy lui fit compliment.

— Ce look débraillé ne convenait guère pour ce job, c'est certain, dit-il en se passant machinalement la main dans les cheveux. Mais tout ça se résume au fond à un peu de gel et aux ciseaux d'un bon coiffeur.

— Ma foi, peut-être qu'à nous deux nous pourrions convaincre Marsh d'aller le voir, ce talentueux coiffeur ?

— Si vous voulez mon avis, Marsh ne consentira à se faire couper les cheveux qu'en échange d'une grosse donation à Wild Florida.

Tracy se mit à rire. Elle avait un petit faible pour le catogan de Marsh ; à vrai dire, ces derniers temps, elle préférait le catogan à l'homme.

— Alors, où en est la construction du pont ? Quand posez-vous la première pierre ? D'ailleurs, est-ce l'expression consacrée quand on bâtit sur l'eau ?

— Personnellement, je n'y trouve rien à redire. Il y a beaucoup de travail à faire en amont, c'est pourquoi la construction ne débutera que bien après la fin de la période cyclonique. Attendez-vous à ce que je fasse partie du décor pour encore quelque temps.

Tracy se demanda ce qu'en pensait Maggie. Cette dernière essayait de garder au cours de leurs échanges le juste équilibre entre les confidences et la discrétion sur certains sujets vraiment plus intimes, comme ses relations avec Felo. Tracy l'aimait bien. Elle appréciait leurs discussions tout en étant consciente que Maggie dissimulait une part d'ombre.

— Il se pourrait même que je m'incruste ici plus longtemps que prévu, poursuivit Blake. Pour peu que l'une de ces dépressions tropicales au large de l'Afrique vienne à se renforcer et s'oriente par ici…

— Une tempête tropicale ?

— Rien d'inquiétant pour le moment, mais… vous ne suivez pas son évolution ?

Tracy se sentit un peu sotte. Pour autant, il était hors de question qu'elle énumère à Blake les sujets qui, pour l'heure, avaient la priorité dans son esprit.

— J'avoue que non. Disons que, quand les flics viendront frapper à ma porte pour me demander d'évacuer la zone, il ne me faudra qu'un quart d'heure pour rassembler mes maigres possessions et franchir le pont. C'est l'avantage d'être pauvre…

— Je m'étonne que Marsh ne vous ait pas tenue au courant. Les ouragans causent des ravages parmi les choses qui lui tiennent le plus à cœur.

Les choses qui lui tenaient le plus à cœur : les alligators, les marais, les îles coralliennes…

— En gros, tout ce qui n'a pas à se raser les jambes, lâcha-t-elle.

— …

— Pardonnez-moi, mais Marsh et moi avons des hauts et des bas.

— La voie de l'amour n'est jamais linéaire.

— Vous parlez en connaissance de cause, on dirait.

— J'ai longtemps vécu avec quelqu'un, mais notre relation a capoté juste avant que je vienne m'installer ici. D'où mon look dépenaillé. Je me suis transformé en légume le temps de m'en remettre.

— Et vous y êtes arrivé ? A vous en remettre ?

— Je considère aujourd'hui comme une chance d'être débarrassé de cette personne.

Tracy se demanda si elle nourrirait jamais le même sentiment vis-à-vis de Marsh. Bien sûr, elle garderait à vie le souvenir de leur histoire d'amour ratée, souvenir qui gazouillerait à quatre pattes avant d'être diplômé de l'université. Elle décida finalement que mieux valait en rester à « l'histoire » et laisser l'amour de côté.

— Et donc, ces dépressions tropicales, elles s'annoncent dangereuses ? demanda-t-elle pour changer de sujet.

— Pas assez pour être déjà sur toutes les lèvres. C'est moi qui suis un tantinet à cran : si l'une d'elles devait frapper très durement la Floride, nous serions obligés de modifier nos projets de façon à nous adapter aux éventuelles altérations du paysage. Des routes risquent de s'effondrer, etc. Des tas de choses qui peuvent nous retarder…

— Oui, je comprends que cela vous inquiète.

— Et moi, je comprends que Marsh soit fou de vous.

Il posa amicalement sa main sur son épaule.

— Analysez le problème et réglez-le. Vous formez un couple très sympathique, tous les deux.

Tracy lui sourit, malgré l'envie qui la démangeait d'implorer Blake afin qu'il parlât lui-même à son ami. Sur ces bonnes paroles il s'éloigna et elle le regarda se fondre dans la foule des invités où il entreprit de serrer d'autres mains.

C'est avec plaisir et soulagement qu'elle vit Wanda arriver quelques minutes plus tard. Ses pieds commençaient à la faire souffrir et elle était lasse de parler à des gens qu'elle ne connaissait pas. En son for intérieur se livrait une âpre discussion entre l'ancienne Tracy et la nouvelle, sur l'intérêt ou le non-intérêt qu'il y avait d'assister à des soirées pleines d'inconnus passant leur temps à jacasser.

Wanda était euphorique, et elle rayonnait d'un éclat sans rapport avec son fond de teint ou son blush.

— Il m'a présentée à tout le monde ! Je n'ai jamais reçu autant de compliments de ma vie ! Pour sûr, je ne regrette pas qu'il m'ait aidée à faire ces tartes. C'est incroyable : tous les gens l'adorent ! Tout le monde marche dans tout ce qu'il dit et tout ce qu'il fait !

— Et il t'a vraiment aidée ?

— Il n'est pas manchot devant une casserole, c'est clair. Il cuisine pour se détendre. Mais ce n'est pas un très bon pâtissier.

Enfin, il se débrouille pas mal pour couper les fruits et on voit qu'il a l'habitude de monter une crème fouettée.

— Tu lui as fait faire le sale boulot, autrement dit…

Wanda haussa un sourcil.

— Et pourquoi non ? Y avait quelqu'un d'autre que lui pour le faire ?

— Si tu continues, tu vas bientôt t'exhiber en accoutrement de dominatrice et brandir un fouet.

Wanda porta la main à son cœur.

— Oh ! *Shocking !*

— Et Ken, qu'est-ce qu'il pense de tout ça ?

— Ken ? Vu que je l'ai soutenu dans la mouise, il dit qu'il saura me soutenir dans l'opulence. En plus, il sait bien qu'il est mon roi. Je regrette juste qu'il ne soit pas là pour voir ça. Je ne pensais pas assister à une soirée de ce genre autrement qu'en passant par la porte de service pour livrer mes tartes !

Wanda savourait sa bonne fortune en toute simplicité, égale à elle-même.

Justement l'homme qui faisait ou défaisait la fortune des autres s'approchait d'elles. Il portait une chemise à fleurs de soie qui tombait si bien sur lui qu'elle ne pouvait avoir été faite que sur mesure. Tracy se méfiait des acteurs, partant du principe que leur spécialité, c'est d'endosser la personnalité de quelqu'un d'autre, mais il se pouvait que Derek Forbes fût exactement l'homme qu'il semblait être : extravagant, audacieux et gentil.

— Ah, très bien, vous avez retrouvé votre amie… Je voulais qu'elle entende ce que j'ai à vous dire. Ma chère Wanda, je croule sous les compliments concernant nos tartes ! Tous mes amis du cinéma veulent savoir si vous avez des succursales dans d'autres villes.

— Moi ?

Wanda eut un petit rire amusé.

— J'ai suffisamment de mal à payer le peu d'employés que j'ai sans parler de mes fournisseurs ! Comment je financerais l'ouverture d'un autre magasin ? Avec de la farine et des biscuits ?

— Vous ne voyez pas assez grand, Wanda. Vous tenez là

un concept génial ! Réfléchissez un peu. Hier encore, personne ne songeait à acheter des cupcakes, et voilà que du jour au lendemain, toutes les villes d'Amérique ont leur magasin de cupcakes bien en évidence sur la grand-rue ! Or vous et moi sommes bien placés pour connaître la supériorité de la tarte sur le cupcake, pas vrai ? En tout cas la supériorité des *vôtres*, pas cette hérésie qu'on trouve dans les supermarchés. Pouvez-vous me citer une seule grand-mère qui ait jamais confectionné des cupcakes ? Bien sûr que non ! C'est un truc que fabriquent les mamans stressées à l'aide d'une préparation du commerce et qu'elles apportent à l'école pour l'anniversaire de leur gosse, afin que leurs petits copains ne se disputent pas pour savoir qui aura la plus grosse part. Mais les tartes, c'est l'Amérique ! C'est notre héritage ! C'est notre grand-mère dans la cuisine avec son tablier à carreaux et son rouleau à pâtisserie !

Conscient qu'il allait un peu trop vite en besogne pour Wanda, il s'interrompit.

— Bien sûr, je comprends que l'idée puisse faire paniquer au début…

Wanda le fixait maintenant d'un regard vide.

— Vous croyez que je devrais ouvrir d'autres magasins ? *Moi ?*

Forbes lança un coup d'œil à Tracy.

— Ce n'est pas dans sa mentalité, n'est-ce pas ? Elle se prend pour une femme ordinaire, elle n'imagine pas qu'elle peut devenir une star.

Tracy vit son amie pâlir.

— Je pense que je vais la ramener chez elle. La soirée a été dense et sa journée longue…

— D'autres *Merveilleuses Tartes de Wanda* ? insista Wanda.

— Vous pourriez commencer petit. Ouvrir un magasin à Naples ou Miami, par exemple. J'ai des contacts. Vous pourriez en discuter avec mon directeur commercial.

Mais Tracy répéta :

— Je pense que je vais la ramener chez elle…

Derek serra alors spontanément Wanda dans ses bras avant de reculer d'un pas.

— J'ai passé un merveilleux après-midi avec vous. Il faudra recommencer.

Il sourit à Tracy puis s'éloigna.

— Recommencer ? s'écria Wanda. Parce qu'il s'imagine que je vais pouvoir m'en remettre ?

— Rentrons à la maison. Il est temps, tu ne crois pas ?

— Je ne suis jamais venue ici… Je vais me réveiller d'une seconde à l'autre…

Tracy passa un bras autour des épaules de son amie et la guida en direction de la sortie.

— Ma foi, assurons-nous déjà que tu te réveilles dans ton lit, d'accord ?

— C'est trop beau pour être vrai… Je vais me réveiller entre Chase bavant sur mon oreiller et Ken en train de ronfler.

— J'étais prête à partir, de toute façon. La folie de ce genre de fête, ça m'a bien passé, j'ai l'impression…

— N'empêche, c'était une sacrée soirée, hein ?

— Tout à fait.

— Mémorise bien tous les détails, surtout. Si jamais je me réveille, il faudra que tu me racontes.

17

Force était à Tracy d'admettre que Marsh lui manquait. Elle se languissait de ses bons petits plats et de bien d'autres choses encore qu'elle s'efforçait de relativiser, quand elle n'essayait pas de les enfouir dans un recoin de son cœur où elles étaient moins à même de la perturber. Mais les talents de cuisinier de Marsh… Chacun de ses repas monotones et sans grande inventivité lui rappelait ce qu'elle aurait pu être en train de déguster, si elle avait accepté d'emménager chez lui. Pour sûr, il se serait surpassé, lui aurait mitonné toutes ses spécialités… Sa friture de poisson-chat, ses légumes verts sautés, son crumble à la pêche… Wanda et lui lui avaient appris à aimer la nourriture. A l'époque de son arrivée à Happiness Key et dans les mois qui avaient suivi, les regarder l'un et l'autre cuisiner alors qu'elle était au régime avait exigé d'elle une grande force d'âme. Mais aujourd'hui, tout était différent ! Elle était enceinte, et elle devait compenser toutes les calories perdues à cause de ses nausées matinales. Jusqu'à son obstétricienne qui lui recommandait de manger tout ce qui lui faisait envie du moment que c'était sain pour l'enfant.

Quelle injustice !

Elle se resservit du plat de riz basmati préparé par Janya.

— A te voir, il est clair que tu t'engages sur la voie d'une grossesse agréable, lui fit remarquer Maggie.

— Elle rattrape le temps perdu, intervint Wanda en poussant en direction de la future mère une fricassée de pommes de terre aux épinards embaumant le gingembre et le curcuma. Mais tu es sûre que cette nourriture épicée n'est pas déconseillée dans ton état ?

— Il n'y a rien sur cette table qui puisse me faire du mal.

— Je me souviens de l'époque où j'étais enceinte, commença Alice d'un ton rêveur.

Elle marqua une pause le temps de formuler la phrase suivante.

— J'ai mangé de la salade de pommes de terre à tous les repas… pendant un mois !

Tracy avait noté un changement chez elle. Son élocution était moins hésitante, elle s'exprimait davantage. Ses joues avaient repris des couleurs depuis qu'elle avait débuté son activité au centre de loisirs. Devant le vif succès remporté par son atelier de flocons, elle avait accepté de se charger d'un autre atelier : elle enseignerait à ces dames la confection d'un châle après les vacances de Noël. Elle faisait également partie d'un groupe de femmes assidues à la réalisation d'une couverture en tricot destinée à une tombola de bienfaisance. En somme, elle avait fait de l'emploi du temps chargé d'Olivia un avantage pour elle en passant au centre les heures pendant lesquelles elle aurait dû sinon attendre en ville, de façon à conduire sa petite-fille à ses diverses activités. Sans compter qu'elle s'y était fait de nouveaux amis. Elle avait même intégré l'équipe de palet où sa présence faisait l'unanimité parmi les joueurs.

Mais la fierté qu'éprouvait Tracy pour le courage et la métamorphose d'Alice n'allait pas sans une certaine inquiétude. Maintenant qu'Olivia venait attendre sa grand-mère au centre, le temps que celle-ci termine ses ateliers, elle campait dans le bureau de Tracy où elle faisait ses devoirs. Cette dernière se réjouissait de sa présence, mais la facilité et le bonheur évident avec lesquels Olivia lui faisait des confidences sur son école, ses amies et ses résultats sportifs la mettaient un peu mal à l'aise. Alice ne passait-elle pas du coup à côté de quelque chose ? Etait-ce bien à elle, Tracy, de remplir ce rôle de confidente ? Aurait-elle dû se sentir coupable d'éprouver autant d'affection pour la fillette ?

— Moi, dit Wanda, je ne pensais qu'à manger du chocolat.

Sous n'importe quelle forme. On aurait aussi bien pu me l'injecter par perfusion.

— Et moi, je ne pense qu'à manger tout court !

Tracy se resservit une petite cuillerée de pommes de terre. Après la naissance du bébé, elle retrouverait la ligne, quoique… dans quel but au juste ? Quel homme voudrait d'une mère célibataire accaparée par son job et croulant sous une montagne de dettes ? Qui, à part Marsh ? Mais on pouvait s'interroger sur l'intérêt qu'il lui témoignerait encore. Elle prit une autre cuillerée de pommes de terre, plus grosse cette fois.

— Moi aussi, je mange davantage, dit Janya. Toute la journée je cours après les enfants et le soir, quand Rishi rentre à la maison, je file au yacht-club pour travailler à ma fresque. Elle n'est pas bien grande et les responsables font preuve de patience, mais il faut bien que je la termine ! Toutes ces activités me donnent faim.

— Tu aurais dû me laisser ton tour, dit Maggie, tu as suffisamment de pain sur la planche comme ça. A partir de maintenant, je te remplacerai en organisant les dîners du jeudi chez moi. Il y a longtemps que j'aurais dû te le proposer, d'ailleurs !

L'air perplexe, Janya baissa les yeux sur la table.

— Du pain ? Mais non, je l'ai tout mangé…

— C'est une expression, lui expliqua Tracy. Ça veut dire que tu es très occupée. Que ton emploi du temps est trop chargé.

Janya sourit.

— Oh, non ! C'est un plaisir de vous faire à manger. Et puis Vijay m'a aidée à préparer l'*aloo palak*. Il s'est servi du verre mesureur et il a remué. C'est un vrai chef en cuisine, et il connaît déjà les nombres et, je crois, les fractions.

Elle sourit au petit garçon qui amusait sa sœur en faisant rouler une balle vers elle pour qu'elle la lui renvoie.

Vijay semblait plus à l'aise et moins renfermé que la semaine précédente. Il jouait avec sa sœur et n'avait manifesté aucun signe avant-coureur de colère, même quand Lily avait détruit la ville en cubes de construction qu'il avait édifiée pour la distraire. Il ne souriait pas et sa conversation s'était limitée à un « bonjour » sans croiser le regard de personne, lorsqu'elles étaient arrivées, mais de toute évidence Janya et Rishi étaient en progrès.

— Eh bien, moi, j'ai une nouvelle à vous annoncer, déclara Wanda, et ça ne concerne pas mon poids qui me convient très bien comme il est, bien que je m'approche à grands pas du 48 ! Tracy et moi nous sommes rendues à une soirée chez Derek Forbes, comme vous le savez, mais ce que vous ne savez pas, c'est qu'il pense que je devrais ouvrir d'autres magasins. Il trouve que je fais ça bien. Inutile de vous dire que j'en suis restée comme deux ronds de flan, ce qui, soit dit en passant, n'a rien d'étonnant pour une pâtissière !

Toutes émirent les murmures qui convenaient.

— Mais tu ne vas pas le faire, dit Maggie qui était déjà au courant. Parce que la gestion d'un seul magasin te donne déjà suffisamment de boulot comme ça.

— C'est sûr, mais c'est drôlement motivant de savoir que quelqu'un comme Deke me trouve autant de talent. Vous savez combien d'années il m'a fallu attendre pour entendre un truc comme ça ?

— Ne vous laissez pas avoir par ce qu'elle raconte, répliqua Maggie. Dans la famille, tout le monde chante ses louanges à la moindre occasion. D'où croyez-vous qu'elle tire un ego pareil ?

La porte d'entrée s'ouvrit, laissant le passage à Rishi. Lily battit des mains en le voyant et Vijay arrêta de faire rouler sa balle. Il ne se leva pas pour aller vers lui, mais manifesta un certain intérêt — encore un signe positif, songea Tracy.

— Je vous prie d'excuser mon retard, dit Rishi après les avoir toutes saluées.

— Je leur ai expliqué que ta secrétaire était malade, dit Janya. Tu as mangé ?

— Oui, au bureau, mais il est l'heure de prendre une glace avec mes enfants préférés.

Il s'approcha d'eux lentement, comme s'il savait que Vijay avait besoin de temps pour accomplir la transition. Ainsi que Janya l'avait expliqué à Tracy, le petit garçon avait du mal à passer d'une chose à une autre, comme si tout changement lui rappelait les autres changements intervenus récemment dans sa vie.

Rishi s'accroupit près de lui.

— J'ai bien envie d'aller déguster un cône glacé. Qu'est-ce que tu en dis ?

Vijay parut réfléchir à la question. Autour de la table, toutes se taisaient, conscientes qu'une sortie avec Rishi, à l'instar de tant d'autres choses dans la vie de l'enfant, était pour lui nouveau et de ce fait potentiellement angoissant.

Finalement, il hocha brièvement la tête. Rishi lui sourit et se releva.

— Et Lily, elle est prête ?

Tracy fut plus rapide à se lever que Janya.

— Laisse-moi vérifier sa couche pendant que tu installes Vijay dans la voiture, j'ai besoin de m'entraîner. Janya, reste ici avec tes invitées…

Tracy souleva le bébé sous le regard reconnaissant de Janya et l'emmena dans la minuscule chambre d'enfants où une protection en mousse posée sur une commode faisait office de table à langer. Elle commençait à devenir adroite pour le change, et accomplit sa tâche avec rapidité, aidée en cela par le mobile musical qui surplombait la commode. Elle rajusta la jupe brodée de la petite fille et lui enfila ses chaussettes et ses chaussures, les nuits étant devenues plus fraîches depuis quelques jours. Elle remonta la fermeture Eclair du petit sweat à capuche et fit tenir Lily debout sur la table afin de la considérer de la tête aux pieds. Satisfaite, elle la ramena dans le séjour.

— Ça va comme ça ?

Elle présenta la fillette à l'inspection générale et toutes ces dames roucoulèrent leur approbation. Puis elle attrapa le sac à langer, une poupée de chiffon et un petit livre pour le trajet. En sortant sur le perron, elle croisa Rishi qui revenait chercher Lily.

— Elle est à toi…

Il lui sourit. Il n'était pas dénué d'un certain charme, bien qu'il ne fût pas à proprement parler un bel homme, mais les modifications apportées à son apparence le rendaient nettement plus séduisant. Ce soir en particulier, trouva Tracy, il avait de l'allure en costume sombre et chemise blanche.

Elle fit part de ses réflexions à ses amies en se rasseyant à table.

— Et puis il a vraiment le chic avec ces gosses. Dans la voiture, il chantait une chanson à Lily.

Janya sourit.

— Il s'attache de plus en plus à eux. Vijay se languit surtout de son père et Rishi, par de petites astuces, arrive à l'aider.

— Qu'est-ce qu'il a fait à ses cheveux ? demanda Wanda. Ça le change vraiment, en beaucoup mieux.

— Oh ! Ça tient à une bonne coupe et un peu de gel.

Janya fit le geste de se lisser les cheveux pour illustrer son explication.

— C'est Harit qui l'avait convaincu de se coiffer ainsi. Cet homme avait vraiment de nombreux talents…

Toutes se turent et mangèrent en silence jusqu'à ce que Wanda pose sa fourchette.

— Ma foi, le moment en vaut un autre, j'imagine. Et puisque les petits sont partis pour quelque temps… Maggie, tu as du nouveau au sujet de l'enquête ?

Maggie se rembrunit aussitôt comme elle avait dû le faire tout au long de son adolescence quand sa mère lui posait une question à laquelle elle n'avait pas envie de répondre. Néanmoins, elle aussi posa sa fourchette, et entreprit de faire le point sur ses différentes démarches.

— J'ai parlé à toutes les personnes qui me sont venues à l'esprit. Je suis même allée dans le salon de coiffure pour voir si je pourrais me faire rafraîchir les pointes…

Tracy porta la main à son cœur.

— Hein ? Tu plaisantes !

— Oh ! Ne te fais pas de mauvais sang, on n'a pas touché à un seul de mes cheveux. Cet endroit est un véritable bastion masculin. On ne m'a même pas laissée franchir le seuil. La seule femme présente regardait son fils se faire faire une coupe iroquoise.

— Bon, mais tu as trouvé quelque chose ? lui demanda sa mère.

— Je leur ai dit qui j'étais, et aussi mes craintes que Harit soit étiqueté coupable de meurtre avant qu'on ait réuni toutes les preuves. Mais pour le propriétaire du salon, sa culpabilité ne fait aucun doute et il m'a bien précisé que personne ici ne souhaitait revenir sur le sujet.

— Est-ce qu'il t'a parlé des autres clients ? demanda Janya. De ceux que Harit coiffait à domicile ?

Cet élément était nouveau pour la plupart d'entre elles, aussi Maggie leur expliqua-t-elle de quoi il s'agissait.

— Harit s'était mis à coiffer certains de ses clients à leur domicile. Ces gens le payaient plus cher et lui laissaient de bons pourboires, chose appréciable quand on sait que les Dutta tiraient le diable par la queue…

— Je peux vous dire qu'aucun patron ne goûte ce genre de combine, déclara Wanda. Ce serait comme si l'une de mes employées confectionnait des tartes de son côté en se servant de mes contacts et de mes recettes.

— Peut-être pas aussi terrible que ça, mais tu as raison… Quand je l'ai interrogé sur les clients réguliers de Harit, il s'est contenté de hausser les épaules. Du coup, je lui ai posé des questions au sujet des autres, bien obligée, mais il m'a affirmé que les rumeurs selon lesquelles Harit aurait eu une clientèle privée étaient fausses. Cela dit, il se fiche que Harit soit blanchi de ce meurtre. Et ça s'est arrêté là.

— *Ça* ne s'arrête jamais *là*, avec toi, intervint sa mère.

Maggie ne prit pas la peine de discuter ce point.

— Je me suis garée de l'autre côté de la rue et j'ai passé l'après-midi à parler à tous les gens que je voyais. L'employé qui faisait sa crête iroquoise au gamin est sorti environ une heure avant la fermeture et j'ai bavardé avec lui. Il m'a confié qu'après la disparition de Harit, contrairement à ce qu'il avait affirmé, leur patron avait découvert le pot aux roses. Un type a appelé dans le salon pour signaler que Harit n'avait pas honoré son rendez-vous. Je lui ai dit que je voulais parler aux clients personnels de Harit, mais il prétend ignorer leurs noms. Il m'a seulement indiqué que Harit avait la cote auprès des clients les plus difficiles. Il s'occupait de ceux qui se pensaient au-dessus du lot, des hommes qui voulaient une coupe plus branchée.

— Ces noms, je peux les avoir, déclara Wanda. Il y a des jours que j'aurais pu te les donner si seulement tu m'en avais parlé.

Maggie eut l'air sceptique.

— Je ne pense pas que quelqu'un sache qui ils sont, maman.

— Je peux te les trouver.

Wanda se leva.

— Ça te dérange si je me sers du téléphone de la cuisine ?

Janya fit non de la tête.

— J'aurai aussi besoin de quoi écrire…

Toutes deux passèrent dans la cuisine, mais Janya en ressortit aussitôt. La voix de Wanda s'éleva en bruit de fond, trop faible pour que ses paroles soient audibles.

— Vijay est en train d'écrire un livre sur un carnet que Wanda lui a laissé l'autre jour, expliqua Janya. L'histoire parle de méchants parents qui ont abandonné leurs enfants et ne sont jamais revenus. Nous y travaillons ensemble.

La nouvelle fut accueillie dans un silence général.

— Je crois que ça peut lui être utile, poursuivit Janya. En tout cas, sa thérapeute est encouragée par ses progrès. Il s'exprime davantage et son histoire devient de plus en plus complexe. Hier, le petit garçon est parti à la recherche de son père et il a rencontré un ours. Mais un ours gentil. Je pense que c'est Rishi.

— C'est une bonne chose qu'il bénéficie d'un suivi psychologique, dit Tracy, mais qu'est-ce qui se passe du côté de l'assistante sociale ?

— Elle ne divulgue aucun élément en ce qui concerne les grands-parents. Et en plus, en ce moment, elle est en vacances.

Tracy décela une certaine frustration dans la voix de la jeune femme.

— Mais elle a pris des dispositions pour que nous puissions aller dans l'appartement des Dutta la semaine prochaine. Nous pourrons récupérer toutes les affaires des enfants. Je lui en suis très reconnaissante…

— J'aimerais t'accompagner, proposa Maggie.

— Je m'en doutais. Je lui ai demandé si je pouvais y aller avec une voisine qui m'aide à trier et à transporter les affaires, et elle a dit oui. En revanche, nous devrons attendre qu'elle rentre de congé car elle doit rester tout le temps avec nous.

— Zut ! lâcha Tracy.

— Je pourrais peut-être quand même aller jeter un coup d'œil, dit Maggie.

A cet instant, Wanda revint.

— Je l'ai.

— Quoi ?

— La liste des clients que Harit coiffait à domicile en douce. Et maintenant, demandez-moi comment j'ai fait.

— Comment tu as fait ? firent-elles toutes en chœur.

— Le type qui gère le salon est l'un de mes meilleurs clients. Il s'occupe de répondre au téléphone, de prendre les rendez-vous, de faire réparer le matériel et il répartit les clients qui débarquent sans rendez-vous. Le propriétaire n'est presque jamais là, c'est pourquoi il était sûrement sincère dans les déclarations qu'il t'a faites, Maggie… On peut dire que c'est Seymour qui dirige le salon.

— Waouh ! fit Maggie. Seymour… Me voilà bien embarrassée… Quand le coiffeur à qui je parlais est parti, il m'a crié quelque chose par-dessus son épaule. J'ai vaguement saisi « vous en saurez plus la semaine prochaine », mais je n'ai pas compris ce que j'aurais à savoir de plus et je comptais d'ailleurs retourner là-bas pour en discuter avec lui.

— C'est parce que Seymour revient tout juste d'une croisière. J'aurais pu t'épargner du tracas.

— Arrête de pavoiser, s'il te plaît. Ce Seymour, il t'a donné une liste de noms ?

— Je lui ai promis une tarte *Charleston* tout entière en échange. C'est sa préférée, et c'est toi qui vas la lui faire demain.

Wanda tendit un papier à sa fille.

— Voici la liste. Et maintenant je vais vous dire comment il a appris que Harit bossait en douce à son compte. Figurez-vous que Harit estimait juste qu'une partie de l'argent qu'il gagnait au black revienne dans le salon. Aussi, pour chaque client qu'il coiffait à domicile, il remettait un certain pourcentage de ses honoraires à Seymour pour qu'il l'ajoute à la caisse. De cette façon, il pensait ne léser personne en travaillant sur son temps libre et en gardant pour lui les pourboires les plus gros. C'était un secret entre Seymour et lui au cas où le propriétaire n'ait pas vu l'arrangement d'un bon œil. Harit avait commencé à coiffer huit clients en dehors du salon, du moins à la connaissance de Seymour.

De l'avis de Tracy, cette révélation sur l'honnêteté de Harit rendait encore moins probable l'hypothèse qu'il fût un meurtrier.

— Huit coupes par mois, ça ne me paraît pas représenter une prime bien conséquente, fit-elle.

— D'après Rishi, il était encouragé par l'argent qu'il arrivait à mettre de côté, précisa Janya.

— Mettons qu'il leur prenait soixante-quinze dollars pour leur couper les cheveux chez eux et surtout à l'heure qu'ils voulaient, hasarda Wanda. Ça vous paraît correct ?

— Tant que ça ? s'étonna Janya.

— Oh ! Quand j'étais riche et que je m'ennuyais, je lâchais facilement cent dollars pour une simple coupe d'entretien dans mon salon préféré de Bel-Air, dit Tracy. Les coupes pour hommes étaient moins chères, mais les prix démarraient à… disons, qurante-cinq dollars et c'était les tarifs en salon, pas à domicile.

— Sans compter que Harit était plus un visagiste qu'un simple coiffeur, renchérit Maggie. Mettons donc qu'il prenait soixante-quinze dollars pour une coupe à domicile et qu'il en reversait peut-être… vingt… Ça lui laissait cinquante-cinq dollars, plus un pourboire de disons… vingt de plus ?

— Là, je pense que tu exagères, dit Wanda, mais si tes calculs sont justes, ça lui faisait une prime de six cents dollars par mois.

— Déjà trois cents dollars, intervint Janya, ça aurait tout changé pour sa famille.

Maggie parcourut la liste.

— Je ne vois là aucun nom déjà cité, cela dit je n'ai pas encore vu grand-chose. Ce n'est pas comme si j'avais tous les dossiers de l'enquête en ma possession…

— Tu vas interroger tous ces gens ? s'enquit Tracy.

— Absolument. Harit discutait peut-être en leur coupant les cheveux ; il se peut que quelqu'un se souvienne d'un détail qui pourra me mettre sur une piste.

— Tu dis ça sans guère d'espoir…

— Dans une enquête, quatre-vingt-dix-neuf pour cent des pistes ne mènent à rien. Mais il faut bien commencer quelque part.

Quelque chose chiffonnait Tracy depuis un petit moment, quelque chose en rapport avec les coiffeurs-visagistes par opposition aux simples coiffeurs… Mais quoi ?

Ça lui revint d'un coup.

— Laissez-moi voir cette liste, demanda-t-elle.

Maggie la lui tendit.

Elle l'étudia quelques instants, puis fronça les sourcils.

— Non, je me suis trompée. Il n'y figure pas…

— Qui ?

— Blake Armstrong. Mais je suis bête… si son nom avait été sur la liste, tu l'aurais vu !

— Qu'est-ce qui te fait penser qu'il aurait dû s'y trouver ?

Maggie récupéra le papier.

Tracy agita les doigts au-dessus de sa tête.

— « Une bonne coupe et un peu de gel. » C'est ce qui a fait la différence pour Rishi, nous a dit Janya tout à l'heure. Or il se trouve que j'ai vu Blake à la soirée de Derek Forbes. Je l'ai complimenté sur sa nouvelle coupe de cheveux, et il m'a pratiquement répondu la même chose ; il a fait ce même geste avec la main. J'en ai conclu que, peut-être, il se faisait coiffer par Harit, lui aussi.

— Sauf que Blake ne figure pas sur la liste, objecta Maggie.

Et puis je lui ai parlé de ce drame. J'ai bien dû prononcer le nom de Harit, or ça ne l'a pas fait réagir. Il semblait seulement attristé que deux personnes aient trouvé la mort de cette façon.

— Il ne connaissait peut-être pas le nom de l'homme qui lui coupait les cheveux, suggéra Alice. Et il n'a pas fait le rapprochement quand tu lui as parlé du couple. Les hommes ne sont pas toujours très attentifs à ce genre de chose.

Tracy acquiesça.

— C'est vrai, et s'il ne faisait pas partie de la clientèle privée de Harit il appelait peut-être le salon en disant quelque chose du genre : « Est-ce que le coiffeur indien est libre à 14 heures ? »

— Réduits à notre nationalité, voilà ce que nous sommes, soupira Janya en débarrassant la table pour disposer les assiettes à dessert. Des anonymes.

Wanda se leva pour l'aider.

— C'est parce que les gens ont du mal à se souvenir des noms qui ne leur sont pas familiers. Alors ils choisissent la solution de facilité. Je parie qu'en Inde, je serais simplement « l'Américaine ».

— Jamais personne n'aurait l'idée d'employer l'adverbe « simplement » dans une phrase qui contient ton nom, plaisanta Tracy. Ça, je te le garantis !

— En admettant qu'Alice ait raison et que Blake n'ait pas fait le rapprochement entre les deux, continua Maggie, la prochaine fois qu'il va demander un rendez-vous avec « le coiffeur indien », il va comprendre.

— Si d'aventure ça se produit, tu peux être sûre qu'il t'en parlera, dit Tracy. Tu peux aussi lui poser la question.

— Au moins, ça me donne un embryon de piste…

Tracy considéra longuement Maggie. Celle-ci n'avouerait sans doute jamais ouvertement que son ancien job lui manquait, mais de toute évidence elle n'enquêtait pas sur la mort des Dutta dans le seul but d'aider les Kapur.

Elle changea de sujet tandis que Wanda allait chercher sa nouvelle création, la *Spéciale Fleur d'oranger*.

— J'ai proposé à Marsh de m'accompagner à mon prochain

rendez-vous chez le médecin. On va me faire une échographie et nous saurons sûrement le sexe de l'enfant. Mais est-ce que j'ai envie de savoir ? Est-ce que ça ne va pas me gâcher la surprise ?

Wanda revint avec une tarte faite de couronnes de crème fouettée et de quartiers de mandarine, et Janya disposa les assiettes ainsi que les fourchettes à dessert.

— Tu as demandé à Marsh de t'accompagner ? Vous vous êtes remis ensemble ? C'est officiel ?

— Pas du tout, Wanda, mais je me conduis simplement de manière civilisée. Attentionnée.

— Tu parles ! Tu es têtue comme un âne, oui !

Wanda déposa précautionneusement une part de tarte dans chaque assiette, puis secoua la tête de dépit quand elles se mirent à pencher d'un côté.

— Va falloir que je l'améliore, celle-là. Elle s'effondre.

— Si tu étais à la tête d'une dizaine de magasins, lui fit remarquer Maggie, tu n'aurais plus le temps d'améliorer tes recettes. Mais qu'est-ce qui te fait dire que Tracy est têtue comme un âne ? Pourquoi est-ce toujours la faute des femmes ?

— Parce qu'elle laisse son amour-propre prendre le dessus. Quand tu as un problème avec un homme, tu le lui dis. Tu exiges des réponses. Tu ne scies pas la branche sur laquelle tu es assise !

— Je ne scie aucune branche ! s'insurgea Tracy. Et puis tu ne *demandes* pas à un homme s'il est amoureux de toi ! Si tu dois le lui demander, ça prouve que…

— Tu *dois* le lui demander ! Un homme ne va pas s'embêter à te dire la seule chose qui compte pour toi — il s'imagine que tu le sais déjà. C'est comme ça que ça marche. Ça a commencé au jardin d'Eden. Tu t'imagines qu'Eve a croqué cette fichue pomme parce qu'elle voulait explorer le vaste monde ? Bien sûr que non ! Elle l'a croquée parce qu'elle avait omis de demander à Adam les instructions du bon Dieu. Et cette idiote a cru que si Adam avait voulu qu'elle soit mise au courant, il lui en aurait parlé. Et ce maudit serpent, hein ? Ce maudit serpent était là à papoter bien gentiment et, pour Eve, c'était un changement bien agréable après toutes ces nuits passées auprès d'Adam à regarder des hyènes et des chacals jouer au foot sur Animal Planet. Elle aurait fait la conversation à n'importe qui. La pomme, ça venait en prime.

— Je crois, déclara Alice, que je préfère l'église de Wanda… à la mienne.

Toutes éclatèrent de rire, à l'exception de Maggie.

— Tu continues à rendre la femme responsable de tout.

— Tu sais quoi, Maggie ? Tracy et toi, vous faites la paire. Pas étonnant que vous vous entendiez comme deux larrons en foire. Moi, je crois qu'en fait, vous avez peur de découvrir qui sont les hommes en réalité. Du coup, vous vous dites qu'en ne leur posant pas de questions, vous ne serez pas tenues d'entendre la terrible vérité. Sauf que, pour avoir moi-même testé cette option, je trouve qu'on en retire toujours une impression bien pire que ce que nous aurait apporté une réponse toute bête.

Wanda leva la main.

— Ça y est, j'ai fini…

— Moi, tout ce que je demandais, protesta Tracy, c'était de savoir si je faisais bien de vouloir connaître le sexe du bébé à l'échographie.

— Qu'en pense Marsh ? lui demanda Alice.

Tracy haussa les épaules.

— Je ne lui ai pas posé la question.

Personne ne fit de commentaire et toutes terminèrent leur part de tarte en silence.

18

Maggie était sur le point de rentrer chez elle, quand le téléphone sonna à l'intérieur de la maison. Elle avait fini par craquer et s'était fait installer une ligne fixe : malgré l'achat d'une nouvelle batterie, son portable restait peu fiable et elle ne captait le réseau que de manière aléatoire. Sous contrat pour dix-huit mois encore avec son opérateur, elle s'était résignée à opter pour le canal traditionnel afin de ne pas voir ses appels interrompus de façon intempestive.

Elle s'empressa d'ouvrir sa porte et se précipita sur le combiné, certaine d'entendre un clic à l'autre bout du fil, signe que son correspondant avait renoncé à attendre. Au lieu de quoi une voix familière résonna à son oreille.

— Mags ? J'allais raccrocher et t'appeler sur ton portable. Je t'ai fait courir ?

Maggie se laissa tomber dans un fauteuil près du téléphone.

— J'arrive à peine, je dînais chez les Kapur. Tu as du nouveau ?

Felo se ménagea une pause.

— Pas mal, oui. Mais je ne veux pas en discuter au téléphone.

— Qu'est-ce que tu proposes ? Je suis ici, et j'imagine que tu es à Miami ?

— Non, en fait je suis dans le coin, mais ne t'en fais pas, je ne cherche pas à me faire inviter. Il faut que je sois rentré ce soir, je dois être au boulot de bonne heure demain matin. Est-ce que tu pourrais rouler un peu en direction du sud pour me retrouver dans un endroit qui s'appelle Chez Joe, sur la I-75, à la sortie de Pelican Point ? Tu en as pour environ quarante minutes de trajet. De mon côté, je n'ai pas encore terminé ici ce que j'ai à faire…

Maggie était fatiguée. Le village de Pelican Point avait beau se trouver dans le même comté, la perspective de faire quarante minutes de route dans un sens puis dans l'autre ne l'emballait guère. En même temps, elle était curieuse de connaître les raisons qui empêchaient Felo de pousser jusqu'à Happiness Key alors qu'il en était si près. Regrettait-il la manière dont s'était déroulée leur dernière rencontre ? Essayait-il d'en éviter une autre ? Ou espérait-il tout simplement s'épargner un trajet de retour plus long ?

— Qu'est-ce que tu fabriques dans le coin ? lui demanda-t-elle, histoire de temporiser.

— J'interroge un témoin dans une enquête qu'on nous a confiée. On est sur le point de finir ; tout sera bouclé d'ici que tu arrives, à condition que tu décides de venir, évidemment.

— Gary est avec toi ?

— Je vais le déposer au resto-grill du coin afin que nous puissions discuter en toute intimité.

— J'y serai.

Les mots lui échappèrent avant qu'elle ait eu le sentiment d'avoir pris sa décision.

Cinquante minutes plus tard, elle se glissait dans l'un des box de Chez Joe, lieu de rassemblement apparemment très prisé des gens du coin. Pour avoir une place, elle avait dû se jeter sur la banquette au départ de ses précédents occupants. Un jeune couvert de tatouages et de piercings vint aussitôt débarrasser la table du pichet de bière vide et de la demi-douzaine de verres qui l'encombraient, et elle l'en remercia. Au passage, il avait même essuyé la table et renouvelé la corbeille de bretzels : soit elle bénéficiait d'un traitement de faveur réservé aux dames, soit elle lui avait tapé dans l'œil.

Au bout de dix minutes, Felo arriva, alors qu'elle en était à la moitié de sa bière, un breuvage mystérieux et singulièrement fade. Mais, dans un bar comme Chez Joe, toutes les pressions se ressemblaient.

— La prochaine fois, tu envoies Gary ici et c'est nous qui irons au resto-grill, lui dit-elle en guise de salut.

Il se glissa sur la banquette à côté d'elle.

— On dit qu'ils servent les meilleurs ailerons de poulet de toute la Floride, ici.

— J'ai déjà mangé, mais je t'en prie, ne te gêne pas pour moi.

Son soupirant tatoué revint d'un pas traînant et prit la commande de Felo ; ils se retrouvèrent alors aussi intimes qu'on peut l'être à trois mètres d'un bar avec en fond sonore Carrie Underwood chantant *All-American Girl* à pleins poumons.

— Tu as obtenu ce que tu voulais de ton témoin ? lui demanda-t-elle.

— Oui ! Il était plus que ravi de collaborer. En venant le voir, on lui a épargné un retour à Miami où l'attend un mandat d'amener concernant trois stationnements interdits.

— Et après notre petite entrevue, tu rentres à la maison ?

— Bien obligé. Comment ça se passe pour toi ?

Dire la vérité était impossible : il aurait fallu lui avouer qu'elle s'absorbait dans n'importe quel dérivatif pour oublier son absence et que leur ancienne vie lui manquait. A tel point que plus d'une fois elle s'était retrouvée les clés de voiture à la main, prête à repartir pour Miami. C'était pour combattre cette impulsion qu'elle se donnait à fond dans l'enquête sur les Dutta alors que ses chances de découvrir le moindre indice lui apparaissaient quasiment nulles.

— Ça roule, répliqua-t-elle. Je travaille dur.

— Et Rumba, elle va bien ?

— Elle passe ses journées à dormir et ses nuits à rôder dans le lotissement. Comme d'habitude.

— Je regrette de ne plus avoir à enlever ses poils collés sur mon pantalon. Ça me faisait passer le temps en réunion…

— La prochaine fois je t'apporterai mon aspirateur.

Elle s'était à peine tournée vers lui, mais suffisamment pour qu'il puisse se pencher vers elle et lui voler un baiser.

— Je prendrai ce que tu me donneras, Mags.

Elle ne détourna pas la tête, mais ne lui sourit pas non plus.

Elle essayait simplement de déchiffrer l'expression de son visage et d'analyser le véritable sens de ce baiser.

Leur serveur s'approcha avec deux bières, celle de Felo et une autre pour elle. Elle n'avait pourtant rien commandé et ne comptait pas la boire.

— Les ailerons arrivent, dit-il à Felo avant de se fondre de nouveau dans la foule des clients.

— Alors ? Tu ne m'as quand même pas fait venir jusqu'ici pour me parler de poils de chat ?

— Je voulais t'informer des derniers développements de l'enquête.

— Ah, je suis contente que tu aies quelque chose. Mes recherches se sont soldées par un zéro pointé. Pour autant que je sache, les Dutta n'avaient que les Kapur comme amis à Palmetto Grove. Vijay n'était pas inscrit à la maternelle et en ville, personne ne connaissait la famille. Je suis allée à la bibliothèque, au supermarché, au Lavomatic, au drugstore... Personne n'a pu me donner le moindre renseignement sur eux à part un type du magasin de vidéo. Une Indienne serait venue lui proposer de rédiger des résumés de films pour leur nouvelle section consacrée à Bollywood. Elle voulait être payée au black.

— Kanira ?

— Elle pourrait correspondre à la description qu'il m'en a faite. C'était peut-être tout simplement ça, le fameux événement qui allait changer sa vie.

— Autre chose ?

— Leur propriétaire compte les jours jusqu'à la fin du mois. Il attend d'être enfin autorisé à vider l'appartement pour le remettre en location. Il prétend ne rien savoir ; pour lui, les Dutta n'avaient pas de problèmes d'argent. Voilà où toutes mes pistes ont abouti, à une impasse !

— Et le boulot du mari ?

— Je continue à travailler dessus. Mais pour l'instant, rien.

Felo buvait sa bière sans se presser, à petites gorgées, comme s'il réfléchissait à ce qu'elle venait de lui dire. En dépit de sa réputation d'homme impétueux, il était lent à se forger une opinion. C'était cette qualité, entre autres, qui faisait de lui un excellent enquêteur.

— La réponse se trouve ici, dit-il enfin, lorsqu'il en fut à la moitié de sa bière. Si Harit n'a pas tué sa femme ni retourné l'arme contre lui, la réponse à ces deux meurtres se trouve à Palmetto Grove. Une chose au moins est claire : il n'avait aucune attache à Miami. Il n'existe pas un commencement de preuve qu'il ait jamais mis les pieds là-bas avant d'y trouver la mort. Sa femme et lui sont entrés dans le pays par New York. Là, grâce à une bourse, lui s'est inscrit à un cours d'écriture à l'Université. Il semble que Kanira soit tombée enceinte tout de suite et qu'elle se soit trouvée dans l'incapacité de travailler faute de carte de séjour. Résultat : avec une bouche de plus à nourrir, Harit a laissé tomber ses études avant l'obtention de son diplôme et ils sont venus s'installer à Palmetto Grove.

— Pourquoi ?

— Kanira avait horreur du froid et elle prétendait que le climat de New York nuirait à la santé de leur enfant. Harit comptait décrocher un poste d'enseignant à l'IUT de Palmetto Grove, mais le projet n'a pas abouti ; leurs maigres ressources s'étant épuisées entre-temps, Harit s'est mis à écrire et à couper les cheveux, métier qu'il avait appris en Inde.

— Ils ne sont jamais allés à Miami ?

— Je ne peux pas affirmer qu'ils n'ont jamais visité la ville, mais on ne leur a découvert aucun contact là-bas, et leur itinéraire a été retracé dans sa totalité : l'Inde, New York, Palmetto Grove. Il n'y manque pas un mois ni même une semaine.

— Et c'est ça que tu ne voulais pas me dire par téléphone ?

Les ailerons arrivèrent et Felo attendit que le serveur se fût éloigné pour répondre.

— Non, mais ça fait partie de ce que j'ai découvert. Il y a autre chose de potentiellement plus intéressant. J'ai examiné les preuves ainsi que les objets trouvés sur les victimes…

Il s'attaqua à son assiette avec un appétit qui surprit Maggie.

— Depuis quand tu n'as pas mangé ?

— Le petit déjeuner. La journée a été longue, désolé…

Elle avait toujours aimé le voir à table. Il adorait la nourriture ; il s'en délectait, sans jamais en être rassasié. Il se régalait avec une intensité presque sexuelle.

Presque.

— Quels objets ?

— Ce qu'on s'attend à trouver, en général. Rien que du banal dans le sac de la femme. Un portefeuille, les clés de l'appartement, des photos de ses enfants dans un petit boîtier à paillettes, des mouchoirs en papier. Dutta avait lui aussi son portefeuille ainsi qu'un carnet rempli de notes en bengali qui, une fois traduites, se sont avérées sans intérêt pour l'enquête : des listes de courses et sans doute des notes pour le roman qu'il écrivait. Ses clés de voiture étaient par terre, à côté de lui, détail qui, à mon sens, ne manque pas d'importance. En général, on fourre ses clés au fond de sa poche et elles y restent, pas vrai ? C'est donc qu'il les avait à la main en entrant dans la chambre.

— Et il les aurait lâchées au moment où on lui a tiré dessus ?

— Ou en sortant son arme. Mais pourquoi aurait-il attendu d'être à l'intérieur pour le faire ?

Un tel scénario, songea Maggie, était en effet hautement improbable.

— Il avait aussi sur lui un chèque non encaissé, environ trente dollars en billets et en pièces et enfin quelque chose de totalement incongru…

Maggie dressa l'oreille.

— Quoi ?

— Des dés.

— Des dés ? Harit Dutta était un flambeur ? C'est peut-être de là que venaient leurs problèmes financiers !

Son esprit se lança à toute vitesse sur cette nouvelle piste.

— Il ne s'agit pas de n'importe quels dés, précisa Felo. Ils sont bleus marbrés de vert et frappés du nom d'un casino d'Atlantic City, l'Atlantis.

— Je ne comprends pas.

— Sur le moment, je n'ai pas compris moi non plus, alors je les ai photographiés et j'ai envoyé le fichier à Alvaro.

— Encore lui…

— Arrête, Mags, O.K. ? J'essaie de t'aider, *à ta demande*, au cas où tu l'aurais oublié…

Maggie ne pouvait lui donner tort — elle reconnaissait volontiers qu'elle avait un côté disque rayé. Et puis à quoi bon nier l'évidence ? Alvaro était l'ami de Felo, et comme tous ses autres amis, il ferait toujours partie de sa vie.

— Ça va, c'est bon…

Felo se détendit un peu.

— Le jeu, ce n'est pas ma spécialité. Mais Alvaro, lui, passe beaucoup de temps dans les casinos, ça l'amuse. Il aime voir la relation qu'entretiennent les joueurs avec l'argent. En même temps, si les gens qui l'accompagnent perdent, il perd lui aussi. Et s'ils gagnent…

Il haussa les épaules.

— Il sait s'y retrouver. Enfin bref… D'après lui, ces dés sont exclusivement offerts par les casinos aux flambeurs, c'est le genre de babiole que le joueur trouve dans sa chambre, au milieu d'une corbeille et d'autres cadeaux. Un gadget produit en série limitée, mais pas forcément très recherché. Le genre de souvenir qu'on ajoute à sa collection, bien qu'il n'ait guère de valeur.

— En conclusion, Harit Dutta, qui n'est jamais allé nulle part et qui disposait au mieux d'un revenu minimum, portait sur lui des dés que le casino Atlantis offre uniquement à ses gros joueurs. Etrange, c'est le moins qu'on puisse dire, à moins qu'il n'ait mené une double vie que nous n'avons pas encore découverte, or tu as pratiquement écarté cette hypothèse.

— La prochaine étape sera de découvrir combien de dés étaient issus du même lot et à qui ils ont été offerts. Alvaro va s'en charger.

Maggie sentit une bouffée de colère l'envahir.

— C'est une chose de demander des renseignements à Alvaro à titre privé, mais c'en est une autre de le faire participer à l'enquête. Il n'est plus flic. Loin de là !

— Je ne vois pas où est le problème. Il a des contacts dans ce casino, pas moi. C'est quand même pousser un peu le bouchon, même pour toi, de penser qu'Alvaro est aussi mêlé à cette affaire, non ? Tu t'imagines qu'il trempe dans chaque meurtre, dans chaque cas de corruption qui frappe Miami ?

— Alvaro connaît tout le monde. Qui peut affirmer qu'il ne connaît pas ceux qui ont fait ça ?

Felo reposa son verre si brutalement qu'elle fut étonnée de ne pas le voir se briser.

— Tu sais quoi, Mags ? Il est temps que tu comprennes quelque chose… Grand temps, même, et c'est pour ça que je suis ici ce soir… Je ne suis pas venu pour discuter de ces dés. Tu penses bien que j'aurais pu t'en parler au téléphone.

— Alors pourquoi tu m'as fait venir ici ?

— Parce qu'on m'a enfin donné le feu vert.

Il laissa passer quelques secondes, le temps de se ressaisir, mais à la façon dont il baissa le ton, elle comprit que sa colère n'était toujours pas passée.

— Je n'ai cessé de te répéter qu'Alvaro n'avait pas influencé ma décision concernant Paul Smythe. Laisse-moi donc te révéler *qui* m'a dicté la position à adopter. Voilà deux ans que Smythe fait l'objet d'une enquête fédérale. Son refus de ne pas poursuivre Jorge Famosa, c'est de la roupie de sansonnet. La corruption va si loin que, même toi, tu aurais du mal à le croire. Quand les fédéraux ont appris que tu menaçais de lever le voile sur les agissements de Smythe, ils ont appelé notre chef. Et celui-ci m'a…

Il exhala un profond soupir, comme s'il espérait évacuer ainsi sa colère.

— Il m'a demandé de te calmer et d'empêcher que tu fasses ton numéro à la conférence de presse. Ce que j'ai tenté de faire. Dieu sait que j'ai tout essayé pour t'en dissuader !

Maggie avait la tête qui tournait. Felo lui tenait un discours sans queue ni tête et elle n'ajoutait aucune foi aux quelques bribes qu'elle arrivait à saisir.

— Qu'est-ce que tu racontes ?

— Je t'explique comment *moi*, j'ai tenté de te parler, pendant que tu accusais mon ancien coéquipier, un homme qui, depuis plus d'un an, fournit au FBI des tuyaux en béton sur Smythe. En dépit des apparences, Alvaro n'est ni l'ami de Jorge ni celui de Smythe. Il bosse pour les fédéraux. Pas parce que c'est un saint, mais parce qu'il croit en l'insigne qu'il portait dans le temps et parce qu'il sait que Smythe est nuisible pour la ville. Et s'il est nuisible pour Miami, il l'est aussi pour Peerless.

— Oh ! Je t'en prie ! Si le chef avait voulu que je m'écrase, il me l'aurait dit. Il m'aurait expliqué ce qui était réellement en jeu. Il ne se serait pas confié à toi.

Felo laissa passer quelques instants, comme pour trouver un moyen de la convaincre.

— C'est là que tu te trompes, dit-il enfin. Et tu sais pourquoi ? Tu sais ce que tu ne vois pas ? Tu ne te vois pas toi-même. Tu regardes dans le miroir et tu ne vois pas la femme qui a été tellement meurtrie durant ses deux premières années dans la police qu'elle continue à croire dur comme fer que tous les flics mâles la traitent avec condescendance. C'est ta ligne de défense, ta réaction immédiate. Ton carburant.

— C'est faux !

— Le chef savait que tu n'écouterais rien, comme tu n'écoutes rien de ce que je suis en train de te dire. Tu étais absolument convaincue que, en montrant du doigt Famosa et Smythe lors de cette conférence de presse, tu agissais pour le mieux. Même en possession de tous les éléments, tu aurais foncé tête baissée ! Tu veux savoir ce qu'il m'a dit ? Que quand Jeanne d'Arc a traversé la ville sur son grand cheval blanc, elle a piétiné tous ceux qui se trouvaient sur son chemin, un truc que les manuels d'histoire oublient de préciser. C'est pourquoi en dernier recours il m'a enrôlé, pour faire ce que je pouvais.

Maggie refusait d'en croire un mot. Elle chercha quelque chose à dire, une façon de se prouver que c'était faux. Mais rien de pertinent ne lui vint à l'esprit.

— Pourquoi tu me dis ça seulement maintenant, Felo ? demanda-t-elle enfin.

— Parce que Smythe est sur le point de tomber. Ce sera

bientôt dans tous les journaux. Et le plus marrant, c'est que tu auras sûrement le beau rôle. La plupart des gens ne comprendront pas que tu as failli compromettre des années de prudentes investigations et d'infiltrations. Oui, tu auras le beau rôle aux yeux du grand public et de la presse, comme si tu avais été la première à comprendre ses agissements et à le défier. Tu pourras sûrement réintégrer la police de Miami City, car si on refusait de te reprendre, ça ferait mauvaise impression. Mais chez nous, on ne te considérera plus jamais comme un membre de l'équipe, même si, contrairement à ce que tu as toujours cru, tu étais parfaitement acceptée avant. Il ne te restera plus qu'à aller ailleurs, quelque part où tu ne traînes pas autant de casseroles.

Maggie était atterrée par ce qu'elle venait d'entendre, en dépit du fait qu'elle avait vu juste au sujet de Smythe. Elle n'en avait jamais douté, d'ailleurs. Cet homme qui méritait de tout perdre allait enfin être puni. Peut-être Jorge Famosa tomberait-il lui aussi. Tout le travail qu'elle avait fait allait peut-être ressortir des tiroirs pour servir enfin. Elle n'éprouvait aucun remords, aucune compassion pour ces deux hommes, deux ordures.

Les révélations de Felo soulevaient des points cruciaux qu'elle avait du mal à digérer. En premier lieu, on ne l'avait pas mise dans la confidence parce que son propre chef ne l'avait pas jugée capable de garder pour elle un pareil renseignement. Et pire, bien pire, en refusant d'écouter, en refusant de faire confiance à ses collègues hommes, elle avait failli faire capoter une enquête et anéantir les années de travail des féderaux. Dans sa certitude d'avoir raison, dans sa certitude que tous les autres étaient soit corrompus soit paresseux, elle avait en effet traversé les rues de Miami sur son grand cheval blanc sans baisser les yeux pour voir ceux qui tombaient sous ses sabots.

— Je n'arrive pas à y croire, murmura-t-elle, la tête baissée, comme si la vérité commençait à l'atteindre.

Felo ne fit pas le geste de lui prendre la main. Il se contenta de la regarder.

— Tu n'imagines pas combien de fois j'ai failli tout te dire.

— Pourquoi tu ne l'as pas fait ?

— La main sur le cœur, peux-tu me jurer que tu n'aurais pas persévéré dans cette histoire de démission hyper-médiatisée ? Que tu aurais agi dans le bon sens et que tu te serais écrasée ? Non, tu voulais que quelqu'un paie. Tu étais trop aveuglée par ton ressentiment à l'égard de tout le monde, Mags, moi y compris, pour choisir la bonne attitude. Tu es une solitaire. Tu ne demandes jamais de l'aide, tu n'acceptes pas les conseils. Et tu sais quoi ? C'est bien dommage pour toi…

Elle ne savait pas si Felo avait raison, mais le doute la suivrait toute sa vie. Elle leva les yeux et secoua la tête lentement.

— Je rentre chez moi.

— Je réglerai l'addition. Sois prudente au volant.

— C'est un peu tard pour t'inquiéter ! Tu es un peu en décalage, tu ne trouves pas ?

— Depuis le début de cette affaire, je me fais du souci pour toi. Et si tu ne me crois pas, alors, c'est que c'est vraiment fini entre nous.

Elle ne savait que répondre à cela. Elle s'empara de son sac, attendit qu'il s'extraie du box pour pouvoir en sortir elle-même et elle se dirigea vers la porte.

Une violente douleur à l'abdomen réveilla Tracy peu avant minuit. Elle se dressa sur son séant, transpercée par ce qui lui semblait des coups de poignard, l'esprit en pleine confusion. Désorientée, elle tendit la main vers le téléphone et composa presque machinalement le numéro de Marsh à la lueur du clair de lune. Au bout de cinq ou six sonneries, la boîte vocale prit le relais et elle entendit Marsh débiter d'une voix traînante le nouveau message qu'il avait enregistré. Suivait le numéro où il serait joignable à Washington durant la semaine qu'il allait passer à démarcher les législateurs de Capitol Hill.

Elle raccrocha, de plus en plus inquiète et furieuse que le père de son enfant ait quitté la ville sans la prévenir. Peu importait qu'il eût laissé un message soigneusement détaillé, chose qui n'était pas dans ses habitudes, et qu'il possédât un iPhone tout à fait fiable. Alors que des crampes la pliaient en deux dans son minuscule pavillon de Happiness Key, monsieur taillait le bout de gras avec les sénateurs de Washington !

Etait-elle en train de faire une fausse couche ? Elle avait pourtant dépassé les premiers mois, réputés être les plus problématiques. Quoi qu'il en soit, son ventre la faisait horriblement souffrir, elle se sentait oppressée et son cœur battait la chamade. Qu'était-elle censée faire exactement ?

Elle alluma sa lampe de chevet et son second coup de téléphone fut pour son obstétricienne. Un menu enregistré lui déroula toutes les possibilités de redirection automatique et elle patienta le temps de comprendre sur quelle touche appuyer. Trois redirections plus tard, elle aboutissait au message final : le numéro à appeler en cas d'urgence. Elle raccrocha, puis composa le numéro en question. Cette fois, son appel fut immédiatement dirigé vers une boîte vocale. Elle laissa un message dans lequel elle indiqua son nom et la nature de son problème.

— Génial !

Combien de patientes avaient passé l'arme à gauche ou accouché de triplés entre l'option n°1 et l'option n°2 du menu ? Bien sûr, il lui restait la possibilité de s'habiller et de filer aux urgences, mais était-il prudent de prendre le volant dans son état ? N'était-il pas plus sage de s'allonger dans le calme et de croiser les doigts ? Si jamais elle perdait l'enfant…

Ses yeux s'embuèrent de larmes. Où était Marsh quand elle avait besoin de lui ? Qui d'autre était en mesure de comprendre ce qu'elle ressentait ? En tout cas, s'il lui restait encore quelques doutes sur le bien-fondé de sa grossesse, la douleur les avait fait voler en éclats. Elle voulait ce bébé. Elle le voulait ! Et, en cet instant, elle voulait aussi le père de son enfant. Si par malheur elle faisait une fausse couche, ses amies seraient attristées, mais Marsh, lui, se retrouverait dans la même situation qu'elle : il aurait perdu un enfant. Leur fils ou leur fille, qu'ils avaient conçu ensemble, peut-être sans amour véritable, mais dans la tendresse et… ma foi… dans une certaine ardeur sexuelle.

Elle ne pouvait pas rester sur ce lit à se poser des questions, c'était idiot ! Elle avait composé un numéro d'urgence, tout de même ! Un médecin allait bien la rappeler ! Entre-temps, mieux valait se lever et s'habiller, au cas où on lui conseillerait de se rendre à l'hôpital. Et la prévoyance exigeait aussi de préparer quelques affaires à emporter, au cas où.

Les larmes roulaient le long de ses joues. Elle les essuya du revers de la main sans pour autant parvenir à en endiguer le flot.

— Marsh, pourquoi tu n'es pas là ?

Elle s'autorisa alors à pleurer un bon coup, puis au bout d'une minute, elle renifla, s'essuya le visage à l'aide d'un mouchoir en papier trouvé sur sa table de nuit et se leva avec précaution. La douleur n'empirait pas, elle était intermittente : les élancements s'atténuaient puis reprenaient, sans pour autant gagner en intensité, point plutôt encourageant, car si la douleur s'était aggravée, Tracy aurait complètement paniqué. Elle alluma le plafonnier. Puis, momentanément aveuglée, l'éteignit aussitôt. Elle attendit, ralluma et cligna des yeux jusqu'à retrouver une vision normale.

En revenant de leur dîner chez Janya, elle avait pris une douche et un petit encas, puis elle s'était brossé les dents avant de se mettre au lit. Elle alluma toutes les lumières de la maison et s'habilla aussi vite que possible, serrant les dents pour lutter contre la douleur chaque fois qu'elle lui transperçait le ventre. Elle rassembla quelques affaires de toilette, une chemise de nuit, et les fourra dans le petit sac en toile Louis Vuitton qu'elle avait gardé en souvenir de son ancienne vie. Aujourd'hui, il lui aurait fallu économiser durant des semaines avant de pouvoir s'en acheter un d'occasion.

Cette pensée ne lui causa pas le moindre pincement au cœur, contrairement à d'habitude : pour l'heure, elle ne distinguait que trop bien ce qui était important de ce qui ne l'était pas.

Le téléphone ne sonnait toujours pas. Que faire ? Appeler Marsh à son hôtel ? La tentation était grande. Il ne pourrait rien faire depuis Washington, mais au moins il saurait. Si elle devait être malheureuse, il devait l'être aussi.

On frappa à la porte d'entrée. Surprise, elle cessa de faire les cent pas, puis alla sur la pointe des pieds jusqu'à la porte et alluma la lumière extérieure. Maggie se tenait sur le seuil. Tracy ouvrit la porte et la fit entrer.

— Dis donc, tu te la joues concert de rock des années 1960 ou quoi ? Un coup tout s'allume, un coup tout s'éteint… J'en avais le tournis. Qu'est-ce qui se passe ?

— Et toi, que fais-tu dehors à une heure pareille ?

Maggie était pâle et elle avait les yeux rouges.

— C'est sans intérêt. Mais tu ne m'as pas répondu. Tu vas bien ? Tu te tiens le ventre à deux mains…

— Je ne sais pas ce qui m'arrive mais je souffre horriblement. J'ai appelé un numéro d'urgence. Je vais sans doute devoir aller à l'hôpital.

— Et si tu t'asseyais ? Tu veux que je t'aide ?

— Non, ça va, je vais y arriver.

Tracy se dirigea vers le sofa d'un pas mal assuré et s'assit précautionneusement sur un coussin. Elle se pencha en avant, position qui parut la soulager.

— Ça a commencé quand ?

Tracy lui retraça par le menu tout ce qu'elle avait fait depuis son réveil en sursaut.

— Quelqu'un devrait me rappeler sous peu pour me dire ce que je dois faire…

— Je ne suis pas experte en la matière, mais ma mère, oui. Si on l'appelait, en attendant ?

— Wanda ?

Tracy plissa un instant le nez, mais l'idée que Wanda, avec son solide bon sens et ses opinions bien arrêtées, vienne lui tenir la main lui apparut au fond plutôt réconfortante.

— O.K., je l'appelle, dit Maggie.

— Mais elle doit dormir ! Et demain, elle se lève très tôt.

Tracy la laissa cependant composer le numéro et quand Maggie raccrocha, elle l'interrogea d'un hochement de la tête.

— Elle arrive. Elle était encore debout. Elle retravaillait la *Spéciale Fleur d'oranger.*

— Et toi, où étais-tu ? Tu es allée quelque part après le dîner chez Janya ?

— Je suis allée boire un verre avec Felo dans un bar de Pelican Point. Il se trouvait là-bas pour une enquête.

— Tu as du nouveau au sujet des Dutta ?

— Ecoute, tu as autre chose en tête pour le moment et moi aussi. On parlera plus tard, d'accord ?

L'arrivée en trombe de Wanda coupa court à toute autre discussion.

— Pourquoi tu ne m'as pas appelée tout de suite, Tracy ?

Tracy était toujours penchée en avant, les avant-bras appuyés sur les cuisses.

— Ça ne m'est pas venu à l'esprit. J'ai d'abord pensé à appeler mon médecin.

Elle omit de préciser qu'elle avait également tenté de joindre Marsh.

— Où tu as mal ?

— Au ventre.

— Ça te dérange si je palpe un peu ?

— Ça va me soulager ?

— Je ne sais pas, mais comme ça, au moins, quand ton toubib appellera, tu pourras lui dire exactement ce qui t'arrive.

Tracy se laissa aller contre le dossier et Wanda s'assit à ses côtés. Elle exerça quelques pressions à divers endroits de son abdomen.

— Ça te fait mal à droite ?

— Ça me fait mal partout.

— Essaie de te concentrer sur ce point, d'accord ?

Tracy ferma les yeux. Les pressions de Wanda sur son ventre n'augmentaient pas la douleur.

— Essaie de l'autre côté.

Wanda s'exécuta.

Tracy s'efforçait de distinguer quel côté la faisait le plus souffrir.

— A gauche, surtout. Pas là.

Elle attendit que la main de Wanda se soit déplacée plus haut.

— Ici, oui. C'est une crise d'appendicite, tu crois ?

— Tu as toujours ton appendice ?

— Oh ! Non ! Ça ne peut pas être ça ! Je suis enceinte !

— J'ai une amie qui s'est fait opérer au cours de son huitième mois de grossesse. Ça ne l'a pas empêchée d'avoir un superbe garçon quatre semaines après. Mais je ne crois pas que ce soit ça…

Elle entreprit de lui masser doucement le ventre.

— Ça passe un peu ?

Tracy s'apprêtait à dire non lorsqu'elle s'avisa que la douleur s'atténuait un peu.

— Peut-être. Oui, je crois que ça me fait du bien…

Wanda secoua la tête comme si elle savait quelque chose qu'elle ne tenait pas à révéler.

— Maggie, tu veux bien me remplacer une minute ? Il faut que je vérifie un truc.

Tracy s'empara de sa main.

— Qu'est-ce qu'il y a ? Qu'est-ce qu'il m'arrive, d'après toi ?

— Ne te mets pas dans tous tes états… Laisse-moi juste vérifier si je trouve quelque chose.

— Quoi ? Un remède de bonne femme ? Je te préviens, je ne prends rien sans l'avis du médecin !

— Maggie, tu veux bien essayer ?

Maggie et Tracy échangèrent un regard et Tracy haussa les épaules. Wanda montra à sa fille l'endroit qu'il fallait masser doucement, puis elle se releva.

— Je reviens dans une minute…

— Qu'est-ce qu'elle fabrique ? s'inquiéta Tracy quand Wanda eut disparu.

— Elle wandate. C'est le verbe que papa a inventé pour la décrire quand elle se met à fureter quelque part.

— Qu'est-ce qu'elle s'imagine pouvoir trouver ?

La réponse lui fut donnée presque immédiatement. Wanda revint munie d'une boîte de conserve et d'un sac en papier.

— Tu t'es tapé un petit encas en rentrant, à ce que je vois ?

— Je rattrape mes kilos perdus. Et puis j'avais faim.

— Faim de chili en conserve et de chips au maïs ?

— Les haricots et le maïs, c'est excellent pour la santé. Ce sont des aliments sains.

— Mon chou, je ne sais pas trop comment te dire ça, mais tu souffres d'une bonne vieille indigestion accompagnée de gaz intestinaux. D'abord, la bouffe indienne de Janya, et ensuite, ça.

Elle brandit la boîte de conserve.

— On peut dire que tu l'as cherché.

— Quoi ? J'ai un estomac d'acier ! Je n'ai jamais d'indigestion. Et je n'ai jamais eu de…

— Gaz. Ce qui explique que tu n'aies pas pigé ce qui t'arrivait. Et ne viens pas me parler d'estomac d'acier ! Une grossesse, ça chamboule tout. Ça y est, tu fais le rapprochement ? Alors va dans la salle de bains et soulage-toi comme la nature te commande de le faire. Parce que ça ne devrait plus tarder, maintenant. Avec Maggie, on va faire un tour dehors, histoire d'éviter la pollution atmosphérique.

Tracy comprit qu'il était vain de discuter. Si le diagnostic de Wanda était le bon, elle n'avait rien. L'enfant allait bien. Une vague de soulagement l'inonda dès qu'elle comprit que Wanda avait vu juste.

Elle se redressa sur son siège et se leva.

— Je crois qu'il est temps pour vous de partir.

— Appelle si tu as encore besoin de nous, mais mon petit doigt me dit que ça va aller beaucoup mieux.

Maggie restait cependant inquiète.

— Tu es sûre ? demanda-t-elle à sa mère.

— Tu peux rester si tu veux, répondit Wanda. Mais moi, je sais repérer le moment où il vaut mieux quitter le navire.

Mère et fille échangèrent un regard, puis elles se dirigèrent vers la porte tandis que Tracy partait pour la salle de bains.

Un moment plus tard, elle était de retour dans son lit. La douleur avait pratiquement disparu et ses craintes avaient été apaisées par Wanda et le médecin de garde qui avait fini par rappeler. Elle sombrait lentement dans le sommeil quand elle prit conscience avec gratitude d'un dernier point positif.

Marsh ne saurait jamais qu'il avait failli passer ces moments mémorables avec elle.

19

Wanda avait beau s'acharner à perfectionner la recette de sa *Spéciale Fleur d'oranger*, son instinct lui disait que c'était une perte de temps. Elle avait d'abord ajouté un œuf à la crème pâtissière, puis rallongé le temps de cuisson ; elle avait essayé de la congeler, l'avait laissée reposer huit heures au réfrigérateur avant de la découper ; une fois elle avait ajouté de la gélatine, une autre de la Maïzéna… Peine perdue… Mais les SDF du centre d'hébergement avaient pour leur part apprécié le résultat de ces essais successifs, et Wanda avait au moins eu la satisfaction de les gâter un peu avec ses tentatives ratées, faute d'arriver à la tenue recherchée.

Son esprit était si absorbé par le récit que lui avait fait sa fille de sa discussion avec Felo qu'elle faillit oublier d'ôter du feu sa dernière casserole de crème à l'orange.

Ken saurait quoi faire des dernières découvertes de Maggie à propos de Paul Smythe et du fait que son propre chef n'avait pas eu assez confiance en elle pour l'informer de l'enquête parallèle que menait le FBI. Maggie ne s'était pas étendue sur le sujet, et de son côté, Wanda avait eu la sagesse de ne pas réclamer plus de détails. Elle se réjouissait simplement que Ken ne fût pas une fois de plus parti en stage : au moins pourrait-il aider leur fille — il l'avait toujours mieux comprise qu'elle. Elle avait été plus proche de Junior qui disait toujours ce qui lui passait par la tête sans se soucier des éventuelles répercussions sur son entourage. Vu de l'extérieur, la répartition des compétences familiales pouvait sembler bancale, mais les gosses s'en étaient finalement très bien tirés.

Elle s'efforçait encore de tirer un sens de toute cette histoire quand elle se rendit compte qu'elle n'était pas seule dans la cuisine. Elle n'avait pourtant pas entendu le carillon de l'entrée ! Dans sa surprise, elle manqua laisser tomber sa cuillère.

Derek Forbes en personne vint se pencher au-dessus de la casserole pour en humer le contenu.

— Jus d'orange, additionné de quelques zestes peut-être ? Et ces petits morceaux, c'est de l'orange concassée ?

Wanda regretta amèrement d'être restée une demi-heure au-dessus de ses fourneaux. Elle se sentait les joues en feu, devait avoir le visage tout marbré et ses mèches folles qui frisottaient... Elle se tapota les cheveux d'un air gêné.

— Décidément, vous aimez me faire des émotions...

— Pardonnez-moi, mais vous paraissiez si absorbée dans vos pensées.

— Ah oui ? Ma foi, j'espère que personne n'a profité de ce moment rare pour me piquer la caisse !

Il se mit à rire.

— Votre fille monte la garde, elle veille sur vos bénéfices, du reste amplement mérités. Comment s'appelle cette tarte ?

— Elle ne s'appellera pas tant que je ne serai pas arrivée à réaliser une garniture qui ait de la tenue. Mais si j'y arrive, elle s'appellera la *Spéciale Fleur d'oranger*.

— Parfait, en plus elle sent divinement bon...

Le sachant passionné par le sujet, elle jugea bon de lui fournir quelques explications :

— Cette fois, je n'ai mis que les jaunes au lieu des œufs entiers, et davantage de Maïzéna. De la gélatine aussi. On va bien voir si ça marche. Je vais me retrouver avec des tas de blancs mais on ne fait jamais trop de meringue, quand bien même toutes les vieilles pies de l'univers feraient la queue devant ma porte pour me faire don d'un œuf.

Elle sortit la casserole du feu et la mit à refroidir dans un saladier d'eau froide.

— Vous êtes venu vous offrir une tarte ? Vous avez le choix, les affaires sont plutôt au ralenti, cette semaine. En revanche, à partir de lundi, ça va être la ruée à cause de Thanksgiving.

— Non, je ne suis pas venu pour vos tartes, cette fois. Je suis venu discuter de votre avenir.

L'espace d'un instant, Wanda ne sut comment interpréter sa dernière phrase. Un avenir avec lui ? Elle faillit céder à la panique, le temps que l'humour de la situation la rattrape. Même dans ses romans de pirate les plus hardis, ce genre de chose ne se produisait jamais.

— Mon avenir, répondit-elle avec prudence, se résume à mettre au point cette recette, rien de plus. Si vous êtes venu m'encourager à ouvrir d'autres magasins, je n'ai ni le temps ni l'argent pour vous écouter.

— Ecoutez-moi jusqu'au bout, Wanda. S'il vous plaît… Il m'est venu une idée que j'ai soumise à mon directeur commercial. Il l'étudie en ce moment même. Je suis à la recherche d'une nouvelle niche fiscale. Certains de mes collègues ouvrent des restaurants : Clint, Kevin, Jennifer…

Il agita la main comme pour souligner la banalité du procédé.

— Mais moi, mon truc c'est les tartes. Et ce qui m'intéresserait, c'est de franchiser votre magasin.

— Quoi ?

Wanda cessa immédiatement de s'inquiéter pour son teint et sa coiffure.

— Qu'est-ce que vous avez dit ?

— Comme je vous l'ai dit, je suis convaincu que les tartes sont les cupcakes de l'avenir. Si nous nous lançons maintenant, nous prenons l'avantage et nous réussirons. Nous utiliserons vos recettes. J'aime bien la déco de votre magasin et même si nous l'enjolivons un peu, je veux en garder l'esprit. Nous ferons venir un spécialiste de haut vol auquel nous confierons la partie commerciale, mais vous aurez votre mot à dire sur la gestion bien sûr. Et nous dégagerons ce que vous voudrez de notre collaboration. Un pourcentage, un salaire, nous nous arrangerons…

Wanda n'en croyait pas ses oreilles.

— Vous voulez franchiser vous-même les *Merveilleuses Tartes de Wanda* ?

Le sourire de Derek Forbes avait fait le tour du monde, et il avait l'habitude d'en tirer allègrement avantage.

— Ça n'a rien d'un coup de tête, je vous assure. J'étais à l'affût d'une opportunité qui me convienne. Il y a quelque temps, j'ai embauché toute une équipe pour concevoir une boutique et mettre au point des recettes, en vain : le résultat ne me convenait pas. Et puis je vous ai rencontrée. Vous êtes consciente de la qualité de vos créations. Vous possédez les compétences requises et vous êtes encore assez jeune pour mener le projet à bien. Au début, cela impliquera beaucoup de déplacements pour s'assurer que les magasins soient à la hauteur de vos critères. Beaucoup d'administratif, de publicité, mais rien que vous ne puissiez gérer avec un soutien adéquat. Et nous engagerons qui vous voudrez. Votre mari et vos enfants pourront travailler avec vous, si vous le souhaitez. Votre fille pourrait même partager les tâches de direction avec vous. Vous aurez toute latitude sur l'entreprise.

— Moi ? Mais je ne suis même pas fichue d'arriver à mettre au point cette recette ! Vous savez combien de fois je l'ai recommencée ?

Il se mit à rire, une vraie musique pour les oreilles.

— Justement, c'est ce qui fait de vous la candidate idéale ! Jamais vous n'accepterez de lésiner sur les ingrédients ou de vous résoudre aux seconds choix. Vous serez constamment sur le dos de tout le monde, moi y compris, pour veiller à ce que les produits soient toujours de première qualité, sans parler du service, des locaux, de la décoration des magasins. A mon avis, vous avez tout ce qu'il faut pour faire de cette entreprise un succès pour nous deux. Quant à moi, j'apporte les fonds.

Wanda en restait sans voix. Elle qui, cinq minutes plus tôt, s'inquiétait encore au sujet de sa fille et de cette garniture de tarte, se retrouvait sans transition plongée dans la haute finance, volant de Kalamazoo à Sacramento afin de s'assurer que les rideaux soient correctement amidonnés et les fonds de tarte délicieusement friables.

— J'ai besoin de m'asseoir.

— Que puis-je faire de plus ? Il vous faut d'autres éléments ? Des encouragements ?

— Juste un siège, ça ira.

Elle s'éventa le visage.

— Je vais demander à mon directeur commercial de vous apporter les documents que nous avons rédigés ensemble. De cette façon, vous pourrez les examiner et vous faire une idée. Voyez aussi ce qu'en pense votre famille. C'est énorme, je sais. Mais, à mon avis, on peut faire un malheur.

Il se mit à rire devant son air effaré et l'embrassa sur la joue.

— Ah, Wanda ! Nous allons faire de magnifiques tartes, vous et moi !

Quand elle se remit de ses émotions, il était parti depuis longtemps. Maggie passa la tête par la porte sans paraître s'étonner le moins du monde que sa mère ait achevé son petit tête-à-tête avec l'un des acteurs les plus en vue de Hollywood.

— Je file m'acheter un sandwich…, lui dit-elle.

Wanda acquiesça d'un signe de la main.

— Tu veux quelque chose ?

— Juste une tête solidement vissée sur mes épaules, c'est tout.

— Dans ce cas, pas d'inquiétude. Tu es parée !

— J'ai l'impression de trahir Alice, tu comprends…

Tracy et Wanda étaient assises sous ce qui tenait lieu de véranda à Tracy, et vidaient consciencieusement une carafe de margarita sans tequila. Tracy ne pouvait pas boire d'alcool et Wanda avait affirmé être trop fatiguée pour s'y risquer.

— Tu lui files un coup de main, c'est tout.

Wanda se servit un autre verre et tendit la carafe à Tracy qui refusa d'un signe de la tête.

— Merci, mais je ne tiens pas à creuser un chemin d'ici à la salle de bains. Je compte n'y aller qu'une ou deux fois.

Olivia lui demandait bien plus que de l'aide, depuis quelque temps, et Tracy ne savait plus quelle attitude adopter envers elle. La fillette était adorable, surtout si l'on songeait à toutes les bonnes raisons qu'elle aurait eues de ne pas l'être. Elle avait surmonté le décès de sa mère, survenu dans des circonstances louches, puis l'incarcération de son père, jugé coupable de tentative de meurtre dans une autre affaire. Heureusement pour elle, Alice l'adorait et toutes deux étaient exceptionnellement proches. Elle avait une influence stabilisante sur Olivia, elle pouvait lui parler de l'enfance de Karen, lui dire par quels côtés elle lui ressemblait et souligner à quel point sa mère l'avait aimée. Mais tout cet amour et toute l'attention dont Alice faisait preuve ne semblaient plus suffire.

— Ce n'est pas parce que Olivia aime se confier à toi que tu es déloyale envers Alice, Tracy… Nous avons décidé au moment de l'arrestation de Lee que toutes, dans la mesure de nos moyens, nous participerions à l'éducation de la petite…

— Le problème, c'est qu'Olivia a besoin d'une mère. Elle a une grand-mère formidable, mais Alice ne peut pas assumer à elle seule les deux rôles. Bien sûr, elle ne peut pas faire autrement, mais il y a certaines choses qui me sont familières et qu'Alice a oubliées : la musique par exemple, la mode, l'effet que ça fait d'être embrassée pour la première fois par un garçon… Je suis plus proche de mon adolescence, assez en tout cas pour aider Olivia à vivre la sienne. Je me souviens de tout comme si c'était hier.

— Pour sûr, on peut dire que tu es restée adolescente plus longtemps que la moyenne !

Tracy aurait difficilement pu protester, la remarque de Wanda n'était pas loin de la vérité. Il avait fallu qu'elle vienne s'installer à Happiness Key pour se débarrasser de sa mentalité d'enfant gâtée.

— Mais ne devrais-je pas en parler à Alice ? Lui expliquer que je ne cherche pas à occuper sa place dans la vie d'Olivia, mais que je viens en complément de tout ce qu'elle fait pour elle ?

— Alice a l'air de t'en vouloir ? Elle t'a dit quoi que ce soit à ce propos ?

— Non. Je ne sais même pas si elle s'aperçoit de quoi que ce soit.

— Je n'en ai pas non plus l'impression. En fait, elle a l'air en pleine forme. Heureuse, même. A une époque, elle était tout le temps crevée, tu te souviens ? Mais maintenant que tu la fais venir au centre, et qu'elle ne se tape plus tous ces allers-retours en ville, elle me paraît plus reposée. Et puis elle est en relation avec pas mal d'autres personnes de son âge, non ?

— C'est la reine du crochet. Tu devrais voir les flocons qui ont été réalisés dans son atelier ! Les participantes ont fait don de certaines de leurs œuvres au centre, pour décorer notre arbre de Noël.

— A tous les coups, tu vas vouloir me traîner là-bas pour assister à un événement ou un autre. Je les verrai à ce moment-là…

Tracy trouvait Wanda particulièrement éteinte ce soir-là, ce qui revenait à constater qu'elle n'était que deux fois plus exubérante que la plupart des gens — la nuance était subtile. Elle lui avait parlé de l'affaire Paul Smythe. Wanda était certes frustrée de ne pas avoir appris davantage de détails de la bouche de sa fille, mais de toute évidence autre chose la tracassait.

Tracy posa son verre et effleura le genou de son amie.

— Tu vas bien ?

— Il m'est arrivé un truc incroyable, aujourd'hui. Tu connais Derek Forbes ?

— Derek Forbes, l'acteur ? Celui qui adore tes tartes ? D'après toi…

— Eh bien, il veut se mettre en affaires avec moi.

Tracy n'était pas sûre d'avoir bien entendu.

— Il veut faire quoi ?

— Il veut m'aider à franchiser les *Merveilleuses Tartes de Wanda*. Il m'a dit qu'il cherchait à lancer sa propre marque de tartes mais que ce n'était plus la peine vu qu'on pouvait le faire ensemble.

— Tu rigoles ?

Cette fois, Tracy donna carrément une claque sur le genou de Wanda.

— Mais c'est génial ! Et c'est seulement maintenant que tu me le dis ?

— En fait, je ne sais pas trop quoi en penser…

Wanda la regarda droit dans les yeux.

— Tu crois qu'il est sincère ?

Pour Wanda, comprit Tracy, cette proposition, c'était comme si un ange venu du ciel lui offrait la maison de ses rêves dans une rue pavée d'or. Trop beau pour être vrai. De son point de vue, il devait forcément y avoir une arnaque, ou alors c'était elle qui avait des hallucinations.

— Je n'ai jamais entendu dire du mal de cet homme dans tous les cercles que nous avons pu partager, dit-elle. Il a une armée de fidèles amis. Il s'est marié deux ou trois fois, mais…

— Deux fois. Et il est resté en bons termes avec ses ex. Il n'est pas fait pour le train-train conjugal.

— C'est lui qui t'a dit ça ?

— On a passé tout un après-midi ensemble à faire des tartes. De quoi d'autre tu voulais qu'on parle ? Il m'a aussi dit qu'il regrettait de ne pas avoir eu d'enfants.

Tracy revint au sujet qui les intéressait.

— Je pense qu'il est sincère, Wanda, et franchement, tu devrais sauter au plafond ! C'est un rêve qui devient réalité, sauf que tu n'as jamais vu si grand, même dans tes rêves, j'imagine ?

— Je ne dois pas avoir le cerveau en état de marche. Je n'arrive pas à me rendre compte.

— Et Ken, qu'est-ce qu'il en dit ?

— Il n'est pas encore au courant. Tu es la seule à qui j'en ai parlé.

— Waouh…

— Il va me falloir un jour ou deux encore pour y croire. Le directeur commercial de Derek va me faire passer des documents. Ça prendra peut-être alors réalité pour moi…

— Ce n'est pas tout, Wanda… Je vois bien que quelque chose te chiffonne.

— Je t'en reparlerai.

Wanda vida le fond de sa pseudo-margarita et se leva.

— Je ferais mieux de rentrer et d'annoncer la nouvelle à Kenny. Il va vouloir m'emmener au resto. C'est sa façon de fêter les grands événements. Au moins, ce soir, je ne penserai pas au fric que ça va coûter, je suis bien trop claquée pour ça !

Tracy était trop fine pour insister. Wanda gérerait cette affaire à son rythme et à sa façon. Il était vain d'essayer de l'influencer. Ou de tenter de précipiter le processus.

Elle se leva elle aussi.

— Ma foi, quoi qu'il advienne, la proposition de Derek est plutôt flatteuse pour toi, non ?

Wanda haussa les épaules, comme s'il n'y avait pas de quoi être flattée, mais elle souriait.

— Je te raccompagne un bout de chemin. Olivia est partie camper avec sa classe pour le week-end et elle m'a demandé de passer voir Alice ce soir. Toi et moi, nous pensons qu'elle va mieux, mais Olivia la trouve distraite et soucieuse. A mon avis, elle s'en veut de la laisser toute seule à la maison.

— Olivia ne devrait pas culpabiliser. Elle n'est pas censée s'occuper de sa grand-mère. Si jamais Alice a besoin de quoi que ce soit, nous sommes là. Olivia doit vivre sa vie.

Tracy était bien du même avis, sauf qu'elle ne savait trop comment concrétiser ces bonnes paroles. Elle avait fait son maximum en amenant Alice à prendre part aux activités du complexe de loisirs, mais dans les faits, cela ne représentait pas grand-chose. Il fallait espérer qu'Olivia assumerait plus librement son statut d'enfant lorsqu'elle se rendrait compte que sa grand-mère avait davantage de distractions qu'auparavant.

Wanda fila vers sa maison et Tracy alla toquer à la porte d'Alice. Comme personne ne répondait, elle frappa plus fort, subitement inquiète ; le pavillon n'était pas si grand. Finalement, elle alla jeter un œil dans la petite allée : la voiture d'Alice n'était pas là. Décidément, les craintes d'Olivia déteignaient sur elle ! Alice prenait sûrement du bon temps quelque part. Rassurée,

Tracy rebroussa chemin tout en envisageant sans enthousiasme la soirée solitaire qui s'étendait devant elle.

Une fois rentrée, elle se mit à déambuler dans ses petites pièces et, désœuvrée, entreprit de réfléchir à la façon dont elle agencerait les lieux une fois l'enfant né. Le pavillon ne comptait qu'une chambre et une fois qu'elle aurait coincé un berceau entre le mur et son lit, il ne resterait plus de place pour les affaires du bébé, plus de place pour une table à langer ou une autre commode.

Au bout d'une heure de cogitations logistiques, elle opta pour la solution la plus simple. Elle aimait beaucoup son sofa, mais il lui faudrait le remplacer par un canapé convertible confortable et s'installer dans le séjour. De cette manière, le bébé occuperait la chambre et quand Maggie quitterait le cinquième pavillon, celui qui disposait d'une minuscule chambrette, elle y emménagerait avec l'enfant.

A moins qu'elle ne se sépare de Happiness Key avant de devoir y entreprendre des travaux d'un coût astronomique et qu'elle ne s'installe dans un quartier mieux adapté aux enfants et dans une maison qui le serait tout autant. Le produit de la vente lui permettrait de mettre suffisamment d'argent de côté pour payer les futures études de son fils ou de sa fille et de ne plus travailler qu'à temps partiel.

Mais ses locataires ? Qu'adviendrait-il d'elles ? Où iraient-elles ?

Arrivée à ce point de sa réflexion, elle s'aperçut qu'il était maintenant assez tard pour retourner chez Alice. Précaution sans doute inutile, puisque cette dernière s'était sentie visiblement assez en forme pour s'être rendue quelque part. Mais elle ne voulait pas manquer à la promesse qu'elle avait faite à Olivia.

Alice était rentrée ; sa voiture était garée à sa place habituelle. Tracy frappa, mais aucune lumière ne s'alluma, aucun bruit de pas ne résonna à l'intérieur. Alice était peut-être déjà allée se coucher ? Elle frappa une nouvelle fois, plus fort. Puis, les phalanges meurtries, elle renonça.

Pour quelle raison Alice aurait-elle eu un problème ? Elle avait pris sa voiture pour aller quelque part et elle était revenue.

Etait-elle sous la douche ? Ecoutait-elle la télévision trop fort ? Non, sinon le son aurait filtré à travers la porte... Il n'y avait pas lieu de s'inquiéter, sauf qu'Olivia se faisait du souci pour sa grand-mère depuis quelque temps. Assez pour lui demander de passer la voir, ce qu'elle avait accepté de faire. Elle ne pouvait donc pas repartir sans en avoir eu le cœur net.

— Alice ? cria-t-elle en tambourinant avec le poing cette fois, pour épargner ses articulations.

Pas de réponse.

Elle recula d'un pas. Il ne lui restait plus qu'à rentrer chez elle ; Alice avait certainement une excellente raison de ne pas répondre. Mais le souvenir lui revint d'une autre nuit, à l'époque où le père d'Olivia vivait encore ici, cette nuit fatidique où Alice avait réellement eu besoin d'aide. Si elle n'était pas intervenue...

Non, elle ne pouvait pas rentrer tout simplement chez elle. Sans le savoir, Olivia avait peut-être décelé chez sa grand-mère les symptômes d'un problème de santé imminent. Toutes ces activités au complexe de loisirs n'étaient peut-être pas aussi bénéfiques à Alice qu'elle le pensait.

— Bon... Pas question que j'entre seule...

D'expérience, elle savait qu'à Happiness Key, mieux valait affronter les situations d'urgence entre amies. Elle se dirigea donc vers la maison de Wanda.

Celle-ci vint lui ouvrir en pyjama de satin orange fluo passepoilé de pourpre.

— Je vois que vous n'êtes pas allés au restaurant, finalement.

— Kenny a rapporté du chinois : du poulet avec tous les accompagnements possibles et imaginables. Pourquoi, tu as faim ?

— Je reviens de chez Alice. Olivia m'a demandé de passer... Sa voiture est là, mais elle ne répond pas.

— Je pensais que tu y étais allée beaucoup plus tôt.

Tracy lui expliqua ce qui s'était passé.

— Et tu crois qu'on devrait aller voir ? demanda Wanda.

— J'en suis sûre. Mais je n'ai pas du tout envie d'entrer seule. Ça risque d'être carrément flippant.

— Ma foi, je te prêterais bien Kenny, sauf qu'il est parti se balader sur la plage. Alors soit on attend qu'il revienne soit je viens avec toi.

— Réponse n°2. Tu t'habilles ?

— Je suis déjà habillée !

— Et ça ne te dérange pas qu'on puisse te voir comme ça ?

— Il n'y a rien d'indécent dans ma tenue.

— Ma foi, si ce truc n'empêche pas Ken de dormir, je dois pouvoir descendre la route avec toi…

Wanda alluma l'applique extérieure de la véranda et enfila des tongs, puis elles se dirigèrent vers la maison de leur amie.

— Alice va peut-être répondre tout de suite. Elle était peut-être aux toilettes, ou endormie.

Tracy croisait les doigts pour que ce fût l'explication mais, une fois devant la porte, elle frappa de nouveau et personne ne répondit. Toutes les lumières étaient éteintes. Elles tentèrent de se souvenir si, en temps normal, Alice laissait une lumière allumée. Mais elles durent convenir qu'elles n'y avaient jamais prêté attention !

— Elle est peut-être chez Janya, qu'est-ce que tu en penses ? C'est le seul endroit où elle pourrait se rendre à pied, à l'exception de ma maison et de la tienne. Elle n'est pas assez intime avec Maggie.

Tracy sortit son téléphone portable et appuya sur la touche de numérotation abrégée. Elle s'entretint pendant quelques secondes avec Janya, puis raccrocha.

— Pas là.

— Qu'est-ce que tu veux qu'on fasse ?

— J'ai un double de ses clés, je vais le chercher. Tu viens avec moi ?

— Pas la peine. Je sais qu'Alice cache une clé de secours sous l'un des nains de jardin, dans la plate-bande…

Tracy commençait à se ressentir de sa journée. Elle avait envie que tout cela se termine. Bébé et elle avaient besoin d'une bonne nuit de sommeil.

— Allons-y…

Wanda souleva les nains un par un et récupéra la clé sous

le troisième. Dans la lueur de la lune, son pyjama semblait palpiter d'énergie radioactive. Elle se retourna vers Tracy et lui tendit la clé.

— C'est toi la proprio. Moi, je suis le témoin : tu n'as aucune mauvaise intention et les raisons de notre inquiétude sont suffisamment nombreuses pour que tu ailles voir ce qui se passe à l'intérieur.

— Merci, madame la Garante de l'ordre public. Et maintenant allons-y.

Tracy inséra la clé dans la serrure, la porte s'ouvrit et les deux amies pénétrèrent dans le pavillon sur la pointe des pieds.

— Alice ? appela Tracy. Tu es là ? Tu vas bien ?

Wanda alluma la lampe qui se trouvait près de la porte. Un léger parfum d'intérieur au lilas flottait dans le séjour aussi rangé que désert. Le seul signe de vie provenait du luxuriant aquarium qui brillait d'une douce lueur ambrée dans un angle de la pièce.

— Alice ?

Tracy traversa le séjour jusqu'au couloir. Elle poussa la porte qui menait à la chambre d'Olivia et constata sans surprise qu'elle était vide. Elle alla ensuite jusqu'à la chambre d'Alice. La porte était fermée. Le système de climatisation ronronnait, ce qui pouvait expliquer qu'Alice n'ait rien entendu. Que faire ? Revenir sur ses pas, refermer la porte à clé et rentrer chez elle ? Après tout, rien ne clochait dans la maison. Tout était parfaitement normal.

Mais si elle repartait, elle allait passer la nuit à se ronger les sangs.

— Bon, dit Wanda, finissons-en une bonne fois pour toutes !

Elle frappa à la porte de la chambre, puis, sans attendre plus d'un instant, poussa la porte.

Il fallut quelques instants à Tracy pour accommoder sa vue à l'obscurité de la pièce. Et durant ces quelques secondes, elle regretta amèrement d'avoir prié Wanda de l'accompagner, car sans elle, elle serait peut-être repartie sans demander son reste.

Il y avait du mouvement du côté du lit. Quelqu'un se dressa

sur son séant. Une autre personne l'imita et une voix d'homme qu'elle connaissait bien s'éleva dans le noir :

— Qu'est-ce que vous faites là ?

Elle se tourna vers Wanda qui déjà l'empoignait par l'épaule.

— Moi ? Je… je m'en vais !

Un cri aigu lui échappa tandis que Wanda la faisait reculer dans le couloir.

— On passait juste pour voir si Ali…

Elle poussa un autre cri comme Wanda la tirait plus fort en arrière.

En une seconde elles furent dans le séjour et en deux elles se retrouvèrent dehors, après avoir claqué la porte derrière elles.

— Bonté divine ! s'exclama Wanda.

Ses tongs claquaient frénétiquement sur la route pavée de coquilles d'huîtres.

— Bonté divine de bonté divine ! Qui aurait cru ça ? Elle ne nous le pardonnera JAMAIS !

Elles ne s'arrêtèrent que lorsqu'elles eurent atteint la porte d'entrée de chez Wanda.

— Tous mes efforts sont anéantis ! se lamenta Tracy.

Elle inspira une goulée d'air à grand-peine.

— Tout est à refaire. Tout.

— Qu'est-ce que tu racontes ?

— Tu sais qui était cet homme ?

— Mais tu ne l'as pas regardé, quand même ? Il était nu comme un ver et…

Tracy leva la main.

— Pas de détails ! Pas de détails !

— Alors comment tu peux savoir qui c'était ?

— Parce que je reconnaîtrais cette voix n'importe où. C'était M. Goldsworthy. M. Moustache. La fouine de l'équipe de palet et du conseil d'administration du centre ! Tu te souviens sûrement de lui, c'est le type que j'ai insulté dans le parc à l'époque où tu me prenais pour la dernière des dernières. Le type qui a fait de ma vie un enfer au cours de mon premier été au centre. Roger connaît tout le monde à Palmetto Grove. Sauf que, cette fois, je ne rentrerai plus jamais dans ses bonnes grâces !

Wanda la regardait, les yeux écarquillés de stupeur, et elles restèrent plantées là, soufflant comme un attelage de bœufs.

— En tout cas, si jamais on te vire, reprit Wanda, toujours pragmatique, tu toucheras les allocations chômage. C'est déjà ça.

Tracy était partagée entre le rire et les larmes. Une chose était sûre en tout cas : elle n'aurait plus à se préoccuper de savoir où loger le bébé dans son petit pavillon ! Sans salaire, ses dépenses deviendraient rapidement impossibles à assumer. D'ici le mois de mai, date prévue pour les débuts de son enfant dans le monde, elle ne serait sans doute plus propriétaire de ce terrain ni des maisons construites dessus.

20

Réveillée aux aurores, Tracy avait eu tout le temps nécessaire pour passer en revue un certain nombre d'excuses pour ne pas se rendre au complexe de loisirs. En Californie, les tremblements de terre lui auraient fourni un prétexte tout trouvé mais, en Floride, ils étaient à écarter d'emblée. Les dépressions tropicales auxquelles Blake s'intéressait de près deux semaines plus tôt avaient perdu de leur force et bien qu'une nouvelle tempête pointât à l'horizon, personne ne la prenait au sérieux. Elle avait ensuite exclu une invasion d'abeilles tueuses. Bien entendu, elle ne pouvait invoquer sa grossesse et refusait catégoriquement de se faire porter pâle : à en croire toutes ses copines New Age de Californie, c'était un mauvais karma susceptible de se retourner contre vous.

Au bout du compte, elle partit travailler de bonne heure, bien décidée à plaider sa cause auprès de Gladys. Avec de la chance, cette dernière comprendrait pourquoi, par inquiétude pour une voisine, elle avait saboté la vie privée d'un membre du conseil d'administration du centre. Heureusement pour elle, parmi les abeilles et les tremblements de terre, un élément vaguement encourageant lui était revenu à l'esprit. Marsh faisant désormais partie, lui aussi, du conseil d'administration, il se pouvait que Gladys se sentît à tout le moins piégée dans un conflit de loyauté entre Roger et lui. Et l'opinion de Gladys était cruciale. Si aux yeux d'observateurs extérieurs, elle pouvait sembler n'être qu'un simple agent d'accueil — et, accessoirement, la femme du directeur —, en interne, tout le monde savait qu'elle était l'éminence grise du complexe de loisirs.

Hélas, ce jour-là, l'éminence était absente.

A son arrivée, Tracy découvrit une inconnue, une jolie brune, derrière le guichet.

— Gladys a un rhume qu'elle ne veut pas passer à tout le monde, lui expliqua-t-elle après que Tracy se fut présentée. Je suis là en intérim.

Bon, en déduisit Tracy, autant donc s'adresser à Woody, son patron. Mais lorsqu'elle interrogea la nouvelle réceptionniste, celle-ci secoua la tête.

— M. Woodley arrivera en retard. Vous pourrez peut-être le voir aux alentours de midi. Sinon, je crains de ne pas pouvoir vous aider : je débarque à ce poste. La seule chose que je sache, c'est que vous avez la responsabilité du complexe pour la matinée.

Une fois dans son bureau, Tracy contempla d'un regard vide le planning de la journée. En l'absence des Woodley, elle allait sans doute être débordée. Mais après tout, elle tenait là l'occasion de prouver à quel point elle était indispensable... Dans un moment, l'intérimaire chanterait ses louanges avec tant de force qu'elle couvrirait la voix discordante de Roger Goldsworthy venu protester avec véhémence auprès de Woody.

— Tracy ?

Elle leva les yeux. Alice se tenait sur le seuil, vêtue d'une jolie robe rose. Tracy bondit sur ses pieds et, dans sa précipitation, se cogna contre un tiroir du bureau. Tenant son genou meurtri à deux mains, elle lâcha un chapelet de jurons qui auraient scandalisé ses propres parents, pourtant assez déficients en matière d'éducation.

L'air inquiet, Alice traversa la pièce.

— Ça va ? Je... Je ne voulais pas...

— Non, non, tu n'y es pour rien ! C'est moi qui n'ai pas refermé le tiroir, voilà tout. Je regardais mon planning et je n'ai pas fait attention. Je... Je... Mon Dieu, Alice... Je m'en veux tellement à propos d'hier soir !

Alice sourit. Elle avait les yeux brillants et les joues roses.

— Pas moi.

Tracy fit le tour du bureau.

— Nous n'aurions jamais dû entrer, mais nous pensions qu'il t'était arrivé quelque chose…

Alice balaya ses justifications du revers de la main.

— Vous avez agi en voisines attentionnées. Simplement, nous ne vous avions pas entendues.

— J'ignorais vraiment, mais *vraiment*, que tu avais de la compagnie. C'est Olivia qui… Je voulais seulement m'assurer que tu allais bien, et comme tu ne répondais pas…

— Tu n'as pas d'explications à me donner.

Alice posa sa main sur celle de Tracy.

— Je comprends. Je n'ai pas oublié la dernière fois que tu es venue… voir si j'allais bien.

Tracy serra son amie dans ses bras.

— Je suis horriblement embarrassée…

— Pas moi, je t'assure…

Tracy l'étreignit encore plus fort.

— Oh ! Dis donc…

— Roger et moi, nous nous voyons beaucoup…

Alice la gratifia d'un sourire si radieux que Tracy, éblouie, recula d'un pas.

— Tu sais, je n'aurais jamais cru rencontrer un autre homme après la mort de Fred. Roger est d'avis que…

Elle haussa les épaules mais son hésitation n'avait rien d'un blanc trahissant les mots qui lui échappaient. Cette fois, elle cherchait visiblement la formulation adéquate, qui d'ailleurs ne vint pas.

— La vie est très courte, enchaîna-t-elle au bout d'un moment. Tu es encore trop jeune pour t'en rendre compte. Nous… Nous voulons passer ensemble le temps qu'il nous reste.

— Evidemment !

Tracy lui prit la main.

— Alice, tu n'as pas à me donner d'explications. Je suis très contente pour vous deux. Entre Roger et moi, les relations n'ont pas toujours été faciles, mais j'ai beaucoup d'affection pour lui. Beaucoup de respect aussi.

— Il ne prendra aucune mesure de… rétorsion.

Le sourire d'Alice s'élargit.

Soulagée, Tracy la conduisit vers le sofa où elles prirent place côte à côte.

— Si tu nous avais mises au courant, jamais je ne me serais permis d'entrer chez toi. J'aurais compris que tu n'étais sans doute pas seule.

Alice se cala confortablement contre les coussins.

— Je…

Elle secoua la tête.

— C'est compliqué.

— Quoi, tu veux dire que l'amour est encore compliqué à votre âge ? Je pensais pourtant que… Eh bien, je trouve ça injuste. Quand est-ce que les choses deviennent plus faciles, alors ? Tu es censée être un exemple pour moi !

Alice eut un petit rire.

— Non… Pour nous, l'amour n'a rien de compliqué. A notre âge…

Elle s'interrompit et regarda Tracy droit dans les yeux.

— On ne se fait pas d'illusions. On n'a pas le temps d'attendre ni de se poser trop de… questions.

Tracy se sentit visée par cette remarque. Alice faisait-elle allusion à sa propre relation avec Marsh ?

— Dans quel sens est-ce compliqué pour vous, alors ?

— Olivia…

— Pourquoi ? Elle n'aime pas Roger ?

— Elle ne l'a vu qu'à…

Alice fit le compte mentalement.

— Trois reprises. Deux fois au centre. Une fois en ville. Non, vois-tu… Roger et moi… Nous voulons vivre ensemble. Peut-être même nous marier, mais mon pavillon est trop petit pour nous deux, et il se trouve que Roger vit à… Shell Horizon.

Shell Horizon, l'un des villages-retraite les plus agréables de la région, proposait différents niveaux de prise en charge et mettait à disposition de ses résidents un bus qui les déposait au centre de loisirs et venait les reprendre à intervalles réguliers. Elle en connaissait bon nombre. Mais elle n'avait pas compris que Roger y résidait lui-même car il se rendait au complexe avec sa voiture, et elle s'était dit qu'en tant que géologue à la retraite, il devait toucher une pension confortable. Shell Horizon proposait une foule d'activités à ses pensionnaires, en même temps que des piscines et plusieurs restaurants. Le village possédait même une équipe de jeu de palet, d'un niveau toutefois assez médiocre, ce qui expliquait sans doute que Roger préférât jouer dans l'équipe du centre.

Tracy saisissait désormais la teneur du problème.

— Olivia s'y sentirait quelque peu déplacée, c'est ça ?

— Disons qu'elle est loin d'avoir cinquante-cinq ans…

— Je vois… On n'y est accueilli qu'à partir de cinquante-cinq ans. Donc, elle ne peut pas y vivre…

— Les petits-enfants sont les… bienvenus. Le week-end et pour les grandes vacances, principalement. Il y a même un club-house pour les loger quand ils viennent en visite. Mais ils ne peuvent pas habiter à l'année dans le village.

— Je n'avais pas réfléchi à ça.

— Nous pourrions acheter une maison, mais nous ne voulons pas d'une telle… responsabilité. Pas à nos âges…

Tracy comprenait très bien. Roger et Alice avaient atteint un stade de leur vie où ils étaient en droit de profiter des couchers de soleil, de se promener sur la plage et de mettre une raclée aux autres seniors à tous les jeux possibles et imaginables. On devait leur épargner la contrainte d'avoir à réparer des robinets ou embaucher quelqu'un pour leur tondre la pelouse et assurer la désinsectisation.

— Et pourquoi pas un appartement ? Dans une jolie résidence qui ne poserait pas de restrictions d'âge ?

— La plupart sont destinées à des… célibataires ou des jeunes familles. Il y a des fêtes. De la musique trop forte. Ça ne conviendrait pas à une… jeune fille impressionnable.

Tracy le comprenait également, et de toute évidence ils avaient déjà fait le tour de ce qui existait dans la région.

— En même temps, si je m'installais avec Roger, mes amies me manqueraient, ajouta Alice. Mes amies de Happiness Key.

— Nous serions tout près, on se verrait tout le temps. Il suffirait d'un coup de fil.

Mais ça n'était pas le seul problème à prendre en considération. Tracy tenta d'imaginer le quotidien d'Olivia entre sa grand-mère et Roger, loin des habitantes de Happiness Key. Alice s'efforçait d'assurer à sa petite-fille une vie aussi normale que possible. Elle s'accommodait de son emploi du temps, de sa musique et de ses préférences télévisuelles. Elle s'arrangeait pour qu'elle puisse prendre part à toutes les activités qui lui faisaient envie et veillait à ce qu'elle puisse inviter ses amies chaque fois que c'était possible. Roger avait beau être bien disposé envers Olivia et accepter la présence d'une préadolescente chez lui, il n'en restait pas moins qu'elle vivrait entre deux personnes au crépuscule de leur vie, dont les goûts et les besoins différaient notablement des siens. Alice n'avait rien d'une jeune grand-mère ; quant à Roger, il était peut-être encore plus âgé qu'elle.

Alice soupira.

— Non, il faut maintenir la situation en l'état. Je ne vois pas d'autre possibilité. Nous nous… arrangerons pour nous voir assez souvent…

Tracy perçut une note de regret dans sa voix. Alice n'avait pas eu la vie facile depuis la mort de son mari et, à présent, elle supportait le lourd fardeau d'élever seule sa petite-fille qui arrivait au seuil critique de l'adolescence. Toutes, à Happiness Key, s'efforçaient de lui faciliter la tâche, mais à la fin de la journée Olivia se retrouvait quand même sous la responsabilité d'Alice.

Or celle-ci était en droit de mener une vie plus tranquille, exempte de toutes ces corvées familiales et domestiques. A Shell Horizon, on la déchargerait du souci des repas, qui lui seraient livrés tout prêts, et sans doute aussi de l'entretien de l'appartement. Elle serait à proximité des principaux commerces et, en vieillissant, elle disposerait sur place d'un personnel soignant qui veillerait sur sa santé.

Et puis, surtout, elle aurait Roger au quotidien.

— Tu sais, Olivia sera en fac avant que tu aies eu le temps de te retourner…

A peine ces mots prononcés, Tracy entreprit d'additionner mentalement les années, et la somme obtenue atténua quelque peu son bel optimisme. Non, Alice et Roger ne pouvaient pas attendre si longtemps. A leur âge, six ou sept ans ne représentaient pas un laps de temps négligeable.

— Je ne veux pas que… Olivia grandit si vite… C'est la prunelle de mes yeux…

— Et tu es la meilleure grand-mère qui soit ! Si j'avais eu une grand-mère telle que toi, j'aurais peut-être atteint beaucoup plus tôt le niveau de perfection qui est le mien aujourd'hui !

Cette dernière boutade les fit toutes les deux éclater de rire, un rire cependant altéré par une note de tristesse.

Le plan de Janya et Maggie était simple. Une fois dans l'appartement des Dutta, Janya se chargerait d'emballer les jouets et les vêtements des enfants, tandis que Maggie passerait l'endroit au crible, en quête d'éléments susceptibles d'éclairer les circonstances de la mort du couple. Janya avait également l'intention d'emporter quelques photos, de petits souvenirs et objets qui appartenaient à leurs parents, et que Vijay et Lily apprécieraient peut-être de posséder plus grands. Et si d'aventure leur famille en Inde ne souhaitait pas entretenir la mémoire de Harit et Kanira, elle garderait ces souvenirs chez elle pour plus tard, à condition toutefois qu'elle parvienne à rester en contact avec les petits. Rien ne garantissait en effet que les Services de protection de l'enfance accepteraient de lui communiquer l'adresse de la famille d'accueil qui les prendrait en charge.

Malheureusement, les plans les plus simples peuvent se révéler fort compliqués. Après avoir passé une tranquille matinée en canoë au cœur d'une mangrove toute proche, munie de son

GPS pour seul guide, Maggie aperçut Janya qui l'attendait sur le parking, devant chez les Dutta, à côté d'une inconnue. La jeune femme affichait une expression impénétrable.

— Maggie, je te présente Mlle Crede, l'assistante sociale qui s'occupe du dossier des enfants.

Mlle Crede avait une tête et un corps rectangulaires, des cheveux blonds coupés au carré et des chaussures plus pratiques qu'élégantes. La quarantaine bien sonnée, elle semblait prête à embrasser le processus de vieillissement avec enthousiasme. Elle semblait aussi pressée.

Maggie lui serra la main en la gratifiant poliment de platitudes de circonstance.

Mlle Crede n'y alla pas par quatre chemins :

— Comme vous ne l'ignorez pas, le règlement interdit que vous demeuriez seules dans l'appartement.

Elle jeta un rapide coup d'œil au bracelet-montre en cuir qui enserrait son robuste poignet.

— Nous devons assurer la protection des biens des personnes défuntes.

— A ce propos, s'enquit Maggie, que va-t-il advenir de ces biens, justement ? Existe-t-il un testament ?

— Non, et le couple n'ayant aucun parent aux Etats-Unis, la justice s'occupe actuellement de désigner un liquidateur qui tâchera sans doute d'en revendre le maximum. L'argent obtenu reviendra aux enfants.

— Je doute que cela leur rapporte beaucoup, dit Janya. Ils possédaient si peu de choses… En tout cas, j'espère que vous ne permettrez pas que les bijoux de Kanira soient vendus ; ils doivent revenir à sa fille. Plus tard, ils auront une grande valeur sentimentale pour elle. Et les livres de Harit devront aller à Vijay.

— Soyez sûre que je ne manquerai pas de signaler ce point.

Elle les précéda jusqu'à l'appartement, ce qui donna à Janya et Maggie l'occasion d'échanger quelques regards. Maggie espérait que son amie parviendrait à occuper l'assistante sociale le temps que, de son côté, elle puisse mener une fouille poussée dans les affaires de Harit et Kanira.

Mlle Crede — qui avait sans doute un prénom mais ne semblait pas disposée à le révéler — leur ouvrit la porte et les fit entrer. Comme elle franchissait le seuil, son portable se mit à sonner et elle ressortit sur le palier pour prendre l'appel, marmonnant une excuse. Dommage, songea Maggie, que cet appel ne soit pas survenu un peu plus tard, une fois qu'elle aurait eu le temps de repérer ce qui l'intéressait vraiment.

Néanmoins, la chance lui sourit. Après avoir refermé son portable d'un geste sec, Mlle Crede revint dans l'appartement.

— Je crains de devoir vous laisser. Il s'agit d'un cas urgent dont je me suis occupée toute la semaine et qui vient d'atteindre un point critique. Voulez-vous que nous reprenions rendez-vous pour une autre fois ?

— Même si vous nous laissez seules ici, suggéra Maggie, l'appartement ne contient rien qui puisse justifier une quelconque inquiétude de votre part, si ? Comme Janya vous l'a fait remarquer, les Dutta ne possédaient pas grand-chose. Nous allons rassembler toutes les affaires des enfants dans des cartons et, si vous le souhaitez, nous les laisserons sur place afin que vous puissiez y jeter un coup d'œil avant de les faire livrer chez les Kapur. Pour votre information, j'étais inspecteur de police avant de venir m'installer ici. Vous pouvez appeler mon commissariat à Miami et vérifier mes références…

Mlle Crede, heureusement, n'était pas du genre à tergiverser.

— J'imagine que vous pouvez rester ici sans moi… En revanche, pouvez-vous attendre que je sois revenue pour partir ? Je ne devrais pas en avoir pour bien longtemps. A mon retour, je passerai les cartons en revue. C'est une question de règlement, vous comprenez…

Par certains côtés, songea Maggie, les travailleurs sociaux ressemblaient aux flics : pour avoir vu les pires aspects de la nature humaine, ils n'étaient guère enclins à faire confiance au premier venu.

— Oh ! Croyez-moi, je connais l'utilité du règlement, approuva-t-elle en plaquant sur ses lèvres le sourire amical qui lui servait à extorquer en douceur des renseignements à un témoin.

— Je serai absente…

Elle jeta un coup d'œil à sa montre.

— Une heure. Une heure et demie, peut-être… Je vais prendre un numéro de portable au cas où j'aurais du retard…

Janya nota le sien sur un bout de papier et le lui tendit. Mlle Crede le fourra dans un sac à main choisi lui aussi pour son aspect pratique plutôt qu'esthétique.

— Je dois y aller. A tout à l'heure, donc.

Elle marqua une pause, puis posa la main sur le bras de Janya.

— A votre place, je choisirais dès maintenant certains bijoux et quelques livres pour les enfants. Je ne pense pas que ça puisse intéresser qui que ce soit, dans l'idée d'une revente…

Elle hocha la tête, puis fila par la porte.

— Une heure, dit Maggie quand elle fut certaine que l'assistante sociale était bien partie. Il faut s'y mettre tout de suite.

— Qu'est-ce que tu cherches ?

— Tout, et rien à la fois. Garde l'œil ouvert au cas où tu tomberais sur quelque chose d'inhabituel en faisant les cartons : documents, objets insolites, n'importe quoi qui puisse nous renseigner sur les relations des Dutta ou des enfants. Et si tu remarques que quelque chose manque à l'appel… quelque chose que tu t'attendais à trouver, prends-en note.

— Les policiers ont déjà fouillé tout l'appartement.

— Oui, mais ils cherchaient un mobile pour accuser Harit du meurtre de sa femme. Nous, nous cherchons des indices qui puissent l'innocenter.

Janya hocha la tête gravement, mais elle ne croyait pas qu'il pût encore y avoir quoi que ce soit d'utile à leur enquête dans l'appartement.

Elle alla dans la chambre des enfants et commença à faire des piles. Maggie, de son côté, s'attaqua à la cuisine, ouvrant les placards, examinant leur contenu, retournant les tiroirs pour vérifier que rien n'était collé dessous. Non qu'elle s'attendît à trouver quoi que ce soit de dissimulé, mais on ne pouvait exclure cette éventualité. Elle s'intéressait davantage aux objets bien en vue qui, eux, pouvaient avoir une signification. Des calendriers.

Des notes près du téléphone. Des numéros de téléphone. La police n'avait sûrement pas laissé d'éléments importants derrière elle, mais en même temps les meurtres n'avaient pas été commis dans l'appartement. Il ne s'agissait pas d'une scène de crime, comme le lui avait judicieusement fait remarquer son père ; autrement dit, l'appartement n'avait pas été fouillé de manière aussi complète que la chambre du motel où les corps avaient été retrouvés.

La cuisine ne recélait rien d'intéressant hormis un numéro de téléphone griffonné à l'intérieur d'une pochette d'allumettes. Elle s'en empara et alla composer le numéro sur le téléphone fixe du séjour. Livraison de pizzas à domicile… Elle jeta la pochette d'allumettes à la poubelle.

Les tiroirs du bureau contenaient des stylos et pas grand-chose d'autre. Un carnet d'adresses, rédigé dans un alphabet indéchiffrable. Elle appela Janya à la rescousse, mais la jeune femme secoua la tête en signe d'impuissance.

— Je ne lis pas le bengali.

— Tu connais quelqu'un qui en serait capable ?

— Oh ! Ça ne devrait pas être difficile à trouver…

— Vois si tu peux glisser ce carnet dans l'un des cartons des enfants, peut-être parmi les livres que tu emportes.

Maggie promena son regard autour du séjour : il était microscopique. Sans doute plus petit que celui de son propre pavillon. Elle chercha sous et derrière le mobilier, ôta les coussins du sofa, fouilla l'intérieur du meuble de télévision et passa en revue la petite bibliothèque, secouant les livres un à un afin de s'assurer qu'aucun papier n'était dissimulé entre leurs pages. Elle souleva enfin les bords du tapis en sisal qui masquait le linoléum abîmé. Les Dutta n'étaient pas du genre à accumuler — il n'y avait pas grand-chose à fouiller.

Elle passa alors à la chambre. L'expérience lui avait appris que cette pièce servait souvent de cachette. Un jour, au cours d'une enquête, elle avait trouvé un demi-kilo d'héroïne dissimulé dans le double fond d'un tiroir rempli de dessous en dentelle. L'endroit, comme le reste de l'appartement, était chichement meublé et d'une propreté remarquable. Kanira passait apparemment ses journées à traquer le moindre grain de poussière. Si elle avait su que sa fin était si proche, aurait-elle consacré le temps qui lui restait à d'autres occupations ? Aurait-elle emmené ses enfants au parc afin qu'ils gardent l'image de leur mère dans ce cadre ? Contemplé le coucher de soleil sur la plage et ramassé des coquillages ? Tenté une fois de plus de renouer avec sa famille en Inde ou de se rapprocher de son mari ?

Au bout de trente secondes de fouille, Maggie toucha le gros lot : un ordinateur portable rangé à l'intérieur d'un secrétaire à cylindre fatigué. Elle l'examina. Il devait avoir au moins cinq ou six ans ; il était encombrant et sans doute lent à charger le moindre programme. Elle releva l'écran et voulut allumer l'appareil. Peine perdue : la batterie était morte. Cinq minutes plus tard, après qu'une fouille complète de la chambre n'eut rien livré d'intéressant, elle trouva un cordon d'alimentation à l'intérieur d'un sac à dos rangé dans la penderie. Elle brancha le portable à une prise et entreprit de le rallumer. Mais il était protégé par un mot de passe.

Au moins le clavier affichait-il un alphabet connu. Elle entra le nom de Harit, puis celui de Kanira, sans succès. Elle essaya Vijay, puis Lily sans plus de réussite, mais lorsqu'elle entra Vijay&Lily, le bureau s'afficha sur l'écran.

— C'est un miracle !

— Qu'est-ce que tu dis ? demanda Janya depuis l'autre chambre.

Les cloisons étaient minces.

— J'ai trouvé l'ordinateur portable de Harit. Je me demande si la police l'a fouillé.

Maggie se promit de poser la question à son père qui, jusque-là, lui avait volontiers communiqué les éléments de l'enquête qui se trouvaient en sa possession.

Janya vint voir ce qui se passait.

— Est-ce que c'est l'ordinateur avec lequel il écrivait ? Il y a son livre en cours, dedans ?

Maggie parcourait les fichiers et les répertoires à la recherche d'adresses, de numéros de téléphone... de tout ce qui lui aurait semblé intéressant. Elle tomba sur un calendrier, qu'elle s'empressa de consulter, mais elle constata bien vite qu'il n'avait pas été mis à jour depuis l'année précédente. De toute évidence, Harit notait ses rendez-vous ailleurs, peut-être parce que son portable était vieux et peu fiable.

— Son livre ? Je ne vois pas, mais...

Elle alla directement dans le logiciel de traitement de texte et trouva un dossier intitulé « Passage ».

— Il se pourrait que ce soit ça...

— Les enfants doivent récupérer ces chapitres. Leur père était un écrivain de talent, il faut qu'ils en aient la preuve ! Si on les envoie en Inde, personne ne le leur dira jamais. Ils grandiront en pensant que leurs parents n'étaient pas des gens bien. Peut-être même porteront-ils un jugement identique sur eux-mêmes.

Maggie regrettait que Janya ait à se battre pour l'avenir des enfants. Elle n'arrivait pas à imaginer l'arrachement que lui causerait l'obligation de confier Lily et Vijay à des gens qui n'en voudraient sans doute pas.

— Harit l'écrivait en anglais ?

— Je crois, oui. Sa bourse lui avait été attribuée par une fondation littéraire des Etats-Unis ou peut-être du Canada. Je ne sais pas.

— Alors, c'est ça...

Maggie, qui avait saisi la manière dont le dossier était organisé, en avait extrait ce qui ressemblait à un premier chapitre. Elle le parcourut rapidement.

— Je vais m'envoyer tout le dossier par e-mail. Ça ne devrait pas me prendre plus d'une minute. Ensuite, nous en ferons des copies pour les enfants. Je graverai aussi les chapitres sur un CD.

— Un jour, ces pages prendront beaucoup de valeur pour eux.

Maggie reporta son attention sur le dossier, l'enregistra en pièce jointe dans un e-mail qu'elle s'adressa à elle-même et tenta de l'envoyer, sans succès. Le portable était trop vieux et le fichier trop lourd. Elle refit un essai, en fractionnant le dossier en plusieurs fichiers. Une horloge tictaquait dans sa tête. Mlle Crede allait revenir sous peu et elle ne tenait pas à se faire surprendre le nez dans l'ordinateur.

Au moins le contenu de ce dossier était-il élucidé. Elle parcourut les autres fichiers à la recherche d'un élément intéressant. Mais l'ordinateur ne contenait ni lettres ni notes personnelles, pas même des logiciels de jeux. Harit Dutta se consacrait avec sérieux à son activité de romancier et il craignait peut-être que trop de programmes ralentissent plus encore son vieil ordinateur. Sa messagerie électronique était vide. Il existait bien sûr des moyens d'accéder aux courriers supprimés dans le disque dur, mais elle n'était pas experte en informatique et son temps était compté.

Elle éteignit l'ordinateur, remit le cordon d'alimentation là où elle l'avait trouvé et fouilla le contenu de la commode. Cela fait, elle inspecta la petite salle de bains et passa enfin dans la chambre des enfants pour aider Janya à finir de trier leurs affaires.

— Rien ? s'enquit celle-ci.

— Rien qui m'ait sauté aux yeux en tout cas. Et je serais étonnée que le carnet d'adresses nous soit d'une quelconque utilité. J'ai plutôt l'impression que Kanira l'a emporté dans ses bagages en quittant l'Inde. Je ne pense pas qu'il puisse nous aider, à moins que le meurtrier n'ait suivi les Dutta jusqu'aux Etats-Unis, mais je ne peux pas aller en Inde pour interroger tous les gens répertoriés dedans.

— J'ai presque fini. Je vais laisser les vêtements qui sont devenus trop petits. Il n'y a rien de particulier, rien qui ait une valeur sentimentale. Kanira avait la folie des robes à volants, mais Lily ne partage pas sa passion pour les froufrous.

— Tu as besoin d'aide pour les jouets ?

— J'ai déjà trié ceux de Lily.

Janya désigna un carton de jouets.

— Elle sera contente de pouvoir de nouveau s'amuser avec. Les jouets de Vijay sont dans le placard. Tu veux bien y jeter un coup d'œil ?

— D'accord, quoique tu saches mieux que moi ce qui est susceptible de l'intéresser.

Maggie ouvrit le placard et se mit à vider les étagères qui tapissaient le mur du fond. Des livres. Rien d'étonnant à cela. Des petites voitures dans une boîte en plastique. Un pot en fer-blanc rempli de bûchettes permettant de construire un chalet. Junior avait les mêmes quand il était petit.

Elle tendit la main vers l'objet suivant, intriguée, et recula pour l'examiner à la lumière. C'était une petite machine à sous portant sur sa partie frontale l'inscription « Casino Atlantis » en lettres dorées. Le bandit manchot miniature était équipé à droite d'un levier terminé par un pommeau rouge que Maggie actionna vers le bas. Les rouleaux tournèrent sur eux-mêmes, mais les symboles obtenus ne formèrent aucune combinaison gagnante : des cerises, des bananes, un ballon rouge. Elle retourna l'appareil et aperçut une fente à l'arrière : la machine à sous était un jouet mais aussi une tirelire.

Elle avait parlé à Janya des dés retrouvés dans la poche de Harit, aussi brandit-elle la machine dans sa direction.

— Regarde !

De nouveau, elle abaissa le levier.

— Tu crois que Harit et Dutta ont offert ça à Vijay ?

— Non, ce genre de jouet convient à un enfant plus âgé, et sans imagination, qui plus est. Vijay s'en lasserait très vite, et il n'a pas d'argent à mettre de côté.

Maggie secoua l'objet, mais aucun tintement de pièces ne se fit entendre.

— En tout cas, moi, je m'en lasserais très vite. Mais ça se tient, non ? Le casino Atlantis, le même d'où proviennent les dés…

— Maggie, je sais que tu envisages que Harit ait pu être un flambeur, mais les Dutta n'avaient vraiment pas d'argent. Quand Kanira m'a énuméré tous les défauts de son mari — et elle ne s'en est pas privée, crois-moi ! —, elle ne m'a jamais dit qu'il fréquentait les casinos ou qu'elle le soupçonnait de le faire.

— Je te crois. Je pense plutôt que ce gadget a été offert à Harit par la même personne qui lui a donné les dés. C'était peut-être quelqu'un qu'il connaissait. Un de ses clients, par exemple.

— Pourquoi ? C'est important ?

Maggie en doutait. Harit avait certes les dés dans sa poche au moment de sa mort mais cela n'indiquait qu'une chose : qu'ils lui avaient été offerts peu de temps auparavant. Avaient-ils pour autant un rapport avec son meurtre ? Probablement pas.

— Si on la mettait dans un carton, histoire de la rapporter chez toi ? Au cas où.

Janya soupira.

— Je regrette que nous n'ayons rien trouvé de plus important.

Maggie partageait son état d'esprit.

— C'est souvent comme ça dans une enquête, les pistes se présentent rarement du premier coup et jamais de manière évidente. Il est vrai que cette affaire est déconcertante, à moins qu'elle ne soit rien de plus que ce qu'elle paraît : un mari furieux, une épouse infidèle, un coup de sang…

— Ça ne sera pas facile de l'expliquer aux enfants quand ils seront en âge de comprendre…

Aussi pénible que s'annonçât cette future conversation, Janya espérait être celle qui dévoilerait la vérité aux enfants. Car, si elle était amenée un jour à leur apprendre que la dispute de leurs parents s'était achevée dans le sang, cela signifierait que Vijay et Lily étaient devenus des membres à part entière de la famille Kapur.

21

Se masser l'abdomen d'un geste lent et circulaire, de l'avis de certains, serait bénéfique au bébé *in utero*. Tracy, elle, se contentait de promener de haut en bas la ceinture de son pantalon de survêtement sur son ventre désormais bien arrondi, dans l'espoir de trouver un endroit où nouer confortablement le cordon de serrage. On était le lendemain de Thanksgiving, jour prévu pour une nouvelle échographie.

— Marsh m'attendra là-bas, je suppose, dit-elle à Janya, venue lui apporter une tunique qu'elle portait drapée sur un bras.

De l'autre côté, elle tenait une Lily assoupie sur sa hanche.

Tracy finit par ajuster le pantalon au-dessus de son ventre en espérant qu'il resterait en place, prit sa bouteille d'eau et en but une longue gorgée. Elle arrivait à la fin du litre qu'on lui avait ordonné de boire avant le rendez-vous.

— Je lui ai envoyé la date et l'heure par texto. Il s'est peut-être absenté pour Thanksgiving, mais en tout cas, il ne m'en a rien dit. Tu es sûre pour la tunique ? Elle ne te manquera pas ?

— Elle est très ample sur les côtés. Tu la rempliras au fur et à mesure.

La tunique bleu paon au col brodé de fleurs ne correspondait guère au style habituel de Tracy, mais elle semblait légère et confortable, deux critères qu'elle privilégiait désormais dans ses choix vestimentaires.

— Elle doit être très agréable à porter, je te remercie. Mon petit doigt me dit que je vais bientôt ressembler à une tour…

— Donc, Marsh te rejoint là-bas ? insista Janya en suspendant la tunique à une chaise du coin salle à manger.

— S'il vient…

Elle s'appliquait à feindre la désinvolture, mais l'exercice n'était pas facile. Cela faisait des semaines qu'elle n'avait pas vu Marsh — du moins qu'elle ne lui avait pas parlé. La veille, elle avait fêté Thanksgiving avec Alice, Olivia et Roger Goldsworthy, qui n'avait pas mis de poison dans son assiette de viande blanche et de farce aux huîtres. En fait, il avait même *presque* fait montre de sollicitude envers elle. Etait-ce par égard pour son statut de femme enceinte ou par volonté de faire bonne impression sur la dame de son cœur, elle n'aurait su le dire. Quoi qu'il en soit, son poste au complexe de loisirs ne semblait pas menacé.

— Et si tu l'appelais ? Vous pourriez vous y rendre ensemble.

— Trop tard. Il faut que je parte dans quelques minutes si je veux être à l'heure. Et je te garantis que je ne vais pas traîner ! Impossible de vidanger le litre d'eau que j'ai ingurgité avant la fin de l'écho !

— Et si je te déposais là-bas ? suggéra encore Janya.

Manœuvre un peu trop évidente pour Tracy…

— Je te vois venir avec tes gros sabots ! Si tu me déposes, il faudra que Marsh me ramène à la maison, c'est ça ?

Janya ne savait pas mentir. Elle détourna le regard, les joues subitement plus roses.

— Je pensais seulement que tu te sentirais peut-être mal à l'aise au volant après avoir bu toute cette eau.

— Bien essayé, mais je ne sais même pas si Marsh va venir. Et je ne tiens pas à me retrouver coincée là-bas.

— Ce rendez-vous m'apparaît comme un…

Elle s'interrompit, à la recherche du terme adéquat, ce qui n'était pas dans ses habitudes.

— Comme un moment privilégié, dit-elle enfin. On entend le cœur du bébé. On le voit en images. On m'a même dit que, parfois, on peut le voir sucer son pouce. Cet enfant va prendre toute sa réalité pour vous.

— C'est vrai. Et alors ?

— Ne serait-ce pas un moment propice pour parler à Marsh ? Pour lui confier tes sentiments ?

— La contrariété, c'est le seul sentiment que j'éprouve envers lui. Voilà des semaines qu'il ne m'a ni appelée ni adressé la parole, alors que moi, j'ai insisté pour qu'il m'accompagne à l'échographie. C'est moi qui ai fait le premier pas.

— Le premier pas ? Mais qu'est-ce que tu racontes ? Il s'agit de son enfant, je te rappelle. Tu lui as proposé de t'accompagner pour voir en images ce qui, après tout, lui appartient de droit, tout autant qu'à toi. Et puis tu ne lui as jamais dit que tu l'aimais ou que tu avais besoin de lui, une déclaration qui compte pourtant beaucoup pour vous, les Américains. Tu ne l'as pas non plus convié à faire partie de ta vie. Tu lui as seulement dit qu'il pouvait être un peu associé au petit miracle que tu portes en toi.

— Ouf…

Tracy s'éventa le visage.

— Il y a de la récrimination dans l'air, on dirait…

— Non, mais comme tu es mon amie, je me demande si ce n'est pas la peur qui t'arrête. En quoi ta vie serait-elle changée si tu avouais à Marsh qu'il te manque ? S'il te répondait : « Dommage, Tracy, mais je suis très occupé », tu saurais alors avec certitude ce que tu ne fais que craindre pour le moment. Et s'il te disait : « Tu me manques aussi beaucoup », tu apprendrais un élément nouveau qui t'aiderait à prendre la décision suivante.

Tracy eut un rire sans joie.

— Et ça m'avancerait à quoi ? J'aurais l'air pathétique, voilà tout. Comme si je mendiais son attention. Or il est clair qu'il n'éprouve pas vraiment de sentiments pour moi. Autrement, il insisterait plus, se battrait… J'aurais eu de ses nouvelles…

Janya demeura longtemps silencieuse, puis elle secoua la tête d'un air de réprobation.

— Finalement, je crois que notre façon de faire est préférable. En Inde, on se marie, on a des enfants et ensuite, si on a de la chance, on tombe amoureux. Mais notre vie et notre avenir sont définis d'avance. Nous ne faisons pas dépendre notre bonheur ou notre malheur de la personne avec laquelle nous devons vivre. Nous n'avons pas la possibilité de la tester avant, en espérant qu'elle obtiendra au moins une note d'admissibilité. Quand la question se pose, nos vies sont déjà trop imbriquées l'une dans l'autre…

— Autrement dit, si Marsh et moi nous marions avant d'être sûrs de nous aimer, nous ne nous en porterons que mieux ? Nous aurons cet enfant et l'amour viendra petit à petit, s'il vient ? C'est bien ce que tu es en train de suggérer ? Désolée, Janya, mais je ne crois pas que ça puisse marcher.

— Mais est-ce que l'amour est le seul critère à prendre en compte ? Moi, je vois un enfant en route et deux personnes qui le désirent. Et avant que cet enfant ne s'impose comme une réalité, ces deux personnes étaient heureuses ensemble, non ? Tu ne vois donc pas ce qui cloche dans ton raisonnement ?

Tracy sentait sa ligne de défense s'effriter, mais pour rien au monde elle ne l'aurait avoué.

— Tu as tout calculé, hein ? Tu essaies de me faire douter, de me déstabiliser, de manière à ce que je sois plus encline à lâcher une bêtise lorsque je verrai Marsh, si toutefois il vient au rendez-vous.

— Ça pourrait marcher ?

Tracy enfila un chemisier à manches longues. Sa coupe ample masquait son état désormais flagrant mais bientôt, il lui faudrait mettre la tunique que Janya lui avait prêtée et bien sûr de vraies tenues de maternité.

— Bon, il faut vraiment que j'y aille maintenant, Janya…

Elle attrapa son sac et caressa au passage les cheveux noirs de Lily.

— Tu fermeras à clé, d'accord ?

— Tu vas demander à connaître le sexe du bébé ?

— Ça dépendra. Je verrai dans quel état d'esprit je serai en arrivant là-bas.

— Marsh t'aidera peut-être à prendre la décision.

Tracy ne se retourna pas pour répondre.

***

Pour atteindre l'entrée du cabinet médical haut de quatre étages, il fallait à Tracy traverser le parking où elle avait garé sa voiture, un parking inondé de soleil et ponctué de palmiers — le bout du monde, lui sembla-t-il. D'après les informations, une nouvelle tempête tropicale, récemment baptisée Phyllis, se dirigeait vers les côtes de la Floride, mais rien ne témoignait encore de son arrivée imminente.

Elle se dégagea tant bien que mal de derrière le volant et se demanda avec inquiétude si sa vessie allait tenir jusqu'au cabinet de consultation. Lors de ses précédentes visites, elle avait repéré des toilettes pour dames dans le hall d'entrée, non loin de l'ascenseur. Serait-elle capable de passer devant sans y faire une halte, en se rendant au deuxième étage ? Peut-être avait-elle été un peu désinvolte... S'étant imaginé que quatre grands verres suffiraient, quantité qui lui semblait déjà énorme, elle avait commencé à les boire beaucoup trop tôt. Et puis elle n'avait pas vraiment mesuré leur capacité... Il se pouvait qu'elle ait bu un litre *et demi* d'eau.

C'était peu de dire qu'elle en sentait chaque centilitre ballotter dans son corps !

En réalité, elle savait qu'elle résisterait ; elle n'avait pas le choix. Si elle passait par les toilettes, il lui faudrait tout annuler et reporter l'examen. Si Marsh s'était arrangé pour dégager un créneau dans son emploi du temps chargé, il faudrait qu'il se débrouille pour réitérer l'exploit. Or le jeu n'en valait pas la chandelle. Sans compter qu'elle avait programmé exprès son échographie au lendemain de Thanksgiving parce que, au complexe de loisirs, c'était jour chômé pour tous les employés. Elle tenait à économiser chaque minute de ses congés payés pour les ajouter aux semaines qui suivraient l'arrivée du bébé.

Elle descendit de voiture et verrouilla les portières. Elle traversa ensuite le macadam d'un pas mal assuré, réussit à atteindre la porte d'entrée et pénétra dans le local climatisé.

Une fois à l'intérieur, elle se reposa un instant, la vessie temporairement soulagée, mais son répit fut de courte durée. Un glouglou sonore la ramena bien vite à la réalité. La fontaine du hall… Le centre médical regroupait bon nombre de praticiens de Palmetto Grove, mais l'architecte d'intérieur chargé de sa conception avait cru bon de l'agrémenter d'une fontaine, sans doute dans l'espoir de faciliter la transition entre le parking et les examens médicaux — prises de sang et radios, entre autres. Maçonnée contre le mur opposé à celui de l'ascenseur, elle était dotée d'un bassin de la taille d'une flaque dans lequel se déversait en continu une cascade qui se recyclait à l'infini. Encore et encore. Encore et…

Tracy traversa le hall ventre à terre.

Catastrophe ! L'un des deux ascenseurs était hors service. Elle appela celui qui fonctionnait en appuyant frénétiquement sur la flèche du haut. Un coup d'œil au panneau au-dessus des portes confirma ses pires craintes : la cabine était au quatrième étage et n'en redescendait pas.

— C'est pas vrai, mais c'est pas vrai !

Elle pressa de nouveau le bouton comme si ce geste allait suffire à ébranler la cabine et la renvoyer vers le bas.

— Nous sommes bien pressée aujourd'hui…

Elle se retourna. Marsh était derrière elle. Elle s'exhorta à rester concentrée.

— Nous, je ne sais pas, je n'emploie pas ce mot-là.

— Lequel ?

— Celui qui commence par un N !

Il la regarda, perplexe.

— Tu te sens bien ?

Avec son teint bronzé, lui, en tout cas, avait l'air en pleine forme. Son catogan était plus net et plus court que la dernière fois qu'elle l'avait vu. Vêtu d'un jean usé et d'une chemise légère, comme chaque fois qu'il n'était pas dans son rôle d'avocat, il était délicieusement viril. Mais aussi passablement dérouté.

— Non, répliqua-t-elle sèchement, je me sens très mal ! Je suis une digue sur le point de se rompre, si tu veux tout savoir.

Et d'abord, pourquoi tu ne m'as pas appelée pour me dire que tu venais ?

— Je n'ai reçu aucun signal en ce sens…

— Bravo… Continue comme ça…

— Comme quoi ?

— Comme quelqu'un dénué de tout sentiment.

— Je suis dénué de tout sentiment, moi ? Tu crois qu'on ne me l'aurait pas dit depuis le temps ?

L'ascenseur était toujours bloqué au quatrième. De nouveau, Tracy pressa sur le bouton.

— Ça ne sert à rien, lui signala Marsh. Ils doivent sûrement charger quelque chose, là-haut. Inspire profondément.

— Facile à dire ! Tu n'as pas un litre et demi d'eau dans la vessie, toi ! Je crève d'envie d'imiter cette fontaine !

— Oh ! je vois le problème…

A son tour, il se pencha pour appeler l'ascenseur.

— Je vais t'aider. Ça devrait le faire.

Evidemment, il ne pouvait s'agir que d'une fâcheuse coïncidence, mais le chiffre trois s'alluma. L'ascenseur redescendait.

— Fichue fontaine !

Marsh leva la tête. Le numéro trois restait allumé. Il soupira, se tourna vers la fontaine, l'examina et finit par appuyer sur un interrupteur situé sur le côté d'un rocher.

— C'est mieux comme ça ?

Le silence se fit soudain dans le hall, à peine troublé par un fredonnement de musique en provenance de l'une des salles d'attente. La fontaine avait cessé de couler.

— Incroyable, dit-elle, transférant son poids d'une jambe sur l'autre dans l'espoir de soulager la pression sur sa vessie. Décidément, tu sais tout faire. Pas facile de vivre à côté d'un tel homme !

— Mais tu ne vis pas avec moi ; tu as refusé ma proposition, tu te rappelles ?

Il revint se poster devant l'ascenseur.

— Je ne suis pas un cas social, Marsh. Je m'en sors très bien toute seule.

— Un cas social ?

Elle leva les yeux. L'ascenseur avait atteint le deuxième étage.

— Mais enfin, combien de quidams vont et viennent dans cet immeuble ? Ce machin doit en contenir tout un troupeau ! On va se faire piétiner quand ils vont sortir.

— Je t'ai demandé de venir vivre avec moi parce que j'en avais envie, Trace. Comment peux-tu être aussi têtue ? C'est impensable ! Je ne doute pas une seconde de ta capacité à t'en sortir sans moi. Même sur la lune, tu t'en sortirais… Tu trouverais un moyen de fabriquer ton propre oxygène. Tu es une battante, je le sais.

— Alors pourquoi veux-tu qu'on vive ensemble ? Tu as peur que je ne m'occupe pas assez bien de notre enfant ?

L'ascenseur était à présent au premier. Tracy gardait les yeux rivés sur l'écran lumineux.

— Tu seras une excellente mère pour lui, de ça aussi, j'en suis persuadé…

Les portes de l'ascenseur s'ouvrirent sur un seul homme, et non sur le troupeau attendu, un vieillard appuyé sur un déambulateur qui entreprit avec peine d'avancer vers la porte de sortie. Marsh empêcha les portes de se refermer et Tracy transféra une fois de plus son poids sur son autre jambe, avant de se précipiter à l'intérieur, aussitôt rejointe par Marsh.

Elle appuya sur le bouton du deuxième étage et regarda les portes se fermer.

— Le moment est mal choisi, Marsh…

Elle se tourna vers lui ; il était appuyé contre une des parois de la cabine.

— Ça ne rime à rien, je t'assure. Ne gâchons pas cette journée.

Il eut l'air peiné, comme s'il soupesait les conséquences de la phrase qui lui brûlait les lèvres. L'ascenseur s'ébranla et commença son ascension.

— Je ne sais toujours pas si j'ai envie de connaître le sexe, continua Tracy.

— Personnellement, l'idée me plaît assez.

— Ah oui ? Et parce que l'idée te plaît, nous allons savoir, quoi que *moi* j'en pense ?

Marsh soupira.

— Trace, pourquoi est-ce que tu cherches systématiquement la bagarre ?

Elle regarda le chiffre affiché au-dessus de la porte — ils avaient déjà progressé jusqu'au premier étage. Leur tête-à-tête forcé allait donc bientôt s'achever. Ça ne devait pas être une tâche herculéenne que de choisir la voie de la diplomatie, surtout si c'était le plus court chemin vers les toilettes.

— Je tiens simplement à m'assurer que j'ai mon mot à dire sur le sujet.

— Tu sais quoi, Trace ? Depuis le début, j'ai l'impression qu'il n'y a que toi qui aies ton mot à dire… Mais sois rassurée, je peux très bien demander au technicien de me faire part du sexe du bébé sans que tu le saches. Comme ça, nous obtiendrons chacun satisfaction.

— Ah, d'accord ! C'est de ça qu'il s'agit, en fait !

Elle changea de position et s'étira un peu dans l'espoir de déplacer son océan intérieur vers une rive plus confortable.

— Je ne comprends pas…

— Tu veux que nous obtenions chacun satisfaction. Individuellement.

Il y eut une secousse et l'ascenseur s'immobilisa. Sur le panneau, le chiffre 1 restait allumé, mais l'ascenseur ne bougeait plus.

— Nous ne montons plus, dit-elle.

— Je crains que non…

— Qu'est-ce qui se passe ?

Il se pencha pour déchiffrer la plaque métallique fixée à gauche du panneau de commande.

— Il se passe que nous aurions dû prendre l'escalier. Je ne pense pas que des « troupeaux de gens » empruntent cet engin. Je pense plutôt qu'il est condamné à rejoindre sous peu le cimetière des ascenseurs pourris.

— Ah non !

— Le moment est plutôt mal choisi pour te retrouver coincée avec moi dans un ascenseur, hein ?

— Avec toi ou avec n'importe qui !

Tracy réfléchit aux options qui s'offraient à elle. Puis elle se laissa glisser le long de la paroi jusque par terre ; là, elle s'assit en tailleur et se pencha en avant, les coudes posés sur les cuisses.

— J'ai appuyé sur le bouton d'alarme, dit Marsh.

Une cloche résonnait faiblement quelque part dans le bâtiment.

— Force la porte ! Ils font ça dans les films. Fais comme si tu étais Derek Forbes et échappe-toi par le haut. Fais quelque chose !

Marsh obéit : il s'assit près d'elle, son genou contre le sien.

— J'ai appuyé sur le bouton d'alarme, quelqu'un va venir. Qu'est-ce qu'il y a, Trace, tu es claustrophobe ?

— Tu ne le sais même pas ! Je porte ton enfant et tu ne sais rien de moi !

— Ça vaut dans les deux sens, je te signale. Et si *moi,* j'étais claustrophobe ?

— Impossible, sinon tu ne dormirais pas sous cette stupide tente de routard !

— Bien vu, et partant du même principe je suppose que tu ne l'es pas non plus. Il ne te reste donc plus que deux problèmes à gérer : moi et toute cette eau.

— Tu es le moins préoccupant des deux.

— Voilà qui me fait chaud au cœur. Je n'aime pas être la cause de tout ce qui t'arrive de désagréable.

Elle le fusilla du regard.

— Comment peux-tu plaisanter dans un moment pareil ?

— Mais je ne plaisantais pas.

L'alarme continuait de sonner dans le lointain.

— Ce truc n'a pas de téléphone ? On n'aurait pas déjà dû nous appeler ?

— L'ascenseur est vétuste.

Tracy sentait croître son angoisse : combien de temps allait-elle encore pouvoir se retenir ? Au mieux quelques minutes…

Marsh se rapprocha d'elle ; puis, avant qu'elle ait pu protester, il la mit sur ses genoux et la fit pencher en avant, lui soutenant le dos d'un bras et la tenant par la taille de l'autre.

— Ça va mieux ?

Oui, bien mieux. La pression s'atténua presque immédiatement.

Ils n'avaient pas été aussi proches depuis des semaines. Tracy avait du mal à respirer. Elle se pencha en avant, loin de sa poitrine.

— Trace, essaie de ne pas gigoter, d'accord ? Ça ne sert à rien.

— J'essaie simplement de me mettre à l'aise. Comment sais-tu que ça ne sert à rien ?

— En tout cas, ça ne m'aide pas.

Il fallut un moment à Tracy avant de comprendre et à son corps défendant, elle éprouva une petite bouffée de plaisir à l'idée qu'elle l'excitait.

— C'était ton idée, je te rappelle. Je ne visais pas spécialement tes zones érogènes.

— Ma foi, tu as pourtant mis en plein dans le mille. D'ailleurs, la grossesse te va bien. Tu n'as jamais été aussi sexy.

Ils s'engageaient sur un terrain dangereux ; mieux valait arrêter tout de suite. D'autant qu'elle ne voulait pas être sexy, elle voulait être aimée. Enfin… les deux. Quoi qu'il en soit, pour l'instant, ce genre de pensée ne la menait nulle part.

Elle décida donc de changer de sujet.

— Explique-moi pourquoi tu tiens tellement à savoir si c'est un garçon ou une fille ?

— Ah oui, l'enfant… C'est pour ça que nous sommes ici !

Il resserra son bras autour d'elle ; sa main glissa vers son petit ventre rond et s'y posa légèrement, les doigts écartés.

— Sans doute parce qu'il me plaît d'imaginer à quoi il ou elle va ressembler. Il y a tant de possibilités que je trouve intéressant de les réduire un peu.

— C'est important pour toi ?

— Comment ça ?

— Que ce soit un garçon ou une fille. C'est important ?

— Non… Quoique, à choisir, je préfère une fille. Une fille qui ressemblerait à sa mère…

Tracy en resta interdite. C'était l'une des choses les plus intimes que Marsh lui ait jamais révélées.

— Plutôt qu'à moi, enchaîna-t-il. Ça serait lourd à porter, la pauvre ! Je ne serais pas joli en fille…

— Eh bien, moi, je m'en fiche ! Les chances pour que j'aie un autre enfant étant quasi nulles, je prendrai ce qui se présentera.

— Pourquoi, tu en voudrais d'autres ?

— Tu t'imagines peut-être que j'ai déjà pris un rendez-vous post-partum dans une banque de sperme ?

— Tu es encore assez jeune pour recommencer. J'ai élevé un enfant unique : ça ne va pas sans problèmes, tu sais…

— Eh bien, tu n'auras pas à en élever d'autres. Et Bay pourra toujours se disputer avec le mien quand ils se verront. Pourquoi personne ne répond à notre appel de détresse ?

— Quelqu'un s'en occupe, sois-en sûre. Et pour ta gouverne, j'ai parlé du bébé à Bay. Il est un peu perturbé mais, apparemment, c'est de famille.

Avant qu'elle ait pu répondre, un grincement se fit entendre, suivi d'une secousse. Le plancher de la cabine s'ébranla et l'ascenseur se remit en marche. Tracy se releva à grand-peine.

— On redescend !

— Dans la vie, il y a des hauts et des bas… Scénario connu.

Enfin, les portes s'ouvrirent au premier étage. Tracy bondit dans le couloir. La flèche de la sortie pointant vers la gauche, elle trottina tant bien que mal dans cette direction. Marsh restait à sa hauteur. Une fois parvenue à l'escalier, elle agrippa la rampe tout en se motivant intérieurement : elle allait y arriver, elle pouvait le faire. Marsh, faisant preuve de sagesse, gardait le silence. Tracy se mit à monter les marches en se hissant grâce à la rampe, une main après l'autre.

Ils arrivèrent enfin au deuxième étage, une minute avant l'heure du rendez-vous.

— Vite ! cria Tracy, en poussant la porte du cabinet de son médecin.

Arrivée au guichet de la réception, elle se pencha tellement qu'elle manqua basculer par-dessus le bureau.

— Vite, vite, vite ! Il faut qu'on me fasse l'échographie tout de suite !

La secrétaire sourit.

— Vous dites toutes ça.

Tracy se rapprocha encore. Quelque chose dans son regard devait indiquer qu'elle ne plaisantait pas.

— Je crois que c'est sérieux, insista Marsh, dans son dos. Vous ne voudriez pas contrarier cette dame ?

La secrétaire se leva.

— Il vous faut revenir sur vos pas, mademoiselle Deloche. C'est par ici…

La première partie de l'échographie, quoique atrocement douloureuse, se déroula sans problèmes. Puis Tracy fut autorisée à se rendre aux toilettes, et la seconde partie de l'examen s'avéra beaucoup plus amusante.

— On dirait un de ces aliens aux yeux énormes, s'extasia-t-elle en contemplant sur le moniteur les images floues du fœtus, tandis que la manipulatrice déplaçait la sonde sur son ventre enduit de gel.

— Moi, je trouve plutôt qu'il ressemble à une cacahuète géante, dit Marsh.

Tracy tentait de relativiser l'expérience. Marsh était venu voir son enfant et, tout le temps qu'ils étaient restés coincés dans l'ascenseur, il l'avait amadouée pour l'empêcher de paniquer. Elle ne devait pas exploiter ce rapprochement. Spermatozoïde + Ovule = Conception d'un enfant. C'était aussi clinique que cela, même si l'acte en soi avait été agréable.

« Agréable » n'était peut-être d'ailleurs pas le terme exact. Ce minuscule alien avait été conçu la première fois qu'ils avaient fait l'amour ensemble, ou du moins au cours de leur toute première nuit. Ce moment, ils l'avaient attendu longtemps, l'avaient repoussé au maximum afin de s'assurer que la situation était bien propice, et par conséquent il avait été… extatique.

Spermatozoïde + Ovule = Conception extatique.

Marsh posa la main sur son épaule et, mine de rien, l'y laissa.

— Trace, Gwen t'a posé une question.

— Oh ! Pardon !

Tracy regarda l'écran pour voir si quelque chose clochait de manière flagrante. Puis elle se tourna vers la manipulatrice, une jeune femme blonde qui, de toute évidence, n'était pas encore blasée par son métier.

— Je ne vous ai pas entendue...

— Je vous disais que je pouvais vous indiquer le sexe de l'enfant si vous souhaitez le connaître.

Marsh lui serra l'épaule.

— Tu n'es pas obligée de le savoir tout de suite. Et moi aussi, je peux attendre. La décision t'appartient.

Elle quitta l'écran des yeux pour le dévisager. L'espace d'une seconde — et au mépris de tout bon sens — elle éprouva l'excitation d'une authentique complicité avec lui. Penché au-dessus d'elle, il lui souriait avec une expression qui pouvait presque passer pour de la tendresse.

— Non, il faut qu'on sache. Tu en as envie et moi, je suis partagée.

— Tu ferais ça pour moi ?

— Je suis quelqu'un de très gentil, figure-toi. Crois-le ou non, la plupart des gens m'aiment bien.

Il sourit.

— Tout bien réfléchi, non.

— Non, quoi ? Non, ils ne m'aiment pas ?

— Non, gardons le suspense.

— Pourquoi ce revirement ?

— Parce que rester dans l'inconnu va nous fournir tout un tas de conversations amusantes. On va s'interroger à l'infini... La vie est pleine de surprises, Trace, et ne pas savoir nous en apportera d'autres.

— Donc, nous gardons le mystère sur le sexe, conclut Gwen.

Tracy réagit après coup.

— Ma foi, je vais peindre la chambre en vert... J'aime bien

le vert sauge et c'est une couleur qui convient aussi bien à un garçon qu'à une fille.

— Quelle chambre ? s'enquit Marsh.

— Celle où je dors actuellement. Je vais acheter un canapé convertible et m'installer dans le séjour. C'est la meilleure solution et la seule, d'ailleurs.

— La seule ?

— Oui, c'est mieux que de transformer le coin repas en chambre d'enfant.

— Sans aucun doute.

Il ôta la main de son épaule et s'écarta un peu.

Tracy reporta son attention sur le moniteur.

— J'ai passé en revue toutes les solutions possibles. Voici à quoi ça se résume : il va me falloir un lit d'enfant et une table à langer. Je vais demander à Janya de surveiller les vide-greniers pour moi. C'est difficile à croire, mais cet enfant est là. Il est réel, n'est-ce pas ? Toute cette histoire est bien réelle.

Marsh ne répondit pas. Tracy regardait sur l'écran le bébé qui flottait sereinement en elle et se demandait, perplexe, comment elle pouvait se sentir seule en contemplant son fils ou sa fille, pour la seule raison que la main de Marsh ne reposait plus sur son épaule.

22

Décidément, Blake n'était pas un cavalier ordinaire. Lors de leur premier rendez-vous, il avait invité Maggie à une soirée chic dans la splendide demeure où ses associés et lui logeaient en bord de plage. La fois suivante, ils avaient mangé dans une gargote italienne à la carte limitée et aux spécialités succulentes. Et au programme de la soirée qui venait : minigolf.

— On y jouait avant avec Marsh et Bay, lui confia Tracy, une fois mise au courant de ses projets. Bay était meilleur que nous deux réunis. J'ai aussi joué au golf, au vrai, mais principalement pour agrémenter le paysage, même si mon niveau était bien supérieur à celui de la plupart des types qui m'escortaient.

Il y avait sans doute aussi beaucoup de choses que Tracy n'avait jamais faites lors d'un rendez-vous galant, songea Maggie, du moins à l'époque où elle s'apprêtait à devenir une épouse décorative. Elle ne semblait pas regretter le changement d'ordinaire, mais, ce jour-là, elle paraissait sombre. Son échographie s'était pourtant bien passée. Tracy lui avait annoncé que son bébé était tout à fait adorable et qu'il se développait normalement.

Maggie fourragea dans sa penderie à la recherche d'un cardigan noir en tissu léger à enfiler par-dessus son T-shirt. Blake serait là dans dix minutes mais elle était presque prête.

— C'est un homme agréable, dit-elle. Et sans exigences, en plus. Pas collant du tout.

— Alors, c'est qu'il a un problème !

Maggie se mit à rire.

— Il est au courant pour Felo et lui-même sort d'une

rupture. Je crois que ça explique tout. Nous n'avons pas envie de brûler les étapes.

— Et ça se traduit comment ?

— Par du surplace.

Ayant mis la main sur son cardigan, Maggie se retourna vers Tracy. Assise en tailleur sur le lit, celle-ci regardait fixement par la fenêtre.

— Ton esprit est à des milliers de kilomètres d'ici…

— Je pensais à quelque chose qui ne va pas te plaire…

— Merci de prévenir !

Et Maggie attendit la suite.

— J'étais en train de penser que… Enfin, j'espère que ma vie ne se résume pas à ça. A sortir avec des hommes dont je me fiche éperdument, même s'il s'agit de quelqu'un d'aussi sexy que Blake, juste pour ne pas penser à celui que j'ai plaqué.

— En effet… J'ai entendu plus sympa, dans ma vie…

— Je t'avais prévenue de faire le gros dos.

— Pas assez clairement.

— Tu as parlé à Felo depuis qu'il t'a fait ses révélations sur le procureur auquel tu t'es attaquée en conférence de presse ?

— Il m'a laissé deux ou trois messages, juste pour me dire qu'il enquêtait toujours sur l'affaire Dutta, et je lui ai faxé une photo de la machine à sous que nous avons trouvée. Il a dû m'envoyer un mail, mais mon serveur internet est presque aussi pourri que mon opérateur de téléphone portable. On est censé me le réparer cet après-midi.

Elle omit de préciser à Tracy qu'elle avait également appelé une ancienne collègue pour que celle-ci lui envoie une fiche complète de renseignements sur Blake Armstrong, avec entre autres son rapport de solvabilité, mais cela n'avait rien à voir avec le fait qu'ils sortaient ensemble.

— Et en conséquence, tu vas le laisser tomber ? Blake, je veux dire ?

Maggie éprouvait un début d'agacement.

— Tu me connais donc si bien ?

— Suffisamment en tout cas pour voir que dans ton cas, ce

genre de confidence n'a rien d'anodin ni de facile. Ma situation est beaucoup plus simple et, pourtant, cette conversation me met moi aussi mal à l'aise. Je commence à me demander si on n'est pas toquées, toutes les deux. Janya dit qu'en Inde, les couples règlent leurs problèmes une fois que leur relation est installée.

— Oui, et ils brûlent leur femme sur un bûcher quand leur dot n'est pas assez grosse ou si elles ont le malheur d'attendre une fille !

— Ma foi, chez nous aussi des tas de femmes sont victimes de mauvais traitements, même dans les milieux très chics. Mais nous, les Américains, avec notre frilosité et notre culte de la perfection, nous peaufinons les moindres détails à l'avance, avant de nous engager. C'est le mariage risque zéro.

— Oui, et j'ajoute que le taux de divorce aux Etats-Unis donne tout à fait foi à tes propos ! ironisa Maggie.

— Mouais... Tu as peut-être raison...

Le bref élan d'enthousiasme de Tracy retomba. Maggie était navrée pour elle.

— Tu parles pour Marsh et toi, c'est ça ?

— C'est-à-dire que je pensais que tu saisirais l'allusion, vu que nous avançons sur des pistes parallèles...

Maggie sentait sa défense s'effriter.

— Je saisis très bien.

Elle se laissa choir sur le lit pour lacer ses baskets.

— Je suis encore en train de faire le tri dans tout ça.

— Et tu le fais très consciencieusement.

— Quand j'étais petite, je faisais des piles de vêtements par taille, genre et couleur de façon à tout trouver facilement quand j'en avais besoin. Et quand j'étais à l'école, ma mère ouvrait ma commode et mélangeait les culottes avec les shorts, les chaussettes avec les T-shirts. Elle disait que ça n'était pas sain d'être à ce point obsédée par l'ordre et le rangement.

— Wanda n'est pas un modèle de prévisibilité, c'est clair. Vous vous tapiez sans doute mutuellement sur les nerfs.

Ce constat allait tellement de soi qu'il n'exigeait pas d'assentiment.

— Pourquoi est-ce que tu ne prends pas Marsh entre quat'z-yeux pour lui dire à quel point tu te sens paumée ? Demande-lui carrément ce qu'il ressent pour toi.

— Bonne idée. Mais toi d'abord !

Maggie termina de lacer sa seconde chaussure avant de répondre.

— Moi, ce n'est pas pareil. Je sais ce que Felo prétend éprouver. Simplement… je ne suis pas sûre de pouvoir lui faire confiance.

Elle regarda Tracy. Celle-ci affichait toujours un air pensif.

— Mais ce soir, je sors avec un ami, rien de plus.

Elle laissa passer quelques secondes, puis se décida à lui dire toute la vérité.

— Un ami qui s'est peut-être fait couper les cheveux par Harit Dutta, mais qui ne m'a pas avoué qu'il le connaissait.

— C'est pour ça que tu y vas ? Pour découvrir ce qui se trame là-dessous ?

— Oui. En partie. Je me fais peut-être des idées. Harit n'était peut-être pas son coiffeur et cette histoire de gel…

Elle mima le geste de Blake en agitant les mains au-dessus de sa tête.

— Ce geste n'était peut-être qu'une coïncidence. Quand je suis retournée dans le salon de coiffure, la semaine dernière, Seymour ne se rappelait personne du nom de Blake, mais il m'a appris qu'une grande partie de leur clientèle se présente chez eux sans rendez-vous. Si en plus ce genre de client paie en liquide, ça ne laisse aucune trace, sauf si le gars exige un reçu.

— Pour autant que tu saches, Blake se fait couper les cheveux en ville.

— Je tendrai l'oreille ce soir au cas où quelque chose surgirait. C'est peu probable, mais que veux-tu que je fasse d'autre pour le moment ?

— Oh ! Pour des idées, tu frappes à la mauvaise porte, Maggie… Personnellement, je vais rentrer chez moi, regarder le bulletin météo et tenter de trouver quelqu'un pour venir clouer des panneaux de contreplaqué sur mes fenêtres si d'aventure la situation l'exige.

Maggie, native du Sunshine State, ne s'inquiétait pas outre mesure de la tempête tropicale qui, après un départ paresseux, enflait au-dessus de la Caraïbe. D'expérience, elle savait que les tempêtes qui se forment en fin de période cyclonique, une fois les eaux refroidies, sont désorganisées et de courte durée. De son point de vue, les médias locaux exploitaient exagérément ce baroud d'honneur de Dame nature faute de nouvelles plus importantes à donner en pâture au public.

— Eh bien, je vais rétamer Blake au minigolf tant que le soleil brille. Souhaite-moi bonne chance.

— Bonne chance.

Tracy se laissa glisser du lit.

— Ravie d'avoir bavardé avec toi.

— Pourquoi ?

— Parce que je me sentirai moins nulle ce soir, quand je m'abîmerai dans la contemplation de mon nombril qui, soit dit en passant, évolue à la vitesse grand V.

— Quoi ? Parce que tu n'es pas seule à faire partie du club des cœurs brisés ?

— Non, parce que je sais maintenant qu'il y a au moins quelqu'un d'aussi paumé que moi à Happiness Key !

Il était délicat de demander simplement à Blake s'il s'était fait coiffer par Harit. Cela s'apparentait à un interrogatoire, et Maggie n'avait pas l'intention de cuisiner l'homme avec qui elle passait la soirée. Blake n'ignorait pas qu'elle s'intéressait à la mort des Dutta, elle lui en avait parlé, et s'enquérir abruptement de l'existence d'un lien personnel entre Harit et lui revenait à dévoiler ses batteries.

Elle décida d'en apprendre tout d'abord davantage sur lui. C'était leur troisième rendez-vous et cette curiosité s'avérait logique à plusieurs niveaux.

— Est-ce que tu es aussi bon sur un vrai terrain de golf ? lui demanda-t-elle.

Blake avait fait passer sa balle dans un tunnel, puis il lui avait fait suivre un chemin incurvé à flanc de monticule pour l'expédier enfin dans le lobe adéquat d'un trèfle à quatre feuilles.

— Un de mes professeurs d'ingénierie m'avait suggéré de prendre des cours avec un golfeur professionnel. C'est l'un des meilleurs conseils que l'on m'ait jamais donnés. Tu n'imagines pas le nombre de contrats qui se concluent sur un parcours de golf !

— C'était aussi vrai dans mon boulot. Dès le troisième trou, le suspect avec lequel je jouais passait aux aveux. Et tout ça, rien que pour éviter d'avoir à aller jusqu'au bout du parcours avec moi.

— Tu n'es pas si mauvaise que ça.

Il la gratifia de son sourire à la Beach Boy. Décidément, ce type avait du charme. Il était ouvert, amical, poli mais pas trop. Elle avait toujours détesté qu'on la traite comme une porcelaine fragile et Blake était suffisamment intelligent pour l'avoir perçu. Il savait jauger les gens. Le professeur qui lui avait conseillé de chercher un golfeur professionnel lui avait peut-être aussi recommandé de prendre quelques cours de psychologie…

— J'ai une bonne coordination, dit-elle.

Elle voulut imiter le coup fantastique de Blake, mais sa balle atterrit dans le mauvais lobe, quoique pas dans le pire des quatre.

— Mais je ne suis pas infaillible.

Elle regarda la balle rentrer dans le trou.

— En tout cas, tu me fais l'effet d'être une fille qui réussit tout ce qu'elle entreprend. Tu devais être un excellent flic, j'en suis sûr.

— Et je sais faire la tarte aux cerises, Billy Boy !

— Peut-être, répliqua-t-il du tac au tac, mais es-tu « une jeune fille incapable de quitter sa mère » ?

Maggie fut impressionnée par son sens de la repartie ainsi que par sa culture musicale.

— Non, il se trouve que j'ai de multiples talents, c'est tout.

— Tout de même, tu dois bien avoir d'autres ambitions ?

— Parce que tu ne crois pas que mon objectif suprême soit de travailler pour ma mère aux *Merveilleuses Tartes de Wanda* ?

Le portable de Blake se mit à sonner. Après avoir consulté l'identité de son correspondant, il s'excusa. C'était le deuxième appel qu'il recevait depuis le début de leur partie.

— Je dois répondre. Désolé.

Maggie s'assit sur un banc tandis qu'il s'éloignait, ravie d'avoir l'occasion d'ôter le sable qui la gênait dans sa chaussure. Blake la rejoignit bientôt, la suivit jusqu'à l'endroit où était sa balle et la regarda l'expédier dans un second tunnel.

Comme ils repartaient, il lui passa le bras autour de l'épaule.

— Je pense qu'en ce moment, tu essaies de faire le point, Maggie. Tu continues à enquêter, histoire de rester en contact avec ton ancien boulot, et ça, ce n'est pas de la tarte !

Elle sourit au bon mot et s'engagea sur le green, puis contourna sa balle qui, perchée en hauteur, présentait un angle malaisé par rapport au trou situé en contrebas. D'expérience, elle savait que c'était le genre de coup dans lequel elle n'excellait pas. Que faire alors ? Se contenter de l'expédier gentiment vers la zone plane qui s'étendait derrière le trou et la rentrer au tour suivant, ou carrément tenter de la rentrer en un seul coup, en dépit du côté plus qu'aléatoire de l'entreprise ?

A vrai dire, il n'y avait pas à réfléchir. Elle tenta le tout pour le tout et faillit réussir, ne manquant le trou que d'un centimètre. La balle vint rouler à ses pieds.

— Je te préviens, ça peut durer comme ça toute la soirée, dit-elle à Blake.

— Et si on disait que tu as rempli ton contrat de six coups et qu'on passe au trou suivant ? Tu me rirais au nez, je parie ?

— Je veux, mon neveu !

Elle se remit en position et arma son bras. Cette fois, la balle rentra.

— Waouh !

Il se mit à rire.

— Une détermination à toute épreuve associée à beaucoup de chance et un brin de talent. La formule te décrit correctement ?

— Non, *beaucoup* de talent et un brin de chance. Et toi, comment te décrirais-tu ?

Ce n'est qu'au trou suivant, le dixième sur dix-huit, qu'il lui répondit. Le Lucky Putt avait pour thème les porte-bonheur : le trèfle à quatre feuilles qu'ils venaient de finir, un fer à cheval, un os de bréchet... Ce trou-là représentait la marmite remplie d'or au pied de l'arc-en-ciel. Le but était de faire passer la balle entre des farfadets de béton placés stratégiquement et de l'envoyer au bas d'un plan incliné dans la marmite d'or cachée sous un monticule. Un arc-en-ciel peint indiquait le parcours à suivre.

— Moi, je fais partie des veinards.

Ayant mieux réussi qu'elle sur le trou précédent, Blake effectua le premier putt. Sa balle frôla le second farfadet et dégringola un niveau. Il lui fallait maintenant la faire passer sur le pont de bois qui enjambait un ruisseau.

— Pas sur ce coup-là, en tout cas !

Maggie se positionna avec soin et réussit à faire traverser à sa balle le goulet des farfadets d'une manière qui la mit en bonne position pour la rentrer au coup suivant. Ce qu'elle fit.

— Disons que *d'habitude*, j'ai de la chance, rectifia Blake tandis qu'ils descendaient vers sa balle. De bons parents, beaucoup d'argent, de bonnes écoles, de l'ambition à revendre...

— Où as-tu fait tes études ?

— A Carnegie Mellon puis à Georgia Tech. Et toi ?

— Je suis restée près de chez moi. Université de Miami.

— Tu as toujours voulu être flic ?

Il lui posait davantage de questions qu'elle. Etait-il bien élevé ou fuyant ?

— Apparemment non, puisque aujourd'hui je fabrique des tartes.

— Tout en menant ta petite enquête de ton côté, quand même. Tu progresses ?

Sa question éveilla son intérêt mais elle s'appliqua toutefois à ne rien laisser transparaître. Elle s'écarta pour le laisser viser le pont. Il le manqua et expédia sa balle dans l'eau.

— Zut, j'étais sûr que je l'aurais celui-là ! J'ai frappé trop à droite.

Comment avait-il fait pour manquer un coup aussi facile ?

Mais non, elle allait un peu trop vite en besogne. Inutile de voir de la nervosité là où il n'y en avait pas !

Blake sortit la balle de l'eau et lui fit aisément franchir le pont ; Maggie passa de l'autre côté de l'obstacle et le regarda rentrer sa balle dans le trou.

— J'ai vérifié certaines choses, mais ça n'a rien donné.

Blake sortit lui aussi du green et ils se dirigèrent vers l'obstacle suivant, une roulette tournant lentement sur elle-même et flanquée de part et d'autre d'un passage étroit. La roulette était assez basse pour faire dévier la trajectoire de la balle, mais le golfeur assez adroit pour l'expédier sur une case noire passait directement au dernier trou.

— Tu as éveillé ma curiosité l'autre jour, lui avoua-t-il. A tel point que je suis allé fouiner sur internet.

Elle attendit la suite avec une désinvolture parfaitement étudiée. Blake allait lui révéler que l'homme qui était mort lui avait en fait coupé les cheveux une ou deux fois, chose qu'il n'avait comprise qu'en voyant sa photo. Il allait parler de coïncidence et s'exclamer sur le choc qui avait été le sien : qu'un meurtre ait été commis en marge de sa vie et qu'il n'en ait rien su jusqu'à aujourd'hui…

Mais il emprunta une autre voie.

— Je n'arrive pas à me sortir ces gosses de la tête. Je pense tout le temps aux difficultés qui les attendent. Comme si ça ne suffisait pas qu'ils aient perdu leurs parents dans des circonstances aussi violentes, il était écrit dans l'un des articles que j'ai trouvés qu'ils n'ont aucune famille aux Etats-Unis.

— C'est vrai, mais on s'occupe très bien d'eux.

— Un de mes oncles s'est fait assassiner en pleine rue. Quelqu'un lui a arraché son portefeuille et il a voulu le rattraper. Le type l'a abattu d'une balle en plein cœur. J'avais dix ans. Je me souviens encore de mon horreur quand j'ai appris ce qui s'était passé.

Cela pouvait éventuellement expliquer la curiosité de Blake pour cette affaire, estima Maggie, cela et le fait qu'elle avait été flic. En règle générale, les gens trouvaient ce métier passionnant, un attrait qui s'expliquait principalement par la pléthore d'émissions d'investigation qui véhiculaient une vision erronée et presque idyllique de ce job.

A moins que l'intérêt de Blake ne dissimulât autre chose...

— Eh bien, l'affaire est au point mort, dit-elle. Sans jeu de mots. Il nous faudra sans doute nous ranger à la conclusion de la police de Miami : meurtre suivi d'un suicide. L'histoire d'amour qui tourne mal.

— Mais n'est-ce pas trop souvent le cas ? demanda-t-il, comme s'il ne comprenait que trop bien ce genre de tragédie.

Son portable se remit à sonner. Il le tira de sa poche et regarda le numéro affiché. Il prit l'appel en s'éloignant. Maggie joua son trou et le réussit en trois coups.

Blake revint vers elle.

— Désolé.

— Il se passe quelque chose ?

— Il se passe toujours quelque chose. Je me fais communiquer des comptes rendus réguliers sur l'avancée de la tempête. Certaines personnes commencent à s'inquiéter. On dirait que nous sommes sur sa trajectoire.

— Ça ne sera pas grand-chose, crois-moi. Elle arrive trop tard dans l'année.

— Tu savais que la période cyclonique a été révisée deux fois depuis ces dernières décennies ? Elle est de plus en plus longue... Elle s'étire désormais jusqu'en novembre et qui sait jusqu'où elle ira dans deux ans. L'eau reste chaude de plus en plus tard. Phyllis pourrait bien te surprendre. A mon avis, elle surprendra même les météorologues.

— J'imagine que c'est ton rôle de t'inquiéter.

Il sourit mais avec une notable absence d'enthousiasme.

— Ça fait partie du job, je le crains. En fait, je pense que je ne vais pas être un compagnon bien agréable, ce soir. Ça te dérangerait beaucoup si on remettait notre dîner à un autre jour ? Je dois aller chercher des documents pour un collègue et les lui apporter à son hôtel. Ensuite, on aura des coups de fil à passer.

— Pas de problème. Où sont ces documents ? Je peux venir avec toi si ça te fait gagner du temps.

— Non, ils sont chez moi.

Maggie avait laissé sa voiture chez Blake afin qu'il n'ait pas à la ramener à son extrémité de l'îlot en fin de soirée. Elle tendit la main pour qu'il lui passe la feuille de score et la consulta.

— Tu es en tête. Mais pas de beaucoup. Donne-moi juste un trou pour te rattraper et on en reste là pour ce soir.

Il se pencha et l'embrassa. Sans nonchalance, mais sans passion extraordinaire non plus.

— Tu es vraiment facile à vivre. Je me faisais une joie de mieux te connaître, ce soir.

Elle sourit, soulagée que leur soirée se termine plus tôt que prévu : elle n'était pas encore prête à être « mieux connue » et ce contretemps lui épargnait d'avoir à le lui rappeler.

Elle ne le rattrapa pas au score, mais à la fin de leur dernier trou elle avait refait son retard et n'avait pas à rougir de son résultat. Ils rendirent leur club et leurs balles au petit stand et se dirigèrent vers la voiture de Blake.

Sur le trajet du retour ils bavardèrent, mais seulement de façon intermittente. Blake avait l'esprit ailleurs. Il se gara devant chez lui et tous deux descendirent du véhicule. Maggie fit le tour pour lui dire au revoir. Elle voyait bien que quelque chose le tracassait.

— Ça peut causer tant de ravages que ça, une tempête tropicale ? Assez pour retarder ton projet ou t'obliger à modifier tes plans ?

— Tout est possible, et c'est bien ce qui nous inquiète. Tu as beau mettre toutes les chances de ton côté, tu peux te retrouver perdant, indépendamment des probabilités de réussite. Je me suis bien amusé, malgré les coups de fil. Et je te dois un dîner, Maggie…

— Pas de problème. On verra ça quand les choses seront rentrées dans l'ordre.

Elle lui effleura les lèvres, puis leva la main en signe d'au revoir. Tout en rejoignant sa voiture — garée sur le bas-côté de la route pour ne pas bloquer l'allée —, elle le suivit du coin de l'œil. Il n'alla pas à la porte d'entrée mais se dirigea vers le garage et leva la main. Elle comprit qu'il composait un code sur un clavier numérique situé dans l'encadrement de porte, car au bout de quelques instants le panneau coulissa.

Le clavier avait-il été programmé avant que Blake n'emménage ou l'avait-il lui-même programmé avec un code facile à retenir ? Une date de naissance, les quatre derniers chiffres de son numéro de Sécurité sociale... Des chiffres qu'un flic pouvait se procurer sans trop d'efforts. Des chiffres qui apparaîtraient sans doute sur le rapport que sa collègue était censée lui faxer dans la soirée.

Elle se glissa derrière le volant et enfonça sa clé dans le démarreur. Sa soirée avec Blake lui avait au moins appris quelque chose. Elle commençait à en savoir davantage sur le personnage, mais pour chaque question qu'elle lui avait posée, Blake lui en avait posé deux.

C'était peut-être un homme bien élevé qui s'intéressait sincèrement aux autres.

Ou peut-être pas.

Le reste de la soirée s'écoula au ralenti pour Maggie. Pour tuer le temps, elle aspira les poils de chat sur les sièges et le tapis, nettoya le réfrigérateur, et c'est avec soulagement qu'elle entendit onze coups sonner à la pendule — l'heure d'aller au lit. Elle enfilait sa robe de chambre quand la sonnerie du téléphone retentit. Elle ne consulta même pas l'identité de l'appelant. Elle s'ennuyait tellement qu'elle aurait parlé à n'importe qui, même à un téléprospecteur.

L'homme au bout du fil s'avéra être la seule personne dont elle rêvait et redoutait d'entendre la voix avant d'aller se coucher.

— Felo...

Ce fut tout ce qu'elle trouva à dire.

— Je pensais bien que tu serais encore debout. Je ne savais pas trop si je te trouverais chez toi.

Elle faillit lui parler de sa sortie avec Blake, puis se ravisa.

— Je ne connais personne ici avec qui j'aurais envie de sortir le soir.

— Eh bien, je suis content de t'avoir au bout du fil. J'ai des infos qui vont t'intéresser…

Maggie en éprouva un petit pincement au cœur. Son appel n'avait donc rien de personnel ? Elle ne savait pas encore comment réagir à la bombe qu'il lui avait lancée en pleine figure, dans le bar de Pelican Point. Elle semblait incapable d'affronter la vérité, c'est-à-dire d'affronter l'image nouvelle d'elle-même qu'il lui avait présentée. Elle se sentait depuis comme un arbre qu'on a taillé court afin qu'il fasse de nouvelles pousses, mais les bourgeons tardaient à sortir. Elle n'arrivait pas à se débarrasser de ses préjugés. Pourtant, elle s'était méprise sur Alvaro, de toute évidence, comme sur les raisons qui avaient conduit Felo à lui demander de ne pas défier Paul Smythe. Mais ce n'était pas tout. Elle avait réagi avec colère au fait qu'il la pressait de devenir sa femme et de fonder une famille. Confondu sa vie privée avec sa vie professionnelle.

— Tu as eu mes messages ? lui demanda-t-elle.

— Oui. Et je me félicite d'avoir une boîte vocale : tu as le chic pour m'appeler au moment où tu sais que je ne peux pas répondre.

Elle ne protesta pas. Cela aussi faisait partie de l'ambiguïté de son comportement : l'appeler quand elle savait pertinemment qu'il n'était pas disponible.

— Je ne sais pas quoi te dire…

— Ecoute, pour l'instant, concentrons-nous sur l'affaire Dutta. Alvaro a réussi à dénicher quelques informations intéressantes concernant les dés et la tirelire/machine à sous dont tu m'as faxé la photo. Jolie trouvaille, Mags… Les dés font partie d'une série limitée fabriquée à deux cents exemplaires. Quant à la tirelire, elle est issue d'un lot de trois cents exemplaires — une série limitée, là aussi. Et devine quel nom figure sur les deux listes d'attribution ? Devine qui est le plus gros flambeur du casino ?

Maggie avait l'impression de le savoir déjà : l'homme qui,

quelques heures auparavant, lui parlait de mettre toutes les chances de son côté. Celui qui s'était prétendu riche et veinard. Celui qui s'était enquis d'un ton dégagé des progrès de son enquête. Celui qui lui avait appris, lors de la toute première soirée passée ensemble, que ses collègues et lui rentraient tout juste de Las Vegas. Il avait plaisanté à propos de cette petite virée entre collègues mais, déjà, elle s'était interrogée à son sujet. Ils étaient tellement rares les gens qui allaient à Las Vegas *uniquement* pour profiter des spectacles et passer une soirée entre amis.

— Blake Armstrong ?

— Tout juste. Comment as-tu deviné ?

Elle se tut longuement et Felo laissa le silence s'installer.

Ce fut elle qui le rompit finalement. Elle lui parla de ses soupçons — du fait que, sans le savoir, Blake s'était fait coiffer par Harit — puis lui révéla tout ce qu'elle savait.

— C'est sympa à toi de me tenir informé, ironisa Felo quand elle eut terminé.

— Désolée, mais au fond tout ça ne nous avance pas à grand-chose, tu ne crois pas ? Tout ce que nous savons maintenant, c'est que Blake est un flambeur et qu'il a sans doute donné les dés et la tirelire à Harit à l'intention de ses enfants. Des petits présents qu'il avait sous la main.

— Ça paraît probable, en effet…

— Malgré tout, je n'arrive pas à saisir le lien. Harit n'était pas assez riche pour jouer de l'argent, et j'ai vérifié auprès du gérant du salon de coiffure : le nom de Blake ne lui dit rien.

— Tu lui as posé la question en personne ?

— Affirmatif. Il se peut que Blake ait fait partie des clients privés de Harit, mais même dans ce cas le gérant aurait reconnu son nom : Harit se faisait un devoir de reverser un pourcentage au salon, alors même que rien ne l'y obligeait. L'autre solution, c'est que Blake ait débarqué dans le salon sans rendez-vous et qu'il ait réglé en liquide.

— Il existe une troisième possibilité : Armstrong a peut-être été adressé à Harit par une autre personne, un autre client, ce qui expliquerait que Harit n'ait pas vu la nécessité de reverser d'argent pour quelqu'un qui de toute façon ne serait jamais allé se faire coiffer dans le salon.

Maggie s'assit dans un fauteuil et, aussitôt, Rumba sauta sur ses genoux. L'esprit troublé, elle se mit à caresser la chatte. Comment avait-elle pu négliger cette possibilité ? A présent, l'évidence lui sautait aux yeux.

— Je n'avais pas pensé à ça, reconnut-elle à contrecœur. C'est tout à fait possible.

— C'est bien pour ça que Lone Ranger avait son Tonto, Mags.

Il s'empressa d'enchaîner, conscient qu'elle n'apprécierait guère l'allusion.

— Bon, même si nous avons trouvé là le chaînon manquant, le rapport entre Blake et Harit n'en demeure pas moins assez flou. Pour quelles raisons Harit est-il passé du statut de coiffeur pour hommes à celui de victime d'un meurtre ?

— Tu as raison. Harit a peut-être coupé les cheveux de Blake, mais quel rapport avec sa mort ?

— Sans doute aucun.

— Je ne pense pas, Felo… Il y a quelque chose là-dessous, je le sens. Blake sait que je m'intéresse à l'enquête. Il m'a posé des questions, ce soir. Ce n'est pas une simple coïncidence…

— Tu étais avec lui ?

— Le temps de faire douze trous de minigolf, oui, mais on a dû interrompre la partie. Il n'arrêtait pas de recevoir des appels. Il m'a déposée chez lui pour que je puisse récupérer ma voiture et rentrer chez moi. Un problème en lien avec la tempête tropicale qui s'annonce, prétendument. Des histoires de boulot…

Felo réagit à cette annonce de manière uniquement professionnelle.

— Il sait que tu t'intéresses à l'enquête, dis-tu ?

— Je lui en ai un peu parlé il y a quelque temps. Et ce soir, il m'a posé des questions, sans admettre que Harit était son coiffeur, ni même qu'il le connaissait. Pourtant, il le connaissait. Cette tirelire qu'on a retrouvée parmi les jouets des enfants, elle n'est pas arrivée là toute seule…

— Ça ne prouve rien, à mon avis, Mags… On passe peut-être à côté d'autre chose — c'est même probable.

— A partir de là, je ne sais pas où aller. Il me faut établir un lien entre ces deux hommes, mais pour l'instant, je ne vois aucune raison pour que Blake puisse être mêlé au meurtre des Dutta. Ils vivaient dans des mondes totalement différents.

— Armstrong a peut-être donné les jouets à Mme Dutta ? Ils entretenaient peut-être une liaison ?

Maggie considéra cette hypothèse sans conviction.

— D'après Janya, Kanira n'avait ni famille, ni amis, ni ressources. Quand aurait-elle pu s'éloigner de ses enfants pour vivre cette liaison ? Comment Blake et elle se seraient-ils rencontrés ?

— Il nous faut en savoir plus sur Armstrong. Ce qu'il fait de son temps libre. Qui sont ses amis, si toutefois il en a dans la région. Nous pencher sur tous les éléments louches de son passé. Sur toutes les zones d'ombre de sa vie professionnelle et privée.

— J'ai bien tenté de le sonder un peu ce soir, mais pour chaque question que je lui ai posée, il m'en a renvoyé deux.

— Pas bon, ça… Il se rend peut-être compte que tu es sur une piste. C'est peut-être lui qui se renseigne sur toi.

— Je lui ai dit que je n'avais rien trouvé d'intéressant et que selon toute probabilité, la police avait correctement interprété les circonstances des deux décès.

— Sois très prudente, Mags. Je n'aime pas ça…

Maggie n'arrivait pas à croire que Blake Armstrong — si drôle, apparemment si transparent — puisse être mêlé à l'affaire. Felo et elle se raccrochaient-ils à des chimères ? Existait-il des explications simples et anodines aux faits qui les troublaient ? Elle aurait aimé le croire, mais ses années passées dans la police lui avaient appris que les sociopathes savent mentir avec un naturel stupéfiant.

— J'ai remarqué ce soir la présence d'un clavier numérique sur la porte de son garage. Ça ne devrait pas être bien sorcier de s'y introduire.

— Ne mets pas les pieds chez lui, Mags. Tu n'es plus flic,

je te rappelle. Et quand bien même tu le serais encore, aucun juge ne t'accorderait de mandat de perquisition sur la base des maigres éléments en ta possession. Tu n'es même pas armée ! Tu as rendu ton pistolet en même temps que ton insigne. Ne prends pas de risques inconsidérés.

— Tu as raison, dit-elle.

Mais cela ne signifiait pas qu'elle allait lui obéir.

— Nous allons trouver le lien qui les unit, reprit Felo. A supposer qu'il existe bien. Mais pour le moment, fais profil bas, d'accord ? Comme si tu avais renoncé. Avant que tu n'ailles plus loin, il faut d'abord qu'on se voie pour réfléchir ensemble à ce qu'on peut tirer de ces éléments.

Maggie ne put se défendre d'un certain enthousiasme vis-à-vis de cette proposition, même si elle était en même temps contrariée que Felo la crût incapable de s'en sortir sans lui.

— Tu veux qu'on se voie ?

— Cette tempête ne me dit rien qui vaille. Depuis le début, elle se montre imprévisible, et elle arrive sur la région. Ici, l'eau est plus chaude que d'habitude à cette époque de l'année et au final, ça peut mener au pire. Pourquoi tu ne pars pas ? De toute façon, ta mère va devoir fermer le magasin, elle n'aura pas besoin de toi.

— Tu veux que je fasse toute la route jusqu'à Miami à cause de cette tempête tropicale toute mollassonne ?

— Pourquoi prendre le risque ? Et pas jusqu'à Miami. Rejoins-moi au camp d'Alvaro. C'est là que je serai.

Le camp en question se situait à mi-chemin entre Palmetto Grove et Miami, au beau milieu de nulle part certes, mais sur le continent. Il constituerait un refuge tout à fait valable le temps que Phyllis traverse la région — si d'aventure elle atteignait réellement le stade d'ouragan. Le camp se situant en zone marécageuse, Alvaro avait un générateur, sa propre réserve d'eau et assez de provisions pour tenir des semaines. Oui, tout bien réfléchi, ça ne serait pas mal du tout…

Surtout si Felo s'y trouvait lui aussi.

— Alvaro y est ?

— Non.

— Mais est-ce qu'il y sera ?

— Peut-être. Pourquoi, c'est grave ?

Si elle répondait non, ce serait une main tendue à Felo, un signe qu'elle regrettait d'avoir douté de lui et que désormais elle lui faisait toute confiance. Une façon de lui faire comprendre que, en dépit de ses anciens scrupules, elle était prête à reconsidérer l'opinion qu'elle avait de son vieil ami et ancien coéquipier.

Mais, si elle disait oui, Felo risquait de la rayer définitivement de sa vie. Elle choisit donc une solution intermédiaire.

— Tu sais ce qu'on dit… Deux c'est bien, trois c'est trop.

— On dit beaucoup de choses.

Non, décidément, elle ne pouvait pas aller plus loin, une telle concession lui aurait trop coûté.

— J'y réfléchirai. Il faut que j'en parle d'abord avec ma mère, que je voie si Tracy a besoin d'aide pour tout arranger ici en prévision de la tempête. Je te ferai savoir ma décision.

Il ne discuta pas et orienta la conversation sur un autre sujet.

— Je t'envoie les deux listes du casino en pièces jointes et aussi autre chose d'encore plus accablant. Tu verras…

Elle n'avait pas envie de raccrocher. En même temps, elle ne savait quoi dire pour entretenir la conversation qui ne devienne pas vite trop intime.

— En tout cas, reprit Felo, tiens-moi au courant dès que possible, que tu viennes ou non.

— Sans faute. Et merci d'avoir déblayé le terrain.

Elle laissa passer quelques secondes.

— Tu remercieras Alvaro pour moi ?

— Tu peux peut-être t'en charger toi-même…

Il raccrocha.

Maggie garda le combiné appuyé contre sa joue pendant un long moment. Puis elle le replaça sur son socle et alla allumer son ordinateur. Elle attendit qu'il ait démarré et essaya de se connecter à internet, histoire de voir si son fournisseur d'accès avait réellement rétabli sa connexion.

A sa grande surprise, il s'avéra que oui. Elle téléchargea son courrier, trouva le mail de Felo, enregistra la pièce jointe et l'imprima.

Elle se composait de trois parties : deux listes et la copie recto verso d'une carte de joueur du casino Atlantis portant le nom et la photo de Blake.

En bas se trouvait une note de Felo :

Il s'agit de la carte la plus prestigieuse, celle qui offre le maximum d'avantages, ce qui veut dire qu'Armstrong est bien connu du casino où on l'apprécie pour tout l'argent qu'il y perd. A la base, la carte retrace l'évolution de ses dépenses ; le total indique la valeur qu'il représente pour le casino. Je me demande si ses employeurs sont au courant...

Maggie joua avec le papier, puis elle le plia en quatre et le mit dans son sac pour l'étudier plus en détail quand elle aurait un moment. Se pouvait-il que Harit ait découvert l'addiction de Blake pour le jeu à partir des jouets qu'il lui avait donnés ? Avait-il tenté de le faire chanter ? Cette théorie paraissait peu probable, mais néanmoins il fallait l'envisager.

Elle se rendit compte qu'elle n'avait pas encore téléchargé le roman de Harit sur son ordinateur. Elle ouvrit les messages qu'elle s'était envoyés à elle-même et qui comportaient tous en pièce jointe des chapitres du roman. Elle les enregistra et prit même le temps de les graver sur un CD afin de pouvoir les confier à Janya le lendemain. Ainsi, les enfants auraient un souvenir de leur père.

Elle se sentait enfin assez fatiguée pour aller se coucher, pourtant, elle ouvrit le premier fichier. Elle se mit à le lire, très vite absorbée par la prose et par l'intrigue. Un jeune homme en quête de vérité dans un lieu et une époque dont elle ignorait tout.

La fin du chapitre était des plus surprenantes. Il se terminait par plusieurs retours à la ligne suivis de quelques notes, segmentées en paragraphes. Après en avoir lu quelques-unes, elle comprit que Harit s'était servi de la fin du chapitre comme d'une sorte de journal. Certaines réflexions concernaient la rédaction du chapitre suivant et les recherches qu'il lui fallait mener. Mais toutes ne concernaient pas le livre.

Elle trouva par exemple une liste de choses qu'il lui fallait apparemment acheter. D'autres notes en rapport avec un rendez-vous chez le médecin pour Lily. Un troisième paragraphe retranscrivait de façon décousue un long débat philosophique qu'il avait eu avec Rishi. Apparemment, Harit faisait feu de tout bois pour alimenter le roman qu'il écrivait et il veillait à ce qu'aucune bribe de ses sources ne se perde.

Maggie alla à la fin du chapitre suivant. De nouveau, elle tomba sur des notes. Idem pour les chapitres trois et quatre. Et il devait en aller de même pour les autres.

Elle contempla un moment la fin du chapitre quatre. Il y avait là des dates, mais sans indication de l'année. Elle n'avait aucune idée du temps qu'il avait fallu à Harit pour rédiger ces chapitres, mais le lendemain, après une bonne nuit de sommeil, elle les lirait à tête reposée, sans oublier les notes. Celles-ci en particulier lui permettraient de mieux décrypter la personnalité de Harit Dutta, elle en avait le pressentiment. Et avec un peu de chance, elle se ferait peut-être une idée plus claire de son meurtrier.

23

Maggie passa une bonne nuit, peut-être parce qu'elle s'était endormie avec la perspective d'une piste intéressante à suivre au réveil. A moins qu'elle fût tout bonnement fatiguée de sa longue journée au magasin et de sa soirée qui n'avait pris de l'intérêt qu'à l'heure du coucher. Quoi qu'il en soit, elle se réveilla plus tard qu'à son habitude et se leva, fraîche et dispose.

Elle était en train de s'étirer quand des coups assenés avec force à l'extérieur de la maison se mirent à résonner. Elle enfila rapidement un short et un T-shirt au milieu des protestations indignées de Rumba et ouvrit la porte d'entrée. Deux hommes aux biceps tatoués, en jean coupé et maillot de corps blanc — le genre vendu par lot de trois — s'affairaient à clouer des panneaux de contreplaqué sur la fenêtre de son séjour.

— Que se passe-t-il ? leur demanda-t-elle, quoique la réponse fût évidente.

— Mlle Deloche nous a dit de commencer par chez vous et de remonter vers l'entrée de la propriété.

— Pourquoi ? Cette tempête se transformerait-elle en ouragan ?

— Ça dépend de la station de radio que vous écoutez, répondit l'ouvrier dont l'avant-bras s'ornait d'un taureau bleu blanc rouge.

L'autre apporta son grain de sel.

— Mlle Deloche dit qu'elle ne veut pas prendre de risques.

— Ah bon… Je vous laisse continuer, alors.

Une fois rentrée, elle se rendit compte de l'heure : à peine 6 heures. En temps normal, elle commençait au magasin aux alentours de 7 heures, mais cette journée ne serait sans doute pas comme les autres. Les gens achetaient-ils davantage de tartes avant l'arrivée d'une tempête tropicale ? Sa mère devait se poser la même question. Elle composa le numéro de ses parents.

Ce fut Wanda qui répondit.

— Tu comptes ouvrir le magasin aujourd'hui ? lui demanda Maggie en réprimant un bâillement. Plus tôt ? Plus tard ? A l'horaire habituel ?

— Qu'est-ce que tu en penses ?

Incroyable, sa mère lui demandait son avis ! Maggie aurait pu compter sur les doigts d'une seule main le nombre de fois où c'était arrivé.

— Comme tu n'as pas de générateur, tu devrais peut-être commencer de bonne heure, mais à ta place, je ne ferais pas trop de tartes. Garnis la vitrine avec celles qui sont déjà prêtes et vois avec le fournisseur s'il compte annuler sa livraison d'aujourd'hui. En cas de coupure de courant, inutile de se retrouver avec des tartes en cours de cuisson et des ingrédients qui vont pourrir dans les frigos.

— Tout ça, je l'ai déjà fait, mais c'est bien, on voit les choses du même œil, toi et moi.

Voir les choses du même œil que sa mère… Maggie n'était pas certaine que ce fût un avantage mais cela ne l'empêcha pas d'éprouver une douce chaleur intérieure en entendant ce qui, de la part de Wanda, équivalait à un compliment. Une fille parvenait-elle jamais à dépasser le besoin de voir que sa mère était fière d'elle, se demanda-t-elle, émue.

— Quand veux-tu que je vienne ?

— Tu n'as qu'à prendre une heure de rab pour emballer tes objets précieux et un petit nécessaire pour tenir quelques jours. D'après ton père, les flics vont faire du porte-à-porte sur la presqu'île pour dire aux habitants d'aller se réfugier sur le continent.

— C'est un ordre ?

— Non, une suggestion, du moins pour le moment.

Pour Maggie la nuance entre les deux était d'importance : personne ne s'inquiétait outre mesure. Pas encore…

— Bon, je rassemble quelques bricoles et j'arrive, dit-elle. Je laisserai sûrement mes affaires ici avec Rumba ; je reviendrai les récupérer ensuite si jamais je dois évacuer la maison. Qu'est-ce qu'ils disent à propos de la tempête ? J'ai un ouvrier en train de clouer du contreplaqué sur mes fenêtres.

— Vents en dessous de 110 km/h mais qui s'orientent par ici en prenant de la vitesse. Autrement dit, Phyllis est encore une tempête tropicale, mais tout juste.

Maggie n'avait vraiment pas besoin de cela. Pas quand les choses commençaient à devenir intéressantes dans l'enquête sur les Dutta. D'un autre côté, cette tempête servirait peut-être ses desseins… Surtout si Blake quittait l'île et pas elle.

Tandis que sa mère lui détaillait par le menu ses intentions pour la journée, Maggie alluma son ordinateur, bien décidée, avant de se rendre en ville, à lire toutes les notes de fin de chapitres rédigées par Harit. Le nom de Blake y figurerait-il ? Quel genre de femme était-elle donc pour éprouver une certaine forme d'excitation envers un homme qu'elle soupçonnait d'être mêlé à un meurtre ?

Le débit de sa mère ralentit enfin.

— Aujourd'hui, mieux vaudra être dans la farine que dans la police, pas vrai ?

Maggie ne lui révéla pas qu'elle comptait tâter un peu des deux.

Si elle avait mis cinq cents de côté chaque fois qu'un ouragan ou qu'une tempête tropicale avait faibli avant de causer de véritables dégâts, calcula Wanda, sa fortune aurait été assurée depuis belle lurette, assez en tout cas pour qu'elle puisse raccrocher son tablier et ses casseroles ! Elle n'aurait rien fait de tel, bien sûr, mais peut-être aurait-elle embauché un employé supplémentaire afin d'être libre de se consacrer pleinement à l'élaboration de nouvelles recettes.

La création de pâtisseries inventives, loin des classiques culinaires, c'était l'aspect le plus amusant des *Merveilleuses Tartes de Wanda*. Oh ! pour sûr, elle aimait aussi tout le reste : bavarder avec les clients, confectionner en une seule fois l'équivalent de dix fonds de tarte dans son robot industriel, puis les étaler elle-même au rouleau, à l'ancienne. Mais le côté le plus intéressant dans le fait d'avoir son propre commerce, c'était de développer ses tartes à elle, des tartes uniques, tout à fait extraordinaires.

Et maintenant que sa *Spéciale Fleur d'oranger* était enfin au point, elle se sentait une pêche d'enfer ! Il n'y avait rien de mieux — enfin, à part le sexe, peut-être, et la première fois qu'une infirmière souriante vous mettait dans les bras un nouveau-né avec dix doigts et dix orteils —, mais, tout de suite après, venait le plaisir incomparable d'avoir créé quelque chose dont les autres se régaleraient.

Autant dire que ce pétard mouillé de Phyllis était loin de la remplir d'effroi ! Son principal souci, c'était que le courant ne soit pas coupé avant que les tartes aient fini de cuire dans le four. Les habitants qui se préparaient à subir la tempête sortiraient sans doute pour faire quelques provisions. Et une Merveilleuse Tarte de Wanda paraîtrait bigrement bonne à une maisonnée qui n'aurait rien d'autre à faire qu'à manger en attendant que le toit s'envole !

Le carillon de la porte tinta et Maggie entra en trombe, une valise dans une main, un parapluie dans l'autre. La pluie tombait maintenant de façon régulière et, chaque minute environ, une rafale de vent plus forte que les autres faisait vibrer les vitrines du magasin. Ken avait promis de passer durant sa pause déjeuner pour installer des volets anti-ouragan, et elle tenait beaucoup à le voir. Ce serait peut-être la dernière fois avant un bon moment, si jamais Phyllis causait finalement de véritables problèmes aux forces de l'ordre de Palmetto Grove.

— Les tartes sont déjà enfournées, celles aux pommes et aux poires, précisa-t-elle à sa fille. Tu as eu du mal à venir ?

— J'ai pris trois fois le feu rouge au carrefour de la presqu'île avant de pouvoir monter sur le pont !

Maggie secoua son parapluie derrière elle avec énergie.

— Des tas de gens évacuent déjà le coin. Et nos voisines, tu sais ce qu'elles font ?

— Je n'ai encore parlé à personne, mais Tracy compte s'en aller et elle m'a conseillé de faire pareil. J'imagine mal que quelqu'un veuille rester maintenant que toutes les fenêtres sont barricadées.

— Elle m'a appelée, moi aussi. Qu'est-ce que vous allez faire, papa et toi ?

— Oh ! Nos affaires sont déjà plus ou moins rassemblées. Je vais rentrer et réunir le reste dès que j'aurai fermé le magasin. Je prendrai Chase et tous les trucs que je n'ai pas mis dans la voiture ce matin.

Elle allait demander à sa fille si celle-ci avait changé ses plans quand la porte s'ouvrit à la volée. Derrière Maggie, Derek Forbes s'encadra dans l'embrasure, le morne Larry sur ses talons.

Maggie les salua puis demanda à sa mère :

— Tu veux que je commence à entreposer en hauteur ce qui se trouve sur les étagères les plus basses ?

Wanda ne pensait pas que le magasin serait inondé, mais dans ce genre de situation tout pouvait arriver. Les tempêtes qui frappaient la région se résumaient pour la plupart à pas grand-chose, sauf que parmi elles, il y avait eu le terrible ouragan Andrew, et il était clair que Maggie, à peine plus âgée qu'Olivia à l'époque, n'avait pas oublié les dégâts laissés dans son sillage.

— Oui, bonne idée…

Lorsque Maggie se fut éclipsée dans la cuisine, Wanda adressa un sourire radieux à Derek, puis à Larry qui s'affala à une table et entreprit d'ôter ses baskets mouillées.

— Vous êtes un tantinet en avance pour déguster une tarte tout juste sortie du four. Mais j'en ai une douzaine d'hier soir, que je peux vous servir froides. A moins que vous ne soyez juste passés pour me dire que vous repartiez en Californie ? L'aéroport est encore ouvert.

— En effet, nous renvoyons là-bas les personnes qui ne sont pas indispensables au tournage. De toute façon, nous sommes sur le point de boucler ce que nous sommes venus faire ici. Il ne reste plus que deux scènes à tourner avant notre retour en Californie. Une scène spectaculaire, sur le pont. Cette tempête ne pouvait pas tomber à un meilleur moment !

Ses yeux brillaient d'excitation.

— Nous avons fait un essai durant un orage normal, mais moi, je veux du vécu, pas des effets spéciaux. Ça n'était pas assez fort, pas assez grandiose !

Il embrassait l'espace de gestes amples pour mieux illustrer son point de vue, et Wanda, réaliste, crut bon de le prévenir :

— Vous savez, pour quelque chose d'aussi costaud, vous risquez d'attendre longtemps. Phyllis ne va pas casser trois pattes à un canard, vous pouvez me croire. Et d'ailleurs, comment pouvez-vous tourner en pleine tempête ? Vous allez bousiller tout votre matériel.

— Nous sommes des professionnels, Wanda, nous connaissons tous les trucs et nous disposons de tout ce qu'il faut. Nous attendrons le temps nécessaire, puis nous monterons sur la passerelle pour piétons, nous sauterons par-dessus les barrières installées par la police et nous tournerons la scène. Les flics du coin nous ont refusé l'autorisation, bien sûr, aussi, nous n'aurons qu'une seule occasion de le faire avant qu'ils nous arrêtent.

Wanda se boucha les oreilles.

— Je ne veux rien savoir !

Derek lui enlaça la taille et la serra contre lui à l'étouffer.

— Vous ne me dénoncerez pas, Wanda. De notre côté, nous paierons les amendes et, en guise de pénitence, nous ferons même don d'une somme rondelette aux œuvres de la police.

Wanda avait les jambes en coton, mais chez elle, c'était un grand classique — Ken lui faisait le même effet quand il la serrait dans ses bras. N'empêche, cette embrassade lui fournirait de croustillants sujets de conversation dans le futur !

— Ne m'en dites pas davantage, insista-t-elle lorsqu'elle revint sur terre.

— Ma foi, maintenant que nous sommes quasiment associés en affaires, vous avez le devoir de me soutenir. Pas vrai ?

Elle se sentit opiner du bonnet, mais à quoi acquiesçait-elle exactement, elle n'aurait su le dire.

— D'accord, mais fini les révélations fracassantes. Je ne veux pas être prise dans un conflit de loyauté. Je suis pour la paix des ménages, moi.

— Alors vous avez raison, plus un mot là-dessus…

— Vous serez prudents, quand même ? Phyllis n'est pas du genre à figurer dans les mémoires, mais ces tempêtes apportent parfois quelques sacrés coups de tabac. Je n'aimerais pas qu'on vous retrouve à Key West…

— En tout cas, si ça arrive, j'espère que quelqu'un pensera à laisser tourner la caméra.

— Pour ça, fais-moi confiance ! lança Larry avec une pointe de venin dans la voix, comme s'il souhaitait que cela arrive.

De toute évidence, il n'envisageait pas avec enthousiasme les futurs exploits de sa star intrépide.

Wanda ne put s'empêcher de sourire. Malgré sa belle dégaine de macho et son redoutable charisme, Derek Forbes ne lui rappelait pas Ken, mais plutôt son fils Junior, à l'époque où il n'était qu'un tout jeune adolescent. Pas étonnant que les mariages de Deke aient tous capoté au bout de quelques années. Par son enthousiasme, sa vigueur et son charme il était adorable, mais ces qualités se doublaient d'une impétuosité et d'un côté risque-tout propres à bien vite lasser une femme.

D'ailleurs, combien de temps durerait son engouement pour le commerce des tartes ? A quel moment son intérêt se porterait-il vers autre chose de radicalement différent ?

— Vous avez réfléchi à ma proposition, Wanda ?

— Ce genre de proposition n'arrive qu'une fois dans la vie, vous savez. On peut dire que ça me prend la tête !

— Ma foi, c'est bien normal !

Elle sourit, émue par son enthousiasme pour le projet et pour la vie en général.

— Ecoutez, nous en reparlerons après le passage de la tempête, lui promit-elle.

Il semblait convaincu que les choses tourneraient de la manière qu'il escomptait.

— Bien. Et maintenant pouvez-vous me vendre toutes les tartes qui sont déjà prêtes ? Nous sommes coincés sur l'îlot, et je dois maintenir la bonne humeur générale pendant tout le temps que nous resterons confinés dans nos caravanes.

Wanda se réjouit qu'il ne l'ait pas pressée davantage au sujet de la franchise qu'il comptait créer, elle n'était pas d'humeur à prendre une décision.

Maggie sortit de la cuisine et l'aida à emballer les tartes en écoutant Derek pérorer sur le film et ses projets. Il comptait repartir en Californie, puis revenir quelques semaines à Palmetto Grove afin de boucler le journal du tournage et régler certains derniers petits détails.

Il quitta le magasin, emportant dans son sillage sa bonne humeur, son enthousiasme ainsi que le sombre Larry, ses bras flasques lestés de cartons à tartes jusqu'aux aisselles.

Maggie passa la matinée à déplacer et réorganiser le rangement de tous les ingrédients périssables. Le magasin étant situé bien à l'intérieur des terres, elle n'envisageait cependant pas qu'il soit réellement inondé. C'est donc dans cet état d'esprit qu'elle choisit de laisser sur une table la valise qu'elle avait emportée, étant donné qu'elle ne contenait rien d'indispensable pour les quelques jours à venir.

S'il devait se produire un quelconque dégât des eaux, il y avait fort à parier que le danger viendrait plutôt d'en haut — trous dans la toiture, bardeaux arrachés ou infiltrations. Mais en lui occupant les mains, tous ces préparatifs permettaient à son esprit de se concentrer sur des sujets plus importants. Tandis qu'elle entreposait les dernières provisions sur les étagères du haut, elle se remémorait les éléments qu'elle possédait sur la mort des Dutta. Il y en avait peu…

Sa tâche était presque achevée quand sa mère entra dans la cuisine. Les tartes refroidissaient encore sur les grilles mais le four était désormais éteint. Le vent se renforçant, Wanda avait décrété qu'elle ne lancerait pas d'autres cuissons pour la journée.

— Ton père est là, annonça-t-elle à Maggie.

— Il installe les volets ?

— Non, il n'a pas le temps. Il m'enverra quelqu'un tout à l'heure.

Maggie suivit sa mère dans le magasin où son père était assis au comptoir, devant une part de tarte aux poires et un mug de café. Depuis qu'elle était adolescente, son père était son modèle. Il représentait l'archétype du bon flic, pénétré de l'importance de son travail et du devoir de le faire correctement. Il était juste, prévenant et toujours prêt à désamorcer au mieux toute situation potentiellement dangereuse. Une authentique harmonie régissait le couple de ses parents : sa mère parlait et son père l'écoutait. C'était leur mode de fonctionnement.

Elle fit le tour du comptoir pour aller l'embrasser sur la joue.

— Du nouveau ? J'ai l'impression que tu ne vas pas chômer dans les heures qui viennent !

Son père désigna sa part de tarte.

— Voici probablement mon déjeuner, mon dîner et mon petit déjeuner de demain. Et je devrais déjà être sur les routes. Je suis venu dans l'espoir de vous raisonner, ta mère et toi, et j'en profite pour avaler un morceau.

— Du bon sens, j'en ai à revendre ! protesta Wanda.

— Alors, ferme boutique illico, rentre à Happiness Key, ramasse tout ce que tu peux, y compris ton fichu lévrier, et fais-toi héberger provisoirement chez les Green ! Cet après-midi, le pont sera fermé à la circulation dans les deux sens.

— J'ai *déjà* prévenu les Green que je serai chez eux d'ici à 17 heures. Je leur ai même mis deux tartes de côté.

Stu Green était un ancien collègue de Ken qui, une fois à la retraite, avait choisi de s'installer avec sa femme en bordure d'un lac situé à cinquante kilomètres environ au nord-est de Palmetto Grove.

— Qu'est-ce qui t'empêche d'y aller maintenant, pendant que c'est encore calme ?

Ken lui tendit son mug pour qu'elle le remplisse de nouveau.

— J'ai des tartes à vendre, figure-toi, et Maggie est en train de déplacer toutes les provisions en hauteur au cas où nous aurions un peu d'eau dans le magasin.

— Quels sont les risques pour que la tempête fasse des dégâts ? demanda Maggie à son père.

— Eh bien, il s'agit officiellement d'un ouragan, et il s'oriente dans notre direction. Ce n'est pas le plus gros qu'ait connu la Floride, mais tu sais ce que c'est… Il se peut que la région soit malgré tout complètement dévastée. En tout cas, nous sommes passés en mode alerte rouge.

Le téléphone sonna et Wanda alla répondre. Au ton de sa voix et aux bribes de réponses qu'elle saisissait, Maggie comprit qu'il s'agissait d'un fournisseur qui se répandait en lamentations sur les répercussions que la tempête ne manquerait pas d'avoir sur ses affaires. C'était pour elle l'occasion d'avoir quelques minutes en tête à tête avec son père.

— Et toi ? lui demanda Ken. Tu pars avec maman ?

— Je n'ai pas encore décidé, répondit-elle, bien que ce ne fût pas l'exacte vérité. Ecoute, papa, je sais que tu es pressé, mais j'ai besoin de tes lumières le temps que tu finisses ton café.

— Vas-y, je t'écoute…

Il n'avait montré aucune réticence à lui confier les renseignements parvenus à la police de Palmetto Grove au sujet des Dutta, aussi n'y alla-t-elle pas par quatre chemins.

— Tu sais que, Felo et moi, nous continuons d'enquêter sur l'affaire Dutta ?

— Ce que je sais, c'est que tu ne sembles pas en avoir fini avec ton boulot de flic ni avec ton homme, Maggie…

C'était bien de son père d'aller droit au but. Elle ne broncha pas mais de justesse.

— Ça, je n'en sais rien, en revanche j'ai appris plusieurs choses qui s'avèrent être intéressantes.

De façon aussi concise que possible, elle mit son père au courant de tout ce qu'ils venaient de découvrir, sans oublier le lien éventuel avec Blake Armstrong.

— Et il y a autre chose… Je me suis envoyé à moi-même une copie du roman de Harit. C'était un écrivain de talent. En fait, il a bénéficié d'une bourse importante pour terminer son livre et…

— Tu t'en es envoyé une copie ? C'est-à-dire ?

Elle lui expliqua en quelques mots.

— Mais voici ce dont je voulais te parler… J'ai parcouru le fichier, hier soir. La police a bien sûr dû fouiller l'ordinateur, mais pas de très près, puisque Harit est tout de suite apparu comme le meurtrier. Je doute que les flics aient pris la peine de lire le roman page par page, ce que moi, j'ai plus ou moins commencé à faire. Je ne l'ai pas encore fini, mais j'ai découvert qu'il rédigeait des notes à sa propre intention à la fin de chaque chapitre. Certaines donnent des indications concernant le chapitre suivant, mais d'autres constituent une sorte de journal : ce qu'il avait fait dans la journée, les associations d'idées que cela déclenchait en lui, etc. Et voilà que, ce matin, je tombe sur une longue conversation, retranscrite dans les moindres détails. Il s'agit d'une conversation avec l'un de ses clients. Le type en question s'intéressait apparemment au couple. Les coiffeurs sont familiers de ce genre de discussion, tu le sais bien… Le client n'a rien à faire que bavarder, et il arrive que la conversation prenne souvent un tour intime.

— Et qu'est-ce que tu as trouvé ?

— Harit explique qu'à sa grande surprise, il s'était entendu dire que malgré ses graves difficultés conjugales, il ferait tout pour sauver son mariage, qu'il considérait les vœux prononcés comme sacrés. Le client lui a alors demandé s'il persisterait dans cette attitude si sa femme le traitait sans respect, si elle l'insultait ou lui était infidèle, et Harit a répondu qu'il lui pardonnerait et tournerait la page.

Maggie marqua une pause.

— Ce ne sont pas les paroles d'un tueur, tu en conviendras…

— Ça, Maggie, tu n'en sais rien.

— Papa, cet échange était suffisamment important à ses yeux pour qu'il l'intègre à son livre, comme matière à réflexion. De plus, le roman tout entier prône le renoncement à la violence et le recours à la paix intérieure.

— Peut-être a-t-il choisi d'écrire sur le sujet *justement* parce qu'il était aux prises avec sa propre colère ? Et il se peut qu'en fin de compte, ce soit elle qui ait eu le dessus.

Maggie avait envisagé cette éventualité, mais elle ne cadrait pas avec les déclarations des Kapur.

— On dirait qu'une image commence à prendre forme, mais ce que je n'arrive toujours pas à comprendre, c'est comment les différents éléments s'imbriquent entre eux. Et si Blake Armstrong était mêlé à cette affaire ?

— Pourquoi diable cet Armstrong aurait-il souhaité la mort de son coiffeur ? Et qui plus est, pourquoi l'aurait-il souhaitée au point d'échafauder un plan aussi retors ?

— Ce n'est qu'une supposition, mais admettons que Harit ait découvert quelque chose et qu'il ait voulu s'en servir pour faire chanter Blake ou quelqu'un d'autre. Ça ne paraît pas non plus coller avec son caractère, mais admettons qu'il l'ait fait. Il nous reste à comprendre comment et pourquoi sa femme et lui ont trouvé la mort dans la chambre d'un motel de Miami.

— Prenons comme point d'appui cette conversation transcrite dans le roman… Harit était donc très attaché à sa femme, malgré tous leurs problèmes de couple. Sachant cela, le tueur kidnappe Kanira dans le but d'attirer Harit au motel. Certain que Harit va venir la chercher, il la force à lui téléphoner pour lui dire qu'elle se trouve à Miami avec un autre homme. Quel meilleur moyen de se débarrasser de Harit alors, que de faire passer la mort du couple pour un drame conjugal ?

Maggie avait suivi un raisonnement similaire. Et si les autres données étaient exactes, c'était la seule explication logique. Elle se réjouissait que son père soit arrivé à la même conclusion.

— Et le client avec lequel Harit a eu cette conversation était bien placé pour connaître l'importance qu'il attachait à son mariage, conclut-elle.

— D'après toi, il pourrait s'agir de Blake Armstrong ?

— Je ne suis pas certaine que Blake ait été l'un de ses clients, mais les dés et la tirelire indiquent que c'était peut-être le cas. Blake n'a peut-être jamais mis les pieds dans le salon de coiffure ; Harit lui a peut-être coupé les cheveux à domicile...

— Ce ne sont que des spéculations. Il y a beaucoup trop de « peut-être » dans tes affirmations.

Il repoussa son assiette.

— Tout ça ne me dit rien qui vaille. Tu as tout un tas de théories mais rien de concret pour les étayer. La prochaine étape, c'est de réunir des preuves, sauf que tu n'es plus flic et que même un flic en fonction serait obligé d'en passer par les voies légales. Si tu t'introduis dans la maison ou dans le bureau de cet Armstrong afin d'établir ses liens éventuels avec Harit, tu te rends coupable d'effraction, purement et simplement. Et je ne veux pas qu'on m'appelle pour arrêter ma propre fille !

Maggie fit la grimace.

— Tu serais bien capable de le faire, s'il le fallait.

— Tu crois ça ?

— Moi, je le ferais en tout cas, et c'est de toi que je l'ai appris.

Ken réfléchit aux paroles de sa fille et secoua la tête.

— Je ne pense pas, ma chérie. Si j'en avais la possibilité, je trouverais un moyen d'éviter l'arrestation. A dire vrai, tu es plus à cheval que moi sur les textes de loi. Personnellement, j'y vois des nuances de gris que je doute que tu aies jamais perçues. D'ailleurs, je ne suis pas sûr que tu doives les voir ; tu risquerais d'avoir besoin qu'on t'aide à les interpréter.

Maggie allait lui demander ce qu'il entendait par là, quand sa mère revint, ayant mis un terme à sa conversation téléphonique. Après un coup d'œil à sa montre, son père se leva, lui dit au revoir et se dirigea vers la porte tout en discutant des plans d'évacuation avec sa mère.

Maggie nettoyait le comptoir quand celle-ci la rejoignit.

— Ton père se fait du mauvais sang pour toi, lui dit Wanda, allant droit au but comme à son habitude. Il a peur que tu agisses sans réfléchir et que tu outrepasses tes droits en menant ton enquête. Car tu n'écouteras personne, une fois de plus.

Maggie lui opposa un silence obstiné qui ne découragea pas

sa mère pour autant. Bien au contraire. Un déluge de mots s'ensuivit.

— Je vais te dire une bonne chose, Maggie. Tu penses que je ne vois pas ton petit manège, que je n'ai jamais réussi à te comprendre, mais tu te trompes ! Tu ne sais pas laisser les choses suivre leur cours, tu ne sais pas voir venir ; la patience, c'est pas dans ton tempérament. A Miami, tu as perdu tout ce qui comptait pour toi parce que tu pensais avoir raison contre tout le monde. Et quelle leçon tu en as tirée ? Aucune ! Tu continues à ne faire confiance à personne. Déjà quand tu étais petite, tu ne doutais jamais de ton jugement, et ça a empiré quand tu es devenue flic. Pour sûr, ce n'est pas facile d'être une femme dans un univers masculin, mais…

— Ecoute, maman, je pense que…

— Oh ! Je sais bien ce que tu penses ! Tu penses que je n'ai aucun droit de te dire ça. Mais là aussi, tu te trompes.

Maggie était bien consciente d'avoir commis une erreur à Miami — c'était maintenant de notoriété publique — mais le jugement de sa mère allait plus loin. Dans son réquisitoire, elle ne faisait pas seulement allusion aux éléments que ses supérieurs lui avaient délibérément dissimulés à propos de Paul Smythe, ni aux décisions qu'elle avait prises alors qu'elle n'avait pas tous les renseignements en sa possession. Non, sa mère pointait une faille essentielle dans sa personne.

— Waouh, dit-elle au bout de quelques secondes de silence. C'est une véritable condamnation de tout ce que je suis !

— Maggie, personne ne t'aime plus que moi. Mais tu es ici pour redéfinir ta façon de vivre. Je te donne simplement un peu de grain à moudre.

— Un sac de cinquante kilos, tu veux dire !

— Tu es une femme forte, mais pas aussi forte que tu le crois. Il s'est passé quelque chose durant ces premières années au bureau du shérif. Je le sentais, mais tu me gardais à distance, comme tu l'as toujours fait. Ton père aussi le voyait, mais tu ne nous as pas laissés t'aider. On t'avait prévenue de ne pas faire ce boulot, mais tu n'en as fait qu'à ta tête, parce que tu étais sûre que c'était la chose à faire. Et quoi qu'il te soit arrivé, ça continue à te pourrir la vie.

Soudain Maggie vit rouge.

— Quoi qu'il me soit arrivé, j'en ai tiré une leçon essentielle ! répliqua-t-elle d'une voix pleine de colère. J'ai appris à tenir bon toute seule, parce que je savais que je ne pouvais compter sur personne ! C'est une chose que tous les flics doivent savoir.

— La plupart savent que leurs amis sont là pour les épauler.

— Eh bien, moi, je n'en avais pas, d'accord ?

Elle refusait de continuer sur ce terrain-là, elle en avait déjà trop dit.

— En tout cas, cette expérience m'a rendue plus forte.

— Jamais tu n'admettras que tu as pris une mauvaise décision, et jamais tu ne voudras la regarder en face parce que dans ta tête, tu n'en finis pas d'avoir *tort*. On est tous agacés par nos erreurs, et par certaines plus que d'autres. J'en sais quelque chose puisque j'en commets davantage que la plupart des gens. Mais toi, tu as toujours voulu avoir raison sur tout. Petite, tu ne supportais pas de faire la moindre petite bourde. Ton erreur avait beau être minime, elle te hantait comme si tu avais écrasé ta meilleure amie !

— Tu exagères.

— Pas tant que ça. Et ce que je vais encore te dire n'a rien non plus d'une exagération. Il est temps que tu recommences à te fier à quelqu'un d'autre que toi. Je dirais même que ça urge, et ce dans ton propre intérêt. Et pour les Dutta, ne te précipite pas…

— Me précipiter ? Attends, de quoi est-ce que tu parles ? Nous ne sommes plus dans le registre d'une simple bourde ! Personne n'a l'air de vouloir découvrir ce qui leur est réellement arrivé, à ces gens ! N'oublie pas que deux enfants vont grandir en croyant que leur père est l'assassin de leur mère, sauf si j'arrive à prouver que c'est faux.

— Tu es sûre de ce que tu avances ? Mais, bon… Admettons que tu aies raison et qu'il y ait bien une troisième personne impliquée, elle le sera toujours dans une semaine ou deux, voire dans un an ! Laisse Felo te venir en aide puisque c'est son commissariat qui est chargé de l'enquête.

Le tintement du carillon épargna à Maggie de devoir fournir une réponse. Deux femmes d'un certain âge entrèrent dans le magasin et se dirigèrent tout droit vers la vitrine à tartes. Maggie en profita pour s'esquiver.

De retour dans la cuisine, elle termina le peu qu'il lui restait à faire, mais son esprit ressassait l'analyse de sa mère, une analyse alimentée par les conversations inquiètes que ses parents devaient avoir entre eux depuis des années à son sujet. Leurs conclusions correspondaient à celles de son supérieur, qui lui avait volontairement dissimulé des éléments essentiels. Mais justement, n'était-ce pas plutôt là le cœur du problème ? Qu'on ne l'ait pas mise au courant ? Et de sa part, la bonne réaction n'était-elle pas précisément de s'informer davantage au lieu de faire profil bas ? D'obtenir le maximum de renseignements dans le but de ne plus jamais commettre la même erreur ?

Dans l'affaire Dutta, la pièce manquante semblait être à l'image de Blake Armstrong. Il lui fallait simplement comprendre à quel endroit il s'imbriquait dans le puzzle. Elle sortit son téléphone portable, atteignit le numéro de Blake dans son répertoire, mais ne se risqua pas à l'appeler : sa batterie montrait de nouveau des faiblesses que même son chargeur de voiture avait renoncé à corriger.

Elle opta pour le fixe de la cuisine et s'adossa au mur tandis que les tonalités résonnaient dans l'appareil.

— Blake ? C'est Maggie.

Elle s'exprimait à voix basse — sa mère parlementait encore avec les clientes qui n'arrivaient pas à se décider.

— Salut, Maggie, d'où m'appelles-tu ?

Il avait l'air sincèrement heureux de l'entendre.

— Du magasin. Nous finissons de tout nettoyer avant de fermer. Et toi, où es-tu ?

— Je suis en train de charger ma voiture. Tu en as fait autant, j'espère ?

— Je vais bientôt m'y mettre. Je voulais te remercier pour

hier soir et m'assurer que tout allait bien. J'ai bien vu que tu étais inquiet.

— Je regrette vraiment d'avoir dû écourter notre soirée. Nous veillerons à ce que ça ne se reproduise pas.

Maggie n'avait aucun doute là-dessus et pour cause : elle n'avait pas l'intention de le revoir. Toutefois, c'est d'un ton cordial qu'elle répondit :

— Pas de problème. Je me faisais simplement du souci pour toi.

— Tout va bien. Juste quelques complications d'ordre logistique. Un petit avant-goût du reste de ma carrière. Je dois faire le tri entre celles qui exigent réellement mon attention et celles qui ne sont que de fausses alertes.

— Ça n'est jamais facile. Enfin, je suis contente que tout aille bien. Où pars-tu te réfugier ?

— Un de nos associés possède une maison près de Sarasota. C'est là-bas que je serai hébergé. On en profitera pour faire la fête. Toi aussi tu t'en vas ?

— C'est mon intention si la situation empire.

— Tu pourrais venir avec nous. On s'amuserait bien.

— Malheureusement, j'ai promis à ma mère que j'irais avec elle chez des amis. Elle déteste les tempêtes et mon père va être débordé de boulot. Je reste pour l'aider à faire ses valises et lui tenir la main.

Maggie entendit renifler derrière elle et jeta un coup d'œil par-dessus son épaule : sa mère la fixait d'un regard noir.

— Reste à l'abri, alors, dit Blake. On se verra peut-être sur l'autoroute.

— J'espère que les bouchons ne seront pas aussi terribles que ça !

Blake se mit à rire et ils échangèrent encore quelques propos anodins avant que Maggie ne raccroche. Elle se tourna alors vers sa mère.

— Tu m'as fait passer pour une vieille dame fragile et désorientée ! s'insurgea-t-elle.

— Pardon, maman… Je me suis servie de toi pour décliner sa proposition. Une fois que j'aurai tout bouclé ici, je compte rejoindre Felo au camp d'Alvaro. J'y resterai deux ou trois jours et je ne voulais pas aborder le sujet avec Blake. C'est un peu difficile à expliquer, tu ne trouves pas ?

— Pourquoi ? Parce que tu sors avec lui, ou parce que tu essaies de le faire plonger pour ces meurtres ?

Maggie, qui considérait désormais sa mère avec un nouveau respect, ne chercha pas à nier la vérité. Elle lui devait bien cela.

— Dans un cas comme dans l'autre, j'aimerais le faire mariner un petit bout de temps.

Wanda parut réfléchir à ce qu'elle allait répliquer, mais en fin de compte elle se contenta de hausser les épaules.

— Il serait temps que vous passiez un peu de temps ensemble, Felo et toi. Tu pourras même lui parler, pour une fois.

— Maman, je vais là-bas pour m'éloigner de la tempête, un point c'est tout. Mais je lui parlerai de l'enquête. Je prendrai son avis, comme tu m'as conseillé de le faire.

Sa mère n'avait pas l'air convaincue.

— Ma foi, si c'est vraiment ce que tu comptes faire, tu ferais mieux de rentrer tout de suite chez toi, de charger ta voiture et d'emporter Rumba. Tu as une longue route devant toi.

— Tu pourras te débrouiller sans moi durant quelques jours ?

Le carillon de l'entrée tinta de nouveau.

— De toute façon, je vais bientôt fermer, dit Wanda en quittant la cuisine. Inutile de tenter le diable, bien souvent ça ne mène pas à grand-chose.

Maggie s'interrogea sur la véracité de cette affirmation. Allait-elle oui ou non tenter le diable ? Et si oui, était-ce bien utile ? Avait-elle réellement le droit — ou le devoir — de s'introduire chez Blake pour tenter d'y découvrir quelque chose ? Parce que si elle voulait établir un lien entre Blake et Harit, c'était durant l'après-midi ou jamais. Une telle occasion ne se représenterait pas deux fois.

Toujours indécise, elle récupéra son sac et passa dans le magasin, où sa mère était de nouveau seule. Elle semblait fatiguée, un peu comme si elle avait déjà épuisé toute sa réserve d'énergie de la journée. En dépit de ses propres tourments, Maggie éprouva une telle bouffée d'amour envers elle qu'elle en resta muette.

— Tout compte fait, ce n'était peut-être pas une bonne idée que tu viennes à Happiness Key. Apparemment, je n'ai toujours pas appris à mettre ma langue dans ma poche, même si ce n'est pas faute d'avoir essayé.

Maggie lui passa les bras autour du cou et la serra longuement contre elle. Après un temps d'hésitation, Wanda lui rendit son étreinte. Elles restèrent ainsi durant presque une minute.

— Je suis très contente d'être venue, au contraire, finit par lui dire Maggie. Il se peut que, maintenant, nous ayons chacune une vision plus claire de l'autre, en bien et en mal. J'aime ce que je vois quand je te regarde, maman. Je suis fière d'être ta fille.

— C'est pas des craques ?

Maggie s'écarta enfin.

— Non, de ce côté-là, je te ressemble. Je n'ai jamais su mentir par gentillesse.

Sa mère eut un petit rire.

— Tu seras prudente sur la route, hein ? La circulation va être épouvantable. Et n'emporte que l'essentiel. Le reste sera toujours là à ton retour.

Une minute plus tard, son parapluie retourné sous la force du vent, Maggie se demanda si c'était une bonne idée d'aller chez Blake. Mais son questionnement n'était que de pure forme. Elle en connaissait déjà la réponse.

24

Tracy avait grandi avec les glissements de terrain, les tremblements de terre et les incendies qui ravageaient des quartiers entiers du sud de la Californie. En conséquence, même si les ouragans et les tempêtes ne lui étaient pas aussi familiers, ils ne lui apparaissaient pas extraordinaires non plus. Les catastrophes naturelles pouvaient différer en temps d'alerte et en durée, mais les affronter était profondément inscrit dans son ADN. Aussi, dès qu'elle avait compris qu'en tant que propriétaire, la sécurité des pavillons et de ses locataires lui incombait, elle avait élaboré un plan et trouvé des ouvriers pour l'aider à le mettre en œuvre.

Depuis son installation en Floride, c'était la première fois que les intempéries justifiaient la mise en pratique d'un tel plan d'action, mais jusqu'ici tout s'était déroulé sans anicroche. Les jumeaux qu'elle avait engagés avaient barricadé toutes les fenêtres des pavillons avec des panneaux en contreplaqué. Elle avait appelé toutes ses voisines pour s'assurer qu'elles comptaient bien se réfugier sur le continent, et elle leur avait rappelé de rentrer les meubles et décorations extérieures. De fait, ses instructions semblaient avoir été entendues et suivies, puisqu'en passant devant la maison des Kapur pour se rendre au complexe de loisirs, elle avait vu Janya transporter ses nombreuses plantes en pots à l'intérieur avec l'aide de Rishi.

Son propre plan d'évacuation n'était en revanche pas aussi bien conçu. Par chance, à peine était-elle arrivée au centre, nantie de certains de ses biens les plus chers, que Gladys lui avait proposé de l'héberger. Il lui restait une chambre d'amis disponible. Tracy avait été touchée en comprenant que Gladys et Woody la lui avaient personnellement réservée. La maison des Woodley était une construction neuve, bâtie en conformité avec les normes de sécurité les plus strictes, et se trouvait juste assez éloignée du golfe pour être assurée de ne subir aucun dégât majeur. Tracy avait accepté l'offre avec gratitude.

Le complexe de loisirs avait lui aussi été construit selon les normes paracycloniques, mais le bureau de Tracy se trouvant au rez-de-chaussée, seuls les terrains de jeu de palet s'interposaient entre elle et le bassin extérieur. Bien entendu, la piscine était équipée de trop-pleins permettant l'évacuation de l'eau excédentaire et, par précaution, le personnel d'entretien était en train d'abaisser le niveau d'eau de trente centimètres, cela afin de minimiser les problèmes éventuels. Malgré tout, Gladys avait suggéré à Tracy d'entreposer ses objets précieux ou particulièrement fragiles au premier étage, dans un réduit. Aussi s'occupa-t-elle ensuite à trier ses affaires tandis que deux adolescents montaient les cartons à l'étage au fur et à mesure qu'elle les remplissait. Le matériel pouvait toujours être remplacé, mais pas les notes ni les plannings, ni les projets concernant la prochaine saison du centre. Son ordinateur avait déjà été placé en lieu sûr et les garçons transportaient à présent des cartons de dossiers.

— Tu ne prends pas les appels sur ton téléphone portable ?

Tracy, qui était assise par terre, remplissant son dernier carton de photos et de dessins d'enfants, leva les yeux.

Marsh la contemplait, jean délavé, T-shirt Wild Florida couleur rouille, expression impénétrable.

— Tu comprends pourquoi, non ? Je suis assise par terre, en train d'emballer mes affaires. Tu ne le prends pas personnellement, j'espère ?

— Tu ne répondais pas non plus hier soir…

Rien à répondre. C'était un fait… Après l'échographie de la veille, elle était demeurée au centre médical pour sa consultation mensuelle. Marsh lui avait proposé de rester, mais elle avait repoussé son offre : elle se sentait trop vulnérable pour supporter de l'entendre poser des questions à l'obstétricienne. Elle refusait également d'avoir une vraie conversation avec lui après avoir vu leur bébé barboter sur le moniteur — leur petite créature de l'espace avec sa grosse tête et son cœur minuscule qu'on voyait battre à l'œil nu. Elle n'avait aucune envie de chercher des prénoms avec lui, ni de discuter de ses droits de visite ou des sentiments qu'elle avait éprouvés à vivre en sa présence ce moment d'intimité extraordinaire. Car, s'il lui avait redemandé de vivre avec lui à ce moment-là, elle aurait fort bien pu avoir la faiblesse de dire oui.

Donc, effectivement, elle avait éteint son portable et ignoré la sonnerie de son téléphone fixe quand le numéro de Marsh s'affichait à l'écran.

— Il ne t'a sans doute pas échappé qu'un ouragan songe à faire un petit tour du côté de Palmetto Grove, Marsh... Il a fallu que j'assure la protection de Happiness Key, et figure-toi que ça m'a pris un tout petit peu de temps !

— Comme s'il était possible de tout protéger...

— Disons que j'aurai au moins essayé. Après tout, ces pavillons ont essuyé des tempêtes bien pires, et, ma foi, ils sont toujours debout. Enfin, tout ça pour dire que le moment n'est pas très bien choisi pour papoter.

— Papoter ?

— Tu voulais m'entretenir de quelque chose en particulier ?

Elle consulta ostensiblement sa montre.

— Je voulais m'assurer entre autres que tu avais une solution d'hébergement au cas où tu doives évacuer les lieux.

— Merci, mais c'est réglé... Dès que j'ai fini ici, je file à la maison pour vérifier que tout est bien fermé et je boucle mes valises. Ensuite, j'irai loger chez Gladys et Woody.

Elle marqua une pause. Puis, comme Marsh s'abstenait de tout commentaire et qu'il ne la priait pas non plus de reconsidérer sa proposition, à savoir se réfugier dans sa vieille fermette cracker qui avait résisté à des siècles de tempêtes, elle s'enquit :

— Et toi ? Je suppose que tu vas te claquemurer chez toi ?

— Wild Florida a décidé d'en profiter pour faire la fête. Nous camperons dans les bureaux avec les employés qui souhaiteront y rester.

— Oh ! Comme ça va être amusant ! dit-elle d'un ton qui démentait ses paroles. Tu mangeras une guimauve à ma santé...

— Tu sais, Tracy, je ne suis pas complètement idiot, contrairement à ce que tu sembles croire... Je vois bien que tu m'évites. L'ouragan te fournit un bon prétexte, mais ton attitude est tout à fait transparente. J'ai tenté d'être patient, d'attendre la fin de toute cette folie, mais il est évident que ça n'aide personne. Tu m'as rayé de ta vie et tu refuses que j'aie mon mot à dire en ce qui concerne notre enfant. Tu me jettes quelques miettes, en m'invitant à l'échographie par exemple, histoire que je ne proteste pas trop fort, mais je te préviens : il est hors de question que je me satisfasse de miettes ! Je *veux* prendre part à la vie de cet enfant de la même façon que toi, et si je dois aller en justice pour faire valoir mes droits, je le ferai. Ne t'imagine pas que je vais renoncer à ma paternité, même si je dois renoncer à mes prétentions sur toi.

L'indignation de Tracy était telle qu'elle ne savait pas à quel argument répliquer en premier.

— Mais quelles *prétentions* as-tu jamais eues sur moi, Marsh ? Quand tu m'as proposé de vivre chez toi, tu ne faisais que limiter les dégâts ! Tu ne revendiquais rien, tu faisais simplement le ménage derrière toi ! Tu crois peut-être que je ne fais pas la différence ?

— J'essayais d'améliorer la situation, de te faciliter un peu la vie. Si ma solution ne te plaisait pas, tu n'avais qu'à me proposer la tienne.

— Je n'ai pas besoin qu'on me facilite la vie ! Je n'ai pas besoin qu'un homme s'occupe de moi. Je n'ai pas l'intention de me mettre en concubinage avec toi pour que tu puisses avoir bonne conscience à moindre coût. Je vaux bien mieux que ça ! Regarde-moi bien, Marsh. Quand tu sortiras de cette pièce, je serai toujours assise par terre. Je ne disparaîtrai pas, même si tu n'es plus là pour me voir.

Elle avait réussi à le mettre hors de lui. Finie la colère froide et maîtrisée, à présent il écumait de rage.

— C'est quoi ton problème à la fin, Trace ? Cet enfant n'a pas été conçu par l'opération du Saint-Esprit ! Nous étions heureux ensemble, heureux de la situation telle qu'elle était alors. Je ne vois aucun dégât à limiter, ou du moins je n'en voyais pas, jusqu'à ce que tu te mettes à me claquer systématiquement la porte au nez.

— Heureux de la situation *telle qu'elle était alors*, tu dis ? Eh bien, devine ! Les choses ont changé. Tu es un bon père pour Bay et je ne doute pas que tu le seras aussi pour notre enfant, mais je te préviens, ne commence pas à poser des ultimatums ! Parce que je me défendrai bec et ongles. Pigé ? Nous réfléchirons à l'organisation des droits de visite et tout le reste une fois que nous serons calmés, mais si jamais tu tentes de légiférer, je m'opposerai à toi en justice et partout ailleurs ! Alors ne profère plus de menace à mon encontre ou celle de l'enfant !

— Ce n'était pas une menace ! Je te signale simplement que tu ne peux pas m'exclure de ta vie sans…

Elle l'interrompit d'un geste brusque, de crainte de lui sauter à la gorge s'il allait jusqu'au bout de sa phrase.

— Oh, que si, je le peux ! Et je le *ferai* ! Quant à ton implication dans la vie de l'enfant, c'est une question tout à fait différente, et je te conseille vivement d'apprendre à faire la distinction entre les deux d'ici notre prochaine conversation car celle-ci est terminée. Pour le moment, j'ai suffisamment d'autres soucis en tête pour ne pas m'encombrer de tes exigences par-dessus le marché !

Elle fut ébranlée par l'expression de colère qui s'était peinte sur le visage de Marsh.

— Tu as raison sur un point, Trace… Je ferais mieux de m'en aller, en effet. Nous ne pouvons pas régler cette histoire en face à face, j'aurais dû le comprendre plus tôt.

— Bien, au moins sommes-nous d'accord sur un point : c'est *moi* qui ai raison.

Il traversa la pièce à grands pas, mais avant de sortir il se retourna une dernière fois.

— Réfléchis-y encore un peu cette nuit, quand les vents souffleront. Si nous ne pouvons pas trouver de solution en parlant calmement, le seul moyen d'y parvenir, ce sera devant un juge. Personnellement, je n'y tiens pas, mais, si tu m'y obliges, je n'hésiterai pas. Alors tu ferais bien de penser à une alternative.

En rejoignant sa voiture, Maggie se demanda si elle devait appeler Felo. A l'instar de son père, il l'avait mise en garde contre une fouille dangereuse et illégale du domicile de Blake, et assurément, d'un point de vue technique, ils avaient raison tous les deux. Cependant, il lui apparaissait clairement que l'occasion se présentait là de découvrir le lien qui unissait Harit Dutta et Blake Armstrong, si ce lien existait. Blake et ses associés étaient sur le point de quitter la ville, et la villa où ils logeaient durant les travaux avait toutes les chances d'être déjà vide. A en juger par la circulation de la matinée, beaucoup de gens avaient déjà abandonné Palmetto Grove Key, de sorte qu'il était peu probable que quelqu'un la voie s'introduire dans la maison.

Si Blake avait quelque chose à cacher, il était évident qu'il avait dû se débarrasser des preuves compromettantes ou du moins les avoir emportées avec lui, au cas où la tempête exposerait ses secrets aux quatre vents. Mais elle ne cherchait pas quelque chose d'aussi évident qu'un chèque annulé à l'ordre d'un tueur à gages ou qu'une lettre de chantage rédigée par Harit Dutta. Elle voulait simplement trouver la preuve que les deux hommes se connaissaient. Elle pouvait résider dans une indication sur un calendrier. Consister en un reçu. N'importe quoi qui puisse lui confirmer qu'elle était sur la bonne piste. N'importe quoi qui puisse suggérer l'éventuelle implication de Blake dans le meurtre des Dutta.

Ses tergiversations prirent fin lorsqu'elle se glissa derrière le volant. Elle sortit son téléphone portable afin de décharger ce qui lui restait de batterie, car ce n'était pas un appel qu'elle aurait pu passer depuis la cuisine des *Merveilleuses Tartes de Wanda.*

Elle compta les tonalités en fulminant contre Felo qui ne décrochait pas tout de suite. Elle avait toujours eu du mal à supporter l'alternance de temps morts et d'urgence qui rythmait le métier de policier. Mais alors qu'elle s'apprêtait à lui laisser un message, il décrocha.

— Felo, où es-tu ?

— A trente kilomètres du camp environ. Et toi ?

— Je vais chercher Rumba et quelques affaires, ensuite je prendrai la route pour te rejoindre.

Felo laissa passer un long silence, si long qu'elle crut que c'en était bel et bien fini de leur histoire et qu'il s'efforçait de trouver une manière diplomatique de lui dire de s'épargner le voyage. Mais lorsqu'il reprit la parole, ce fut d'une voix basse et sexy.

— Dois-je préparer une chambre ou bien deux ?

— L'accueil qu'on me fera là-bas dépend-il de ma réponse ?

— Je te prendrai comme tu es.

Maggie sentit sa tension se relâcher et ses yeux s'embuèrent de larmes.

— Tu en es sûr ? Je ne suis pas toujours facile à vivre, je le sais bien.

C'était la phrase la plus proche d'une excuse qu'elle était parvenue à formuler jusqu'ici.

— C'est vrai, mais tu ne manques pas de perspicacité.

Le moment était mal choisi pour aborder les sujets qui avaient causé leur séparation, d'autant que son téléphone portable risquait d'interrompre la communication d'une minute à l'autre.

— Ecoute, je me mettrai en route dès que j'aurai bouclé quelques bricoles ici. Mais je ne peux pas te dire quand j'arriverai exactement. Ça dépendra de… des bricoles. Et des embouteillages…

Felo ne se laissa pas duper si aisément.

— Quel genre de bricoles ?

Elle mit une seconde de trop à répondre.

— Maggie, ce n'est vraiment pas le moment de poursuivre

l'enquête, enchaîna-t-il avant qu'elle ait eu le temps de composer une réponse. On ne plaisante pas avec un ouragan, tu le sais bien ! Katrina n'était classé qu'en catégorie trois, et regarde les ravages qu'elle a causés à La Nouvelle-Orléans !

— Phyllis est en catégorie un, et elle aura sans doute dévié sa trajectoire avant d'atteindre le littoral et sera passée à côté de nous. Et puis Blake a déjà quitté la presqu'île ; la maison est vide. Je vais juste aller voir si je trouve un élément susceptible de m'aider à comprendre ce qui se passe. Je…

— Mags, laisse tomber ça, s'il te plaît ! S'il existe un quelconque élément qui prouve l'implication d'Armstrong dans le double meurtre, nous le découvrirons sans que tu aies besoin de risquer ta vie. Et ne songe même pas à t'introduire dans cette maison par effraction, tu n'as pas une once d'autorité pour ce faire ! Tout ce que tu as, c'est une théorie et aucune véritable preuve pour l'étayer.

— Justement, c'est cette preuve que je vais tâcher de me procurer.

— Mais enfin, quoi que tu obtiennes, tu sais bien que tu ne pourras pas t'en servir ! Tu débloques ou quoi ?

— Ne t'en fais pas. Il n'est pas question que je me procure quoi que ce soit de manière illégale. Je vais juste satisfaire ma curiosité et voir si je peux établir quelques liens. Allons, Felo, tu sais bien comment ça se passe !

— Ecoute, Mags. Embarque tes affaires et Rumba, et monte dans ta voiture. Il y a de gros bouchons et la route va être longue. Laisse tomber l'enquête et mets-toi en route tout de suite. Je t'attends. Nous pourrons réfléchir ensemble aux prochaines étapes.

— Je sais quelle est ma prochaine étape, Felo. Je vais l'accomplir, et ensuite je te rejoins là-bas. Ne t'inquiète pas. Je suis tout à fait capable de prendre soin de moi. Je ne ferai rien de stupide.

— Maggie…

Elle mit fin à la communication, lui épargnant l'effort inutile de parler, puisqu'elle savait déjà ce qu'il allait dire. Le téléphone émit un faible bip et elle constata que la batterie était prête à rendre l'âme. Ecœurée, elle éteignit son portable et se jura d'en acheter un autre avec l'argent de sa prochaine paye.

Elle démarra et sortit de sa place de parking en marche arrière. Gênée par la pluie et le vent, elle effectua la traversée de la ville lentement, mais par chance les routes étaient moins encombrées qu'elle ne l'avait imaginé. Soit les gens avaient évacué leur maison plus tôt, soit ils se claquemuraient chez eux, avec des torches équipées de piles neuves à portée de main, des boîtes de conserve et des réchauds de camping, sans oublier des litres d'eau minérale proprement entreposés dans des placards. L'autoroute qui desservait la sortie de la ville, en revanche, devait être congestionnée et cette pensée lui fit reconsidérer sa décision. Si elle allait au camp d'Alvaro, il lui fallait finir de rassembler ses affaires sans tarder et partir ; sur ce point, Felo avait raison. Elle avait fait le plein d'essence, et savait conduire dans les pires conditions. Mais justement, sa compétence au volant se doublait de la certitude qu'il était absurde de prendre des risques inutiles.

— Une heure, dit-elle à voix haute. Une heure et demie, grand maximum…

C'était le temps qu'elle se donnait avant de franchir de nouveau le pont, en direction de Palmetto Grove. Elle passerait d'abord chez Blake où elle effectuerait une fouille rapide de la maison — à condition qu'elle parvienne à s'y introduire —, puis elle en repartirait à temps pour récupérer sa chatte et ses valises et enfin, elle reprendrait la route vers le camp.

Quoi qu'on pensât d'elle, elle ne faisait pas fi des conseils de ses proches, mais elle ne voulait pas non plus compromettre son propre jugement. Or elle était convaincue que c'était la seule occasion qui lui serait donnée de chercher en toute sécurité l'élément qui reliait Blake Armstrong à Harit Dutta.

Comment aurait-elle pu abandonner le jeune écrivain à la plume aussi éloquente et sincère sur la nécessité de faire la paix avec soi et les autres ? Comment aurait-elle pu abandonner ses enfants qui, un jour ou l'autre, seraient en droit de connaître la vérité sur la mort de leurs parents ?

Si elle ne s'en chargeait pas, personne d'autre ne le ferait.

Comme elle franchissait le pont en direction de l'îlot — beaucoup plus facilement qu'elle ne l'aurait fait dans l'autre sens —, elle décida de suivre son instinct. Ensuite, elle essaierait de faire la paix avec l'homme qui l'avait mise en garde contre son initiative.

25

Maggie se gara derrière une haie de lagerstroemias, sous une pluie ruisselante, à environ vingt mètres de la maison de Blake. Elle l'avait dépassée au ralenti sans apercevoir aucune lumière, aucun mouvement qui aurait trahi la présence de quelqu'un.

Entre la pluie et la haie, elle serait suffisamment dissimulée pour le peu de temps qu'elle resterait. Elle s'était résignée à être trempée jusqu'aux os et même si le vent n'avait pas plié les baleines de son parapluie, elle ne s'en serait pas encombrée de toute façon. Elle se tourna pour attraper sur la banquette arrière le coupe-vent étanche qu'elle mettait en randonnée ou pour faire du kayak, l'enfila et en remonta la fermeture Eclair jusqu'en haut. Elle rabattit la capuche sur sa tête en prenant soin de bien l'attacher pour ne pas être gênée dans sa vision périphérique. Au moins le coupe-vent la protégerait-il de la pluie pendant quelque temps.

Elle avait rendu son arme et son insigne, mais pas le kit de crochetage qu'elle s'était procuré à ses frais. Elle le sortit de la boîte à gants et le glissa dans sa poche. Bien qu'elle sût assez bien s'en servir, elle n'avait pas pratiqué depuis des mois et, même à sa grande époque, elle n'était jamais arrivée à forcer les tout derniers modèles de serrure équipés de goupilles rotatives, de fentes factices et de mécanismes à barre latérale de verrouillage. Restait à espérer qu'une maison telle que celle-ci, située en bord de plage sur un îlot corallien faiblement peuplé, ne serait pas défendue comme Fort Knox.

Elle empocha son téléphone portable — précaution inutile —,

puis elle fourra ses clés sous le siège, ouvrit la portière sans bruit et sortit sous le déluge.

La pluie était froide et ses pieds s'enfoncèrent dans le sable saturé d'eau. Elle croisa les doigts pour ne pas avoir besoin d'une dépanneuse au moment de repartir. De toute façon, se garer sur un terrain moins meuble aurait été risqué. Au cas hautement improbable où quelqu'un serait resté dans la maison, elle ne voulait pas être visible depuis une fenêtre. Elle ne voulait pas non plus être repérée de la route, au cas où sa mère ou un autre habitant de Happiness Key ait remarqué la présence de sa voiture. Conclusion : l'embourbement était un risque à courir.

Elle pataugea le long de la haie, se réjouissant d'une certaine manière que la pluie tombe assez dru pour lui servir d'écran. Arrivée à hauteur de la maison, elle prit position à un endroit où elle pouvait voir sans être vue et resta aux aguets dix bonnes minutes, à l'affût de la moindre lumière ou du moindre mouvement.

Une fois rassurée, elle traversa la route comme une flèche et alla s'accroupir dans un épais bosquet de conifères nains. Là, elle demeura parfaitement immobile malgré les branches rigides qui lui égratignaient les jambes et les poignets. Cette fois, elle n'attendit que cinq minutes.

Enfin, elle se redressa et sprinta vers la maison. Elle disposait d'un scénario tout prêt au cas où elle tomberait sur quelqu'un, mais espérait ne pas devoir y recourir. Après avoir fait tant d'efforts pour se cacher et se déplacer de façon furtive, il pouvait sembler hardi et incroyablement stupide de foncer jusqu'à la véranda pour sonner à la porte d'entrée. Pourtant, c'est exactement ce qu'elle fit.

Elle sonna une fois, deux fois, trois fois.

Tout en attendant, elle examina la serrure et comprit au premier coup d'œil que celle-ci ne céderait pas facilement. Le bouton de porte ovoïde était en laiton massif. D'aspect neuf et luxueux, il présentait une fente visiblement complexe et s'accompagnait d'un pêne dormant tout aussi intimidant. Par ailleurs, les fenêtres du rez-de-chaussée arboraient toutes à hauteur des premiers carreaux des grilles en fer forgé tarabiscotées qui, bien que décoratives, garantissaient leur inviolabilité. La maison servant également de quartier général professionnel, elle aurait à juste titre mérité un système de sécurité sophistiqué, mais par chance Maggie n'aperçut aucun panneau signalant la présence d'une alarme près de la porte.

Personne ne répondit à ses coups de sonnette, ce qui l'enchanta. Dans le cas contraire, elle aurait demandé à voir Blake. S'il avait été là ou s'il avait lui-même ouvert la porte, elle lui aurait proposé les deux tartes restées dans la voiture et qu'elle avait emportées à l'intention de Felo et des éventuels résidents du camp d'Alvaro. Elle aurait raconté que ces tartes représentaient sa contribution personnelle à la soirée puis, telle une groupie transie d'amour, elle lui aurait souhaité bonne route jusqu'à Sarasota avant de disparaître sous la pluie.

Mais vu que son stratagème était aussi peu solide que crédible — à l'instar de tous les scénarios d'infiltration — elle se félicitait de ne pas avoir été forcée d'y recourir.

Les cinq minutes qu'elle passa à crocheter la serrure lui confirmèrent la complexité de celle-ci et la vanité de ses efforts. Alors elle fit le tour de la maison, gravit prudemment les marches menant à la terrasse de la chambre de Blake et examina le bouton de porte ainsi que le pêne dormant encastré au-dessus. Cette fois, elle ne prit même pas la peine de sortir son kit. Peut-être qu'avec suffisamment de temps et de patience, elle serait arrivée à le crocheter, mais la terrasse n'offrait aucun abri et Maggie avait connu des hôtels où la pression de la douche était bien inférieure à celle de l'eau qui s'abattait présentement sur elle.

Abandonnant la terrasse et ses cataractes, elle refit le tour de la maison et se faufila jusqu'au garage.

Une voiture passa sur la route. Maggie s'aplatit contre le mur de côté et le véhicule poursuivit sa route vers la pointe. S'agissait-il d'une de ses voisines effectuant un dernier voyage avant d'abandonner la presqu'île pour de bon ? La voiture ne fit pas demi-tour et, pour autant qu'elle y vît, la route redevint déserte. Elle reprit sa marche autour de la maison et se planta sous l'avancée du garage.

Elle laissa le kit de crochetage au fond de sa poche : pour avoir vu Blake le faire, elle savait que l'accès se faisait par le biais d'un clavier numérique. Sa seule chance d'entrer était d'en deviner le code. Avec un peu de chance, Blake avait choisi une combinaison facile à retenir, en supposant que c'était lui qui l'avait programmé. Or un certain nombre de numéros et de dates figuraient sur le document qu'elle portait sur elle, grâce à l'amie qui les lui avait faxés le matin même, juste au moment où elle partait travailler.

Elle tira la feuille de sa poche, et, ayant déjà entouré les numéros les plus évidents, elle se mit à les composer. Les quatre premiers chiffres du numéro de Sécurité sociale de Blake. Les quatre derniers. Voyant que ni les uns ni les autres ne marchaient, elle entreprit méthodiquement d'effacer le chiffre du début pour l'ajouter à la fin et ainsi de suite jusqu'à ce qu'elle les ait tous passés.

Ensuite, elle essaya avec la date de naissance. Le mois et l'année en abrégé. L'année seule. Le mois et le jour. Le jour et les deux derniers chiffres de l'année. Après avoir épuisé toutes les combinaisons qui lui venaient à l'esprit, elle renonça et passa au permis de conduire.

Au bout de dix minutes, elle s'arrêta, à court d'idées et complètement découragée. Elle avait entré toutes les combinaisons les plus évidentes et nombre d'autres beaucoup plus improbables. Elle avait même essayé les plus basiques : le numéro de la maison, des variations autour du numéro de téléphone fixe, du portable… Echec sur toute la ligne !

Elle repensa alors aux mises en garde de son père et de Felo, deux flics chevronnés qui la connaissaient bien, et elle s'interrogea. Qu'était-elle en train de faire, exactement ? Quelles étaient ses motivations profondes ? S'introduire seule dans la maison afin de prouver à tout le monde qu'elle assurait toujours dans son travail, qu'armée seulement de son intuition et de son courage, elle avait trouvé un lien entre Blake Armstrong et Harit

Dutta, un lien que personne n'avait soupçonné ? Mais à qui voulait-elle tant prouver sa valeur ? Qui remettait en cause ses compétences ? C'était elle, uniquement elle, qui avait sacrifié le job qu'elle adorait sur l'autel de son ego !

Il était temps de filer de cet endroit et de quitter la ville.

Elle replia le fax et le remit dans sa poche. Ce faisant, ses doigts effleurèrent un autre morceau de papier. C'était la pièce jointe que Felo lui avait envoyée, le compte rendu concernant Blake et le casino Atlantis, avec la reproduction de sa carte de joueur. Elle tripota le document, puis haussa les épaules. De retour au clavier, elle composa les quatre premiers numéros de la carte.

La porte coulissa.

L'espace d'une seconde, Maggie resta figée sur place, stupéfaite d'avoir réussi. Puis, elle entra et prit le temps de laisser ses yeux s'accoutumer à l'obscurité. Le local était assez grand pour abriter deux voitures, mais il était inoccupé. Les murs étaient tapissés d'étagères en métal et de tout le bric-à-brac qu'on trouve habituellement dans un garage : une échelle, un panneau perforé garni d'outils suspendus à des crochets… Dans un angle, une pelle et un râteau, dans l'autre une tondeuse à gazon.

La porte menant à l'intérieur de la maison se trouvait à sa gauche. Elle hésita à appuyer sur le bouton encastré dans le mur qui commandait la fermeture de la porte du garage et préféra plutôt grimper les deux marches conduisant à la porte de communication dont elle examina la serrure.

C'était exactement le genre de porte qu'elle espérait trouver. Le bouton avait sans doute été installé lors de la construction de la maison, des dizaines d'années plus tôt, bien avant que la technologie ne soit venue compliquer la vie des cambrioleurs. La personne qui avait si soigneusement protégé les issues et les fenêtres avait escompté que la porte du garage suffirait en soi à décourager d'éventuels intrus.

Au bout d'une minute à peine, Maggie fermait la porte du garage et ouvrait celle menant à l'intérieur de la maison.

Elle s'était accordé une heure pour accomplir sa fouille, et il ne lui restait plus que vingt-cinq minutes. Il lui en aurait fallu bien davantage, mais elle espérait pouvoir quand même mener sa petite chasse au trésor dans le temps qu'elle s'était imparti. Avec un peu de chance, elle arriverait à effectuer ses investigations, filer jusque chez elle récupérer la chatte et ses affaires, et prendre la route à 2 heures et demie.

Elle entra dans la maison et, de nouveau, laissa ses yeux s'accoutumer à l'obscurité. Aucune lumière n'était allumée, et bien qu'on fût en début d'après-midi, le ciel était si sombre qu'on se serait cru le soir. Elle avança prudemment dans ce qui s'avéra être la cuisine, puis passa dans la salle à manger. Persuadée que Blake n'était qu'un homme affable intéressé par une relation décontractée, elle n'avait pas prêté attention à la configuration des lieux ni à quoi que ce soit d'autre le jour où il l'avait invitée à sa soirée. Elle tenta de se rafraîchir la mémoire tout en progressant sur la pointe des pieds, l'oreille aux aguets.

Elle se souvenait vaguement d'une aile abritant la partie professionnelle. Elle traversa le séjour et parvint à un couloir, non loin d'une cheminée centrale en métal. Elle tendit l'oreille, puis parcourut le couloir et tomba effectivement sur deux pièces situées l'une en face de l'autre, toutes deux pourvues de bureaux et de rayonnages ainsi que de hautes armoires à dossiers suspendus.

Ayant choisi de commencer par la pièce de gauche, elle se mit aussitôt à l'œuvre. Il ne lui fallut pas longtemps pour comprendre que l'endroit avait été complètement vidé. Les tiroirs à dossiers ne contenaient plus que des vestiges inutiles : classeurs vides, documents sans importance et, au fond d'un tiroir, une provision de barres chocolatées. Tous les tiroirs étaient entrouverts et elle les laissa tels quels, réprimant son envie de chiper une barre chocolatée, car elle n'avait toujours pas déjeuné.

Le bureau lui-même n'était pas fermé à clé, mais sa fouille ne donna rien. Le mur présentait une demi-douzaine de crochets qui avaient soutenu des cadres mais seul demeurait un éloge encadré de Ned Bournes, le plus âgé des occupants de la maison présents à la soirée, se souvint-elle, un homme au front dégarni et à l'allure si dégingandée que les manches longues de sa chemise n'arrivaient pas à couvrir ses poignets.

A première vue, les étagères ne contenaient rien d'intéressant. Manifestement, toutes les choses de valeur ou d'importance avaient été emportées.

Maggie abandonna le bureau de Ned et se rendit dans la pièce d'en face. Rien n'était susceptible de la renseigner sur l'identité de son occupant, mais une plaque en laiton était posée de travers sur le bureau.

— Blake Armstrong, lut-elle à voix haute.

Elle commença par un angle, se déplaçant lentement et avec prudence tout autour de la pièce, soulevant et examinant chaque objet digne d'intérêt. Il n'y en avait pas beaucoup. Ici aussi, des étagères garnies de quelques livres, mais elle ne trouva rien dessous ni entre les pages.

Quand elle eut passé au crible le périmètre de la pièce, elle passa au bureau et entreprit d'en fouiller systématiquement les tiroirs, ainsi qu'elle avait procédé dans la pièce d'en face. Là, elle ne trouva même pas de friandises. Le meuble avait été complètement vidé et lorsqu'elle en retira les tiroirs, elle eut beau les retourner pour examiner le fond, elle fit chou blanc là aussi.

Elle repéra une corbeille à papier vide. Sans intérêt. Un placard ne livra rien d'autre qu'une odeur de cèdre et quatre luxueux cintres de bois. Dans un coin, une bestiole — qu'elle préféra ne pas aller regarder de trop près — s'enfuit à toute vitesse. Maggie ressortit de la pièce en laissant la porte entrouverte, telle qu'elle l'avait trouvée en arrivant.

Elle croisa les doigts pour avoir davantage de chance à l'étage, mais, après une fouille approfondie de vingt minutes, la chambre de Blake ne lui livra aucun élément intéressant. A part les meubles et les objets volumineux, la maison avait été entièrement vidée. Elle en fut pour ses frais : tout comme le rez-de-chaussée, la pièce avait été vidée de toutes affaires personnelles.

Elle regrettait à présent de ne pas avoir écouté son père ni Felo. Elle avait perdu plus d'une heure, enfreint la loi qu'elle avait pourtant juré de faire respecter lorsqu'elle était devenue flic et se préparait, par sa propre faute, à affronter un trajet plus long et plus pénible jusqu'au camp d'Alvaro. Blake était tout sauf un imbécile. S'il était impliqué dans le double meurtre des Dutta, il s'était sûrement débarrassé de tout élément compromettant depuis des semaines. Quelle idiote elle avait été de croire qu'il aurait pu oublier un élément susceptible de la mettre sur une piste !

Elle passa rapidement en revue les autres pièces de l'étage, fouilla même les affaires de toilette restées dans la salle de bains au cas où Blake aurait acheté un produit portant l'étiquette du salon de coiffure où travaillait Harit, mais s'il avait jamais possédé un article de ce genre, il l'avait soit emporté soit jeté.

De retour en bas, elle fit le tour du séjour, soulevant les journaux et les magazines abandonnés pour voir s'il ne se dissimulait rien en dessous, bien qu'elle eût désormais perdu tout espoir de trouver le moindre indice. Elle s'arrêta devant le mur orné de la série de photos qu'elle avait admirées lors de la soirée et renonça officiellement à pousser ses investigations plus loin.

Le moment était venu de retourner au pavillon, d'entasser dans sa voiture tous ses biens de valeur — valeur sentimentale pour la plupart —, de mettre Rumba dans son panier de voyage et de quitter la zone. Au lieu d'étaler son succès sous le nez de Felo, elle se contenterait d'admettre qu'il avait eu raison.

Que lui dirait-elle d'autre ? Dans quelle mesure cette excursion aussi périlleuse qu'illégale n'avait-elle pas eu pour but de détourner la conversation de leur histoire, du moins pour quelque temps ? Dans quelle mesure n'avait-elle pas espéré ainsi éviter une véritable confrontation ?

Elle regardait le mur fixement, son esprit se détachant de la maison pour s'attarder sur l'autoroute embouteillée qui devait l'attendre, lorsque quelque chose éveilla son attention. De nouveau attirée par le mur de photographies, elle les étudia de plus près sans que rien ne lui saute aux yeux.

Et pourtant…

Pourtant, quelque chose venait bien de déranger le cours de ses pensées. Elle avança encore un peu, examina de nouveau les photos une par une. On y voyait surtout des ponts, c'était sans doute la raison principale de cette exposition. Blake et son équipe construisaient des ponts, réparaient des ponts et tout naturellement, leurs œuvres avaient droit aux honneurs. Mais toutes les photos ne représentaient pas des ponts. Sur deux d'entre elles figuraient des routes, l'une courant au bord d'une falaise, l'autre grimpant à flanc de montagne avant de disparaître dans les nuages. Elles avaient l'air plus ou moins de faire la paire : grandeur similaire, cadres identiques, passe-partout très semblables. Elle s'approcha et aperçut le nom du photographe imprimé en petits caractères dans l'angle inférieur droit de l'une, puis de l'autre.

Elle recula de quelques pas et les engloba du regard. Sur le point de renoncer, elle se détournait quand la lumière se fit dans son esprit. Parmi les clichés, il y avait un intrus ! Une photo encadrée de façon approchante, mais pas tout à fait comme les autres, et surtout qui ne mettait pas ostensiblement en valeur une route ou un pont. Il s'agissait d'un lac de montagne dans lequel se déversait une cascade : un charmant paysage qui, à première vue, avait sa place parmi les autres. Sauf qu'il n'y avait pas de nom de photographe inscrit dans l'angle.

Maggie avait l'impression de connaître cette scène sans pouvoir s'expliquer pourquoi. Elle tenta de faire le vide dans son esprit. Elle ne pensait pas l'avoir remarquée le jour de sa seule et unique visite. Elle l'imagina alors dans un cadre posé sur une table. Dans le présentoir d'une galerie. Mais ça ne collait pas.

C'est alors qu'elle se souvint. Elle avait vu cette photo dans un catalogue. Mais dans lequel et où ?

Perplexe, elle se balançait nerveusement d'avant en arrière, le regard toujours rivé à l'image, quand la réponse lui apparut enfin. La photo se trouvait dans un catalogue de matériel de sécurité. Plus d'un an auparavant, elle l'avait feuilleté à la recherche d'un coffre-fort destiné à son arme de service. La photographie dissimulait en fait un petit coffre et Maggie se souvenait d'avoir été charmée par la gracieuse efficacité d'un tel objet : pour le même prix, on avait une jolie photo pour décorer son séjour ainsi qu'un endroit où ranger son arme en toute sécurité.

Elle s'avança de nouveau vers la photographie pour vérifier qu'elle avait bien raison. Le coffre saillait juste assez pour distinguer le cadre des autres. Il lui semblait se souvenir que le modèle fonctionnait au moyen d'une télécommande que son propriétaire pouvait programmer en composant son propre code. Si le coffre avait été installé par Blake, elle était peut-être en mesure de l'ouvrir. Il se pouvait qu'il ait employé par commodité les mêmes chiffres que ceux qui lui avaient permis de s'introduire dans la maison.

Gagnée par l'excitation, elle s'exhorta mentalement au calme. Le coffre, comme tous les lieux importants de la maison, avait sans doute été vidé de son contenu. Néanmoins, elle se devait de tenter le coup. Il lui fallait simplement mettre la main sur la télécommande.

Elle se retourna pour commencer ses recherches.

Blake Armstrong, les traits déformés par une expression assassine, se tenait à un mètre d'elle, une lampe décorative à la main.

Abasourdie, elle recula d'un pas, mais ne fut pas assez rapide. Avant qu'elle ait pu parer le coup, il la frappa à la tempe, et la dernière chose qu'elle perçut en s'écroulant fut le mugissement du vent qui l'avait empêchée d'entendre Blake approcher.

26

Il y avait signes et signes… Que Phyllis se soit transformée en véritable ouragan n'en était pas vraiment un en soi, mais lorsque Wanda s'aperçut qu'il ne restait plus que *trois* tartes en vitrine et que les aiguilles de la pendule indiquaient toutes les deux le chiffre *trois*, la coïncidence lui donna à réfléchir. Enfin, quand un type arborant un T-shirt à l'effigie du défunt pilote Dale Earnhardt au volant de sa voiture de course — la numéro *trois* — arriva pour lui placer *trois* volets anti-ouragan, elle comprit qu'il était temps de rentrer chez elle pour récupérer Chase et les cartons qui lui restaient à emporter. Elle téléphona à Ken pour lui signaler l'arrivée de l'homme et son propre départ du magasin, mais la friture sur la ligne était telle qu'il ne devait pas avoir saisi grand-chose en dehors de l'essentiel.

Elle parvint à sa voiture sans incident, malgré les détritus qui volaient de toutes parts, balayés par le vent, et quelques objets plus lourds mal arrimés, preuve qu'il était grand temps de se mettre à l'abri. Pour éviter d'être complètement trempée, elle avait revêtu un imperméable orange et un foulard de pluie noué si fort qu'elle sentait son cœur palpiter dans sa gorge comme un oiseau affolé se heurtant aux barreaux de sa cage.

Il lui fallut deux minutes pour arriver à s'insérer dans la circulation. Bon sang, pourquoi tous ces imbéciles avaient-ils attendu si longtemps pour rentrer chez eux ou quitter la ville ? Pour sûr, elle faisait partie du lot, et après ? C'était une excuse, peut-être ?

Quand elle arriva enfin à s'immiscer dans la file qui menait au pont, elle était à bout de patience. Elle ne voyait pas très loin devant elle, mais à en juger par ce train d'escargot, les habitants du sud-ouest de la Floride avaient tous décidé de jouer les touristes. Peut-être voulaient-ils admirer la hauteur des vagues. Ou courir dans le ressac…

Elle s'engagea enfin sur le pont qui lui sembla osciller sous la force du vent. Dans l'intervalle, elle avait laissé libre cours à sa colère. Elle était revenue au bon vieux temps de son enfance, à l'époque où elle élaborait ses propres jurons pour échapper au courroux de sa mère, prompte à lui passer la bouche au savon.

— Pitoyable populace piétinant le pavé !

Elle agrippa le volant avec rage.

— Misérables moutons malléables en mouvance !

Elle en cherchait un avec des « k » — la lettre la plus difficile, si sa mémoire était bonne — quand un éclair de lumière traversa sur sa gauche le sombre rideau de la pluie, lui offrant une vue plus panoramique des trois voies de circulation.

Abandonnant alors ses chapelets d'adjectifs, elle résuma sa pensée de façon plus lapidaire :

— Ben, merde alors !

L'allée réservée aux piétons grouillait d'activité : des lumières clignotaient, des gens allaient et venaient…

Wanda comprit tout de suite ce qui se passait. Le responsable de tout ce désordre lui avait déjà tout expliqué.

Elle ferma les yeux, ce qui n'eut pas d'effet notable, la circulation étant désormais au point mort. Tout compte fait, il n'y avait pas tant de voitures que cela. Mais celles qui s'y trouvaient avaient presque cessé d'avancer afin de pouvoir admirer Derek Forbes et sa bande de joyeux compagnons qui s'apprêtaient à tourner la fameuse scène dont il lui avait parlé.

Elle aurait dû avertir Ken du projet de Derek, comprit-elle soudain. Elle aurait aussi dû essayer de l'en dissuader elle-même. Mais comme d'habitude, elle s'était tellement laissé impressionner par cet homme qu'elle n'avait pas songé aux conséquences du projet qu'il lui avait annoncé. Et alors que les habitants de la presqu'île devaient évacuer au plus vite les lieux, il mettait leur vie en danger par goût du défi, par caprice de star.

C'était trop tard, maintenant ; elle ne pouvait plus le dissuader de tourner cette scène. Au mieux pouvait-on espérer que conscient de l'embouteillage qu'il provoquait, il aurait la sagesse de renoncer à son projet.

Quand la voiture qui la précédait s'ébranla de nouveau, elle appuya sur l'accélérateur et suivit le cortège. La meilleure chose à faire était de franchir le pont pour que d'autres puissent traverser la baie à sa suite.

Une fois passé le feu rouge, le trajet jusqu'à Happiness Key ne lui prit guère de temps. Randall's était fermé et son parking désert. Elle dépassa deux SUV remorquant des bateaux vers le pont, très certainement dans l'espoir de les remiser dans un endroit plus sûr et surtout, sur un terrain plus élevé. Elle savait qu'Alice et Olivia s'étaient déjà claquemurées chez Roger Goldsworthy, à Shell Horizon. Alice l'avait appelée pour lui dire de ne pas s'inquiéter. A présent, elle se demandait ce qu'il en était pour ses autres amies.

Elle ralentit devant le pavillon de Janya et vit, non sans surprise, que les lumières étaient encore allumées à l'intérieur, et la vieille berline toujours stationnée dans l'allée. Elle dépassa ensuite la maison de Tracy où elle n'aperçut ni lumière ni voiture. Après avoir fait tout son possible pour protéger les pavillons, elle devait être partie se mettre à l'abri dans une zone située plus en hauteur, à l'intérieur des terres. Wanda roula ensuite jusqu'à l'extrémité du petit lotissement. Arrivée devant la maison de sa fille, elle constata que, là aussi, l'endroit semblait avoir été abandonné. Elle calcula avec soulagement que Maggie devait avoir effectué la moitié de la route vers le camp, en même temps que quelques pas de plus sur le chemin d'une éventuelle réconciliation avec Felo.

L'empaquetage de ses affaires se fit sans traîner. Elle avait déjà bourré plusieurs cartons de souvenirs essentiels et, en moins de vingt minutes, elle était parvenue non sans peine à tous les entasser dans le coffre de sa voiture. Elle s'était garée sous l'abri, précaution qui lui permettait de rester plus ou moins au sec durant les opérations. Le téléphone sonna une fois, mais lorsqu'elle décrocha, son correspondant avait déjà raccroché.

Chase, trop longtemps resté cloîtré dans la maison, se précipita au-dehors tandis qu'elle effectuait son dernier voyage jusqu'à la voiture, chargée du panier de transport de l'animal et de sa nourriture. Il fonça vers la route, mais Wanda ne se faisait aucun souci pour lui, il allait revenir. Chase était un lévrier après tout, et la course, c'était sa grande spécialité. Non, ce qui l'inquiétait davantage, c'était qu'avec la pluie qui tombait de plus en plus fort, une voiture ne le verrait qu'au dernier moment et elle n'aurait pas le temps de freiner. Elle l'appela mais il était déjà loin, parti en direction du pavillon de Janya. Elle ferma la maison à clé, puis décida de le suivre en voiture dans l'espoir de l'amadouer suffisamment pour le faire monter sur la banquette arrière et pouvoir ainsi quitter la ville sans prendre trop de retard sur son programme.

En approchant de la maison des Kapur, elle aperçut Janya, mais pas le chien. Il n'y avait aucun signe de la présence des enfants.

Voyant la jeune femme avancer vers elle avec difficulté, le visage fouetté par la pluie, Wanda pila et baissa la vitre côté passager.

— Qu'est-ce que tu fais encore là ? lui demanda-t-elle.

— Je viens de te téléphoner.

— Je ne suis pas arrivée à temps. Qu'est-ce qui se passe ?

— Nous nous apprêtons à partir.

Janya devait presque crier pour se faire entendre par-dessus les grondements de tonnerre.

— Rishi a embarqué le gros de nos affaires dans sa voiture et j'étais censée le suivre avec les enfants dès qu'ils se réveilleraient de leur sieste, mais quand j'ai voulu rapprocher la voiture de la porte pour tout charger dedans, elle a refusé de démarrer. C'est la batterie, je pense. Ça fait presque une heure que j'attends que quelqu'un vienne nous aider.

Wanda se pencha pour ouvrir la portière ; Janya se glissa à l'intérieur du véhicule.

— Tu as appelé Rishi ?

— Je n'arrive pas à le joindre. Il oublie souvent d'allumer son portable et quand je compose la ligne de son bureau, le téléphone sonne interminablement. Je ne pense pas qu'il s'inquiète déjà pour nous.

— Où sont les gosses ?

— Ils dorment encore, mais je dois retourner tout de suite au pavillon : ils vont se réveiller d'une minute à l'autre.

— Tu as vu mon imbécile de chien ? Il vient de se sauver…

— Il est sous la véranda.

— Bon, allez, on récupère tout : le chien, les enfants, tes affaires et on met les bouts. Ça va être juste, mais on va faire de notre mieux.

— Je ne devrais pas laisser la voiture devant la maison…

— Avec ce temps, on ne peut pas la faire démarrer avec les pinces croco. Et vu comme elle est garée, je ne peux pas passer derrière pour la pousser avec la mienne.

— L'îlot ne sera peut-être pas inondé…

— L'îlot ne risque rien. Phyllis n'est pas de taille à faire de gros dégâts.

En réalité, Wanda n'en était pas si sûre.

— En tout cas, merci de t'être arrêtée. Aucune autre voiture n'est passée par là.

— Quoi ? Ça veut dire que tu n'as vu ni Tracy ni Maggie depuis une heure que tu attends ?

— Non, et pourtant, je scrutais la route.

— Et tu n'as pas vu Maggie passer un peu plus tôt ? Non, j'imagine, tu étais occupée à faire tes cartons…

— Je transportais des choses à la voiture. J'ai regardé la route mais je n'ai vu personne dans les pavillons.

Janya avait dû les manquer, supposa Wanda. Elles étaient passées pendant qu'elle s'affairait à l'intérieur. Ça ne collait pas bien, pourtant… Maggie et Tracy ne seraient certainement pas parties, voyant la voiture de Janya devant la maison ouverte, sans s'assurer auprès d'elle que tout allait bien. Les trois femmes étaient trop proches pour cela, et l'éventualité que Maggie ne soit pas rentrée chez elle commença à la tourmenter. Car si Maggie n'était pas repassée à Happiness Key, où était-elle ?

— On va ouvrir l'œil au cas où on les verrait pendant qu'on transfère tes affaires de ta voiture à la mienne. Elles ont dû nous passer devant.

— Je serais plus rassurée si j'en étais certaine, murmura Janya.

Sentiment partagé, songea Wanda non sans une certaine appréhension.

Les embouteillages, Tracy connaissait bien. Elle avait si souvent été bloquée sur les autoroutes de Ventura et de Santa Monica qu'elle avait pris l'habitude de toujours avoir dans sa voiture des cassettes de méditation, des galettes de riz et de l'eau minérale. Malheureusement, ne s'étant pas montrée aussi prévoyante en quittant Happiness Key, elle ne savait comment tuer le temps en attendant que la circulation reprenne sur le pont menant à Palmetto Grove Key. Le pont du crépuscule, comme l'avait appelé Marsh.

Elle ouvrit la boîte à gants et fourragea à l'intérieur dans l'espoir infime d'y trouver quelque chose à grignoter. Bouleversée par sa dispute avec Marsh au centre de loisirs, elle en avait oublié de manger le panier-déjeuner qu'elle s'était préparé et qui devait toujours trôner sur son bureau.

Comme elle s'y attendait un peu, la boîte à gants ne lui livra rien d'autre qu'un cookie flocons d'avoine/raisins secs dans son emballage individuel, vestige d'un goûter que Bay avait dû glisser là à une époque qu'elle préférait oublier. Bay éprouvait pour les raisins secs un dégoût à la limite de la phobie et il en allait de même pour les champignons. Sinon, il aimait tout. Marsh avait fait du bon travail en initiant son fils à différentes cuisines et différentes saveurs.

Marsh…

Elle ouvrit l'emballage du cookie et le renifla ; puis, trop affamée pour faire la difficile, elle en grignota un coin et, dès que le biscuit se brisa, elle l'avala en trois bouchées.

Pas de galettes de riz ni de cassette de méditation en revanche, rien qui puisse aider son esprit à vagabonder de façon sereine, à se libérer des vulgaires entraves des émotions humaines. Elle n'avait pas le souvenir de s'être jamais sentie aussi triste, aussi démoralisée, aussi rejetée. Pas même à l'époque où elle avait compris qu'elle pouvait faire une croix définitive sur la vie dorée qui avait été la sienne à Bel-Air. Et maintenant, le désœuvrement que lui imposait l'embouteillage l'obligeait à regarder la vérité en face.

Et la vérité était qu'elle s'était fourrée elle-même dans cette situation, qu'elle était amoureuse de Marsh Egan — passionnément, à en crever. Elle était amoureuse de lui depuis des mois, bien avant d'être enceinte, bien avant leur réconciliation de l'été précédent, amoureuse d'un homme qu'elle n'aurait jamais regardé du temps où l'argent et la célébrité étaient encore ses principales obsessions, du temps où elle était incapable de distinguer l'authentique valeur d'un être humain. Amoureuse d'un avocat affublé d'un garnement qu'elle adorait aussi. Amoureuse du président d'une organisation de défense de l'environnement qui ne changerait jamais la face du monde mais qui, peut-être, pourrait en protéger un petit coin paumé.

Sauf qu'elle avait passé le plus clair de son existence à se croire au-dessus de ces petits coins paumés, à s'imaginer faite pour la grande vie, pour le nec plus ultra de ce que le monde avait à offrir. Et aujourd'hui, son manque de lucidité, son incapacité à tendre la main à Marsh, sa crainte de lui avouer son amour, lui avaient fait sacrifier tout espoir de bonheur. Un bonheur dans un petit coin paumé peut-être, mais un bonheur grand format.

Elle avait repoussé Marsh avec tant de férocité qu'à cette heure, il ne devait plus penser que tribunal des affaires familiales, droit de visite et d'hébergement. Elle l'avait repoussé de manière si définitive que toutes les petites choses qui faisaient leur complicité, ces petites choses qui auraient pu former le socle d'une relation durable, avaient été gommées pour de bon. Quels qu'aient été les sentiments de Marsh à son égard, ils devaient se résumer à présent à une froide colère.

Elle comprenait ce qui l'avait amenée à se retrouver dans cette situation. Une enfance dénuée d'amour, avec pour seules valeurs les babioles qu'on achetait une fois l'an sur Rodeo Drive en période de soldes… Un mariage avec un homme choisi pour ses revenus et son statut social…

Aujourd'hui, cependant, elle était devenue une autre personne, meilleure osait-elle espérer, même si elle resterait marquée à vie par son éducation.

On ne lui avait jamais appris à sonder ses sentiments, il fallait dire… On ne lui avait jamais appris à laisser parler son cœur… Depuis son installation à Happiness Key, elle avait progressé dans les deux domaines, mais à pas de fourmi, et peut-être Marsh était-il arrivé trop tôt dans sa vie, avant qu'elle n'ait complètement achevé sa métamorphose. Avant qu'elle n'ait appris à mettre son orgueil dans sa poche et à exposer sans crainte son cœur trop souvent meurtri.

Démoralisée par cette séance d'introspection — activité qui ne lui était pas familière et qui n'avait rien de stimulant — elle se déporta un peu sur la gauche pour tenter d'apercevoir ce qui causait un tel embouteillage. Malgré la pluie, elle voyait clairement le cortège des véhicules qui s'étirait sur des mètres et des mètres, bien qu'au loin, il lui parût plus clairsemé. C'était bon signe : le trafic allait reprendre.

Comme elle se réinsérait dans sa file, une portière s'ouvrit à huit véhicules du sien, peut-être plus, et un homme sortit de ce qui semblait être un pick-up, puisqu'elle eut l'impression qu'il sautait d'un marchepied. Il traversa toutes les voies en courant, atteignit l'allée réservée aux piétons et disparut, ce qui en soi n'avait rien d'un exploit, vu que, dans le meilleur des cas, les voitures avançaient au pas et qu'à partir d'un certain point, elles étaient carrément à l'arrêt.

Elle se pencha en avant et essuya la buée de son pare-brise, scrutant la route de toutes ses forces. Quelques minutes s'écoulèrent sans que rien ne se produise. Elle se demandait si elle n'avait pas rêvé quand le même homme revint en courant vers son pick-up.

Marsh ?

Voilà qu'elle le voyait partout ! Non… Non, impossible… Elle devait se tromper… Pourtant, Marsh ne portait-il pas un T-shirt couleur rouille quand elle s'était disputée avec lui, dans la matinée, au centre de loisirs ? Le type en avait un du même genre, lui semblait-il. De nouveau, elle se déporta un peu sur la gauche pour mieux voir. N'est-ce pas son pick-up ? Cette forme basique… Cette couleur bleue passe-partout…

Comme pour l'empêcher d'en avoir la certitude, la pluie redoubla et sa voiture se mit à vibrer sous les assauts du vent. Le véhicule qui la précédait avança. Tracy se rabattit à droite et fit de même. De fait, il aurait été logique que Marsh se dirigeât vers Palmetto Grove Key. Comme elle, il rentrait peut-être chez lui pour charger sa voiture avant d'évacuer la presqu'île pour de bon. Mais pourquoi diable avait-il couru vers l'allée réservée aux piétons ? Quelle mouche l'avait donc piqué ? Avait-il fait dégager un badaud avant qu'une bourrasque de vent n'expédie l'imprudent par-dessus le parapet ?

Elle recommença à avancer, dépassant cette fois plusieurs voitures de la file voisine, et la cause de tout ce désordre lui apparut enfin. A bonne distance, mais assez visible malgré la pluie, une équipe de tournage avait pris ses quartiers dans l'allée. Au niveau de la scène, certaines voitures s'étaient carrément arrêtées et leurs passagers contemplaient le spectacle, sourds au concert de Klaxon qui s'élevait derrière eux.

Derek Forbes ! Ah, les acteurs… Elle les avait trop fréquentés pour ne pas les connaître. Elle était allée à l'école avec leurs enfants, avait assisté aux soirées qu'ils donnaient… Elle était même sortie avec quelques jeunes cabots aux dents longues. Tous, y compris les plus sympathiques du lot, développaient un ego surdimensionné pour survivre dans le métier qu'ils avaient choisi.

Derek Forbes était un type adorable, mais s'il avait décidé de tourner une scène pendant un ouragan, il ne laisserait rien ni personne se mettre en travers de son chemin. Dans son esprit, sa célébrité lui donnait certainement tous les droits. Et de fait, si la justice lui reprochait d'avoir provoqué un gigantesque embouteillage lors d'une procédure d'évacuation, qui oserait lui infliger autre chose qu'une petite tape sur les doigts ? Une amende ? Il avait largement les moyens d'en payer le montant quel qu'il soit. Une peine de prison ? Son charme et son bagout lui éviteraient la détention. Il était même capable, en guise de travaux d'intérêt général, de se porter volontaire pour aller raconter de piquantes anecdotes sur sa vie dans les hôpitaux et les maisons de retraite. Il effectuerait des tours de magie, dédicacerait des DVD dans le service pédiatrique, et tout cela lui fournirait une excellente publicité.

Soudain, Tracy se sentit lasse à en pleurer. Des larmes roulaient même sur ses joues. Ça devenait une habitude ! Décidément, la grossesse était un véritable champ de mines ! Le monde entier semblait s'être ligué contre elle pour lui démontrer qu'elle n'était qu'une ratée et, bien sûr, c'était l'enfant qui la mettait dans cet état. Pas Marsh. Pas ses propres erreurs. Pas Derek Forbes. Non, simplement le fait d'être enceinte.

La circulation avait de nouveau ralenti, et même avec les essuie-glaces à grande vitesse, entre ses larmes et la pluie, elle n'y voyait pratiquement rien. Elle passa au point mort et recommença à fouiller dans la boîte à gants, cette fois à la recherche de mouchoirs en papier. Elle en sortit le livret technique de sa voiture, sa carte grise et un petit kit de premiers secours.

A présent, elle pleurait à chaudes larmes. Si cela continuait, il lui faudrait des brassards pour garder la tête hors de l'eau. Elle vida la boîte à gants sans trouver ce qu'elle cherchait. Elle tâtonna alors derrière elle à la recherche de son sac qu'elle ouvrit d'un coup sec. Elle avait horreur du Velcro ! Ce bruit d'arrachement la mit en rage, tout comme la vue de l'unique mouchoir en lambeaux, pris dans les brides auto-agrippantes. Et lorsqu'elle tira dessus, il se déchira pour de bon.

Balançant alors le sac sur la banquette arrière, elle opta pour l'ourlet de son T-shirt ; elle n'avait plus de fierté… Qui s'en apercevrait, d'ailleurs ? Pas Marsh, dont la voiture était bien au-delà de sa file. Il était sans doute en train de rédiger quelques notes sur les moyens à mettre en œuvre pour rester partie prenante de l'éducation de leur enfant.

Elle se retint de se moucher, se contentant de se frotter les yeux avec le tissu. Enfin, elle se redressa et regarda la route. La voiture qui la précédait était à présent beaucoup plus avancée. Elle jeta un coup d'œil dans le rétroviseur, s'attendant à voir des visages courroucés dans le véhicule qui la suivait, mais il n'y avait personne derrière elle. Elle était en queue de bouchon.

Elle passa brutalement la première et écrasa l'accélérateur afin de rattraper le reste des voitures. Mais sa petite Z3 décapotable s'y refusa tout net, soit par méchante humeur, soit en réaction à ce mauvais traitement. Le moteur émit un faible vrombissement, puis quelque chose grinça sous le capot et, dans une ultime secousse, la voiture cala.

Du sang-froid, se dit Tracy. Surtout ne pas s'énerver… Elle possédait cette voiture depuis le jour où elle avait obtenu son permis de conduire et la choyait avec autant de tendresse que Wanda choyait Chase. Au demeurant, elle souhaitait la transmettre à son fils ou à sa fille. Il lui fallait donc faire en sorte qu'elle puisse toujours rouler dans seize ans.

Elle réitéra la manœuvre mais cette fois, lentement et avec douceur. Le moteur émit un vague ronron. Elle appuya alors gentiment sur la pédale de l'accélérateur, mais au lieu du *vroum* attendu, un énorme grondement se fit entendre, comme celui qui annonce un tremblement de terre ou une avalanche.

L'espace d'un instant, elle resta abasourdie. Qu'avait-elle fait ? Elle écrasa la pédale de frein et la voiture pila net.

Elle se calma en se disant qu'aucune voiture ne pouvait imiter le bruit d'une avalanche. Cela ne venait donc pas de la décapotable, qui recommençait à se comporter normalement, maintenant qu'on la traitait avec gentillesse. Ce bruit terrifiant n'avait rien à voir non plus avec le hurlement du vent ou le fracas de la pluie qui tombait à torrents sur les toits des véhicules.

Elle leva les yeux vers le rétroviseur et découvrit le spectacle le plus terrifiant qu'elle ait vu de toute sa vie. A quelques mètres à peine derrière elle, un trou béant s'ouvrait dans le pont. Et le gouffre se rapprochait à toute allure de son pare-chocs arrière.

27

Lorsqu'elle eut fini de caler les sièges auto de Lily et Vijay sur la banquette arrière, à l'endroit où Chase avait l'habitude de se coucher, Wanda se releva, trempée jusqu'aux os. La pluie tombait si fort qu'elle ne distinguait plus rien au-delà du pavillon des Kapur. Janya était en train de réveiller les enfants et de les préparer pour le départ. Avant cela, elles avaient réussi à faire fusionner plusieurs cartons en un seul, sans oublier les trois « livres » que Vijay avait écrits depuis la mort de ses parents. Wanda avait ensuite casé le carton de Janya à la place d'un des siens, de moindre importance, et pour finir, elles avaient entreposé tout le reste en hauteur, sur les tables et le lit de la chambre principale. Restait à espérer qu'en cas d'inondation, le niveau de l'eau ne monterait pas jusque-là.

Janya apparut tout à coup à côté d'elle, sans les enfants.

— Ils sont grognons et cette tempête les effraie.

— Combien de temps avant qu'ils soient prêts ?

— Vijay refuse de s'habiller, mais je vais lui enfiler moi-même ses vêtements. De force s'il le faut…

Janya avait beau être d'un naturel très doux, le petit ne faisait pas le poids face à l'urgence de la situation.

— O.K. Moi, pendant ce temps, je vais aller faire un tour rapide chez Maggie. Je veux vérifier qu'elle a bien emporté toutes ses affaires et quitté Happiness Key. Il faut que j'en aie le cœur net, tu comprends.

— Bonne idée. Nous serons prêts à ton retour.

Wanda avait tenté plusieurs fois de joindre sa fille sur son portable et n'avait obtenu que sa boîte vocale. Une fois tous les cartons casés tant bien que mal dans la voiture, elle referma les portières et se glissa derrière le volant. Ce soir, elle dormirait sûrement au même endroit que les Kapur. Ils avaient réservé deux chambres dans un motel du continent. Elle était fatiguée et ne se sentait pas en état de conduire bien loin, sans compter que les conditions de circulation au sortir de la ville devaient s'être sacrément dégradées.

Elle fit faire demi-tour à sa voiture et fonça vers le pavillon de Maggie. Arrivée là-bas, elle se gara aussi près que possible de l'entrée et courut jusqu'à la porte, munie du double de la clé ; sous ce déluge, elle ne pouvait se contenter de regarder par les fenêtres.

Toutes ses craintes se concrétisèrent lorsque Rumba l'accueillit en bâillant et en s'étirant nonchalamment.

Jamais Maggie n'aurait quitté l'île en laissant sa chatte derrière elle et ce, quelles que soient les circonstances. Une seule conclusion s'imposait donc : Maggie n'était pas encore repassée chez elle.

— Et alors, on t'a oubliée, minette ?

Elle prit Rumba dans ses bras et avança dans la maison. Les affaires que sa fille comptait emporter étaient déjà toutes rangées dans des cartons empilés dans le salon. Maggie était arrivée aux *Merveilleuses Tartes de Wanda* avec une seule petite valise. C'était donc bien qu'elle comptait revenir chercher le reste. Sauf que les affaires étaient toujours là.

Wanda réfléchit aux différentes options qui se présentaient à elle. Il lui était tout à fait impossible de caser l'ensemble des cartons dans sa voiture déjà bourrée à craquer. La chatte, à la rigueur, pourrait voyager dans son panier, installée sur les genoux de Janya, mais c'était le grand maximum. Maggie était d'ailleurs sûrement en route pour venir chercher le reste. Elle lui laisserait un petit mot au sujet de Rumba. Il n'en restait pas moins que la situation n'était pas normale, compte tenu du temps qui s'était écoulé entre le moment où Maggie avait quitté le magasin et maintenant, aussi Wanda décida-t-elle de prévenir Ken.

Elle alla vers le téléphone et souleva le combiné, mais le fracas de parasites était tel qu'elle raccrocha aussitôt. Elle sortit son portable.

Ken décrocha sur-le-champ, mais sa voix lui parvenait de façon lointaine et difficilement audible, comme s'il téléphonait de l'étranger. D'un pays en voie de développement. Accroché au tender d'une locomotive à vapeur.

— Kenny ! Je suis chez Maggie. Elle n'est pas encore passée récupérer ses affaires. Elle t'a appelé ? Tu l'as vue depuis son départ du magasin ?

Elle ne saisit pas un traître mot de sa réponse.

— Ken, parle plus fort ! Très fort !

Tendant l'oreille, elle crut l'entendre lui répondre qu'il l'avait aperçue en train de rouler en direction du pont, peu après qu'il eut lui-même quitté le magasin. Il était sur les lieux d'un accident quand il avait vu passer sa voiture.

— Elle n'est jamais arrivée ! cria Wanda dans le combiné. Elle n'est pas chez elle, Kenny ! La chatte est là, les cartons sont là, mais pas Maggie.

Silence au bout du fil. Soit ils avaient été coupés, soit Ken était en train de réfléchir.

— ... ppeler Felo, entendit-elle enfin.

Elle hocha la tête, comme s'il pouvait la voir acquiescer. Les parasites l'avaient empêchée d'entendre le début de la phrase, mais la conclusion tombait sous le sens.

— O.K., téléphone-lui. Vois s'il est au courant de quelque chose et rappelle-moi.

Puis elle raccrocha.

Les minutes qui suivirent furent les plus longues de son existence. Pour tuer le temps, elle passa en revue le contenu des cartons, au cas où ils recéleraient un objet de valeur assez petit pour être rentré de force dans un des interstices restants de sa voiture. Elle trouva une boîte à bijoux qu'elle pourrait fourrer dans son sac, des foulards — cadeaux de Felo — et des diplômes. Rien ne l'empêchait de conduire avec les diplômes coincés entre son siège et la portière, s'il n'y avait pas moyen de faire autrement.

Son portable sonna enfin. La voix de Ken lui parvenant d'encore plus loin lui sembla-t-il, elle dut le faire répéter plusieurs fois avant de comprendre en gros la teneur de son compte rendu.

— Quoi ? Elle a dit à Felo qu'elle allait chez Blake Armstrong ? Mais qu'est-ce qu'elle irait faire là-bas ?

Elle crut entendre Ken répondre « oui », puis autre chose qu'elle ne saisit pas. Elle écoutait avidement, le téléphone collé à l'oreille.

— Felo est en route pour ici ? répéta-t-elle quand elle estima que Ken avait fini de parler.

— En route pour Palmetto Grove. Elle ne répond pas…

Une bouffée d'angoisse la saisit. Si Felo était inquiet lui aussi au point que, ne réussissant pas à la joindre, il avait quitté le camp situé en pleine zone marécageuse pour foncer dans la tempête à sa recherche, c'est que les choses étaient plus graves qu'elle ne l'imaginait.

— Et il n'a pas eu peur de la dépasser sans la voir ? hurla-t-elle.

Mais c'était juste histoire de dire quelque chose ; Felo ne pouvait pas l'avoir dépassée sans la voir puisqu'elle n'était *pas* partie.

— N'aime pas ça…, perçut-elle à l'autre bout du fil.

— Quoi, Kenny, qu'est-ce que tu dis ?

— N'aime pas… Vais venir voir…

A ce moment-là, un long grondement s'éleva et enfla quelque part au-dehors, non loin de là. Wanda s'évertuait à saisir quelques bribes des paroles de Ken, mais le bruit, tel un immense roulement de tonnerre, n'en finissait pas d'aller crescendo. Le fracas des éclairs était tel que même le sol semblait en être ébranlé.

— Kenny ! Kenny ?

Elle ne l'entendait plus du tout. Le grondement avait fini par cesser, mais dans le combiné seul résonnait le grésillement des parasites, et même eux lui parvenaient de plus en plus faiblement.

— Kenny ?

Plus rien… Elle appuya frénétiquement sur la touche mémoire correspondant au numéro de Ken, sans résultat.

Alors elle referma le portable. Il n'y avait rien d'étonnant à ce qu'elle ne capte plus rien. En temps normal, la couverture du réseau était déjà loin d'être parfaite à cette extrémité de la presqu'île… Autant dire que dans ces conditions, c'était un miracle qu'elle ait réussi à joindre Ken. Qu'avait-il tenté de lui dire, à la fin de leur conversation ? Qu'il se faisait du souci et qu'il allait venir voir ce qui se passait ? Mais est-ce qu'il pourrait, seulement ? Les flics de la côte Ouest de Floride étaient tous accaparés par les évacuations et les accidents.

Empoignant le panier de transport, elle y fit entrer Rumba, puis elle prit un bout de papier sur lequel elle griffonna un mot à l'intention de Maggie, lui expliquant qu'elle avait emporté la chatte et la priant de l'appeler dès qu'elle trouverait le message. Cela fait, elle fourra les diplômes, les bijoux et les foulards dans un sac en plastique, et quitta la maison.

Elle était rongée d'inquiétude. Tout cela n'était vraiment pas normal. Elle essaya d'envisager plusieurs scénarios susceptibles d'expliquer pourquoi Maggie n'était pas encore repassée chez elle. Elle était peut-être sur la route, bloquée par une sorte de barrage routier, par un accident ou retardée par une personne en détresse ? A moins que, s'étant ravisée au vu de la circulation déjà dense, elle n'ait fait demi-tour vers la ville avant d'avoir franchi le pont. Oui, mais Rumba ? Encore une fois, elle n'aurait jamais abandonné Rumba ou bien elle se serait assurée d'abord que Wanda ou une autre des habitantes de Happiness Key pouvait s'en charger. Autre hypothèse : Blake Armstrong s'apprêtait lui aussi à partir, et il se pouvait très bien que Maggie soit passée chez lui. Peut-être s'y trouvait-elle en ce moment même, s'efforçant, sous prétexte de lui donner un coup de main pour ses cartons, de gagner ses faveurs afin de lui tirer les vers du nez. Rien ne stimulait autant l'ardeur de Maggie qu'un meurtre ou qu'une situation de crise…

Il lui apparut tout à coup, connaissant sa fille comme elle la connaissait, que si Maggie était allée chez Armstrong, ce n'était certainement pas dans l'intention de se montrer serviable, mais bien dans le but de dénicher des éléments susceptibles de l'aider à élucider le double meurtre des Dutta.

Son inquiétude se mua alors en panique. Revenue à sa voiture, elle posa le panier du chat et les diplômes à côté d'elle, sur le siège passager, puis repartit chez Janya, pied au plancher. Tant que les enfants seraient dans la voiture, elle ne pourrait rien faire, mais dès qu'ils seraient à l'abri sur le continent, elle reviendrait sur la presqu'île, fût-ce au risque de se noyer. Il y avait un problème. Plus de doute à présent. Ken et Felo n'étaient pas du genre à s'alarmer pour un rien, c'étaient des policiers aguerris, or s'ils étaient assez inquiets pour tout lâcher et rappliquer en vitesse chacun de leur côté, c'est que quelque chose clochait sérieusement.

Elle se gara aussi près que possible de la porte d'entrée du pavillon des Kapur. Aussitôt, Janya sortit sur le seuil, Lily blottie contre sa poitrine.

— Tu as entendu ce bruit ?

A peine descendue de voiture, Wanda se rua sous la véranda.

— Quoi, le tonnerre ?

— Je n'ai jamais entendu un grondement de tonnerre produire un vacarme pareil !

— Ecoute, je me fais du mouron pour Maggie. Elle n'est pas rentrée chez elle. J'ai sa chatte dans la voiture, et quelques-unes de ses affaires. J'espère qu'elle est en route pour ici, mais je préfère quand même en avoir le cœur net. Je vais te déposer sur le continent pour que tu puisses rejoindre Rishi et je reviendrai ici ensuite, histoire de m'assurer que tout va bien.

Wanda ne jugeait pas utile d'inquiéter Janya, mais c'était sans compter sur la finesse de celle-ci qui n'eut aucune peine à lire entre les lignes.

— Tu ne reviendrais pas si tu ne pensais pas qu'il y a un problème, n'est-ce pas ?

Wanda laissa alors tomber le masque.

— D'après Ken, elle serait allée chez Blake Armstrong…

Pour inspecter la baraque, peut-être. Il se peut qu'elle le soupçonne d'être mêlé au…

Elle désigna Lily du menton.

— A tu sais quoi… Je vais aller voir là-bas, mais sans toi ni les enfants. Je vous ferai d'abord franchir le p…

— J'entends une voiture !

Janya se détourna pour scruter le rideau de pluie, calmant les protestations de Lily en la berçant avec des murmures apaisants.

— Ecoute. Tu l'entends, toi aussi ?

Wanda n'entendait que les trombes d'eau qui dégringolaient des gouttières, mais elle espérait de toutes ses forces que son amie avait raison. Ça ne pouvait pas être Felo, pas déjà. Ken alors ? Il se trouvait peut-être sur le pont au moment où elle l'avait appelé ? Dans ce cas, il pourrait charger les cartons de Maggie dans sa propre voiture.

Ou mieux encore, c'était peut-être Maggie…

Une voiture émergea soudain de la pluie, et un sentiment de déception lui transperça le cœur. C'était la petite BMW de Tracy. Elle s'en voulut aussitôt de sa réaction égoïste. Obnubilée par l'inquiétude qu'elle éprouvait pour sa fille, elle ne s'était pas préoccupée du sort de Tracy. Elle n'était même pas allée jeter un coup d'œil à son pavillon.

La voiture s'arrêta dans l'allée de Janya sans que Tracy fasse mine d'en sortir. Au bout de quelques secondes, Wanda, intriguée, tendit le cou pour voir ce qui se passait : derrière la vitre, Tracy était assise, la tête entre les mains. Ses épaules étaient secouées de sanglots.

— Il y a un pépin, on dirait…

De nouveau, elle pensa à sa fille : Tracy avait-elle appris une mauvaise nouvelle ? Son cœur cessa de battre et, l'espace d'une seconde, elle resta comme paralysée. L'instant d'après, elle faisait le tour de la voiture et ouvrait la portière côté conducteur.

— Qu'est-ce qui se passe ?

Elle passa la tête à l'intérieur ; l'eau s'insinuait dans ses bottes bon marché à travers le vinyle de mauvaise qualité.

— Au nom du ciel, Tracy, dis-moi ce qui se passe ?

Tracy se jeta dans ses bras, manquant les expédier toutes deux dans la gadoue.

— Je… J'ai failli mourir !

— Quoi ?

Wanda l'étreignit de toutes ses forces, autant pour garder l'équilibre que pour la réconforter.

— Qu'est-ce que tu racontes ?

— Le pont…

Tracy redoubla de sanglots.

— Le pont…

— Quoi, le pont ?

— Il s'est effondré !

Il fallut quelques secondes à Wanda pour que son cerveau assimile l'information. Les ponts ne s'effondraient pas, ou alors dans les films catastrophe. Pas dans la vraie vie. Certains étaient conçus pour s'ouvrir, afin de permettre le passage des bateaux. Parfois on les fermait temporairement, dans le cadre de travaux. Ce pont, *leur* pont, avait déjà subi des réparations, mais même pendant la durée du chantier, il était resté ouvert à la circulation. Une voie avait été maintenue dans chaque sens — une vers la presqu'île, l'autre vers le continent. Ce pont ne représentait aucun danger, on le leur avait affirmé, il pouvait sans problème supporter le poids des véhicules, même pendant les travaux. Les usagers ne risquaient absolument rien, on le leur avait *promis.*

— Effondré ?

Sous le choc, elle ne trouvait rien d'autre à dire.

Tracy se remit à pleurer.

— Et tu étais dessus ? lui demanda Wanda en l'écartant d'elle.

— Il s'est ouvert… juste derrière…

Wanda lui pressa les doigts. Fort, très fort. Assez pour couper le souffle à la jeune femme.

— Qu'est-ce qui se passe ? cria Janya depuis la véranda.

— Le pont s'est écroulé ! Tracy était dessus quand c'est arrivé !

Janya, abasourdie, plaqua une main sur sa bouche.

Et tout à coup, l'absence de Maggie trouva son explication dans le cerveau de Wanda.

— Mon Dieu, fit-elle, se sentant blêmir.

Et, serrant Tracy encore plus fort dans ses bras, elle fondit en larmes.

Tracy se sentait hébétée, comme anesthésiée. Elle ne savait même plus comment elle était arrivée jusqu'au lotissement. Elle se souvenait seulement que, tandis que le pont s'effondrait tel un tapis maléfique se dérobant sous ses roues et que le gouffre la rattrapait, elle avait repassé la première et écrasé la pédale de l'accélérateur. Cette fois, la petite BMW n'avait pas calé. Fidèle à sa réputation de mécanique haut de gamme, elle avait bondi en avant, et Tracy avait fini de franchir le pont à tombeau ouvert, en priant pour que les voitures qui la précédaient se soient enfin arrachées du lieu du tournage pour repartir chacune vers sa destination.

Dans sa hâte et sa concentration pour empêcher la BMW de sortir de sa voie ou d'emboutir le véhicule de devant, elle n'avait même pas eu le temps de jeter un regard derrière elle. Avancer, avancer, pour que le gouffre ne la rattrape pas, c'était tout ce qu'elle avait en tête. Ce n'est qu'une fois sur la terre ferme de Palmetto Grove Key qu'elle s'était enfin sentie hors de danger.

Et voilà qu'elle se retrouvait devant le pavillon de Janya, en train de sangloter à s'en faire vomir.

— J'étais sûre… que j'allais mourir ! C'était… ça s'est produit juste derrière moi. Le pont s'est… écroulé dans l'eau. Par pans entiers. On aurait dit des dominos.

Wanda l'aida à s'extraire de la voiture.

— Allons à l'intérieur.

Tandis que Wanda tirait une Tracy frissonnante vers l'avancée de la véranda, des phares trouèrent le déluge et un pick-up émergea du rideau de pluie.

— Marsh !

Tracy mit sa main en visière pour se protéger les yeux.

— Comment a-t-il pu savoir que tu étais ici ? s'étonna Wanda.

Tracy ne répondit pas. Avant que Marsh ait refermé sa portière, elle se jeta dans ses bras.

— Marsh !

— Tracy, Dieu soit loué !

Il l'étreignit si fort qu'il lui coupa le souffle.

— J'ai cru… J'ai cru que tu étais morte. Oh ! Trace, j'ai cru que tu y étais restée !

— Comment savais-tu que j'étais sur le pont ?

— J'ai aperçu ta voiture, loin derrière la mienne, quand je suis sorti dire ma façon de penser à cet abruti de Forbes. J'étais sur l'îlot, je rentrais chez moi quand j'ai entendu le pont céder. Le temps que je fasse demi-tour et que je revienne, le carrefour avait été envahi par une foule hystérique. Je n'ai pas vu ta voiture…

Sa voix se brisa.

— Je n'ai pensé qu'à une chose, venir ici, au cas où. J'ai cru que je t'avais perdue…

— Je vais bien.

C'était un mensonge. En réalité, elle ignorait si elle se remettrait un jour d'une telle frayeur.

— Je vais bien et le bébé aussi.

— Le bébé…

La voix de Marsh se brisa de nouveau et il éclata d'un rire terrible.

— Je n'y ai même pas pensé. Le bébé ! Je ne pensais qu'à toi, à toi seule. J'ai cru… J'ai cru que je t'avais perdue !

— Non, Marsh, tu ne m'as pas perdue…

Elle se libéra difficilement de son étreinte et recula d'un pas afin de le dévisager.

— Mais tu as bien failli. Avant qu'il n'advienne autre chose, il faut que je te dise que je t'aime. Je l'ai compris lorsque je me suis trouvée piégée sur le pont. Notre dispute, cette horrible dispute… Je… Je pensais avoir besoin de plus de preuves de ton amour. Mais je te prendrai tel que tu es, quels que soient tes sentiments pour moi.

— Mes sentiments pour toi ?

A cet instant, les précédentes paroles de Marsh pénétrèrent enfin le cerveau de Tracy.

— Tu as dit que tu avais pensé à *moi*, pas au bébé ?

— Oui, je sais, je vais passer pour un père indigne. Mais cet enfant est encore un inconnu pour moi. En revanche, je ne pouvais pas imaginer — je ne *peux* pas imaginer — ma vie sans toi.

Il s'interrompit.

— Tu m'aimes, Marsh ? C'est bien ce que tu viens de dire ?

Elle avait certainement fait le même aveu à CJ, à un moment ou un autre de leur vie commune. Elle lui avait certainement déclaré ces mêmes mots le jour de leur mariage. Mais jamais elle ne les avait exprimés avec une telle passion.

— En tout cas, *moi,* je t'aime. Je t'adore même, aussi exaspérant que tu puisses être.

Elle se remit à sangloter.

— Trace…, murmura-t-il en lui embrassant les cheveux. C'est que… j'ai commis tellement d'erreurs… Regarde-nous. Nous sommes tellement différents, toi et moi ! J'ai cru que…

— Que je ne te désirais pas assez.

— Oui, quelque chose comme ça…

Il prit son visage entre ses mains et, d'un baiser, effaça une larme, puis une autre.

— C'est pour ça que je t'ai demandé de vivre avec moi. Je pensais que nous arriverions un jour à former une famille, que nous nous réveillerions un jour, forts de la certitude d'un happy end, sûrs que cette fois, le monde ne s'écroulerait pas autour de nous.

— Il a bien failli s'écrouler sur moi, aujourd'hui. Oh ! Marsh, tous ces gens !

— On ignore combien de voitures ont sombré dans l'effondrement du pont.

Elle noua les bras autour de son cou et laissa les paroles s'échapper librement de sa bouche.

— Oui, mais *moi*, je ne suis pas tombée. C'est affreusement égoïste de ma part, mais je suis tellement, tellement contente de ne pas faire partie des victimes ! En roulant le plus vite possible pour retrouver la terre ferme, je n'arrêtais pas de me répéter que je devais vivre pour te dire que je t'aimais. Pour te dire que j'avais enfin compris la force de mon amour et qu'aucune puissance au monde ne pourrait m'empêcher de te le déclarer, quoi que tu puisses me répondre.

— Moi aussi, je t'aime, murmura-t-il.

A l'intonation de sa voix, elle comprit combien cet aveu lui coûtait.

Malgré tout, pour la première fois, elle avait la certitude que c'était vrai.

— Depuis le temps qu'on attendait ça, c'est un peu dommage d'interrompre cette émouvante démonstration d'affection, dit Wanda, mais nous avons des problèmes. Et plus que vous n'imaginez. Premièrement, nous sommes coincés sur l'îlot avec deux enfants en bas âge. Sans pont, impossible de traverser la baie jusqu'à Palmetto Grove. Et le temps qu'on reste ici à spéculer sur la date du mariage et le prénom du bébé, la tempête ne va faire qu'empirer. Marsh, nous devons mettre ces gosses à l'abri et, personnellement, je crois que le meilleur endroit, c'est chez vous.

Marsh n'avait toujours pas lâché Tracy. Ils étaient tous dans un piètre état, trempés jusqu'aux os, les cheveux plaqués sur le crâne, les vêtements collés au corps, mais il la gardait serrée contre lui, incapable de s'en détacher.

— Ce serait le mieux, en effet, acquiesça-t-il. J'ai bien un skiff, mais il n'est pas de taille à négocier des vagues aussi hautes ni les débris du pont. Vous avez parlé d'autres problèmes, lesquels ?

— Eh bien, nous avons perdu certaines personnes sur le pont…

Elle s'éclaircit la voix.

— Mais ce n'est pas le moment d'y penser. Maggie n'est pas repassée chez elle récupérer ses affaires. Là aussi, il y a quelque chose qui cloche. Il se peut qu'elle soit encore en ville, mais d'après Ken, elle serait allée chez Blake Armstrong, histoire de fouiner.

— De fouiner ? Comment ça ?

— Elle pense que Blake a peut-être quelque chose à voir avec le meurtre des Dutta, lui expliqua Tracy.

— Blake ?

Marsh semblait sceptique.

— Comment en est-elle arrivée à cette conclusion ? Pourquoi ?

Tracy se dégagea de son étreinte, horrifiée par la vérité qui soudain se faisait jour dans son esprit.

— Marsh ! Blake et ses associés étaient bien responsables des travaux du pont, n'est-ce pas ? Mon Dieu, mais oui ! Eh bien, je te parie que…

Sa voix se remit à trembler.

— Que quelqu'un n'a pas fait correctement son boulot…

Durant quelques secondes, on n'entendit plus que le vent et la pluie. Des feuilles de palmier balayaient la route et les gouttes de pluie frappaient le pare-brise du pick-up au rythme d'un tam-tam tribal.

Marsh prit la situation en main.

— D'abord, allons tous chez moi. Nous n'y risquerons plus rien et une fois là-bas, nous verrons ce qu'on peut faire.

— Où est Bay ? demanda Tracy, s'apercevant seulement que le petit garçon n'accompagnait pas son père.

— Il est chez son copain Adam, à Palmetto Grove. Je devais le récupérer en rentrant, mais il sera en sécurité là-bas. La maison est pour ainsi dire neuve, à presque deux kilomètres du rivage. Les parents d'Adam prendront soin de lui, mais je dois lui faire savoir que je vais bien. Dès que les médias vont annoncer que le pont s'est écroulé, il va être fou d'inquiétude.

— Bonne chance avec votre portable, dit Wanda. Le mien ne passe plus, et les lignes téléphoniques sont coupées depuis un bail. Est-ce que vous pouvez prendre les affaires de Maggie dans votre pick-up ? Ainsi que le reste de celles de Janya et des miennes ? Tout est dans la maison…

— Moi aussi, j'ai des cartons, dit Tracy. Mais je peux les caser dans ma BMW.

— La voiture de Janya ne démarre pas, mais on peut essayer de la faire démarrer avec des pinces croco.

Dans l'agitation qui suivit, Tracy fut entraînée dans une direction et Marsh dans une autre. Mais à la dernière minute, alors qu'elle remontait dans sa voiture pour se rendre chez elle, il la rattrapa et la serra une dernière fois contre lui.

— Ne t'inquiète pas, on va s'en sortir, lui promit-il. Ma maison en a vu d'autres.

— Y a intérêt ! Parce que je ne veux plus jamais te perdre, Marsh.

Il l'embrassa. Passionnément. Puis, à regret, la laissa monter dans sa voiture.

— Essaie d'appeler sur ton portable, puis allume la radio. Vois si tu peux capter une station. De mon côté, je ferai pareil. Il faut qu'on soit au courant de ce qui se passe. Nous devons savoir ce qui est arrivé au pont. Ensuite, nous nous mettrons à la recherche de Maggie.

Sur ce, il partit chercher ses pinces crocodiles.

Comment pouvait-elle éprouver autant de joie et d'horreur à la fois ? se demanda Tracy. En tout cas, une chose était sûre : tant qu'ils ignoreraient le sort de leurs proches et que la tempête ne se serait pas définitivement éloignée, il n'y aurait aucun changement à espérer du côté de cette bivalence.

28

Maggie reprenait progressivement connaissance. Au début, ce n'était qu'une impression de malaise diffus, comme si, au beau milieu d'un cauchemar, elle s'était emberlificotée dans le drap à force de s'agiter. Puis elle prit conscience des élancements sous son crâne, bien pires que ceux dont elle avait souffert en se réveillant un matin après avoir forcé sur les fantastiques mojitos de Felo. Une douleur atroce, à peine supportable.

Elle essaya d'ouvrir les yeux, mais c'était difficile, puis quand elle y arriva enfin, elle resta dans le noir. Quelque chose les comprimait. Elle voulut lever les mains, pour se débarrasser de ce quelque chose, mais elles refusèrent de lui obéir. Alors la mémoire lui revint.

Blake.

Elle était encore trop groggy pour céder à la panique, et tenta de reconstituer le puzzle de ses derniers instants de conscience. Les informations pénétraient lentement son cerveau. Elle se souvenait d'avoir compris qu'une des photos du séjour dissimulait un coffre-fort. Et lorsqu'elle s'était retournée pour chercher la télécommande qui l'actionnait, elle s'était retrouvée face à face avec Blake qui brandissait une lourde lampe.

Elle se rappelait parfaitement l'expression de son visage. La dernière chose qu'elle avait enregistrée avant de perdre connaissance. Fureur et haine… Elle n'en revenait pas d'être encore en vie.

Comment avait-elle pu se faire avoir aussi bêtement ? Elle était flic, bon sang ! Et elle s'était pourtant introduite dans la maison tous les sens en alerte, l'œil et l'oreille aux aguets. Seulement, alors que s'achevait sa perquisition illégale, son attention s'était relâchée un instant et son esprit s'était focalisé sur autre chose. Intriguée par la photographie qui détonnait parmi les autres, elle avait cherché à se remémorer l'endroit où elle l'avait vue pour la première fois. Les hurlements du vent avaient fait le reste.

Elle avait à présent les mains ligotées dans le dos et toutes ses tentatives pour remuer les pieds lui indiquaient qu'eux aussi étaient attachés. L'obscurité totale signifiait qu'on lui avait bandé les yeux et le mauvais goût dans sa bouche signalait la présence d'un bâillon. La personne qui l'avait arrangée ainsi — le nom du candidat idéal clignotait dans sa tête — n'avait pris aucun risque. Elle était littéralement rivée au sol, ce qui rendait le moindre mouvement impossible. Elle n'irait nulle part, cela ne faisait aucun doute.

Elle rectifia immédiatement cette pensée pessimiste ; ce n'était pas le moment de tirer des conclusions hâtives et désespérées. Certes, elle était ligotée comme un saucisson, mais ces liens n'étaient pas forcément tous très serrés. Elle tordit ses mains dans tous les sens pour faire un test et sentit que la corde avait du jeu — un jeu infime, mais suffisant pour lui redonner un peu d'espoir. Entre ses paumes, il y avait un espace, quelques millimètres à peine, mais c'était assez pour passer de l'idée d'une libération « impossible » à celle d'une libération « envisageable, même si elle n'était pas gagnée d'avance ».

Ce léger défaut dans la façon dont on l'avait attachée constituait sa meilleure chance de s'échapper — la seule, en réalité. De nouveau, elle remua les mains, mais avec une attention plus aiguë. Apparemment, estima-t-elle alors, la solution la plus efficace était d'imprimer un mouvement de rotation à sa main droite. De la faire glisser vers le haut par frottement. Si elle arrivait à la remonter assez pour passer le pouce par-dessus ses liens, il était fort possible qu'elle puisse faire glisser assez la corde pour dégager le reste de sa main. Ensuite, elle pourrait agir.

C'était plus facile à dire qu'à faire… Elle parvint à remonter sa main, d'un centimètre peut-être, avant de se retrouver bloquée. Sans désemparer, elle reprit son mouvement de rotation des deux mains jusqu'à ce que la corde se desserre encore un peu. Elle put ainsi dégager sa main de quelques nouveaux millimètres.

Elle progressait. Lentement et sans aucune garantie de réussite. Néanmoins, c'était encourageant.

Elle parvint encore à remonter sa main de cinq millimètres. Tout en s'activant, elle tendait l'oreille dans l'espoir de déterminer sa localisation exacte. Elle entendait le bruit de la pluie, terme bien faible pour décrire les précipitations cataclysmiques qui précèdent l'arrivée imminente d'un ouragan. Des trombes d'eau. Des cataractes. Un véritable déluge. Pourtant, ce débordement du ciel ne la mouillait guère plus qu'elle ne l'était déjà. Elle était trempée, état dû au fait qu'elle avait fait le guet sous la pluie avant d'entrer dans la maison, mais son visage ne recevait qu'une petite bruine.

Le vent mugissait de façon effrayante, et elle sentait l'effet des bourrasques sur son visage, mais elle avait la certitude de ne pas être directement exposée à la violence des éléments. Elle entendait des heurts, comme si de petits objets venaient s'écraser sur une surface, et des grattements non loin de l'endroit où elle gisait, ligotée.

Elle devait être dans un endroit proche de l'extérieur. Pas douillettement à l'abri d'une maison comme celle de Blake, où les murs doublés de panneaux isolants atténuaient le vacarme de l'orage et du vent. Non, ici, l'air était humide, aucun système de climatisation ne régulait son hygrométrie. On l'avait peut-être entreposée tel un morceau de bois flotté dans une remise ou un hangar à bateaux... Un endroit qui laissait passer le vent et la pluie, mais de façon très légère. Une construction de bois, sans doute, dont les planches étaient grossièrement jointes... Elle tenta alors de se remémorer les dépendances de la propriété en bord de plage, mais sans succès. Elle se trouvait peut-être dans le garage par lequel elle s'était introduite ? Non, cela ne se pouvait pas. Elle gardait le souvenir d'un local très soigneusement calfeutré, très confortable...

Le vent soufflait avec une telle force que quelqu'un aurait pu murmurer ou même s'approcher d'elle à pas feutrés sans qu'elle s'en aperçoive. Elle avait l'impression d'être seule, mais ça n'était pas une certitude. Après tout, elle s'était bien crue seule dans la maison... Cela ne l'empêchait pas de s'activer, essayant désespérément de dégager sa main droite des liens qui l'enserraient. Son pouce n'arrivait toujours pas à toucher la corde mais, pour garder le moral, elle se persuadait qu'elle progressait.

Plusieurs minutes s'écoulèrent ainsi. Sa main remontait peu à peu ; le vent hurlait de plus en plus fort. Enfin, son pouce effleura la corde et un fol espoir l'envahit. Rien ne garantissait qu'une fois son pouce glissé par-dessus la corde, elle parviendrait à accomplir quoi que ce soit, mais c'était déjà bien. Avec un pouce libre, on pouvait tâter un nœud. Avec un pouce libre, on pouvait le desserrer suffisamment pour fournir le passage à un autre doigt. Des pouces opposables : voilà ce qui différenciait l'homme de ses frères animaux. Voilà ce qui avait fait de lui au fil de l'évolution un *Homo faber*.

Soudain, une main lui arracha son bandeau. Elle en hoqueta de surprise, aspirant le bâillon qui s'enfonça dans son gosier, puis se mit à tousser.

Le bâillon lui fut également retiré et le responsable de ces deux actions fit un pas en arrière.

— Alors, on s'est réveillée avec le mal de crâne du siècle, je parie ?

Prise d'une forte quinte de toux, elle ne répondit pas immédiatement, mais leva les yeux vers son geôlier, le cœur battant à tout rompre, et laissa sa vue s'accoutumer à la luminosité ambiante. Blake lui apparut tout d'abord comme une ombre, puis ses traits se précisèrent peu à peu.

— Il faut absolument que je me fasse déboucher les oreilles, dit-elle quand la quinte fut passée, je n'entends plus rien de ce qu'on me dit.

— Garde ton fric. Ça ne te gênera plus longtemps.

— Cette lampe avait l'air toute neuve, dis donc. Ton proprio ne va pas apprécier.

— Comment ? Pas de larmes, pas de supplications ?

— Je ne pense pas que tu me croirais si je te promettais de garder le silence sur notre petit secret ?

— Je t'aimais bien, Maggie. Pourquoi est-ce qu'il a fallu que tu continues à fourrer ton nez partout ?

— C'est génétique. D'ailleurs, si jamais je devais soudainement disparaître, mon père prendrait le relais. Ainsi que mon petit ami. Je lui ai dit que je venais ici.

Elle était convaincue que montrer sa peur à Blake ne ferait qu'accroître son sentiment de puissance, aussi s'efforçait-elle de ne pas céder à la panique et de conserver un ton décontracté.

— Un ouragan arrive sur nous. Tu t'imagines qu'ils vont trouver trace de quoi que ce soit ?

— Ça dépend de tes projets…

A ce moment-là, un autre homme émergea de la pénombre. Plus dégingandé, plus âgé aussi. La pluie avait plaqué sur son crâne luisant les quelques cheveux qui lui restaient. Ned Bournes. L'homme de l'éloge encadré dans le bureau et du sachet abandonné de barres chocolatées.

— Vous m'avez l'air d'un type assez équilibré, Ned. Vous vous rendez certainement compte que mon kidnapping ne fera qu'aggraver les choses ?

— Elles ne pourraient guère être pires que ce qu'elles sont, répliqua Blake.

— Pourquoi tu lui as enlevé le bandeau et le bâillon ?

— Le bâillon, je vais le lui remettre. Elle s'étouffait. Mais pas le bandeau. Elle va marcher jusqu'au bateau.

Tout en écoutant attentivement les deux hommes discuter, Maggie faisait le point sur son environnement, maintenant qu'elle y voyait. Le bâtiment où elle se trouvait était vaste et délabré. Elle apercevait la pluie qui tombait à torrents par un trou dans la toiture et par les fenêtres aux carreaux sales et brisés. Des toiles d'araignées pendaient de la partie la plus sèche du plafond qui se résumait à quelques traverses soutenant un toit pointu. A peut-être quinze mètres, une table cassée gisait sur le côté, et plus près d'elle, il y avait plusieurs chaises renversées.

Ils ne pouvaient pas l'avoir emmenée bien loin. Elle fouilla sa mémoire à la recherche des bâtiments abandonnés se situant dans les parages immédiats de la maison de Blake.

Le campement de pêcheurs…

Elle était passée devant l'ancien camp déserté de très nombreuses fois, depuis son installation à Happiness Key, mais sans guère y prêter attention. Elle s'efforça de se remémorer la construction branlante à moitié calcinée qui avait jadis abrité un bar et une boutique d'articles de pêche, sur une étroite crique du golfe aux eaux peu profondes. C'était maintenant un des points de ralliement où les guides faisaient embarquer les touristes pour les emmener pêcher en haute mer. D'autres fois, ils les conduisaient de l'autre côté de la baie, à un endroit où ils pouvaient pratiquer une pêche plus calme, parmi les îles de mangrove qui ponctuaient le rivage. Ce terrain devait être protégé depuis que quelqu'un — Wild Florida peut-être, voire l'Etat de Floride — l'avait racheté à ses propriétaires des années auparavant. Toutefois, les vestiges de l'ancien campement n'avaient pas encore été déblayés.

— Tu vas la laisser marcher jusque là-bas ? demanda Ned d'un ton incrédule. Tu n'as pas peur qu'elle essaie de s'enfuir ?

— Elle peut toujours essayer, on la rattrapera. Ça pourrait même être marrant…

— Mais on risque de nous voir ! Remets-lui le bâillon et laissons-la ici. Le coin va être inondé par la mer.

— C'est ça, on la laisse se noyer ici, parée comme un porc au barbecue ! Parce que tu t'imagines peut-être que ça passera pour un accident, si jamais on retrouve son corps ? Et on ne peut pas non plus la détacher : elle est pleine de ressources, cette petite. Dès qu'on aura le dos tourné, elle se débrouillera pour trouver du secours en moins de temps qu'il n'en a fallu à notre pont pour s'effondrer.

— Il doit y avoir une autre solution.

— Oui. Fracasse-lui un truc sur le crâne ! C'est à ton tour de te salir les mains… Et assène-lui un bon coup, cette fois.

Blake leva un sourcil agacé devant l'expression douloureuse du visage de son complice.

— Mais avant ça, continua-t-il, vois si tu peux trouver une bonne raison pour justifier sa présence ici ; une raison qui n'ait rien à voir avec nous. Si tu arrives à dégoter quelque chose de valable, on aura peut-être la chance que les flics arrivent à la même conclusion quand ils la retrouveront dans ce tas de ruines, le crâne défoncé et sans une goutte d'eau dans les poumons. Dans le cas contraire, je maintiens que la tuer *ici* ne serait vraiment pas très malin.

— C'est me tuer tout court qui ne serait pas malin, intervint Maggie. Parce que vous êtes déjà dans un sacré pétrin, les gars, et quel que soit votre plan, plus vous laisserez de cadavres dans votre sillage, plus vous avancerez votre rendez-vous avec la chaise électrique.

— Et si nous ne laissions aucun cadavre qui puisse être relié à *nous* ? C'est une idée qui me plaît bien.

— Et les Dutta ? Même si je disparais, quelqu'un d'autre reprendra ma piste, ce n'est qu'une question de temps.

— Ferme-la !

— Qu'est-ce que tu as dit tout à l'heure, au sujet du pont ?

— Ta gueule !

Blake la gifla avec une telle rapidité qu'elle n'eut même pas le temps de fermer les yeux.

Elle poussa un gémissement étouffé, mais se retint de crier. Ses deux années passées au bureau du shérif lui avaient appris un principe essentiel : ne jamais donner aucune satisfaction à ses bourreaux. Quand elle recouvra l'usage de la parole, elle regarda Ned droit dans les yeux.

— Vous tenez vraiment à rester associé à ce type ?

De nouveau, Blake leva la main pour la frapper mais Ned lui retint le bras.

— Arrête ! On n'a pas de temps à perdre. Il faut qu'on se tire d'ici tant que c'est encore possible.

— Alors, on est obligés de l'emmener.

— Aucune personne de mon entourage n'a les moyens de vous payer une rançon, fit remarquer Maggie.

Blake la foudroya du regard.

— Ça ne sera pas nécessaire.

— Elle a raison, Blake, ce n'est qu'une question de temps ! Il faut qu'on revoie nos plans. On va forcément nous faire porter le chapeau. Pour tout. Et c'est vrai, la tuer ne fera qu'aggraver notre cas. Le pont, le coiffeur…

— Ta gueule, toi aussi !

Blake le repoussa violemment et Ned, qui faillit tomber en arrière, se rattrapa de justesse.

— Ecoute ! Soit tu m'aides à la faire monter sur le bateau, soit tu restes ici et tu assumes les conséquences de tes actes, quelles qu'elles soient. Mais tout seul ! Parce que moi, je serai parti depuis longtemps.

— Ne le laissez pas faire ça, Ned ! Soyez raisonnable !

Mais Ned, visiblement apeuré, se contenta de secouer la tête.

— Ce n'est pas possible, on est allés trop loin…

— Quant à toi, Maggie, tu vas aller profond ! lança Blake. Aussi profond que possible.

Il se baissa et entreprit de défaire la corde qui lui attachait les pieds. Elle attendit qu'il ait fini pour lui décocher un coup de pied qui l'atteignit à la poitrine, bien qu'il ne fût pas aussi fort qu'elle l'avait espéré. Au même moment, elle se mit à hurler, tout en songeant que c'était inutile — il aurait fallu quelqu'un dehors pour l'entendre.

— Tiens-lui les genoux ! ordonna Blake à Ned lorsqu'il retrouva son équilibre et sa respiration.

L'autre hésita quelques secondes. Maggie espéra durant ce très court moment qu'il était en train de reconsidérer le plan de Blake, mais en définitive il lui saisit les jambes et l'immobilisa, le temps que Blake termine ce qu'il avait commencé.

L'installation dans la maison de Marsh s'accomplit de façon aussi rapide et efficace que possible. Malgré tout, un certain temps s'écoula avant qu'ils ne se mettent en quête d'un moyen de communication. Il leur fallait avertir le plus de leurs proches possible qu'ils étaient tous à l'abri et hors de danger. Ils ignoraient encore dans quelles proportions le pont s'était écroulé, et qui étaient les victimes de l'accident.

Aucun de leurs téléphones portables ne captait de réseau, et ni l'autoradio de Marsh ni celui de Tracy ne recevait de signaux assez forts pour qu'ils perçoivent autre chose que des bribes de bulletins d'informations. Seuls les mots « Phyllis », « pont » et « Derek Forbes » leur parvenaient de façon audible. « Morts » aussi. Ils passèrent en revue toutes les stations, mais rien n'y fit. La seule qui leur parvenait clairement était une station de variétés que n'interrompait aucun flash d'informations, comme si quelqu'un avait calé en boucle tout un programme d'Anne Murray et de Barry Manilow, avant de filer se réfugier dans une zone plus en hauteur.

Janya emmena les enfants au premier étage afin de leur installer des couchages dans la chambre de Bay. Tracy transporta ses affaires dans celle de Marsh et Wanda prit une des chambres d'amis. Pendant ce temps, Marsh s'occupa de rétablir le gaz et l'électricité.

Une fois les véhicules vidés et tous les cartons entreposés dans la maison, ils se retrouvèrent dans le séjour où chacun se vit assigner une tâche bien précise. Chargée de leur constituer une réserve d'eau potable, Tracy remplit deux baignoires ainsi que tous les récipients qu'elle put trouver, en prévision du moment inévitable où le courant serait coupé. La pompe cesserait alors de fonctionner. De son côté, Wanda prépara une grande quantité de café, puis des œufs durs et des pommes de terre bouillies avant d'enfourner des découpes de poulet encore congelées. En cas de coupure d'électricité, ce serait déjà ça de prêt pour leurs repas et ils pourraient toujours terminer de faire cuire les aliments sur des braises de charbon de bois, dans la cheminée. Marsh rassembla toutes les lanternes, torches électriques et autre matériel d'urgence. Même Vijay mit la main à la pâte en apportant jusqu'à la cheminée du petit bois qu'il allait chercher dans un panier, près de la porte. Pendant ce temps, Janya s'occupait de faire les lits et de sortir des serviettes de toilette, tout en veillant sur Lily.

Quand tout le monde eut terminé, ils se réunirent de nouveau dans le séjour.

— Je sais qu'il y a encore des choses à faire ici, dit alors Wanda, mais moi, je pars à la recherche de ma fille. Et je vais commencer par aller voir chez Blake Armstrong.

Tracy n'avait pas eu une seule seconde pour s'entretenir avec Marsh en privé. Elle doutait qu'il crût Blake Armstrong mêlé d'une quelconque façon à la disparition de Maggie. Blake faisait un criminel bien improbable et il pouvait y avoir des dizaines de raisons pour lesquelles Maggie n'était pas revenue à Happiness Key. Elle se trouvait peut-être en ce moment même à Palmetto Grove, en train d'espérer qu'ils allaient tous bien, ou pire, elle était sur le pont lorsque celui-ci s'était effondré, quoique l'horaire ne semblât pas coïncider.

Cependant, Marsh la surprit par sa réaction.

— Si l'entreprise Cardrake Brothers avait fait son boulot correctement, le pont ne se serait jamais écroulé ! Il est clair qu'ils ont employé des matériaux de qualité médiocre ou pris des libertés par rapport au projet qu'ils avaient initialement soumis à la municipalité, leur objectif étant manifestement de passer en dessous du budget prévu afin d'obtenir le contrat de construction du nouveau pont. Manœuvre qui, jusqu'à présent, leur avait parfaitement réussi. Mais ils ont parié sur le fait que l'ancien pont tiendrait le coup jusqu'à ce que le nouveau soit bâti, et ils ont perdu. Il se peut que Maggie ait découvert quelque chose durant ses investigations à propos des Dutta et qu'ils s'en soient rendu compte…

Tracy comprit avec soulagement qu'elle n'allait pas devoir plaider la cause de Maggie.

— Où devons-nous la chercher d'après toi, et comment faut-il nous y prendre ?

— Je peux commencer par aller chez Armstrong.

— Pas d'accord ! protesta Wanda. Même avec un tank, vous ne m'empêcherez pas d'aller là-bas !

— Je viens moi aussi, dit Tracy. De cette manière, nous pourrons nous déployer.

— Ça se déchaîne dehors, les prévint Marsh.

— Peut-être, mais je suis en pleine forme, lui rappela Tracy, et tout à fait capable d'estimer moi-même ce que je suis en mesure de faire ou de ne pas faire.

Il lui adressa une ébauche de sourire, juste assez pour lui faire comprendre qu'il avait saisi le message.

— Pigé… Janya, vous voulez bien passer les placards en revue pour faire le point sur les aliments qui n'ont pas besoin d'être cuits ? Vous pourriez peut-être ranger toutes ces provisions sur le plan de travail, près du four à micro-ondes, de façon à ce qu'on puisse les trouver facilement quand il n'y aura plus d'électricité. Faites cuire tout ce qui vous dit ainsi qu'aux enfants pendant que c'est encore possible. J'ai un générateur, mais nous allons devoir économiser le carburant. Nous ignorons combien de temps nous allons devoir rester confinés ici avant que la baie soit assez calme et le temps assez clair pour pouvoir embarquer sur mon skiff ou sur un canot de sauvetage.

Ils enfilèrent les tenues de pluie qu'ils avaient ôtées en arrivant et montèrent dans le pick-up de Marsh. Tracy prit place à côté de lui et Wanda sur le siège arrière.

— Je pense que nous devrions nous introduire chez Blake par effraction, suggéra Tracy.

Marsh ne se montra guère emballé par cette idée.

— Commençons d'abord par inspecter les alentours… Et s'il faut en venir là, j'entrerai seul. Si ce type s'en est pris à Maggie, je n'ai pas envie que vous tombiez dessus.

Tracy perçut l'inquiétude de Marsh à son égard et malgré l'angoisse de la situation, cette marque d'intérêt lui réchauffa le cœur. Wanda s'acharnait sur les touches de son téléphone portable, dans l'espoir de joindre Ken ou quelqu'un d'autre sur le continent.

— Mon héros…, dit Tracy en se penchant affectueusement vers lui.

Il lui sourit, mais se rembrunit aussitôt en s'engageant dans l'allée qui menait à la maison de Blake.

— Elaborons un plan avant de sortir… Quelles chances avons-nous qu'il y ait encore quelqu'un ? Il vaut mieux commencer par s'en assurer…

Wanda referma son portable d'un coup sec.

— Je n'arrive pas à joindre qui que ce soit sur le continent. Je tombe sur un message qui me dit que toutes les lignes sont saturées, quand j'arrive à obtenir quelque chose !

— Il est peu probable que nous parvenions à joindre quelqu'un tant que la tempête ne sera pas passée. Mais dès que nous aurons terminé nos recherches, nous irons voir un vieux bonhomme qui habite non loin du pont. C'est un ami à moi et il possède une C.B.

— Ça fait très années 1950, lança Tracy.

— Il reste encore pas mal de radioamateurs dans le coin, et de nos jours certains utilisent un matériel de très haute technologie. Ces appareils ont été d'une aide inestimable durant le passage de Katrina. Ce type vit plus ou moins en ermite : de ce fait, il y a peu de risques pour qu'il ait quitté les lieux. Il s'est peut-être déjà mis en contact avec la police.

Tracy ouvrit sa portière mais il l'arrêta d'une main sur son bras.

— Soyez très prudentes, Wanda et toi. Ne prenez pas de risques inutiles. Personne ne s'en portera mieux.

Tracy hocha la tête.

— Allons voir ce que nous pouvons trouver…

Ils n'avaient pas fait plus de dix pas que la difficulté de leur mission leur apparut clairement. La pluie avait faibli, mais le vent soufflait si fort qu'ils avaient du mal à garder l'équilibre. Ils parvinrent péniblement à la porte d'entrée en se cramponnant les uns aux autres. Comme un fait exprès, le ciel s'obscurcissait de plus en plus, à tel point qu'on se serait cru en pleine nuit.

Arrivé sur le perron, Marsh appuya sur la sonnette ; puis il tambourina des deux poings sur la porte. Comme ils s'y attendaient, personne ne répondit.

— Elle est peut-être encore à l'intérieur ! cria Wanda.

Tracy tenta d'ouvrir la porte, mais celle-ci était fermée à clé.

— Je vais avoir du mal à casser un carreau, dit Marsh. Les fenêtres sont toutes protégées par des barreaux. Je vais faire le tour de la maison pour voir comment ça se présente à l'arrière.

Wanda acquiesça d'un hochement de tête.

— Moi, je vais remonter la route. Si Maggie est venue fouiner dans le coin, elle n'a sûrement pas laissé sa voiture à un endroit visible.

— Pourquoi n'attendez-vous pas qu'on ait fini ici ? suggéra Marsh. Nous reprendrons le pick-up et nous chercherons sa voiture ensemble.

— Je ne peux pas rester plantée sans rien faire pendant que vous cherchez à vous introduire dans la maison.

— Je vais avec Wanda, décida Tracy. A deux, ce sera plus facile de rester debout.

Ils se séparèrent. Tracy et Wanda redescendirent l'allée tandis que Marsh contournait la maison.

Elles avançaient contre le vent, courbées en deux.

— Il y a un truc qui cloche, je le sais, dit Wanda au bout d'une minute. Une mère sent ces choses-là.

— Une mère s'inquiète toujours, mais ce n'est pas pour autant qu'elle a raison.

Même lentement, elles avançaient, scrutant du regard le bord de la route, bravant les bourrasques, mais jusque-là, il n'y avait rien à voir hormis des arbres malmenés par le vent. Tracy se sentit fatiguée, mais cela ne l'empêcha pas de persévérer.

Elles progressaient sans prendre de risques, restant assez éloignées des arbres pour limiter le danger, quand tout à coup une section de tôle large de deux mètres s'envola de la plage, les manquant d'à peine quelques dizaines de centimètres. La plaque fut arrêtée, du moins pour un temps, par un des lagerstroemias qui formaient une petite haie le long de la route.

— Ce n'est pas une bonne idée, dit Tracy, le cœur dans la

gorge. Nous n'aurions pas dû nous aventurer sur la route sans protection. Marsh avait raison. Nous ferions mieux de rebrousser chemin et de reprendre les recherches avec le pick-up.

— Si Maggie a cherché à dissimuler sa voiture, elle a dû rouler un peu plus loin. A un endroit où elle pouvait se garer sans se faire remarquer. Ensuite, elle sera revenue sur ses pas.

— Nous demanderons à Marsh de rouler dans cette direction.

Alors qu'elle fixait la tôle pour tâcher de comprendre d'où elle avait pu surgir, Tracy aperçut un autre reflet métallique, juste derrière les lagerstroemias dont les inflorescences arrachées par le vent tourbillonnaient dans l'air en folie. Elle tira sur la manche de Wanda pour la forcer à s'arrêter, et tendit l'index en direction du reflet. Wanda mit sa main en visière pour voir.

Derrière le bosquet aux branches ployées par le vent, on distinguait à peine l'arrière de la berline de Maggie. Cachée là par sa propriétaire ou, pire, par quelqu'un d'autre qui ne tenait pas non plus à ce qu'on la découvre.

29

Même sans son expérience d'inspecteur de police et son diplôme de criminologie, Maggie aurait deviné la suite des événements. Les deux hommes avaient un bateau et ils allaient l'emmener avec eux, direction le continent, sauf qu'ils y débarqueraient à deux au lieu des trois de départ. Quelque part au milieu de la baie, ils la balanceraient par-dessus bord. La seule question qui se posait était de savoir s'ils tablaient sur la fureur des éléments déchaînés pour lui régler définitivement son compte ou s'ils donneraient un coup de pouce à Dame nature.

Consciente de sa naïveté, elle espérait quand même qu'ils opteraient pour la première solution. S'ils la jetaient à l'eau encore consciente, en la libérant de ses liens — mais cela faisait déjà beaucoup de « si » —, elle avait une chance de se battre et de s'en sortir. Elle était excellente nageuse, ce dont, malheureusement, Blake risquait de se souvenir puisqu'elle le lui avait confié lors de leurs conversations destinées à « faire plus ample connaissance ». Cela dit, être bonne nageuse ne suffirait pas face à des vagues soulevées par l'arrivée d'un ouragan. Son seul espoir de survie était de garder la tête hors de l'eau suffisamment longtemps pour être rejetée sur le rivage. Malgré tout, il y avait une chance pour qu'elle en réchappe. Et de la chance, elle allait en avoir besoin.

Elle se débattit pour empêcher les deux hommes de la mettre debout et donna un coup de pied à Blake qui la gifla de nouveau.

— Continue comme ça et on te traînera jusqu'au bateau par les cheveux ! rugit-il.

Elle ne doutait pas qu'il fût sincère, ni qu'il y prendrait un plaisir pervers.

Tout son corps se ressentait cruellement d'avoir été attaché mais le pire, c'était sa tête. Il lui fallait oublier la douleur, ou plutôt l'accepter. La douleur lui prouvait au moins qu'elle était toujours vivante, et il lui fallait s'en réjouir ; ça n'allait pas forcément durer.

Elle tâcha alors d'accueillir de façon positive le reflux du sang dans ses membres et la douleur lancinante dans son dos, là où ses poings liés lui étaient rentrés dans le corps tout le temps qu'elle était restée ligotée à l'un des piliers, là-bas, au campement de pêcheurs.

Lorsqu'ils parvinrent enfin à la mettre debout, la nausée menaça de l'envahir, lui faisant presque regretter de ne pas être plus malade. Elle aurait adoré restituer tout son repas sur les coûteuses chaussures de bateau que portait Blake.

— Qu'est-ce qui vous fait croire que vous allez réussir à atteindre Palmetto Grove en pleine tempête ? Votre plan est criblé de failles.

— Remets-lui le bâillon ! ordonna Blake à Ned.

Ned lui lâcha le bras afin de tâtonner par terre à la recherche du bout de chiffon. Le poignet de Maggie frôla alors la poche de son coupe-vent à l'intérieur duquel elle sentit un infime renflement. Les deux hommes l'avaient très certainement fouillée, durant son évanouissement, mais ils avaient négligé un petit objet enfermé dans la poche intérieure du vêtement. La bosse familière que faisait son téléphone portable dans la poche de son jean avait disparu. Quant à ce que contenait la poche intérieure de son coupe-vent, elle ne s'en souvenait pas. Sûrement pas ses clés de voiture. Elle se rappelait les avoir laissées sous le siège avant.

Combien de temps s'était-il écoulé depuis qu'elle s'était engagée dans l'allée de la maison de Blake ? Le ciel était sombre à présent, si sombre que la nuit était peut-être déjà tombée. En ce moment, le soleil se couchait aux alentours de 18 h 30. Se pouvait-il qu'il fût si tard, voire encore plus tard ? Elle n'avait pas la moindre idée du temps durant lequel elle était restée inconsciente. A en juger par la raideur de son corps et l'engourdissement de ses membres, pas mal de temps. Mais la couleur du ciel était peut-être due aux nuages qui oblitéraient toute luminosité et l'après-midi n'était peut-être pas si avancé. La tempête avait gagné en intensité. Elle s'abattrait sans doute bientôt sur eux.

De nouveau, elle tenta de se remémorer ce que contenait la poche intérieure de son coupe-vent. Peine perdue.

Ned la saisit de nouveau par le bras ; puis comme elle se débattait, il plaça ses mains en étau sur la corde qui lui liait toujours les poignets. Maggie la sentit céder un peu plus.

Mais était-ce suffisant pour se libérer ?

— Donne-moi ça ! ordonna Blake à Ned qui lui tendit le bâillon.

Il appliqua le morceau de tissu sur la bouche de Maggie tandis qu'elle continuait à résister, et lui décocha un violent coup de pied dans le tibia lorsqu'elle tenta de le mordre.

— Arrête ! hurla Ned. Tu veux laisser des traces qui prouveront qu'elle a été frappée avant de mourir ?

— Parce que tu crois qu'un corps ballotté par les marées ne va pas aller se cogner contre les rochers ?

— Je regarde les émissions d'investigation ! Et tu devrais peut-être en faire autant. Un médecin légiste a les moyens d'établir si les blessures ont été infligées avant ou après la mort !

— Tu te crois dans un épisode des *Experts à Palmetto Grove* ou quoi ?

— Je crois surtout que tu devrais te concentrer sur ce que tu fais !

— Pourquoi moi ? Je n'ai pas monté ce coup tout seul ! Il s'agit de sauver notre tête et ça se joue maintenant, Ned, alors écoute-moi bien… On se débarrasse d'elle. On veille à ce que rien — rien, tu m'entends ? — ne puisse nous relier au coiffeur et à sa femme. On plaide l'ignorance au sujet du pont en affirmant que de notre côté, on a fait notre boulot comme on était censés le faire et on fait porter le chapeau aux entrepreneurs.

Ces gars nous ont arnaqués. Ils nous ont menti. Notre seule faute professionnelle a été de ne pas nous apercevoir de leurs agissements.

— Comme si la police allait gober un truc pareil ! Les mecs qui ont réalisé le chantier bossaient aussi pour Cardrake, je te rappelle ! Personne ne va croire à tes salades !

— Alors trouve autre chose de mieux !

Par terre, Maggie respirait difficilement. Elle craignait d'avoir une côte fracturée. Elle pria pour que Ned trouve un meilleur plan, un plan qui n'implique pas de la tucr, mais elle sut que sa prière ne serait pas exaucée lorsqu'elle l'entendit déclarer :

— Finissons-en. Mais essaie d'avoir moins l'air de t'amuser, ça me dérange.

Blake se lança dans une tirade profane que Maggie aurait pu trouver comique en d'autres circonstances. Mais il était clair qu'il était à bout de nerfs. Si elle le provoquait exagérément, il risquait de la tuer sur-le-champ pour jouir des brefs instants de soulagement que lui procurerait sa mort.

Ned l'empoigna par un bras et Blake la remit debout d'une poigne d'acier.

— Et toi, arrête de m'énerver ! lui hurla-t-il dans les oreilles, comme si le bâillon l'empêchait d'entendre correctement.

Elle lui aurait volontiers répliqué qu'à ce stade, son comportement tenait davantage de l'hystérie, mais l'heure n'était plus à la communication. Elle se contenta de le fixer d'un regard calme, jusqu'à ce qu'il la pousse pour la faire avancer.

Elle s'efforçait de traîner les pieds au maximum et de trébucher sur tous les obstacles du chemin, grappillant chaque fois quelques précieuses secondes. Dès qu'ils sortirent de leur abri de fortune, elle fut immédiatement trempée. Le vent gémissait et les enveloppa comme une créature vivante, les soulevant presque du sol.

Elle ignorait à quelle distance se trouvait le bateau. Espérant qu'ils finiraient par croiser quelqu'un, elle continuait à trébucher, à traîner les pieds, et heurta, involontairement cette fois, un morceau de bois flotté que les deux hommes n'avaient pas dégagé du chemin. Elle tomba à genoux. Une fine ligne argentée courait à l'horizon, le soleil achevait sans doute de se coucher. Blake et Ned avaient attendu ce moment-là par mesure de prudence : l'ouragan n'était pas encore arrivé sur l'île, le crépuscule prenait fin et la baie restait encore navigable, quoique l'entreprise ne fût pas sans risque.

Ned la remit debout en la soulevant par la corde qui enserrait ses poignets et Maggie la sentit céder encore un peu. Ils la poussèrent en avant et, de nouveau, elle s'efforça de trébucher, mais sa tactique resta cette fois sans effet : les deux hommes la soutenaient fermement.

Ils ne se parlaient plus. Ils ne se seraient pas entendus dans le vacarme de la tempête, mais de toute façon ils ne devaient plus rien avoir à se dire. Elle regrettait de ne pas avoir fait remarquer à Ned, quand elle en avait encore la possibilité, que si Blake comptait la tuer pour l'empêcher de parler, il serait tout aussi disposé à se débarrasser de lui, son complice. De toute évidence, Blake était la tête pensante du duo et le bateau et la tempête lui fourniraient peut-être l'occasion de faire d'une pierre deux coups.

Chaque fois qu'un éclair illuminait le ciel, ce qui se produisait par intermittence dans le lointain, elle tentait de se repérer. Elle s'était attendue à être jetée dans une voiture afin de traverser l'îlot jusqu'au bateau amarré du côté de la baie. Mais maintenant qu'elle arrivait à s'orienter, elle s'aperçut qu'ils se dirigeaient vers Happiness Key, et elle comprit pourquoi. La foudre frappa encore une fois et elle vit s'ouvrir devant elle le petit canal ensablé où les guides attendaient les touristes avec leur bateau, pour les emmener au large du golfe. Une embarcation était ancrée près de l'embouchure. Un yacht de croisière, à première vue.

Ils n'étaient pas assez près pour qu'elle puisse avoir un aperçu de la taille du bateau, mais il devait être grand pour que Blake soit prêt à prendre le risque de s'embarquer dessus. Partir d'ici signifiait qu'il devrait naviguer dans les eaux du golfe puis, très probablement, sur l'un des canaux d'eau salée qui traversaient l'île à l'extrémité la plus proche du pont. A moins, solution encore plus hasardeuse, qu'il ne veuille faire le tour de l'île par le large afin d'éviter les bancs de sable et les eaux peu profondes, souvent traîtresses, puis contourner la pointe pour s'engager dans la baie et mettre le cap sur Palmetto Grove.

A quel endroit exactement la balancerait-il par-dessus bord ? Elle tenta d'imaginer le pire scénario, celui qui lui laisserait le moins de chances d'en réchapper. En même temps, ses supputations n'avaient aucune importance, puisque Blake s'assurerait qu'elle soit inconsciente au moment où il se débarrasserait d'elle dans l'eau. Puisqu'il ne pouvait la laisser ligotée, preuve évidente d'un assassinat, il ne courrait pas le risque qu'elle regagne le rivage à la nage. Il s'assurerait qu'elle n'ait aucune chance. Alors ? Où se débarrasserait-il d'elle ? Dans le golfe ou la baie ? A mi-chemin de Palmetto Grove ou à cent mètres seulement en mer ? Dans un cas comme dans l'autre, elle mourrait de toute façon.

Elle fut envahie d'une bouffée de désespoir et ses yeux s'emplirent de larmes qu'elle refoula d'un battement de paupières. Elle devait se concentrer sur son objectif : rester en vie.

Son bras frôla de nouveau le petit objet dans sa poche. Quoi que ce fût, il était inutile de chercher à l'identifier, ce serait une perte de temps maintenant. Elle ne devait pas se laisser distraire par des détails. Son esprit devait rester focalisé sur l'essentiel : échapper aux deux hommes, et sauver sa peau. Elle ne devait en aucun cas se laisser embarquer à bord du bateau, cela reviendrait à signer son arrêt de mort.

Comme s'ils avaient lu dans ses pensées, leur poigne se resserra sur ses bras. Ils la faisaient avancer tant bien que mal, la poussant et la tirant, gênés par la violence des bourrasques. De son côté, elle enfonçait ses pieds dans le sable, mais elle n'était pas de taille à leur résister. Ils finirent par atteindre la plage, malgré tous ses efforts pour retarder ce moment.

Jamais elle n'avait vu la marée aussi haute, et la mer était démontée. Le bateau était amarré non loin du rivage, à un endroit plus profond ; les deux hommes s'en approchèrent en pataugeant dans l'eau froide, la traînant à leur suite. Les vagues se brisaient à hauteur de sa poitrine. Elle frissonna, mais le choc parut lui éclaircir les idées. Et quand Ned trébucha à un endroit où le rivage déclinait, près de l'échelle menant à bord, elle sauta sur l'occasion. D'un coup sec, elle dégagea son bras de sa poigne et se tourna vers Blake, se projetant contre lui de toutes ses forces pour le faire tomber dans les vagues. Vaine tentative : il ne vacilla même pas sur ses jambes. Il la repoussa et Ned, qui avait retrouvé son équilibre, lui agrippa de nouveau le bras.

— Je monte à bord ! Je la hisserai de là-haut ! cria Blake. Toi, fais-lui monter l'échelle !

C'était peut-être le bon moment, songea-t-elle. Ned serait seul pour la maîtriser pendant que Blake grimperait sur le bateau, lui laissant quelques précieuses secondes.

— Et je te préviens, Ned ! Si tu la laisses s'échapper, je pars sans toi.

Blake lui lâcha le bras et entreprit de monter à l'échelle, mais avant qu'elle ait pu faire quoi que ce soit, Ned la plaqua violemment contre le premier barreau, l'immobilisant de tout le poids de son corps. Elle tenta de se libérer, mais Ned prenait la menace de Blake très au sérieux. Elle sentit des mains se tendre vers elle, puis Ned la souleva. Elle se débattit, sans succès.

— Coince-la dans ce fauteuil, là-bas ! ordonna encore Blake, lorsqu'ils eurent réussi à la hisser à bord malgré ses gesticulations. Je fais démarrer le yacht.

Elle avait craint qu'ils ne l'attachent à son siège, mais le résultat n'était guère plus encourageant. Ned était longiligne, mais large du bassin. Il la bloqua contre la paroi latérale tandis que Blake gagnait le poste de pilotage. Quelques instants après, le yacht se lançait à l'assaut des déferlantes. La sensation de roulis et de tangage était impressionnante. Le bateau se soulevait sous leurs pieds. Ned tenta d'attraper un gilet de sauvetage posé sur un siège, de l'autre côté de l'allée centrale, sans y parvenir. Maggie l'observait avec attention. S'il se levait, elle aurait quelques secondes pour lui couper la route et se jeter à l'eau. Mais Ned ne tarda pas à renoncer.

Elle se rencogna sur le siège et recommença discrètement à essayer de distendre les liens qui lui enserraient les poignets.

Ned était visiblement anxieux, et le fait de devoir prendre la mer à l'approche d'un ouragan semblait le préoccuper bien davantage que les agissements de sa prisonnière. Maggie constata avec satisfaction que la corde s'était nettement desserrée. Elle pouvait désormais la toucher des deux pouces et parvint à la faire tourner d'un centimètre, puis d'un autre, jusqu'à ce que le nœud lui soit accessible. Pourtant, même après de longues minutes de lutte, elle désespérait encore d'y insérer un pouce. Blake avait de toute évidence suivi une formation de navigateur, sans doute au yacht-club de sa ville. Malgré tout, ses efforts avaient suffisamment détendu la corde pour qu'elle puisse envisager de dégager une de ses mains.

La manœuvre exigeait de l'espace, or il ne fallait pas compter que Ned lui en accorderait sans se poser de questions, ni qu'il fermerait les yeux sur ses tentatives pour se libérer. Quand il se pencha pour crier quelque chose à Blake, elle saisit l'occasion et remonta sa main d'un geste sec, aussi haut que possible. Pas suffisant, hélas… Elle était en progrès, mais la corde n'arrivait pas encore à passer la saillie sous le pouce.

Elle réessaya. Encore un coup et ça y serait peut-être.

— Ecoutez, lui dit Ned en se rasseyant correctement, je regrette vraiment qu'on en soit arrivé là. Ça n'était pas mon idée…

Heureusement, le bâillon empêchait Maggie de répliquer. Profitant d'un violent tangage, elle tenta de faire glisser sa main un peu plus haut, de dégager sa paume de l'étau de la corde, et de nouveau, elle effleura le petit objet qui se trouvait dans sa poche intérieure. Elle fut distraite un instant.

Il lui fallait pourtant rester concentrée, mais le petit renflement continuait d'occuper une partie de son esprit, comme une créature vivante dont la présence ne se laisse pas facilement ignorer. Furieuse contre elle-même, elle tâcha de toutes ses forces de se focaliser sur ses liens tout en restant aux aguets, prête à remonter une fois de plus sa main d'un coup sec si d'aventure Ned se penchait encore en avant pour attraper le gilet de sauvetage ou même s'il se levait pour aller le chercher.

C'est alors que la mémoire lui revint.

La balise GPS que lui avait donnée Felo, au cas où elle se perdrait dans l'une de ses excursions en solo ! Elle avait glissé l'objet à l'intérieur de son coupe-vent lors de sa petite virée en canoë, juste avant d'accompagner Janya à l'appartement des Dutta.

Elle s'efforça de se remémorer la marche à suivre pour déclencher l'alarme. Suffisait-il d'appuyer sur un bouton ? Après tout, ça ne devait pas être bien compliqué puisqu'elle avait déclenché le radiobalisage par mégarde peu après avoir emménagé sur Palmetto Grove Key. C'est ce qui avait permis à Felo de la retrouver. Mais le GPS possédait également une fonction SOS. On ôtait le petit capuchon de sécurité qui protégeait le bouton et, par simple pression, on envoyait un signal de détresse capté par un centre international de secours. Sa localisation serait déterminée par satellite au fur et à mesure de ses déplacements et toutes les coordonnées géographiques transmises aux personnels de secours de la région, ainsi qu'au contact qu'elle avait spécifiquement désigné.

Et ce contact, c'était Felo…

Seulement, continuait-il à payer les frais d'accession au service ? Cela faisait des mois maintenant qu'ils avaient rompu et elle aurait compris qu'il ait résilié le contrat. Un salaire de flic n'autorisait guère de folies et, ces temps-ci, Felo remboursait seul le prêt de la maison…

Questionnement bien inutile : le GPS était dans sa poche, et elle avait toujours les mains liées. Autant dire qu'elle avait autant d'espoir de réussir à le mettre en marche que de voir surgir une vedette des gardes-côtes.

Comme poussé à l'action par les pensées qui agitaient Maggie, Ned se déplaça le long du siège pour essayer de nouveau d'attraper le gilet de sauvetage. Dès qu'il eut le dos tourné, Maggie tira sur sa main de toutes ses forces. Cette fois, la corde se desserra suffisamment pour qu'elle puisse se libérer.

Ned vint se rasseoir près d'elle, muni du gilet. Le cœur battant, Maggie détourna la tête. On ne distinguait plus le rivage à travers la pluie. Blake avait donc choisi de s'engager dans le golfe, puis de contourner l'extrémité de l'îlot. Plus ils se rapprocheraient de Palmetto Grove ou d'un autre port, plus elle aurait une chance de s'en sortir. Ses deux mains étaient libres, à présent, elle pourrait nager. Ses probabilités de survie étaient encore faibles, mais elles avaient cependant augmenté. Elle réfléchit fébrilement à la tactique à adopter. Elle n'aurait qu'une seule chance, si encore elle en avait une… Il lui fallait surprendre Ned la prochaine fois qu'il relâcherait son attention, lui passer devant et plonger par-dessus bord. Mais il la surveillait sans cesse, l'écrasant de tout son poids contre la paroi du bateau et, de surcroît, le gilet de sauvetage dont il tripotait maladroitement les sangles lui bloquait désormais le chemin.

Le yacht frappait la houle avec férocité, sa proue s'enfonçant dans le creux de la vague pour remonter brusquement et franchir la suivante. Ned poussa un faible gémissement qui redonna de l'espoir à Maggie. S'il avait le mal de mer, il se détournerait peut-être pour vomir ses barres chocolatées… Elle pourrait en profiter pour lui fausser compagnie.

Elle ignorait à quelle distance de la côte ils se trouvaient. Désorientée par le mouvement et l'obscurité, elle ne savait plus s'ils contournaient la pointe ou s'ils s'engageaient plus avant dans le golfe. De toute évidence, Blake ne cherchait pas à rejoindre l'un des canaux intérieurs de l'îlot. Quelle que fût sa destination, il ne tenait pas à être vu.

Ned continuait à gémir par intermittence ; il porta même la main à sa bouche comme s'il allait vomir. Le bateau roulait violemment sous leurs pieds, assez pour la projeter contre lui, ce qui semblait accroître ses nausées. C'est alors que Blake coupa le moteur.

Le bateau se mit à rouler encore plus violemment au gré des vagues qui se fracassaient sur le bateau, inondant partiellement le pont. Blake se leva de son poste et se dirigea vers eux.

Il portait un aviron

— Bouge-toi, lâcha-t-il à l'intention de Ned. Il est temps d'en finir.

Ned gémit de nouveau et se couvrit la bouche, au bord du malaise.

— Bouge-toi !

Ned bondit du siège et se rua vers la proue juste à temps. Une telle occasion ne lui serait pas donnée deux fois, Maggie le savait. Blake brandit l'aviron au-dessus de sa tête, mais au moment où il allait l'abattre sur elle, ses mains jaillirent de derrière son dos et elle réussit à empoigner l'extrémité de la rame.

Blake, déséquilibré, tituba mais réussit à rester debout. Ils luttèrent chacun pour s'emparer de l'aviron sans que Ned, trop absorbé par sa propre détresse, ne vienne porter secours à son acolyte.

Blake lui cria quelque chose et elle en profita pour le repousser de l'extrémité de l'aviron, le frappant de toutes ses forces au creux de l'estomac. Il tituba, agrippant la rame pour parer un prochain coup, et elle le repoussa de nouveau, consciente que sa marge de manœuvre s'amenuisait à mesure que faiblissaient les bruits de vomissement dans son dos. Blake s'était ressaisi et il tentait de lui arracher la rame, bien que son équilibre restât précaire. Rassemblant ses dernières forces, elle tenta de le pousser par-dessus bord mais il lui arracha l'aviron, le jeta au loin et bondit sur elle.

Projetée sur le côté, elle comprit la chance qui s'offrait à elle, et s'accrocha à lui dans une parodie d'étreinte amoureuse. Puis elle se servit de son propre élan pour le faire basculer avec elle par-dessus bord.

Après avoir découvert la voiture de Maggie et constaté qu'elle était ouverte, les clés dissimulées sous le siège, Tracy et Wanda avaient rebroussé chemin dans le vent jusqu'à la maison de Blake. Marsh, qui avait brisé un carreau de la fenêtre de la terrasse, les fit entrer, mais leur victoire fut de courte durée : la maison ne leur livra rien qui puisse leur laisser à penser que Maggie y était venue. Ils en ressortirent comme ils y étaient entrés et roulèrent lentement en direction de Happiness Key, au cas où

Maggie n'aurait tout simplement pas pu faire redémarrer sa voiture et qu'elle ait été forcée de regagner son pavillon à pied, un instant transportés de l'espoir fou que ce pourrait être aussi bête que cela. Mais la jeune femme n'était pas chez elle et ils n'avaient aperçu aucun endroit sur la route qui aurait pu lui servir d'abri de fortune. Happiness Key était désert et la plage la plus proche des pavillons déjà inondée.

Quand ils arrivèrent chez le cibiste amateur dont Marsh avait parlé, ils trouvèrent sa maison abandonnée. De l'avis de Tracy, l'endroit avait tout d'une forteresse avec ses épais murs de parpaings à l'état brut, ses fenêtres étroites et sa porte en acier, propre à décourager toute intrusion, celles des moustiques comme les attaques au bélier. Sur le toit se dressait une énorme antenne, fixée contre la cheminée. Mais Marsh ne croyait pas que l'homme ait évacué les lieux le temps du passage de l'ouragan. Si la maison était fermée à clé, la véranda n'avait pas été vidée de ses meubles ni de ses plantes en pots.

— J'espère qu'il ne rentrait pas chez lui quand… enfin, vous voyez ce que je veux dire…, hasarda Wanda.

Ils voyaient très bien.

Marsh laissa un mot au vieil homme, le priant d'appeler la police dès son retour pour signaler la disparition de Maggie Gray que sa mère et ses amis soupçonnaient d'être tombée dans un guet-apens. Par ailleurs, il conseillait aux policiers de mettre Blake Armstrong en état d'arrestation, puisque la voiture de Maggie avait été retrouvée non loin de son domicile.

Cette dernière précision semblait superflue ; si Blake montrait le bout de son nez à Palmetto Grove, l'effondrement du pont suffirait à le faire arrêter par toutes les autorités compétentes. Mais Marsh voulait informer la police, et Ken en particulier, de la possible implication de Blake dans la disparition de Maggie.

De retour à la fermette, ils s'aperçurent que le courant était coupé. Janya et Vijay étaient en train de mettre la table à la lueur d'une lampe à kérosène.

— Attends, je vais t'aider, proposa Wanda.

Janya commença à protester mais l'expression de son amie la fit changer d'attitude.

— Volontiers. Tu sauras mieux que moi comment accommoder le poulet...

Wanda hocha la tête. Tracy ne pouvait qu'imaginer ce qu'elle ressentait.

Les enfants bavardèrent tout au long du repas. Vijay, qui, depuis quelques semaines, s'était mis à sourire de temps en temps, semblait particulièrement excité par ce que Janya appelait leur grande aventure en camping. Il parlait avec ravissement de dormir sur un matelas par terre, Lily à ses côtés, et des guimauves qu'on ferait griller au-dessus du feu, ainsi que Janya le leur avait promis. Tracy se réjouissait que quelqu'un au moins assure la conversation, étant donné qu'aucun des adultes présents ne pouvait dire à l'autre ce que tous avaient envie d'entendre. Lily de son côté gazouillait, imitant l'entrain de son frère.

Dehors, le vent hurlait toujours. La foudre tombait par intermittence, et chaque grondement de tonnerre ébranlait la vieille maison. Tous essayaient de deviner le moment où la tempête passerait au-dessus de l'îlot, mais le manque d'informations précises les empêchait de mener à bien leurs suppositions.

Marsh profita d'un blanc dans la conversation pour annoncer :

— Je possède une radio à ondes courtes, le genre qui se remonte à la manivelle pour alimenter la batterie. J'irai la chercher après le repas.

— Pourquoi vous ne l'avez pas dit plus tôt ? s'insurgea Wanda.

— Parce que l'autre fonctionnait encore, jusqu'à la coupure de courant. Ça m'étonnerait qu'on puisse entendre quoi que ce soit, vu que nous ne sommes pas arrivés à capter les infos sur l'autre. Mais vous savez comment ça se passe. Je suis d'avis de la laisser branchée et qu'on se relaie cette nuit pour la remonter. Au cas où on pourrait capter quelque chose. Le canal d'ondes courtes est loin d'être excellent, mais qui sait, ça sera peut-être mieux que rien.

Wanda repoussa son assiette. Elle avait à peine touché à la nourriture.

— Je vais la chercher. Où avez-vous dit qu'elle était ?

Le repas s'acheva sans tarder. Janya emmena Vijay et Lily faire griller des guimauves avec l'aide de Marsh, et Tracy fit la vaisselle, remplissant l'évier avec parcimonie et rinçant les couverts dans le peu d'eau soustrait à leur réserve. Pour le lendemain, elle suggérerait l'emploi d'assiettes en carton pour économiser l'eau, si d'aventure ce traditionaliste de Marsh avait ce genre d'article chez lui. A moins que d'ici là, les secours n'aient été dépêchés sur l'îlot…

Quand elle eut fini, elle alla rejoindre Wanda qu'elle trouva assise sur le canapé du séjour, en train de remonter la radio.

— Tu entends quelque chose ?

Wanda secoua la tête.

— Des parasites. Des sifflements. Pas de quoi se taper le cul par terre.

— Mais tu continues de tourner la manivelle.

— Faut bien que je m'occupe.

Tracy s'assit à côté d'elle.

— Je ne sais pas quoi te dire, Wanda… Il est encore possible que Maggie soit partie se mettre à l'abri ou qu'elle se cloître chez un habitant de l'îlot. Il se peut même que Blake ne soit pas le sale type que nous pensons. Il l'a peut-être emmenée en lieu sûr, et ils attendent la fin de la tempête en jouant au gin-rami.

— Elle serait revenue chercher sa chatte.

L'argument était sans appel. Evidemment que Maggie serait revenue chercher Rumba…

— Elle est où, au fait ?

— Dans ma chambre, pelotonnée contre Chase. J'ai voulu le faire sortir pendant que tu faisais la vaisselle, mais il a refusé d'aller plus loin que la véranda. C'est une sacrée tempête, quand on pense que la période officielle des ouragans se termine dans un jour ou deux.

— Une espèce de dernier hoquet, j'imagine.

Wanda arrêta de tourner la manivelle et tenta de trouver une station, n'importe laquelle. Quand une voix s'éleva enfin, suffisamment forte pour être audible par-dessus les craquements et les larsens, elle retira sa main comme si elle s'était brûlée.

— Marsh ! s'écria Tracy. Des infos !

Marsh revint de l'arrière de la maison et les rejoignit.

Aux dernières nouvelles, l'œil du cyclone devait passer au nord de Palmetto Grove aux alentours de minuit. Ils ne seraient pas directement touchés ! Soulagée, Tracy se concentra sur le moindre son, s'efforçant de décrypter ce qu'elle entendait.

— Le pont, articula Wanda silencieusement, en désignant la radio.

Tous tendirent l'oreille. Trois sections du pont étaient tombées dans la baie. Les secouristes étaient sur place.

— « Derek Forbes… »

— Deke, souffla Wanda, faisant reposer son front sur le bout de ses doigts.

— Chut…

Tracy s'approcha encore plus près pour essayer d'en saisir davantage.

— « Héros. Sauvé une femme… deux… plongé… eau… »

— Alors ça, c'est le bouquet ! s'exclama Marsh lorsque la voix du présentateur fut noyée sous les craquements qui avaient repris.

Tracy le regarda d'un air interrogateur.

— Ils ont dit s'il allait bien ? Tu as entendu ?

— Quel crétin, celui-là ! lança Wanda, mais ses yeux étaient pleins de larmes.

— Je pense que oui, répondit Marsh. Ils ont parlé de la publicité que ça ferait pour son film…

— Il ne l'a pas fait pour ça ! Deke est aussi un héros dans la vie. S'il devait mourir, c'est comme ça qu'il aimerait partir.

Ils écoutèrent encore la radio pendant une heure, mais le signal allait et venait sans jamais rester assez longtemps pour leur permettre d'avoir suffisamment d'informations. La maison craquait sous la violence du vent, mais il n'y avait pas de fuites dans la toiture et les volets anti-ouragan tenaient bon.

Janya fut la première à aller se coucher. Elle installa les enfants sur les matelas posés par terre, puis tira le sien à leurs côtés pour qu'ils puissent venir se blottir contre elle en cas de grosse frayeur. Wanda essayait toujours de capter d'autres informations à la radio lorsque Tracy et Marsh finirent par monter se coucher aussi.

Tracy employa un peu de leur provision d'eau pour se laver et tirer la chasse ; à son tour Marsh passa dans la salle de bains et fit de même. Quand il revint, elle avait fouillé dans sa commode et enfilé un de ses T-shirts Wild Florida en guise de chemise de nuit.

Il la rejoignit au lit et posa la main sur son petit ventre rond qui tendait fortement le tissu. L'alligator représenté sur le T-shirt s'y étirait largement en travers, comme si le saurien paressait au soleil sur une colline.

— Je ne sais pas quoi te dire au sujet de cette journée...

Il promenait lentement sa main sur le ventre de Tracy d'un geste circulaire, comme s'il avait voulu offrir un tendre massage à la mère et à l'enfant.

— Tu es ici. Tu vas dormir avec moi ce soir. J'ai encore du mal à y croire.

— Ecoute, après tous ces événements dramatiques, ma présence ici relève du miracle, à bien des égards.

Ses yeux s'emplirent de larmes.

— Nous sommes passés à deux doigts, Marsh. A deux doigts de tout perdre. Et Maggie, elle, n'a peut-être pas eu cette chance.

— Chut...

Il la fit taire d'un doigt posé sur ses lèvres.

— Ne nous engageons pas sur ce terrain-là. Nous n'avons pas encore assez d'éléments en notre possession, d'accord ? Contentons-nous d'espérer dans l'attente d'être fixés.

Elle se tourna vers lui.

— Comment se fait-il que tu aies eu tant de mal à m'avouer que tu m'aimais ? Parce que tu m'aimes, c'est évident.

— Ça n'a rien de bien compliqué. Tu as épousé l'homme qu'il ne fallait pas. J'ai épousé la femme qu'il ne fallait pas, je l'ai incitée à avoir un enfant et regarde où ça m'a mené ? Sylvia et moi, nous avons eu tout faux à chacune de nos décisions. Et je ne me sentais pas assez confiant pour nous engager dans le même processus.

— Franchement, on fait la paire, toi et moi ! A nous deux, on totalise un sacré excédent de bagages ! Notre histoire a une chance de marcher, d'après toi ?

— Tu viens de répondre.

— Quoi ?

— Toi et moi, on fait la paire…

Il lui pressa les doigts, puis il porta sa main à ses lèvres et lui embrassa la paume.

— Continuons comme ça, tu veux bien, Trace ? Arrêtons de couper les cheveux en quatre. Nous sommes bien ensemble, alors faisons-nous confiance…

Tracy refoula ses larmes.

— Est-ce qu'il faudra que j'aille camper dans les Everglades chaque fois que tu prendras quelques jours de congé ?

— Non, à condition que tu ne m'obliges pas à devenir membre du country-club !

— En fait, il se pourrait que je prenne goût aux excursions en canoë, quand j'aurai accouché.

— Moi, jamais je n'apprécierai le country-club. Mais tu sauras t'en accommoder, pas vrai ?

— D'accord, mais de temps en temps on ira dîner dans de bons restaurants.

— Du moment qu'on y mange bien…

— J'aurai besoin d'une confirmation à l'occasion. Une fois par an, à peu près, tu seras obligé de me dire que tu m'aimes.

— Je préférerais te le prouver.

— Dis-le-moi, d'accord ?

Son intonation devait être suffisamment implorante, car il se pencha et lui caressa les cheveux.

— Je t'aime, Trace. Depuis notre premier affrontement. Et je ne cesserai jamais de t'aimer.

Elle l'attira contre lui.

— Bien. Et à présent, nous allons faire les choses à ta façon.

— Faire quoi à ma façon ?

— Maintenant que tu me l'as dit, il est temps que tu me le prouves.

30

Après leur chute dans l'eau, Maggie parvint à remonter à la surface au prix d'énormes efforts, pour s'apercevoir qu'elle ne pourrait éviter le yacht dont la coque se trouvait à peine à quelques centimètres de sa tête. Si Blake était dans les parages, elle ne réussit pas à le localiser. Elle s'empressa de replonger aussi profondément qu'elle le put, se propulsant par des gestes longs et assurés, dans l'espoir de passer de l'autre côté de la coque. Hélas, lorsqu'elle voulut remonter à la surface, estimant qu'elle avait nagé sur une distance suffisante, sa tête cogna contre une surface solide.

Au bout de son souffle et au bord de la panique, elle parvint néanmoins à repartir sous l'eau. Peine perdue : en émergeant, sa tête frôla de nouveau quelque chose de dur. Instinctivement, elle repoussa cette masse inconnue qui se déplaça. Ce n'était donc plus le yacht… Encouragée, elle passa en dessous et jaillit de l'autre côté, à la limite de l'asphyxie. Elle avait fait surface près de ce qui semblait être la coque partiellement détruite d'un canot.

Elle s'y accrocha, l'épave franchissant la crête des vagues, puis piquant du nez à la verticale. Maggie trouva sous ses doigts une dame de nage à laquelle elle put s'agripper plus fermement. Sa vision était complètement obscurcie par la pluie. Elle tendit l'oreille, à l'affût d'un bruit de moteur lui signalant la présence du yacht de Blake, mais le fracas de la tempête couvrait tous les sons. Les eaux du golfe s'avéraient plus démontées que tout ce qu'elle avait pu imaginer. Même pour l'excellente nageuse qu'elle était, il n'y avait aucun espoir qu'elle puisse progresser, aucun espoir qu'elle puisse rejoindre la terre par ses propres moyens. Le mieux à faire, c'était de tenir bon, en priant pour que l'épave du canot soit rejetée vers une petite anse abritée.

Blake et Ned ne représentaient apparemment plus une menace. Elle supposait que Blake s'était heurté la tête sur un côté de l'échelle quand ils avaient basculé par-dessus bord. Il avait poussé un cri et elle l'avait senti s'écraser sur quelque chose. Il avait relâché sa prise et d'instinct, Maggie s'était écartée de lui et du bateau, réflexe qui lui avait sans doute évité de connaître la même mésaventure. En tout cas, si Blake était parvenu à remonter à bord, il ne devait plus être à sa recherche. Ned et lui étaient certainement partis depuis longtemps, l'abandonnant à son triste sort.

Dans une mer aussi déchaînée, ce qu'il restait du canot ne tarderait pas à se disloquer. Sans doute intacte quand la marée haute l'avait emportée vers le large, sa coque était à présent réduite à l'état de simple squelette. Maggie ne pouvait espérer monter à bord — cette expression ne signifiait plus rien. Quant à la dame de nage, la pièce de bois à laquelle elle était accrochée, elle risquait à tout moment de se rompre, la laissant seule en pleine mer, privée de planche de salut, c'était le cas de le dire.

Elle grelottait, son corps essayant en vain de réguler sa température. Chaque fois qu'elle était revenue à la surface, elle avait bu la tasse, de grandes quantités d'eau salée. Elle était épuisée, ses côtes la faisaient souffrir à l'endroit où Blake lui avait donné un coup de pied, et les effets de la brève décharge d'adrénaline qui jusque-là l'avait portée s'estompaient. Elle ignorait à quelle distance elle se trouvait du rivage et, d'ailleurs, de quel rivage s'agissait-il au juste ? Blake n'avait sans doute pas voulu trop s'écarter de la côte pour se débarrasser d'elle ; un détour aurait rallongé sa route jusqu'au port. Etant donné qu'il comptait l'assommer pour qu'elle se noie rapidement, il devait s'être éloigné juste assez pour que son corps ne soit pas rejeté trop tôt sur le rivage, voire qu'il ne le soit jamais.

Cette déduction lui redonna de l'espoir. Cessant de calculer

— le temps qu'ils avaient passé sur le bateau, la distance qu'ils avaient parcourue et l'influence de la forte houle sur leur progression —, elle versa dans un optimisme illusoire, préférant s'accrocher à l'idée qu'elle avait encore une chance de s'en sortir plutôt que d'affronter une vérité plus cruelle. Elle pourrait tenir le coup jusqu'à ce que le canot se disloque ; ensuite, elle nagerait jusqu'à ce qu'elle trouve un autre débris susceptible de la ramener vers la plage.

Le GPS était encore dans sa poche, protégé par la fermeture Eclair, et le coupe-vent lui collait au corps. Fallait-il essayer d'ouvrir la poche pour le récupérer ? Vu les fortes probabilités qu'il lui échappe, elle n'osait tenter le coup. Si jamais elle parvenait à atteindre un endroit plus sûr ou une situation plus stable, elle essaierait alors de le mettre en marche. Mais elle ne pouvait s'y risquer maintenant, ni tenir l'appareil à bout de bras au-dessus de l'eau, afin qu'il puisse éventuellement envoyer un signal. Dans une telle tempête, il n'était d'ailleurs pas certain que le satellite puisse la localiser, quand bien même elle aurait brandi la petite balise, bien au sec sur le rivage.

Depuis le temps, son père, sa mère et Felo devaient s'être rendu compte de son absence. Elle se félicitait d'avoir appelé Felo avant d'aller chez Blake, même s'il s'était mis en colère quand elle lui avait annoncé son projet. Si elle n'en réchappait pas, au moins saurait-il où elle s'était rendue avant de disparaître. Son père et lui n'hésiteraient pas à remuer ciel et terre pour traîner Blake et Ned en justice, sans oublier tous les employés qui s'étaient faits leurs complices. Si Blake n'avait pas été un authentique sociopathe, il aurait sûrement compris qu'il ne pouvait commettre impunément un autre meurtre, et ce d'autant moins que sa toute dernière victime était un ancien flic s'efforçant de l'incriminer dans deux premiers assassinats. S'il avait eu deux sous de bon sens, il aurait filé à l'étranger et aurait refait sa vie sous une fausse identité. Mais il s'était cru au-dessus de toute condamnation. Jusqu'au bout, il avait cru à sa bonne étoile.

Il avait eu tort.

La certitude qu'il ne s'en tirerait pas impuni lui procura une brève satisfaction tandis que, cramponnée à l'ossature du canot avec toute la force du désespoir, elle s'envolait avec les vagues. Elle ne sentait déjà plus ses doigts tant ils étaient glacés, mais elle arrivait à rester agrippée à l'épave — un point forcément positif. Elle avait l'impression d'avancer, c'était déjà cela. La marée et les rouleaux s'activaient forcément à la propulser quelque part. Evidemment, « quelque part », ce pouvait aussi être la haute mer, mais c'était une pensée trop horrifiante pour être envisagée.

Felo… Qu'avait-il fait, après avoir raccroché ? Avait-il appelé son père ? S'était-il définitivement désintéressé de son sort, désabusé par une femme qui refusait d'écouter qui que ce soit ? Il avait eu le malheur de lui donner un conseil, et une fois de plus, elle avait ignoré sa mise en garde. Il n'avait pourtant rien d'un macho : il l'avait toujours crue assez large d'épaules pour supporter ses propres fardeaux. Mais dès qu'il avait osé remettre en cause sa décision, elle n'en avait fait qu'à sa tête, au mépris de toutes leurs années de vie commune, marquées par la compréhension et le respect mutuels.

Résultat, elle avait bu le bouillon. Et elle risquait maintenant de sombrer corps et biens.

Par orgueil, un orgueil stupide, elle avait renoncé à tout ce qui comptait pour elle. Son job, Felo et la famille qu'ils auraient pu fonder ensemble, sa vie à Little Havana, les amis qu'elle s'y était faits… Elle avait tout sacrifié, aveuglée par la présomption et l'insupportable arrogance dont elle était coutumière. Et malgré cela, Felo ne l'avait pas laissée tomber : il lui avait laissé prendre du recul, allant même jusqu'à la soutenir lorsqu'elle s'était piquée de découvrir l'assassin de Harit et Kanira Dutta. Il avait pris des risques de son côté, mais cela n'avait pas suffi à la faire réfléchir. Et aujourd'hui, quand il lui avait demandé instamment de ne pas se rendre chez Blake Armstrong, mais de le rejoindre au camp d'Alvaro où, bien à l'abri, ils auraient pu décider de la suite à donner à leurs investigations, elle avait une fois de plus ignoré son conseil.

Rien de tel qu'une fougueuse étreinte avec la Faucheuse pour vous ouvrir les yeux… A présent, elle prenait toute la mesure du gâchis dont elle était responsable. Felo avait eu raison sur toute la ligne, c'était un fait qui ne souffrait aucune discussion. Pas plus qu'elle ne pouvait nier qu'elle avait été constamment dans l'erreur. Elle *baignait* même dedans, se dit-elle avec une ironie mordante.

Et pourtant, Felo n'avait jamais cessé d'attendre avec patience qu'elle retrouve son bon sens.

Jamais aucun homme ne l'avait aimée autant que lui, avec un engagement et un dévouement qui auraient comblé n'importe quelle autre femme. Elle lui avait rendu son amour, mais pas avec la même ténacité, freinée en cela par sa fierté et les quelques bribes d'estime de soi qui lui restaient après son passage éprouvant au bureau du shérif. Non que Felo l'eût jamais menacée d'aucune manière dans son intégrité, mais parce qu'à une certaine époque, d'autres avaient cherché à la détruire. Et elle, dans son immense sottise, n'avait pas su établir de distinction entre les deux.

Elle regrettait maintenant de tout son cœur de ne pas lui avoir dit à quel point elle l'aimait, de ne pas lui avoir demandé un peu de temps pour résoudre ses problèmes, et surtout de ne pas avoir trouvé quelqu'un pour l'aider dans cette voie. Felo l'aurait attendue. Elle aurait pu alors revenir vers lui, purifiée de toutes ses scories et prête à retenter l'aventure.

Mais, désormais, il n'y avait plus guère de chances qu'elle puisse réparer ses erreurs !

Surtout ne pas pleurer, c'était la dernière chose à faire, il y avait assez d'eau comme ça… Elle déglutit péniblement et s'efforça de ne penser qu'à survivre à chaque vague, à chaque éclair, à chaque craquement terrifiant de la coque qui la maintenait à flot. Après ses mains, elle ne sentait plus ses pieds, secouée de grelottements. Elle ferma les yeux et s'exhorta à tenir bon. Chaque seconde comptait. Chaque vague franchie était une vague qu'elle n'aurait plus à franchir.

Elle avait complètement perdu la notion du temps. Depuis

combien d'heures, maintenant, se laissait-elle porter par le flux et le reflux ? Depuis combien d'heures luttait-elle pour ne pas avaler de l'eau, agrippée à la dame de nage qui semblait devenue un prolongement de son corps. Ses pensées vagabondaient, trop imprécises, trop fugaces pour s'y accrocher. Chaque fois qu'elle le pouvait, elle continuait à donner des coups de pied afin de faire circuler le sang dans ses jambes, mais après tout ce temps passé dans l'eau, cet effort lui paraissait de plus en plus vain. Les vagues semblaient plus hautes, les éclairs plus proches et le tonnerre grondait sans interruption. Elle perdit connaissance durant quelques secondes. Sentant sa main glisser, elle fut brutalement tirée de sa torpeur, trouvant dans la panique la force de resserrer ses doigts sur la dame de nage et un regain de vigilance.

Mais ce sursaut de conscience n'était pas fait pour durer. Son corps glacé s'engourdissait. Ce n'était plus une progression linéaire de minutes, mais une succession de coupures et de reprises, des moments de lucidité totale et d'élans de combativité, alternant avec d'autres, de plus en plus fréquents, où une partie d'elle-même se demandait si s'accrocher à la vie valait bien l'effort suprême que cela lui coûtait. Ses chances de survie étaient proches de zéro. Ce qui restait du canot se désintégrerait avant que la tempête soit passée — bien avant, sans doute. Elle ne faisait que retarder l'inéluctable, et sa fatigue était extrême. Il lui suffisait de lâcher prise, tout simplement… Elle se noierait très vite… Serait-ce réellement pire que ce qu'elle endurait en ce moment ? Son esprit n'arrivait même plus à s'interroger. Bientôt, elle n'arriverait plus à penser du tout. Et lâcher prise ou non deviendrait un questionnement inutile.

Cependant, elle continuait à s'accrocher. L'entêtement qui l'avait conduite jusqu'ici était le même qui la maintenait en vie. Bien sûr, à un moment donné, elle lâcherait prise et tout serait fini. Mais, de toute évidence, elle était incapable de s'y résoudre avant d'y être forcée par les circonstances.

Elle lança un coup de pied sans conviction, puis un autre, mais l'eau lui paraissait désormais spongieuse et les lames semblaient se briser au-dessus de sa tête, projetant des gerbes d'eau tous azimuts. Elle ne comprenait pas pourquoi. Elle était incapable de faire preuve de la logique requise.

Soudain, ce qui restait du canot explosa et se désintégra entièrement, si bien qu'elle se retrouva agrippée à la dame de nage et à rien d'autre. Très vite, la dame de nage aussi fut emportée. Le choc l'avait tirée de sa torpeur, mais elle était incapable de trouver la force de réagir de façon constructive. Elle était trop exténuée pour nager, et il faisait trop sombre pour distinguer l'endroit où elle était ou comprendre ce qui s'était passé. Elle parvint cependant à faire du surplace, à rester sur la crête des vagues.

Elle sentit alors qu'elle frottait contre quelque chose. Battant désespérément des bras, elle chercha une prise, un objet à quoi s'accrocher : sa main effleura une surface qui, au contact, lui évoqua un rocher. Les rouleaux la tiraient en arrière, puis la rejetaient sur l'obstacle. De nouveau, elle tenta de trouver une prise, mais il n'y avait rien à quoi s'agripper. Les vagues commençaient à l'emporter vers le large ; comprenant alors qu'elle dérivait, elle se débattit de toutes ses forces pour freiner son recul.

Enfin, elle parvint à reprendre contact avec la surface inconnue. Elle était rugueuse, comme couverte de bernacles. Une jetée ? Une digue ? Ce qu'elle touchait était irrégulier… Comme une vague menaçait de l'emporter de nouveau, elle empoigna quelque chose, une tige ou une corde raidie, en tout cas un objet assez solide. Tandis qu'elle s'y agrippait, le ressac la projeta contre la surface, égratignant une fois de plus sa peau nue. Mais la douleur était presque la bienvenue, preuve qu'elle était encore en vie. Elle s'étonnait d'avoir encore quelques sensations, malgré l'épuisement et le froid glacial.

Impossible de rester dans cette position… Elle allait finir par lâcher prise et être emportée par le courant. Elle s'efforça de s'élever grâce à cette espèce de barre. Elle avait maintenant la certitude que celle-ci était en métal et, apparemment, solidement fixée à la structure qu'elle avait heurtée. Il lui suffisait de déplacer une main après l'autre le long de la tige pour se hisser plus haut, voire, avec de la chance, pour sortir de l'eau. Mais en aurait-elle la force ? Ce matin encore, ç'aurait été un jeu d'enfant, mais à présent elle doutait de pouvoir se soulever d'un pouce.

Elle essaya malgré tout, faisant appel à chaque molécule d'énergie qu'il lui restait dans le corps. Une main, puis l'autre. La souffrance était intolérable. Au bout de cinq tentatives, ses pieds trouvèrent enfin un appui. La surface n'était pas verticale ; elle grimpait sur un plan incliné. Le corps à moitié hors de l'eau, elle courait encore le danger d'être emportée par les vagues qui déferlaient rageusement sur ses jambes. Elle perdit l'équilibre, faillit lâcher prise, mais réussit *in extremis* à retrouver un appui. Elle se hissa plus haut, se reposa, reprit son ascension. A présent, l'eau ne lui arrivait plus qu'aux genoux. Arrivée au bout de la tige, elle fut forcée de s'arrêter. Elle se tortilla pour s'asseoir sur la surface dans laquelle la tige était fichée tout en se retenant à elle d'une seule main.

Où se trouvait-elle ? Aucune lumière ne brillait nulle part. Elle pouvait aussi bien être au beau milieu du golfe comme tout près de chez elle. Le seul indice à sa disposition était cette structure sur laquelle elle était assise. Du béton, lui semblait-il. Mais quoi au juste ? Elle tourna la tête à droite puis à gauche, en prenant garde à ne pas forcer le mouvement de peur de lâcher prise. Hormis les gerbes d'eau des déferlantes, elle ne voyait pas grand-chose. Elle reporta son regard sur la tige et se pencha dessus, forçant ses yeux à faire le point dans l'obscurité.

Une barre d'acier nervurée… De celles que l'on coulait dans du béton…

Du béton armé…

Un pont ?

Elle se débrouillera pour trouver du secours en moins de temps qu'il n'en a fallu à notre pont pour s'écrouler.

Les paroles de Blake émergèrent de son esprit aussi lentement qu'elle-même avait émergé de l'eau.

Notre pont… S'écrouler…

Le pont qui reliait Palmetto Grove Key, celui qu'elle empruntait tous les jours dans un sens et dans l'autre, celui que sa mère, son père et ses amies avaient franchi.

Le pont dont Cardrake Brothers avait assuré les réparations.

Ecroulé ?

Se pouvait-il qu'elle fût assise sur ses vestiges ? Et combien de temps s'écoulerait-il avant que quelqu'un ne la découvre ici ? En temps normal, les décombres d'un pont effondré grouillaient d'équipes de secours et de représentants officiels chargés d'examiner les dégâts. Des hélicoptères survolaient la zone ; des remorqueurs, voire des vedettes, étaient amarrés à proximité. Mais pas lors d'un ouragan. Pas même lors d'un ouragan comme celui-ci, modéré selon les critères cycloniques. Le travail d'enquête et de déblayage ne débuterait qu'après le passage de la tempête.

Evidemment, elle pouvait se tromper. Elle pouvait être tout à fait ailleurs, sur les restes d'une digue, peut-être. Pour le moment, il lui fallait se reposer avant de reprendre son exploration dès qu'elle s'en sentirait la force.

Sauf qu'un bref répit ne lui servirait pas à grand-chose. Ses efforts pour se hisser jusque-là avaient eu raison de ses dernières ressources physiques. Monter plus haut était impossible ; pour cela il lui aurait fallu négocier une manœuvre qui s'annonçait pour le moins précaire. Autant espérer qu'il lui pousse des ailes pour s'envoler ! Au moindre faux pas, elle retomberait à l'eau et serait emportée Dieu sait où.

Le fait qu'elle soit encore en vie était déjà extraordinaire : si elle avait réussi à atteindre cet endroit, elle le devait à sa seule force physique et mentale. Restait que son seul moyen de ne pas mourir cette nuit était d'appeler du secours. Et elle en avait le moyen…

De sa main libre, elle parvint à ouvrir la fermeture Eclair de son coupe-vent, puis celle de sa poche intérieure. Les doigts tremblants, elle récupéra sa balise GPS, mais il y avait bien peu de chances pour qu'elle fonctionnât encore. L'appareil avait beau être étanche, il était resté immergé durant des heures, ce qui n'était pas la même chose que d'être brièvement plongé dans l'eau ou d'essuyer quelques gouttes de pluie ! Et même en admettant qu'il fût encore opérationnel, pourrait-elle obtenir un signal par un temps pareil ?

Il n'y avait qu'un moyen de le savoir… De l'ongle, elle ôta la sécurité qui protégeait le bouton SOS et le maintint enfoncé. Elle croyait se rappeler qu'une lumière était censée clignoter, mais cinq longues secondes s'écoulèrent sans que rien ne se produise. Le désespoir commençait à l'envahir quand une infime lueur verte apparut.

L'espace d'un instant, elle n'en crut pas ses yeux. Cette petite lumière indiquait-elle *vraiment* que le signal avait bien été envoyé ? Que ses coordonnées géographiques pourraient être localisées ? Qu'on allait dépêcher des secours à sa recherche ?

Elle réexamina l'appareil pour trouver le bouton qui la mettrait directement en contact avec Felo. Une simple pression, et son SOS lui serait également transmis, ainsi que sa localisation. Elle n'hésita pas une seconde. Dans le pire des cas, s'il recevait un message prouvant qu'elle avait tenté de le joindre, au moins saurait-il qu'elle avait pensé à lui. Il ne fallait pas espérer lui envoyer un message personnel, pas sous ce déluge, mais elle pouvait au moins lui faire savoir qu'elle avait mis son salut entre ses mains.

Elle appuya sur le bouton, le maintint enfoncé et elle brandit la petite balise à bout de bras, aussi longtemps qu'elle le put, afin que le satellite ait une chance de capter ses coordonnées.

Et pour finir, tandis que les vagues continuaient à venir s'écraser sur ses jambes, elle serra le GPS entre ses mains et murmura une prière.

Elle reprit lentement connaissance. Elle était allongée sur quelque chose de dur et rugueux. Le vent mugissait tout autour d'elle et l'eau moussait jusqu'à sa taille. Son bras lui faisait l'effet d'être immobilisé, et elle se crut tout d'abord revenue au campement de pêcheurs, les mains attachées à un pilier, victime des railleries de Blake. Des voix lui parvenaient, mais elle était trop épuisée pour ouvrir les yeux.

— Maggie !

Non, elle ne répondrait pas, ne réagirait pas. Elle ne voulait pas donner à Blake la satisfaction d'une réponse !

— Maggie ! répéta la voix, mais ce n'était pas celle de Blake.

Elle tenta alors de s'asseoir, mais quelque chose la maintenait au sol. La mémoire lui revint par bribes. Le yacht… La mer… La dame de nage du canot qui lui avait sauvé la vie…

Apparemment, elle avait passé son bras sous la tige de fer coulée dans le béton, cette armature qui avait fait partie de la structure désormais effondrée du pont.

Oui… Le pont…

Avant de perdre connaissance, elle était parvenue à glisser le bras sous l'armature, afin de mieux s'arrimer. Le GPS, lui, semblait avoir disparu. A moins qu'elle ne l'ait remis dans sa poche.

Mais quelqu'un l'appelait.

— Ici ! dit-elle d'une voix rauque. Je suis ici…

Elle avait peine à s'entendre par-dessus le rugissement du vent.

— Ici ! essaya-t-elle de crier, mais le son s'étrangla dans sa gorge.

Une lumière brilla dans le noir et des voix d'hommes lui parvinrent plus distinctement.

— Ici ! répéta-t-elle.

Puis elle se mit à tousser.

A sa grande frustration, elle estima que la lumière était trop loin sur sa gauche et que crier ne servait à rien ; de toute façon, elle n'avait presque plus de voix. Elle n'arrivait pas à se mettre debout de façon à être aperçue plus facilement, le risque de se noyer était trop grand. Elle ne pouvait qu'agiter la main.

— Je la vois !

Elle ferma les yeux, aveuglée par la soudaine lumière. Etait-ce un rêve ? Etait-elle en train de mourir ? S'agissait-il de la fameuse lumière blanche vers laquelle les gens prétendent être aspirés ? Mais elle ne flottait pas au-dessus de son corps, elle était attachée à du béton, et même s'il ne s'agissait que d'un rêve, cela valait toujours mieux que la réalité de ces dernières heures.

Elle entendit un raclement au-dessus de sa tête et parvint à soulever les paupières. Quelque chose se balançait… Des jambes, comprit-elle soudain. Puis un corps entier émergea de l'obscurité tandis qu'on le faisait descendre vers elle, sanglé dans un harnais.

— C'est bon, vous êtes sauvée, dit une voix d'homme. On va vous hisser. Vous pouvez vous accrocher à moi le temps que je vous enfile ça ?

Il lui montra un second harnais.

— Non.

— Vous devez essayer.

— Peux pas… Je veux mais…

— Remontez ce truc, et laissez-moi aller la chercher ! cria une voix d'en haut. Tiens bon, Maggie !

Cette voix, elle la connaissait bien. Si elle avait pu sourire, elle l'aurait fait.

Elle tenta de lui répondre et l'homme se balança plus près d'elle, dans son harnais.

— Qu'est-ce que vous dites ?

— Je sais…

— Qu'est-ce que vous savez ?

— Dites à Felo… Il est ici. Je ne crains plus rien. Je le sais.

Et elle s'autorisa enfin à pleurer.

31

Comme Boucles d'Or essayant tous les lits dans la maison des trois ours, Wanda n'aurait su dire si le matelas de la chambre d'amis était trop dur, trop mou ou juste comme il faut, pour la bonne raison qu'elle ne s'était pas allongée dessus. Elle n'avait même pas changé de vêtements. Installée depuis la veille dans le bureau de Marsh avec la radio à ondes courtes, elle n'en avait pas bougé.

Du reste, elle n'était pas sûre que les autres aient réussi à fermer l'œil, sauf les enfants. Des lueurs de torches tremblotaient dans le noir chaque fois que quelqu'un se rendait aux toilettes ou se levait pour scruter le dehors par les quelques fenêtres trop petites ou suffisamment abritées pour avoir échappé aux volets anti-ouragan. Pour autant, elle n'avait pas cherché à leur parler. Qu'aurait-elle pu leur dire ? Elle s'était contentée de suivre à l'oreille la lente agonie de la tempête, jusqu'à ce que les premières lueurs de l'aube se frayent un passage entre les nuages et la pluie. Le plus gros de l'ouragan les avait évités. L'œil du cyclone n'était pas passé au-dessus d'eux et pourtant il n'y avait pas eu cinq minutes d'accalmie — elle pouvait en témoigner, elle avait veillé toute la nuit. La tempête avait atteint son paroxysme un peu avant minuit et depuis s'en allait decrescendo.

Aux alentours de 23 heures, les vents hurlaient encore tels les réacteurs d'un avion se préparant à atterrir. La maison vibrait comme un jouet qu'aurait secoué un géant pour voir ce qui pouvait en tomber. Elle avait entendu un bruit de chute à proximité et, sur le moment, elle avait craint qu'un des cèdres rouges qui s'élevaient du bosquet près de la route n'ait succombé sous la force du vent. Soit un de ces arbres, soit le filao massif qui trônait au milieu du jardin et auquel Marsh vouait une affection toute particulière en raison de son nom. Tracy lui avait confié en effet qu'il l'appelait le filao de Bay et que ses branches abritaient pour l'enfant une petite cabane de bois.

Wanda songea que si cette maison lui avait appartenu, l'arbre aurait été coupé depuis longtemps ; à cette distance, il pouvait s'abattre sur le toit. Mais Marsh avait préféré courir le risque. En tout cas, si c'était lui qui avait été déraciné, au moins était-il tombé du bon côté !

Des bruits de pas lui firent tourner la tête : c'était Tracy, vêtue d'un peignoir en éponge trop grand pour elle.

Elle lui tendit une tasse de café.

— Fort, noir et sucré. Comme tu l'aimes…

Wanda prit la tasse sans trop savoir si son estomac allait se montrer coopératif.

— Depuis quand tu es debout ?

Tracy croisa les bras sur son ventre.

— Comme toi à peu près. Qui aurait pu fermer l'œil par une nuit pareille ? Heureusement, le pire semble être passé.

— Non, détrompe-toi… Le pire est pour aujourd'hui, quand nous aurons appris ce qui est arrivé… aux autres…

Tracy posa la main sur l'épaule de son amie. Sans un mot.

— Je n'arrête pas de me répéter que Maggie est une fille forte et intelligente. Quand elle était petite, elle avait toujours un temps d'avance sur tout le monde. On aurait dit qu'elle savait d'instinct ce qui allait se passer. Une fois, avec Kenny, on avait décidé d'emmener les gosses en week-end dans un motel de bord de mer, à la toute fin de l'été. On voulait qu'ils puissent s'éclater une dernière fois avant la rentrée des classes. C'était une surprise, si tu vois ce que je veux dire.

— Je vois ce que tu veux dire.

— Je suis allée l'annoncer à Maggie, mais elle avait déjà fait sa valise, figure-toi ! Elle attendait !

Tracy hocha la tête sans sourire.

— Maggie connaît également la conduite à tenir en cas de risque…

— Pour sûr, il a bien fallu qu'elle apprenne ! D'ailleurs, c'est le côté positif, toutes ces techniques qui peuvent la garder du danger… Mais il y a aussi le côté négatif. Sa façon de n'en faire qu'à sa tête. Sa tendance à croire qu'elle a toujours raison et à s'obstiner envers et contre tout !

— Je me demande bien de qui elle peut tenir ce trait de caractère…

Wanda avait beaucoup réfléchi à cette question. Elle avait eu toute la nuit pour cela. De l'avis général, Maggie ressemblait à son père tandis que Junior lui ressemblait à elle. Mais Maggie n'était pas à cent pour cent la fille de son père. Son entêtement, sa détermination à accomplir ce qu'elle pensait être juste… Wanda pouvait également s'en glorifier, chose qu'elle ne manquerait pas de faire pour le restant de ses jours, si les nouvelles ne s'avéraient pas aussi tragiques qu'elle ne le craignait.

— Tu sais ce qu'elle tient aussi de moi ? Avant, quand Kenny rentrait le soir et que j'arrivais à lui faire raconter sa journée, ça me faisait comme un pincement d'envie. Là.

Elle se frappa la poitrine du poing.

— Moi, ma journée, c'était faire mon boulot de serveuse, changer des couches sales et préparer le repas du soir. Attention, je ne dis pas que Kenny n'assurait pas de son côté, mais regardons les choses en face, c'est un flic. Il n'a jamais eu d'horaires normaux, les trente-cinq heures, il connaît pas. Ce serait plutôt la durée de ses journées tellement il enchaîne les heures de service ! Bref, il était beaucoup trop absent, et pendant ce temps-là j'assurais la cohésion de la famille : j'aidais à faire les devoirs et je confectionnais des déguisements d'Halloween. Si tu savais combien de fois j'ai rêvé de mener l'enquête à sa place, de trouver les mobiles et de démasquer les méchants !

— Autrement dit, quand Maggie a voulu entrer dans la police, tu as compris son choix ?

— Je l'ai compris, mais je ne l'ai pas approuvé. Quand on est femme de flic, on se fait du mauvais sang, tu sais…

Elle s'éclaircit la voix.

— Et maintenant je les ai perdus tous les deux, si ça se trouve. Juste avant que le pont ne s'écroule, Kenny m'a annoncé qu'il venait chercher Maggie. Je ne sais pas où il se trouvait quand il m'a dit ça. Peut-être déjà sur le pont…

— Non, affirma Tracy, il n'était pas derrière moi. Je ne l'ai vu sur aucune des voies et, crois-moi, je l'aurais remarqué sinon. J'ai jeté un coup d'œil dans le rétro à deux ou trois reprises. Et puisqu'il n'était pas derrière c'est qu'il va bien.

Wanda médita ces dernières paroles ; puis elle hocha la tête, le cœur un peu moins lourd.

— Tu as peut-être raison.

— J'ai raison, Wanda ! Là-dessus, fais-moi confiance. Et, puisqu'il connaissait les soupçons de Maggie à propos de Blake, je te parie qu'il a passé la nuit à inspecter tous les lieux où celui-ci a pu s'abriter, si toutefois il a quitté l'îlot. Je te parie qu'il n'a pas cessé une minute de rechercher Maggie depuis l'effondrement du pont. Aussi bien, elle est peut-être avec lui à l'heure qu'il est.

Marsh entra dans le bureau, la cafetière à la main.

— Je vous refais le plein ?

Wanda fit non de la tête.

— Vous avez réussi à faire du café sans électricité ?

— Sur un réchaud de camping. J'aurais pu faire des œufs au bacon, mais j'ai comme l'impression que personne n'a très faim, ce matin.

— Le soleil se lève un peu, je vais faire un tour pour voir si je peux découvrir quelque chose, dit Wanda.

— Les lignes électriques doivent être coupées dans tout l'îlot. Ça risque d'être assez délicat.

— C'est un risque à prendre. Vous n'êtes pas allé constater la casse ?

— Non, il fait encore très sombre, et puis je n'y voyais rien depuis la véranda. J'ai préféré faire du café d'abord.

— Nous devrions aller voir l'étendue des dégâts à Happiness Key, suggéra Tracy.

— Palmetto Grove n'a pas été frappé de plein fouet, déclara

Marsh, confirmant ainsi la déduction de Wanda. Phyllis a dû remonter par la côte et balayer les terres quelque part au nord.

Janya descendit l'escalier, portant dans ses bras une Lily visiblement épanouie. Au moins un membre de leur petite troupe arrivait-il à sourire, songea Wanda non sans une certaine tendresse.

— Vijay dort encore. Nous avons couché tous ensemble sur un seul matelas, mais au moins les enfants ont dormi.

— Ce qui est sûr, c'est que ces petits sont tombés entre de bonnes mains ! Tu es formidable pour eux.

Formidable ou pas, Janya ne semblait guère reposée par sa nuit.

— Toujours pas de nouvelles ?

Marsh allait répondre quand on frappa violemment à la porte. Tous se figèrent, puis Marsh posa la cafetière sur la table la plus proche et alla ouvrir. Tracy lui emboîta le pas, suivie de près par Wanda. Janya et Lily fermaient la marche.

Leur visiteur était un homme aux cheveux grisonnants, paré d'une barbe qui ne devait pas avoir été taillée depuis le jour où il avait pris la résolution de ne plus se raser. Blanche comme neige, elle lui faisait une sorte d'épais plastron.

— Salut, Earl, dit Marsh.

Les deux hommes échangèrent une poignée de main.

Il pleuvait toujours, mais le vent n'était plus qu'une pâle imitation de lui-même et, dans une heure, il retomberait sans doute à l'état de forte brise. Des coins de ciel plus clair étaient déjà visibles entre les nuages noirs et Wanda aperçut la grande ombre du filao de Bay, toujours debout.

Earl suivit Marsh à l'intérieur. Sa chemise était aussi fripée que son visage et son pantalon de survêtement en maille, grossièrement raccourci en une sorte de bermuda, lui arrivait à mi-mollet. Il avait résolu la question des chaussures en portant des tongs qu'à peine entré il ôta du bout de l'orteil.

— J'ai eu ton mot hier soir. Un de mes potes a embourbé sa bagnole en venant chez moi. J'ai dû le remorquer sur la moitié du chemin.

— Tu as des nouvelles ?

— Lesquelles tu veux en premier ? Celles de la femme, j'imagine ? Alors, c'est plus la peine de t'inquiéter. Elle est hospitalisée à Palmetto Grove. On l'a secourue dans la nuit. Une espèce de cinglé l'avait balancée à la flotte, mais elle a réussi à tenir bon jusqu'à ce foutu pont. C'est son père et son petit ami qui sont venus à sa rescousse.

Il se tourna vers Wanda qui avait poussé un cri.

— Vous me croyez pas ? lui demanda-t-il.

Tracy et Janya enlacèrent Wanda comme si elles savaient qu'elle avait besoin d'être soutenue.

— Elle va s'en sortir ? demanda Janya à Earl sans quitter Wanda du regard.

— Elle oui, mais le mec qui l'a flanquée à la baille n'a sûrement pas eu sa veine. On pense qu'il s'est noyé.

Wanda était à court de mots, mais les questions se mirent à fuser dans sa tête, et ses amies resserrèrent leur étreinte, comme si elles devinaient son état d'esprit.

— Beaucoup de dégâts, poursuivait Earl, mais mineurs pour la plupart. Il paraît que l'ouragan a engendré quelques tornades ici et là. Les autorités continuent la surveillance. En ville, le courant est coupé, comme ici. J'espère pour toi que tu as un générateur parce qu'il va falloir attendre un bon bout de temps avant qu'on puisse traverser la baie pour aller chercher du matériel. Il va y avoir sacrément de boulot là-bas, autant dire qu'on va devoir se débrouiller tout seuls pendant un moment ! On m'a demandé de constituer un groupe pour aller faire du porte-à-porte sur toute l'île, histoire de voir s'il y a des blessés ou des gens en grande détresse. Je verrai ce qu'on pourra mettre en place en attendant que les autorités prennent le relais…

— Je te donnerai un coup de main, dit Marsh.

— Ma foi, j'ai l'impression que tu as déjà pas mal à faire de ton côté. Mais dès que le temps se sera éclairci je rassemblerai quelques personnes ; on verra ensuite ce que tu peux faire.

Wanda l'interrompit :

— Derek Forbes. Le pont. A la radio, on a cru comprendre que…

Earl, ravi de leur donner la primeur de l'anecdote, lui coupa la parole.

— Avec un technicien de l'équipe de tournage, il est arrivé à sortir deux femmes d'une voiture qui était tombée à l'eau dans l'effondrement du pont. Y a pas grand monde qui aurait fait une chose pareille, vous savez, ils ont vraiment risqué leur vie. Pour le coup, c'était pas du cinéma !

— Ils vont bien ? s'enquit Marsh.

— Ouais, tout le monde s'en est tiré sans mal, mais tu vas voir ! Les journalistes vont venir s'incruster à Palmetto Grove comme des bernacles sur une épave. Il paraîtrait qu'une autre voiture est tombée à l'eau, mais apparemment ce serait faux. Un coup de bol pour tout le monde que le pont n'ait pas été encombré par la circulation ! Pas au moment où il s'est brisé, en tout cas.

Marsh lui donna une claque sur l'épaule.

— Tu peux transmettre quelques messages pour nous avec ta C.B., Earl, histoire de rassurer nos proches ? Mon fils est à Palmetto Grove, il doit être mort d'inquiétude.

Il désigna Janya du menton.

— Et son mari aussi.

— Je sens que je vais pas chômer dans les jours qui viennent ! Les gens ont pas l'air de piger que, durant une tempête, toutes ces antennes-relais et autres lignes téléphoniques sont coupées. Heureusement qu'on est certains à prévoir le coup…

Marsh rédigea quelques messages, accompagnés des noms et numéros de téléphone correspondants, qu'Earl lui promit de transmettre aux personnes concernées. Sur ce, il repartit, non sans leur conseiller la plus grande prudence au volant quand ils sortiraient, les routes étant jonchées d'arbres et de lignes électriques abattus.

A peine Marsh avait-il refermé la porte derrière lui que Wanda éclata en sanglots.

***

— Si les dégâts sont importants, j'ignore comment je vais pouvoir payer tous les travaux nécessaires…

Debout sous la véranda, Tracy et Marsh attendaient que Janya et Wanda aient fini de préparer les enfants.

Ils s'apprêtaient à traverser l'îlot.

— Le montant de ma franchise est vertigineux et je ne te parle même pas de toutes les restrictions concernant les ouragans… Sans compter qu'il y a des tas de compagnies d'assurances qui interviennent. Celle-ci refuse de payer pour ceci, celle-là refuse de payer pour cela… Quand toutes auront fini de refuser de payer, on m'octroiera généreusement un billet de vingt dollars accompagné d'une petite tape dans le dos pour me dédommager de mon temps et de mes efforts.

— Ne commence pas à te mettre martel en tête…

Il lui passa un bras autour des épaules.

— Nous avons eu beaucoup de chance jusqu'ici.

Tracy considéra le cèdre qui bloquait une partie de l'allée, près de la route. Par bonheur, aucune des voitures n'était garée là et le reste du jardin avait été relativement épargné, même si l'on comptait quelques branches arrachées ainsi que des dégâts mineurs causés à la cabane de Bay, perchée dans son arbre — la porte à moitié dégondée et quelques bardeaux de la toiture qui gisaient çà et là. Quant à la fermette, un morceau de tôle arraché du toit pendait d'un côté de la véranda, mais le reste pourrait être réparé en une petite journée de travail.

— Oui, nous avons *vraiment* eu beaucoup de chance, acquiesça-t-elle. Surtout Maggie et moi. Nous sommes encore en vie. Moi pour me quereller avec ma compagnie d'assurances et elle pour décider de son avenir.

— Et le tien, d'avenir, il est décidé ?

— En partie, oui.

— Laquelle exactement ?

— Je sais maintenant avec qui je compte passer le reste de ma vie.

Il l'embrassa.

— C'est marrant, il se trouve que moi aussi j'ai réglé ce point-là.

— Nous devrions nous réunir un de ces quatre pour comparer nos notes…

La porte s'ouvrit, livrant passage à Wanda qui sortit avec Lily.

— On laisse Chase et Rumba ici : ils garderont la maison. Vous n'y voyez pas d'inconvénient, j'espère ?

— Au contraire, c'est une excellente idée.

Marsh descendit le perron pour avancer sa voiture jusqu'à la véranda. Son modèle hybride était équipé de quatre roues motrices, et tous tombèrent d'accord pour ne prendre qu'une seule voiture. Avec une circulation réduite, voire inexistante, il aurait été idiot et surtout plus risqué d'y aller à deux véhicules simplement pour pouvoir y caser les sièges auto des enfants.

— Si tout va bien, on pourra réintégrer nos pénates dès cet après-midi. Ça nous permettra de laisser nos deux tourtereaux en tête à tête, dit Wanda à Janya.

Tracy réagit vivement.

— Non, Wanda, je crois préférable que nous restions tous ici le temps que les choses reviennent un tant soit peu à la normale : la liaison par ferry avec le continent, l'électricité… Tant que tout ça n'est pas rétabli, je ne vois pas l'intérêt de se débrouiller chacun seul et mal dans son coin, alors qu'on peut tous se faciliter la vie en s'organisant ensemble.

— Et toi, alors ? Tu comptes t'installer définitivement ici ? Tu vas emménager chez Marsh ?

Tracy se posait la même question. Bien entendu, c'était le souhait de Marsh et, pour sa part, elle adorait la vieille maison cracker ainsi que ses deux habitants mâles, le petit et le grand. Venir y vivre paraissait la solution la plus logique, néanmoins elle restait indécise : si elle s'installait chez Marsh, elle ne ferait plus partie de la petite communauté de Happiness Key.

— J'ignore encore ce que je vais faire.

— N'importe quoi ! Cette maison, c'est la tienne, maintenant. La tienne et celle du bébé !

Janya sortit, accompagnée de Vijay.

— Ça y est, nous sommes prêts ! Vijay prétend qu'il s'agit d'une nouvelle aventure, il a d'ailleurs commencé à écrire un nouveau livre. C'est l'histoire d'un petit garçon emporté par un grand vent dans un pays inconnu.

— A ta place, lui conseilla Wanda, je lui lirais *Le Magicien d'Oz* avant qu'il soit trop avancé dans l'écriture…

Vijay et Lily seraient-ils eux-mêmes bientôt emportés vers un pays inconnu, se demanda Tracy avec inquiétude, le pays de ces grands-parents qui n'avaient jamais voulu les reconnaître ? Si les services sociaux autorisaient en revanche les Kapur à garder les enfants, ils retourneraient dès que possible en Inde pour rendre visite à la famille de Janya, voire aux grands-parents des petits, s'ils arrivaient à établir des liens avec eux. Pour Vijay et Lily, rester chez Janya et Rishi n'aurait rien d'une coupure définitive avec leur passé, ce serait plutôt l'occasion d'entamer un nouveau chapitre de leur histoire. Restait à espérer que les familles et les autorités compétentes s'en rendraient compte de part et d'autre de l'océan…

Wanda et Janya casèrent les enfants entre elles à l'arrière et tout le monde boucla sa ceinture de sécurité. Arrivé au bout de l'allée, Marsh contourna prudemment l'arbre abattu et constata avec plaisir que la route était dégagée.

Ils contemplèrent le paysage qui défilait devant leurs yeux sans guère échanger de paroles. Même les enfants ne pipaient mot. Lily insista simplement pour grimper sur les genoux de Janya et Wanda souleva Vijay pour lui permettre de mieux y voir. Marsh roulait au pas, à l'affût d'éventuelles branches arrachées et d'autres obstacles. Ils ne croisèrent que deux voitures, la première garée non loin du tertre indien, là où le terrain était plus élevé. Son propriétaire avait sans doute escompté la mettre ainsi à l'abri d'une possible montée des eaux. La seconde les dépassa et Tracy reconnut son conducteur : c'était le gérant de Randall's, qui s'était sans doute levé de bonne heure pour voir ce qu'il en était de son magasin. Pour ce qu'on en voyait de la route, il semblait avoir bien résisté aux intempéries.

— Si Randall's rouvre ses portes, nous pourrons nous réapprovisionner, fit Marsh.

— Regardez l'ancien campement de pêcheurs !

Wanda pointait son côté de vitre du doigt.

— Ça épargnera à l'Etat d'avoir à le démolir ! Il n'en reste plus grand-chose…

Tracy tourna la tête. Wanda avait raison. Le peu qu'il restait de la structure délabrée avait disparu, emporté au large du golfe, probablement.

— Et voilà la maison de Blake, dit-elle encore au bout d'une minute. Elle n'a pas l'air d'avoir été endommagée. Je me demande…

La question était dans tous les esprits, mais ils s'abstinrent d'exprimer leurs soupçons devant les enfants. Tout ce qu'ils savaient, c'est qu'on avait tenté d'assassiner Maggie ; pour le reste, ils ignoraient l'identité du criminel. Toutefois, Blake arrivait en tête des candidats.

— Je crève d'envie de connaître le fin mot de l'histoire, dit Wanda, maintenant que je sais qu'elle finit bien.

— Pour l'instant, les dégâts ne semblent pas trop graves…

Marsh avait évité des arbres abattus ainsi qu'un poteau électrique garni de son réseau de câbles. La route était jonchée de débris, de buissons déracinés, de sections de tôle et de ce qui ressemblait au revêtement extérieur d'une habitation ou d'une cabane de pêcheur. Tracy éprouva un regain d'optimisme : le nid de balbuzards qu'elle voyait chaque jour en allant vers le pont trônait toujours tout en haut d'un poteau téléphonique, et juste au moment où ils passaient elle aperçut un balbuzard décrivant des cercles au-dessus de son nid, comme pour évaluer les dégâts, à l'instar de leur petite troupe allant voir l'état de Happiness Key.

— C'est bon signe, dit-elle en désignant l'oiseau. Si le nid a tenu le coup, nos maisons ont sans doute résisté elles aussi.

— On va peut-être regretter de s'être donné autant de mal

à emporter tous nos trucs de valeur, dit Wanda. Si ça se trouve, on a perdu beaucoup de temps pour rien, hier.

Mais Marsh avait de nouveau ralenti et Tracy comprit immédiatement pourquoi. A cet endroit, la route s'incurvait pour longer l'eau d'un peu plus près. Ils étaient quasiment arrivés à l'entrée de Happiness Key, mais certains repères familiers avaient changé ou disparu. Ils auraient normalement dû être en mesure d'apercevoir les pavillons, sauf qu'à cent mètres devant la route était bloquée par un amoncellement de décombres.

Tracy porta la main à sa bouche, les yeux écarquillés d'horreur.

— Inspire profondément, lui conseilla Marsh en posant doucement sa main sur son genou.

— Qu'est-ce qu'il y a ? demanda Wanda, qui n'y voyait rien depuis la banquette arrière.

— S'il te plaît, Marsh. Ne va pas plus loin.

— Je peux encore m'approcher…

— Non, arrête-toi là. Je t'en prie.

Il obtempéra, tâche plutôt aisée puisqu'il avait déjà ralenti en apercevant le spectacle de désolation qui s'étendait devant eux.

Tracy détacha sa ceinture et ouvrit la portière. Refoulant ses larmes, elle se tourna vers la banquette arrière.

— Vu d'ici, ça se présente mal, annonça-t-elle à ses deux amies.

Mais, à leur visage, elle vit qu'elles avaient déjà compris.

— Dans quelle mesure exactement ? demanda Wanda en détachant également sa ceinture.

Tracy secoua la tête, bien que la réponse ne fût que trop évidente, même de l'endroit où ils se trouvaient.

Marsh sortit lui aussi de la voiture.

— Une tornade… Earl nous a dit qu'on en avait repéré dans le sillage de l'ouragan. Il semblerait que l'une d'elles soit passée sur le terrain.

Ces ruines, en effet, n'étaient pas l'œuvre de l'homme. Quelque chose, une tornade selon toute probabilité, avait dégagé un chemin allant de la baie jusqu'au bord du golfe. Des deux côtés gisaient des arbres. Il n'y avait plus de taillis, plus de route. Ils avaient été effacés, à peu de choses près, comme si rien n'avait jamais recouvert ce terrain.

Tracy se mit à avancer lentement vers ce qui avait été un petit lotissement de bord de mer affublé du nom absurde et néanmoins tout à fait pertinent de Happiness Key.

Marsh la rattrapa.

— Tracy, il ne sert à rien de t'imposer ça.

Il lui prit la main.

— C'était à moi…

Elle s'entendit parler au passé et ses yeux se remplirent de larmes.

— Tu te l'étais approprié, c'est vrai. A tous égards. Tu lui as donné vie.

Elle s'apprêtait à dire « et tout ça pour quoi ? Regarde où ça m'a menée ! » mais se ravisa. La réponse, elle la connaissait.

Chacune portant un enfant, Wanda et Janya les rejoignirent et, ensemble, ils s'approchèrent aussi près que possible. Il y avait trop de câbles électriques arrachés pour s'aventurer trop loin. Ils préférèrent s'arrêter pour contempler en silence ce qu'il restait du lotissement.

Le pavillon le plus touché était celui de Wanda. A l'endroit où il se dressait encore la veille ne demeuraient que ses fondations ainsi que, bizarrement, une haie d'hibiscus qui semblait presque intacte, bien que dépouillée de toutes ses fleurs. Les vestiges du pavillon de Janya étaient encore assez importants pour qu'on puisse repérer son emplacement. Un mur, des trous béants à la place des fenêtres. Le toit gisait à côté, comme s'il avait été soufflé en un seul morceau.

La maison de Tracy était encore signalée par deux pans de murs, mais même d'où ils se tenaient on voyait que tout ce qu'elle avait laissé à l'intérieur avait disparu. Quelque part au large du golfe, un banc de poissons devait profiter de ses efforts de déco à prix mini…

Il manquait le toit de chez Alice, comme si d'en haut quelqu'un l'avait soigneusement ôté comme un couvercle, mais une grande partie des murs était encore debout.

Et enfin, la maison de Maggie… Celle qui avait accueilli Dana et Lizzie… Le pavillon qui, à l'origine, avait servi de foyer à Herb Krause, le vieil homme qui avait légué à ses femmes un héritage unique… De celle-ci, il ne restait qu'un amas de béton.

— Ben, ça alors ! essaya de plaisanter Wanda. Comme on dit, c'est bon de retrouver son petit chez-soi !

— Il n'y a plus de petit chez-soi.

Tracy ferma les yeux.

— Il n'y a plus rien du tout…

— Au moins, les compagnies d'assurances ne pourront pas faire traîner les choses. Elles vont tout nous rembourser.

La voix de Wanda tremblait, démentant son petit discours fausement optimiste.

— Nous avons sauvé le plus important, dit alors Janya d'une voix posée. Tu n'aurais rien pu faire de plus, Tracy.

Tracy inspira profondément, tentant d'apaiser son bouleversement intérieur, et contempla les ruines du premier foyer heureux qu'elle ait jamais connu. Marsh glissa son bras autour de sa taille et posa une main légère sur son ventre où leur enfant était encore protégé pour un temps des déceptions de l'existence.

— Ma maison est assez grande pour nous tous, dit-il. Je serai ravi de vous héberger autant de temps qu'il le faudra.

Tracy était en proie à une étrange sensation. Ce n'était pas un bouleversement, tout compte fait. Ni un chagrin enflant au plus profond d'elle-même, bien que la tristesse ait envahi toute son âme. C'était un mouvement. Un vague frémissement sous la main de Marsh.

— Marsh…

Il lui embrassa les cheveux.

— Ça va ? Tu veux revenir à la voiture ?

— Je crois que le bébé a bougé. Tu l'as senti ?

Il plaqua sa main plus fortement sur son ventre. Puis il se mit à rire.

— C'est exactement ça ! Elle se manifeste à nous. En tout cas, on peut dire qu'elle a déjà le sens de l'à-propos !

Hésitant entre le rire et les larmes, Tracy s'étrangla d'émotion.

Depuis son nid douillet où protection et nourriture lui étaient offertes, son bébé tenait à lui apporter un certain réconfort. Elle attendait cet instant-là depuis longtemps et il n'aurait pu survenir à un meilleur moment.

Ce n'est qu'après coup qu'elle prit conscience de la signification exacte des paroles de Marsh. Elle se tourna vers lui.

— *Elle ?*

Il prit aussitôt une mine coupable.

— Non, j'ai dit ça comme ça… C'est parce que, pour moi, il s'agit d'une fille, voilà tout.

— Tu le sais, n'est-ce pas ? Tu l'as demandé à la manipulatrice quand j'ai quitté la pièce pour aller voir le médecin ! Tu m'avais pourtant dit que finalement…

— Trace, l'interrompit-il, il y a des choses plus importantes que celle-ci à l'ordre du jour, il me semble.

Elle accentua la pression de ses doigts sur son ventre, dans l'espoir que leur enfant, *leur fille*, frémirait encore. Et soudain, elle prit conscience que le bonheur était au bout du chemin. Pour Marsh, pour elle, pour toutes ses amies…

— Ah bon, tu crois ?

— L'endroit où on vit importe peu, déclara Wanda en posant Vijay sur le sol. L'important, *c'est ce que l'on y vit…*

Elle passa un bras autour des épaules de Tracy et, de l'autre, fit approcher Janya et Lily.

— Garde ça à la mémoire pour les jours à venir, O.K. ?

32

Au mois de février, la saison touristique bat son plein à Palmetto Grove. Durant cette période, les habitants qui ne travaillent pas dans le secteur des services et de l'hôtellerie font le gros dos et restent tapis chez eux. Les autres engrangent les pourboires avec un sourire radieux. C'est pourquoi personne de sensé ne programme d'événement d'importance durant ce mois.

Personne à l'exception de Tracy et de ses anciennes locataires de Happiness Key…

— Le prochain ferry est sur le point d'accoster, signala Wanda en entrant dans une des chambres de la vieille maison cracker où Janya et Alice aidaient Tracy à revêtir sa robe de mariée. Kenny est à bord, et c'est tant mieux pour lui ! S'il avait manqué tout le tralala, j'aurais organisé une grève du sexe de plusieurs mois !

— Il devait le savoir, j'en suis sûre, répondit Alice en sortant d'un écrin le rang de perles qu'elle portait le jour de son propre mariage.

Ce collier était censé faire double emploi : il représentait à la fois le « quelque chose de vieux » et le « quelque chose de prêté » que devait porter Tracy.

— C'est un homme… intelligent.

Tracy ôta sa robe du cintre. Contrairement à la culotte qui la gainait inélégamment, celle-ci était conçue pour dissimuler au maximum son ventre proéminent. Mousseline blanche sur soie ivoire, c'était un modèle sans manches, retenu sous les seins par une ceinture coulissante en satin, et qui s'évasait en corolle jusqu'à mi-mollet. Il ne pourrait bien sûr échapper à personne que la future mariée était enceinte mais, au moins, sa silhouette serait mise en valeur. Et elle le méritait bien, vu que pendant le dernier trimestre de sa grossesse elle allait sans nul doute ressembler au bonhomme Michelin !

— Maggie et Felo sont avec lui ? demanda-t-elle.

Wanda ayant omis de lui préciser ce détail, elle préférait ne pas penser au châtiment que Felo serait forcé d'endurer, s'il osait ne pas être présent au mariage.

— Oui, tout le monde sera là.

— Calme-toi, ma chère, dit Alice. Tout a été organisé.

On frappa à la porte et, avant que quelqu'un ait pu ouvrir, Olivia fit irruption dans la pièce.

— Waouh, c'est de la folie, dehors ! s'écria-t-elle.

— Tu es magnifique, dit Wanda à la fillette. J'ai entendu dire que Lily et toi portiez des tenues assorties, c'est vrai ?

Les deux filles se partageraient le rôle de porteuse de fleurs. Lily, qui trottait maintenant dans tous les sens, bien assurée sur ses petites jambes, serait la première à s'avancer ; puis, dès que son attention serait distraite par autre chose — ce qui ne manquerait pas d'arriver —, Olivia la prendrait dans ses bras et, ensemble, elles achèveraient leur mission. La robe longue d'Olivia était d'un violet profond ; Lily portait la même, mais en version courte, afin qu'elle ne se prenne pas les pieds dans l'ourlet.

Olivia était effectivement ravissante. D'ici quelques années, elle serait promue demoiselle d'honneur, avant peut-être de convoler elle-même en justes noces. Tracy se réjouissait d'être le témoin privilégié de cette métamorphose : suite à la destruction de Happiness Key, Olivia avait emménagé dans la fermette cracker et n'en était pas repartie. Après moult réflexions et délibérations, les parties concernées avaient finalement conclu que la meilleure solution pour la fillette était de s'installer à demeure chez Marsh et Tracy.

Alice et Roger la prenaient à Shell Horizon du vendredi soir au dimanche, mais son foyer se trouvait désormais à Palmetto

Grove Key, dans une ancienne chambre d'amis dont les murs repeints en lavande étaient tapissés de posters de Justin Bieber et de Daniel Radcliffe. Grâce à cet arrangement, Alice pouvait continuer à jouer son rôle de grand-mère fière et aimante auprès de sa petite-fille, tandis que Marsh et Tracy assumaient la fonction de parents au quotidien.

Quand Roger et Alice auraient organisé tous les détails de leur nouvelle vie à deux, ainsi que la répartition de leurs revenus respectifs, il y aurait sans doute un autre mariage à célébrer, pensa Tracy avec plaisir. Olivia l'avait déjà avertie que, le moment venu, elle comptait elle-même conduire sa grand-mère à l'autel.

— Maintenant que tout le monde est réuni, vous allez enfin nous révéler le nom du bébé ? demanda-t-elle, impatiente.

— Maggie n'est pas encore là, objecta Wanda avant que Tracy ait pu répondre. Et Kenny m'a informée qu'il y avait un invité surprise sur le ferry. Alors il va falloir que tu patientes encore un peu…

— C'est vraiment trop injuste ! Après tout, on parle de ma petite sœur, ou quasiment !

Tracy lui adressa un sourire compatissant, puis tendit les bras afin que Janya lui enfile la robe par-dessus la tête.

Olivia s'enquit d'un ton plein d'espoir :

— C'est Dana et Lizzie, la surprise ?

Elle ignorait toujours les raisons qui avaient forcé Dana à quitter Happiness Key — certains secrets ne pouvaient encore lui être révélés. Aussi Tracy préféra-t-elle lui annoncer la bonne nouvelle que Dana, qui commençait enfin à retrouver un sentiment de sécurité, lui avait donné l'autorisation de divulguer dans sa dernière missive.

— Non, elles ne pourront pas assister au mariage. Mais j'ai reçu une magnifique carte postale signée d'elles deux ainsi que de Pete. Et tu veux savoir d'où elle m'a été envoyée ?

Le visage d'Olivia se plissa sous l'effort de réflexion.

— Vu qu'ils n'arrêtent pas de bouger, ça peut être de n'importe où…

— D'Australie.

Tracy attendit que les murmures de surprise se soient tus.

— Dana m'écrit qu'ils ont fait l'acquisition d'un petit ranch là-bas et qu'ils y sont très heureux. Et ce n'est pas tout...

Elle sourit.

— Ils tiennent absolument à ce que nous allions toutes les voir. Ils nous feront parvenir les billets d'avion dès que nous serons en mesure de faire le voyage.

Elles étaient toutes bien placées pour savoir que Dana avait les moyens de leur offrir ce généreux cadeau.

— Waouh, c'est génial ! s'exclama Olivia. Mais je parie que je ne dois en parler à personne, c'est ça ?

— Toi, ma fille, tu as oublié d'être bête, lança Wanda d'un ton approbateur.

Janya changea de sujet avant que d'autres questions n'interviennent.

— Olivia, est-ce que Vijay était encore propre la dernière fois que tu l'as vu ?

— Oui, ne t'en fais pas. Rishi fait attention à ce qu'il ne se salisse pas.

— Vijay s'est récemment pris de passion pour la fabrication de tartes à la boue. Je suis prête à parier qu'il va chercher dans le jardin un endroit où se procurer son ingrédient de base.

— Il n'est jamais trop tôt pour se lancer dans la production de tartes, approuva Wanda. Nous lui apprendrons bientôt à en confectionner des vraies.

Elle n'ajouta pas : « Si vous êtes autorisés à les garder, sa sœur et lui. » Jusqu'à présent, le dossier se présentait bien. Les autres grands-parents avaient été localisés et, à l'instar des premiers, ils semblaient peu disposés à assurer la tutelle des petits. Ces derniers temps, personne ne mentionnait la possibilité que Vijay et Lily puissent être placés ailleurs que chez les Kapur, de peur de leur porter malheur.

Afin de loger leur nouvelle famille et de consolider leur candidature à l'adoption, Janya et Rishi venaient de louer une confortable maison située non loin du pont, dans un quartier familial où les enfants pourraient se faire plein d'amis. De là,

Janya serait suffisamment près de ses amies à elle pour leur rendre visite souvent. En outre, les navettes quotidiennes de Rishi s'en trouveraient raccourcies. Les Kapur quitteraient leur location provisoire la semaine suivante et Janya travaillait d'arrache-pied à la réalisation de fresques basées sur des contes traditionnels hindous pour la nouvelle chambre des enfants.

Ken et Wanda n'étaient pas bien loin, eux non plus. Alors qu'ils hésitaient encore entre acheter ou louer, ils avaient emménagé dans un bel appartement avec vue sur le Golfe, où les animaux étaient les bienvenus. Leur résidence possédait une piscine olympique, un parc canin où Chase pouvait courir tout son soûl et la cuisine de l'appartement était à la hauteur des exigences de Wanda.

Tracy rentra le ventre afin que Janya puisse remonter la fermeture Eclair de la robe.

— Que de changements en si peu de temps ! Parfois, je me sens dépassée par le rythme des événements !

— Attends un peu que la petite soit née, répliqua Wanda, sarcastique. On en reparlera à ce moment-là !

— Je t'avais dit que je pourrais peut-être la prendre avec moi au centre ? Eh bien, tout est arrangé. Notre puéricultrice s'occupera d'elle à la nursery.

— Et le jour où tu auras un empêchement, dit Janya, je la prendrai chez moi.

Olivia intervint :

— Mais de qui parlez-vous ?

Tracy, qui la voyait venir, décida de jouer le jeu.

— Du bébé.

— De quel bébé ?

Tracy lui fit un clin d'œil.

— Eh bien, mais de… Waverly.

— Waverly !

Transportée, Olivia tapa dans ses mains.

— Alors ça, c'est cool comme prénom !

Wanda y alla de sa mise en garde :

— Continue à laisser cette demoiselle ici présente te mener

par le bout du nez, et tu comprendras ta douleur quand elle fera sa crise d'adolescence…

— Oh ! Arrête, Wanda ! protesta l'intéressée. Toi aussi, tu voulais savoir. Ne dis pas le contraire.

Wanda choisit de feindre l'indifférence.

— Waverly ? Où es-tu allée pêcher un nom pareil ?

— Ça te plaît ?

— C'est pas mal… Evidemment, vous allez l'abréger en…

— Way.

— C'est un très joli prénom, déclara Janya.

Alice, qui attachait le rang de perles autour du cou de Tracy, approuva elle aussi.

— En tout cas, c'est mieux qu'Olive. C'est le surnom que me donne Marsh, s'indigna Olivia. Trop la honte !

Malgré tout, cela n'avait pas l'air de la déranger outre mesure.

Wanda s'empara du peigne en perles et strass que Tracy comptait porter et souffla consciencieusement dessus pour le débarrasser d'un grain de poussière.

— J'ai parlé du pont à Ken, il y a quelques minutes. Le bruit court qu'il sera sûrement rouvert à la circulation la semaine prochaine, maintenant que les travaux sont presque terminés.

Le silence s'abattit sur la pièce. Tracy n'était pas sûre de pouvoir un jour réemprunter le pont sans une certaine appréhension ; elle avait hâte qu'il soit doublé par le nouvel ouvrage. Ce nouveau pont serait le plus soigneusement bâti de toute la Floride ; il bénéficierait des matériaux et des techniques dernier cri ; tous les officiels impliqués de près ou de loin dans le projet y veillaient — une manière pour eux de faire pénitence.

— Il m'a aussi dit que la justice avait négocié un accord avec ce salopard de Ned. La prison à vie pour meurtre et tentative de meurtre à condition qu'en échange il balance les noms de tous ceux qui ont trempé dans cette arnaque. Je peux vous dire qu'ils vont faire le ménage chez Cardrake Brothers, ça ne va pas traîner !

— Une arnaque…

Le terme était bien faible, songea Tracy, pour décrire les récents événements qui avaient secoué la petite île.

Tout le monde savait aujourd'hui qu'il ne s'agissait à l'origine que d'une affaire d'escroquerie qui avait dégénéré en meurtres et règlements de comptes. Les ingénieurs d'élite travaillant sous les ordres de Blake Armstrong s'étaient crus assez malins pour lésiner sur les matériaux destinés à la rénovation de l'ancien pont. Assurés d'obtenir le juteux contrat de la construction du nouveau pont s'ils réalisaient le chantier en dessous du budget prévu, ils avaient élaboré un plan qui leur paraissait infaillible. Les risques pour que les réparations ne tiennent pas étaient faibles, si faibles que dans l'esprit de Blake Armstrong, flambeur invétéré et cupide, l'affaire valait le coup d'être tentée. Si nécessaire, il aurait graissé la patte aux contrôleurs des travaux publics ainsi qu'aux entrepreneurs concernés. Tout le monde n'y aurait vu que du feu, si au cours d'une inspection de routine l'un des ingénieurs de Cardrake n'avait repéré une fissure dans l'ouvrage, une fissure si importante que sa présence changeait considérablement la donne.

Entre-temps, les membres de l'équipe avaient acquis une réputation d'excellence ; ils faisaient figure de surdoués, passant pour la relève de l'ingénierie du bâtiment. Face à cet imprévu, leur éventail de choix était restreint. Soit ils n'intervenaient pas et il leur restait alors à croiser les doigts pour que la fissure ne s'élargisse pas et que la malfaçon passe inaperçue ; soit ils effectuaient quelques réparations mineures sans révéler l'ampleur du problème, en espérant qu'ils pourraient s'en expliquer de telle façon que leurs précédentes décisions ne soient pas trop remises en cause ; soit ils avouaient avoir commis des erreurs, et le pont serait fermé durant plusieurs semaines afin de reprendre la totalité des travaux effectués au rabais lors du premier chantier.

Quand Harit Dutta était arrivé chez Blake pour lui couper les cheveux, deux jours avant sa mort, il avait surpris plusieurs membres de l'équipe s'échauffant sur la voie à suivre. Blake, qui avait oublié le rendez-vous, avait levé les yeux et aperçu Harit sur le pas de la porte. Depuis quand les écoutait-il et qu'avait-il compris au juste ? A l'expression de son visage, c'était difficile à dire. Blake l'avait payé et renvoyé aussitôt, et la discussion avait repris, cette fois au sujet du sort à réserver au jeune coiffeur indien. Ses collègues soutenaient pour la plupart que, n'ayant pas de formation d'ingénieur, Harit n'était pas en mesure de comprendre un traître mot de leur discussion, et cela quand bien même il en aurait surpris des bribes. Mais Blake, pour avoir eu plusieurs conversations approfondies avec cet homme intelligent et cultivé, était convaincu que ses associés se trompaient sur son compte. Cela ne faisait aucun doute dans son esprit : quand Harit réfléchirait à ce qu'il avait entendu, non seulement l'escroquerie lui apparaîtrait clairement, mais il s'estimerait moralement tenu de la signaler aux autorités compétentes.

Blake avait alors passé la nuit à ruminer les possibles conséquences de cette fuite, conscient que, pendant qu'il s'efforçait de déterminer une ligne d'action, Harit était peut-être en train de discuter de l'affaire avec sa femme. Au matin, sa décision était prise : il ne pouvait pas rester les bras croisés. Faisant jouer les relations qu'en tant que joueur il entretenait avec le milieu interlope de Miami, sa ville natale, il avait organisé l'enlèvement de Kanira. La jeune femme avait été kidnappée le lendemain matin, alors qu'elle partait faire des courses, puis amenée à Miami où, sous la menace d'une arme, on l'avait contrainte à appeler son mari. Fort de ses conversations avec Harit, Blake était persuadé que celui-ci, pris de panique, foncerait droit à Miami dès qu'il aurait appris où se trouvait son épouse. Les Dutta étaient des immigrants sans attaches aux Etats-Unis, des cibles faciles. Mais c'était compter sans l'obstination des Kapur qui n'avaient jamais cru Harit capable de commettre un meurtre, et le zèle de Maggie qui s'était acharnée à prouver le point de vue de ses voisins.

Le corps de Blake n'avait pas été rendu par l'océan, mais Ned soutenait avoir vu son associé flotter sur le ventre au milieu des flots déchaînés, après qu'il fut passé par-dessus bord avec Maggie. Cette dernière, sceptique, penchait plutôt pour un autre scénario. Ned, se trouvant soudain débarrassé de Blake et de leur encombrant otage, avait fait redémarrer le yacht et avait filé s'abriter dans un port avant que Blake ait pu remonter à bord. Quel qu'ait été le cours des événements, le sort de Blake ne faisait pas le moindre doute : on n'entendrait plus jamais parler de lui.

— Et maintenant oublions les magouilles, les ponts et tout ce qui ne concerne pas directement ce mariage, suggéra Wanda. La cérémonie va bientôt commencer. Il ne te reste plus qu'à mettre ce truc-là.

Elle s'approcha de son amie pour glisser le peigne dans ses cheveux de la manière la plus appropriée.

Tracy avait décidé de ne pas porter de voile. La robe blanche était sans doute déjà un peu déplacée, vu le stade avancé de sa grossesse, mais elle s'était laissé convaincre par ses amies. Depuis la Chine, Sherrie, son ancienne camarade de chambre à l'université, qui avait suivi son mari consultant en milieu hospitalier, lui avait envoyé ce peigne en guise de « quelque chose de neuf ». Elle lui avait également promis de venir passer chez elle une semaine en mai pour lui donner un coup de main à son retour de la maternité.

Tracy s'assit le temps que Wanda glisse le peigne avec application dans le petit chignon de boucles à l'arrière de sa tête. Elle avait choisi une coiffure mi-libre mi-attachée, et ce peigne apportait la touche festive qui convenait à l'occasion.

Elle se leva, lissa le devant de sa robe et se pencha vers le miroir pour vérifier son maquillage. Parfait. Elle tendit la main pour qu'on lui confie son bouquet, une composition tropicale aux couleurs vives qui faisait la part belle aux gardénias. Un bouquet typiquement floridien.

— Alors, qu'est-ce que vous en pensez ?

Elle se retourna pour que tout le monde puisse l'admirer.

— Est-ce que Marsh va prendre ses jambes à son cou en me voyant ?

— Tu ressembles à une star de cinéma ! s'écria Olivia avec enthousiasme. Quand je serai grande, je veux être *toi*.

Toutes éclatèrent de rire. Tracy eut droit aux embrassades de chacune, puis toutes la suivirent jusqu'à la porte.

Olivia jeta un coup d'œil dans le couloir, puis leur fit signe qu'elles pouvaient sortir. Un bourdonnement de voix s'élevait au-dessus des violons et du banjo. Marsh et Tracy avaient longuement réfléchi au lieu où se déroulerait la cérémonie — ils avaient même failli s'enfuir en amoureux tout de suite après le passage de l'ouragan. A présent, Tracy se félicitait qu'ils aient choisi d'attendre pour organiser un authentique mariage dans les règles, sur la pelouse de la maison où ils vivaient déjà ensemble.

Elle avait invité le personnel du complexe de loisirs ainsi que les adhérents qu'elle côtoyait dans son travail ; de son côté, Marsh avait invité les membres du conseil d'administration et les employés de Wild Florida, sans oublier leurs plus ardents supporters écologistes. Etaient aussi présents quelques habitants de l'îlot ainsi que certains invités de marque qui avaient fait le déplacement de loin : des parents de Marsh et quelques amies que Tracy fréquentait à l'époque où elle vivait encore en Californie.

Phillip Callander, aidé par le personnel du tout nouveau *Dancing Shrimp*, avait préparé un buffet de canapés et de petits-fours raffinés, et le club de composition florale du complexe de loisirs avait réalisé tous les arrangements floraux. L'accompagnement musical était fourni par un orchestre de bluegrass qui se produisait souvent lors des rassemblements organisés par Wild Florida.

Bien entendu, il n'y avait pas de gâteau de mariage. *Les Merveilleuses Tartes de Wanda* avaient confectionné par dizaines la toute nouvelle création de Wanda, *La Clef du Bonheur*, une version plus intense de sa célèbre tarte au citron vert meringuée, avec fond de pâte et meringue à la noix de coco. A cette occasion, la nouvelle employée de Wanda avait trimé sans relâche. Par chance, il s'agissait d'une jeune femme qui aimait presque autant pâtisser que sa patronne et qui promettait de devenir l'assistante permanente et fiable dont Wanda avait tant besoin.

— Bon, dit cette dernière à Olivia. Tu sais ce que tu dois faire ?

La fillette hocha la tête, traversa la véranda grillagée au pas de course et dévala les marches du perron pour rejoindre Rishi, qui se tenait non loin de là avec Vijay et Lily. Elle délibéra longuement avec lui, puis fit signe à Wanda qui attendait sur le seuil. Wanda, qui avait déjà averti l'orchestre, donna le signal aux musiciens. Ceux-ci se dépêchèrent d'achever un air de violon un peu désuet, firent le silence le temps de se préparer, puis attaquèrent la chanson qui marquait le début de la cérémonie.

— Tu es prête ? demanda Wanda à Tracy. Les petits sont en train de s'aligner.

Never Ending Song of Love...

Tracy regarda au-dehors. Marsh et Bay l'attendaient au bout de l'allée herbeuse qui partait de la véranda.

— C'est Marsh qui a choisi cette chanson, il prétend que les paroles sont le reflet de la vérité. Dès notre première rencontre, il a su que j'étais la femme de sa vie. Evidemment, il lui a fallu un certain temps pour le comprendre...

— Pas qu'à lui, ma chère ! répliqua Alice. Pas qu'à lui...

Tracy contempla toutes ces personnes qui lui étaient devenues si chères.

— Merci. Merci à vous toutes, leur dit-elle, émue.

— Allez, tout le monde dehors ! ordonna Wanda, les yeux embués de larmes. Lily et Olivia vont s'avancer en premier. Puis Vijay. Ce gosse veille sur cette alliance comme si sa vie en dépendait ! Ça m'étonnerait qu'il laisse Bay la donner à son père.

Tracy embrassa chacune de ses amies avant qu'elles ne traversent la véranda. Aucun membre de sa famille ne s'étant déplacé, ses anciennes locataires avaient décidé de la conduire elles-mêmes à l'autel. Elles avaient tout de suite écarté l'idée de s'habiller de manière identique, mais chacune portait une robe dans la teinte de pierre précieuse qui lui seyait le mieux.

Elles s'engagèrent dans l'allée à la suite des enfants — d'abord Janya, puis Wanda et enfin Alice. Au bout de quelques secondes, Tracy descendit elle aussi les marches du perron et leur emboîta le pas lentement tandis que tous les invités se levaient sur son passage.

Debout sur l'estrade, le pasteur de la paroisse que fréquentait Alice attendait de commencer la cérémonie. C'était un homme débonnaire qui avait accepté sans broncher les desiderata quelque peu inhabituels de Tracy. Arrivées devant l'autel, Janya, Wanda et Alice s'écartèrent et Marsh s'avança pour prendre la main de Tracy. Il portait un costume sombre et arborait un sourire chaleureux. Sans attendre la fin de la cérémonie, il attira Tracy contre lui et l'embrassa ostensiblement sous les applaudissements de l'assistance. Bay s'avança pour enlacer affectueusement Tracy.

— Mes bien chers frères, mes bien chères sœurs..., commença le pasteur quand les applaudissements se furent calmés.

Et Tracy et Marsh se tournèrent vers lui.

Tracy, qui n'aurait jamais cru être un jour si heureuse, songea qu'aucune parole n'aurait su mieux exprimer ses sentiments à cet instant privilégié.

Après la traditionnelle séance photo, Janya partit à la recherche de son mari afin de le soulager du fardeau des deux petits. Rishi était un excellent père mais, pris ensemble, les deux enfants n'étaient pas de tout repos. Maintenant que Vijay avait vaincu ses inhibitions, on avait du mal à l'arrêter.

Elle le trouva en train de jouer les équilibristes, chargé d'un côté d'assiettes de légumes et de sauces cocktail, et d'une Lily particulièrement remuante de l'autre. Janya lui prit la petite fille des bras et lui embrassa les cheveux avant de redresser le nœud qui ornait le sommet de sa tête. Du coin de l'œil, elle observait Vijay : il piochait dans les amuse-bouches à la table réservée aux enfants. Tracy lui avait dit de ne pas s'inquiéter. Elle avait demandé à Phillip Callander de composer un buffet végétarien à l'intention des enfants.

— Lily a fait sensation, déclara Rishi. Et notre Vijay aussi.

Janya fut touchée par ce « notre ». Sa gorge se noua.

— Je ne pouvais décemment pas annoncer la nouvelle aux autres, dit-elle. Aussi, ne t'attends pas à recevoir des félicitations. C'est la journée de Tracy, aujourd'hui, et je ne voulais pas lui voler la vedette. De toute façon, elles l'apprendront bien assez tôt.

— Mais, Janya… tes amies auraient été folles de joie pour nous !

— Eh bien, elles le seront encore demain, ou lorsque Marsh et Tracy reviendront de leur lune de miel !

— Dans ce cas, il faudra que nous organisions une grande fête. Dans notre nouvelle maison. Avec nos enfants.

Cette fois, le « nos » lui fit venir les larmes aux yeux.

La semaine précédente, les derniers grands-parents avaient décliné la proposition de tutelle que leur avaient soumise les services sociaux. Et la veille, Mlle Crede, l'assistante sociale, leur avait annoncé au cours d'une visite surprise qu'après avoir été suffisamment renseignés sur eux les grands-parents paternels et maternels avaient consenti à ce que Vijay et Lily restent dans la famille qui les avait recueillis afin qu'ils grandissent aux Etats-Unis, leur pays natal. Après avoir signé tous les documents requis, ils avaient même exprimé le vœu de faire un jour connaissance avec les Kapur et de rencontrer ces petits-enfants qu'ils n'avaient jamais vus. La fin tragique de Harit et Kanira avait peut-être adouci leur point de vue… Quoi qu'il en soit, Janya et Rishi avaient bien l'intention d'honorer leur requête.

Partant de là, l'adoption de Vijay et Lily n'était plus qu'une simple formalité qui deviendrait effective dès que toute la paperasse administrative serait dûment remplie. Rishi et Janya pouvaient d'ores et déjà considérer les deux petits comme les leurs.

— Certains penseront que ces familles sont sans cœur d'abandonner ainsi leurs petits-enfants, dit Rishi. Mais, pour ma part, je crois qu'ils ont agi en pleine conscience, sachant que c'était la meilleure solution pour eux.

Janya se mit sur la pointe des pieds et l'embrassa, démonstration d'affection qu'elle se permettait rarement en public et qui fit rougir Rishi. Depuis le jour de leur mariage arrangé, ils avaient appris à se connaître. Petit à petit, ils étaient devenus amis et voilà qu'à présent ils se retrouvaient parents. Et en chemin, pensa-t-elle, ils étaient aussi devenus amants. Aujourd'hui, elle n'aurait pas pu concevoir de vivre avec un autre que lui.

— Rishi, tu sais qu'avec moi les secrets ne risquent pas de

se savoir. Pour l'instant, je garde celui-ci, mais je t'en ai caché un autre…

Il la regarda d'un air désemparé, comme s'il se sentait battu d'avance à ce petit jeu des devinettes, aussi abrégea-t-elle le suspense.

— Ma mère vient faire la connaissance de ses petits-enfants, et nous donner au passage quelques conseils pour être de bons parents. Elle sera là le mois prochain. Pour l'instant, elle n'a pas fixé de date de retour.

— Ta mère va venir ici ?

— Oui, et je vais faire de mon mieux pour préparer son séjour.

— Quoi que tu fasses, ça ne sera jamais assez bien, de toute façon !

Ils se contemplèrent une seconde et éclatèrent de rire.

Wanda ne goûtait plus trop ces grands rassemblements. Elle songeait justement que se frayer un passage à coup de coudes ne lui plaisait guère, quand la foule s'ouvrit devant elle, la mettant soudain nez à nez avec Derek Forbes qui délaissa son public enthousiaste pour venir vers elle. Il la souleva de terre et la fit tournoyer dans ses bras.

— Posez-moi, espèce de grand fou ! cria-t-elle, tout en espérant qu'il n'en ferait rien.

De fait, il continua de faire la sourde oreille avant de terminer par une chaleureuse embrassade.

Wanda posa les mains sur ses épaules et l'examina de près. Elle savait qu'il devait venir, mais elle ignorait dans quel état il serait.

— Vous n'avez pas l'air trop mal en point. Pour un héros, je veux dire…

En plongeant intrépidement dans la baie, il avait accompli un exploit hors du commun qui, hélas, n'avait pas été sans séquelles. Il avait été sérieusement contusionné durant l'opération de sauvetage — son dos, en particulier, avait beaucoup souffert. Sitôt l'ouragan passé, il était rentré en Californie où il avait séjourné jusqu'à ce moment, se remettant de ses blessures tout en continuant à travailler sur le film. Wanda avait esquivé ses coups de téléphone, mais il n'y avait plus moyen de lui échapper.

Il passa un bras autour de ses épaules et l'entraîna à l'écart. Abasourdis, les gens les regardaient en les montrant du doigt, mais personne n'osait les approcher.

— Sacrée journée ! lança-t-il. La mariée est resplendissante.

C'était également l'avis de Wanda.

— Cette tempête de malheur aura quand même semé quelques bonnes choses sur son passage.

— Je suis navré pour votre maison…

— Ça m'ennuie de l'avouer, mais il était temps pour nous toutes de tourner la page. Vous savez ce que c'est, personne ne veut prendre l'initiative… Finalement, je crois que Phyllis nous a poussées à agir. Mais ça n'a pas changé l'essentiel. On continue à se réunir le jeudi soir chez l'une ou chez l'autre. Tracy est la seule qui soit restée sur l'îlot, mais dès que le nouveau pont sera en fonction nous serons toutes à dix minutes les unes des autres.

— Et vous ?

— Moi ? Eh bien, pour l'instant, Ken et moi nous louons un appartement dans une résidence. Ça ne nous déplaît pas. On pourrait même y rester…

Derek se mit à rire et lui secoua gentiment l'épaule.

— Non, vous savez très bien ce que je veux dire ! Qu'avez-vous décidé au sujet de la franchise ?

Wanda, consciente d'être au pied du mur, tenta de trouver une manière de lui annoncer son refus en douceur. Précaution inutile : Derek lut la réponse au fond de ses yeux.

— Vous n'allez pas le faire, n'est-ce pas ?

— Ecoutez, je n'arrête pas de me dire que je suis folle… Que c'est sûrement la chance de ma vie…

— Ma foi, peut-être pas. Si ça ne correspond pas à ce que vous voulez…

Elle s'efforça de trouver les mots adéquats.

La proposition de Derek l'avait forcée à réfléchir et à revenir sur son parcours. Après le bac, elle avait refusé de continuer ses études, et ce malgré l'insistance de son conseiller d'orientation. Elle avait choisi de se marier jeune avec un homme bon et stable et, après avoir mis au monde un fils et une fille, elle avait soigneusement évité de prendre un job à responsabilités. Elle s'était liée d'amitié avec des femmes qui lui ressemblaient — des épouses de policiers, des collègues serveuses — et qui voyaient la vie du même œil. Ce n'est qu'en venant vivre à Happiness Key qu'elle avait fait la connaissance de femmes bien différentes d'elle.

Et au fil de ce cheminement, forte du soutien de sa famille et de ses amies, elle avait trouvé la confiance nécessaire pour ouvrir son propre commerce. Ensuite, Derek était entré dans sa vie en lui proposant de la transformer en icône de la pâtisserie, en Betty Crocker, et force était de reconnaître qu'elle s'était laissé tourner la tête pendant quelque temps. Mais ce n'est pas aux vieux singes qu'on apprend à faire la grimace, et une petite voix en elle lui disait qu'elle n'était pas faite pour cela.

— Voyez-vous, Deke, j'ai compris quelque chose... A un certain niveau, j'avais envie que notre association soit un énorme succès, un truc retentissant. Je voulais me regarder le matin dans le miroir en me disant que je pouvais être fière de moi, parce que, du jour au lendemain, je serais devenue quelqu'un.

— Wanda...

D'un geste de la main, elle l'empêcha de poursuivre.

— Le truc, c'est qu'entre-temps je me suis rendu compte que j'étais *déjà* fière de moi, que j'étais *déjà* quelqu'un. Vous voyez, je ne crois pas avoir besoin d'être célèbre. C'est tentant, on se dit que ça doit faciliter les choses question estime de soi, mais ça implique bien trop d'obligations. Je ne veux pas sillonner le pays pour donner des interviews et montrer ma tête à chaque inauguration de magasin. Je ne veux pas travailler plus que je ne le fais déjà. En fait, ce qui m'intéresserait maintenant, ce serait de *moins* travailler, pas le contraire. Je veux pouvoir confectionner des tartes, inventer de nouvelles recettes et avoir quand même le temps de tailler le bout de gras avec mes clients. Ensuite, je veux pouvoir rentrer chez moi et passer une soirée tranquille avec Kenny. Je veux profiter de mes enfants et de mes petits-enfants. Je veux aider Janya et Tracy à élever chacune leur petite famille.

— Vous voulez avoir une vie.

Cela résumait tout. Elle hocha la tête.

— Et vous croyez que je ne peux pas le comprendre ?

Wanda le dévisagea, pensive. Si, peut-être en était-il capable... Après tout, il était mieux placé que quiconque pour connaître les inconvénients de la célébrité.

— Et si vous vous contentiez de me vendre vos recettes ? Je suis sûr que vous trouveriez à quoi employer l'argent que cela vous rapporterait. Ces petits-enfants dont vous me parlez, il faudra bien qu'ils fassent des études, un jour. Et puis vous pourriez embaucher davantage d'employés au lieu de vous tuer à la tâche comme vous le faites.

— C'est vrai, vous feriez ça ? Vous me les achèteriez ?

Elle prit quelques instants pour réfléchir. Puis ses yeux s'étrécirent.

— Vous pourriez peut-être même me filer aussi des royalties ?

Il se mit à rire.

— Ah, Wanda ! Vous auriez fait merveille comme associée en affaires ! Mais vous avez raison de vous battre, vos tartes sont les meilleures. Vous pourriez peut-être dispenser une petite formation à mes futurs employés quand j'ouvrirai mon premier magasin, histoire de lancer la machine... Mais tout ça, bien sûr, à vos conditions.

— J'y réfléchirai.

Elle le gratifia d'un immense sourire.

— Mais ça ne me prendra pas trop longtemps. Personnellement, je peux déjà vous dire : marché conclu !

Tracy dut attendre la sixième danse avant de pouvoir entraîner Maggie à l'écart, juste avant le découpage des tartes. Alice dansait avec Roger, très à son avantage dans un costume qui, pour une fois, tombait correctement sur lui. Felo, vêtu d'une chemise bleu lavande qu'on aurait crue achetée à La Havane, dansait avec Wanda. Cette dernière semblait aussi heureuse que Tracy. Nul doute qu'elles auraient beaucoup de choses à se dire, sitôt la noce terminée : elle l'avait aperçue en grande discussion avec Derek Forbes…

Elle parvint à intercepter Maggie, très élégante en tailleur de soie chocolat et corsage de dentelle noire.

— J'avais beau savoir que tu viendrais, je commençais à m'inquiéter.

— Ça me sera beaucoup plus facile de passer te voir une fois que le pont sera opérationnel. Tes invités ont dû faire une traversée de deux heures en ferry pour assister à ton mariage !

Elles s'étreignirent une fois de plus, justement parce que l'occasion leur en était donnée. Après l'opération de sauvetage, Tracy était allée voir Maggie à l'hôpital de Palmetto Grove, et, quand celle-ci avait regagné ses pénates pour y poursuivre sa convalescence, Tracy et Marsh s'étaient rendus à Miami, histoire de goûter à la gastronomie cubaine et de faire le tour de la ville. Pourtant, chaque fois qu'elle voyait son amie, Tracy se souvenait qu'ils avaient bien failli la perdre. Seules la perspicacité et la farouche détermination de Ken et Felo avaient convaincu une équipe de secours de partir en pleine tempête à sa recherche. Malgré les faibles chances de la localiser, ils avaient déjà commencé leur battue quand le centre leur avait transmis ses coordonnées GPS.

— C'est un mariage magnifique, dit Maggie. Je veux le même !

— Attends, s'agirait-il d'une annonce officielle ?

Maggie brandit sa main où brillait un solitaire qu'elle portait avec naturel.

— Ça pourrait se faire très vite, à l'été peut-être.

Tracy l'embrassa avec enthousiasme.

— Je vois que Felo et toi avez réglé vos divergences de vues ! J'en suis très heureuse pour toi.

— On nous a bien aidés, dit Maggie en lui rendant son étreinte. Je continue à travailler sur certaines choses, mais au moins j'accepte de m'y confronter, c'est déjà ça. Maman n'est pas encore au courant ; je compte lui annoncer la nouvelle tout à l'heure. Je ne veux pas fixer de date avant qu'on ait eu le temps d'organiser la cérémonie, elle et moi. Ce sera sans doute en automne, avant la rentrée universitaire.

— Quel bonheur !

Tracy marqua une hésitation.

— La rentrée universitaire ?

— Oui… J'ai été admise à l'université de Miami. En fac de droit. Oh ! Mes motivations sont intactes : je veux toujours faire coffrer les méchants et m'assurer que ce soit fait dans les règles. Mais je serai plus à ma place dans le bureau d'un procureur qu'en uniforme de flic, ça correspond mieux à mon tempérament.

— Tout s'arrange donc pour toi, j'en suis ravie.

— Pour toi aussi, tout s'arrange… Wild Florida te rachète Happiness Key, c'est ça ? Maman m'a dit que le contrat était quasiment signé.

— Oui, Wild Florida va transformer le terrain en site de classe verte pour les scolaires. Il n'y aura plus qu'un seul petit bâtiment destiné à l'administration et un labo, sans doute à l'emplacement de l'ancien bureau d'accueil. Par la suite, l'association installera des plates-formes afin que les enfants puissent dormir sous des tentes. Ils étudieront toutes sortes de choses : la faune, la flore, les marées, les phénomènes météorologiques, la qualité de l'eau, etc.

— Et tu approuves ce projet ?

Tracy leva les yeux. Felo et Marsh se dirigeaient vers elles.

— Oui. Quand les travaux seront finis et que le site sera opérationnel, il se peut même que je fasse partie du personnel. Après tout, je suis sans doute celle qui connaît le mieux l'endroit. Et le responsable du futur campement m'a promis que toute notre bande de Happiness Key continuerait à avoir accès à sa plage favorite chaque fois qu'elle se réunirait ici.

Marsh enlaça Tracy par la taille et l'attira contre lui.

— Il paraît que nous sommes censés découper les tartes

dans une minute. Ensuite, je te rappelle que nous avons un avion à prendre...

Tracy salua Felo qui la gratifia d'un baiser sonore en guise de félicitations.

— Un avion ? s'enquit Maggie.

Marsh se tourna vers elle.

— Nous partons pour le Costa Rica. Une semaine. Alice et Roger garderont les enfants.

— Dans un éco-village de vacances avec spa, précisa Tracy. Nous apprenons l'art du compromis...

L'orchestre attaqua un air retentissant et Tracy et Marsh furent conduits vers la table des desserts. Tracy découpa la première tarte et fit goûter sa part à Marsh. Marsh fit de même et tous les invités se pressèrent autour de la table tandis que le personnel du *Dancing Shrimp* se chargeait du service.

Prenant Tracy par la main, Marsh lui fit fendre la foule de leurs amis et connaissances. Mais ils n'étaient pas encore tout à fait partis. Au bout de la haie d'honneur des derniers invités, Tracy fut arrêtée par ses amies qui, un peu à l'écart, l'attendaient de pied ferme.

— On a quelque chose pour toi, lui dit Wanda. Tu devrais l'ouvrir maintenant.

Maggie alla jusqu'à la véranda et en revint chargée d'un paquet large et plat qui lui arrivait à la taille.

— Tu peux dire que nous avons dû creuser profondément... pour te l'offrir ! dit Alice.

Tracy n'avait aucune idée du genre de cadeau que cela pouvait être. Un tableau ? Quelque chose de coûteux qui les avait obligées à faire un trou dans leurs économies ? Venant d'elles, cela la surprenait ; ce style de présent ne correspondait guère au genre d'amitié qui les liait.

Le paquet était emballé dans du papier kraft tout simple, sans doute parce qu'il n'y avait rien d'assez grand pour envelopper l'objet. Un ruban rouge vif formait un nœud fantaisie.

— Ça, Janya, je parie que c'est ton œuvre !

— Il sera facile à défaire. Tu n'as qu'à tirer sur l'extrémité du ruban.

Marsh s'était écarté ; il fit signe à Tracy.

— A toi l'honneur…

Tracy baissa les yeux sur son bouquet de mariée… avant de le lancer droit sur Maggie qui l'attrapa sans mal et se mit à rire.

— Me cacherait-on quelque chose ? demanda Wanda.

Maggie passa un bras autour des épaules de sa mère.

— Regardons-la déballer son cadeau. Ensuite, on trouvera un petit coin tranquille, j'ai des tas de choses à te dire…

Le nœud se défit aisément, ainsi que Janya l'avait promis, et le papier, qui emballait sommairement le cadeau, glissa en même temps que le ruban.

Tracy contempla alors la pancarte qui, depuis le jour où elle était venue s'installer en Floride, était restée par terre, face vers le ciel à l'entrée du lotissement, sans qu'elle ait jamais pris la peine de s'en préoccuper. Ses amies l'avaient soigneusement nettoyée et vernie, mais la pancarte n'en demeurait pas moins un vestige.

— Happiness Key, lut-elle à voix haute, la voix brisée par l'émotion.

Cette pancarte, aux lettres trop fanées pour être encore lisibles, avait jadis annoncé la construction d'une résidence de luxe avec marina. Aujourd'hui, seul son nom se déchiffrait encore, mais c'était suffisant.

— Faut-il qu'on t'explique pourquoi on l'a exhumée des décombres ? lui demanda Wanda. On a dû s'y mettre à trois pour creuser ! Mais elle était là, elle nous attendait.

Tracy n'avait pas besoin d'explications. Dès son retour de lune de miel, et après consultation de son tout nouveau mari, elle installerait la pancarte à une place d'honneur, dans le jardin de leur fermette cracker. Mais qu'importe l'endroit où celle-ci serait plantée, le message de ses amies était limpide.

— Nous avons emporté Happiness Key avec nous, dit-elle.

Elle ouvrit les bras afin d'exprimer ses remerciements à ses amies.

— Oui, nous portons toutes Happiness Key dans notre cœur. En voilà la preuve…

— Ce qu'il y a de bien avec toi, madame Marshall Egan, dit Wanda qui détestait de ne pas avoir le dernier mot, c'est que tôt ou tard tu finis toujours par piger !

Composé et édité par les

éditions HARLEQUIN

Achevé d'imprimer en Allemagne
par GGP Media GmbH, Pößneck
en mai 2012

Dépôt légal en juin 2012